BETWEEN BROKEN HEARTS

LEXI RYAN

BETWEEN BROKEN HEARTS

Übersetzt von
Friedrich Pflüger und
Violeta Topalova

CARLSEN

Für alle, die sich in ihrer finstersten Nacht
gefangen fühlen. Ich sehe euch.
Nehmt meine Hand. Wir wollen gemeinsam
auf die Sonne warten.

PROLOG

ABRIELLA

Ein weiterer Tag der Suche nach meiner Schwester. Ein weiterer Tag auf der Jagd nach einem Geist.

Die Wut ist meine ständige Begleiterin. Ich habe es aufgegeben, die brodelnden Schatten im Zaum zu halten, die um meine Füße und Fingerspitzen wabern. Es kümmert mich nicht mehr, ob Abriella, Königin der Schatten-Fae, sanftmütig oder brutal erscheint, gütig oder bedrohlich. Meine Schwester ist verschwunden. Mein Reich zerfällt. Und wenn sich das Blatt nicht bald wendet, wird alles verloren sein.

»Uns bleibt keine Zeit mehr«, sage ich und wende den Blick von der untergehenden Sonne ab, um meinen Besucher mit einem finsteren Blick zu bedenken.

»Meinst du, ich wüsste das nicht?« Hale Kendrick funkelt mich aus seinen eisblauen Augen an, wütend wie die stürmisch aufgewühlte See. »Glaubst du, dass es mich nicht jeden einzelnen Tag heimsucht, den ich sie nicht finde? Jeden Tag, den ich sie *beide* im Stich lasse?«

Sein Seitenhieb auf meine Selbstsucht macht den Schmerz in

meiner Brust nur noch schlimmer. Ich bin nicht die Einzige, deren Schwester verschwunden ist. Kendrick hat die Frau verloren, die er liebt, *und* dazu noch seine Schwester Felicity – am selben Tag. Seither hat er nicht mehr geruht, und die dunklen Ringe unter seinen Augen verraten eine Erschöpfung, die seine Haltung niemals preisgeben würde.

Monate. So geht es schon seit *Monaten* und wir haben rein gar nichts für unsere Mühen vorzuweisen.

Ich dachte, dieses Mal wäre es anders, aber allmählich begreife ich, dass meine Verzweiflung mich Dinge sehen lässt, die niemals dort waren. Die Gerüchte um Sichtungen von Jasalyn schaden der Stabilität meines Reiches ebenso, wie sie mich schmerzen. Manche behaupten, sie sei zurück ins Reich der Menschen geflohen. Andere sagen, sie verstecke sich am Hof der Seelie. Zu wenige glauben, sie verbringe die Zeit bis zu ihrem achtzehnten Geburtstag in Sicherheit hier bei mir im Mitternachtspalast.

Jedes Gerücht, jede einzelne Spekulation macht mich rasend. Und ich kann meine Schwester nicht einmal verteidigen, indem ich die Wahrheit verbreitete, weil Seher im ganzen Land insgeheim Prophezeiungen über die Schattenprinzessin flüstern. Schon eine einzige Andeutung auf die wahre Natur des Rings und Jas' Blutmagie-Verbindung zu Mordeus würde für mich das Ende bedeuten. Das Ende all des Guten, das ich meinen Untertanen eigentlich wieder zukommen lassen wollte.

Wer die Prinzessin kontrolliert, kontrolliert das Reich.

»Du sagtest, du hättest eine Spur. Jemand habe sie gesehen. Waren das Lügen?«, frage ich. Immerhin sind sie deshalb hier – um mir von ihren jüngsten Anstrengungen bei der Suche nach Jasalyn zu berichten.

Kendricks Freund Natan schiebt seine Brille hoch und tritt näher. »Es ist immer dasselbe«, erklärt er. »Jemand kennt jemanden, der sie gesehen hat – aber wenn man den Gerüchten auf den Grund geht, findet man nichts.«

Natürlich. Wir können einfach niemanden auftreiben, der sie mit eigenen Augen gesehen hat. Und ich selbst kann nicht nach ihr suchen, weil ich im Palast bleiben und so tun muss, als wäre sie überhaupt nicht verschwunden. Wir haben sogar einen vertrauenswürdigen Gestaltwandler ein paarmal als Jasalyn auf Balkonen des Palastes auftreten lassen, aber ohne Felicitys besondere Fähigkeiten können wir niemanden wirklich nahe an die vermeintliche Prinzessin heranlassen, ohne zu riskieren, dass der Schwindel auffliegt.

Ich kann es nicht fassen, dass mich auch nach Monaten immer noch dieselben Fragen quälen. »Wenn wir sie wegen der Magie ihres Rings nicht finden können, warum gibt es dann überhaupt Erinnerungen unter der Bevölkerung, sie sei irgendwo aufgetaucht?«

Natan schüttelt den Kopf. »Dieser Ring ist mit der mächtigsten und kompliziertesten Magie verbunden, die mir je begegnet ist. Und vielleicht verändert sich diese Magie. Oder wir können keine Augenzeugen aufspüren, weil diese Gerüchte tatsächlich nur Gerüchte sind.«

Mir krampft sich vor Hoffnungslosigkeit der Magen zusammen, aber ich behalte mein Kinn oben und lasse mir nichts anmerken. Noch haben wir nicht verloren. Noch haben wir *sie* nicht verloren.

»Bei allem Respekt«, sagt Kendrick und verschränkt die Arme, »aber ohne diesen mythischen Stein, von dem dein Seher behauptet, er könne die Magie des Ringes aufheben, könnte unsere Suche ohnehin von vornherein vergeblich sein.«

Meine Wut flammt auf und mit ihr wallen meine Schatten empor. Denn er hat recht. Die Vorstellung, dass wir Jasalyn womöglich bereits gefunden haben, uns aber einfach nicht daran erinnern, ist kaum zu ertragen. Und selbst wenn es nicht bereits so geschehen ist: Wenn wir den Stein der Entzauberung nicht ausfindig machen können, müssen wir auf genau dieses Problem gefasst sein.

Finn, mein König, mein Geliebter, mein mir verbundener Partner, legt mir eine Hand ins Kreuz und ich atme zum ersten Mal, seit Eloras auserwählter König mit weiteren schlechten Nachrichten zurückgekehrt ist, wieder tief durch.

»Misha geht wegen Felicity einer Spur nach«, sagt Finn zu Kendrick und steuert das Gespräch damit geschickt weg von meiner vergeblichen Suche nach dem Stein. Ich bin froh, dass er einen kühlen Kopf bewahrt und von dieser jüngsten Entwicklung berichtet. Wenn jemand etwas Hoffnungsvolles über *meine* Schwester zu berichten hätte, würde ich es auch hören wollen.

Finn blickt mich an und ich schüttele fast unmerklich den Kopf. Mehr Hoffnung werden wir diesem Fae nicht machen – nicht bevor Misha uns Kendricks Schwester unversehrt zurückbringt.

»Mishas Leute glauben immer noch, dass sie am Leben ist«, sage ich zu Kendrick. Auch er muss sich an diesen winzigen Hoffnungsschimmern festhalten, und obwohl sie unsere blanke Furcht und Trauer der vergangenen Monate kaum lindern können, müssen wir dennoch weitermachen.

Kendrick presst für einen Moment die Augen zusammen. »Ich bin entschlossen, dasselbe zu glauben. Und das betrifft alle beide.«

»Die Zeit wird knapp«, sage ich. »An ihrem achtzehnten Geburtstag wird Jasalyn auf immer für uns verloren sein, und damit auch die Zukunft des gesamten Schattenhofs.«

KAPITEL 1

JASALYN

Sie fürchten mich nicht in diesem Körper. Gehorsam geht mit Zögern einher. Mit Zweifeln. Also lehre ich sie den Preis ihrer Unsicherheit, brenne ihre Felder und Häuser nieder mit Flammen, die unter meinem Befehl stehen sollten, verbrenne alles zu Asche und tauche den Horizont in das Rot und Orange meiner Wut.

Sie verschließt ihre Macht vor mir, selbst jetzt noch. Selbst schwach, wie sie ist. Aber ich werde darüber verfügen, wenn die rechte Zeit gekommen ist. Die Seher haben es prophezeit. Noch glauben manche, sie könnten mein Schicksal stehlen. Sie könnten mir das Leben vorenthalten, das mir zusteht, meinen Hof, meinen Thron.

Ich werde mir all das zurückholen – oder alles niederbrennen.

***

»Prinzessin. Hübsche, hübsche Prinzessin. Wacht auf, Ihr törichtes Mädchen.«

Die Worte sind zu weit entfernt. Ein Ruf aus einem fernen Land. Ein Ruf von der Küste her zu meinem versunkenen Körper.

Der Schlaf hat mich fest im Griff. Um meine Knochen windet sich Schwäche, bohrt sich in meine Muskeln und lässt nicht einmal zu, dass ich die Augen öffne.

Der Ring. Ich weiß, es ist der magische Ring an meiner Hand, der mich so hinfällig macht. Mich dem Tod immer näher bringt. Ich taumele am Rand einer Klippe, blicke in den Abgrund und sehne mich nach Linderung dieser meinen ganzen Körper peinigenden Qual.

»Los jetzt. Schluss damit.«

Eine Tasse wird an meine Lippen gepresst – die kühle Keramik drückt sie auseinander und dann schmecke ich etwas auf meiner Zunge. Dickflüssig, warm und süß.

Zuckend öffnen sich meine Augen und ich sehe eine Gestalt, die sich über mich beugt. »Ich muss nach Feegus Keep kommen«, sage ich zu ihr. Sage ich *mir selbst*. Eigentlich sollte ich gar nicht daran erinnert werden müssen. Mordeus benutzt mich – um Hunderte zu töten und sich selbst ins Leben zurückzuholen –, aber *ich* werde nicht der Grund dafür sein, dass er endgültig zurückkehrt. Kendrick hielt es für möglich, dass in Feegus Keep das Feuerschwert aufbewahrt wird, von dem er behauptet, es könne ein Portal an jeden erdenklichen Ort öffnen, den man sich nur wünscht, ein Schwert, das jeden töten könne. Ich muss das Schwert finden und Mordeus ein Ende machen. Meine Fehler werden dadurch zwar nicht ungeschehen gemacht, aber das zumindest kann ich schaffen.

Ich sehe mich im Zimmer um. Das Licht reicht gerade, um den Umriss der kleinen, stämmigen weiblichen Person an meinem Bett auszumachen, aber es ist doch so dunkel, dass ich diesen Ort nie zum Ausruhen aufgesucht hätte, wäre ich nicht von der Magie des Rings geschwächt worden.

Ich hangele mich durch das Spinnennetz meiner Erinnerungen

und versuche, mich darauf zu besinnen, wie ich hierhergekommen bin. Ich war zusammen mit Kendrick und seinen Freunden in Ironmoore, einer Siedlung der Eloraner, als diese von einer Wyvern angegriffen wurde. In jener Nacht träumte ich etwas Entsetzliches – dass Kendrick jemand anderes sei, als er vorgibt, und mit Mordeus zusammenarbeite.

Dann fand ich heraus, dass jede einzelne Folterepisode, die ich unter Mordeus' Händen im Kerker ertragen musste, der Blutmagie diente und er dadurch und mithilfe dieses Rings jetzt Kontrolle über mein Bewusstsein erlangen kann. Er hat mich dazu gebracht, schreckliche Dinge zu tun. Durch den Kuss des Todes macht mich dieser Ring zu einer Mörderin, und einige der Opfer habe ich selbst ausgewählt. Die Leute, die für Mordeus gearbeitet und mich in jenem Kerker gequält haben? Ich wollte sie sterben sehen.

Niemals hätte ich gedacht, dass ich Mordeus mit jedem Leben, das ich nahm, eigenhändig wiederauferstehen ließ.

Die Fae schnipst mit den Fingern vor meinem Gesicht. »Es wird nicht mehr geschlafen. Das reicht jetzt.«

»Wer bist du?«, frage ich, und meine lange nicht benutzte Stimme klingt dabei ganz rau. »Wo bin ich?«

Mit einer Handbewegung lässt sie die Laterne auf dem Nachttisch aufflammen. »Jetzt raus aus dem Bett«, kommandiert sie und reißt die Decken zur Seite. Ihr schütteres graues Haar ist auf dem Kopf zu einem Dutt zusammengedreht und ihre blasse Haut hat einen gelblichen Schimmer. Dann kneift sie mich mit Daumen und Zeigefinger in den Arm.

»Autsch!« Ich reibe mir die Stelle, bin jetzt aber tatsächlich ein bisschen wacher. Ist das hier ihr Haus?

Als ich endlich begriff, dass meine entsetzlichen Träume in

Wahrheit Mordeus' Erinnerungen waren, verließ ich Kendrick. Ich stieg in einen Bauernwagen und war schon weit von Ironmoore entfernt, als mir mein Koboldarmband wieder einfiel und ich Gommid bat, mich an einen Ort mitzunehmen, an dem ich schlafen konnte. An dem ich in Sicherheit war. Wo hat er mich nur hingebracht?

»Jetzt sofort!«

Mein Verstand ist zu benebelt, um alles zusammenzusetzen, und ich bin zu müde, um zu widersprechen. Also setze ich mich auf und schwinge die Beine über die Bettkante.

Ich entsinne mich vage, dass Gommid über meine Dummheit gemurrt und mich vor dem Ring gewarnt hat. Als Letztes weiß ich nur noch, dass ich sein Gezeter ignoriert habe und in ein weiches Bett gekrochen bin. *Dieses* weiche Bett? Schon möglich, aber ich bin zu erschöpft und krank gewesen, um mich weiter um meine Umgebung zu kümmern.

Wie lang habe ich geschlafen? Jedenfalls geht es mir jetzt besser als beim Herbeirufen meines Kobolds, aber ganz ist die Schwäche noch nicht aus meinen Knochen gewichen. Vielleicht brauche ich ja nur etwas zu essen. Es ist lange her, dass ich etwas zu mir genommen habe.

Du brauchst das Feuerschwert. Du musst Mordeus finden und das, was du angerichtet hast, wieder in Ordnung bringen.

Kaffee. Essen. Wenn ich nur etwas in den Magen bekomme, wird es mir wieder besser gehen. *Dann* werde ich den Weg nach Feegus Keep finden und das Schwert ausfindig machen, das der Legende nach jeden töten kann.

Essen. Schwert. Mordeus.

Noch habe ich den Ring. Ich kann es schaffen. Ich sehe der älteren Person in die Augen und säusele in dem hypnotischen Tonfall der Bezaubernden Lady: »Ich will keine Umstände machen, aber könnte ich etwas zu essen bekommen?«

Sie drückt mir den dampfenden Becher in die kalten Hände, ohne meine Bitte zu beachten. »Beeilt Euch. Und trinkt noch mehr davon.«

Begierig nach der Süße, mit der sie mich geweckt hat, führe ich den Becher zum Mund. »Danke.« Ich nippe daran und bin inzwischen so wach, dass ich die Geschmacksnoten erkenne, die auf meiner Zunge tanzen. Heiße Schokolade gewürzt mit Zimt und Nelken.

Das Getränk lindert augenblicklich den Aufruhr in meinem Magen.

Sie mustert mich. »Ihr habt wohl gut geschlafen.«

»Ich –« Ich schüttele den Kopf. Wer ist diese Frau? Sie hat mich *Prinzessin* genannt. Woher weiß sie, wer ich bin? »Ja, danke. Könntest du mir bitte etwas zu essen machen?«

Missbilligend blickt sie mich an. »Ihr bleibt besser erst einmal bei Eurem Trank. Etwas zu essen wäre noch zu früh.«

Ich sehe verwundert auf meinen Ring. Eigentlich sorgt er dafür, dass alle meine Wünsche erfüllen. Bisher waren nur Abriella und Kendrick gegen seine Macht immun. Aber jetzt auch diese Person hier. »Willst du mir denn nichts zu essen machen? Obwohl ich das wünsche?«

Sie stemmt die Hände in die Hüften. »Ihr solltet Euch glücklich schätzen, dass ich Euch nicht aus meinem Haus werfe. Undankbares Kind.«

Ihr Haus. Ob Gommid sie kennt? Wusste er, dass er mich in ihr Haus bringt? »Entschuldige. Ich dachte –«

»Ihr glaubt wohl, ich müsse wegen dieses lächerlichen Rings vor Euch katzbuckeln. Schon klar.«

Instinktiv kontrolliere ich meine mentalen Schutzschilde – Misha hat mir beigebracht, sie immer aufrechtzuerhalten –, bis mir klar wird, dass sie hier keine Rolle spielen sollten. Solange ich meinen Ring trage, brauche ich sie eigentlich nicht.

»Falls Ihr es noch nicht bemerkt habt: Kobolde sind gegen diesen Zauber immun.« Sie streckt mir die Hand hin. »Fherna. Schön, Euch kennenzulernen.«

Ich blinzele kurz, bevor ich ihre Hand ergreife. *Eine Koboldin.* Natürlich. Ich hätte es früher merken müssen. »Ich habe noch nie einen weiblichen Kobold getroffen.«

»Doch, wahrscheinlich schon. Aber wahrscheinlich habt Ihr nicht darauf geachtet. Nur weil unsere Mannsbilder ihre Zeit damit verschwenden, undankbaren Leuten Geleit zu geben, heißt das ja nicht, dass es bei uns keine Frauen gibt. Hat Euch Eure Mutter das mit den Bienchen und den Blümchen denn nicht erklärt, Mädchen? Und wo Babys herkommen?«

Ich beiße mir auf die Lippe, um nicht zu lachen, als mir plötzlich klar wird: Mir ist nach Lachen zumute. Die beklemmende Übelkeit, die mein Ring bei Tage hervorruft, ist verflogen.

»Das macht der Trank«, erklärt Fherna. »Er dämpft den Zwang der Magie.«

Bedrückt setze ich den Becher ab. »Aber ich brauche meine Magie. Ich muss –«

»Seid nicht töricht«, erwidert sie und schiebt mir den Becher wieder hin. »Euer Zauber ist immer noch wirksam. Der Trank mindert nur den Zugriff der Magie auf Eure Lebenskraft.«

Ich blicke auf den Becher und sehe dann wieder zu ihr auf. Ich weiß rein gar nichts über diese Kreatur und bin mir daher nicht sicher, ob ich ihr einfach so vertrauen sollte, aber nun ist es schon so weit gekommen – ich habe in ihrem Bett geschlafen und trinke, was sie mir angeboten hat. Dann kann ich auch noch hören, was sie zu sagen hat. »Kannst du mir das erklären?«

»Magie ist Leben, mein Liebes. Leben ist Magie. Ein so mächtiger Ring konnte nur erschaffen werden, weil Ihr so viel von Eurem Leben hingegeben habt, um ihn zu besitzen, aber die Magie übernimmt gewisse Eigenschaften von ihrem Schöpfer. Und eine solche Magie ist *hungrig*. Sie zehrt von Euch und nimmt immer mehr. Und sie wird von Euch zehren, bis nichts mehr übrig ist.«

Ich schüttele den Kopf. »Mir bleibt noch Zeit bis zu meinem achtzehnten Geburtstag. Ich habe –«

»Ihr dürft mich nicht missverstehen«, sagt sie. »Dieser Ring wird Euch nicht umbringen. Sein Schöpfer hat zu viel darangesetzt, um das alles geschehen zu lassen. Aber er will, dass Ihr an der Schwelle zum Tode bleibt, bis der Handel vollzogen ist.«

Ich stelle den Becher auf dem Nachttisch ab und ordne meine Gedanken. Allmählich fällt mir das wieder leichter. Was immer sie in den Trank gegeben hat, lässt mich zum ersten Mal, seit ich Kendrick und die anderen verlassen habe, wieder klar denken. »Warum hilfst du mir?«

Sie macht ein ernstes Gesicht. »Wenn ich es nicht tue, wird sich alles verändern.« Sie nickt zum Becher. »Falls Ihr vorhabt, eine Möglichkeit zu finden, wie Mordeus zu besiegen ist, dann solltet Ihr das hier austrinken.«

Mir stockt der Atem. »Woher weißt du das alles?« Genau das ist der Grund, weshalb Kendrick auf die Dienste von Kobolden nach Möglichkeit verzichten wollte. Sie wissen zu viel, sagt er. Genau so scheint es zu sein.

Sie kneift die Augen zusammen. »Offenbar hattet Ihr als Kind wenig Kontakt mit Kobolden, aber jetzt lebt Ihr schon fast vier

Jahre in diesem Reich. Warum also wisst Ihr so wenig über die Kreaturen um Euch herum?«

Ich weiß, dass Kobolde stets Informationen sammeln. Ich weiß, dass sie die Geschichte des Reiches bewahren. »Dann sage mir doch: Werde ich in Feegus Keep finden, was ich suche – eine Möglichkeit, ihn zu besiegen?«

Sie stößt ein bellendes Lachen aus. »Wir kennen Fakten. Und wir kennen die Geschichte. Aber wir sind keine Seher.«

»Eben hast du mir doch gesagt, dass sich alles verändern wird, wenn du mir nicht hilfst.«

»Das hat nichts mit Wahrsagerei zu tun. Nur mit Logik.«

Unsinn. Warum klingt alles, was Kobolde sagen, wie Unsinn? Ich trinke noch einen Schluck von der heißen Schokolade und stelle meine Frage anders: »Ist das Feuerschwert in Feegus Keep?«

»Einst war es dort, wenn die Gerüchte stimmen. Es heißt, Mordeus habe große Magie angewendet, um das Schwert vor allen außer ihm selbst abzuschirmen.«

»Aber ich kann es benutzen, um ihn zu vernichten?«

»Jede Menge Fragen, aber keine Gegenleistung.«

Ich drehe die Handflächen nach oben. »Was möchtest du haben? Mein Haar? Abgeschnittene Fingernägel?«

Sie rümpft die spitze Nase. »Mit schäbigem Unrat kann man mich nicht kaufen.«

»Was sonst?«

»Ich will, dass Ihr aufwacht«, blafft sie. »Und *kämpft*.«

»Das *versuche* ich ja. Ich habe gerade erst erfahren, dass Mordeus mich für seine Rückkehr benutzt. Ich bin nur hier, um mich auszuruhen, bevor ich losziehe, um das Schwert zu holen.« Ich verschränke meine Arme vor der Brust. »Wenn ich kämpfen soll, dann sag mir, wie. Sag mir, dass mein Plan funktionieren wird.«

Sie schürzt die Lippen. »Das Feuerschwert von Elora kann alles und jeden vernichten, wenn diejenige, die es führt, als seiner wert erachtet wird.«

»Von wem als seiner wert erachtet?«

»Vom Schwert natürlich.«

»Wenn ich also als seiner wert erachtet werde, könnte das Schwert Mordeus töten? Und es würde mich zu ihm führen?«

»Wenn Ihr als seiner wert erachtet werdet, könnte es *jeden* töten und Euch *überall* hinführen.« Sie schüttelt den Kopf. »Aber Ihr stellt die falschen Fragen.«

Ich habe jetzt keine Zeit, mit ihr zu streiten. Sie versteht es nicht. Ich zwinge mich, den Becher abzustellen. So köstlich der Trank auch sein mag, habe ich jetzt Wichtigeres zu tun, als mich mit Genüssen aufzuhalten. Ich schiebe mich aus dem Bett. »Ich muss los.«

»Gern geschehen übrigens«, knurrt sie.

Ich fahre mir mit der Hand übers Gesicht und schüttele den Kopf. »Es tut mir leid. Danke, dass ich hier schlafen durfte.«

»Und der Trank?«

Ich nicke und ringe mir ein Lächeln ab. Ich habe als ungebetener Gast im Haus dieser Koboldin übernachtet. Da sollte ich wenigstens etwas Dankbarkeit zeigen. »Ja, vielen Dank auch für die heiße Schokolade. Sie war wirklich köstlich.«

Sie verdreht die Augen. »Köstlich? Sonst ist Euch nichts aufgefallen?« Als ich nicht gleich reagiere, stößt sie einen tiefen Seufzer aus. »Habt Ihr denn bemerkt, dass Ihr jetzt die Kraft zum Stehen habt, wo Ihr vorher nicht einmal die Augen öffnen konntet?«

Ich blicke verwundert auf den Becher und dann zu dem dunklen Fenster hinüber. »Und das liegt an diesem Trank? Ich dachte, es läge an der anbrechenden Nacht, dass meine Kräfte zurückkehren.«

Sie neigt den Kopf zur Seite. »Ihr habt wohl keine Ahnung, wie heimtückisch dieser Ring ist, was? Ihr habt Tag und Nacht geschlafen und wart zu schwach, um zu bemerken, wie die Zeit vergangen ist.«

Ich ziehe am Ring, natürlich vergeblich. Er rührt sich kein Stück. Ich hatte gehofft, dass meine Schwäche während der nächtlichen Stunden nachlässt, aber wenn es stimmt, was sie sagt – »Hast du denn noch mehr davon? Falls ich mein Ziel heute Nacht noch nicht erreiche?«

»Ich halte so etwas normalerweise nicht bereit, nein.«

»Und hast du ein Rezept dafür? Wo kann ich die Zutaten bekommen?«

»Mit dem Rezept muss man es nicht so genau nehmen. Schokolade und Gewürze habe ich nur hinzugefügt, damit Euch der Trank besser schmeckt.« Sie zuckt mit den Schultern. »Das, was man dafür braucht, findet sich am einfachsten im Wald. Wenn man nicht zu zimperlich ist.«

»Zu zimperlich wozu?«

Ihre Augen leuchten auf, und als sie lächelt, entblößt sie ihre mit dem schokoladigen Trank verschmierten Zähne. »Um das schlagende Herz eines unschuldigen magischen Wesens ausbluten zu lassen.«

Übelkeit schnürt mir die Kehle zu, und dieses Mal hat das nichts mit dem Ring zu tun. In meinem Becher ist immer noch ein Rest des Gebräus. »Blut? Du hast mir Blut zu trinken gegeben, ohne es mir zu sagen?« Eben noch war ich kurz davor, den Becher auszulecken. Jetzt würde ich seinen Inhalt am liebsten wieder hochwürgen und auf den Boden speien.

»Aber es geht Euch besser, oder etwa nicht?«

»Ich …« Ich schließe die Augen und konzentriere mich auf

meinen Atem, bis sich die Übelkeit legt. »Ich wusste nicht, dass ich Blut trinke.«

»Aber Ihr esst doch auch Fleisch. Ich sehe da keinen Unterschied.«

»Der Unterschied ist, dass das hier widerlich ist.«

»Bis vor wenigen Sekunden schient Ihr noch nicht so zu denken.« Sie wedelt mit der Hand. »Aber das spielt keine Rolle. Wenn die Zeit gekommen ist, werdet Ihr tun, was zu tun ist.«

»Und ich dachte, du wärst keine Seherin.«

»Bin ich auch nicht. Aber eine Optimistin.«

Ich lasse den Kopf sinken und atme tief durch. Sie hat recht, wenn ich verhindern könnte, dass Mordeus mich benutzt, um den Hof meiner Schwester zu vernichten, würde ich Schlimmeres tun, als Blut zu trinken. »Was für ein magisches Wesen?«

Ihr Grinsen wirkt fast animalisch. »Habt Ihr schon einmal vom Wolpertinger gehört?« Sie macht eine Geste mit der Hand und in der Luft zwischen uns erscheint ein Bild. Die Kreatur sieht ein bisschen aus wie ein großes Kaninchen mit weichem Fell und Schlappohren, aber auf dem Kopf trägt es ein winziges Geweih und hinter seinen Vorderbeinen ragen zarte Flügel hervor.

Ich schüttele den Kopf. »Der ist ja so gut wie wehrlos.« Mir läuft es eiskalt über den Rücken bei dem Gedanken, aus dem Herzen dieses winzigen Wesens Blut zu trinken. »Ich glaube nicht, dass ich das könnte.«

»Ihr habt allein aus Rache Dutzende von Mordeus' Getreuen umgebracht.«

Ich strecke den Rücken durch. »Die waren nicht unschuldig.«

»Ihr habt einen Grund gefunden, ihre Tode zu rechtfertigen, und Ihr werdet auch dies rechtfertigen. Natürlich nur wenn Ihr überleben wollt. Aber vergesst nicht, Ihr braucht nicht nur sein

Blut, sondern auch sein *Leben* – Ihr müsst so viel Blut nehmen, dass das Herz zu schlagen aufhört. Und die Wirkung hält am längsten an, wenn Ihr das Blut möglichst frisch trinkt. Je länger es von seiner Quelle getrennt ist, desto schneller verblasst seine Magie.«

Ich starre auf den Ring und muss an Skylars Vorschlag von dem Abend denken, bevor ich Ironmoore verließ – dass man meinen Finger abschneiden müsste, um den Ring loszuwerden, falls alles andere misslingt. Dann wäre ich frei von seiner Magie und bräuchte ich mir keine Sorgen mehr zu machen, dass ich tagelang schlafe.

Was wäre schon ein fehlender Finger bei all den anderen Narben, die ich bereits trage – und angesichts der kurzen Zeit, die mir noch bleibt?

Aber ich brauche den Ring. Ich brauche ihn, um nach Feegus Keep hineinzukommen, und auch, um das Schwert zu finden. Mordeus würde solch einen mächtigen Gegenstand bestimmt nicht ungeschützt lassen. *Freikämpfen* kann ich mir den Weg in die Festung sicherlich nicht. Ich muss es als die Bezaubernde Lady versuchen, und das kann ich nicht ohne diesen verfluchten Ring.

Die Ironie dabei ist mir natürlich bewusst. Alles habe ich für diesen Ring geopfert – nicht nur das heiligste magische Buch meiner Schwester, sondern auch jeden Tag meines Lebens nach meinem achtzehnten Geburtstag. Der Ring ist genau das nötige Werkzeug, um das Schwert zu finden, das mich zu Mordeus bringt und ihn ein für alle Mal vernichtet; gleichzeitig macht mich dieses Ding so krank, dass ich zu kaum etwas anderem als Schlafen imstande bin.

Aber heute Nacht werde ich bekommen, was ich brauche. Wenn alles gut geht, werde ich das Feuerschwert finden und Mordeus entgegentreten, noch bevor die Sonne aufgeht. Wenn das erledigt ist, kann ich mir überlegen, wie es weitergeht.

Jetzt darf ich nicht darüber nachdenken. Alles habe ich für meine Rache hingegeben, und meine Gedanken dürfen jetzt nicht abschweifen zu dem, was geschieht, wenn es nichts mehr zu rächen gibt.

»Feegus Keep«, sage ich. »Ist das hier in der Nähe?«

»Ihr stellt immer noch die falschen Fragen.«

»Bitte.«

Sie reckt ihr Kinn vor. »Jagt den Mond durch den Wald und dann weiter hinter dem See. Ihr könnt es nicht verfehlen.«

»Danke«, flüstere ich. Sie nickt und wendet sich zum Gehen.

Ich sehe an mir herunter. Die Hose und Stiefel, die ich bei meiner Flucht vor Kendrick und seinen Freunden trug, sind abgewetzt und voller Ruß, als wäre ich durch einen abgebrannten Wald gekrochen. »Wie lange habe ich denn geschlafen?«, rufe ich ihr hinterher.

Sie blickt über die Schulter zurück und zieht die feinen grauen Augenbrauen hoch. »Mehr als acht Monate.«

Alles in mir bäumt sich dagegen auf, das zu glauben. »Das hieße ja, mein Geburtstag ist in –«

»Elf Tagen.«

KAPITEL 2

FELICITY

»Solltest du nicht längst im Bett sein?«

Die Worte treffen mich unvorbereitet und holen mich zurück in meinen Körper, als wäre ich in Gedanken ganz woanders gewesen. Ich richte meine Aufmerksamkeit auf die Stimme und entdecke meinen Bruder, der schmunzelnd im mondbeschienenen Garten des Palastes hinter mir steht. Konners blassblaue Augen und weißblonde Haare sind identisch zu meinen, aber die meiste Zeit trägt er die grimmige Miene eines Kriegers zur Schau. Nicht heute Abend allerdings, und sein Lächeln lässt mir warm ums Herz werden.

»Du bist zurück!« Ich hüpfe von dem Steinsims herunter und renne zu ihm.

Konner zieht mich fest an seine Brust. »Es waren doch nur zwei Wochen. Ich hatte versprochen, nicht lange fortzubleiben.«

Verwundert mache ich mich von ihm los. Natürlich hat er recht. Er war wirklich nicht lange fort, aber irgendwie ist mir, als hätte ich das ganze Leben mit einem Loch in meiner Brust verbracht, das dort klaffte, wo mein Zwillingsbruder hätte sein sollen. Ich schiebe den Gedanken beiseite und drücke seine Hände. »Und ich bin froh darüber. Ich war ein bisschen verloren ohne dich.«

Er fasst mein Kinn und grinst. »Wirklich? Waren deine letzten Worte vor meiner Abreise nicht, ich solle endlich den Kopf aus meinem Arsch ziehen, bevor mir die Chance durch die Lappen geht, das schönste Mädchen von ganz Elora zu heiraten?«

»Es war ganz offensichtlich aus reiner Liebe und Bewunderung, dass du diesen Rat bekommen hast.«

»Keine Frage.« Er nickt in Richtung Palast und wie selbstverständlich mache ich mich an seiner Seite auf den Weg.

Die Sterne funkeln so hell, als hätten sich alle Wolken mit der Ankunft des Mondes zerstreut.

»Erzählst du mir, was dich hinaus in den Garten treibt, während der Mond so hoch am Himmel steht?«

»Albträume«, räume ich ein. »Ich wollte den Kopf frei bekommen, damit ich wieder einschlafen kann.«

Er wirft mir einen ernsten Blick zu. »Möchtest du darüber reden?«

Ich beiße mir auf die Lippe. Ich verweile in Gedanken nicht gern in der Einsamkeit und dem Leid, das meine Träume heimsucht, aber das hier ist Konner. Ich kann ihm alles erzählen und normalerweise geht es mir danach besser. »Ich habe immer wieder diese Träume, dass ich …«

Er wartet einen Moment ab und runzelt dann die Stirn. »Sprich weiter.«

Ich verziehe das Gesicht. Wie bekomme ich es bloß hin, dass ich dabei nicht lächerlich klinge – und mich auch so fühle? »Dass ich mutterseelenallein auf der Welt bin.«

»Felicity«, murmelt er. »Du weißt doch – das bist du nicht.«

Ich schüttele den Kopf. »Vielleicht liegt es daran, dass du fort warst und Aster seit Ewigkeiten nicht mehr aus Elora zu Besuch gekommen ist. Ich weiß nicht. Aber die Träume fühlen sich so echt an. Ich lebe in Faerie. Ich bin auf der Flucht und muss mich verstecken. Ich habe keine Familie, keine Freunde und kann nicht einmal meine wahre Gestalt annehmen, weil das zu gefährlich ist.« Ich werfe ihm verstohlen einen Blick zu, um zu sehen, ob er mich für verrückt hält, aber er blickt zu denselben Sternen hinauf, die auch mich diese Nacht getröstet haben, und nickt.

»Das ergibt Sinn.«

Mir schnürt es die Brust zusammen. Mir war nicht klar, wie viel mir daran liegt, dass er meine dummen Träume ernst nimmt. »Wirklich?«

»Doch, natürlich. Es gibt nur eines, das dir noch wichtiger ist als Elora, als deine *Heimat*, und das ist deine Familie. Deine Liebe ist, was dich antreibt – ob du dich nun darauf vorbereitest, bei den Sieben einzutreten oder deine Freunde anzuleiten. Der schlimmste Albtraum wäre für dich, wenn dir das alles genommen würde.« Seine Augen, die meinen so sehr ähneln, sind voller Zärtlichkeit, als er mich betrachtet. »Welchen Sinn hätte all dies, wenn du deine Familie nicht hättest?«

Die Faust, die mein Herz gepackt hält, löst sich ein wenig. »Ich fühle mich so schutzlos. In diesen Träumen. Schutzlos und verängstigt, dass ich dort leben muss anstatt hier.« Ich muss schlucken. »Aber sie fühlen sich so echt an. Was, glaubst du, hat das zu bedeuten?«

»Vielleicht fühlst du dich einfach machtlos gegen diese unbekannten Feinde, die versucht haben, in unseren Palast zu gelangen.« Sein Mund kräuselt sich zu einem erzwungenen Lächeln, aber ich erkenne das Mitleid in seinen Augen. »Oder es bedeutet einfach, dass du den besten Zwillingsbruder aller Reiche hast.«

Ich muss laut lachen und versetze ihm mit dem Handrücken einen Klaps auf den Arm. »Oh. Genau das muss es sein.«

Er legt den Kopf zur Seite. »Aber es tut mir wirklich leid, dass du Albträume hast. Wenn's nach mir ginge, gäbe es keine bösen Leute und wir müssten diesen Palast nie verlassen.«

»Ich begreife gar nicht, warum sie uns so sehr hassen«, sage ich mit einer Handbewegung in Richtung Palast. »Das geschieht doch alles zum Besten des Reiches. Um diejenigen zu beschützen, die schwächer sind als wir. Warum sollte irgendjemand dagegen sein?«

Sein Blick wandert wieder hinauf zu den Sternen und er seufzt. »Manchmal glaube ich, dass wir dir keinen Gefallen getan haben, indem wir dich hierbehalten. Wir haben dich so wirkungsvoll vor allem Bösen der Welt abgeschirmt, dass du seine Existenz gar nicht begreifen kannst.«

»Ganz so naiv bin ich auch nicht.«

Er schüttelt den Kopf. »Nein, nein. Aber voller Hoffnung und Zuversicht. Und genau das braucht Elora jetzt.« Er stupst meine Nase an und hakt sich dann bei mir unter. »*Du* sollst dich nicht verändern, Schwesterherz – aber das Reich.«

Er führt mich durch die schwere Tür beim Dienstboteneingang in die Stille der nächtlichen Korridore des Palastes. An den Wänden hängen, im flackernden Licht zahlloser Fackeln, Gemälde der berühmtesten Künstler von Elora.

Vor der Tür meines Zimmers bleibt er stehen. »Wie wär's, wenn ich dir verrate, dass mir jemand vor meinem Aufbruch in Faerie etwas für dich mitgegeben hat?«

In meinem Magen kribbelt es. »Hat er das?«

Konner zieht einen blassgrünen Samtbeutel aus der Tasche und drückt ihn mir in die Hand.

Ich löse die Kordel und lasse den Inhalt in meine Handfläche gleiten. Mit stockendem Atem starre ich auf das schönste Paar Ohrringe, das ich je gesehen habe – blutrote Rubine, gefasst in feine Goldranken, mit winzigen Smaragden als Blätter. »Warum in aller Welt sendet er mir so ein wunderschönes Geschenk?«

»Ich denke doch, als Beweis seiner Zuneigung. Nicht dass irgendjemand daran zweifeln würde.«

Wieder mustere ich die Ohrringe. »Hat er dir auch eine Nachricht mitgegeben?«

»Eine Nachricht?« Er schüttelt den Kopf und mir wird das Herz schwer.

Ich sollte nicht so viel erwarten. Er ist sehr beschäftigt und hat wahrscheinlich mehr zu tun, als ich überhaupt erfassen kann. Ich sollte das Geschenk einfach annehmen und dankbar dafür sein.

Konners Mundwinkel zucken und er nickt in Richtung der Tür hinter mir. »Ich bin mir ziemlich sicher, dass er dir das, was er zu sagen hat, lieber persönlich überbringen würde.« Bevor ich seine Worte vollständig verarbeiten kann, fasst er mich an den Schultern, dreht mich herum und bugsiert mich in meine Gemächer. Mit einem leisen Klicken fällt die Tür hinter mir ins Schloss.

Auf der anderen Seite wartet der atemberaubend gut aussehende König der Wilden Fae, den Zeigefinger auf die Lippen gepresst, und kann damit doch kaum verhindern, dass ich laut loskreische.

Sein Lächeln wird immer breiter, während er mich betrachtet. »Felicity.« Mein Name klingt wie ein Seufzer. Eine Entdeckung. Eine Befreiung. Seine dunklen Locken sind zerzaust, als hätte er seine Hände während des Wartens nicht unter Kontrolle gehabt. Seine Haut schimmert in einem dunkleren Goldton als bei unserer letzten Begegnung – Beleg für viele Stunden, die er während unserer Trennung unter der freien Sonne verbracht hat, aber die rostbraunen Augen, die ich so sehr liebe, sind immer noch dieselben.

»Ich habe dich vermisst«, flüstere ich, während der dumpfe Schmerz in meiner Brust langsam verebbt.

Er wirft einen raschen Blick zur Tür, dann bin ich auch schon in seinen Armen und werde herumgewirbelt, bis ich mit dem Rücken an der Wand stehe, mein Gesicht in seiner großen Hand geborgen. »Nicht so sehr, wie ich dich vermisst habe.«

Ich ziehe meine Unterlippe zwischen meine Zähne.

»Du hättest das nicht tun müssen. Ich brauche keine Geschenke.«

Seine rauen Fingerkuppen kitzeln auf meiner Handfläche, als er einen Ohrring hochhebt; dann hält er ihn mir ans Ohr. »Wie bedauerlich, wo ich dir doch alles schenken möchte.« Er befestigt das Schmuckstück und wiederholt die Bewegung auf der anderen Seite. Als seine Fingerspitzen über meine Ohrmuschel streichen, erschaure ich.

»Hast du schon weiter nachgedacht über das, was wir besprochen haben?«

Mein Bauch kribbelt bei der Erinnerung an unser letztes Gespräch. »Ich dachte, das wäre vielleicht dem Fae-Wein geschuldet … Falls mein Bruder dich gedrängt haben sollte, das so zu sehen, und du das in Wahrheit nicht willst –«

Er legt mir seinen Zeigefinger auf den Mund. »Ich bin in dich verliebt, Felicity. Schon seit ich dich zum ersten Mal gesehen habe.«

Mir schießt die Röte in die Wangen und ich senke den Blick. »Ich weiß gar nicht, warum.«

»Weil du schön bist. Und gütig. Und treu. Du bist mehr, als ich mir je von einer Partnerin erträumt habe, und ich werde alles tun, was deine Mutter verlangt, um dich zur Frau zu bekommen. Aber natürlich nur wenn *du* das willst.«

Er senkt den Kopf und streicht mit den Lippen über die meinen. Sie sind so weich und der Kuss ist so sanft … Ich biege meinen Rücken durch, gehe auf die Zehenspitzen und öffne meinen Mund. Ich will mehr. Unsere gemeinsame Zeit bestand bis jetzt nur aus gestohlenen Momenten und flüchtigen Küssen – und nie genügend Zeit nur für uns zwei.

Felicity, du musst aufwachen.

Die Worte ziehen mich von ihm fort und ich blicke mich um. »Hast du etwas gesagt?«

Er runzelt belustigt die Stirn. »Während ich dich küsse?«

»Ich meine, in meinen Gedanken?«

Mir ist, als würde ich noch einmal meinen Namen hören, aber diesmal ist es wie ein fernes Echo in meinem Kopf. Eher eine Erinnerung als ein Geräusch.

Misha legt den Kopf schief. »Ist alles in Ordnung?«

Ich konzentriere mich, höre aber nichts mehr. *Fühle* nichts als die Gegenwart des Fae, der vor mir steht. Ich schüttele den Kopf. »Alles gut. Vielleicht bin ich einfach ein bisschen müde.«

»Du schläfst nicht genug«, sagt er. »Mehr Albträume?«

Ich zucke beiläufig mit den Achseln. »Kannst du bleiben? Die Mägde halten das Gastzimmer stets bereit.« Natürlich wäre es mir lieber, er bliebe in meinem Zimmer, aber Mutter würde das niemals zulassen.

Sein Adamsapfel hüpft und in seinen Augen schimmert das Bedauern. »In Faerie hat sich einiges ereignet und es gibt Drohungen gegen meinen Hof. Ich war schon zu lange fort, und das schwächt die Magie des Throns.«

Etwas windet sich in meiner Brust, hart und unnachgiebig. »Natürlich wirst du zu Hause gebraucht. Aber ich könnte *dich* ja mal besuchen kommen.«

Er schüttelt bedächtig den Kopf. »Erst wenn es sicher ist. Ich will dich nicht in Gefahr bringen.«

»Mir wird nichts geschehen.«

Er tritt zurück. »Felicity ...«

Ich sehe die Entschlossenheit in seinen Augen und es bricht mir fast das Herz. »Ich bin doch kein zerbrechliches Wesen, das du beschützen musst. Ich *liebe* dich. Ich will dich nicht verlieren.«

»Dann warte auf mich.« Sein Gesichtsausdruck ist voller Geduld, obwohl ich um etwas bitte, worauf ich kein Recht habe. Ich wusste, wer Misha ist, als wir unsere Beziehung begannen – schon bevor die Gerüchte über die Übernahme des Hofs bekannt wurden. Ich wusste um seine Pflichten und auch um seine Prioritäten.

»Die Leute, die deinen Hof stehlen wollen, während er geschwächt ist – sie werden alles tun, um ihre Lügen in deinem ganzen Königreich zu verbreiten und dich vom Thron zu stoßen. Das Gute ist gegenüber dem Bösen im Nachteil, weil wir moralisch handeln. Wir haben Grenzen, die wir nicht übertreten. Im Gegensatz zu ihnen.«

»Aber das hier haben sie nicht«, sagt er und streicht mir mit dem Daumen über die Wange. »Eine Liebe wie diese werden sie niemals erleben, und deshalb werden sie niemals so viel haben, für das es sich zu kämpfen lohnt, wie ich.«

Tränen laufen mir über die Wangen, heiß und nass, während er den Mund auf meinen senkt. Und zum ersten Mal ist sein Kuss nicht flüchtig. Er neigt den Kopf zur Seite, öffnet die Lippen und zieht mich an sich. Es ist ein tiefer Kuss, erfüllt von all der Liebe, all den Versprechen, die ich mir nur wünschen kann. Ein Kuss, der sagt: *Ich werde dich holen kommen.* Ein Kuss, der sagt: *Ich werde durch diese Liebe siegen.* Ein Kuss der reinen Hingabe.

Ich lasse mich ganz in seine Arme sinken und versuche, alles andere aus meinen Gedanken zu verbannen, doch als ich mich später schlafen lege, bin ich immer noch nicht ganz bei mir. Noch immer höre ich die Worte, als würde mich jemand an den Schultern packen und schütteln.

Felicity, du musst aufwachen.

***

Das Heulen der Sirene reißt mich auf dem Schlaf und augenblicklich sitze ich kerzengerade im Bett.

Eine Sirene.

Die Luft entflieht meinen Lungen.

Sie sind hier. Sie sind durch die Palastmauern gebrochen.

Noch bevor ich die Füße auf den Boden setze, fliegt die Tür auf und meine Zofe stürzt herein.

»Mylady, wir müssen einen gesicherten Raum aufsuchen.«

Ich schiebe die Füße in meine Slipper und greife nach meinem Morgenmantel. »Wo ist Konner?«

Die Zofe blickt über die Schulter zur offenen Tür und dann wieder zu mir. »Wir müssen uns beeilen. Wir wissen noch nicht, wo die Eindringlinge sind oder wer ihr Ziel ist.«

Ich werfe den Morgenmantel zurück aufs Bett und streife die Slipper wieder ab.

»Was tut Ihr? Wir müssen los.«

»Ich kleide mich an. Wir müssen meine Mutter finden. Sie sind wegen der Sieben hier und keiner von uns wird den Morgen erleben, wenn sie Erfolg haben.« Ich versuche, entschlossen und selbstsicher zu klingen, aber bei den letzten Worten bricht meine Stimme. Meine Augen brennen. Ein schwaches kleines Mädchen kann sich nicht seinen größten Feinden stellen und überleben. Und heute muss ich mehr tun, als nur zu überleben. Ich muss die Menschen beschützen, die ich liebe. Meine Mutter. Die Sieben. Und mit ihnen das ganze Reich.

»Bitte«, fleht meine Zofe hinter mir. »Bitte kommt mit mir und wir begeben uns in Sicherheit. Eure Mutter wird von unseren besten Wachleuten geschützt.«

Ich schüttele heftig den Kopf. »Das muss ich selbst tun. Ich kann sie schützen. Das Orakel hat es mir gezeigt.« Viele Jahre ist es inzwischen her. Damals war ich noch nicht einmal zehn Jahre alt und hatte Albträume von einem Fae, der meiner Mutter etwas antun wollte – dem Fae, den ich, wie mir das Orakel gezeigt hat, besiegen werde.

Mir ist selbst nicht klar, woher ich weiß, dass heute der Tag gekommen ist, oder warum ich mir so sicher bin, dass er bei diesem Angriff auf den Palast dabei sein wird, aber ich zweifle nicht an meinem Bauchgefühl, während ich das Nachthemd ausziehe und mit den Armen in ein frisches Hemd schlüpfe.

Als ich die lederne Kampfhose anhabe und nach meinen Stiefeln greife, sehe ich, wie meine Zofe mit zitternder Unterlippe die Hände ringt. »Bitte!«, haucht sie.

»Geh in den Keller hinunter und dann bis hinter die Waffenkammer. Das ist der sicherste Ort im ganzen Palast.«

Sie blickt zur Tür und ich weiß, dass sie fliehen möchte, aber sie schüttelt den Kopf. »Nicht ohne Euch.«

»Ich habe hier das Kommando«, sage ich, und als ich dieses Mal Entschlossenheit in meine Stimme lege, bleibt sie fest. »Und ich befehle dir, ohne mich hinunterzugehen.«

»Das kann ich nicht. Ich würde es mir nie verzeihen, wenn Euch etwas geschieht. Und Eure Mutter würde mir niemals vergeben.«

»Und ich würde *mir* niemals vergeben, wenn ihr etwas passiert.« Ich beschwöre sie mit einem langen Blick, meinen Standpunkt zu verstehen.

»Wenn Euch etwas geschieht –«

Ich darf jetzt keine Zeit mehr mit dem Versuch verschwenden, sie zu überzeugen, deshalb setze ich sie kraft meiner Magie mit einer Handgeste in Bewegung. Ihr Körper erschlafft für einen Moment, dann geht sie mit hängenden Armen aus dem Zimmer. Wahrscheinlich hasst sie mich dafür, aber später wird sie mir vergeben.

Allerdings nur wenn du selbst nicht getötet wirst.

Ich schlüpfe in meine Stiefel und schnüre sie rasch zu. Dann ziehe ich die Nachttischschublade auf und schließe meine Finger um den besonderen Dolch, den ich dort aufbewahre.

Ich atme tief durch und laufe los. Überall im Schloss erschallen Rufe. Leute rennen umher, andere werden in Sicherheit gebracht. In allen Richtungen herrscht das reine Chaos, aber ich laufe zur Empfangshalle, denn ich weiß, dass die Sieben dort das Podium bewachen, von wo wir uns – aus der Sicherheit des Palastes – an das Volk von Elora wenden können.

Ich jage durch die Gänge und schlängele mich zwischen jenen hindurch, die in die andere Richtung laufen – in die Schutzräume. Erst als ich in einen abgelegenen Korridor im Privatbereich biege, lichtet sich die Menge. Ich beschleunige meine Schritte noch einmal zum Sprint.

Du musst aufwachen.

Die Stimme lässt mich abrupt innehalten.

Ich kann dir nur helfen, wenn du aufwachst.

Ich wirbele herum und suche nach dem Ursprung der Worte, sehe aber nichts. Niemanden.

Wie Schlaglichter erscheinen Bilder in meinem Kopf – als befände ich mich an zwei Orten zugleich. Bilder eines kleinen Jungen mit blauen Augen, der mich einen Baum hinaufjagt, während ich entzückt kichere. Bilder von Getreidefeldern vor dem Küchenfenster und von dem lachenden Gesicht meiner Mutter.

Nein. Das ist nicht meine Mutter. Ich kenne diese Frau mit dem braunen Haar und den grünen Augen nicht. Und doch bereitet mir ihr Anblick einen Schmerz, den ich nicht erklären kann. Erfüllt mich mit einer Sorge, die keinen Sinn ergibt.

Ich bohre die Fingernägel in meine Handflächen und hoffe, dass ich dadurch wieder zu mir komme. *Das ist ein Trugbild. Lass dich von ihrer manipulativen Magie nicht von deiner Mission abbringen.*

Ich spüre die Gegenwart meiner Mutter, bevor ich sie sehe.

»Felicity!«, ruft sie.

Aber noch während sie ihre Aufmerksamkeit auf mich richtet, stürzt sich ein Fremder auf sie. Ich greife an und nutze meine Klinge auf eine Weise, die mir vom Training her sofort vertraut ist, zugleich aber vollkommen fremd, weil ich das Gefühl nicht kenne, wenn sie in Fleisch eindringt.

»Felicity«, haucht der Fae, bevor er vor meinen Füßen niedersinkt.

Ich sehe ihm in die blauen Augen und mir stockt der Atem. *Hale.*

Woher kenne ich seinen Namen? Warum möchte ich die Götter anflehen, mein Leben gegen seines einzutauschen?

Dein Bruder braucht dich.

Ich wirbele herum auf der Suche nach dieser Stimme.

Konner kommt in den Raum gestürmt und zieht mich in seine Arme.

Und ich erstarre. Ich erstarre, weil ich mich auf einmal nicht mehr daran erinnern kann, was mir das Orakel gezeigt hat, das mich heute Abend hierhergeführt hat. Und ich kann mich nicht erinnern, warum ich den Fae am Boden getötet habe.

Wach. Auf.

Das ist nicht richtig. Nichts von alldem ist richtig. Ich sollte nicht einmal hier sein.

Und ich weiß so sicher wie meinen eigenen Namen, dass der Fae, der mich an seine Brust drückt, zwar mein leiblicher Bruder sein mag, aber er ist nicht der Fae, mit dem ich aufgewachsen bin, und dass ich mein ganzes Leben auf der Flucht vor ihm verbracht habe.

KAPITEL 3

JASALYN

Kein Mantra, keine Atemtechnik und kein Ring der Welt würde es mir ermöglichen, Feegus Keep ohne dieses entsetzliche Gefühl der Angst tief in meinem Bauch zu erkunden. Ich bin jetzt schon seit Stunden hier, aber es ist kein bisschen besser geworden, seit ich von der Koboldin fortgegangen bin und mich den Wachen am Haupttor mit dem Lächeln der Bezaubernden Lady präsentiert habe.

Die Säle, die ich durchstreift habe, verraten nichts von den abscheulichen Dingen, die in diesen Mauern verbrochen werden. Irgendwo tief unter den verschlungenen Gängen mit ihren Räumlichkeiten für Besprechungen und Schlafsälen mit Stockbetten liegt der Kerker, in dem Mordeus mich gefangen gehalten hat und wo ich die schlimmsten Wochen meines Lebens verbracht habe.

Dank des Rings sahen die Wachleute nur die Bezaubernde Lady. Sie hatten keine Ahnung, wie heftig ich innerlich zitterte. Aber alle Kühnheit, die dieser Erfolg – diese Festung zu betreten und sie unbehelligt zu erkunden – in mir hat aufkeimen lassen, wird gedämpft von dem Gefühl, dass ich verfolgt werde.

Wieder blicke ich über meine Schulter und sehe doch nur Leute, die hierherzugehören scheinen. Ich spähe zu den Fenstern am Ende des steinernen Saals hinüber, um abzuschätzen, wie viel Zeit mir wohl bis Sonnenaufgang bleibt. Noch steht der Mond hoch am Himmel, aber ich könnte die ganze Nacht hindurch nach dem Schwert suchen und wäre immer noch nicht in allen Räumen hier gewesen. Die Anlage ist schier endlos – schon allein die vielen Wendeltreppen sind mir eigentlich zu viel, ganz zu schweigen von den unterirdischen Stockwerken, die ich bislang gemieden habe.

Du hast acht Monate lang geschlafen. Du kannst es dir nicht leisten, dich jetzt von deiner Angst bremsen zu lassen.

Vom anderen Ende des Flurs kommt jemand pfeifend auf mich zu. Sie hat ihren Bademantel eng um die Taille gebunden und ein Handtuch über die Schulter geworfen, als käme sie gerade aus der Dusche.

»Entschuldige bitte!«, rufe ich und trabe ihr entgegen. Sie bleibt stehen und bedenkt mich mit einem strahlenden Lächeln. »Ich suche nach dem Feuerschwert.«

Dieses Schwert soll über eine besondere Art der Magie verfügen, die einen an jeden gewünschten Ort bringen und selbst den stärksten Unsterblichen töten kann. Kendrick hatte gehofft, wir könnten das mythische Schwert in Feegus Keep finden. Er wollte es in seinen Besitz bringen, damit ich Erith finden und töten kann, den niederträchtigen Anführer, der so vielen Eloranern Schaden zugefügt hat. *Ich* will es finden, um Mordeus aufzuspüren und zu töten.

»Ihr seid so gütig«, erwidert sie und tritt wie magnetisch angezogen näher heran. »Ich möchte Euch helfen. Was immer Ihr wünscht.«

Ich bin kurz davor, die Geduld zu verlieren. Ich brauche den

Ring, damit diese Leute mir zu Willen sind, aber das unvermeidliche Geschmeichel der Angesprochenen wird mir allmählich lästig. »Sage mir, wo ich das Feuerschwert finden kann.«

Sie schüttelt den Kopf. »Ich weiß nicht, was das ist, aber ich werde Euch bei der Suche helfen.«

Mühsam unterdrücke ich einen frustrierten Seufzer. Bislang wusste keiner, den ich angesprochen habe, etwas von dem Schwert. Mir ist natürlich klar, dass Mordeus nicht jedem, der in der Festung stationiert ist, erzählt hat, welche Wertgegenstände hier gehütet werden, aber *irgendjemand* muss doch etwas wissen.

Ich versuche es noch einmal. »Wo bewahrt Mordeus seine wertvollsten Besitztümer auf?«

»Er ist klug, wenn auch vielleicht nicht so klug wie Ihr. Er bewahrt sie verstreut im ganzen Reich auf und manches auch im Palast von Elora.«

»Und was ist mit den heiligen Gegenständen, die hier gelagert werden?«

»Das weiß ich nicht.« Sie schüttelt bekümmert den Kopf. »Es tut mir wirklich leid. Soll ich Euch nicht beim Suchen helfen?«

»Kannst du mir sagen, wo ich jemanden finden kann, der etwas darüber wissen könnte?«

»Kommandantin Rieckus kennt alle Geheimnisse dieser Festung.«

»Und wo kann ich diese Kommandantin finden?«

»Sie hält sich im unterirdischen Teil auf, hinter dem Kerker, wo sie die Gefangenen im Auge behalten kann. Sie kann aber sehr grausam sein und ich möchte nicht, dass Euch etwas zustößt.«

Im Kerker. Obwohl mir das Entsetzen die Kehle zuschnürt, schenke ich ihr ein Lächeln. »Das wird nicht geschehen, versprochen. Jetzt geh zu Bett und ruh dich aus.«

Sie nickt eifrig. »Gerne. Wenn es das ist, was Ihr wünscht.«

Ich würde alles tun, um nicht hinunter in den Kerker gehen zu müssen. Die Versuchung ist so groß. Möglicherweise ist das, was ich suche, nicht einmal hier, aber ich will nicht wieder gehen, ohne die Kommandantin gefragt zu haben. Sie könnte mir zumindest einen Anhaltspunkt geben, wo ich als Nächstes suchen könnte.

Hinter mir wird ein Schwert mit singendem Klang aus der Scheide gezogen.

Ich ziehe meinen Dolch, drehe mich hastig herum und sehe mich einem Fae mit weit aufgerissenen Augen gegenüber. »Mylady, ich dachte nur, ich könnte Euch vielleicht *mein* Schwert anbieten?«

Mein Herz pocht wie wild. *Du bist die Bezaubernde Lady. Niemand wird dich verletzen, solange du den Ring trägst. Du kannst wieder atmen.*

»Es ist zwar nicht aus Feuer, aber es stammt von meinem Großvater und hat mich im Laufe der Jahre immer gut beschützt.«

Ich schüttele den Kopf und wende mich zur Treppe in die Untergeschosse, die ich bis jetzt gemieden habe. »Behalte dein Schwert. Das ist nicht, was ich suche.«

Ich könnte jetzt gehen und später zurückkommen. Ich könnte Kendrick und die anderen suchen gehen. Dann müsste ich mich diesem Ort nicht allein stellen.

Aber der Traum verfolgt mich noch immer. *Kein Traum* – Mordeus' Erinnerung an den Handel, den er mit Kendrick eingegangen war. Kendrick sollte verhindern, dass ich meinem Leben ein Ende setze, während ich in jener Zelle verrottete, und genau das hat er auch getan. Dazu gab er sich als Mensch aus, weil er wusste, dass ich einem Fae nicht trauen würde. Und diese Fassade hielt er auch dann noch aufrecht, als wir uns wieder trafen. Das war eine *Lüge*.

Ich kann nicht riskieren, Kendrick noch einmal zu vertrauen. Nicht wenn auch nur der Hauch einer Möglichkeit besteht, dass er mit Mordeus zusammenarbeitet. Er hat gelogen, als er sagte, er wolle mir bei der Flucht aus dem Kerker helfen. Und er hat darüber gelogen, wer er ist. Ich kann ihm nicht vertrauen. Also muss ich das hier allein schaffen.

Die in den Gängen des Kerkers aufgereihten Wachsoldaten stellen für mich keine Gefahr dar, wie ich mir noch einmal einschärfe. Sie werden nur die Bezaubernde Lady wahrnehmen und ihren Willen erfüllen.

Ich mache einen ersten Schritt, dann einen zweiten. Die Magie des Rings sollte mein Herz beruhigen und meine Ängste dämpfen. Aber Ängste und Taubheit kehrten schon zurück, noch bevor ich Kendrick verließ, und *diese* Angst kreischt viel zu schrill, um gänzlich zum Schweigen gebracht zu werden.

Aber das hier wird meinen Einsatz wert sein. Wenn ich das Schwert in diesen düsteren Gewölben finde, wird das Entsetzen, das mein Herz gepackt hält, keine Rolle mehr spielen.

Mit jedem Schritt, der mich weiter in die Tiefe führt, fühle ich mich weniger wie die Bezaubernde Lady mit dem Herzen aus Eis und immer mehr wie die Vierzehnjährige, die Mordeus gebrochen hat. Ich sehe über meine Schulter – einmal, ein zweites Mal –, weil ich das Gefühl nicht loswerde, dass mir jemand in einigen Schritten Entfernung folgt. Trotzdem gehe ich weiter. Weil mir nicht mehr viel Zeit bleibt. Ich habe nur noch elf Tage.

Den Gedanken daran habe ich nicht mehr zugelassen, seit ich das Haus der Koboldin verlassen habe. *Elf Tage bis zu meinem Tod. Elf Tage, bis ich alles verliere.*

Ich möchte weit weglaufen von diesem Ort mit seinen Erinnerungen an Schmerz und Schrecken, aber ich habe keine Zeit zu vergeuden und ich werde ihn nicht gewinnen lassen.

Acht Monate ist es jetzt her. Woher willst du wissen, dass Mordeus sich immer noch im Palast von Elora aufhält? Und woher willst du wissen, dass du nicht jeden Augenblick das Bewusstsein verlierst, wenn er dich wieder benutzt, um noch stärker zu werden?

Ich schiebe diese Gedanken beiseite, trete auf die letzte Stufe und strecke eine zitternde Hand nach der Tür aus.

Ich weiß, was mich auf der anderen Seite erwartet. Schmerz und Schrecken, Dunkelheit und Verzweiflung.

»Jasalyn, stopp!«

Ich wirbele herum und sehe, wie Kendrick auf der Treppe hinter mir Gestalt annimmt. »*Du* bist mir gefolgt?«

Durch die Tür dringt ein seltsames Dröhnen. Der Lärm der schreienden Gefangenen? Eine Art von Vibration?

»Ich musste mich vergewissern, dass du in Sicherheit bist«, sagt er und kommt noch einen Schritt näher. »Du musst dort nicht reingehen. Du bist hier in Gefahr.«

Als ob ich nach all seinen Lügen irgendetwas von dem glauben könnte, was er mir sagt! Warum ist er überhaupt hier, wenn er nicht für Mordeus arbeitet?

»Wie lange bist du schon hier? *Arbeitest* du für sie?«

Sein Kehlkopf bebt. »Ich dachte mir schon, dass du herkommen würdest, und habe für diesen Fall einen magischen Alarm platziert. Als ich hier ankam, wollte ich nicht, dass du wegläufst und ich wieder vergesse, dass ich dich gefunden hatte. Aber ich konnte dich hier nicht allein lassen.« Er blickt über die Schulter, als wären Probleme im Anmarsch. »Ich konnte es nicht riskieren, dass du bei diesen Leuten hier bist, ohne dass dich jemand beschützt.«

»*Mich* beschützt? Und ich soll dir glauben, dass es dir wirklich darum geht? Nach allem, was ich inzwischen erfahren habe?«

»Sag mir, was geschehen ist. Sag mir, warum du weggelaufen bist.«

Ich presse meine Lippen zusammen. Ich will jetzt nicht diskutieren. Ich will nicht Gefahr laufen, schwach zu werden – will nicht Gefahr laufen, mich von meinen Ängsten und meiner Einsamkeit wieder in seine Arme treiben zu lassen.

Wenn ich erst durch diese Tür gegangen bin, wird die Magie des Rings dafür sorgen, dass er unser Zusammentreffen wieder vergisst.

Ich greife nach der Klinke und wappne mich innerlich gegen den unerträglichen Lärm und den Gestank aus meinen Erinnerungen, aber als ich den Griff loslasse und die Tür aufschiebe, schlägt mir nur dieses tiefe Dröhnen entgegen, lauter als zuvor.

Bevor sich meine Augen an die Dunkelheit gewöhnen können, jagen rot glühende Lichtschlitze auf mich zu.

Kein Dröhnen. Knurren.

Ich pralle gegen die Wand des Treppenhauses, als Kendrick sich schützend vor mich wirft.

Ein Lichtblitz springt aus seiner Hand und pulsiert um uns herum. Die Kreaturen stoppen abrupt – dunkelhaarige Bestien, wie übergroße Hunde mit riesigen Zähnen und einem wütenden Fauchen.

Im nächsten Augenblick schnellen sie wieder los. Diesmal richtet Kendrick seine Magie auf mich und ich ducke mich nicht einmal weg. Noch bevor ich es spüre, weiß ich, dass er mich damit schützt.

Ein Schild aus Luft schließt sich um mich und wehrt den blutigen Schlund der Bestie ab, die sich auf mein Gesicht stürzt.

Kendrick zieht sein Schwert, schlitzt der Kreatur die Kehle auf und stößt es einer anderen ins Auge. Immer mehr drängen heran, schnappen mit ihren Reißzähnen nach seinem Gesicht und zielen mit ihren Klauen auf sein Fleisch.

Ich sehe den Vorstoß vor ihm kommen. Er schneidet einem Untier gerade den Bauch auf, als ihn das letzte Monster von hinten anfällt. Ich hechte nach vorn und zücke meine Klinge, aber ich bin gefangen, stecke in dem Schutzschild fest, der mich umgibt, und kann nur hilflos zusehen, wie die Kreatur Kendrick mit messerscharfen Klauen den Hals aufreißt und dann die Zähne in seine Seite schlägt.

Kendricks Schmerzensschrei hallt von den Wänden zurück und zerreißt mir fast die Brust. Während ich hilflos gegen den unsichtbaren Schutzschild trommele, stößt er der letzten fauchenden Bestie seinen Dolch in die Kehle. Mit einem ohrenbetäubenden Kreischen fällt sie zu Boden; dann sinkt auch Kendrick auf Hände und Knie nieder.

Er atmet in rauen Stößen. Als er endgültig auf den Steinen zusammenbricht, fällt auch mein Schutzschild in sich zusammen.

Ich eile zu ihm und gehe auf die Knie. Aus seinen Wunden strömt Blut auf die Steinfliesen, wo es sich mit dem der Hunde vermischt. In dem flackernden Licht der Laternen im Treppenaufgang wird seine Haut immer bleicher.

Er packt meine Hand, aber sein Griff ist schwach. »Jasalyn.« Seine Augenlider flattern und fallen zu.

Alles in mir schreit, dass ich ihn retten muss, aber kann ich ihm überhaupt trauen?

Er streckt auch die andere Hand nach mir aus, doch sein Körper bebt vor Schmerz. »Es tut mir leid. Es tut mir leid, dass ich dich nicht vor Mordeus beschützen konnte. Es tut mir leid, dass ich nicht –«

»Nein.« Ich schüttele den Kopf, als könnte ich ihn durch reine, trotzige Willenskraft bei mir behalten. »Du wirst heute *nicht* Lebewohl sagen.«

»Warum hast du mich verlassen?« Die Frage ertönt so leise, die Worte so schwach, dass mir die Tränen kommen.

»Du bist ein Fae«, flüstere ich und ringe hilflos die Hände. »Warum heilst du nicht?«

Ich reiße mir ein Stück Futterstoff aus der Jacke und presse es auf seine Seite, dort, wo die schlimmste Wunde ist.

»Das Gift des Barghest. Es verzögert die Heilung.«

»Du wirst schon wieder. Ich werde dich zum Palast bringen.« Ich reiße einen Faden aus meinem Koboldarmband und schlucke die nächste Welle andrängender Tränen hinunter. »Die Heiler meiner Schwester können …«

Kendrick schlägt die Augen auf und rollt mühsam den Kopf von einer Seite auf die andere; meine Hoffnung erstirbt, als ich begreife, was er mir in Erinnerung rufen will.

Mein Kobold wird nicht kommen. Kendrick ist zu schwer verletzt. Seine Wunden zu tief. Kobolde dürfen nicht eingreifen, wenn es um Leben und Tod geht.

Seine Augen schließen sich wieder.

»Bleib bei mir«, flehe ich. »Mach die Augen auf, Kendrick. Du musst bei mir bleiben.«

Aber seine Augen bleiben geschlossen und er atmet nur noch flach. Zu flach.

»Hilfe!«, rufe ich die Treppe hinauf. »So hilf mir doch jemand! Schnell!«

Um uns verstreut liegen die blutigen Kadaver der Bestien, die in diesem Keller eingeschlossen waren. Bestien, die mich in Stücke gerissen hätten, wenn Kendrick nicht erschienen wäre. Warum war er hier? War er wirklich auf der Suche nach mir oder arbeitet er mit diesen Leuten zusammen? Wollte er Mordeus helfen?

Ich hole tief Luft und rufe diesmal, so laut ich kann: »Schnell, helft mir!«

Ich spüre, wie mir das Blut aus seiner Seite durch die Finger rinnt, und sehe, dass sein Atem immer langsamer geht.

Gerade als ich schon glaube, dass niemand kommt und ich ihn zurücklassen muss, um Hilfe zu holen, höre ich Schritte auf der Treppe.

»Mylady?« Der Fae sieht mit großen Augen auf mich herab, als er das Gemetzel sieht. »Seid Ihr verletzt? Lasst mich Euch helfen.«

»Mein Freund ist verletzt«, sage ich und stelle sicher, dass ich seine volle Aufmerksamkeit habe – dass er die Bezaubernde Lady sprechen hört. »Ich brauche einen Heiler, und zwar schnell.«

Er nickt ruckartig, macht kehrt und will die Stufen schon wieder hinaufeilen, als mir einfällt – der Ring. So wie er dafür sorgt, dass mir dieser Fae zu Willen ist, sorgt der Ring auch dafür, dass er mich in dem Augenblick vergessen wird, den er außer Sicht ist. Er wird mich vergessen und damit auch, dass er einen Heiler holen soll.

»Warte!« Mein Puls rast und rauscht so heftig in meinen Ohren, dass ich kaum klar denken kann. Da ist so viel Blut. »Bitte verlass mich nicht. Ich …«

»Natürlich nicht.« Er eilt die Stufen wieder herunter und betrachtet mich voller Sehnsucht. »Ich werde bleiben, solange Ihr es wünscht.«

Er könnte weiter Druck auf die Wunde ausüben, während ich Hilfe hole, aber wie kann ich sicher sein, dass er sich weiter um

Kendrick kümmert, wenn ich nicht mehr zu sehen bin? Wahrscheinlich wird er ihn dann sich selbst überlassen. Oder schlimmer noch, Kendrick als Eindringling erkennen und ihn töten.

Bist du ein Eindringling, Kendrick? Oder arbeitest du mit Mordeus' Leuten zusammen?

Ich verbanne diese Fragen aus meinen Gedanken. Damit kann ich mich jetzt nicht beschäftigen.

»Ich möchte, dass du Hilfe holst«, trage ich dem verträumt dreinblickenden Fae auf. »Such jemanden, der mir einen Heiler herschicken kann.« Denn wenn *er* jemanden darum bittet, dann wird der andere seine Aufgabe nicht vergessen, selbst wenn er sich nicht an mich erinnert.

»Ich weiß nicht, ob mich jemand von hier unten hören kann. Aber wenn ich die Treppe ganz hinaufsteige –«

»Nein.« Ich schnappe panisch nach Luft. Mein Herz fühlt sich an, als wolle es mir aus der Kehle springen. *Ruhig. Bleib ruhig.* »Geh ein Stück hinauf, aber nur so weit, dass du mich noch sehen kannst.«

»Ihr habt wirklich Angst«, murmelt er.

»Ich brauche diesen Heiler. Bitte. Such jemanden, der einen Heiler holen kann, aber bleibe in Sicht.«

KAPITEL 4

JASALYN

Er wird überleben. Alles wird gut werden. Meine Hand zittert, als ich langsam und mit größter Sorgfalt die Wunde an Kendricks Seite nähe, ein Auge immer auf die Nadel gerichtet, das andere auf das stetige Auf und Ab seiner Brust.

Die Heilerin von Feegus Keep war verblüfft, als sie zu mir ins Untergeschoss gerufen wurde – nicht in den Kerker, wie sich herausstellte, sondern einen anderen gottverlassenen Bereich der Festung, wo sie die für die Bewachung benötigten Todeshunde halten –, aber schließlich kam sie *tatsächlich*, und keinen Augenblick zu früh.

Wie die anderen erfüllte sie mir mit Freuden meine Wünsche, sobald sie mir gegenüberstand, und verabreichte Kendrick sowohl ein Gegengift als auch einen Trank, der seine Heilung unterstützen soll. Als sein Atem wieder gleichmäßiger wurde und die Farbe in sein Gesicht zurückkehrte, zerriss ich erneut einen Faden aus meinem Koboldarmband. Erst da erschien Gommid, nahm als Bezahlung dankbar eine Handvoll Haare eines Wachpostens entgegen und brachte uns in Windeseile fort in die Krankenstation von Ironmoore.

Eigentlich hatte ich geplant, Kendrick zum Mitternachtspalast zu bringen, fand das aber dann doch zu gefährlich – für ihn, für mich und auch für meine Schwester.

Ich dachte, hier in Ironmoore wäre er zumindest bei seinen eigenen Leuten und ich könnte ihn dort in fähige Hände übergeben. Aber kaum dass ich in die glasigen Augen der örtlichen Heilerin blickte, wusste ich, dass ich bleiben muss. Ich konnte nicht riskieren, dass sie womöglich vergaß, ihn wegen möglicher Reaktionen auf das Gegengift im Auge zu behalten, sobald ihre Erinnerung an mich verblasste.

Ich befahl der Heilerin, eine Wache vor der Krankenstation aufzustellen und niemanden hereinzulassen. Als sie seine Wunden schließlich so weit gesäubert und alles dafür getan hatte, seine Schmerzen zu lindern, schickte ich sie fort und machte mich selbst an die knifflige Aufgabe, seine Wunden zu nähen. Ich habe bestimmt schon Tausende von Stunden mit der Nadel in der Hand damit verbracht, Gewebe aller Arten zusammenzunähen, doch nichts hätte mich darauf vorbereiten können, wie es sich anfühlt, derartig zerfetzte Haut wieder zusammenflicken zu müssen. Mit Blut an den Händen. Wieder und wieder mit der Nadel durch lebendes Gewebe zu stechen.

»Jas?«

Ich zucke zusammen und halte vor meinem nächsten Stich inne. Kendrick kämpft gegen den Schlaf, seine eisblauen Augen mühen sich nach Kräften, sich auf mich zu fokussieren. »Schhh«, murmele ich. »Alles ist gut. Ruh dich aus.«

»Du bist nicht real. Wir suchen und suchen, aber nie finden wir dich.« Seine Augen schließen sich wieder – die Wirkung des Heiltranks. »Hast du überhaupt eine Ahnung, was ich dafür geben würde, dich zu finden?«

Mein Herz zieht sich schmerzhaft zusammen. *Du hast mich verraten.*

Aber dann war er zur Stelle, als ich ihn brauchte. Er hat sein Leben aufs Spiel gesetzt, um mich zu retten. Und nun bin ich hier und sorge dafür, dass er die Nacht übersteht, ohne zu wissen, ob er mich an Mordeus ausliefern würde, falls er Gelegenheit dazu hätte.

Ich lasse Nadel und Faden sinken und versuche, das Zittern meiner Hände abzuschütteln.

»Ich weiß nicht, wo sie ist«, murmelt er so leise, dass ich mir nicht einmal sicher bin, ob ich ihn recht verstanden habe. Er kämpft gegen den Schlaf an, scheint sich aber nicht vollständig aus seinem Griff befreien zu können. »Helft mir, sie zu finden. Helft mir, sie zu retten. Ich muss sie finden, bevor Mordeus die Kontrolle übernimmt und wir sie für immer verlieren.«

Die Worte sinken wie eine Klinge in meine Brust. Ich kann diese Worte, gemurmelt im Delirium, nicht mit dem Fae zusammenbringen, der mich belogen hat. Ich darf nicht vergessen, dass er mit Mordeus zusammengearbeitet hat. Ebenso wenig darf ich Mordeus' Erinnerung an Shae und ihre Abmachung vergessen.

Wenn die Zeit gekommen ist, werden wir sie zu Euch bringen.

Schon ein Dutzend Mal habe ich mir heute Nacht in Erinnerung gerufen, was sein Freund Mordeus versprochen hat. Dass Kendrick mich angelogen hat – darüber, weshalb er vor drei Jahren in der Zelle gegenüber meiner saß, und wer und was er ist.

Ich will nicht glauben, dass er für Mordeus arbeitet und dass er etwas mit der Abmachung seines Freundes zu tun hat. Bevor seine Lügen offenbart wurden, hätte ich nie an ihm gezweifelt, aber jetzt bin ich mir einfach nicht mehr sicher.

Er reißt die Augen auf, stützt sich auf und ächzt: »Jas … Bist du das wirklich?«

Ich drücke ihm eine Hand auf die Brust, damit er sich wieder hinlegt, bevor er die nur zum Teil vernähte Wunde erneut aufreißt. »Du musst stillhalten.«

Er lehnt sich zurück und seine Lider flattern, während er den Blick auf mich gerichtet hält. Ich wende mich zu dem kleinen Tisch hinüber und schenke ihm noch etwas von dem Schmerzmittel ein. Die Heilerin sagte, er müsse schlafen, um sich zu erholen, und *ich* kann nur klar denken, wenn er schläft.

»Trink das hier«, befehle ich, hebe seinen Kopf an und führe das kleine Glas an seinen Mund.

Er tut wie geheißen und wenige Augenblicke später erschlafft sein Körper.

»Du fehlst mir«, murmelt er. »Ich wusste nie, wie das ist. Hätte nie gedacht, dass mir die Götter jemanden wie dich bringen würden. Und dass sie so grausam sind, dich mir wieder wegzunehmen.«

Tränen brennen mir in den Augen. Er fehlt mir auch, aber was spielt das für eine Rolle, wenn ich ihm nicht vertrauen kann? Ich betrachte sein Gesicht und warte ab, bis er vollends in Schlaf gesunken ist. Als es endlich so weit ist, atme ich tief durch und mache mich wieder an die Arbeit.

***

»Jasalyn?«

Ich schrecke hoch und reiße die Augen auf, als ich meinen Namen höre. Wann bin ich eingeschlafen? Und für wie lange?

Kendrick sitzt auf der Kante des Krankenbetts und blinzelt gegen das Morgenlicht, das durchs Fenster hereinfällt. Ich erinnere mich nur noch daran, dass ich seine schlafende Gestalt betrachtet habe. Das Nähen seiner Wunden hatte ich im Rahmen meiner Möglichkeiten abgeschlossen und versuchte, mich anschließend davon zu überzeugen, dass ich gehen konnte. Dass er die Nacht überstehen würde.

»Was ist passiert?«, fragt er und blickt sich um.

Ich kneife die Augen zusammen angesichts der Gefühle, die mit seiner Stimme auf mich einstürmen. Wie kann ein Klang mir Ruhe und Frieden schenken und dann wieder solchen Schmerz verursachen?

Er sieht sich noch einmal um, mustert die Tränke und Salben der Heilerin und wendet sich dann wieder zu mir. »Habe ich dich in der Festung gefunden? Bist du verletzt? Bist du –«

Natürlich weiß er dank des Ringes nicht mehr, dass er mich gerettet hat. »Mir geht es gut.« Mein Kiefer ist angespannt. Es ist so schwer – ich möchte mich in seine Arme kuscheln, aber gleichzeitig vor ihm weglaufen; seine Heilung bedeutet mir alles und gleichzeitig ist mir bewusst, wie sehr er mich verraten hat. »Du bist es, der verletzt wurde.«

»Todeshunde«, stellt er mit einem Blick auf seine Seite fest. »Aber du bist unversehrt?«

»Woran kannst du dich erinnern?«

Sein Kiefer mahlt und seine blauen Augen wandern unablässig über mein Gesicht. »Schon vor Monaten dachte ich, du würdest dorthin gehen. Wir haben vergeblich nach dir Ausschau gehalten und schließlich eine Art magischen Alarm dort platziert, der es uns meldet, sobald du dort auftauchst. Aber auch das war schon so lange her, dass ich zunächst gar nicht begriff, was das Geräusch bedeutet, als die Magie aktiviert wurde. Dann habe ich mich, so schnell ich konnte, auf den Weg gemacht.« Er blickt mich fragend an. »Habe ich dich gefunden oder du mich?«

»Du hast mich gefunden.« *Du bist mir gefolgt, um sicherzugehen, dass mir nichts geschieht. Und du hast mich gerettet.*

»Ich war vor Sorge wie von Sinnen. Deine Schwester –«

Das Blut weicht mir so schnell aus dem Gesicht, dass mir beinahe schwindlig wird. »Halte dich von meiner Schwester fern!«

Er zuckt zurück, als hätte ich ihn geschlagen. »Jas, ich verstehe nicht, was hier gerade geschieht. Laut dem letzten Eintrag in meinem Tagebuch hatten wir die Nacht zusammen verbracht. Und wir hatten vor, das Schwert zu finden. Du wolltest uns helfen.« Sein Kehlkopf bebt, als er schluckt. »Was ist passiert? Hat dich jemand gefangen genommen? Wo bist du gewesen?«

Er erinnert sich nicht an unser letztes Gespräch, wie er sich auch nicht an dieses erinnern wird. »Ich bin gegangen.«

Die Verwirrung in seinem Gesicht versetzt mir einen neuerlichen Stich. »Warum?«

»Weil ich die Wahrheit weiß.«

»Welche Wahrheit?« Er schüttelt den Kopf. »Ich weiß nicht, was geschehen ist. Sag es mir, damit ich es in Ordnung bringen kann.«

Ich richte mich auf. »Ich will nicht noch einmal von vorn anfangen. Ich bin nur so lange geblieben, bis klar war, dass du wieder gesund wirst. Und deshalb gehe ich jetzt.«

»Geh nicht.« Er schaut sich um, als könne er die Antworten finden, die er sich wünscht. »Ich bin fast umgekommen vor Sorge. Wenn ich die Augen schließe, kann ich nur daran denken, wie ich dich im Stich gelassen habe. Ständig frage ich mich, wohin du verschwunden bist, und fürchte, was dir geschehen könnte. Bitte …«

Mein Herz ist schwer, aber ich ignoriere das Gefühl. Ich darf mich nicht von seinen hübschen Floskeln beeinflussen lassen. »Ich kann keinem Wort trauen, das du sagst.« Ich starre zu Boden, weil ihn anzusehen zu sehr schmerzt. »Du bist die letzte Person, der ich zugetraut hätte, mich zu verletzen.«

»Das hätte ich doch nie gewollt. Was immer ich getan habe …«

Ich muss schlucken. Warum fällt mir das hier nicht leichter? Obwohl er mich verraten hat, schaffe ich es kaum, ihn zu verlassen. »Wir sind in Ironmoore. Vielleicht wärst du schon stärker, wenn ich dich zu den Heilern im Mitternachtspalast gebracht hätte, aber meine Schwester wäre wohl kaum begeistert gewesen, einen Verräter in ihrer Mitte zu wissen.«

»Verräter?« Er muss husten. »Was soll denn das heißen? Wirst du mir das bitte einfach *erklären*?«

Ich sehe ihm in die Augen und das Herz springt mir hinauf in die Kehle. Ich kann nur unter Schmerzen atmen. »Wie soll ich die Person sonst nennen, die mich angelogen hat? Wie soll ich den Fae nennen, der mich für seine Abmachung mit Mordeus verraten hat?«

Er sieht mich entgeistert an. »Jas …«

»Genau«, flüstere ich. »Ich weiß Bescheid. Ich weiß, dass deine Fae-Ohren kein Verwandlungszauber sind. Und ich weiß von der Vereinbarung, die du eingegangen bist.«

Er beugt sich vor, die Hände auf die Knie gestützt. »Deswegen hast du uns verlassen? Weil du herausgefunden hast, dass ich ein Fae bin? Und dass Mordeus mir aufgetragen hat, dich am Leben zu erhalten?«

Ich bohre meine Fingernägel in die Handflächen und weide mich an dem Schmerz. »Wie kannst du das sagen, als wäre es eine Kleinigkeit? Als würde ich überreagieren?«

»Es ist keine Kleinigkeit, das weiß ich.« Er streckt mir eine Hand entgegen, als wäre ich ein verletztes Tier, das ihn jederzeit anfallen könnte, wenn er nicht vorsichtig ist. »Wie hätte ich dir die Wahrheit sagen sollen? Wie hätte ich zugeben sollen, dass ich mich in der Zelle nur als Mensch ausgegeben habe, wo du die Fae doch *so sehr* hasst? Ich brauchte dich – und brauche dich *immer noch* – und ich wollte dir keine Angst einjagen.«

Wut steigt in mir auf und ich klammere mich daran fest. »*Deshalb* also hast du gelogen? Damit ich keine Angst habe? Versuch's noch mal.«

»Anfangs nicht, aber ich wollte dir wirklich die Wahrheit sagen, und nach allem, was vor deinem Verschwinden passiert war und was du über Elora und seine Geschichte erfahren hattest, dachte ich, du würdest ohnehin bald dahinterkommen. Ich hätte aber nie damit gerechnet, dass du uns deswegen verlassen würdest.« Seine Worte werden immer leiser, seine Stimme rau. »Es tut mir leid.«

»Und was ist mit deiner Abmachung mit Mordeus? Hast du gedacht, da käme ich *auch* dahinter?«

Er presst die Augen zusammen und kneift sich in die Nasenwurzel. »Ich werde es mir nie verzeihen, dass ich seinen Auftrag nicht durchschaut habe.« Als er seine Augen öffnet, fühlt es sich an, als würde er direkt in meine Seele blicken. Als würde er mich anflehen, in die seine zu sehen. »Kannst du mir wirklich vorwerfen, dass ich in diesen Handel eingewilligt habe? Ich wusste weder, was Mordeus vorhatte, noch, was er dir antat. Ich wusste nur, dass ich als Gegenleistung für die Freilassung meiner Königin ein Mädchen am Leben erhalten sollte. Ein Mädchen, das furchtbare Angst hatte und dessen Güte ich von meiner Zelle aus spüren konnte. Ein Mädchen, das mir immer mehr bedeutete. Schon nach unserem ersten Zusammentreffen hätte ich alles in meiner Macht Stehende getan, um dich zu beschützen, selbst wenn es nie Teil der Abmachung gewesen wäre.«

»Aber du hast mich nicht *beschützt.* Du warst nicht viel besser als die Gitterstäbe, die mich dort festhielten. Du hast mir falsche Hoffnungen gemacht. Du hättest genauso gut derjenige sein können, der mich niederhält, während er mir seine Messer in die Haut bohrt.«

Kendrick zuckt zusammen. »Wenn ich den Lauf der Dinge ändern könnte …« Er stützt sich vom Bett hoch und kommt entschlossen auf mich zu. »Nein. Ich würde dich trotzdem am Leben erhalten. Vielleicht hätte ich noch mehr unternommen, um ihn zu töten, aber ich hätte nicht zugelassen, dass du dich aufgibst.«

Ich lasse den Kopf hängen und hasse mich dafür, wie sehr seine Worte mich beruhigen.

»Es ist mir nicht möglich, dich aufgeben zu lassen. Damals nicht und auch jetzt nicht.« Er kommt näher und streift mit den Fingern meinen Arm.

Ich schrecke zurück, bevor mich seine Berührung weich werden lässt. Obwohl ich mich nach ihr verzehre. Obwohl ich mich selbst auf ewig belügen würde, wenn ich ihm dadurch vergeben könnte – ihm alles vergeben und wieder an seine Seite kommen könnte. *Aber das kann ich nicht.* »Vielleicht wolltest du mir tatsächlich nie wehtun und vielleicht könnte ich dir sogar die Abmachung vergeben, aber die Gesellschaft, in der du dich bewegst, spricht Bände.«

Er richtet sich auf. »Ich weiß nicht, was du damit meinst. Geht es um die anderen? Skylar? Remme? Hat jemand von ihnen etwas getan?«

»Bei ihnen weiß ich das nicht.« Ich zucke mit den Schultern. Ich würde ihnen gerne vertrauen, aber immer wenn ich jemandem vertraue, werde ich zum Narren gehalten. »Dein Freund Shae.«

Seine Miene erstarrt. »Was ist mit Shae?«

»Ich habe ihn in meinen Träumen gesehen – in Mordeus' Erinnerungen. Er versprach, mich zu Mordeus zu bringen, wenn die Zeit gekommen ist. Ich glaube …« Warum bin ich eigentlich noch hier? Warum vertraue ich ihm? Warum wünsche ich mir so sehnlichst, dass Kendrick nichts von Shaes Gespräch mit Mordeus weiß? Ist es nicht nur allzu wahrscheinlich, dass Kendrick in alles eingeweiht war?

Aber das glaube ich nicht. Kann es nicht glauben.

»Ich denke, es hat etwas mit dieser Blutmagie zu tun, die mich mit Mordeus verbindet – er ist daran beteiligt, Mordeus ins Leben zurückzuholen.«

»Erzähl mir, was du weißt.«

Kann es schaden? Alles zu erklären? Entweder ist er eingeweiht und weiß ohnehin Bescheid, oder er ist es nicht und muss erkennen, dass sein Freund ein Lügner ist. »Ich hatte diese Träume – Träume, in denen ich Mordeus war.« Ich fahre mir mit der Zunge über meine ausgetrockneten Lippen. »Zuerst dachte ich, das wären nur Albträume. Nur mein perfides Unterbewusstsein, das mir weismachen will, ich wäre im Inneren so finster und hässlich wie er. Aber dann berichtete Natan uns, was er über Blutmagie herausgefunden hatte – über den Ring und die Verbindung zwischen mir und Mordeus –, und da machte es bei mir klick. Das waren gar keine Träume. Es waren *Erinnerungen*. Und dann folgte diese Erinnerung an deinen Freund Shae: Er sagte zu Mordeus, ihr würdet mein Vertrauen gewinnen und mich zu ihm bringen, damit Mordeus ›wiederauferstehen‹ könne. Was könnte das anderes bedeuten, als dass ich dazu benutzt werden soll, um Mordeus ins Leben zurückzuholen?«

»Und du bist dir sicher, dass der Fae aus deinem Traum – aus dieser Erinnerung – Shae war?«

»Als ich ihn damals in meinem Traum sah, hatte ich keine

Ahnung, dass er irgendwie mit dir in Verbindung stehen könnte, aber dieses Gesicht würde ich niemals vergessen. Diese Augen. Dann, am letzten Morgen in Ironmoore, sah ich ihn in der Küche sitzen, und da wurde mir auf einen Schlag alles klar.« Ich werfe Kendrick einen Blick zu und sehe Zornesfalten in seinem Gesicht. »Du wirkst nicht überrascht.«

»Ich werde jetzt nicht so tun, als würde mir das, was du sagst, nicht zu schaffen machen.« Er geht in dem kleinen Krankenzimmer auf und ab. »Shae und ich sind zusammen aufgewachsen. Wir waren mal beste Freunde. Als sich herausstellte, dass ich der nächste König von Elora werden sollte, zog er sich zurück, aber es fällt mir immer noch schwer zu glauben, dass er uns dermaßen verraten würde.«

Ich bin innerlich zwischen Hoffnung und Zweifel hin- und hergerissen. Ich möchte Kendrick vertrauen. Ich möchte ihm glauben, was er sagt, aber der Reiz der Magie der Bezaubernden Lady wirkt bei ihm nicht, und deshalb kann ich mir seiner Aufrichtigkeit nicht vollkommen sicher sein.

»Shae war schon immer auf gefährliche Weise ehrgeizig. An dem Tag, als das Orakel weissagte, dass ich der Erwählte sei, verlor er die Beherrschung und zerstörte die ganze Baracke. Er hatte gedacht, er müsse es sein.«

»Und du hast ihm danach weiterhin vertraut?« Er ist mir jetzt so nah, dass ich seine Wärme spüre, aber ich gestatte mir nicht, auch noch die letzte Distanz zwischen uns zu überbrücken.

»Er hat sich entschuldigt. Er meinte, er habe immer geglaubt, dass er zu Großem bestimmt sei, habe nach seinem Ausraster aber erkannt, dass dies auch an meiner Seite möglich sei.« Er kratzt sich über die stoppeligen Wangen. »Wahrscheinlich habe ich ihm geglaubt, weil ich das wollte.«

»Aber jetzt glaubst du mir?«

Er bleibt stehen und ein tiefer Atemzug weitet seine Brust. »Wir haben Shae nicht mehr gesehen seit dem Tag, als du verschwunden bist. Er ist nach Elora gegangen, um einen anderen Weg in den Palast zu finden. Das hat er jedenfalls behauptet. Aber er kam nie zurück und wir dachten, er sei vielleicht in Gefangenschaft geraten, aber … Ich weiß nicht. Irgendwie hatte ich ein ungutes Gefühl. Nach seinem Verschwinden wurde mir nach und nach klar, dass bei ihm in letzter Zeit nicht alles so ganz zusammenpasste. Kleinigkeiten. Dass er manchmal verschwand oder bei einem Treffen nicht wie abgemacht erschien. Ich machte mir Sorgen um ihn, ein Teil von mir war aber gleichzeitig argwöhnisch, als immer mehr Informationen ans Licht kamen.«

»Zum Beispiel?«

»Es ist kein Zufall, dass dieser Ring an deinem Finger festsitzt. Für Mordeus ist es wichtig, dass du ihn nicht ablegen kannst, da er dich so besser kontrollieren kann. Und zunächst dachten wir, die Sieben müssten hinter dem Angriff auf Ironmoore stecken, weil sie unsere Revolution niederschlagen wollen, aber Natan hat inzwischen genug herausfinden können, um sicher zu sein, dass sie nicht verantwortlich sind – jedenfalls nicht allein. Wir vermuten, dass die Sache mit dem Wyvern einen völlig anderen Zweck verfolgte. In alten Zeiten hat man den Schrei des Wyvern dazu benutzt, um schlafende Magie zu wecken, und wir glauben, dass es bei der Attacke vor allem darum ging, die Magie freizusetzen, die den Ring jetzt an deinen Finger bindet.«

Ich nicke, bin aber innerlich völlig durcheinander. Kendrick und seine Freunde haben während der ganzen Zeit meiner Abwesenheit herauszufinden versucht, wie sie mir helfen können. Wie sie mich von diesem Ring befreien können. Und das passt so gar nicht zu der Geschichte, die ich mir eingeredet habe. Das ergibt einfach keinen Sinn, wenn sie mit Mordeus unter einer Decke stecken. »Und was hat das mit deinem Freund Shae zu tun?«

»Jemand musste den Wyvern *losschicken*. Aber wer konnte wissen, dass du mit uns in Ironmoore bist, und war gleichzeitig in der Lage, Isaak dazu zu benutzen, den Wyvern in Crissas Gestalt ins Lager zu bringen? Nur Shae.« Er blickt mir lange in die Augen. »Und deshalb glaube ich dir. Ja, ich glaube dir. Aber es wäre mir viel lieber gewesen, du hättest es mir erzählt, anstatt wegzulaufen.«

Ich mustere sein Gesicht. Ich vertraue ihm, aber nun ist es zu spät. Mir bleibt nicht mehr viel Zeit. Ich kann mich jetzt nicht damit aufhalten, mir zu wünschen, ich wäre anders vorgegangen.

»Bleib bei mir«, sagt Kendrick und geht vor mir in die Hocke. Er hebt eine Hand an mein Gesicht, lässt sie aber wieder sinken. »Lass mich dir meine Treue erweisen. Deine Schwester steht kurz davor, bei der Suche nach dir den Verstand zu verlieren.«

Abriella. Ich presse die Zähne zusammen. »Meine Schwester ist ohne mich besser dran.«

»Niemals.« Sein Gesicht verhärtet sich. »Sag nicht so etwas.«

»Du würdest das nicht verstehen.«

»Meine eigene Schwester ist ebenfalls verschwunden. Ich weiß genau, wie entsetzlich das ist. Das Gefühl, dass man dabei versagt hat, die Seinen zu beschützen; dass sie irgendwo da draußen sind und man sie abermals im Stich lässt …«

»Siehst du, und ich wusste nicht einmal, dass du eine Schwester hast.« *Weil du ihn überhaupt nicht kennst,* rede ich mir ein, aber nur weil es mir schwerfällt, diese Tatsache nicht aus den Augen zu verlieren. Es ist fast unmöglich, wenn wir uns so nahe sind – wo ich doch vor wenigen Stunden noch dachte, er würde vor meinen Augen sterben.

»Felicity ist meine Schwester«, sagt er. »Die Gestaltwandlerin, die an deiner Stelle nach Castle Craige gegangen ist.«

Ich zucke zusammen. »Das hattest du mir gar nicht erzählt.«

»Und vielleicht hätte ich das tun sollen.« Er verzieht das Gesicht und ich erkenne das Bedauern in seinen Augen. »Sie wurde adoptiert und mit mir zusammen aufgezogen. Aber selbst wenn ich dir dieses Detail erzählt hätte, fürchtete ich, du würdest meine ganze Geschichte anzweifeln, wenn du wüsstest, dass ich eine Fae zur Schwester habe.«

»Und sie ist aus Castle Craige verschwunden?«

Er nickt ernst. »Vor acht Monaten. Seither haben wir nach euch beiden gesucht.«

Sofort packt mich ein schlechtes Gewissen. »Hat jemand sie entführt, weil man dachte, sie wäre ich? Hat –«

»Nein. Sie war aufgeflogen und man hatte sie in eine Zelle geworfen, wo sie gezwungen war, ihre wahre Gestalt wieder anzunehmen. Die anderen denken, dass Erith sie gefangen genommen hat, aber ich will das nicht glauben.«

»Warum?«

Der Schmerz in seinem Gesicht ist kaum zu ertragen. »Weil Erith ihr leiblicher Vater ist und er ihr seit ihrer Geburt den Tod wünscht. Das Orakel hat vor langer Zeit geweissagt, dass sie ihn dereinst töten wird.«

Bei seinen Worten wird mir übel. Noch jemand, dessen Leben meinetwegen frühzeitig enden wird.

»Aber wir werden sie finden«, erklärt Kendrick entschlossen. »Ich werde nicht aufgeben, genauso wie wir die Suche nach dir nicht aufgegeben haben.«

»Wenn Erith sie entführt hat, dann brauchst du das Schwert, um sie zu retten. Oder das Portal, das dir Zugang in den Palast von Elora gewährt. Richtig?«

»Keiner der Sieben würde zulassen, dass eine Gefangene in ihrem kostbaren Palast festgehalten wird. Sie fürchten sich viel zu sehr vor ihren Feinden, um sie in ihrer Nähe zu behalten. Aber wir verfolgen eine vielversprechende Spur, der Misha im Augenblick nachgeht.«

Meine Gedanken wirbeln durcheinander, als ich versuche, alles zusammenzufügen. Es ist, als versuche man ein Buch zu lesen, bei dem die Hälfte der Seiten fehlt. *Das kommt davon, wenn man acht Monate verschläft.* Ich ringe die Hände. »Dann ist deine Schwester also verschwunden, und meine Schwester … weiß sie, dass Felicity sich für mich ausgegeben hat?« Ich kann mir ihre Panik in dem Augenblick vorstellen, als sie erfuhr, dass die Gestaltwandlerin nicht ich war, und Abriella begriff, dass demnach *ich* verschwunden war.

»Anfangs wollte sie nicht glauben, dass du etwas damit zu tun hast, aber Felicity hat ihr genug erzählt, um sie davon zu überzeugen.«

Mein Inneres fühlt sich an, als würde es sich mit Steinen füllen, als ich daran denke, wie verletzt und verraten Brie sich gefühlt haben muss, als sie die Wahrheit erfuhr. »Und woher weißt du das alles?«

Sein Lächeln ist traurig. Keine Spur von den Grübchen, die ich so mag. Keine Spur von Freude in seinen Augen. »Deine Schwester und König Misha haben uns aufgespürt und um Hilfe gebeten. So haben wir uns auf die Suche gemacht, aber durch diesen verdammten Ring ist es, als würde man einen Geist jagen. Immer wieder gab es Gerüchte, jemand hätte dich gesehen, aber nichts, was sich bestätigen ließ. Und natürlich musste Abriella die ganze Zeit so tun, als wärst du im Palast in Sicherheit.«

Denn wenn die Leute im Reich erfahren, dass die Schattenkönigin ihre eigene Schwester nicht unter Kontrolle hat, würde man das als Schwäche deuten.

»Wo bist du denn überhaupt gewesen?«, fragt er.

»Ich habe geschlafen«, flüstere ich, aber als er mich entsetzt anblickt, weiß ich, dass er dasselbe denkt wie ich. Dass mein *Bewusstsein* während der vergangenen acht Monate geschlafen haben mag, aber mein Körper möglicherweise nicht. Nicht wenn Mordeus' Bewusstsein mit meinem verbunden ist. Nicht wenn er mich schon dazu benutzt hat, seine schmutzige Arbeit zu erledigen, bevor der Ring auf meinem Finger feststeckte.

»Genau deshalb darfst du nicht gehen.« Seine raue, gequälte Stimme trifft mich härter als seine Worte, als er am Verbluten war und das Bewusstsein verlor. »Wir dürfen nicht riskieren, noch mehr Zeit zu verlieren.«

Es wäre so leicht zu bleiben. Zu gehen bedeutet, die Einsamkeit meiner Mission zu akzeptieren. Wenn ich aber bleibe, wird mich Kendricks eigene Mission ablenken, wo ich doch nichts anderes tun darf, bis ich Mordeus vernichtet habe. »Ich weiß, dass du mich brauchst, um Erith zu töten, und es tut mir leid, dass deine Schwester meinetwegen gefangen genommen wurde, aber darum kann ich mich jetzt nicht kümmern.« Ich gehe um ihn herum und weiter in Richtung Tür.

»Hier geht es nicht um *Erith*. Es geht um *dich*. Denn da gibt es Dinge …« Er hält inne, als würde er nicht die passenden Worte finden. »Du musst begreifen, was Mordeus geplant hat.«

Nach einigem Zögern drehe ich mich wieder zu ihm um. »Was meinst du damit?«

Er schluckt. »Bevor Felicity entführt wurde, hat sie den anderen dein Geheimnis verraten.« Seine Augen sind unsagbar traurig und es ist, als würde ich ihn aufs Neue verbluten sehen. Ich will es in Ordnung bringen. »Sie hat ihnen erzählt, was du für den Ring eingetauscht hast. Dass dein Leben an deinem achtzehnten Geburtstag endet.«

Mir wird augenblicklich schwer ums Herz und ein weiterer Stein kommt zu dem Haufen in meinem Magen dazu. »Oh.« Warum lässt die Vorstellung, dass meine Schwester – dass *Kendrick* – Bescheid weiß, mein Opfer plötzlich so real erscheinen?

»Wie können wir das ungeschehen machen?«, fragt er mit rauer Stimme. »Was müssen wir tun?«

Ich schüttele den Kopf. »Es ist besiegelt. Wir können nichts zurücknehmen.«

Der schmerzliche Schatten, der sich über sein Gesicht legt, lässt mich ein anderes Leben wünschen, in einer anderen Welt unter einem anderen Sternenhimmel. »Du willst, dass ich einfach so akzeptiere, dass ich dich in weniger als zwei Wochen verlieren werde? Nein. Ich weigere mich. Wir werden eine Möglichkeit finden, es ungeschehen zu machen.«

»Entscheidend ist nur, dass ich Mordeus töte, bevor jener Tag anbricht, und um das zu tun, brauche ich dein besonderes eloranisches Schwert. In Feegus Keep konnte ich es nicht finden, aber ich habe nicht –« *Ich muss dorthin zurückkehren und diese Kommandantin finden, um zu sehen, ob sie weiß, wo es ist, und zwar bevor dieser Trank der Koboldin in seiner Wirkung nachlässt und ich wieder dem Schlaf anheimfalle.* Ich atme tief durch. »Ich bin schon zu lange geblieben. Ich vergeude meine Zeit. Ich sollte überhaupt nicht hier sein. Ich hätte nicht bleiben sollen.«

»Ich bin froh, dass du es getan hast.« Als er mit den Fingern über meine Schulter streicht, erstarre ich, aber ich schaffe es nicht, mich erneut von ihm zu lösen. »Geh nicht allein. Es ist zu gefährlich. Und das Schwert –«

»Nur auf das Schwert kommt es an. Es wird mich zu Mordeus bringen und ich werde ihn töten.« Ich werde ihn vernichten für das, was er mir angetan hat. Was er aus mir gemacht hat. Ich balle die Hände an meinen Seiten zu Fäusten, fest entschlossen, jetzt nicht zusammenzubrechen. Schon macht sich wieder die Erschöpfung bemerkbar.

»Wir haben die ganze Zeit nach dem Schwert gesucht. Wir brauchen es nötiger denn je, jetzt, wo wir befürchten müssen, dass Felicity in einem anderen Reich gefangen gehalten wird. Aber während du fort warst, haben wir erfahren, dass Mordeus das Schwert versteckt hat – so verzaubert, dass nur er es sehen kann. Selbst wenn es direkt vor unseren Augen wäre, würden wir es nicht bemerken.«

Ich taumele zurück wie nach einem Stoß vor die Brust. Als ich zu atmen versuche, geschieht nichts. Wie soll ich Mordeus ohne das Schwert gegenübertreten? Ich bin nicht stark genug. Was ihn betrifft, war ich niemals stark genug, um etwas auszurichten.

»Es tut mir leid. Nicht gerade das, was du hören wolltest.«

Nach einer gefühlten Ewigkeit strömt endlich wieder Luft in meine Lunge, aber in meinem Innern herrscht eine Panik, die all meine Pläne zerschmettert. »Ich werde eine andere Möglichkeit finden.«

»Verstehst du denn nicht, warum wir zusammenarbeiten müssen? Deine Schwester war genauso besessen davon, dich zu finden, wie ich. Sie wird *so froh* sein, dich wiederzusehen.«

Mich wiederzusehen und nur wenige Tage später Zeugin zu werden, wie ich sterbe. Mich wiederzusehen und aufgrund von

Mordeus' Verbindung zu mir der Gefahr um so vieles näher zu sein.

Ich darf das nicht zulassen.

Ich deute auf die Wandschränke auf der gegenüberliegenden Seite des Krankenzimmers. »Ich fühle mich schwach«, sage ich, was nicht einmal gelogen ist. »Die Heilerin hat einen Heiltrank dagelassen, dort drüben.« Auch das ist nicht gelogen – aber der einzige Trank dort ist für Kendrick bestimmt. »Würdest du ihn mir holen?«

»Natürlich.« Er geht zum anderen Ende des Raumes, während ich nach der Klinke greife.

»Du wirst dich an nichts von alldem hier erinnern.« Als ich Kendrick dieses Mal zurücklasse, fällt es mir schwerer als jeder einzelne Schritt hinunter in Mordeus' Kerker.

KAPITEL 5

FELICITY

Ich spüre den Zauber, der mich in seinem Bann hält, und kämpfe dagegen an. Ich kämpfe mit meinem Verstand und meiner Magie, bis es mir endlich gelingt, meine Augen aufzuschlagen und die gemauerten Wände wahrzunehmen. Die Gestalt, die mich von der Ecke aus beobachtet. Die dünne Matratze unter mir.

Mein Verstand ist eine Ansammlung von Puzzleteilen, die nicht zusammenpassen. Meine Kindheit im Palast. Wie ich mit Kendrick durch die Felder laufe. Das liebevolle Lächeln meiner Mutter. Die lähmende Angst und Gewissheit, wie schnell mein Vater mich töten wird, falls er mich jemals finden sollte. Mishas Atem auf meinem Hals vor dem Gutenachtkuss. Mishas hasserfüllte Worte, als ich fortgezerrt werde.

Ich lasse dich erst mal ein paar Tage in meinem Kerker verrotten, bevor ich mir neue Lügen von dir anhöre.

Bei diesen Worten muss ich so heftig um Atem ringen, dass ich in meinen Körper zurückfinde. Wieder zu mir komme.

Ich springe aus dem Bett und breche augenblicklich zu einem elenden Häufchen am Boden zusammen.

Die Gestalt in der Ecke kommt auf mich zu. »Ganz ruhig. Der Körper ist geschwächt nach monatelangem Schlaf.«

Wer ist er? Wo bin ich?

Misha wird mich holen kommen, höre ich eine Stimme am Rande meines Bewusstseins sagen und ich muss sie resolut wegschieben. Misha hasst mich.

Misha möchte mich heiraten, protestiert ein anderer Teil meines Bewusstseins.

Das. Ist. Nicht. Real.

Die Gestalt kommt einen weiteren Schritt auf mich zu, ist aber noch zu tief in Schatten gehüllt, um sie zu erkennen. »Schlaf weiter. Dort ist es besser. Versprochen.«

»Du bist in meinen Kopf eingedrungen«, sage ich zu dem Fremden, aber meine Worte fließen ineinander, langsam und zäh wie Sirup. »Du hast ein ganzes Leben dort eingepflanzt.« Und es zieht mich wieder zurück dorthin. Zurück in diese Traumwelt, in der ich eine Familie habe, eine Zukunft und ein Zuhause.

Mir war gar nicht bewusst, wie einsam ich bin, bis man mir ein Leben präsentierte, in dem ich es nicht bin.

»Ich habe dir nur gezeigt, wie es hätte sein können«, sagt der Fremde. »Und wie es vielleicht immer noch sein könnte, wenn du es zulässt.«

Kendrick, der vor meinen Füßen verblutet. »Ich verzichte«, sage ich, meine Stimme rau, als hätte ich sie seit Ewigkeiten nicht mehr benutzt. Schlaf und Träume drängen sich mir auf und versprechen Zuflucht. Wie lange war ich eine Gefangene dieser Träume? Wie lange hält man mich schon hier fest? Monate, wie der Fremde sagt?

»Du *verzichtest*?« Sein trockenes Lachen hallt von den Steinmauern des Zimmers – nein, der *Zelle* – zurück. »Ach ja – weil dein Leben, in dem du dich als alles Mögliche außer dir selbst ausgegeben hast, so viel besser war?«

Besser? Nein. Es war nicht besser. Und die Vorstellung, mich wieder in diese Welt zurücksinken zu lassen, in der ich die Liebe meiner Mutter genoss, in der Misha mich als die liebt, die ich bin, und keine andere? Ja, es klingt ungemein verführerisch, dorthin zurückzukehren. Aber mein Leben hängt davon ab, dass ich mich dagegen wehre.

Eine Fackel an der Wand erwacht zum Leben und beleuchtet den Fremden, der sich über mich beugt. Bei seinem Anblick wird mir das Herz schwer. Blondes Haar und eisblaue Augen, genau wie bei mir. Genau wie der Fae in den Traumbildern. Genau wie mein Zwillingsbruder.

»Konner.« Ich spreche den Namen aus, als wäre er kostbar. Als würde er mir etwas bedeuten. Und ich hasse mich dafür.

Er muss meinem Gesicht die zwiespältigen Emotionen ablesen, denn er lächelt. »Hallo, Schwesterherz.«

Ich presse die Augen zusammen angesichts der Welle von Zuneigung, die mich zu überwältigen droht. Er hat mir beigebracht, wie man ein Schwert führt und seine Gedanken abschirmt. Er hat meine Hand gehalten, als wir am Krankenbett unserer Mutter standen. Er –

Nein.

Unsere Mutter wurde von unserem Vater ermordet und all diese Kindheitserinnerungen sind nichts als strategisch platzierte Fantasievorstellungen, die mich verwirren sollen.

»Warum?«, frage ich. Und ich hasse mich dafür, wie sehr es mir gefällt, dass er hier ist. Wie sehr ich mich danach sehne, mit ihm zu reden. Ihn *kennenzulernen.*

Meine echte Familie.

»Warum was? Warum ich dir ein Leben zeige, das du hättest haben können? Warum ich versuche, meine Schwester – den Zwilling, mit dem ich einst eine Gebärmutter geteilt habe – dazu zu bringen, die Wahrheit zu sehen?«

»Warum hast du mich nicht *getötet*?« Ich muss mir die Worte abringen. Muss mir ins Gedächtnis rufen, dass dies die einzig entscheidende Frage ist.

»Vielleicht möchte ich dich ja am Leben haben«, sagt er und schiebt die Hände in die Taschen. »Glaubst du, du wärst die Einzige mit einer einsamen Kindheit? Ich hätte eine Schwester gebrauchen können. Eine Freundin.«

»Vielleicht willst du aber auch nur zu einem der Sieben aufsteigen und kannst mich nicht töten, wenn du das Feuerportal überleben willst.«

»Glaubst du nicht, ich würde jemanden finden, der sich für mich die Hände schmutzig macht, wo ich doch einen ganzen Palast zu meiner Verfügung habe?« Er schüttelt den Kopf. »Außerdem erledige ich schon seit Jahren das Morden für unseren Vater. Er hatte niemals vor, mir den Aufstieg zu gestatten.« Er mustert mich mit einem Seufzer. »Ich bin gar nicht so anders als der Bruder in deinen Träumen.«

Ich kann nicht einfach hier sitzen und ihm zuhören, also suche ich die Zellenwände nach einer Tür oder einem Fenster ab – nach allem, was ich als Fluchtweg benutzen könnte. »Außer dass du meinen Tod wünschst.«

»Mir ist klar, dass du das denkst, aber du irrst dich.«

»Du und Erith, ihr wünscht meinen Tod. Deshalb hat er unsere Mutter getötet, als er von mir erfuhr. Deshalb hat er seine Soldaten ausgeschickt, um nach mir zu suchen.«

»So viele Vermutungen.«

»Oder willst du leugnen, dass das Orakel unserem Vater geweissagt hat, seine Tochter würde ihn töten? Leugnest du, dass er meinen Tod wünscht?«

»Das tue ich nicht, aber ich bin nicht unser Vater.«

»Und doch bin ich hier. In irgendeiner dunklen Zelle ohne Ausweg.« Ich setze mich auf – ich muss von ihm fortkommen –, sehe mich aber gezwungen, mich dabei am Bettgestell festzuhalten. *Ich bin zu schwach.*

Er steht auf und legt den Kopf schief. »Willst du's nicht mal damit versuchen, höflich zu fragen?« Er schwingt seine Hand und ich spüre, wie ein Teil meiner Kräfte zurückkehrt. Ich ächze, als ich mich endlich wieder vollständig aufrichten kann. »Siehst du«, sagt er. »Ein Geschenk von deinem liebevollen Bruder.«

Ich stoße ein Lachen aus. Dass mich meine Beine wieder tragen, ist ein Anfang, aber aus einer Zelle ohne Tür oder Fenster können sie mich auch nicht herausbringen. »Du wirst mich einfach gehen lassen, wenn ich dich darum bitte? Ist es so einfach?«

Er zuckt mit den Achseln. »Möglicherweise nicht. Aber nicht aus dem Grund, den du vermutest.« Er betrachtet mich eine lange Zeit und ich mustere ihn ebenfalls. Die Trugbilder, die er in meinem Gedächtnis eingepflanzt hat, sind so hartnäckig, dass ich größte Mühe habe, den Feind in ihm zu sehen, der er ist. »Du bist stärker, als ich erwartet hatte. Das muss ich dir lassen.«

Ich sehe ihn wütend an. Stärker? Eben noch brauchte es seine Magie, damit ich auch nur die Kraft zum Aufstehen hatte.

»Dein *Verstand.*« Er verdreht die Augen. »Ich musste mehr Energie aufwenden als erwartet, um deine Träume in Gang zu halten.«

»Was willst du von mir?«

»Ich will, dass du dich ausruhst, bis es an der Zeit ist.«

»An der Zeit wofür?«

»Mach dir darüber keine Sorgen.«

Ich kneife die Augen zusammen, lege den Kopf schief und sehe ihn an. »Du weißt es gar nicht, was? Obwohl du ein Leben lang alles getan hast, was er verlangt, will er dich nicht mal in seine Pläne einweihen.«

In seinen Augen blitzt etwas auf – Frust vielleicht oder Wut. »Ich bin nicht seine Marionette.«

In der Ferne ertönt Donnergrollen, und bevor ich mich's versehe, steht Konner hinter mir, hat einen Arm um meine Taille geschlungen, die andere Hand an meine Kehle gelegt, und eine Welle der Müdigkeit legt sich schwer wie eine Decke über mich.

Vor uns steht ein groß gewachsener Fae mit olivfarbener Haut; die silbernen Linien auf seiner Stirn blitzen.

»Ich rate dir, sie freizulassen, bevor ich dir zeige, wozu *richtige* Magie imstande ist.«

Misha? Ist er es wirklich oder bilde ich mir das nur ein? Nein. Es muss ein Traum sein. Er hasst mich.

Konner verstärkt seinen Griff und seine Magie brandet auf, zieht mich in den Schlaf zurück. Ich klammere mich an mein Bewusstsein wie eine Katze, die ihre Klauen in ihren Fänger schlägt. Schon werden die Ränder meines Blickfelds dunkel.

Abermals hallt ein Krachen durch den Raum und Konners Hand löst sich von meinem Hals. Er wird gegen die Wand geschleudert und kracht mit einem dumpfen Geräusch dagegen.

Ich sinke auf die Knie, dann auf die Hände. Konner fällt neben mir in einem elenden Haufen auf die Steinfliesen.

»Schnell«, zischt Misha und streckt mir eine Hand hin.

Ich starre sie argwöhnisch an. Ist das noch eines von Konners Trugbildern?

»Ganz ruhig.« Seine große Hand legt sich auf meinen Rücken

und ich möchte mich gegen ihre Wärme pressen – gegen ihn. Ich möchte zurückkehren zu dem Moment, als ich ihm vor dem Angriff auf den Palast einen Gutenachtkuss gab. Ich möchte mich in seine Arme schmiegen und sie niemals wieder verlassen.

Der Gedanke ist so lächerlich, dass er mir einen Schluchzer abringt. *Er hat dich nie gewollt. Er wollte die Frau, für die er dich hielt. Der einzige Ort, an dem er wirklich dich wollte, waren deine Träume.*

»Atmen … nur atmen.« Sanft streicht er im Kreis über meinen Rücken. »Alles ist gut. Ich bin hier.«

Er schiebt seinen Arm unter meine Achsel und zieht mich hoch. »Bist du bereit?«

Ich blinzele ihn an. »Bereit?«

Der Anflug eines Lächelns auf diesen wunderschönen Lippen. »Von hier zu verschwinden.«

Und in diesem Moment wird mir zum ersten Mal bewusst, dass ich gar nicht weiß, wie er zu mir gekommen ist. Und wo wir uns überhaupt befinden.

Er macht eine Faust und schnippt dann mit dem Finger in Richtung Wand. Eine wirbelnde Lichtscheibe erscheint und wird immer größer. *Ein Portal.*

Doch bevor wir nur einen einzigen Schritt machen können, springt Konner auf die Füße und steht jetzt zwischen uns und dem glühenden Portal – zwischen uns und der Freiheit.

»Ich hätte ihn töten sollen«, murmelt Misha, aber als er mich loslässt, um sich um Konner zu kümmern, taucht eine weitere Gestalt im Raum auf, dunkel und bedrohlich.

Die Person packt Misha von hinten und hält ihm ein Messer an die Kehle. »Wie fühlt es sich an, König eines magischen Reiches zu sein, nur um festzustellen, dass man in diesem hier machtlos ist?«

»Orlen«, knurrt Konner. »Lass die Angeberei.«

Machtlos? Misha ist alles andere als das. Und doch … Ich suche nach meiner eigenen, schwachen und unkoordinierten Magie und greife ins Leere. In diesem Raum gibt es keine Magie.

Als Konner mich aufs Neue packt, nehme ich es kaum wahr, viel zu verblüfft, um mich aus seinem Griff zu winden.

Misha wird von der Klinge an seiner Kehle in Schach gehalten und kann sich nicht von der Stelle rühren. Ich sehe die Wut in seinen Augen.

Der Fae, der Misha festhält – Konner hat ihn Orlen genannt –, ist ein *Blockierer*. Damit verfügt er über eine seltene und kostbare Art der Magie, und solange er sie aufrechterhalten kann, werden wir nicht durch ein Portal verschwinden können.

»Denkst du etwa, er würde dich nicht töten?«, fragt Orlen an Konner gerichtet, während seine Klinge in Mishas Haut schneidet.

»Jetzt beruhigt euch alle mal«, sagt Konner, der mich immer noch wie einen Schild vor sich hält.

»Ich beschütze dich doch nur, Kon«, erwidert Orlen und ich frage mich, was er damit meint. Was ist dieser Fae für Konner? »Er wird alles verderben.«

Ein dunkles Rinnsal Blut läuft über Orlens Messer und innerlich schäume ich vor Wut, doch dann bemerke ich, dass Misha mich *eindringlich* anstarrt und mir mit den Augen zu sagen versucht, was er mir sonst in Gedanken mitteilen würde. Sein Blick schnellt zu dem Schwert, das Konner an der Seite trägt, und zuckt dann wieder zurück zu mir.

»Sol wird dich mit ihren bloßen Händen erwürgen, wenn du ihm den Rest gibst«, sagt Konner zu Orlen. »Wir müssen –«

Mit einer ruckartigen Bewegung befreit Misha sich aus Orlens Griff und auch ich reagiere, ohne darüber nachzudenken. Ich winde mich und stemme mein Gewicht gegen Konner, wie Misha es mir beigebracht hat, und dann packe ich das Schwert meines Bruders. Als ich mich auf Orlen stürze, bleibt mir nur ein Sekundenbruchteil für meine Entscheidung. Dieser Fremde oder Misha. Nur einer von beiden wird diesen Ort lebend verlassen.

Ich stoß Orlen die Klinge zwischen die Rippen.

Er stolpert rückwärts bis an die Wand. Seine dunklen Augen suchen meinen Blick.

Und sie verdammen mich für meine Entscheidung.

Mit einem Schluchzen reiße ich die Klinge zurück und stoße noch einmal zu – diesmal in seine Halsgrube. Ihm stockt der Atem, er röchelt, stürzt auf die Knie und schließlich zu Boden. Um ihn sammelt sich Blut auf den Fliesen, quillt in Blasen aus seinem Mund.

Ich bin wie erstarrt. Ich kann den Blick nicht von ihm abwenden.

In der Sekunde, als Mishas Macht zurückkehrt, schwingt die Energie im Raum um. Er streckt eine Hand in Richtung Konner aus, aber ehe seine Magie ihm einen Schlag versetzen kann, verschwindet Konner.

»Wir müssen von hier weg, bevor er zurückkommt. Bevor er noch einen wie *diesen* mitbringt«, sagt er mit einem abfälligen Blick auf den Toten am Boden.

Ich kann mich nicht rühren. Ich habe jemanden getötet.

»Felicity!«, blafft Misha. »Hörst du mir zu?«

Ich reiße meinen Blick von Orlen los. Von der Blutlache und seinen leblosen Augen. »Was?«

Er legt einen Arm um mich und zieht mich energisch an seine Seite. »Halte dich einfach nur fest.«

Das Portal erscheint und Misha zieht mich hindurch und weiter in ein – Wohnzimmer?

So rasch, wie es aufgetaucht ist, schließt sich das Portal hinter uns.

Ich sehe mich um und versuche, mich zurechtzufinden. *Misha hat gerade ein Portal erschaffen – in einer zweifellos sehr gut gesicherten Zelle.*

»Wir werden über Nacht hierbleiben«, sagt er, vermutlich weil er meine Verwirrung erkannt hat. Er lässt sich in einen gepolsterten Sessel fallen und betrachtet mich dann mit einer Mischung aus Sorge und Erleichterung. »Jetzt brauchen wir beide erst einmal Ruhe.«

KAPITEL 6

JASALYN

Ich lehne mich gegen die Tür der Krankenstation und unterdrücke ein Schluchzen.

Kendrick wird sich an nichts von alldem erinnern, und ich sollte froh darüber sein. Ich sollte meinen Kobold rufen, sollte mich in das Haus zurückbringen lassen, in dem ich geschlafen habe, und schauen, ob ich nicht noch einen weiteren Tag dortbleiben und schlafen kann, um diese Müdigkeit loszuwerden.

Und was dann? Wie soll ich jetzt das Schwert finden, wenn nur Mordeus seinen Aufbewahrungsort kennt? Und wenn ich ihn nicht finden und ihm ein Ende bereiten kann, was hatte das dann alles für einen Sinn? Wenn er lebt und ich sterbe, dann hätte mein Opfer mir einzig das eingebracht, wofür ich mein Leben hingegeben hätte, um es zu vermeiden.

Ich wünschte, ich könnte mit Abriella reden. Sie wüsste, was zu tun ist.

Der Schmerz trifft mich so plötzlich und so heftig, dass ich beinahe zu Boden stürze.

Drei lange Jahre habe ich gemeinsam mit ihr im Mitternachtspalast gelebt und bin ihr aus dem Weg gegangen, wo ich nur konnte. Ich vermied es nach Möglichkeit, sie anzusehen, mit ihr zu sprechen, ja sogar in ihrer Nähe zu sein.

Die aufgegangene Sonne bedeutet, dass mir noch zehn Tage bleiben, und ich wünsche mir nichts sehnlicher als gemeinsame Zeit mit meiner Schwester.

»Jasalyn?«

Ich reiße den Kopf hoch und sehe, dass Natan auf mich zukommt. Er hat das Haar nach hinten gebunden und seine Brille glitzert im Morgenlicht. Für einen Augenblick vergesse ich den Ring; ich vergesse, dass er unter meinem Zauber steht, und mein Herz füllt sich mit einer Mischung aus Panik und Dankbarkeit. Panik, weil ich nicht hier sein sollte. Dankbarkeit, weil ich ihn vermisst habe, ohne mir dessen bewusst zu sein. Natan, Remme, ja sogar Skylar – sie alle sind während meiner Zeit mit Kendrick zu meinen Freunden geworden.

»Du siehst verstört aus«, sagt er. »Wie kann ich dir helfen?«

Ich schüttele den Kopf und eile die Stufen der Krankenstation hinunter, bevor er die Tür öffnen kann. Ich will nicht, dass Kendrick mich sieht. »Ich wollte gerade gehen.«

Er runzelt verwundert die Stirn. »Wir haben nach dir gesucht. Bist du in Sicherheit? Hast du Kendrick gesehen?«

Normalerweise sind Leute so von der Bezaubernden Lady eingenommen, dass sie alles vergessen, was sie gerade noch beschäftigt hat. Das heißt nicht, dass Natan nicht unter meinem Bann steht, aber er kann sich ein Stück weit widersetzen. Seine eigenen Gedanken drängen sich trotz der Kraft des Rings in sein Bewusstsein. »Ich habe ihn gesehen«, räume ich ein.

Er strahlt. »Und bleibst du bei uns?«

»Nein. Natan, ich …« Ich lasse den Blick über die ruhigen Gassen rund um den Marktplatz von Ironmoore schweifen. »Wohnt ihr denn hier?«

Er schüttelt den Kopf. »Nein. Unser Team hat das Dorf kurz nach deinem Verschwinden verlassen.«

Bei meinem letzten Besuch war die Hälfte des Ortes nach dem Angriff des Wyvern niedergebrannt. Die zerstörten Gebäude sind abgerissen, aber nur einige wenige wurden in der Zwischenzeit neu errichtet. Deshalb brauchten Kendrick und seine Freunde meine Hilfe. Ihr Orakel hatte Kendrick gezeigt, wie ich den bösartigen Patriarchen der Sieben, die Elora beherrschen, erschlage. Dies gab ihnen Hoffnung für die Zukunft eines Reiches, dessen Aussichten lange Zeit nur allzu düster waren.

Sie werden einen anderen Weg finden müssen.

»Ich bin nur hergekommen, weil ich spürte, dass Kendrick hier ist«, erklärt er. Nachdenklich legt er die Stirn in Falten und blickt auf das Gebäude hinter mir. »Du hast ihn in die Krankenstation gebracht. Ist bei ihm alles in Ordnung?«

Ich muss schlucken. »Das wird es bald wieder sein.«

»Und du?« Bei seiner Frage fällt mir auf, dass er meinem Blick ausweicht. Das verhindert den Einfluss der Bezaubernden Lady zwar nicht ganz, mindert aber die Wirkung. So wie ich Natan kenne, hat er während der vergangenen acht Monate alles in Erfahrung gebracht, was über Zauberringe bekannt ist, und jetzt nutzt er dieses Wissen zu seinem Vorteil.

»Mir geht es gut.« Die Antwort wäre vielleicht glaubwürdiger, wenn meine Stimme dabei nicht gebrochen wäre. Mit einem letzten Blick zurück zur Krankenstation gehe ich los. Ich möchte mein Wiedersehen mit Kendrick nicht wiederholen, falls er dort aus der Tür kommen sollte.

Natan folgt mir – ich bin mir nicht sicher, ob er mit mir reden will oder vom Ring angezogen wird, stelle es aber nicht infrage. Ich kann seine Anwesenheit genauso gut für meine Zwecke nutzen.

»Kendrick hat mir gesagt, dass nur Mordeus weiß, wo das Schwert ist, aber ich muss es finden – oder ich brauche eine andere Möglichkeit, zu ihm zu gelangen.«

»Dir geht die Zeit aus.« Er meint das weder als Warnung noch als Kritik. Er sagt es in verständnisvollem Ton, fast mit Mitleid, dass es mir in den Augen sticht. »Aber selbst wenn dir nur noch wenige Tage bleiben, möchte ich nicht, dass du dein Leben aufs Spiel setzt, um Mordeus zu erwischen. Keiner von uns möchte das.«

»Dann soll ich einfach nur … was? Die letzten Tage meines Lebens *genießen,* ohne mir über die Konsequenzen meines Handelns Gedanken zu machen? Ich soll das einfach alles aufgeben?«

Seine Kehle bebt. »Das möchte ich auch nicht. Mordeus wird zu mächtig sein, wenn er deinen Körper übernimmt.«

Die Welt dreht sich ein wenig vor meinen Augen und ich muss die Fingernägel in meine Handflächen bohren, um nicht die Fassung zu verlieren. »Sag das noch mal.«

»Mordeus wird zu mächtig sein, wenn er deinen Körper übernimmt«, wiederholt er Wort für Wort, getrieben von dem blinden Verlangen, der Bezaubernden Lady zu gehorchen.

»Aber in zehn Tagen werde ich tot sein. Was soll er mit meiner Leiche anfangen?«

»Keine Leiche.« Er schüttelt den Kopf und mir wird klar, dass er versucht, mir die gewünschte Antwort zu verweigern.

»Was meinst du damit, *wenn er meinen Körper übernimmt?*«, frage ich.

»Das ist deine besondere Gabe«, sagt er, als würde das alles erklären. »Dein Körper wird überdauern, solange ein Bewusstsein damit verknüpft ist. Und er braucht deinen Körper, weil sein eigener nicht lebensfähig ist. Im Augenblick befindet er sich in der Schwebe – sein Bewusstsein ist wiedererstanden, aber ohne einen Körper, der es halten kann.«

»Willst du mir sagen, Mordeus wird *in mir* sein? Mein Körper, sein Verstand?« Alles in mir sträubt sich gegen diese Vorstellung. Und doch weiß ich, wie es ist, seinen Verstand in mir zu tragen. Ich weiß es schon seit einer ganzen Weile. *Mir wird schlecht.* »Warum hat Kendrick mir das nicht gesagt?«

»Er wollte nicht, dass du es erfährst«, antwortet Natan und blickt bewusst auf den Boden. Da ist noch mehr, was er mir nicht erzählt. Mehr, von dem er nicht will, dass ich es erfahre.

»Natan, sieh mich an«, sage ich. Er verzieht das Gesicht, gehorcht aber. »Warum wollte Kendrick nicht, dass ich erfahre, dass Mordeus meinen Körper übernimmt, wenn die Zeit abgelaufen ist?«

Der Schleier des Zaubers legt sich über seine Augen und ich weiß, dass ich die Wahrheit hören werde. »Er wollte nicht, dass du dir etwas antust, um das zu verhindern. Er glaubt immer noch, dass es möglich ist, alles umzukehren.«

»Und du hast für ihn Nachforschungen angestellt, nicht wahr?«

»Natürlich. Ich habe herauszufinden versucht, wo sie Felicity verstecken und wie man dir helfen kann. Jeden einzelnen Tag.«

»Und hast du bei deinen Nachforschungen eine Möglichkeit gefunden, die Verbindung zwischen mir und Mordeus zu kappen?«

»Über Blutmagie ist nur wenig zu finden. Die Eloraner haben sie schon vor vielen Jahren verbannt und die Sieben haben alle Bücher zu dem Thema entweder vernichtet oder eingezogen. Aus der Geschichte wissen wir, dass Blutmagie dazu verwendet wird, die Magie oder Lebenskraft zweier Personen miteinander zu verbinden. Die Narben erscheinen erst dann, wenn die Magie aufgerufen wird.«

Ich nicke. Das alles hat er mir schon an dem Tag erzählt, als ich die Gruppe verlassen habe; leichter zu begreifen ist es deshalb trotzdem nicht.

»Und da Mordeus zahllose Blutmagierituale durchgeführt hat, wurde er jedes Mal aufs Neue mit deiner Lebenskraft verbunden und kann diese Verbindung daher auch immer wieder aufrufen.«

»Hast du seit unserer letzten Begegnung irgendetwas *Neues* herausgefunden?«

»Ich habe mich seither mit der Verbindung zwischen Seelen beschäftigt – damit, was geschieht, wenn das Bewusstsein zweier Personen so aneinander gebunden wird, wie er es offenbar mit dir getan hat. Durch diese Verbindung kann er zeitweise die Kontrolle über deinen Körper übernehmen und letztendlich dort verweilen, wenn es dich nicht mehr gibt.«

»Wegen des Ringes. Durch den Ring sind wir verbunden.« Ich sehe auf meinen Finger hinab. Wir hätten alle auf Skylars Vorschlag hören sollen, mir den Finger abzuschneiden, um den Ring loszuwerden.

»Nein«, sagt er. »Der Ring stärkt das Band zwischen euch, aber es ist die Blutmagie, die eure Verbindung aufrechterhält. Und beides gemeinsam ergibt einen komplizierten Knoten, von dem ich erst noch herausfinden muss, wie man ihn auflöst.«

Ich verstehe, warum Kendrick sich sorgt, ich könne mir etwas antun, um das alles zu vermeiden. Es gab diese Tage, an denen ich einfach nur verschwinden wollte, aufhören zu existieren. Was für eine Ironie, dass ich mich ausgerechnet jetzt, da ich anfange, mir eine Zukunft zu wünschen, zum Wohle aller von diesem Leben verabschieden muss.

»Dann besteht also keine Hoffnung? Ich kann nur abwarten und zu den verfluchten Göttern beten, dass mir einer von euch in dem Augenblick, in dem er die Kontrolle übernimmt, ein eisernes Schwert in diese Brust rammt?«

Die Verzweiflung in seinen Augen hat nichts mit dem Ring oder dem Zauber zu tun, dem er in unserem Gespräch unterworfen ist. Und auch nicht mit der Zerstörung, die Mordeus über dieses Reich bringen wird, wenn er meinen Körper erst in seine Gewalt gebracht hat. Ich bedeute Natan etwas. Ihnen allen. Und ich habe acht Monate verloren, während derer ich mit ihnen zusammen an einer Lösung hätte arbeiten können. Verloren, weil ich niemandem vertrauen konnte. Verloren, weil meine Ängste mich im Griff hatten, trotz dieses Rings, der nicht mehr von meinem Finger will.

»Wir haben dich vermisst«, sagt Natan, als könnte er meine Gedanken lesen. »Und ich werde nach Kräften weiter nach einer Möglichkeit suchen, die Verbindung der Blutmagie aufzulösen oder dir das Leben zurückzugeben, das du gegen den Ring eingetauscht hast.«

Aber es ist die Blutmagie, die uns verbindet – und die mehr als nur *mein* Leben kosten wird. »Natan.« Ich reiße den Kopf hoch und starre ihn an. »Wenn Mordeus sich bei mir einklinken kann – wenn mein Bewusstsein mit seinem verbunden ist –, wäre das dann nicht auch umgekehrt möglich? Könnte ich in sein Bewusstsein eindringen, um herauszufinden, wo sich das Feuerschwert befindet?«

»Wenn er zu deinem Bewusstsein Zugang hat, dann ja. Dann solltest du auch Zugriff auf seines haben.«

Schon bei dem bloßen Gedanken brennt mir bittere Galle in der Kehle, aber es könnte die einzige Möglichkeit sein … »Wie?«

Natan hebt das Kinn und macht große Augen. »Im Traum vielleicht?«

Ich schüttele den Kopf. »Meine Träume kann ich nicht kontrollieren. Bislang konnte ich es jedenfalls nicht, aber …« Aber wenn ich mich durch Meditation in einen Zustand des bewussten Träumens versetzen könnte, wäre es vielleicht möglich. In ihrem verzweifelten Versuch, mich aus meiner eigenen Dunkelheit zu befreien, hat meine Schwester dafür gesorgt, dass eine ganze Reihe von Lehrern mich bestimmte Techniken gelehrt hat, um meine Ängste und meine Gedanken zu kontrollieren – darunter ein Dutzend verschiedene Arten der Meditation, die ich bislang nur angewandt habe, wenn ich dazu gezwungen wurde.

Mir war das alles zuwider, obwohl ich wusste, dass ich die Hilfe brauchte. Es fühlte sich an, als versuchten sie alle, mich zu *reparieren,* und ich nahm ihnen übel, dass sie sehen konnten, wie zerbrochen ich im Inneren war.

Dir geht's nicht *gut, aber zerbrochen bist du auch nicht. Angst ist kein Maß für Feigheit und Schmerz kein Maß für Schwäche. Du bist mutig und stark und alles andere als zerbrochen.*

Ich schiebe die Erinnerung an Kendricks Worte beiseite und konzentriere mich auf meinen Plan.

»Wenn ich meditiere, bis ich in einen Wachtraum verfalle«, sage ich zu Natan und denke laut weiter, »dann könnte ich in seinen Kopf eindringen und herausfinden, wo das Schwert ist.«

»Ich kann dir helfen.« Er strahlt und reibt sich die Hände. »Weißt du noch, wie ich in die Tiefen deines Verstandes vorgedrungen bin, um deine Macht zu finden? Es wäre genauso – ich würde dich in den geeigneten Bewusstseinszustand führen. Auf diese Weise hättest du deinen Verstand immer unter Kontrolle.«

Ich würde zu gerne einwilligen. Ich kann nicht nur die Hilfe gebrauchen, ich sehne mich auch nach Gesellschaft. Es sind zwar nur noch zehn Tage, aber wenn ich mir vorstelle, jeden einzelnen davon allein bewältigen zu müssen, drückt mich die Einsamkeit fast nieder. Doch es erscheint mir zu riskant, meine Freunde in all dies mit hineinzuziehen. Durch meine Entscheidungen konnte Mordeus schon so viel Schaden anrichten; deshalb muss für mich Vorrang haben, ihn loszuwerden, bevor er dem Reich meiner Schwester noch mehr Leid zufügen kann. Kendrick und seine Freunde sind vollkommen auf den Sturz von Erith konzentriert und ich weiß nicht, ob mir mein Vorhaben gelingen kann, wenn ich meine Aufmerksamkeit teilen muss. Außerdem kann ich nicht noch weitere Personen dadurch in Gefahr bringen, dass sie mich zu schützen versuchen.

»Danke, Natan. Warum bereitest du nicht schon mal alles in unserer alten Unterkunft vor und wir treffen uns dann dort?«

Ich sehe den Widerwillen in seinen Augen – er ahnt, dass er mir nicht den Rücken zukehren sollte, aber er kann der Bezaubernden Lady nicht widerstehen, nickt gehorsam und macht sich auf den Weg.

KAPITEL 7

FELICITY

»Wie …?«, krächze ich. Das kurze Wort fühlt sich an, als würden Glasscherben über meine ungenutzten Stimmbänder kratzen.

»Das erkläre ich alles später«, sagt Misha, wendet mir den Rücken zu und geht zu einem kleinen Kochbereich hinüber, wo er einen Kessel mit Wasser füllt.

Ich nicke, aber innerlich bin ich in Aufruhr. Ich habe jemanden getötet. Und während ein Teil von mir begreift, dass ich das tun musste, um Misha – und letztlich auch mich selbst – zu beschützen, schreit der Rest von mir vor Verzweiflung laut auf.

»Du hast gezögert«, sagt Misha, als läse er meine Gedanken. Aber wahrscheinlich stehen sie mir ins Gesicht geschrieben. »Du hast noch nie jemandem das Leben genommen.«

Da es keine Frage ist, mache ich mir nicht die Mühe zu antworten.

»Ich bin dir dankbar«, sagt er und mir wird klar, dass er mich beobachtet hat, während ich mich durch das Dickicht meiner chaotischen Gedanken wühle. Bevor er sich umdreht und den Kessel aufs Feuer stellt, erhasche ich einen Blick auf die dunklen Ringe unter seinen Augen. Hat er nicht genügend geschlafen, seit ich aus seinem Kerker entführt wurde? Hat das irgendetwas mit mir zu tun?

Wohl kaum, Felicity. Du hast ihn an der Nase herumgeführt.

Ich bin immer noch nicht vollständig davon überzeugt, dass dies kein Trugbild ist.

Er wendet sich vom Wasserkessel ab und ertappt mich dabei, wie ich ihn anstarre; rasch blicke ich mich in der Hütte um. Sie ist klein und ordentlich. Das Feuer im Herd erfüllt den Raum mit Wärme und Licht. An der Wand gegenüber der Küche befinden sich zwei Türen – zu einem Schlafzimmer und einem Bad, wenn ich raten müsste. »Können wir hier nicht gefunden werden?«

»Du meinst, von deinem Bruder? Ich hoffe doch nicht. Die Menschenfrau, der das hier gehört, ist auf Reisen und ich habe die Hütte von einem Freund abschirmen lassen, sodass uns niemand aufspüren kann, solange wir uns hier aufhalten.«

Von einem Freund? Es wundert mich, dass Misha das nicht selbst getan hat, frage aber nicht weiter, denn dazu bin ich zu erschöpft. Erschöpft bis auf die Knochen. Und in meinem Herzen. »Wenn du verhindern willst, dass er uns aufspürt – *mich* aufspürt –, sobald wir nach Faerie zurückkehren, muss ich eine andere Gestalt annehmen. Vorausgesetzt, wir wollen nicht dauerhaft hier unter diesem Schutzschild bleiben?«

Er verlagert leicht das Gewicht und zieht einen kleinen Beutel aus der Tasche. »Ich weiß. Ich habe Haar mitgebracht.«

Ich runzele die Stirn. Wenn ich eine fremde Gestalt annehmen will, muss ich einschlafen und mir dabei ein Haar dieser Person auf die Brust pressen. Als ich in Mishas Zelle eingesperrt war, habe ich ihm zwar erzählt, wie ich mich verwandele, ihm aber nichts von dem Haar verraten.

»Woher weißt du das?«

»Von deinem Bruder.« Er schüttelt den Kopf. »Kendrick natürlich – nicht das Arschloch aus der Zelle. Wir haben ihn und seine Freunde gefunden, nachdem du verschwunden warst, und seither arbeiten wir alle zusammen, um dich und Jasalyn zu finden. Hale hat mir erzählt, was du brauchst, um wieder die Gestalt der Prinzessin anzunehmen.«

»Die Prinzessin ist verschwunden?«

Er reibt sich den Hals und legt dann den Kopf in den Nacken. »Dieser Ring, von dem du uns erzählt hast – er verleiht ihr nicht nur den Kuss des Todes. Er sorgt auch dafür, dass die Leute ihrem Willen gehorchen müssen, und wenn sie weggeht, kann sich niemand mehr an sie erinnern. Offenbar kann Jasalyn ihn jetzt aber nicht mehr abnehmen. Deshalb weiß niemand genau, wann oder warum sie verschwunden ist oder ob etwas gesagt wurde oder geschehen ist, das sie zur Flucht getrieben hat. Dein Bruder war so schlau, sich Notizen zu machen, aber er hat nichts darüber aufgeschrieben, weshalb sie verschwunden ist.«

»Dieser Ring kontrolliert sie. Mehr, als ihr bewusst ist.«

»Das hat Kendrick ebenfalls bestätigt.« Wieder reibt er sich den Nacken. Ich habe ihn noch nie so erschöpft gesehen. »Der Hof der Schatten befindet sich inzwischen am Rande eines Bürgerkriegs. Mordeus' Anhänger bereiten sich zum Aufstand gegen die Königin vor. Sollten ihre Feinde erfahren, dass die Prinzessin verschwunden ist, werden sie dieses Wissen benutzen, um Zweifel an der Krone zu säen. Solange Jasalyn diesen Ring trägt, werden wir sie nicht wirklich finden können, insbesondere da Mordeus eine gewisse Kontrolle über ihren Körper und ihre Handlungen ausübt. Viel schlimmer ist allerdings, dass Jasalyn nicht einmal weiß, was an ihrem Geburtstag geschehen wird.«

Ich frage mich, ob ich mich noch recht entsinne, was ich aus ihren Erinnerungen erfahren habe. »Du meinst, weil sie ihr unsterbliches Leben gegen den Ring eingetauscht hat?«

Er stößt einen langen Atem aus und blickt mich eindringlich an, bevor er antwortet: »Weil Jasalyn ein Phönix ist, und sobald ihr Leben endet, wird Mordeus über die Verbindung der beiden imstande sein, diese Macht an sich zu reißen und die Kontrolle über ihren Körper zu übernehmen. An Jasalyns achtzehntem Geburtstag wird Mordeus' Geist ihren Körper übernehmen und seine Auferstehung wird vollendet sein.«

»Ein Phönix? Wie dieser Vogel, der in Flammen aufgeht und aus der Asche neu geboren wird?« Ich habe zwar schon davon gehört, habe das aber immer für einen Mythos gehalten. »Und sie weiß nichts davon?«

»Genau deshalb brauchen wir dich. Wir müssen Jasalyn finden und ihr erzählen, was Mordeus geplant hat – um die Prinzessin zu retten und auch das Unseelie-Reich.«

Deshalb hat er mich gerettet – weil sie mich brauchen, um Jas zu finden. Nicht weil er mich liebt oder mir auch nur verzeiht.

»Die Schattenkönigin ist bei ihren Nachforschungen auf ein Werkzeug gestoßen, mit dessen Hilfe wir dafür sorgen können, dass sie diesen Ring loswird. Und mit deinen speziellen Fähigkeiten könntest du uns helfen, dieses Werkzeug für uns zu gewinnen.«

»Was für ein Werkzeug?«

»Man nennt es den Stein der Entzauberung. Er könnte die Magie des Ringes aufheben.«

»Und wenn wir die Magie des Ringes aufheben, kann Mordeus ihren Körper nicht übernehmen?«

Sein Blick verrät mir die Antwort, bevor er etwas sagt. »Leider reicht die Verbindung zwischen Jasalyn und Mordeus viel tiefer als nur über diesen magischen Ring. Der Stein der Entzauberung ist für uns nur der erste Schritt, aber mit ihm müssen wir beginnen.«

Mein Nicken ist zittrig. Ich werde helfen. Mit allem, was mir möglich ist. Aber die Gewissheit, dass Misha nur gekommen ist, weil er meine Hilfe benötigt, und nicht, weil ich ihm etwas bedeute, trifft mich wie ein Schlag.

»Wir können morgen über alles Weitere reden. Du musst dich ausruhen.« Der Wasserkessel pfeift, er wendet sich ab, nimmt ihn vom Feuer und macht sich in der Küche mit dampfenden Bechern zu schaffen.

»Es fühlt sich an, als hätte ich monatelang nichts anderes getan, als mich auszuruhen. Aber wenn du mich immer noch hasst und es dir lieber wäre, wenn ich schweige …«

Er bringt mir einen Becher. »Trink das, Prin–« Er fängt sich gerade noch rechtzeitig und räuspert sich. »Felicity.«

Ich rolle den warmen Becher zwischen meinen kalten Händen und starre ihn statt Misha an. Wie oft habe ich mich danach gesehnt, meinen Namen aus seinem Mund zu hören? Ich hätte natürlich gehofft, er würde ihn mit derselben Zärtlichkeit aussprechen, mit der er mich Jasalyn genannt hat. »Danke.«

»Für den Tee oder dafür, dass ich dich nach achtmonatiger Gefangenschaft gerettet habe?«

Ich reiße den Kopf hoch. »*Acht Monate?* Du hast acht Monate gewartet, bis du mich geholt hast? War das als eine Art Strafe gedacht?«

Seine Augen weiten sich für die Dauer eines Herzschlags. »Bist du immer so dankbar, wenn dir jemand das Leben rettet?«

»Warum nur habe ich Zweifel, dass du das überhaupt *wolltest*?«

»Ich tue nichts, das ich nicht tun *will*.« Er verschränkt die Arme.

»Du kannst froh sein, dass wir dich überhaupt gefunden haben. Dass in der Zelle Spuren von deinem Blut zurückgeblieben sind, mit deren Hilfe wir dich aufspüren konnten. Dass wir nicht aufgegeben haben, nachdem wir vergeblich ein Reich nach dem anderen abgesucht hatten. Und als wir dich dann endlich gefunden hatten, in einem sorgfältig abgeschirmten Bezirk, mussten wir erst einmal herausbekommen, wie wir uns Zugang zu deiner Zelle verschaffen konnten – wozu mächtige Portalmagie nötig war, dazu heilige Steine und eine genaue Kenntnis der örtlichen Gegebenheiten eines gewaltigen Gefängnisses in einem unbekannten Land.« Er stößt ein freudloses Lachen aus. »Aber bitte nimm meine Entschuldigung an, falls wir all das für dich nicht schnell genug hinbekommen haben.«

Ich verziehe das Gesicht. Ich muss aufhören, ihm noch weitere Gründe dafür zu liefern, mich zu verabscheuen. »Ich meinte doch nicht …« Ich hole tief Luft und richte mich auf. »Es tut mir leid. Ich bin dir wirklich dankbar.«

Ich öffne die Türen gegenüber der Küche und sehe, dass ich recht hatte. Die eine führt zu einem Badezimmer, hinter der anderen liegt das Schlafzimmer. Ein winziges Schlafzimmer. Mit nur einem Bett. Einem sehr kleinen Bett.

Natürlich.

»Ich werde auf dem Sofa schlafen«, sage ich, während ich bereits wieder kehrtmache.

»Du wirst im Bett schlafen«, widerspricht Misha, noch bevor ich weit gekommen bin. »Du bist es, die einen Traum braucht.«

»Stimmt. Okay. Ich muss aber nur so lange schlafen, bis ich träume.« Ich ziehe den Beutel auf und nehme ein einzelnes kastanienbraunes Haar heraus. »Woher hast du die? Können wir sicher sein, dass es ihre sind?«

»Abriellas Kobold hat sie uns überlassen; ich will mir lieber nicht vorstellen, was er dafür verlangt hat.«

»Die Königin würde alles geben für ihre Schwester.«

Misha verzieht das Gesicht. »Und auch deswegen ist Jasalyns Verschwinden so beunruhigend. Wenn sie in die falschen Hände fällt …«

»Solange sie den Ring trägt, wird sie jedem entkommen können, der sie festzuhalten versucht.« Ich blicke an meinem Körper hinab auf meine Kleider – ein einfaches Baumwollhemd und eine Hose – und versuche, nicht daran zu denken, wie man mich umgezogen haben muss, während ich mich in diesem von Illusionen erfüllten Zustand befunden habe. Die Kleidung wird mir in Jasalyns Gestalt zu groß sein, aber das ist ein Problem, um das ich mich kümmern kann, wenn wir nach Faerie zurückkehren.

Ich streife meine Stiefel von den Füßen und steige ins Bett. Es ist nicht besonders bequem, aber das wird nichts ausmachen. Ich kann überall schlafen.

Misha tritt neben das Bett und schnippt mit den Fingern, woraufhin eine Schlafrolle am Boden erscheint.

Ich drehe mich auf die Seite und blicke ihn verwundert an. »Schläfst du auch hier?«

»Meine Aufgabe ist, dich zurückzubringen. Und das kann ich am besten sicherstellen, indem ich nicht von deiner Seite weiche.«

Er nimmt das Schwert von seinem Rücken und löst einen Gurt mit Messern von seiner Taille, während er mich nicht aus den Augen lässt.

»Ich kann praktisch spüren, wie du mich anstarrst.«

»Interessant.«

Ich drehe den Kopf und sehe ihn wütend an. »Willst du nicht damit aufhören?«

Ein dreistes Grinsen kräuselt seine Mundwinkel. »Aufhören, dich anzusehen? Oder aufhören, es so offensichtlich zu tun?«

Mein Magen schlägt einen Salto. Sieht er mich nun an, weil er das *will*, oder aus irgendeinem anderen Grund? »Was tust du da?«

Sein Blick wandert an mir hinunter und langsam wieder herauf. »Hatten wir das nicht schon geklärt?«

Mein Inneres bebt aus einem Grund, den ich lieber gar nicht so genau wissen will. »Warum?«

Er zuckt mit den Schultern und wendet mir den Rücken zu. Dann zieht er sein Hemd über den Kopf und wirft es auf einen Stuhl. Ich versuche, nicht hinzusehen. Ich kann mich schließlich schlecht beklagen, dass er mich anstarrt, nur um ihn dann selbst anzuglotzen. Obwohl es mir beinahe unmöglich ist, meine Augen von dieser goldenen Haut loszureißen. Diese Haut, die leuchtet, wo sie von der Sonne geküsst wurde – und es juckt mich in den Fingerspitzen, ihm über die breiten Schultern zu streichen.

Er dreht sich um und ich blicke weg. »Gefällt dir, was du siehst?«, fragt er.

Ich verdrehe die Augen. Als wäre es mir egal. Als würde mich die Erinnerung an seine Berührung nicht verfolgen. »Du siehst gar nicht so übel aus. Für jemanden in deinem Alter.«

Er brummt: »Versuch einfach, nicht auf die Laken zu sabbern.«

Im Ernst? »Träum weiter.«

»Ist das wirklich deine natürliche Gestalt?«, fragt er.

Das ganze warme Kribbeln in meinem Bauch erstirbt. Ich hefte meinen Blick an die Decke. »Wir können ja nicht alle wie die Prinzessin aussehen. Sosehr wir uns das vielleicht auch wünschen.«

»Warum?« Ich nehme die Verwunderung in seiner Stimme wahr.

Entgeistert breite ich die Arme aus. »So wurde ich nun mal geboren.« Und ich habe *nicht* vor, mich deswegen zu entschuldigen. »Frag die Götter, wenn es dir so wichtig ist, eine Antwort zu bekommen.«

Natürlich habe ich ihn getäuscht, als ich mich als Jasalyn ausgab, aber ich hatte niemals geplant, dass wir Gefühle füreinander entwickeln. Und ich habe mir ganz bestimmt nicht gewünscht, mich in jemanden zu verlieben, der enttäuscht ist, wenn er mich in meiner wahren Gestalt sieht.

»Das ist nicht …« Er schüttelt den Kopf und lässt sich auf seiner Schlafmatte nieder. »Du solltest jetzt ein bisschen schlafen.«

Ich rolle mich auf meine andere Seite, um die Laterne auf meinem Nachttisch zu löschen, aber sie wird dunkel, bevor ich sie erreiche. »Magie ist schon ziemlich praktisch, nicht wahr?«, frage ich, wenn auch nur weil es mich aufwühlt, hier im Dunkeln so nahe bei ihm zu liegen – mit meiner Sehnsucht und meiner Trauer über alles, was ich an ihm verloren, aber in Wahrheit nie besessen habe.

»Magie *ist* einfach«, antwortet Misha. »Sie kann nützlich sein, aber auch eine Schwäche. Ich hätte gedacht, du verstehst das. Schließlich bist du kein Mensch, obwohl du mich eine ganze Zeit lang davon überzeugt hattest.«

Ich möchte ihn fragen, ob er weiß, warum ich das getan habe – jetzt, wo er Kendrick kennengelernt und mehr über die Vorgänge um die Prinzessin erfahren hat. Ich möchte ihn fragen, ob alles, was er für mich empfunden hat, restlos verschwunden ist. Und fragen, ob er glaubt, dass er jemals –

Ich zerschmettere diesen Gedanken, bevor ich ihn weiterspinnen kann.

»Mein ganzes Leben lang musste ich mit meiner Magie sehr behutsam sein«, erkläre ich. »Die Sieben sorgen dafür, dass ihre Ältesten nach verdächtig starker Ausübung von Magie Ausschau halten. Als Elfen mussten wir uns im faefeindlichen Elora gut verstecken. Es war ein vorsichtiger Balanceakt dazwischen, genügend Magie zu benutzen, um etwas zu lernen, aber nicht so viel, dass es unerwünschte Aufmerksamkeit auf meine Familie zog.« Ich presse Jas' Haar fester auf meine Brust. Ich weiß nicht, warum ich ihm das alles erzähle. Wahrscheinlich kümmert es ihn überhaupt nicht, wie meine Kindheit war oder warum ich so ungeübt im Zugriff auf meine Magie bin.

Als ich mir schon sicher bin, dass er nichts mehr erwidern wird, durchbricht seine Stimme die Dunkelheit. »Ich kann mir nicht vorstellen, wie das sein muss. Nur wenige Male musste ich auf meine Magie verzichten, aber es fühlte sich an, als würde ich den Atem anhalten. Magie ist Leben. Und sie zu unterdrücken, fühlt sich an wie der Tod.«

Ich schließe die Augen. Ich fürchte mich davor einzuschlafen. Ich fürchte mich davor, die Augen wieder zu öffnen und zu entdecken, dass dies wieder nur ein von Konner erschaffenes Trugbild ist. Oder noch schlimmer, dass meine Träume durchtränkt sind von dem Blut, das Orlen aus dem Mund quoll, nachdem ich ihm das Schwert aus der Brust gezogen hatte.

»Warum du?«, frage ich, vielleicht um meinen eigenen Gedanken aus dem Weg zu gehen. »Warum hast du nicht einen Wachmann geschickt oder jemanden aus der Mannschaft meines Bruders?«

Das Schweigen zieht sich in die Länge. Ich höre, wie er sich auf der Schlafmatte bewegt, und frage mich, ob er sich mir zuwendet. Frage mich, wie viel seine scharfen Fae-Augen in der Dunkelheit von mir wahrnehmen können. Frage mich, wie viel ich von ihm erkennen könnte, wenn ich nur den Mut dazu hätte.

»Wir brauchten jemanden, der mächtig genug ist, um erst ins

Gefängnis und dann in die Gedanken jener einzudringen, die es bewachen«, sagt er. »Erst als die Wachleute ausgeschaltet waren, konnte ich mit dem Portal hineingelangen. Ich besitze die Fähigkeiten, die dazu nötig waren, und da wir nicht wissen, wem wir vertrauen können, war es das Beste, wenn ich die Mission übernehme.«

Ich weiß nicht, was für eine Antwort ich mir erhofft habe. Dass er es nicht ertragen konnte, mich in Gefahr zu wissen, und deshalb darauf bestand, mich selbst holen zu kommen? Dass nichts wichtiger war, als die Frau zu retten, die er liebt? Wie lächerlich. Meine Beziehung zu Misha war genauso unecht wie die in meinen Träumen.

Aber dann wird mir etwas bewusst, das er gesagt hat, und mir stockt der Atem. Ich setze mich im Bett auf. »Misha.«

»Was?«

»Du sagtest, du hättest Hale und seine Gruppe getroffen?«

»Ja. Sie haben uns gefunden.« Er stutzt. »Warum?«

»Wer …« Ich presse eine Hand auf meine Brust, um mein heftig pochendes Herz zu beruhigen. »Wer war bei ihm?«

»An all ihre Namen kann ich mich nicht erinnern. Eine weibliche Fae, ein paar männliche.«

»Nur zwei Männer oder drei?«

»Nur zwei«, antwortet er und mein hektisches Herz beruhigt sich ein wenig.

»Niemand namens Shae? Grüne Augen, Narben an der Schläfe?«

»Nein. Ihr Freund Shae ist am gleichen Tag verschwunden wie Jasalyn. Genaueres weiß ich aber nicht.«

Shae war nicht bei ihnen. Ich kann nur hoffen, dass Hale seit Shaes Verschwinden herausgefunden hat, dass er ein Verräter ist – dass es Shae war, der meinen Tod wollte. »Gut.«

»Warum?«

Ich konzentriere mich darauf, gleichmäßig zu atmen. »Shae war darauf aus, dass ich getötet werde. Ich glaube, er arbeitet mit Erith zusammen.«

»Wir dachten alle, dass Erith hinter deiner Entführung steckt. Dein Bruder arbeitet doch auch für ihn, oder nicht?«

Ich zögere und muss noch einmal an meine Unterhaltung mit Konner denken. *So viele Vermutungen.* »Ich glaube schon.«

»Und er hat dich nicht getötet. Sie hatten dich dort acht Monate lang in ihrer Gewalt und haben dich in einem Ruhezustand gehalten, anstatt dein Leben zu beenden, wie es dein Vater der Legende nach immer vorhatte. Wenn also Shae wollte, dass du bei der Suche nach meinem Gang der Türen umkommst, weil er dich in Eriths Auftrag töten wollte, Konner dich dann aber all diese Monate am Leben erhalten hat … Was hat sich geändert?«

Ich schüttele den Kopf. »Das weiß ich nicht. Konner hat mir aber gesagt, er wolle nicht dieselben Dinge wie unser Vater.«

»Und du vertraust ihm?«

Mir wird das Herz schwer. Ja, ich vertraue Konner. Aber ich vertraue dem Konner aus den Träumen, die er mir eingepflanzt hat. Und das bedeutet, dass ich dem echten Konner überhaupt nicht trauen darf. »Ich weiß es nicht.«

»Wir werden das klären. Jetzt zählt einzig, dass du wieder bei uns bist.«

Ich zwinge mich dazu, mich wieder hinzulegen. »Gute Nacht, Misha.« Und von Gefühlen übermannt flüstere ich noch: »Danke, dass du mich geholt hast trotz … allem. Ich kann mich glücklich schätzen, dich zum Freund zu haben.«

Er knurrt. »Nun übertreib mal nicht, Gestaltwandlerin.«

KAPITEL 8

JASALYN

Das Haus ist verlassen, als Gommid mich dorthin zurückbringt. Ich bin mittlerweile schon so schwach, dass ich es nicht mehr nur auf die lange Nacht schieben kann. Ich kann mich aber auch nicht dazu aufraffen, die Kreatur zu jagen, die sie mir gezeigt hat.

Ich wünschte, Fherna wäre hier, damit ich sie warnen kann hierzubleiben. Ich weiß nicht, was geschehen wird, und ich möchte sie nicht in Gefahr bringen, falls sie zufällig heimkommt, während ich gerade versuche, mich in Mordeus' Bewusstsein einzuklinken. Aber auf sie zu warten, ist leider auch keine Lösung, da ich nicht weiß, ob es Minuten dauern würde oder doch eher Tage.

Um nicht noch mehr Zeit zu verlieren, mache ich mich augenblicklich für meine Meditation bereit: Ich zünde eine Kerze an, ziehe die Gardinen vor, um die Mittagssonne zu verbannen, und mache es mir in der Mitte des kleinen Wohnzimmers der Hütte auf dem Boden bequem.

Offen gestanden war ich nie besonders gut darin, mich in einen Wachtraum zu begeben. Die einzigen beiden Male, als mich der Lehrer erfolgreich in diesen Bewusstseinszustand versetzen konnte, habe ich mich rasch wieder daraus freigekämpft. Es gefiel mir nicht, was in meinem Kopf lauerte. Die Schatten. Die Dunkelheit. Der Schmerz. Die Wut und die Angst.

Sowohl meine als auch Mordeus' Gefühle, wie ich jetzt weiß.

Heute ist es anders. Heute suche ich nach etwas. Ich habe eine Aufgabe, und wenn es mir gelingt, könnte ich einen Ausweg aus jahrelangem Schrecken finden.

Ich überkreuze die Beine, schließe langsam die Augen und konzentriere mich auf meinen Atem, um meine Gedanken von der äußeren Umgebung nach innen zu lenken.

Hier kannst du Erinnerungen besuchen, die du längst vergessen glaubtest, sagte der Lehrer zu mir. Ich fand aber nur Erinnerungen an boshafte Silberaugen, an Blut und Schmerz.

Als jene Silberaugen dieses Mal in meinen Gedanken erscheinen, konzentriere ich mich auf sie, schaffe eine Verbindung zu ihnen und rufe mir all die Träume in Erinnerung, in denen diese Augen vorkamen – und dann verschiebe ich mein Bewusstsein auf die andere Seite.

Die Wut schlägt hier so hemmungslos um sich, dass ich beinahe die Kontrolle über meinen eigenen Verstand verliere, aber ich kralle mich fest und konzentriere eine Faser meines Bewusstseins auf mich selbst, auf den Duft der Kerze in diesem Raum und das Gefühl des Kissens unter mir, und den Rest von mir entsende ich mitten hinein in diese Dunkelheit und Raserei, winde mich darum wie eine Schlange.

Ich sehe den Thron der Schatten, sehe meine Schwester darauf sitzen und sehne mich danach, ihn ihr zu entreißen. Ihr ein Ende zu machen, weil sie mir alles raubt, wofür ich so schwer gearbeitet habe.

Jetzt, wo ich die Welt durch diese Augen sehe und Mordeus'

Machtgier unter meiner Haut kribbelt, würde ich mein Vorhaben am liebsten aufgeben. Aber das darf ich nicht. Ich *muss* das Feuerschwert finden.

In dem Augenblick, als ich meine Gedanken darauf konzentriere, wandeln sich die Bilder und ich stehe vor einer kleinen Schmiede dicht am Waldrand. Im Laufe der Jahre sind Büsche und Bäume über die Hütte gewuchert, ein Überrest von Oberons Reich, der nie wiederaufgebaut wurde.

Ich achte auf alle Einzelheiten. Die Form des zerfallenen Gebäudes, die Biegung der Schotterstraße unter meinen Füßen und den Ausblick auf den Palast in der Ferne.

Mein Palast.

Sie gehört nicht auf diesen Thron. Sie ist eine Schande für den Unseelie-Hof – praktisch ein Mensch, der über die Schatten-Fae herrscht.

Jeder, der sich vor ihr verneigt, wird seinen Kopf verlieren, wenn ich mir zurückhole, was mir gehört.

Vielleicht werde ich sie langsam umbringen. Ich frage mich, ob ihr Gewinsel um Gnade ebenso köstlich anzuhören sein wird wie das ihrer Schwester.

***

Ich schrecke aus dem Schlaf und eine Klinge fällt scheppernd vor meinen Füßen zu Boden.

»Jasalyn?«

Abriella setzt sich im Bett auf und blinzelt zuerst mich an, dann das Messer am Boden.

Wie bin ich hierhergekommen? Warum habe ich ein Messer dabei?

»Jas, wo bist du nur gewesen?« Sie schlägt mit zitternden Händen die Decke zurück, reißt ihren Blick vom Boden los und sieht wieder zu mir auf. Ich schiebe mich rückwärts und versuche, Abstand zwischen uns zu bringen. Abstand zwischen sie und *Mordeus* zu bringen.

Jeder einzelne Muskel in meinem Körper schmerzt – der Ring, der mich daran erinnert, dass ich dem Tod ein Schnippchen schlage. Dieser Schmerz ist der Preis für die Macht, nach der ich mich sehnte, als ich auf den Handel mit der Hexe in Elora einging.

»Was tust du da mit meinem Dolch?«, fragt Brie. Sie bewegt sich langsam, als wäre ich eine scheue, wilde Kreatur, die sie nicht verscheuchen möchte.

Ich schüttele den Kopf und weiche einen weiteren Schritt zurück. Und noch einen.

Im Zimmer ist es dunkel bis auf das Licht der Sterne, das durch das hohe Fenster hereinfällt, aber trotz aller Vorsicht erkenne ich nichts als reines Vertrauen in ihren Augen, als sie auf mich zukommt. Barfuß, noch halb im Schlaf, verletzlich. »Brie«, flüstere ich. Ich zittere. *Bebe.* »Ich weiß nicht, wie ich hierhergekommen bin.«

Sie streckt eine Hand nach mir aus, lässt sie aber wieder sinken, bevor sie meine Schulter berührt. »Wie meinst du das? Geht es dir gut? Wir haben nach dir gesucht. Lass mich eine Heilerin rufen, damit sie nach dir sieht.«

Was wollte ich mit einer eisernen Klinge in der Schlafkammer meiner Schwester? »Wo ist Finn? Sollte er nicht hier sein, um dich zu beschützen?« *Bitte sag mir, dass ich ihm nichts angetan habe. Bitte sag mir, dass es ihm gut geht.*

»Er ist am Hof der Sonne. Sebastian brauchte Hilfe, und da ich nicht von hier fortwollte …« Sie mustert mich. »Du bist krank. Das liegt an dem Ring, nicht wahr? Kendrick sagt, er macht dich krank.«

Ich stand mit einem Messer in der Hand am Bett meiner schlafenden Schwester. Sie muss jetzt streng mit mir sein. Nicht gütig.

»Es geht mir gut.« Ich weiche noch einen Schritt zurück. »Brie, du musst Wachen aufstellen, die mich von dir fernhalten.«

Sie fröstelt und schlingt die Arme um sich. »Wovon redest du da?«

»Du bist in meiner Gegenwart nicht sicher. Du musst Wachen aufstellen, die dich vor mir schützen – und jenen, die mich vielleicht … benutzen könnten.«

Schlagartig ist die Verwirrung wie aus ihrem Gesicht gewischt. »Du meinst Mordeus.« Sie hält meinem Blick stand und seufzt leise. »Ich weiß über alles Bescheid – sogar über die Verbindung zwischen der gesichtslosen Seuche und deinen Erinnerungslücken.«

Heiße, erdrückende Scham bricht über mir zusammen. Die gesichtslose Seuche. So nannte man die ungeklärten Todesfälle im ganzen Reich. Sie zog sich über Monate hin und wir hatten keine Ahnung, dass Mordeus dafür verantwortlich war. Dass *ich* dafür verantwortlich war.

»Ich werde das wieder in Ordnung bringen«, schwöre ich. »Ich weiß, wo ich das Feuerschwert finden kann, und mit seiner Hilfe werde ich zu Mordeus gelangen und ihn töten. Ein für alle Mal.«

»Wie willst du das anstellen?«, fragt Brie und ihr mitleidiger Blick lässt mich die Fingernägel in meine Handflächen bohren.

Ich wappne mich gegen die aufbrandenden Emotionen. »Ich kann all diese Menschen nicht zurückbringen, aber ich lasse nicht zu, dass er durch mich noch mehr Menschen umbringt. Ich werde tun, was immer dazu nötig ist.«

»Was immer dazu nötig ist?« Sie senkt den Kopf, um meinen Blick aufzufangen. »Zum Beispiel, alles gegen einen magischen

Ring einzutauschen, der dir den Kuss des Todes verleiht?« Die Wut in ihrer Stimme lässt es mir eiskalt den Rücken hinunterlaufen. Normalerweise spricht Brie nicht so mit mir.

»Es tut mir leid. Als sie das Grimoricon verlangte, dachte ich, das sei es wert, aber ich weiß, dass es mir nicht zustand, es zu nehmen. Ich werde dir auch das Buch wiederbeschaffen.«

»Du glaubst, ich wäre wütend wegen des Buches? Du hast für diesen Ring *dein Leben verkürzt*!«

Sie weiß tatsächlich alles. Ich wünschte, es wäre nicht so. Ich wollte nicht, dass die Wahrheit auch sie belastet.

Ich habe so viele Fehler gemacht.

Aber das zu sagen, wage ich in diesem Moment nicht. Ich will ihr Mitgefühl nicht. Denn es könnte mich zusammenbrechen lassen. »Es spielt keine Rolle. Ich muss nur lange genug am Leben bleiben, um ihn zu töten.«

Abriellas Nasenflügel beben und sie schüttelt den Kopf. »Nein. Du musst sehr viel länger leben als das.«

»Das habe ich alles verspielt«, räume ich ein, aber in Wirklichkeit kommen mir diese Worte nur über die Lippen, weil sie es ohnehin schon weiß. »Es ist zu spät.«

»Du bist ein Kind von Mab. Kein Ring, keine Hexe und kein Versprechen sind stark genug, um dir die Magie zu nehmen, die die Jahre deiner Unsterblichkeit nähren wird, wenn du dich nur für das Leben entscheidest.«

Sie irrt sich. »Es ist unumgänglich, Brie.«

»Wo bist du nur gewesen? Wir haben uns solche Sorgen gemacht. Wir haben überall gesucht, aber …« Ihr Blick fällt auf meinen Ring.

Aber sie würden sich nicht einmal daran erinnern, wenn sie mich gefunden hätten.

»Hört auf zu suchen. Ihr könnt nichts mehr für mich tun. Sorge nur dafür, dass …« Meine Brust schmerzt. Brie fehlt mir so sehr. Ich wünschte, ich könnte bleiben. »Sorge für deinen Schutz.«

Ich blicke hinunter auf meine Füße. Meine Stiefel sind voller Schlamm. *Ich weiß nicht, wie ich hierhergekommen bin. Ich weiß nicht, wo ich gewesen bin.* Ich muss nachdenken, aber mein Verstand ist zu benebelt, so als steckte ich zur Hälfte noch in dem Traum fest, in dem ich der bösartige König bin, und ich wünsche mir nichts sehnlicher, als das Menschenmädchen zu vernichten, das mein Leben gestohlen hat und auch meinen Thron. »Wenn ich gehe, wirst du das hier vergessen«, sage ich meiner Schwester. »Wir müssen eine Möglichkeit finden, damit du dich daran erinnerst. Du bist in meiner Nähe nicht sicher.« Ich könnte ihr eine Botschaft schreiben, aber wird sie das ernst nehmen? Ich muss eine Warnung hinterlassen, die sie nicht vergessen wird. Ich kann nicht riskieren, dass sie meine Worte ignoriert.

»Ich bin stark genug, um mich selbst zu schützen«, sagt Brie. »Außerdem wirkt dein magischer Ring bei mir nicht wie bei den anderen. Kendrick und ich haben darüber gesprochen.«

Ich presse die Augen zusammen. Der Ring verzaubert Brie und Kendrick nicht, wegen ihrer Gefühle für mich, aber ihre Erinnerung beeinträchtigt er trotzdem. »Selbst wenn du dich meinen Befehlen widersetzen kannst, bedeutet das nicht, dass du nicht verwundbar bist – besonders während du schläfst. Und es bedeutet auch nicht, dass du dich an diese Begegnung erinnern wirst.« Ich beiße mir auf die Unterlippe. »Wir müssen eine Botschaft an dich hinterlassen, für die Zeit, wenn ich wieder fort bin.«

Sie schüttelt den Kopf. »Ich will nicht, dass du gehst.« Immerhin sehe ich, dass sie endlich begreift, was ich sage, und sie weiß, dass ich recht habe.

Meine Gedanken rasen auf der Suche nach der besten Möglichkeit, wie eine Botschaft zu ihr durchdringen kann, wenn ich fort bin. »Sie muss mit Blut geschrieben sein. Mit deinem Blut.« Finn würde keine Botschaft ignorieren, die mit Bries Blut geschrieben wurde. Ihr verbundener Partner würde alles tun, um sie zu beschützen – selbst vor mir.

»Jas …«

»Bitte! Würdest du das für mich tun?« Ich habe ihr im Laufe der Jahre so viele Lügen erzählt, was macht da schon eine weitere? »Nur bis ich eine Möglichkeit finde, das alles in Ordnung zu bringen?«

Sie nickt widerstrebend und zieht ein kleines Messer unter ihrem Nachthemd hervor. »Ich werde mein Schlafgemach gegen dich abschirmen lassen, aber nicht den ganzen Palast. Wir arbeiten an etwas, das dir vielleicht helfen wird. Versprich mir, dass du zurückkehrst; versprich mir, dass du dich bei mir meldest.«

Ich kann ihr das nicht versprechen, aber was spielt das für eine Rolle? Sie wird sich ohnehin nicht daran erinnern. »Solange du alle Orte absicherst, an denen du dich zur Ruhe legst.«

Sie schneidet sich in die Handfläche, ohne auch nur mit der Wimper zu zucken. Mit meinem Zeigefinger als Feder und ihrem Blut als Tinte male ich die Worte an die Wand ihres Gemachs.

VOR JAS ABSCHIRMEN. MORDEUS BENUTZT SIE.

KAPITEL 9

FELICITY

Als ich aufwache, ist Misha fort, und nichts deutet darauf hin, dass er jemals hier war, aber vor der geschlossenen Schlafzimmertür höre ich Schritte.

Ich habe von Misha geträumt, so wie er mir in der Illusion erschienen ist. Wie seine Lippen sich öffneten und seine Augen sich verdunkelten, als ich ihm zum ersten Mal das Hemd aufknöpfte und meine Hände auf seine starke Brust legte. *Wir sollten das nicht* – sagte er. Aber in diesem Traum wurde ihm das Wort abgeschnitten, als plötzlich Blut aus seinem Mund quoll und ihm übers Kinn lief, und dann verwandelte sich sein Gesicht in das von Orlen, dem Fae, den ich getötet habe.

Normalerweise erinnere ich mich nicht an meine eigenen Träume, aber das Trugbild, das Konner in meine Gedanken gepflanzt hat, ist so stark, dass mir mein eigener Traum so lebhaft vor Augen steht wie der mit Jasalyns Erinnerung.

Ich steige aus dem Bett und sehe an mir herab auf die Gestalt, die ich angenommen habe. Jasalyn ist zierlich gebaut und meine Hose ist so weit, dass ich sie am Bund mehrfach einfalten muss, damit sie überhaupt auf meiner Hüfte hält. Mein ärmelloses Hemd rutscht mir von der Schulter, aber falls Misha mir keine anderen Kleider mitgebracht hat, muss ich erst einmal damit auskommen.

Ich verlasse das Schlafzimmer und sehe Misha an dem großen Fenster in der Küche stehen; die Morgensonne verfängt sich in seinem dunklen Haar und lässt es leuchten. Ich schlüpfe ins Badezimmer, bevor er sich umdrehen kann.

Ich erledige das Nötigste und wasche mir das Gesicht. Den Spiegel ignoriere ich dabei ebenso wie das flaue Gefühl im Magen, das von der Ungewissheit herrührt, wann ich wieder in meine eigene Haut schlüpfen kann. Ich war so lange nicht ich selbst, dass mir gar nicht mehr auffiel, wie unbehaglich es sich in einer fremden Gestalt anfühlt, wie mir jede Bewegung und jeder Schritt ein bisschen fremd ist.

Als ich aus dem Bad komme, wartet Misha bereits und mustert mich, wobei ein Ausdruck um seine Mundwinkel spielt, den ich nicht recht deuten kann.

Ja, er dachte, er hätte sich in Jasalyn verliebt, und jetzt steht sie wieder vor ihm. Aber diesmal kennt er die Wahrheit.

Ich muss schlucken. »Guten Morgen.«

Er zieht eine Augenbraue hoch und kommt gemächlich näher. »Du hattest Albträume.«

Innerlich winde ich mich vor Unbehagen. Wahrscheinlich habe ich im Schlaf um mich geschlagen. »Entschuldige.«

»Deine oder ihre?«

»Meine«, flüstere ich und sein Blick verdüstert sich. »Ich weiß. Ich hatte auch gehofft, wir würden vielleicht etwas Nützliches erfahren, aber Jasalyns Traum handelte nur von der Erinnerung an einen Lehrer, der ihr das Meditieren beibrachte.«

Er nickt und lässt diese rostbraunen Augen erneut über mich

schweifen. »Ich kann es immer noch nicht ganz glauben. Du bist eine völlig andere Person – von der Art, wie du aussiehst und riechst, bis zu der Energie, die du einem Raum verleihst.«

»Ja. Das macht die Gabe aus.«

»Trotzdem hätte ich etwas bemerken müssen«, sagt er leise.

Unmöglich, aber ich widerspreche ihm nicht. »Findest du das seltsam?« Es geht mich eigentlich nichts an, aber anscheinend kann ich mich nicht beherrschen.

Sein Kiefer verhärtet sich und er verschränkt die Arme. »Was meinst du damit?«

Ich schlucke. Geschieht mir recht. Er schuldet mir keine Erklärung über seinen derzeitigen Gefühlszustand. »Nichts. Es ist … vergiss es.«

»Du meinst, ob es seltsam ist, dich im Körper der kleinen Schwester meiner besten Freundin zu sehen, nachdem du mich hast glauben lassen, ich hätte mich in sie verliebt?«

Mir stockt der Atem. *Verliebt.*

Es war nicht echt. Er dachte, du wärst Jas.

Er lehnt sich an den Küchentresen und beobachtet mich mit fragend hochgezogener Augenbraue. Er will mich auf meine eigentliche Frage festnageln.

»Du hättest dich nicht in mich verliebt, wenn du gewusst hättest, dass ich nicht sie bin.«

Sein Kiefer zuckt. »Nein. Ich verliebe mich für gewöhnlich nicht in jemanden, die sich durch List und Tücke in mein Bett schleicht.«

Ich ziehe den Kopf ein. Das habe ich verdient. »Richtig.«

Er atmet hörbar aus. »Aber um deine Frage zu beantworten: eigentlich nicht. Ich fühlte mich nie zu Jasalyn hingezogen, bevor du dich als sie ausgegeben hast; wenn ich dich ansehe, bleiben meine Gefühle dieselben, ob du nun in dieser Gestalt bist oder der deines Urgroßvaters. Nicht dass meine Gefühle dich überhaupt etwas angehen.«

Bevor ich etwas erwidern kann, taucht ein Kobold im Zimmer auf und Misha nickt ihm zu. »Wir sind bereit.«

Der Kobold wendet sich zu mir, neigt den Kopf zur Seite und nickt. Eine stumme Bestätigung, dass er weiß, wer ich bin und wen wir beide verloren haben.

Misha blickt verwundert zwischen uns beiden hin und her, bis es ihm klar wird. »Dann war es *dein* Kobold, der mich zu dir in die Höhle gebracht hat und uns beide zurück zum Schloss, als du so schwer verletzt warst. Ist er jetzt tot?«

»Manchmal war Nigel mein allerbester Freund.« *Und manchmal mein einziger.* In meinen Augen brennen Tränen, die ich jetzt nicht vergießen werde.

»Kobolde bringen dieses Opfer nur, wenn sie sich sicher sind«, erklärt Mishas Kobold, bevor er mir die Hand hinstreckt.

»Gehen wir«, sagt Misha ungewöhnlich barsch, und als er meine andere Hand ergreift, könnte ich schwören, dass er sie ganz leicht drückt.

Ich schließe die Augen und halte den Atem an, während wir uns drehen, fallen und zurück nach Faerie rasen.

Als wir unsere Körperlichkeit zurückerlangt haben, befinden wir uns in einem riesigen Saal mit hochgewölbter Decke und kristallenen Kronleuchtern. Der schwarze Fußboden ist so auf Hochglanz poliert, dass ich mich darin spiegele, und auf dem Podest steht ein massiver Thron aus gleichfalls poliertem Ebenholz. Ich finde am Boden allerdings nicht sofort Halt, verliere das Gleichgewicht und plumpse auf den Hintern. Insgeheim verfluche ich meinen Mangel an Anmut.

Misha ist natürlich geschickt auf beiden Beinen gelandet und blickt mit etwas, das ich nur als Geringschätzung deuten kann, auf mich herab. Zweifellos fragt er sich, wie er sich jemals in jemanden wie mich vergucken konnte, ganz egal in welcher Gestalt.

»Felicity!« Der Klang der Stimme meines Bruders reißt meine Aufmerksamkeit vom König der Wilden Fae los. Hale klaubt mich vom Boden auf und drückt mich dann so heftig an seine Brust, dass ich mich dagegen wehren würde, wenn es nicht genau das wäre, was ich jetzt brauche. »Ich wusste, dass du noch am Leben bist. Ich konnte es nicht erklären. Ich wusste es einfach.« Als er mich schließlich wieder abgesetzt hat, tritt er einen Schritt zurück, um mich zu betrachten. »Wie geht es dir? Haben sie dir wehgetan?«

Meine Kehle ist vor lauter Tränen wie zugeschnürt. »Ich habe dich auch vermisst«, flüstere ich.

»Das reicht jetzt«, stänkert Skylar vom anderen Ende des Saals. »Kein tränenreiches Wiedersehen, bitte.«

»Sie musste sich ihrem Vater stellen und hat es überlebt«, sagt Remme. »Schon allein das muss gefeiert werden.«

Ich schüttele den Kopf. »Meinen Vater habe ich nicht gesehen.«

Hale runzelt die Stirn und wendet sich mit fragendem Blick an Misha, als würde *er* das besser wissen als ich.

Männer.

Misha presst die Lippen aufeinander. »Ich habe nur ihren Bruder gesehen. Dann tauchte ein anderer Fae auf, als wir gerade aufbrechen wollten – ein Blockierer, den Felicity getötet hat, bevor er mich töten konnte.«

»Ach ja?«, bemerkt Skylar. Sie stupst Hale zur Seite und zieht mich in ihre Arme. »Ich wusste immer, dass du es draufhast. Gute Arbeit.«

Ich lache trocken auf, drücke sie ebenfalls, werde aber dann an Remme weitergereicht und schließlich an Natan. *Du bist nicht allein auf dieser Welt. Das ist deine Familie.*

Als Natan mich loslässt, schnippt er mit dem Finger unter mein Kinn, wie er es schon als kleines Mädchen bei mir gemacht hat.

Die Schattenkönigin tritt vor, das Gesicht von rotem Haar umrahmt, gefolgt von ihrem königlichen Gemahl.

Mein ganzer Körper spannt sich an. Als sie mich das letzte Mal angesehen hat, wünschte sie sich mit jeder einzelnen Faser ihres Körpers meinen Tod. Auch jetzt ist sie kein bisschen weniger eindrucksvoll, aber die von ihr ausströmende Energie fühlt sich eher wie Entschlossenheit als wie Zorn an.

Ich senke den Kopf. »Königin Abriella.«

Als sie mich mustert, kräuseln widerstrebende Gefühle ihre Lippen. »Ich werde nicht so tun, als würde es mir gefallen, wenn du in Gestalt meiner Schwester bist, aber im Augenblick ist das notwendig. Misha hat mich darüber aufgeklärt, was du weißt.«

Ich blicke verwundert zwischen den beiden hin und her, bis mir klar wird, dass sie über eine mentale Verbindung verfügen müssen. Möglicherweise hat er seit unserer Ankunft in ihre Gedanken gesprochen.

»Bitte nimm meine Entschuldigung an, dass ich dir deine Geschichte anfangs nicht geglaubt habe«, fährt die Königin fort. »Danke, dass du uns helfen willst, sie zu finden, obwohl ich dich so schlecht behandelt habe. Es ist allerhöchste Zeit, dass wir Jas nach Hause holen und all das aufhalten, was Mordeus in Bewegung gesetzt hat.«

Ich sehe mich in der Gruppe um und frage mich, ob noch jemand das Gleiche denkt wie ich. Wenn Jas nun etwas zugestoßen ist? Wenn sie nun nicht wegen des Rings unauffindbar ist, sondern weil sie tot ist?

In den Augen der Königin lodert ein Feuer, als sie sagt: »Sie ist am Leben und jetzt können wir uns daranmachen, die Werkzeuge zu beschaffen, die wir brauchen, um sie aufzuspüren.«

»Misha hat mir von dem Stein erzählt. Sagt mir, wie ich helfen kann.«

Abriella und Finn wechseln einen Blick; dann wendet sie sich wieder an mich und nickt. »In zwei Nächten werde ich einen Ball ausrichten. Und dort musst du als meine Schwester auftreten, als wärst du nie fort gewesen.«

»Einen Ball?« Ich blicke mich um. Ich kann unmöglich die Einzige sein, die den gewählten Zeitpunkt für absurd hält. »Jetzt? Während so vieles geschieht?«

»Du musst gesehen werden«, erklärt Abriella. »Es gibt Gerüchte, meine Schwester wäre gestorben oder befände sich auf dem Totenbett. Auch heißt es, sie arbeite mit den Rebellen zusammen. Oder sie und ich hätten uns entzweit. Das Königreich muss sehen, dass es der Prinzessin gut geht. Es muss wissen, dass sie meine Nachfolge antreten kann, falls Mordeus oder seine Gefolgsleute eine Möglichkeit finden, mich zu stürzen.«

»Aber schon so bald?«

»Noch früher wäre mir sogar lieber, wenn ich mir sicher wäre, dass wir die entscheidenden Gäste zusammentrommeln können«, erwidert sie.

Ich beiße mir auf die Unterlippe. »Mit wem werde ich auf diesem Ball zusammentreffen? Wer kennt Eure Schwester so gut, dass ich befürchten muss, durchschaut zu werden?«

Neben mir brummt Misha verärgert und sieht mich von oben bis unten an. »In körperlicher Hinsicht bist du eine vollkommene Jasalyn. Hast du dir deswegen jemals ernsthaft Sorgen machen müssen?«

»Na, da ist wohl jemand immer noch sauer, weil er selbst darauf reingefallen ist«, raunt Skylar. Hale wirft ihr einen wütenden Blick zu, worauf sie die Augen verdreht und den Mund hält.

»Du weißt, dass du das kannst, Lis«, sagt Hale. »Niemand außer *dir* könnte es schaffen.«

Ich wende mich wieder an die Königin. »Wenn wir dieses Risiko eingehen, möchte ich sicherstellen, dass es das auch wert ist.«

»Der Ball erfüllt einen doppelten Zweck. Erstens wird die Prinzessin gesehen. Zweitens beginnt damit unser Plan, Jas zu finden. Wie sucht man jemanden mit einem solchen Ring? Es ist, als würde man nach einem Geist suchen. Ich weiß, dass sie letzte Nacht hier war – sie wollte mich wegen Mordeus warnen –, aber vielleicht war das gar nicht das einzige Mal, dass ich sie gesehen habe. Vielleicht haben wir sie schon ein Dutzend Mal gefunden. Vielleicht findet einer von uns sie an jedem einzelnen Tag.« Sie zuckt mit den Schultern. »Wir würden es nicht wissen, weil die Magie des Ringes uns vergessen lässt. Deswegen brauche ich den Stein der Entzauberung für ein spezielles Ritual, mit dem wir die Magie, die den Ring an ihren Finger bindet, auslöschen und sie ein für alle Mal davon befreien können, sobald wir sie gefunden haben.«

Hale berührt meinen Arm, um meine Aufmerksamkeit auf sich zu lenken. »Der Ring lässt es uns nicht nur vergessen, wenn wir sie finden. Schlimmer ist, dass er die Blutmagie verstärkt, die Mordeus an ihr verübt hat, und dass er die Verbindung zwischen Jasalyn und Mordeus aufrechterhält. Durch den Ring kann er sie kontrollieren. Auf diese Weise hat er so viele seiner Gefolgsleute umgebracht – Fae, die ihm ihr Leben verpfändet hatten –, um seine Auferstehung zu befeuern.«

Ich schöpfe bebend Atem; ich möchte der Schattenkönigin nicht widersprechen, aber sie muss erfahren, was ich weiß. »In den Erinnerungen, die ich gesehen habe … da waren diese Leute, die sie getötet hat. Das war nicht Mordeus. Das war Jas. Sie wollte deren Tod. Und sie wollte es eigenhändig erledigen.«

»Und Mordeus hat alles in seiner Macht Stehende getan, um dafür zu sorgen, dass sie genau diese Dinge tut«, erklärt Natan. »Jedes Mal wenn sie einen der an ihn Verpfändeten getötet hat, sandte sie deren Lebenskraft unbewusst direkt an ihn, und was noch wichtiger ist, all das war Jasalyn so wichtig, dass sie sogar ihre Unsterblichkeit dafür eingetauscht hat. Die Auferstehung erfordert ein unvorstellbares Opfer und auf diese Weise hat er alles eingefädelt.«

»Wie kommt es, dass der Ring nun fest sitzt?«, frage ich. »Und wenn Mordeus irgendwie die Hände im Spiel hatte, dass sie diesen Ring erhielt, warum sorgte er nicht dafür, dass er ab dem ersten Moment an ihrem Finger verblieb?«

»Wir vermuten, der Ring wurde erst dauerhaft fixiert, nachdem genügend Verpfändete ermordet worden waren, um Mordeus zurückzuholen«, sagt Natan. »Als Jasalyn den Ring zum letzten Mal aufsteckte, bevor er hängen blieb, hatte sie anschließend eine Erinnerungslücke, während derer sie nach Feegus Keep gegangen war und die gesamte dortige Legion ausgelöscht hatte. Zu dem Zeitpunkt hatte die gesichtslose Seuche aber schon monatelang gewütet und Hunderte waren ihr zum Opfer gefallen. Aber ab diesem Moment sollte sie nicht mehr in der Lage sein, den Ring abzulegen.«

»Damit er sie besser kontrollieren konnte«, murmele ich.

»Ganz genau«, bestätigt Hale mit finsterer Miene.

»Ein solcher Vorgang benötigt allerdings einen Auslöser«, fährt Natan fort. »Wir glauben, das waren die Schreie des Wyvern bei dem Angriff auf Ironmoore.«

»Aber schlimmer noch ist«, sagt Hale, »dass wir glauben, dass Shae dahintersteckt. Shae hat sie verraten. Er hat *uns* verraten.«

»Shae wollte, dass ich sterbe.« Ich wage einen Blick in Richtung Misha. »Während meines Aufenthalts auf Castle Craige verbrannte er fast alles Haar, das mir noch blieb, und zwang mich so dazu, früher nach dem Portal zu suchen, als ich geplant hatte.«

Skylar bläht vor Wut die Nasenflügel und ihre Augen brennen vor Wut. »Wir werden ihn finden und uns um ihn kümmern. Er wird nicht ungeschoren davonkommen.«

»Wichtiger ist im Moment«, sagt die Königin und bringt uns zum Thema zurück, »meine Schwester und dass wir den Stein der Entzauberung finden. Gerüchten zufolge wurde der letzte dieser Steine im Großen Fae-Krieg zerstört, aber mein Seher sagte, einer sei in meinem Hof erhalten geblieben. Durch wochenlange Nachforschungen konnten wir ihn nun ausfindig machen. Er gehört einem Edelmann gleich südlich der Hauptstadt – der sich zufälligerweise die Hand meiner Schwester für einen seiner Söhne wünscht.«

Meine Augenbrauen schießen in die Höhe. »Und dafür wird er Euch den Stein überlassen?«

Sie holt tief Luft. »Er weiß noch nicht, dass wir ihn haben wollen. Da wir den Stein so dringend benötigen, wollen wir nicht mit offenen Karten spielen, damit er ihn nicht als Druckmittel gegen die Krone einsetzen kann.« Sie blickt Skylar an, die nickt und fortfährt.

»Wir haben vergangenen Neumond selbst versucht, den Stein zu beschaffen, hatten aber keinen Erfolg.«

»Mit beschaffen meinst du stehlen«, sage ich.

Skylar zuckt mit den Achseln. »Wir haben es ins Haupthaus geschafft, konnten aber den Safe nicht aufbekommen, in dem Lord Pandian den Stein vermutlich aufbewahrt.«

»Skylar ist die beste Diebin, die ich je getroffen habe«, erwidere ich verwundert. »Wenn sie es nicht hinbekommt, weiß ich nicht, was ich euch anbieten könnte.«

Die Königin ballt ihre Hände zu Fäusten – das einzige Zeichen ihrer Rastlosigkeit. »Die Sicherheitsmaßnahmen von Lord Pandians Herrenhaus sind denen des Mitternachtspalasts ebenbürtig. Wir müssen diesen Safe öffnen, und dazu brauchen wir das Einzige, das er von uns haben möchte: meine Schwester.«

Ich hebe mein Kinn an. »Ihr wollt, dass ich als Jasalyn vorgebe, eine Heirat in Betracht zu ziehen, um so Zugang zu seinem Herrenhaus zu erhalten?«

»Beim König hast du es schließlich auch möglich gemacht«, sagt Skylar mit einer Kopfbewegung in Richtung Misha, der sie daraufhin mit einem Blick bedenkt, der eine geringere Fae lichterloh in Flammen hätte aufgehen lassen.

Ich kann immer noch nicht ganz folgen. »Aber sie werden ihren kostbaren Safe doch nicht für eine potenzielle Braut öffnen …«

»Möglicherweise nicht«, gibt Abriella zu, »aber wir glauben, dass der Safe mit einem magischen Schlüssel an Pandian und seine Söhne gebunden ist – wenn du also einem seiner Söhne nahe genug kommst, um dir zu holen, was du zum Annehmen seiner Gestalt brauchst …«

Mein Bruder schweigt, aber seine Augen flehen mich an, einzuwilligen. »Ich würde es ja selbst tun, wenn ich könnte«, sagt er leise.

»Uns bleibt nicht mehr viel Zeit«, sagt Abriella. »Der Ball gibt uns Gelegenheit, gegen die Gerüchte vorzugehen, Jasalyn sei verschwunden – und du kannst Lord Pandians Söhne kennenlernen. Sei charmant und einnehmend, und vor allem besorge dir ein Haar von einem der beiden und flirte gerade so viel, dass es keinen Verdacht erregt, wenn du ihn zu einem heimlichen Treffen einlädst.«

»Und ich soll in seiner Gestalt nach Hause zurückkehren, während er fort ist«, sage ich langsam, als ich ihren Plan begreife. Es können ja schlecht zwei von seiner Sorte zugleich dort im Herrenhaus herumlaufen.

»Ich sage dir alles, was ich über das Anwesen und das Herrenhaus weiß«, sagt Skylar.

»Und wer wird Jasalyn spielen? Und zu diesem heimlichen Rendezvous gehen?«

»Jasalyn wird kurzfristig von ihrer Schwester aufgehalten werden«, erklärt Remme. »Und einen vertrauenswürdigen Dienstboten schicken, der ihm das mitteilt – aber erst, nachdem er eine Weile gewartet hat.«

Dieses Mal sehe ich der Königin in die Augen. »Und Ihr seid Euch sicher, dass Ihr sie finden könnt, wenn Ihr den Stein habt?«

»Wenn wir sie nicht finden, vermute ich, dass sie selbst zu uns kommen wird, wie sie es schon einmal getan hat.« Wieder wechselt sie einen Blick mit ihrem König. »Immerhin teilt sie ein Bewusstsein mit Mordeus, der meinen Tod wünscht.«

Die Königin scheint mein Zögern zu spüren, auch wenn sie die Gründe dafür vielleicht nicht begreift, denn sie fügt an: »Wenn das alles vorüber ist, werden wir dir als Gegenleistung natürlich alles geben, was du brauchst, um ein neues Leben zu beginnen.«

»Wir brauchen Zugang zu Eurem Gang der Türen«, sagt Remme und blickt verstohlen zu mir herüber, bevor er sich wieder Abriella zuwendet.

»Meine Verpflichtung besteht gegenüber Felicity«, entgegnet sie und sieht mich unverwandt an. »Was möchtest *du*?«

Ich möchte meinem Bruder geben, was er braucht – ohne sein Leben dafür aufs Spiel zu setzen. Ich möchte wieder eine Familie haben. Und ein Leben, in dem ich nicht ständig auf der Flucht sein muss.

Und dann flüstert ein kleiner, verräterischer Teil meines Herzens: *Ich möchte zurückkehren in mein Leben im Palast von Elora,* aber ich schiebe diesen Gedanken von mir.

»Du brauchst mir jetzt keine Antwort zu geben«, sagt Abriella. »Denk darüber nach und lass es mich wissen.«

»Sag ihr, du willst den Gang«, sagt Skylar und stupst mich an. »Wir können das Schwert nicht finden und das ist die einzige Möglichkeit, in den –«

»Bei allem Respekt, Skylar«, sagt Hale und schneidet ihr das Wort ab, »die Angelegenheit mit Mordeus ist ein Wettlauf gegen die Zeit. Deshalb muss er Vorrang haben. Wir warten schon sehr lange auf die Abrechnung mit Erith. Er kann noch ein paar Tage länger warten.«

Skylar senkt ehrerbietig den Kopf und zeigt damit, was Hale für sie und für Elora ist: der rechtmäßige König. Der Erwählte, den das Orakel auserkoren hat. »Verstanden«, murmelt sie.

»Meine Schwester ist müde«, sagt Hale nun zur ganzen Gruppe. »Gewähren wir ihr ihre wohlverdiente Ruhe, damit sie uns helfen kann, Jas zu finden.«

***

Ich habe mich längst in Jas' Zimmer eingerichtet, ein ausgiebiges Bad genommen und meine Kleidung gegen eine Garderobe eingetauscht, die einer Prinzessin würdiger ist, als ich später am Abend auf der Suche nach meinem Bruder durch die Gänge wandele und stattdessen auf Misha stoße.

Er steht vor einer gemütlichen Sitzgruppe am Fenster und starrt zum Nachthimmel hinaus, die Hände hinter dem Rücken verschränkt.

Da ich es sonst nicht tun kann, weil er es bemerken würde oder andere zusehen, nutze ich diese Gelegenheit und nehme für einen Moment seine breiten Schultern in Augenschein und wie sein Haar in weichen, unbezähmbaren Wellen darüber hinabfällt.

Doch so schön er auch anzusehen ist – sein Lächeln ist es, das mir am meisten fehlt. Und zwar das, das nur *mir* galt.

Nur Jasalyn.

Ich räuspere mich, er dreht sich zu mir um und mustert mich kurz.

»Du weißt, es gilt, was Abriella gesagt hat. Sie wird dir einen Wunsch gewähren, wenn du den Stein beschaffst.«

Ich neige den Kopf. »Vielleicht sollten wir abwarten, ob ich Erfolg habe, bevor wir uns darüber Gedanken machen.«

»Deine Freunde scheinen davon überzeugt, dass du den Gang der Türen im Schattenreich dazu nutzen solltest, um Erith zu töten, aber das scheint nicht das zu sein, was du willst.«

»Wie Hale schon gesagt hat, sollten wir uns zunächst um Jasalyn und Mordeus kümmern, bevor wir uns Sorgen um Erith machen. Jas bleibt nicht mehr viel Zeit.«

Er schweigt so lange, dass ich den Kopf hebe, um nachzusehen, ob er gegangen ist. Doch er ist immer noch da. Beobachtet mich immer noch. »Aber das ist nicht der wahre Grund. Du hast so viel aufs Spiel gesetzt, um meinen Gang der Türen zu finden, und das aus demselben Grund, weshalb Remme vorschlug, Brie sollte dich den ihren benutzen lassen. Warum fürchtest du dich vor der Vorstellung, ihren Gang zu benutzen?«

Mir weicht alles Blut aus dem Gesicht. »Seit wann kannst du Gedanken lesen?«

»Ich brauche deine Gedanken nicht zu lesen, wenn es dir ins Gesicht geschrieben steht.« Er neigt den Kopf zur Seite und sieht mich an. »Warum hast du solche Angst davor, Zugang zu diesem Portal zu bekommen, Felicity?«

»Es ist kompliziert.«

»Das braucht es nicht zu sein.«

Jahrelang habe ich dieses Geheimnis für mich behalten. Shae davon zu erzählen, war ein Fehler, der mich davon abgehalten hat, es mit einer anderen Person zu teilen. Der Einzige, mit dem ich später darüber sprechen konnte, war Nigel. »Als ich meine wahre Identität erkannte, schickte meine Mutter mich zum Orakel von Elora.« Den Besuch dort werde ich niemals vergessen. Wie verzweifelt ich auf Antworten hoffte – darauf, dass ich vielleicht mit einer Lösung von dort zurückkehren würde. Stattdessen kehrte ich voller Entsetzen heim, mit einem Bild im Kopf, das ich in all den Jahren seither nicht mehr auslöschen konnte. Hale, wie er am Boden liegt und wie sich das Blut, das aus seiner Brust strömt, in einer großen Lache sammelt.

»Es zeigte mir, dass ich Erith töten würde, aber damit endete die Vision nicht. Es zeigte mir, wie Hale starb. Die beiden Ereignisse hingen miteinander zusammen. Und ich wusste ohne jeden Zweifel: Sollte ich Erith töten und damit das Schicksal erfüllen, das für meinen Bruder so wichtig war, dann würde das zu Hales Tod führen.«

»Also bist du fortgelaufen und hast dich drei Jahre lang versteckt?«

»Ich habe mich nicht vor meinem Schicksal versteckt, sondern vor meinem Vater.«

»Und warum hast du Hale nicht einfach die Wahrheit gesagt?«

Ich beiße mir auf die Innenseite meiner Wange. »Weil ich mir sicher war, dass er von mir verlangen würde, es trotzdem zu tun.«

»Und hat er das?«

Ich sehe Misha in die Augen und halte seinem Blick stand. »Ich habe es ihm nicht erzählt.« Ich wende mich ab und betrachte die funkelnden Sterne am Horizont. »Ich will nicht, dass er sich opfert. Ich will nicht der Grund sein, weshalb wir ihn verlieren.«

»Das wirst du auch nicht. Selbst wenn diese geweissagte Zukunft eintreten sollte, wird es nicht *deinetwegen* sein. Du kannst nicht verhindern, dass all die schrecklichen Dinge auf der Welt geschehen.«

»Aber warum hat das Orakel es mir dann gezeigt?«

Er seufzt. »Das weiß ich nicht. Ich verstehe euer Orakel auch nicht wirklich. Es zeigt euch einen möglichen Verlauf der Zukunft und ihr bemüht euch entweder darum, dass sie genau so eintritt – so wie dein Bruder, der Eriths Tod wünscht –, oder ihr kämpft gegen den Lauf des Schicksals an – so wie du deinem Schicksal als Eriths Mörderin aus dem Weg gehst, um Hale zu schützen.«

Mich schaudert. »Hast du irgendeine Vorstellung davon, wie es ist, in Furcht vor der eigenen Zukunft zu leben?«

»Unglücklicherweise ja.« Mishas Blick wandert über mein Gesicht. Wenn ich es nicht besser wüsste, würde ich glauben, dabei Mitgefühl in seinen Augen zu sehen. »Aber wenn ich irgendetwas daraus gelernt habe, eine Seherin in der Familie zu haben, dann, dass das Schicksal eine glitschige Angelegenheit ist. Die Leute halten es für etwas Feststehendes, während es sich doch fortwährend wandelt.« Er deutet mit der Hand auf die Aussicht. »Siehst du diesen Tempel dort? Und den Stern, der dort über seiner Spitze steht, fast als wäre er genau dazu erschaffen?«

Ich nicke und wage ein Lächeln. »Wir befinden uns am Hof des Mondes, also verhält es sich vielleicht so.«

»Nicht einmal Mab kann die Sterne an einem bestimmten

Punkt des Himmels festhalten. Wir könnten morgen wieder herkommen und es würde erscheinen, als hätte sich nichts bewegt. Vielleicht sogar übermorgen und am Tag darauf, aber von den Gelehrten, die den Nachthimmel kartieren, wissen wir, dass der Stern, der heute Nacht genau über diesem Tempel steht, in zwei Monaten nicht mehr dort sein wird. Und genauso ist es mit dem Schicksal.«

»Nichts anderes habe ich mir jemals erhofft«, flüstere ich.

»Und deshalb glaube ich, du solltest deinem Bruder die Wahrheit sagen«, murmelt er und mein Blick huscht unwillkürlich zu seinem Gesicht. »Und solltest du dich dann entscheiden, Erith zu töten, nachdem du ihnen geholfen hast, Jas zurückzuholen, werde ich mit dir gehen.«

Ich weiche verwirrt zurück. »Es gibt doch bestimmt viele Orte, an denen du lieber wärst als an meiner Seite.«

»Nun, ja, aber durch die Zeit mit dir werde ich sie umso mehr zu schätzen wissen.«

Mir entfährt ein ungläubiges Lachen. »Warum bist du so nett zu mir?«

Er dreht den Kopf, betrachtet mich lange und lässt seinen Blick so viele Male über mein Gesicht wandern, dass ich mich beinahe frage, ob er sieht, wie die echte Felicity darunter wartet. »Jeder auf dieser Welt würde höchstpersönlich die Sterne anders anordnen, um dem Schicksal, das ihm bestimmt ist, aus dem Weg zu gehen.« Sein Blick haftet für einen Moment an meinem Mund, bevor er einen Schritt zurücktritt. »Denk nicht, dass ich in dieser Hinsicht sehr verschieden bin.«

KAPITEL 10

FELICITY

Hale sitzt allein im Innenhof, ein Glas mit einer bernsteinfarbenen Flüssigkeit vor sich. Ich spüre ein tiefes Ziehen in meiner Brust. Ich habe meinen Bruder so sehr vermisst. Bei all seinen Schwächen hat er mich doch zu der gemacht, die ich bin. Unsere Mutter hätte mich vermutlich bis zur Nutzlosigkeit verhätschelt und verweichlicht, aber Hale hat das nicht zugelassen. Ich dachte immer, es läge daran, dass er jemanden brauchte, der ihn auf seinen Abenteuern begleitet, aber er wusste wohl, dass ich würde zäh sein müssen – dass ich eines Tages eine Stärke und Widerstandsfähigkeit brauchen würde, die ich an den Rockzipfeln meiner Mutter niemals erwerben könnte.

Die Sonne ist längst untergegangen, aber ich bezweifle, dass er es bemerkt hat.

Der ihm gegenüberstehende Stuhl knirscht über die Steinfliesen, als ich ihn zurückziehe, um Platz zu nehmen. »Und? Hast du es schon herausgefunden?«

Er blinzelt mich an, als bemerke er erst jetzt, dass er nicht mehr allein ist. »Was herausgefunden?«

»Alles«, antworte ich achselzuckend. »Du scheinst tief in Gedanken zu sein.«

Er fährt sich mit der Hand übers Gesicht. »Da ist wirklich vieles zu bedenken.« Er wirft mir einen Blick zu. »Bei dir wird es nicht anders sein.«

Ich stoße ein humorloses Lachen aus. »Meine Gedanken drehen sich so schnell, dass ich kaum Schritt halten kann.«

»Erzählst du mir, wo du warst – wo du glaubtest, dass du warst?«

Mein Magen zieht sich zusammen. »Er hat mich in einer Art Traum eingeschlossen. Ich wohnte im Palast von Elora und bereitete mich darauf vor, eine der Sieben zu werden. Ich vergötterte meine Mutter und ich …« *Ich liebte einen Mann, der mich als die liebte, die ich bin, und nicht als die, für die ich mich ausgab.* »Mein Zwillingsbruder war auch dort. Konner und ich standen uns sehr nahe.«

»Dann hat er das alles für dich also in den schönsten Farben ausgemalt, damit du nicht versuchst, dich freizukämpfen.«

Ich schüttele bedächtig den Kopf. »Es war aber nicht alles schön. Ich machte mir ständig Sorgen, Konner könnte im Dienst für den Palast etwas zustoßen. Und dann wurde der Palast belagert und ich lief los, um meine Mutter zu beschützen.« Ich halte meinen Blick auf meinen Bruder gerichtet und rufe mir in Erinnerung, dass er der einzige echte Bruder ist, den ich habe. Der einzige, der zählt. »Du warst dort und hast versucht, sie zu töten. Ich habe dich in diesem Augenblick so sehr gehasst, dass ich nicht zögerte …« Die Tränen, die ich unbedingt zurückhalten wollte, laufen mir über die Wangen.

Er beugt sich über den Tisch und umfasst meine Hand. »Ist schon gut. Das war nicht real.«

Aber es fühlte sich so echt an. »Erst als ich dir das Messer in die

Brust stieß, flackerten bei mir zum ersten Mal wieder vage Erinnerungen an dieses Leben auf.« Ich stoße den Atem aus. »Ich begreife nicht, warum er mir das eingepflanzt hat. Warum zeigt er mir, wie ich jemanden töte, den ich liebe? Warum riskiert er, dass mein Verstand diesen Augenblick zurückweist?«

»Und warum zeigt er dir eine Zeit voller Sorgen? Warum spiegelt er dir nicht einfach nur Gutes vor?«

»Und das ist noch nicht einmal die wichtigste Frage von allen«, sage ich, ziehe meine Hand unter seiner hervor und lehne mich in meinem Stuhl zurück. »Warum bin ich überhaupt noch am Leben? Erith wünscht meinen Tod schon, seit ich geboren wurde, und sie hatten mich monatelang in ihrer Gewalt. Warum haben sie mich am Leben gelassen und mir stattdessen diese falschen Erinnerungen eingepflanzt?«

»Diese Erinnerungen sind möglicherweise lediglich eine Manipulation«, schlägt Hale vor. »So wie du sie beschreibst, fühlten sie sich für dich echt an. Und das hat natürlich einen Einfluss auf deine Entscheidungen. Vielleicht brauchen sie dich aus irgendeinem Grund noch lebendig und dachten, sie könnten dich durch diese Erinnerungen kontrollieren.«

Ich nicke, bin aber nicht endgültig überzeugt. Im Augenblick ergibt für mich einfach nichts davon einen Sinn.

»Lis?« Als ich den Kopf hebe, betrachtet mich Hale eine lange Zeit. Sein Kehlkopf bebt, bevor er schließlich etwas sagt. »In letzter Zeit fühlt es sich an vielen Tagen so an, als wäre das Schicksal gegen uns. Aber jetzt bist du hier. Und ich weiß, dass sie dich uns nicht genommen haben, und ich verspüre neue Hoffnung. Zum allerersten Mal seit langer Zeit.«

»Glaubst du, sie werden auch Jasalyn finden?«

»Ich suche seit *Monaten* dieses ganze Reich nach ihr ab. Nicht dass das eine Rolle spielt.« Er presst die Kiefer aufeinander und blickt wütend ins Leere. »Es bringt einen wirklich um den Verstand. Jeder, der sie womöglich sieht, kann sich später nicht daran erinnern.«

»Aber du bist dir sicher, dass sie nicht …« Ich lasse den Satz in der Luft hängen. Die Frage ist zu grausam.

»Sie ist am Leben. Ich habe in Feegus Keep einen Alarm angebracht, der losgeht, falls sie dort auftaucht. Er wurde ausgelöst und ich ging hin, um nachzusehen. Ich kann mich nur daran erinnern, dass ich von einem Rudel Todeshunde angegriffen wurde, die sie im Keller eingesperrt hatten, und als ich aufwachte, lag ich mit genähten Wunden auf der Krankenstation von Ironmoore. Ich konnte Jasalyn sogar *riechen*. Ich weiß, dass sie dort gewesen ist.« Er stützt die Unterarme auf die Schenkel und lässt den Kopf hängen. »Mein Bauchgefühl täuscht nicht.«

»Du empfindest wirklich etwas für sie, nicht wahr?«

Er schüttelt den Kopf, hebt ihn dann an und sieht mir in die Augen. »Es gibt viele Menschen, für die ich etwas empfinde. Für Jasalyn … Ich liebe sie, Lis. Und ich habe sie verloren.« Er gluckst freudlos und kippt den Rest aus seinem Glas hinunter. »Ich habe sie verloren, verdammt noch mal, und wenn wir sie nicht finden und ungeschehen machen, was Mordeus mit seiner Blutmagie und diesem Ring in Gang gesetzt hat … dann werde ich sie niemals wieder zurückbekommen.«

Mir ist ohnehin nicht klar, wie sie das alles schaffen wollen, selbst wenn sie die Prinzessin finden, aber er braucht mir das jetzt auch nicht zu erklären. *Ein Problem nach dem anderen.*

Als er mich anblickt, kann er seine Erschöpfung nicht verbergen. »Ich habe mir Notizen gemacht, solange sie bei uns war – nachdem der Ring nicht mehr von ihrem Finger abging.« Er zieht ein in Leder gebundenes Notizbuch aus seiner Weste und wirft es auf den Tisch. »In einem meiner letzten Einträge von dem Tag, als sie verschwand, schreibe ich, dass ich ihr die Wahrheit darüber sagen sollte, wer ich bin. Sie dachte, ich wäre ein Mensch.«

»Du glaubst, sie ist gegangen, als sie dahinterkam.«

»Gut möglich. Seither dachte ich, sie würde mich hassen, aber ich bin mir ziemlich sicher, dass sie es war, die mich zur Krankenstation gebracht und dort meine Wunden genäht hat, nachdem diese Todeshunde mich in Stücke reißen wollten. Und falls ich damit recht habe, gibt es vielleicht auch die Chance, dass sie mir vergeben wird.«

»Wir werden sie finden.« Ich fühle wirklich mit meinem Bruder. Ich frage mich allerdings, ob er seine Mission in unserer Heimat aufgegeben hat. Ich muss ihn fragen. »Und wenn wir das schaffen, was wirst du dann tun? Du wurdest auserwählt, die nächste Königin von Elora zu beschützen. Wirst du deiner Berufung folgen – oder sie aufgeben, um mit Jas zusammen zu sein?«

In seinen eisblauen Augen steht nichts als Schmerz geschrieben. »Crissa ist ebenfalls immer noch verschwunden.« Wie alle erwählten Königinnen des Reiches ist sie ein Mensch und ihre Sterblichkeit macht sie angreifbar – vielleicht noch mehr als Jas, die Mordeus vorerst für seine eigenen Zwecke am Leben erhalten muss. »Das Ganze ist ein *Chaos*. So viele Leute zählen auf mich, und doch kann ich an nichts anderes denken, als Jas zurückzuholen.« Er starrt in den Nachthimmel hinauf. »Erzähl mir, was du in ihren Erinnerungen gesehen hast. Was hat er dort mit ihr gemacht?«

»Das willst du dir nicht antun.«

Er fährt sich mit der Hand übers Gesicht. »Ich werde ihn umbringen. Wenn wir Jasalyn erst zurückhaben, möchte ich Mordeus aufspüren und ihm ein für alle Mal ein Ende machen. Das ist das Mindeste, was ich für sie tun kann.«

Da er so mit Jasalyn beschäftigt ist, wäre dies vielleicht der geeignete Zeitpunkt, um ihm zu sagen, warum ich Erith nicht töten werde. Die Wahrheit lastet schwer auf meiner Brust. Ich könnte es ihm sagen. Vielleicht sollte ich das auch, aber ich bringe es einfach nicht übers Herz.

***

Erschöpft. Verwirrt. Emotional niedergeschlagen.

Aber wenn ich die Augen schließe, bleibt mir der Schlaf versagt.

Ich würde alles für einen Schlaftrunk geben, kann mich aber nicht aufraffen, meine Gemächer zu verlassen und um einen zu bitten. Ich bin der Vorstellung einfach nicht gewachsen, Misha noch einmal über den Weg zu laufen.

Ich streife durch mein Zimmer, fahre mit den Fingern über den kühlen Marmor des Kaminsimses und ziehe nacheinander die Schreibtischschubladen auf. Vielleicht hoffe ich, dort Kräuter zu finden, die mir zum Schlaf verhelfen würden, oder ich suche einfach nach einer Ablenkung, aber als ich in die unterste Schublade blicke, zieht sich mir die Brust zusammen.

Ein Stechen in der Nase kündigt Tränen an, als ich die Spielkarten aus der Schublade nehme.

Nigel fehlt mir so sehr. Wenn ich mich als Kind einsam fühlte, war er immer zur Stelle. Auch wenn er nicht lang blieb, war es doch immer tröstlich zu wissen, dass er jederzeit erscheinen konnte.

Ich reiße einen Faden aus meinem Koboldarmband, nur um mich daran zu erinnern, wie es sich anfühlt. Dann presse ich das

Kartenspiel an meine Brust, als könnte es mir meinen Freund zurückbringen.

»Ich hatte schon befürchtet, du würdest niemals rufen«, sagt jemand hinter mir.

Ich fahre herum und kreische auf, als ich einen Kobold mit spindeldürren Gliedmaßen am Fußende meines Bettes sitzen sehe.

Er mustert mich eingehend. »Du bist eindeutig bei Bewusstsein. Endlich.«

»Wer bist du?«

»Squird Angelos der Dritte, zu deinen Diensten.« Er hüpft vom Bett und verbeugt sich tief. »Aber du kannst mich einfach Squird nennen. Nigel hat mir gesagt, der lange Name wird sonst auf Dauer etwas lästig.«

Meine Brust wird von neuer Freude erfüllt und ich muss sogar leise kichern. Ich kann mir gut vorstellen, dass Nigel genau so etwas gesagt hat. »Schön, dich kennenzulernen, Squird.«

»Nigel hat mich gebeten, auf dich aufzupassen, falls ihm etwas zustoßen sollte. Ich hätte mich schon früher vorgestellt, aber ich wollte erst kommen, wenn du mich rufst. Was kann ich an diesem schönen Abend für dich tun?« Er blickt verwundert aus dem Fenster. »In dieser Nacht, genau genommen, wenn du eigentlich fest schlafen solltest.«

Ich presse die Karten noch fester an meine Brust. Nigel hat für den Fall seines Todes einem anderen Kobold aufgetragen, nach mir zu sehen. Natürlich hat er das getan.

»Ich kenne dieses Spiel nicht«, sagt er und nickt in Richtung des Kartenspiels in meiner Hand, »aber ich könnte es ja lernen, falls du willst.«

Ich muss lächeln. Das Alter eines Kobolds lässt sich nur schwer anhand seines Aussehens bestimmen – alle scheinen sie dürr zu sein, mit schütterem Haar und einem runden Bauch –, aber es ist offensichtlich, dass Squird noch jung ist. Er ist noch nicht so verschlossen wie seine Brüder. Ich lege die Karten auf den Schreibtisch. »Vielleicht ein anderes Mal.«

»Möchtest du irgendwo hingehen?« Er wippt auf den Zehen und seine Augen leuchten vor Eifer.

Ich beiße mir auf die Unterlippe. Ich möchte nicht unbedingt ausnutzen, dass er noch jung und unerfahren ist, aber ... »Ich hatte da eine Frage.«

Er stutzt kurz und blickt sich dann im Zimmer um. »Und du hast sie verloren? Oder erwartest du von mir, dass ich sie errate? Möglicherweise hat dir Nigel nie erzählt, dass Kobolde keine Gedanken lesen können.« Seine Augen weiten sich. »Oder vielleicht konnte er es doch? Er war einer der klügsten Kobolde, die ich je kennengelernt habe. Ich wette, er kannte alle deine Fragen schon, bevor du sie laut ausgesprochen hast.«

Ich verkneife mir ein Lachen und senke den Kopf, um das Lächeln zu verbergen, das ich nicht vollständig unterdrücken kann. »Ich überlege nur, wie ich die Frage am besten stelle.« Kobolde nehmen alles gern wörtlich, und vermutlich ist Squird in dieser Hinsicht besonders schlimm. »Warum hat Erith mich nicht getötet, als ich gefangen genommen wurde?«

Squird zieht die Nase kraus, als wäre das eine wirklich dumme Frage. »Weil er nicht wusste, wo du bist.«

»Willst du damit sagen, es war gar nicht Erith, der mich entführen ließ?«

»Erith würde sich niemals in die Nähe von jemandem begeben, dem bestimmt ist, ihn zu töten.«

»Ich dachte, Konner – oder wer auch immer mich aus Mishas Kerker entführt hat – hätte das im Auftrag von Erith getan. Aber vielleicht steckte ja jemand anderes dahinter.« Konner ist den Sieben bestimmt treu ergeben, immerhin ist er im Palast aufgewachsen. Ich kann mir nur schwer erklären, weshalb er Erith keinen Zugang zu mir gewähren sollte, und doch glaube ich, er wollte mir mitteilen, dass er mich am Leben halten will.

»In diesem Palast arbeitet jeder nur für sich selbst«, sagt Squird.

»Und diese Träume, die Konner in meinen Verstand eingepflanzt hat? Wenn er nicht für Erith gearbeitet hat – oder vielleicht sogar *gegen* ihn –, warum hat er dann mit seinen Träumen nicht dafür gesorgt, dass ich meinen Vater hasse? Dass ich meine Bestimmung erfülle, wenn ich aufwache? Und selbst wenn es nicht so war, warum hat er mich überhaupt im Schlaf festgehalten?« Ich habe wieder laut nachgedacht und erkenne meinen Fehler, als ich den Kopf wende und in Squirds erschrocken aufgerissene Augen blicke. »Entschuldige«, murmele ich.

Er blickt um sich, als würde ihm plötzlich klar, dass er schon zu viel verraten hat und sichergehen möchte, dass niemand seinen Fehler bemerkt hat. »Ich sollte jetzt gehen.«

»Nein, bitte nicht. Ich –« Aber da ist er schon fort.

KAPITEL 11

JASALYN

Die gebrechliche Alte, die in den Gemächern im südlichsten Turm des Mitternachtspalasts haust, steht nicht auf, als ich den Raum betrete. Ich knirsche mit den Zähnen angesichts dieser Frechheit, verkneife es mir aber, sie dafür zu bestrafen. Gute Seher sind schwer zu finden und Karmyn ist eine der besten. Als Gegenleistung für ihre Dienste lasse ich sie den Rhythmus bestimmen. Selbst wenn ich ihr am liebsten den Hals umdrehen würde und dann zusehen, wie das Leben aus ihren Augen weicht.

»Es dauert zu lang«, sage ich und kann nur schwerlich die Wut in meiner Stimme unterdrücken. »Abriella hätte mir das Buch längst bringen müssen.«

»Das wird sie«, sagt Karmyn. »Ihr müsst Euch nur gedulden, dann wird sie Euch alles, was Ihr verlangt, bis an Euren Thron bringen.«

Ich balle die Fäuste. Das Bauernmädchen hat mir schon den Spiegel gebracht, so wie es Karmyn vorhergesagt hat. Sie hat den Köder geschluckt, als ich ihre kleine Schwester gekauft habe, so wie es Karmyn vorhergesagt hat. Als Nächstes wird sie mir das Grimoricon bringen und dann die Krone. »Geduld. Schön. Wenn ich diesen Hof dann endlich vom Thron aus regieren kann, kann ich vielleicht etwas Geduld aufbringen.«

Der Blick ihrer blaugrauen Augen verschwimmt und sie schüttelt langsam den Kopf. »Nein. Ihr werdet es nicht erleben, vom Thron aus zu regieren.«

»Was?« Ich schleudere meine Macht gegen sie und hebe sie aus ihrem Sessel. »Was hast du mir da gerade gesagt?«

Erst als sie sich panisch an die Kehle greift, lockere ich meinem magischen Griff ein klein wenig, sodass sie wieder Atem holen kann. »Ich sagte Euch schon einmal, dass ich keine Kontrolle darüber habe, ob Euch gefällt, was ich sehe. Ich musste Euch versprechen, Euch trotz allem immer die Wahrheit zu sagen.«

Das stimmt. Allein im letzten Jahr habe ich ein halbes Dutzend Seher hingerichtet, nachdem sich herausgestellt hatte, dass sie mir anstelle der Wahrheit nur das sagten, was ich hören wollte. Als ich Karmyn an meine Seite holte, war genau dies meine Bedingung. Im Gegenzug entließ ich ihren Sohn aus meinem Kerker und entschädige sie nun mit einer kümmerlichen Summe, damit sie ihre Enkel versorgen kann. Als ich meine Magie vollständig zurückziehe, sackt sie in sich zusammen, ihr ganzer Körper ermattet vor Erleichterung. »Sage mir, wann hast du das zum ersten Mal gesehen?«

»Erst jetzt, Eure Majestät.«

»Warum nicht schon früher? Was hat sich verändert?«

»Das Schicksal eines ganzen Reiches kann sich verändern durch etwas so Geringfügiges wie einen Windhauch. Wenn ich Visionen erhalte, kann ich nicht sagen, warum.«

Der Tod. Der Tod, bevor ich in Besitz nehmen kann, was mir rechtmäßig zusteht. Der Tod, bevor ich die Krone meines Bruders tragen und dadurch meine volle Macht erlangen kann. »Das lasse ich nicht zu.«

***

Ich habe drei weitere Tage an den Schlaf verloren, bevor Fherna mich wieder geweckt hat – jedenfalls behauptet sie das. Diesmal zerrt sie mich in den dunklen Wald, während ich vom Schlaf noch ganz benommen bin und die Erinnerung an meine Träume mir das Gefühl gibt, ich würde die Welt durch Mordeus' Augen sehen.

»Ich kann Euretwegen nicht dauernd die Regeln brechen«, murrt sie und führt mich tiefer ins Gehölz hinein. »Alles für eine Törin zu riskieren, die so leicht in einen Handel einzuwilligen bereit ist, der immer noch nicht abgeschlossen ist.«

»Was für Regeln? Und einen Handel mit wem?«

Sie bleibt abrupt stehen und blickt mich wütend an. »Den Handel mit dieser eloranischen Hexe. Habt Ihr schon vergessen, was Ihr gegen diesen verfluchten Ring eingetauscht habt?«, fragt sie und deutet auf meine Hand.

»Das kann ich nicht vergessen«, hauche ich. Aber ich will mehr wissen; was meint sie damit, dass der Handel »nicht abgeschlossenen« sei, und was weiß sie über diese Hexe? Wenn der Handel nicht abgeschlossen ist, bedeutet das, ich kann die Hexe ausfindig machen und zurückverlangen, was ich eingetauscht habe?

In meinem Kopf schwirren lauter halb formulierte Fragen durcheinander, aber es kostet mich meine ganze Kraft, ihr zu folgen, und eigentlich weiß ich bereits, dass sie recht hat. Dass ich mich auf die Jagd begeben muss. Wenn ich zu schwach bin, um Fragen zu stellen, bin ich auch zu schwach, um Mordeus zu finden.

Der Wald ist dunkel und nicht einmal der helle Mond schafft es, die dichten Baumkronen zu durchbrechen. Ich ziehe einen Glimmstein aus meinem Rucksack und lasse sein Licht zwischen meinen Fingern hindurchdringen, während ich ihn an meine Brust presse.

»Ich kann Euch nur noch ein kleines Stück weit bringen«, erklärt Fherna. »Ihr müsst allein durch den Wald wandern und den

Wolpertinger finden. Trinkt das Blut aus seinem schlagenden Herzen und Ihr erhaltet die Stärke für das, was Ihr tun müsst.«

Die Dunkelheit hier im Wald scheint mich in Gänze zu verschlucken.

Fherna biegt das Geäst zur Seite und wendet sich zu mir. »Gleich hinter diesen Bäumen werdet Ihr auf einen großen Mammutbaum stoßen. Er ist höher als alle anderen Bäume dieses Waldes und an seinem Fuß liegt der Eingang zum Bau des Wolpertingers. Die Kreatur schläft jetzt. Wenn Ihr dorthin gelangt, handelt rasch, denn sie wird jedes Zögern spüren. Wenn sie aufwacht, bevor Ihr sie ergreift, wird die Jagd sehr viel schwieriger verlaufen. Und vergesst nicht: Mit Eurem Blut könnt Ihr die Flamme überwinden. Ihr seid dazu erschaffen, das Schwert zu führen.«

»Wirst du es mir zeigen?«, frage ich, aber da ist sie schon fort. Die Äste, die sie zur Seite gebogen hat, bleiben für mich geöffnet, als würde der Wald mich persönlich einladen, tiefer einzutreten.

»Los, Jas«, flüstere ich. »Tu's einfach.«

Jeder einzelne Schritt ist ein Kampf gegen meinen Körper und gegen meinen Geist, aber ich setze einen Fuß vor den anderen, bis ich vor dem riesigen Mammutbaum stehe – darunter wie versprochen der Bau.

Ich ziehe meinen eisernen Dolch und gehe auf die Knie.

Den Glimmstein lasse ich ins Laub fallen, atme tief durch, wappne mich und stecke dann eine Hand tief in den Bau, bis sie auf weiches Fell trifft.

Mach schnell. Zögere nicht.

Ich umfasse den Dolch noch fester, bereit zum Zustechen, und packe die Kreatur. Ich reiße sie aus ihrer Höhle, doch als ich sie hochhebe und ihr die Klinge ins Herz stoßen will, erstarre ich.

Der Wolpertinger ist kaum mehr als ein Flaumball mit einem

platten Gesicht, Schlappohren und einem langen Schwanz, der sich um mein Handgelenk ringelt. Seine winzige Zunge schießt hervor und leckt mir die Hand. Runde, unschuldige braune Augen blicken zu mir auf.

Ein Schluchzen kämpft sich meine Kehle empor und ich kann es nur mühsam unterdrücken.

Leben spendet Leben. Tu es für deine Schwester. Tu es für all die Seelen, die unter Mordeus' Herrschaft gepeinigt würden.

Ich mache meine Klinge bereit und der Flaumball beginnt, in meiner Hand zu vibrieren, wie eine schnurrende Katze.

»Es tut mir leid«, flüstere ich.

Er öffnet das kleine Maul, als wolle er um sein Leben flehen, und das schnurrende Beben wird so stark, dass ich das Wesen kaum noch festhalten kann. Im nächsten Augenblick verwandelt es sich und das flauschige Haar wird zu Stacheln, die sich mir ins Fleisch bohren, die gütigen braunen Augen funkeln mich grün und wütend an und aus dem aufgerissenen Maul schießen lange Reißzähne.

Es stürzt sich auf meine Kehle.

Die Stacheln ritzen meine Haut auf und durch mein glitschiges Blut drohe ich den Halt zu verlieren, aber ich lasse nicht los, führe die Klinge an seine Kehle und ziehe kurz und entschlossen durch.

Die Kreatur erschlafft in meiner Hand und wird wieder weich und flauschig. War sie jemals etwas anderes?

Ich habe keine Zeit, mich das zu fragen. Ich muss zu Ende bringen, was ich begonnen habe.

Ich ziehe die Klinge tiefer, reiße der Kreatur das winzige Herz aus der Brust und presse es an meine Lippen, bevor ich es mir anders überlegen kann. Die erste Kostprobe seines Blutes – kupfern und salzig, mit einem süßlichen Unterton, der fauligem Obst allzu sehr gleicht – bringt mich fast dazu, das ganze Vorhaben abzubrechen, aber ich überwinde mich und beiße in den zähen Muskel. Heiß und dickflüssig spritzt das Blut auf meine Zunge und ich muss würgen.

Trinkt. Ihr müsst es trinken.

Die Worte klingen, als kämen sie direkt von Fherna. Ich weiß nicht, ob das nur Einbildung ist, eine Erinnerung, oder ob ich durch diese entsetzliche Handlung den Bezug zur Realität verloren habe, aber ich gehorche. Mit jedem Schluck fällt es mir ein wenig leichter, während die Schwäche und das Elend, die der Fluch des Rings mit sich bringt, nachlassen. Ich brauche diese Stärke. Ich muss Mordeus finden.

Erst als ich den knorpeligen Muskel bis auf den letzten Tropfen ausgesaugt habe, gestatte ich mir, aufzuhören. Ich lasse ihn zu Boden fallen, dann lege ich mich neben den weichen Kadaver des Wolpertingers und weine – laute, jähe Schluchzer, die von den umstehenden Bäumen verschluckt werden.

Ich bin nun stärker und fürchte mich vor nichts in diesem Wald so sehr wie vor mir selbst – vor dem, was ich geworden bin.

***

Ich will Kendrick sehen.

Es ist riskant und führt zu nichts, aber das ist mir egal.

Ich weiß nicht, ob der Tod heute Nacht kommen wird – in der ich das Schwert holen und Mordeus töten will – oder in einer Woche, wenn der Handel um den Ring mich ans Ende meines Lebens führt. Aber ich spüre seine Gegenwart, seine Finger nur eine Handbreit entfernt und bereit, mir den Atem aus meinen Lungen zu rauben.

Ich bitte Gommid, mich zu Kendrick zu bringen. Ich möchte ihn ein letztes Mal sehen. Ich möchte nur Lebewohl sagen.

»Er ist hier?«, frage ich, als sich die Welt um uns herum wieder verdichtet. Wir befinden uns im Garten hinter dem Mitternachtspalast.

»Kendrick der Erwählte ist im Inneren. Er bewohnt die Gemächer neben deinen, aber du musst selbst dorthin gehen. Wegen der zunehmenden Bedrohungen hat deine Schwester den ganzen Palast gegen Koboldreisen abgesichert.«

Ich weiß, dass Kendrick mit meiner Schwester gesprochen hat, hatte aber nicht erwartet, dass er nun hier *wohnt*. »Danke, Go–«

Aber er ist schon wieder fort.

Im Palast herrscht an diesem Abend buntes Treiben; die Türen zum Ballsaal stehen weit offen, auf allen Terrassen lodern Fackeln und beleuchten eine wogende Festgesellschaft, die sich an Fae-Wein labt. Etwas schmerzt in meiner Brust angesichts dieser scheinbaren Normalität. So sollte das Leben meiner Schwester aussehen – Bälle im Palast mit Hunderten von Gästen, die sie vergöttern.

Alle Augenpaare richten sich auf mich, als ich eintrete. Gommid sagte, sie habe den Palast gegen Koboldreisen abgesichert – er sagte aber nichts von Vorkehrungen gegen mich. Abriella meinte, das würde sie nicht tun, aber als ich den Palast betrete, hoffe ich doch irgendwie, dass sie mehr zu ihrem Schutz unternommen hat, als sie mir versprach, nachdem ich in ihrem Schlafzimmer aufgetaucht war.

Ich erwidere nichts auf die unterwürfigen Komplimente und ignoriere die sehnsuchtsvollen Blicke der Gäste meiner Schwester. Ich gehe geradewegs auf die Treppe zu und bleibe nur kurz auf einem Absatz stehen, von dem sich der Ballsaal gut überblicken lässt.

Mir wird das Herz schwer, als ich auf die Versammlung hinabstarre.

Drei Jahre lang habe ich die Bälle meiner Schwester gemieden oder bin ihnen ganz aus dem Weg gegangen – jetzt würde ich alles dafür geben, nur bei diesem einen an ihrer Seite zu stehen. Als sich die Fae an ihrer Seite umwendet, stockt mir der Atem. Eine Gestaltwandlerin in meiner Rolle? Würde Brie das wagen, vor so vielen Leuten? Oder haben sie Felicity gefunden?

Felicity gibt eine viel bessere Prinzessin ab, als ich es jemals könnte. Ich trete vom Geländer zurück, denn ich möchte nicht, dass die Gäste in derselben Nacht zwei Prinzessinnen zu sehen bekommen. Nicht dass das langfristig etwas ausmachen würde, da sie den Vorfall vergessen würden, sobald ich außer Sichtweite bin.

Die Gänge kommen mir größer vor als früher, während ich bis zu dem Gemach neben meinem eigenen gehe. Als ich dort ankomme, trete ich, ohne zu klopfen, ein.

Kendrick sitzt mit nacktem Oberkörper und einem Buch im Schoß ans Kopfteil des Bettes gelehnt. Er reißt den Kopf in die Höhe, die Augen geweitet, und öffnet den Mund. Dann mustert er mich, als suche er nach möglichen Verletzungen, betrachtet meine Reithosen und erkennt das Schwert auf meinem Rücken und die Dolche, die in meinem Gürtel stecken.

Sein Anblick und das Gefühl seiner Augen auf mir erzeugen eine wohlige Wärme in meinem Magen, aber zugleich Kälte in allen anderen Teilen meines Körpers, die sich daran erinnern, dass ich mich nicht an ihn schmiegen kann. *Nicht sollte.*

Ich tue es trotzdem, nehme das Schwert von meinem Rücken und setze mich neben ihn – so dicht, dass sich mein Arm gegen seinen presst. Mein Herz schmerzt zu heftig, um mir das zu versagen.

Er starrt mich an, als könne er nicht ganz glauben, dass ich echt bin. Und vielleicht bin ich das auch nicht. Ich bin nicht mehr, wer ich einmal war, und ich werde nicht mehr lange genug leben, um jemand Neues zu werden. Ich bin niemand mehr.

»Jasalyn.« Mein Name, ausgesprochen voller Erleichterung, voller Dankbarkeit, voller Sorge.

Ich schmiege mich an seine Seite und lege den Kopf auf seine Schulter. »Ich hatte nur einen schlimmen Tag, nichts weiter«, flüstere ich.

»Wo bist du –«

Ich schüttele den Kopf. »Nicht. Ich möchte das nicht noch einmal durchgehen. Es geht mir gut. Ich arbeite daran, in Ordnung zu bringen, was ich kaputt gemacht habe. Ich möchte nur …« Ich lege meine Finger um seinen Arm und genieße dessen Umfang und Stärke. Ich bin in Sicherheit. Hier. Jetzt. Ich bin in Sicherheit. »Ich wollte dich sehen.«

»Wie schon zuvor.«

Ich hebe den Kopf. »Du erinnerst dich daran?«

Kendrick zieht mich auf seinen Schoß und bewegt mich dabei, als wäre ich kaum mehr als ein Kind, aber das ist mir egal. Ich lasse zu, dass er seine Arme um mich legt, und berge meinen Kopf an seiner Brust. Hände streichen mir über den Rücken, er vergräbt seine Nase in meinem Haar und atmet tief ein. »Ich erinnere mich vielleicht nicht daran, aber ich wusste noch, warum ich zur Festung gegangen war. Und als ich mich dann in der Krankenstation von Ironmoore wiederfand, hing dein Geruch dort noch in der Luft. Und er ist seither an mir haften geblieben. Und jetzt …«

Seine Brust bebt, als er ein weiteres Mal tief einatmet. »Versprich mir, dass du diesmal nicht wieder gehen wirst.«

Ich kann ihn nicht anlügen, werde aber diese Nacht nicht daran verschwenden, dieselben Argumente wie in der Krankenstation noch einmal zu diskutieren. »Jetzt bin ich hier«, antworte ich in der Hoffnung, dass ihm das genügt.

»Wir haben einen Plan für den Ring.« Er berührt meine Lippen mit einem Finger und ich erschaure. »Wenn wir erst den Stein der Entzauberung haben, werde ich dich wieder küssen können.«

Ich schließe die Augen. Das wäre schön. Bevor mir das alles genommen wird, würde ich gern noch einmal Kendricks Kuss erleben. Nur ein einziges Mal.

Ich fahre mit den Daumen leicht über die dunklen Schatten unter seinen Augen. »Du schläfst zu wenig.«

Er neigt den Kopf zur Seite. »Wie soll ich denn Schlaf finden, wenn alles von Bedeutung so im Ungewissen ist?«

»Crissa«, sage ich. Sie wissen immer noch nicht, was mit ihrer Königin geschehen ist.

Er schnaubt, möglicherweise ein Lachen, aber es liegt keine Freude darin. »Richtig. Die Abwesenheit meiner Königin sollte mir den Schlaf rauben. Auch die Tatsache, dass wir keinen einzigen Hinweis haben, wo sie sein könnte, sollte mir den Schlaf rauben. Und auch die Zukunft des Reiches, dessen Rettung meine Aufgabe ist.« Er mahlt für einen Augenblick mit den Kiefern, bevor seine Arme sich fester um mich schließen. Aber es fühlt sich nicht wie ein Gefängnis an, sondern wie eine Decke, die Wärme und Behaglichkeit spendet, ohne mich einzuengen. »Was mir den Schlaf raubt, bist du, Jas. Ich war völlig verzweifelt, weil ich dich finden wollte.«

Seine Augen sind so blau. So rein. Dies sind die Augen, die mich gerettet haben, und auch seine Stimme hat mich gerettet, selbst als es seine Hände nicht konnten.

»Du hättest dich nicht als Mensch ausgeben müssen.«

Er erstarrt, weil er sich natürlich nicht daran erinnert, dass ich das weiß. »Wie meinst du das?«

»Du brauchtest kein Mensch zu sein, damit ich dir vertraue.« Ich streiche mit dem Finger über die feine Spitze seiner Ohrmuschel und er erschauert. »Ich hätte deine Freundschaft dort im Kerker dringend gebraucht, ob du nun Fae bist, Mensch oder Kobold. Ich bin nicht wütend, weil du ein Fae bist. Ich bin wütend, weil du mich angelogen hast.«

»Und deswegen hast du uns verlassen? Weil du herausgefunden hast, wer ich bin?«

Es schmerzt – auf diese Art ausgelöscht zu werden und zu wissen, dass dieser Ring mir in so vielfältiger Weise schon vor dem vereinbarten Datum mein Leben geraubt hat. »Ich möchte diese Unterhaltung nicht noch einmal führen. Ich möchte nur …« Ich schließe die Augen und atme seinen Duft ein. Leder. Seife. Frische Luft.

»Sag es mir.« Seine Finger sind unsagbar zärtlich, als er mein Gesicht herumdreht, sodass ich ihn ansehe. »Sag mir, was du möchtest, und ich werde die Welt aus den Angeln heben, um es dir zu geben.«

Ich möchte dich küssen. Ich möchte hier in deinen Armen bleiben und alles Zerbrochene vergessen – alles, was ich zerbrochen habe. Ich möchte mich in diesem Augenblick verlieren. In dir. Um mich so zu fühlen wie während unserer gemeinsam verbrachten Nacht – um dir dieselben Gefühle zu geben wie du mir. »Ich möchte dich berühren.«

Seine Nasenflügel beben und seine Lippen öffnen sich. »Jas …«

Ich streiche mit der Hand über seine nackte Brust, genieße die Wärme seiner Haut und das Kitzeln der Haare unter meinen Fingerspitzen. »Du erinnerst dich nicht daran, aber bevor ich verschwand, haben wir die Nacht zusammen verbracht.« Ich finde den Bund seiner weichen Schlafanzughose und fahre mit dem Knöchel über die Stelle, wo seine Haut den Stoff berührt.

Seine Augen schließen sich langsam und er erschauert leicht unter meiner Berührung. »Ich erinnere mich nicht daran« – in seiner Stimme reiben sich Begehren und Bedürfnis aneinander –, »aber ich habe mein Tagebuch. Ich weiß …« Er schluckt. »Hundert nutzlose Erinnerungen würde ich eintauschen für die eine an jene Nacht.«

»Du brauchst nichts einzutauschen.« Ich schiebe meine Hand unter seinen Bund und sehe, wie sich seine Augen verdunkeln, als ich ihn finde. Eigentlich weiß ich nicht genau, was ich tue, aber meine Cousinen haben einst genug darüber getuschelt, dass ich eine gewisse Vorstellung davon habe. Und viel leichter als gedacht komme ich dahinter, was er mag – was ihn den Mund öffnen und seinen Atem stocken lässt und wodurch er die Hüften leicht vom Bett hebt. »So?«

Er gibt einen undefinierbaren Laut von sich, bei dem sich tief in meinem Bauch Wärme und Begehren sammeln. »Götter.« Er lässt mich nicht aus den Augen und zieht mit dem Daumen die Linie meiner Lippen nach. »Ich muss träumen.«

Anfangs erkunde ich die warme Haut noch vorsichtig, dann aber immer forscher. Er bemüht sich, den Blickkontakt zu halten, aber als er sich schließlich in reiner Wonne verliert, den Kopf ins Kissen drückt und den Nacken durchbiegt, werde ich von einer Art Stolz durchflutet. Es ist, als würde ich strahlen.

Er zieht meine Hand weg, und bevor ich mich fragen kann, warum, hat er einen Arm um meine Taille geschlungen und rollt uns beide herum, sodass ich unter ihm auf dem Rücken zu liegen komme. Er fährt mit den Zähnen an meinem Hals entlang und küsst dann die ganze Strecke über mein Schlüsselbein und weiter hinab, bis er den geöffneten Mund auf meine Brust presst und durch mein Hemd darüberleckt.

Er zieht den Kopf zurück und schluckt. »Du blutest.« Mit Augen und Händen sucht er meinen Bauch ab, meine Brust und dann die Arme, bis er zu meinem Handgelenk gelangt und die blutenden Einstiche der Zähne des Wolpertingers entdeckt.

Ich hatte nicht einmal bemerkt, dass auch seine Hose Blut abbekommen hat. »Es tut nicht mehr weh«, verspreche ich ihm.

Er führt mein Handgelenk an seine Lippen und küsst die empfindliche Stelle. »Lass mich das verbinden.«

Wenn er jetzt geht, wird er alles vergessen. Dazu bin ich noch nicht bereit. »Lass nur, es geht mir gut. Ich möchte lieber, dass du bei mir bleibst. Und mich festhältst.«

Er mustert mein Gesicht, als suche er darin nach Antworten, als könne er das hier vielleicht im Gedächtnis behalten, wenn er sich nur genug Mühe gibt. »Ich halte dich so lange fest, wie du mich lässt.«

Ich streiche mit den Fingern über seine kurzen Bartstoppeln und tue selbst mein Bestes, um mir diesen Augenblick einzuprägen, obwohl es ohnehin unmöglich sein wird, ihn zu vergessen.

Er legt sich auf die Seite und zieht mich an sich, sodass ich ihm den Rücken zukehre. Dort bleibe ich in der Wärme seiner Umarmung, bis die Kerze neben dem Bett in ihrem letzten Wachsrest zu flackern beginnt und sein Atem in einen flachen Schlafrhythmus übergegangen ist.

»Du wirst dich nicht an diesen Moment erinnern«, flüstere ich, und diese Gewissheit fühlt sich an wie die schlimmste Finsternis in einsamer Nacht. Ich dachte, ich würde die Einsamkeit kennen, in den Tiefen meiner Verzweiflung aus den Jahren, bevor ich den Ring bekam, aber sie ist nicht zu vergleichen mit der einsamen Gewissheit, dass nichts von dem, was ich jetzt tue oder sage, haften bleiben wird. Wenn ich gehe, ist alles ausgelöscht. »Ich liebe dich«, sage ich leise. Ich lasse mich aus seinem Bett gleiten und lasse auch kein Zögern zu, als er im Schlaf noch einmal nach mir greift.

KAPITEL 12

FELICITY

»Siehst du den Fae rechts von mir, der immer näher schleicht?«, fragt mich die Schattenkönigin. Es ist der Abend des Balls. Nach nur zwei Tagen für die Vorbereitung bin ich nun als die Prinzessin hier, um zu beweisen, dass im Mitternachtspalast alles zum Besten steht und dass niemand als die Königin und die Prinzessin selbst Kontrolle über Jasalyn haben. »Graues Haar und gelber Waffenrock?«

Auf dem Parkett jenseits des Podiums, auf dem wir stehen, drängen sich die hohen Gäste – nicht nur aus dem Schattenhof, sondern auch vom Hof der Sonne und dem Land der Wilden Fae –, aber ich kann den Betreffenden leicht ausmachen. Er hat langes graues Haar, graue Augen, und seine milchig weiße Haut ist so blass, dass ich mich frage, wann er zuletzt an der Sonne gewesen ist. Ich nicke der Königin fast unmerklich zu.

»*Das* ist Lord Pandian – der mit dem Stein der Entzauberung –, flankiert von seinen beiden Söhnen.« Diese haben goldblondes Haar, sind aber ansonsten ebenso bleich und unscheinbar wie ihr Vater.

»Und Ihr seid Euch sicher, dass sie keinen Argwohn schöpfen werden, wenn sich Jasalyn plötzlich mit ihnen abgibt, nachdem sie jahrelang allen aus dem Weg gegangen ist?« Die Königin hat mich wissen lassen, dass das Podium von einem geräuschunterdrückenden Schutzschirm umgeben ist, aber mir ist trotzdem unwohl dabei, mich so offen zu unterhalten, und ich spreche daher sehr leise.

»Diese ganze Familie ist so aufgeblasen vor Hochmut, dass sie nichts als die Bewunderung meiner Schwester wahrnehmen werden.«

»Sie starren mich alle an«, sage ich. Sie weiß, dass ich damit nicht nur den Lord und seine Söhne meine. Alle im Saal Anwesenden mustern mich auf die eine oder andere Weise – von verstohlenen Blicken bis zum unverhohlenen Gaffen.

Die Lippen der Königin zucken. »Aber natürlich starren sie. Und später werden sie all ihren Bekannten erzählen, dass sie die Prinzessin mit eigenen Augen gesehen haben. Und sie werden alle erdenklichen Gründe finden, dass du es wirklich bist – oder auch nicht.«

»Glaubt Ihr, sie haben einen Verdacht? Warum? Noch habe ich nicht einmal mit irgendjemandem gesprochen.«

»Selbst wenn die echte Prinzessin an meiner Seite stünde, würden manche Idioten dennoch eine Hochstaplerin in ihr sehen, weil sie daran glauben *wollen*, dass sie verschwunden ist. Wir müssen aber die anderen überzeugen, die den Gerüchten keinen Glauben schenken wollen, aber noch unentschlossen sind.«

Ich schlucke schwer. Mich auf Castle Craige als die Prinzessin auszugeben, wo niemand einen Grund hatte, Verdacht zu schöpfen, war eine Sache; hier ist der Einsatz deutlich höher.

»Misha wird bald hier sein«, sagt Abriella und augenblicklich schlägt mein Herz ein bisschen schneller. Seit dem Tag unserer Ankunft hier im Palast habe ich ihn nicht mehr gesehen. »Er hat mir versprochen, den ganzen Abend an deiner Seite zu bleiben.«

»Und wie laut hat er geflucht, als Ihr ihm *diesen* Befehl erteilt habt? Er hasst mich.«

Ihr Lächeln wird zu einem breiten Grinsen und ihre Augen blitzen vor Vergnügen. »Mit einer Intensität, die ich bei ihm noch nie erlebt habe.«

»Wie tröstlich.«

Sie lacht, sieht mich aber nicht an. Ihr Blick schweift immer noch über die Menge. Ohne zu fragen, weiß ich, dass sie nach Anzeichen für Unruhe Ausschau hält; vorsorglich sind im ganzen Saal Wachen mit und ohne Uniform verteilt. »Misha ist ein König. Ich würde es nicht wagen, ihm Befehle zu erteilen. Das wäre unschicklich.«

Ich lasse den Blick auf meine Hände sinken. »Glaubt Ihr, er wird eine Beziehung zu Eurer Schwester verfolgen – wenn sie wieder zu Hause ist?«

»Glaubst du«, meint sie spöttisch, »er wäre aufgrund dessen, was zwischen euch beiden vorgefallen ist, an Jasalyn interessiert? Das hat mit Jas nichts zu tun. Misha hatte nie irgendein Interesse an meiner Schwester, bevor du ihre Gestalt angenommen hast.«

»Aber als wir bei Mishas Ball darüber sprachen, sagtet Ihr –«

»Ich sagte damals, dass ich *hoffe* … Aber das waren Tagträume, ohne jede Grundlage. Mir gefiel einfach die Vorstellung, es würde …« Ihre Augen beginnen zu glänzen und sie schluckt. »Mir gefiel die Vorstellung, es würde ihr gut genug gehen, um sich zu verlieben. Meine Schwester und mein bester Freund – kannst du mir das verdenken?«

»Wohl kaum.«

»Außerdem, jetzt, wo ich Kendrick kennengelernt habe …« Ein

Schatten von Traurigkeit huscht so rasch über ihr Gesicht, dass ich mich beinahe frage, ob ich ihn mir eingebildet habe. »Was würde ich dafür geben zu wissen, ob meine Schwester mit demselben Blick in den Augen über ihn redet wie er über sie.«

»Wir werden sie finden.« Aber noch während ich das ausspreche, spüre ich, wie uns die durch ihren Handel bemessene Zeit davonläuft.

Abriella rollt ihre Schulter zurück und richtet dann den Blick auf die Stufen hinter mir. »Misha, wir haben gerade über dich gesprochen.«

»Verrätst du alle meine Geheimnisse?«, fragt er.

Meine Nackenhaare stellen sich auf. Ich spüre, wie er mich ansieht, und drehe mich langsam um. Er wirkt absolut königlich in seinem dunklen Waffenrock – ein tiefes Nachtblau mit weinroten und türkisfarbenen Stickereien. Das hier ist *König* Misha. Seine königliche Fassade. Der Fae, der mich vor meinem Zwillingsbruder gerettet hat, war der *Krieger* Misha. Zwei Seiten derselben Münze, jeder in gleicher Weise bewandt. Und gleichermaßen anziehend.

»Guten Abend.« Er mag mich hassen, aber es ist keine Frage, dass ich immer noch *alles* für ihn empfinde. Ich wünschte, Abriella hätte nicht mit mir darüber gesprochen. Ich kann es mir nicht leisten, dass irgendjemand meinem törichten Herzen einen Vorwand liefert, mich weiter an diese unerwiderten Gefühle zu klammern.

»Bist du bereit, durch den Ballsaal zu schreiten, *Prinzessin*?« Er zieht mich mit diesem Titel auf, um mich an das zu erinnern, was ich nicht bin.

»Bist du bereit, so zu tun, als würdest du mich mögen?«

So machtvoll streift mich sein Blick, dass ich ihn wie eine Berührung empfinde. Wie schwielige Fingerspitzen auf meiner Haut. »Du bist nicht die Einzige, die eine Rolle spielen kann, wenn es nötig ist.« Er macht auf dem Absatz kehrt und verlässt das Podium mit dem Selbstbewusstsein eines Fae, der allen Grund zu der Annahme hat, dass man ihm folgen wird.

»Viel Vergnügen«, sagt Abriella mit einem Zwinkern.

Mit eiligen Schritten versuche ich, Misha einzuholen, bevor er den schallgeschützten Bereich der Königin verlässt. »Weißt du, ein höflicher Begleiter würde seinen Schritt so bemessen, dass ich ihm folgen kann«, sage ich zu seinem Rücken.

Er geht langsamer und bietet mir seinen Arm an.

Ich halte seinem Blick für einen Moment stand, bevor ich meine Hand in seine Armbeuge lege, und muss mich mit aller Gewalt zusammennehmen, denn bei der Berührung flammt mein ganzer Körper auf. *Er hasst dich.*

»Es tut mir leid, dass du mich geleiten musst«, sage ich, während er mich langsam vom Podium aufs Parkett hinunterführt. Mich zu entschuldigen, ist höflicher, als ihm Gefühle vorzuwerfen, die ihm zweifellos zustehen. Es ist gerechter, als ihm wegen meines gebrochenen Herzens ungerechtfertigte Vorwürfe an den Kopf zu schleudern. Und es ist weniger lächerlich als all das, worum ich ihn bitten möchte.

Ich verbanne diese Gedanken, bevor sie etwas Demütigendes anrichten können, wie beispielsweise sich auf meinem Gesicht abzuzeichnen.

Er wendet mir den Blick zu. *Irgendjemand, der alle relevanten Persönlichkeiten am Hof kennt, muss den ganzen Abend bei dir bleiben.*

Meine Augen weiten sich, als mir klar wird, dass er diese Worte nicht *ausgesprochen* hat, sondern – *Du bist in meinen Gedanken.*

Er zieht eine Augenbraue hoch. *Hattest du das schon vergessen? Oder erinnerst du dich nur an meine anderen bemerkenswerten Fähigkeiten?*

Meine Wangen werden heiß. Wenn ich es nicht besser wüsste, müsste ich glauben, dass er mit mir flirtet. Mich in Jasalyns Gestalt zu sehen, scheint ihn durcheinanderzubringen. *Auf diese Weise hast du nicht mit mir gesprochen, als ich auf Castle Craige war.*

Nur das eine Mal. Sein Kehlkopf hüpft und er reißt seinen Blick von mir los. *Die Verbindung, die sich in jener Nacht zwischen unseren Gedanken aufgetan hat, scheint nicht getrennt worden zu sein.*

Jetzt spüre ich ihn – diesen Pfad zwischen uns, aber die Verbindung gleicht nicht einem Faden, wie ich dachte. Eher einem dicken, verlässlichen Rettungstau.

Ich bin mir nicht ganz sicher, was ich davon halte, gestehe ich, aber obwohl ich die Verbindung spüre und auch weiß, dass ich meine Seite davon kontrollieren kann, muss ich trotzdem fragen: *Kannst du meine Gedanken hören?*

Seine rostbraunen Augen sind so anziehend, dass ich den Blick nicht einmal von ihnen wenden könnte, wenn ich das wollte. *Nur die, die du mir zuführst.*

Die Spannung zwischen uns knistert förmlich von allem, was unausgesprochen zwischen uns steht.

Vielleicht bin ich nicht mehr so gut darin, mich abzuschirmen, wie ich dachte.

Er schmunzelt. *Oder vielleicht willst du mich einfach nicht mehr so dringend ausschließen wie früher.*

Was soll das nun heißen? Meint er damit meine Gefühle für ihn? Wirklich? Wie rüde. *Bist du dir sicher, dass mich heute Abend niemand anders geleiten kann?* Die Gruppe, auf die Abriella mich hingewiesen hat, ist nur noch wenige Schritte von uns entfernt. *Was, wenn sie nun glauben, wir wären zusammen, und ich komme nicht nahe genug an einen der Söhne heran, um zu erhalten, was ich brauche?*

Sein Blick huscht kurz zu mir. *Wenn dir das solche Sorgen bereitet, solltest du vielleicht aufhören, mich so anzusehen.*

Dich wie *anzusehen?*

So als wüsstest du, wie sich mein Mund auf deiner Haut anfühlt, und würdest dich fragen, wann du ihn wieder spüren wirst.

Ich starre ihn entrüstet an und er hebt eine Schulter, als wolle er sagen, er könne schließlich nichts für meine Gefühle.

Bleib dicht bei mir, sagt er, als Lord Pandian uns bemerkt und sich uns zuwendet, um uns zu begrüßen.

»König Misha«, sagt der Lord mit einem kurzen Nicken, bevor er seine ganze Aufmerksamkeit mir zuwendet. »Prinzessin, wie schön, Euch heute Abend hier zu sehen. Ihr seht umwerfend aus, wie immer.« Er ergreift meine Hand, hebt sie an seine Lippen und hinterlässt dabei eine schleimige Spur.

Wische sie dir ja nicht *am Rock ab,* warnt mich Misha in Gedanken. *Sosehr du dir das auch wünschen magst.*

Ich bin gesellschaftlich nicht gänzlich unbedarft. Du müsstest dich noch daran erinnern, dass ich dich *mühelos getäuscht habe.*

Glaub mir. Ich erinnere mich.

Lord Pandian zieht mich an der Hand ein Stück näher. »Prinzessin, gestattet mir das Vergnügen, Euch meine beiden Söhne vorzustellen – Leon und Ezra.«

»Guten Abend«, sage ich und nicke beiden höflich zu. »Danke, dass Sie gekommen sind.«

Ezra tritt vor. Auch er führt meine Hand an seine Lippen. »Das Vergnügen ist ganz unsererseits, Prinzessin.«

»Es ist wirklich eine Erleichterung, Euch wohlauf zu sehen«, sagt Leon und drückt mir nun ebenfalls einen glitschigen Kuss auf den Handrücken. »Wir hatten gehört, Euch hätte ein entsetzliches Schicksal ereilt.«

»Welches Gerücht war das?«, fragt Misha. Seine Augen blitzen und seine Lippen kräuseln sich, als müsse er ein Schmunzeln unterdrücken. »War es das, dem zufolge sie von einem Seedrachen entführt wurde, oder das andere, sie sei mit ihrem Kobold-Liebhaber durchgebrannt?«

Soweit ich weiß, hat keines von beiden als Gerücht kursiert, aber genau deshalb führt Misha sie als Beispiele an – um andere Gerüchte, die etwas zu dicht bei den Tatsachen liegen, ebenso ins Lächerliche zu ziehen.

Ezra räuspert sich und errötet. »Weder noch. Wir, äh …« Er blickt zuerst seinen Vater an, dann mich und zuletzt seinen Bruder. »Wir hatten gehört, dass –«

»Wichtig ist jetzt aber nur, dass Ihr hier und wohlauf seid«, sagt Lord Pandian. »Ich hoffe, Ihr könnt Euch heute Abend etwas Zeit nehmen, um meine Söhne kennenzulernen. Ihr könntet vielleicht mit einem Tanz anfangen.« Er deutet mit der Hand zur Tanzfläche.

Ich lasse meine Augen aufleuchten, als hätte ich auf diesen Vorschlag nur gewartet. »Ich –«

»Die Prinzessin wird heute Abend nicht tanzen«, erklärt Misha. »Zu viele Leute, die sie begrüßen muss, Sie werden das verstehen.« Schon zieht er mich weg.

Was soll das?, frage ich Misha und werfe einen enttäuschten Blick in Ezras Richtung. *Sie waren praktisch schon bereit, uns zu geben, was wir wollen.*

Wir wollen nicht zu eifrig erscheinen, spricht er in meine Gedanken, während er einen anderen Gast begrüßt. *Wir werden noch rechtzeitig bekommen, was wir brauchen. Ezra will dich dazu bringen, mit ihm zu tanzen, bevor sein Bruder Gelegenheit dazu hat.*

Und was ist daran schlecht?

Sein Vater hat die Prinzessin für Leon vorgesehen. Sein Kiefer zuckt. *Aber Ezra glaubt, er könne dich allein erwischen. Er glaubt, er könne die Prinzessin verführen, und er hat da … nun, er ist ziemlich von sich eingenommen.*

Bist du in seinen Gedanken?

Seine Abwehrschilde sind in etwa so dicht wie ein Papiertaschentuch – ich bin mir aber nicht sicher, ob er einfach zu dumm ist, sich die Mühe zu machen, oder ob seine Magie zu schwach ist.

Kämen wir nicht schneller zum Ziel, wenn wir ihn seine Pläne verfolgen ließen?

Mishas Augenbrauen schießen in die Höhe. *Willst du dich gleich heute Nacht von Ezra verführen lassen? Er glaubt, wenn die Prinzessin schwanger ist, bliebe ihr nichts anderes übrig, als ihn zu heiraten.*

Als ich sichtbar erschaudere, schimmert Mishas Belustigung über unsere Verbindung durch. *Charmant. Ich soll sie also doch nicht für mich gewinnen? Sie glauben lassen, ich sei von ihnen hingerissen?*

Ezra wünscht sich, was er nicht haben kann, und damit müssen wir arbeiten.

Misha führt mich zu einem älteren Paar mit leuchtenden Augen, langen Zöpfen und ebenholzfarbener Haut. »Lord und Lady Felhaus, bitte gestatten Sie mir, Ihnen Prinzessin Jasalyn vorzustellen.« Er tritt zurück, sodass ich die von der Dame angebotene Hand ergreifen kann. »Die Familie Felhaus hat während Mordeus' Herrschaft in der Unseelie-Siedlung in meinem Reich gewohnt.«

Mir entgleisen die Gesichtszüge. Sie waren Flüchtlinge. »Es tut mir sehr leid zu hören, dass Sie Ihr Zuhause verlassen mussten«, sage ich und drücke der Lady die Hand.

»König Misha hat gut für uns gesorgt«, erwidert sie, »aber wir sind wirklich froh, dass wir jetzt wieder zurück am Hof der Schatten sind. Wir hoffen nur, dass Eure Schwester weiß, dass unser Dorf hinter ihr stehen wird, für den Fall …« Sie sieht ihren Gemahl an, der kurz nickt, aber sie senkt trotzdem die Stimme, bevor sie fortfährt. »Für den Fall, dass sich die Gerüchte über Mordeus' Rückkehr und seine anwachsenden Legionen bewahrheiten sollten.«

Soll ich so tun, als wüsste ich von diesen Gerüchten?, frage ich Misha.

Mittlerweile wäre es fast unmöglich, sie nicht zu kennen. Bedanke dich für das Angebot, aber bleibe optimistisch.

Ich presse eine Hand auf meine Brust und schenke ihr ein trauriges Lächeln. »Hoffen wir, dass das nicht nötig sein wird.«

Kurz darauf hat mich Misha schon weitergeführt zu einer Fae, die beim Betrieb der Schule der Siedlung geholfen hat, und ihrer Partnerin, die heftig errötet, als Misha sie daran erinnert, wie sehr ihm ihre Gemälde gefallen.

Als er auf mich herablächelt, gleicht der Augenblick einer Vielzahl von Begebenheiten in Konners Traumbildern zumindest oberflächlich so sehr, dass mein Herz ins Stocken gerät.

Mit einem Mal bin ich wieder zurück im Palast von Elora und zurück in Mishas Armen, während er mich durch die Schritte eines Tanzes führt, den ich schon seit Kindertagen übe.

Der Saal dreht sich um mich, während mein Verstand zwischen der Realität und meinen Erinnerungen hin- und hergerissen ist. *Nein.* Keine Erinnerungen. Sondern die Trugbilder, die mir Konner eingepflanzt hat.

Jemand ruft Mishas Namen und er lächelt und hebt die Hand zum Gruß. *Du solltest jetzt für eine Weile verschwinden. Jasalyn ist nie für einen ganzen Ball geblieben. Sie ist solchen Dingen aus dem Weg gegangen und du solltest es genauso tun wie sie.*

Er hat recht, und wenn ich meine Gedanken beisammenhätte, hätte ich als Erste daran gedacht.

Sagst du Abriella Bescheid?

Das habe ich schon. Ich komme später nach, um gemeinsam die Früchte unserer Arbeit zu ernten.

Ich nicke und ziehe mich in Richtung des Dienstboteneingangs zurück, den Abriella mir vor dem Ball gezeigt hat – wo man am einfachsten entwischen kann, falls einem der Rummel zu viel wird, hat sie gesagt.

Hätte sie mir nur auch gezeigt, wie ich meinen eigenen Gedanken entwischen kann.

***

Ich sitze auf der wahrscheinlich einzigen verlassenen Terrasse des ganzen Palastes, als Remme mich findet.

»Hey, du«, sagt er und setzt sich mir gegenüber. »Wie schlägst du dich?«

Der Ernst in seiner Stimme verrät, dass er das nicht einfach so dahingesagt hat, und unversehens kämpfe ich mit den Tränen. Hales Freunde haben mich immer geduldet, aber ich habe sie nie ganz als meine Freunde angesehen. Mein ganzes Leben habe ich außerhalb der Kreise zugebracht, denen ich so gerne angehört hätte. Bis zu diesen Trugbildern. Bis ich monatelang diese andere Realität leben und atmen konnte.

»Nicht so toll, was?« Er tätschelt meine Hand auf dem Tisch und drückt sie schließlich.

Ich klemme meine Unterlippe zwischen die Zähne. »Die ganze Zeit über laufe ich mit den Erinnerungen an diese Trugbilder in meinem Kopf herum – mögen sie noch so falsch sein – und verspüre dabei schreckliches Heimweh.« Ich blicke hinauf zu den Sternen in der Ferne, um mein Gesicht zu verbergen. »Ist das nicht lächerlich?«

»Das ist überhaupt nicht lächerlich«, sagt Remme. »Niemand kann dir vorwerfen, dass deine Gefühle bei alldem ein wenig durcheinander sind. Was zählt, sind einzig deine Taten. Du bist hier. Du kämpfst für das Richtige, auch wenn er dafür gesorgt hat, dass es sich falsch anfühlt.«

»Er sagte, es sei gar nicht falsch, sondern *was hätte sein können*. Ich weiß, dass er damit bloß in meinem Kopf herumpfuschen wollte, aber ich …« Ich schlucke den Kloß in meinem Hals hinunter. »Ich frage mich, ob das wahr ist. Ob ich mir, wenn ich im Palast von Elora aufgewachsen wäre, ihrer Rechtschaffenheit so sicher wäre? Würde ich Hales Mission dann für unsinnig halten?« Ich schließe die Augen und atme sehr langsam ein. Meine Gedanken kommen mir unsagbar schwer vor. »Bin ich im Geiste so schwach, dass ich immer das glaube, was mir die Leute um mich herum vorsagen? Und falls es so ist, wie soll ich dann den Entscheidungen trauen, die ich treffe?«

»Felicity«, murmelt Remme. Ich halte den Kopf gesenkt, weil ich mir seiner vollen Aufmerksamkeit nur allzu bewusst bin. »Felicity, sieh mich an.«

Ich blicke ihm in die Augen.

»Er wollte dich verunsichern, das war sein Ziel. Du bist selbstbewusst und standhaft, und das wollte er erschüttern. Aber du brauchst dir deswegen keine Sorgen zu machen.« Er lächelt schief und ein bisschen vergnügt und schüttelt schließlich den Kopf. »Hast du vergessen, warum du drei volle Jahre lang allein gelebt hast? Hast du vergessen, woher die Spannungen zwischen dir und Hale stammten? Du hast deine eigenen Entscheidungen getroffen. Wir hatten dir aufgetragen, Erith zu töten, aber du hast es nicht getan. Du bist nicht irgendein dummes Kind, das sich gedankenlos dem Willen anderer in seinem Umfeld fügt. Du bist zu einer mächtigen Frau herangewachsen, die sich nicht davor fürchtete, die Bestimmung zurückzuweisen, um deren Erfüllung jene sie anflehten, die sie am meisten liebte.«

Als ich dieses Mal Luft hole, habe ich endlich das Gefühl, dass ich meine Lungen füllen kann. »Danke dir.«

»Ich rufe dir nur die Wahrheit in Erinnerung. Du weißt – mit Motivationsreden und solchem Mist kenne ich mich nicht aus.« Sein Stuhl scharrt über den Boden und er steht vom Tisch auf. »Ich war mir schon sicher, du wärst für uns verloren, aber dein Bruder hat sich geweigert, das zu glauben. Er hat an dich geglaubt. Und tut es immer noch. Aber dieser Typ, mit dem du dir die Gebärmutter geteilt hast? Der kennt dich überhaupt nicht. Für seine Zwecke hat er aber seine ganze Magie aufgewendet, damit du glaubst, er würde dich kennen, und damit du an dir selbst zweifelst.«

»Aber jetzt weiß ich nicht, wo ich hingehöre.«

Er schnippt mir gegen die Nase und ich schlage seine Hand weg. »Du wirst es schon herausfinden. Und wir sind da und werden dir dabei helfen.«

Als er sich aufrichtet, kommt Hale auf die Terrasse gestolpert, völlig benommen.

»Hale?«, sagt Remme und eilt auf ihn zu. In der Ferne ruft eine Eule. »Was ist los?«

Hale fährt sich mit der Hand übers Gesicht. »Jasalyn war hier.«

»Wo?«, fragt Remme. »Woher weißt du das?«

»Sie. War. Hier.« Er rauft sich mit beiden Händen die Haare und dreht sich langsam im Kreis, als könnte sie jederzeit wiedererscheinen.

Remme und ich wechseln einen Blick. »Du kannst dich erinnern?«, fragt Remme. »Was ist passiert? Was hat sie gesagt?«

Hale lässt die Hände sinken und ballt sie zu Fäusten. »Ich erinnere mich *nicht*. Aber ich – verdammt noch mal, ich *weiß* es. Sie war hier. Ich kann sie riechen. Ich kann …«

Als er aufhört, sich herumzudrehen, stockt mir der Atem. »Hale. Du bist verletzt.« Seine Hose ist blutverschmiert. Ich springe auf und laufe zu ihm. »Was ist geschehen?«

Er sieht wie in Trance an sich hinab. »Das ist nicht mein Blut.« Er streicht mit der Hand über das Blut und riecht daran. Er zuckt zusammen. »Das ist Jasalyns Blut!«

»Bist du dir sicher?«

Er nickt. »Sie ist verletzt. Wir müssen sie finden.«

Remme stößt laut den Atem aus. »Und jetzt endlich können wir das auch.«

Hale kneift die Augen zu. »Endlich.«

»Aber wie?«, frage ich und blicke zwischen beiden hin und her.

»Über ihr Blut können wir sie verfolgen«, sagt Remme.

»Aber in dem Augenblick, in dem sie uns entkommt, werden wir nicht mehr wissen, dass wir sie gefunden haben.«

»Doch, das werde ich«, sagt Hale, und er ist sich dabei so sicher, dass sich mein Herz zusammenzieht. Er blickt mich verzweifelt an. »Du musst mir glauben. Das hier ist ihr Blut.«

Remme seufzt schicksalsergeben, als er sich zu mir wendet. »Sieht aus, als müssten wir den Plan beschleunigen, Lis. Wenn wir sie mit diesem Blut verfolgen wollen, solange es frisch ist, dann brauchen wir den Stein noch heute Nacht.«

KAPITEL 13

JASALYN

Als ich in Mordeus' Gedanken die vernagelte Schmiede sah, wusste ich genau, wo ich nach dem Schwert suchen muss. Sie liegt dicht beim Mitternachtspalast und nicht weit von der Schenke entfernt, wo ich einen von Mordeus' Wachleuten ausfindig machen konnte und einen meiner ersten Morde als Bezaubernde Lady verübte.

Als ich den Palast verlasse, ist der Nebel so dicht, dass ich kaum die Hand vor Augen sehe, aber ich schreite trotzdem voran und bin entschlossen, größtmöglichen Nutzen aus der Energie zu ziehen, die mir das Opfer im Wald verschafft hat. »Dein Tod wird nicht vergeblich sein, Kleiner«, murmele ich und schiebe diesen Gedanken augenblicklich beiseite, als sich mir der Magen hebt. Lieber nicht daran denken.

Unter meinen Stiefeln knacken Zweige und in der Ferne ruft eine Eule, aber ansonsten ist es gespenstisch still. Eine solche Stille ist in diesem Teil der nächtlichen Hauptstadt nicht normal und ich frage mich, ob um das Schwert herum vielleicht Schutzbereiche eingerichtet wurden, die sogar die Insekten verscheuchen.

Ich wandere schon so lange, dass ich beginne, an meiner Erinnerung zu zweifeln, als ich endlich den First der Hütte entdecke. Ich schiebe mich näher heran und dann höre ich es – das Tiefe Rauschen und Pfeifen des Atems eines Tieres.

Dann hat der Schutzzauber wohl doch nicht alle *Kreaturen verscheucht.*

Ich kann noch immer kaum mehr als ein paar Zentimeter weit sehen und muss meine Ohren benutzen, um der Kreatur aus dem Weg zu gehen. Ich bin ihr nahe. Ich kann es nicht erklären, aber ich spüre, wie das Schwert mich ruft, ich fühle die Verlockung der lodernden Flammen und Hitzewellen. Einen allzu großen Umweg möchte ich nicht machen. Andererseits will ich auch kein schlafendes Tier aufscheuchen, das ich nicht sehen kann. Ich wende mich nach links, aber mein Fuß bleibt an einem Ast hängen, und bevor ich das Gleichgewicht wiederfinde, stolpere ich und lande auf Händen und Knien auf dem Waldboden.

Rechts von mir höre ich lautes Schnauben und dann einen lauten Schrei, der den Wald zu zerreißen scheint. Die Kreatur ist nun so nahe, dass ich sie atmen höre – ein rasselndes Einatmen und dann ein feuchtes Ausatmen, das mich an einen schlafenden Hund erinnert. Aber ich weiß – dies ist kein Hund. Es ist groß genug, um ein –

Ein Feuerstrahl kommt auf mich zugeschossen und ich rolle mich zur Seite, um auszuweichen. Dann liege ich am Boden und starre auf die verbrannte Erde neben mir. Ich kann nicht aufhören, zu zittern. Warum hatte ich geglaubt, dies würde einfach werden? Hat die Katastrophe in Feegus Keep nicht ausgereicht, um mir einzuschärfen, dass mir mein Ring gegen Monster nicht helfen kann? Ich bin so töricht, dass ich das schmerzhafte Ende verdient habe, das mich sicherlich erwartet.

Steh auf, Jasalyn. Atme durch und steh auf.

Ich packe den herabgefallenen Ast hinter mir, ziehe mich auf die andere Seite hinüber und ducke mich dahinter, während ich mein Schwert vom Rücken ziehe.

Ein Schwert gegen ein Feuer speiendes Monster. Ich bin so gut wie tot.

Ich nehme den Dolch aus dem Schenkelholster, lasse ihn über meinem Kopf in der Luft kreisen und schleudere ihn dann blindlings auf den riesigen dunklen Umriss, der auf mich zukommt. Ein schriller Schrei zerreißt die Luft und verrät mir, dass ich mein Ziel getroffen habe. Ich weiß nur nicht, wie gut.

Das Ungeheuer brüllt erneut, aber als es nun Feuer aus seinen Lungen ausstößt, lodert es gen Himmel. Und dann kann ich das Wesen sehen. *Die* Wesen? Es gleicht tatsächlich den Todeshunden im Keller von Feegus Keep – nur dass dieses hier drei Köpfe hat. Genau, und es *spuckt Feuer*.

Ich ducke mich wieder hinter den Ast, aber zu spät. Der rechte Kopf hat mich bereits entdeckt.

Die Kreatur schnellt los und schlägt mit Klauen von der Größe meines Kopfes nach mir. Ich weiche zurück, aber nicht schnell genug, und eine der Klauen trifft meinen Oberschenkel, gräbt sich hinein und zerreißt Leder, Haut und Fleisch. Sofort strahlt der Schmerz in jeden Zentimeter meines Körpers. Mit einem Schrei stürze ich davon, bevor die Bestie einen weiteren Treffer landen kann.

Ich wünschte, ich wäre wie meine Schwester. Ich wünschte, ich wäre nicht so entsetzlich menschlich und würde wenigstens über ein bisschen Magie verfügen. Einzig meine geringe Größe und die Fähigkeit, mich rasch durchs dichte Geäst und Unterholz zu bewegen, sprechen für mich.

Als das Monster erneut seine drei Rachen aufreißt, weiß ich, dass mich seine Flammen dieses Mal treffen werden. Ich denke gar nicht erst nach, zögere nicht.

Ich jage davon.

Ich bewege meine Beine, so schnell ich kann, ignoriere dabei den sengenden Schmerz im verwundeten Schenkel, während ich mich durch die engsten Lücken zwischen den Bäumen schlängele und das Untier so zu Umwegen zwinge. Sein wütendes Gebrüll folgt mir, bleibt dann aber immer weiter zurück.

Als ich das Gefühl habe, dass die Distanz zwischen uns groß genug ist, streife ich meine Weste ab, presse sie kurz gegen meinen blutüberströmten Schenkel und hänge sie dann an einem Ast über mir auf. Ich schneide den blutigsten Teil meiner Hose ab und lasse ihn etwas tiefer im Wald an einem Baum hängen. Meinen Geruch kann ich nicht verbergen, aber ich kann ihn verteilen und das Ungeheuer verwirren und dann einen anderen Weg einschlagen.

Erst als ich sehe, dass es sich in Richtung meiner Köder wendet, schlage ich einen Bogen zurück und folge durchs dichte Unterholz dieser unerklärlichen Anziehung, die von der verschlossenen Hütte ausgeht – in Richtung des Schwerts.

Als ich das verfallene Gebäude erreiche, ist der Schmerz in meinem Bein so heftig, dass ich die Geräusche der dreiköpfigen Kreatur im Wald nicht mehr ausmachen kann. Ich höre nur noch meinen schwächer werdenden Puls und meinen keuchenden Atem.

Ich möchte zusammenbrechen. Das Nichts reicht mir seine Hand und die Versuchung ist stark. Ich könnte mich gleich hier auf dem Boden zusammenrollen. Ich könnte aufhören zu kämpfen und der Erschöpfung nachgeben.

Aber ich bin schon zu nah dran, um jetzt aufzugeben. Ich reiße die morschen Bretter herunter und schleudere sie hinter mich.

Dann werfe ich mich mit aller Gewalt gegen die steinerne Tür, bis sie sich aufschiebt und den Blick auf mein Ziel freigibt.

Orangefarbene und rote Flammen lecken bis zur Decke des Innenraums hinauf und versengen die Luft. Zuerst glaube ich, das wäre alles. Nur ein Feuer, das mich auf der Schwelle dieser zerfallenden Hütte erwartet. Aber dann sehe ich genauer hin.

Dort ist das Schwert, mitten im heißesten, blauen Teil des Feuers. In der Flamme. Bestehend aus Flammen. Das Feuerschwert *ist* Feuer.

Ich bin schon zu nah dran, um jetzt aufzugeben. Ich setze einen Fuß vor den anderen und nähere mich dem Schwert, aber es ist, als würde ich mich zwingen, einen Ofen zu betreten. Je näher ich komme, desto verzweifelter wünsche ich mir, zurückzuweichen.

Ich zittere. Was ich bei der Flucht vor dem Monster an berauschender Energie verspürt habe, ist so gut wie verflogen, und mein Bein schmerzt bei jedem Schritt, aber ich muss es trotzdem versuchen. Jetzt zählt nur noch, dass ich das Schwert erreiche.

Niemals zuvor habe ich ein so heißes Feuer gespürt, und als ich vorwärtsstolpere, verbrennt mich die Hitze, droht meine Lungen zu versengen und Blasen auf meiner Haut aufzuwerfen.

Wenn ich jetzt aufgebe, gewinnt er. Wenn ich jetzt aufgebe, wird er meine Schwester erwischen. Wenn ich jetzt aufgebe, dann ist all der Schrecken, den er über dieses Reich bringen wird, allein meine Schuld.

Mit Augen, die dagegen ankämpfen, sich gegen die sengende Hitze zu verschließen, suche ich nach dem Heft – oder einem anderen Teil des Schwerts, das zum Greifen taugt – und sehe doch nichts als weiß glühende Flammen. Flammen, die mich abstoßen und gleichzeitig herbeirufen.

Mordeus. Ergreif das Schwert und lass dich von ihm zu Mordeus führen.

Vielleicht ist es ein Trugbild. Vielleicht ist das alles nur ein magischer Trick, um das Schwert vor Diebstahl zu schützen.

Im Wald hinter mir höre ich das Getöse brechender Äste und Zweige. *Es kommt zurück.*

Mit einem letzten, sengenden Atemzug greife ich nach dem Schwertheft, reiße meine Hand aber zurück, als die Flammen sie einzuhüllen drohen.

Die dreiköpfige Bestie brüllt unmittelbar vor der Hütte, und als ich mich umdrehe, steht sie schon mit gebleckten Zähnen und wütenden, roten, Tod verheißenden Augen in der Tür und blockiert meinen Rückzug.

Gefangen zwischen der Bestie und dem tödlichen Feuer in meinem Rücken, sehe ich in beiden Richtungen dem Tod ins Gesicht. Tod durch drei hungrige, schnappende Mäuler oder Tod durch die unendlichen Flammen des Schwerts.

KAPITEL 14

FELICITY

Ich spüre Mishas Gegenwart schon, bevor ich ihn auf die Terrasse kommen sehe. Vielleicht wird unsere Gedankenverbindung stärker, je mehr Umgang wir miteinander haben. Oder ich habe einfach eine besondere Wahrnehmung entwickelt, was ihn betrifft.

»Gehen wir«, sagt Misha. »Ezra wird langsam ungeduldig.«

Ich schiebe meinen Stuhl vom Tisch zurück und bin froh, dass das Warten ein Ende hat. Wenn sie Jasalyn heute Nacht finden, werden sie diesen Stein brauchen. »Oh, hallo, Misha. Ja, mein Abend war bis jetzt durchaus angenehm, danke der Nachfrage.«

Er zieht eine Augenbraue hoch. »Vermutlich besser als meiner. Glaube mir, ich hätte lieber hier draußen die Sterne betrachtet, als mich dort drinnen unters Volk zu mischen.« Er mustert mich, während ich aufstehe. »Bist du bereit?«

»Bereiter geht nicht.« Ich stoße einen Atemzug aus. »Holen wir uns, was wir brauchen.«

»Du brauchst aber mehr als nur eine Haarsträhne. Du brauchst so viel von seiner Aufmerksamkeit, dass er deine Einladung annimmt.«

»Schon klar«, murmele ich und streiche die Falten meines Kleides glatt. »Kinderleicht.«

»Er hat den ganzen Abend wie angewurzelt an derselben Stelle gestanden und nach dir Ausschau gehalten. Geh an das Fenster, wo er sich mit seinem Vater unterhält. Lass es so aussehen, als würdest du die Aussicht als Vorwand benutzen, um dich ihm zu nähern. Verstohlene Blicke, aber –«

Ich verdrehe die Augen. »Eigentlich schaffe ich es ganz gut allein, mich ein paar Minuten lang kokett zu benehmen, aber danke für die Anleitung.«

Er knurrt. »Wie rasch ich das doch vergessen habe …«

Ich presse die Augen für einen Moment zusammen, seufze und sehe ihn wieder an. »Es tut mir leid, Misha. Es hat mir nicht gefallen, dich anzulügen.«

Er schiebt die Hände in die Hosentaschen und blickt zum fernen, mondbeschienenen Horizont. »Erspar mir die Entschuldigungen. Ich weiß, warum du es getan hast. Es beleidigt mich zwar, dass du dachtest, du könntest mir durch Verführung den Standort meines Gangs der Türen entlocken, aber mir ist klar, warum du es versucht hast.«

Ich starre lange Zeit auf sein Profil. Diese vollen Lippen und dichten Augenbrauen, der schwache Schimmer des Silbernetzes auf seiner Stirn, die Traurigkeit in seinen Augen. Er ist mir so nah, dass ich seinen Duft wahrnehme. Kiefern und Rosenholz. Der klare, männliche Duft, der mich berauscht. »Ich brauchte diese Information«, sage ich, »aber ich hatte nicht vor, dich um ihretwillen zu verführen. Verführung war der lächerliche Plan meines Bruders. Ich hatte gehofft, es auf meine Weise herauszufinden.«

Sein Blick schnellt zu mir herüber, unwillkürlich, wie es scheint. »Aber warum? Warum … all das andere?«

Ich öffne den Mund und schließe ihn wieder. Wahrhaftig – warum. *Weil du unwiderstehlich bist? Weil du mich auf eine Weise ansahst, dass ich mich zum ersten Mal in meinem Leben begehrt fühlte? Weil ich schwach war?* Ich schlucke den Kloß in meinem Hals hinunter. »Ich hatte nicht damit gerechnet. Männer verlieben sich nicht in mich. Ich hatte aber nicht bedacht, dass ich für dich Jasalyn sein würde. Natürlich wusste ich, dass du glaubst, ich wäre sie, denn das war ja überhaupt der Grund, weshalb ich dort war, aber ich vergesse manchmal, dass Typen eine Schwäche für Frauen haben, die aussehen wie« – ich atme heftig gegen die Röte in meinen Wangen an und zeichne mit der Hand Jasalyns Figur nach –, »wie *sie*.«

Er schnaubt, dann wendet er sich ab und geht. »Ich hatte nie eine Schwäche für Jasalyn«, ruft er, ohne sich umzudrehen. Da ich nicht weiß, was das bedeuten soll, beiße ich mir auf die Unterlippe, bevor ich mich mit meiner Nachfrage lächerlich machen kann.

***

Auch wenn ich Misha mit seinen Anleitungen, wie ich die Aufmerksamkeit des jungen Lords erlangen soll, aufgezogen habe, folge ich ihnen doch bis aufs i-Tüpfelchen: Ich gehe ans Fenster, als wollte ich die Aussicht genießen, und werfe dann einen verstohlenen Blick in Ezras Richtung.

Schon hat er mich entdeckt und ich senke verschämt den Kopf.

Er nickt zu etwas, das sein Vater gesagt hat, aber ich spüre seine Aufmerksamkeit auf mir lasten wie einen schweren Mantel in der Sommerhitze.

Als ich ein zweites Mal in seine Richtung blicke, entschuldigt Ezra sich bei seinem Vater und kommt zu mir ans Fenster.

»Hallo«, sage ich. Wenn ich doch nur auf Befehl erröten könnte!

»Wie war Euer Abend bis jetzt, Hoheit?« Seine Augen wandern immer wieder an mir auf und ab. Voller Gier. Als wolle er die Prinzessin verschlingen und wisse nur nicht, wo er anfangen soll. Als Echo verfüge ich über die empathische Fähigkeit, Beziehungen zwischen Personen zu erspüren und zu erkennen, was sie voneinander halten. Selbst wenn Brie es mir nicht erzählt hätte, wüsste ich nun bereits, dass Ezra und Jas keine gemeinsame Geschichte haben; Ezra will unbedingt ihre Gunst gewinnen – aber nicht auf romantische oder liebevolle Art. Er möchte Macht über sie ausüben.

»Lang«, antworte ich und versuche, eine glaubwürdige Mischung darzustellen – aus Prinzessin Jasalyn und dem verführerischen Mädchen, das sie noch nie gewesen ist. »Für so große Ansammlungen habe ich nicht viel übrig. Es ist schwer, eine vernünftige Unterhaltung zu führen, wenn so viele Leute um einen herum sind.«

»Ganz meine Meinung.« Er winkt einem Kellner, nimmt zwei Weingläser vom Tablett und reicht mir eines. »Der Wein hilft dabei«, meint er mit einem Zwinkern.

Er lässt mich keine Sekunde aus den Augen, während er das Glas in zwei Schlucken zur Hälfte leert. Als er mir aufmunternd zunickt, trinke ich den kleinsten Schluck der Weltgeschichte. Ich muss wachsam bleiben. »Danke.«

Seine Gesichtszüge entgleisen. »Ihr mögt ihn nicht. Soll ich Euch etwas anderes holen? Irgendwas?« Er ist nervös. Ich merke es daran, wie er immer wieder die Hände an seiner Hose abwischt und die Unterlippe zwischen die Zähne zieht. »Vielleicht einen Tee oder etwas Erfrischendes? Ich könnte Eure Bediensteten rufen.«

Ich ringe die Hände vor meiner Mitte und versuche, so nervös auszusehen, wie er mir vorkommt. Was nicht besonders schwierig ist. Ich fühle mich hier wirklich nicht wohl. Und ich mag auch nicht den schleimigen Ausdruck in Lords Pandians Augen, wann immer er herblickt. »Alles bestens. Ich brauche nichts.«

»Hoffentlich vergebt Ihr mir, wenn ich das sage, aber Ihr seht müde aus. Aber natürlich ebenso schön, wie wenn Ihr ausgeruht wärt.«

Ich senke den Kopf so weit, dass ich durch meine Wimpern zu ihm aufsehen kann. »Sagen Sie nicht so was. Ich weiß durchaus, dass ich recht … gewöhnlich wirke.« *Jasalyn, bitte vergib mir, dass ich dir solch einen selbstverachtenden Unsinn in den Mund lege.*

Er macht große Augen und ich weiß, dass ich einen Treffer gelandet habe. »Aber überhaupt nicht, Prinzessin. Zu behaupten, Ihr wärt gewöhnlich, wäre so, als würde man sagen, die Sonne sei unwichtig oder das tobende Meer träge.«

»Ihr Kompliment macht mich ganz verlegen«, murmele ich.

»Ich war nie sonderlich an den Lektionen über Literatur interessiert, die wir von unseren Lehrern erhalten haben, aber Eure Schönheit könnte mich wahrlich zum Verfassen von Poesie inspirieren.« Seine teigigen, weißen Wangen leuchten rot auf und jetzt ist er es, der den Kopf einzieht und verlegen zu sein scheint. »Aber was fasele ich da – bestimmt haben Euch das schon viele Verehrer gesagt.«

Du brauchst nur ein Haar und ein Rendezvous – keinen Heiratsantrag, spricht Misha in meinen Gedanken. Ist er … verärgert?

Ich weiß weder, wann er in den Ballsaal zurückgekehrt ist, noch, wo genau er steht, aber ich blicke mich nicht nach ihm um.

»Dürfte ich Ihnen ganz im Vertrauen etwas erzählen?«, frage ich Ezra.

Er reißt den Blick wieder hoch. »Was Ihr wollt. Ich muss Euch versichern, dass Ihr mir in jeder Hinsicht vertrauen könnt – was Eure Geheimnisse angeht ebenso wie Euer Leben.«

Er trägt ganz schön dick auf, nicht wahr?, knurrt Misha in meinem Kopf.

Ich beachte ihn nicht und schenke Ezra meine volle Aufmerksamkeit. »Meine Schwester ist ein bisschen überängstlich. Wenn Sie also sagen, Sie glauben, andere hätten mir schon Komplimente wie das Ihre gemacht, dann ist das nicht wahr. Abriella fürchtet, Männer könnten mich bei allzu großer Nähe ausnutzen, aber in Wirklichkeit ...« Ich blicke ängstlich nach beiden Seiten an ihm vorbei, wie um sicherzustellen, dass wir nicht belauscht werden.

»In Wirklichkeit?«, fragt er und ermuntert mich, fortzufahren.

»In Wirklichkeit bin ich ziemlich einsam. Ich könnte einen Freund gebrauchen. Jemanden, mit dem ich offen reden kann und bei dem ich mich sicher fühle.« Wieder ziehe ich den Kopf ein. »Jemanden wie Sie.«

Bei dem du dich sicher *fühlst?*, schnaubt Misha in meinen Gedanken. *Ihr habt euch gerade erst kennengelernt. Wie –*

»Nicht jemanden *wie* mich.« Ezra legt seinen Zeigefinger unter mein Kinn und hebt meinen Kopf an. »Lasst *mich* dieser Freund sein.«

Ich muss mich beherrschen, um nicht zu schmunzeln. *Ich weiß schon, was ich tue.* »Die Vorstellung gefällt mir«, erwidere ich leise. »Sie haben ...« Ich strecke die Hand aus, um einen nicht vorhandenen Fussel von seiner Schulter zu klauben, und ziehe die Hand mit einem Haar von ihm zurück. Dann lächele ich zu ihm auf. »So.«

Seine Augen strahlen. »Darf ich Euch meine Aufwartung machen?«, fragt er. »Schon bald?«

»Ich weiß nicht, ob meine Schwester das erlauben würde.« Ich blicke über meine Schulter zur Königin hinüber. »Manchmal ist es besser, sie um Vergebung zu bitten – als um eine Erlaubnis.«

Er sieht mich verblüfft an. »Sollte ich lieber unangekündigt erscheinen? Oder wäre es Euch lieber, das Anwesen meines Vaters zu besuchen?«

»Ich würde lieber …« Ich schüttele den Kopf und lache halbherzig. »Wie dumm, mir Dinge zu wünschen, die ich nicht haben kann.«

Er neigt den Kopf zur Seite. »Sagt mir, was Ihr Euch wünscht, und erlaubt mir, es in Erfüllung gehen zu lassen.«

Ich schöpfe Atem, als müsste ich all meinen Mut zusammennehmen. »Ich wünschte, wir könnten schon heute Abend allein sein.«

Über unsere Verbindung spüre ich Mishas Anspannung. *Du treibst es zu weit.*

Ezra macht große Augen. »Heute Abend?«

Ich wedle mit der Hand. »Ich weiß. Unmöglich.«

Er schluckt. »Nichts ist unmöglich. Aber mein Vater –« Er späht über die Schulter nach hinten. »Er glaubt, die Dinge müssten auf eine ganz bestimmte Weise getan werden; deshalb sollte ich den passenden Zeitpunkt wählen.« Er runzelt die Stirn. »Das heißt, wenn Ihr glaubt, dass Ihr nach dem Ball von hier fortkommen könnt?«

Ich nehme ein paar schnelle Atemzüge. »Das kann ich. Ich weiß, wie ich mich hinausschleichen kann.«

»Dann haben wir Zeit für uns beide.« Sein Blick fällt auf meinen Mund und seine Augen tanzen vor Glück. »Und ich weiß genau den richtigen Ort dafür.«

***

»Was. War. Das?« Misha scheint regelrecht wütend zu sein, als er in Jasalyns Gemächern eintrifft.

»Planänderung«, antworte ich und ziehe meine Hose wieder hoch. Kurz nach der Vereinbarung meines Rendezvous mit Ezra habe ich mich davongestohlen und Hale und Natan haben mir geholfen, Kleidung zu finden, die ich in Ezras Gestalt tragen kann. An Jasalyns zierlichem Körper rutscht das natürlich alles herunter. »Ich werde den Stein schon heute Nacht holen.«

Misha stemmt die Fäuste in die Seiten. »So war das nicht vereinbart.«

Ein Teil von mir wusste, dass ihm das nicht gefallen würde, und genau deswegen habe ich ihm vor der Abmachung mit Ezra nicht davon erzählt. »Was kümmert es dich, Misha? Ob heute Nacht oder morgen? Wie auch immer, ich nehme Ezras Gestalt an und hole den Stein.«

»Morgen können wir mehr *Augen* auf das Anwesen haben. Augen, die dafür sorgen können, dass nichts schiefgeht. Leute, die einschreiten und dich im Notfall beschützen können.«

»Ja, aber Jas hat Hale heute Abend besucht. Sie muss geblutet haben, denn er hat ihr Blut an seinem Körper, und sie wollen sie anhand dieses Blutes aufspüren, solange es noch frisch ist.«

Seine verärgerte Miene ist wie weggewischt. »Ist er sich sicher, dass es ihres ist?«

»Für Hale kommt nichts anderes in Betracht.«

»Das bedeutet aber nicht, dass dein Vorhaben sicher ist.«

»Es wird schon klappen«, erwidere ich und versuche, das ungute Gefühl in meinem Bauch zu ignorieren. Ich möchte das hier durchziehen. Für Jasalyn. Für meinen Bruder. Ich *muss* es tun, um mich selbst davon zu überzeugen, dass ich dieser Sache immer noch verschrieben bin und Konners Manipulationen nichts an meiner Loyalität geändert haben. »Mir bleibt bis zur Stunde des höchsten Mondes, wenn er weg ist, nicht viel Zeit zum Träumen. Ich wäre dir also dankbar, wenn du mich jetzt ein bisschen schlafen ließest.«

»Ich werde mit dir mitgehen.«

Ich muss lachen. »Machst du Späße? Wie willst du das tun? Bist du insgeheim auch eine Art Gestaltwandler?«

»Wenn du dort eindringst und sie dich beim Entwenden des Steines erwischen, dann werden sie ihn so sicher einschließen, dass wir niemals wieder an ihn rankommen werden. Ohne diesen Stein ist Jasalyn so gut wie tot, und wenn sie stirbt, wird Mordeus ihren Körper übernehmen und alles an diesem Hof und im ganzen Reich zerstören, was erhaltenswert ist.«

Ich verschränke die Arme. »Glaubst du, ich weiß das nicht?«

»Ich muss ja nicht mit dir hineingehen. Nur in der Nähe bleiben. Ich muss in deinen Gedanken sein und wissen, dass nicht alles den Bach runtergeht.«

»Schaffst du das denn nicht von hier aus?«

Sein Kiefer zuckt. »In letzter Zeit nicht mehr zuverlässig, nein.«

»Also schön. Du kannst mitkommen und draußen warten, wenn dich das davon überzeugt, dass ich es nicht vermasseln werde.«

»Gut.«

Ich lasse mich auf dem Bett nieder, aber er rührt sich nicht. Ich deute in Richtung Tür. »Wie wär's, wenn du gehst?«

Er blickt auf die Uhr und runzelt die Stirn. »Ich könnte dir dabei helfen, rasch einzuschlafen, falls du möchtest. Ich habe diese Gabe.«

Ich reiße die Augenbrauen hoch. »Wow. So einen Spruch hätte ich nicht von Euch erwartet, *Eure Majestät*.«

Er möchte finster dreinblicken, aber ich sehe seine Mundwinkel zucken. »Treiben sich deine Gedanken nur in meiner Gegenwart in der Gosse herum oder haben sie dort einen ständigen Wohnsitz?«

»Du bringst in mir nur das Beste zum Vorschein«, antworte ich und bedaure sofort, wie kokett das klingt.

Misha schließt für einen Moment die Augen, aber sogleich wird das Rauschen des Windes in den Bäumen draußen lauter und beruhigender und die Blätter rascheln fast so, als würden sie ihr ureigenes Lied singen.

Die Anspannung in meinen Muskeln lässt augenblicklich nach und meine Augen schließen sich.

Ich öffne den Mund, um Misha zu sagen, wie schön das ist und wie angenehm ich mich fühle, aber ich möchte die wunderbare Melodie nicht unterbrechen, die alle meine Sorgen fortträgt. Ich werde es ihm in einem Augenblick sagen. Nur noch einen Augenblick.

KAPITEL 15

JASALYN

Die dreiköpfige Bestie faucht und von ihren Lefzen triefen lange Speichelfäden herab.

Stirb, bevor du in Ordnung bringen kannst, was du kaputt gemacht hast, oder stirb und nimm Mordeus mit dir.

Ich gestatte mir nicht, nachzudenken. Ich tauche meine Hand in die Flammen und ergreife das Feuerschwert.

Die Flammen lecken an meinem Fleisch, verschlingen es und setzen meine Haut in Brand, aber ich zwinge mich, festzuhalten.

»Bring mich zu Mordeus«, fordere ich das Schwert mit meinem letzten Willen auf.

Ein schwarzer Wirbel tut sich in der Sekunde auf, als die Bestie losspringt. Ich stürze mich ins Dunkel und die alte Schmiedehütte verschwindet.

Ich lasse das Schwert auf die Steinfliesen fallen und presse meine malträtierte Hand an die Brust. Sie ist rot und wund und schon jetzt mit Blasen und Pusteln übersät. Der Anblick lässt den Schmerz in meinem Kopf noch lauter aufschreien. Ich reiße einen Fetzen aus meinem Hemd und wickele die Hand darin ein.

Aus meinem Schenkel trieft Blut auf den Boden und meine Hand pocht vor Schmerz. Die Tortur und die Verzweiflung tun sich zusammen, versuchen, mich niederzuringen, aber ich kämpfe dagegen an. Als ich Atem hole, sticht mir beißender Verwesungsgeruch in die Nase. Augenblicklich ist mein Bewusstsein wieder voll da und ich sehe mich blinzelnd um.

Der Gestank ist abscheulich – so widerwärtig dringt er in meine Nasenhöhlen und haftet an Gaumen und Rachen, dass ich nahe daran bin, meinen Mageninhalt nicht bei mir behalten zu können.

Ich bin in einem dunklen Raum, der sich zu einem langen Korridor öffnet. Durch ein Fenster weit oben fällt Mondlicht herein und beleuchtet einen Leichnam auf einem steinernen Bett. *Mordeus.*

Ich stemme mich vom Boden hoch, strauchele aber, als ich mein verletztes Bein zu stark belaste. Der Blutverlust droht mich wieder zu Boden zu ziehen, aber ich humpele weiter in den Raum hinein und folge dem Gestank, obwohl alle meine Instinkte mir raten, mich davon fernzuhalten.

Sein Anblick ist noch schlimmer als der Geruch. Das Fleisch hängt ihm von den Knochen, als würde es nicht mehr richtig daran haften. An seinem linken Arm ragt der Knochen hervor und es sieht aus, als sei dort Fleisch weggeschnitten worden – oder gar weggefressen.

Seine Wangen sind eingefallen, und als ich nahe genug herangetreten bin, sehe ich nichts als wühlende Maden in den Höhlen, die einst diese entsetzlichen Silberaugen beherbergten.

Er ist nicht auferstanden. Dieser Körper ist der Inbegriff des Todes. Wie könnte irgendwelche Magie, und sei sie noch so mächtig, ihn in diese Hülle zurückbringen?

Im selben Augenblick, als ich mich gerade davon überzeugt habe, dass es unmöglich ist, begreife ich, dass seine Brust sich bewegt. Gerade eben so. Aber ganz langsam – sie hebt und senkt sich und verrät dabei einen flachen Atem.

Er lebt.

Meine Schultern erbeben. *Er lebt.* Wie kann solch eine entsetzliche, jämmerliche Kreatur in mir den Drang auslösen, wegzulaufen? Mich in mich selbst einzurollen und zu verbergen?

Ich gestatte mir nicht, zurückzuweichen oder auch nur die Augen von ihm abzuwenden. Denn seine Hände liegen auf seinem Bauch gefaltet und an einem Finger trägt er einen Ring, der meinem zum Verwechseln ähnelt.

Er hat all dies eingefädelt. Er hat mich benutzt und jeden meiner Schritte gesteuert.

Mit zitternder Hand greife ich nach meiner Klinge. Vielleicht sollte ich zum Feuerschwert zurückgehen, aber ich glaube nicht, dass ich stark genug bin, es aufzuheben, und ich kann nicht riskieren, auch meine gesunde Hand noch zu opfern. Es ist unmöglich, dass dieser übel zugerichtete, dieser *schwache* Körper meine Klinge aus Eisen und Adamant überleben wird.

Ich kann nicht fassen, dass dieser Leichnam zu einem furchterregenden Fae auferstehen soll, der meiner Schwester den Thron entreißen und über den Hof der Schatten herrschen wird, aber ich brauche es auch nicht zu verstehen. Ich werde ihm ein Ende machen, bevor er die Gelegenheit dazu erhält.

Jeder Muskel in meinem Körper zittert, als ich die Klinge über meinen Kopf hebe, bereit zuzustoßen, um ihm das boshafte Herz herauszuschneiden und in die Flamme des Schwerts zu schleudern, damit es niemals wieder benutzt werden kann.

Meine Klinge fährt hinab und dringt nur allzu leicht durch verrottetes Fleisch und verfallene Knochen.

Hinter mir ertönt Gelächter, tief und verschlagen.

Ich reiße den Dolch aus Mordeus' Brust, wirbele herum und blinzele, als sich die Schatten lichten und ein lachender Fae zum Vorschein kommt. Sein Gesicht ist mir vertraut, aber ich kann es nicht einordnen. Er kommt auf mich zu, legt die Strecke mit seinen langen Beinen rasch zurück und steht vor mir.

»Du kannst nichts töten, das schon tot ist«, sagt der Fae mit einer Kopfbewegung in Richtung des Leichnams hinter mir. Sein weißes Haar ist nach hinten gebunden und lächelnd beobachtet er, wie ich meine Klinge fester packe, den Griff um das kühle metallische Heft noch einmal verbessere, um kampfbereit zu sein.

Ein gespenstischer Wind braust um mich auf, hebt mich vom Boden – und setzt mich wieder auf die Füße.

»Schau an, wie hübsch du bist. Ein Gesicht, das die Massen für sich gewinnen wird.« Sein Lächeln ist so geduldig, fast großväterlich. Obwohl ich mich wehre, kann ich mich nicht aus den Klauen des Windes befreien.

Aber ich trage meinen Ring.

»Weiche zurück«, befehle ich und lege so viel von der Bezaubernden Lady in meine Stimme, wie ich kann. »Lass mich los.«

»Noch nicht. Wir sollten uns zuerst unterhalten.«

Warum funktioniert das nicht? Liegt es daran, dass ich so schwer verletzt bin? Warum sollte sich die Magie plötzlich anders verhalten? Ich halte seinem Blick stand und versuche es noch einmal. »Lass deinen Schutzschild sinken. Höre, was ich dir zu sagen habe.«

Er zieht den Mund breit und kichert. »Glaubst du, ich würde einen magischen Ring erschaffen und zulassen, dass er mich genauso verzaubert wie alle anderen?«

Erschaffen. Dieser Fae hat meinen Ring erschaffen. Er ist verantwortlich für diesen Fluch. »Wer bist du?«

»Er hat mir versprochen, dass du es mir bringen würdest«, sagt er und nickt hinüber zum lodernden Feuerschwert in der Ecke. »Ich habe darauf gewartet.«

Ich weiß nicht, wer er ist, aber ich kenne seine Stimme aus meinen Erinnerungen. Nein. Aus *Mordeus' Erinnerungen.*

»Erith«, flüstere ich. Ich weiß nicht, warum ich mir so sicher bin oder aus welcher Erinnerung diese Gewissheit herrührt, aber ich weiß, dass der Fae, der mich anlächelt, der Patriarch der Sieben ist. Der Fae, den ich auf Kendricks Geheiß töten soll.

Er neigt den Kopf zur Seite. »Ich sterbe allerdings fast vor Neugierde, wie du die Wirkung des Rings überwinden konntest – woher du die Stärke besitzt, hier und jetzt vor mir zu stehen.«

Statt einer Antwort verstärke ich nur meine geistigen Schutzschilde und sehe ihn wütend an. Von Fherna und dem Wolpertinger werde ich ihm gewiss nicht erzählen.

»Das Schicksal ist eine schlüpfrige Bestie und manchmal braucht es extreme Maßnahmen, um es in die passende Richtung zu beugen.« Er wirft wieder einen Blick auf das Schwert und lächelt. »Es war eine lange Reise, aber nun zahlt sich alles aus.«

»Du hast ihm bei seiner Rückkehr geholfen und jetzt beschützt du ihn.« Ich blicke auf Mordeus und dann wieder auf Erith. Ich wusste, dass Erith böse ist, aber was hat er davon, meinen Ring zu erschaffen? »All das nur für das Feuerschwert?«

»Mach dir darüber keine Sorgen, kleine Prinzessin. Die Einzelheiten brauchen dich nicht zu kümmern.« Er macht eine Bewegung mit der Hand, woraufhin eine Tür erscheint. Dahinter sehe ich das Zimmer meiner Kindheit, wo uns meine Mutter abends zu Bett gebracht hat, bevor das Haus abbrannte. »Kämpfe nicht dagegen an. Du hast dir die Ruhe verdient.«

Alles wird besser werden, wenn du nach Hause kommst, scheint es zu sagen. *Tritt näher und der Schmerz wird nachlassen. Die Angst wird verfliegen. Hier bist du in Sicherheit.*

»Nein«, hauche ich. Ich bin mit einer Aufgabe hierhergekommen und werde nicht gehen. Ich werde nicht aufgeben. Ich werde nicht zulassen, dass die Leute, die ich liebe, den Preis für meine Fehler bezahlen müssen.

Ich fasse meinen Dolch aus Eisen und Adamant fester und stürze mich auf Erith.

Erst als die Klinge in seine Brust eindringt, wird mir bewusst, dass er meinem Angriff nicht einmal ausgewichen ist.

»Hast du wirklich gedacht, ich hätte dir diese Waffe gelassen, wenn sie eine Gefahr für mich darstellen würde?«, fragt er, während wir einander gegenüberstehen und uns in die Augen sehen, verbunden durch die Klinge, die ich nicht loslassen will.

»Wie?« Noch während ich das Wort aushauche, merke ich, wie ich schwächer werde.

»Ist es nicht lustig, wenn sich Vorhersagen erfüllen?«, fragt er und seine Augen tanzen vor irrsinnigem Vergnügen. »Vergiss nicht, auch deinem Freund davon zu erzählen, der sich für den König von Elora hält. Er hat schon so lange auf den Augenblick gewartet, wenn du mir diese Klinge ins Herz stößt.« Und dann legt er so ruhig, als würde er Krümel von seinem Hemd wischen, seine Hände um meine und zieht das Messer aus seiner Brust.

Ich lasse die Hände sinken und starre auf die Stelle. Da ist kein Blut. Keine *Wunde.*

Ist das ein Trick? Vielleicht ist Erith gar nicht hier. Vielleicht ist dies ein Zauber, den Mordeus eingerichtet hat, um seinen Leichnam vor Schaden zu bewahren? Oder träume ich das alles? Vielleicht liege ich eingerollt in der Schmiedehütte, besinnungslos vor Schmerzen, und all das hier ist eine Halluzination.

Ich bin zu schwach, um klar zu denken, und stürze zu Boden, wobei ich den Dolch umklammere, als könnte er mich schützen. Dies hier ist nicht wirklich. Ich muss schlafen. Schlafen, und dann werde ich verstehen, was hier geschieht. Schlafen, und dann werde ich wieder aufwachen und ich werde dies alles begreifen.

»So ist es gut«, murmelt er mit einer Stimme wie eine beruhigende Melodie aus einem alten Wiegenlied. »Ruh dich jetzt aus. Geh zu Bett wie ein braves Mädchen und ich werde dafür sorgen, dass der Schmerz vergeht.«

Mit diesen Worten schiebt mich ein Stoß seiner Magie auf die Tür zu. Ich strauchele, schaffe es aber wieder auf die Füße. Ich spüre, wie mich das Schlafzimmer anzieht, aber ich weiß: Wenn ich jetzt nachgebe, werde ich niemals zurückkehren. Wenn ich mich in diesem Bett schlafen lege, wird es das Ende sein.

Ich stürze mich auf das Feuerschwert und bin darauf gefasst, es ihm zu entreißen, falls er es vor mir erreichen sollte, aber Erith zuckt vor dessen gnadenloser Hitze zurück. Ich mache mir sein Zögern zunutze. Ich schließe meine wunden, mit Blasen übersäten Finger um das flammende Heft und zwinge mich, an das Schlafzimmer in Fhernas Haus zu denken. Meine Hand ist nichts als rot glühender, sengender Schmerz, und als Eriths Magie heranrollt, um mir das feurige Schwert zu entreißen, kann ich es nicht festhalten. Noch während ich durch das Portal rolle, verliere ich das Bewusstsein.

KAPITEL 16

FELICITY

Ezra tut mir fast ein bisschen leid. Sein ganzes bisheriges Leben hat er versucht, aus dem Schatten seines Bruders zu treten und sich vor seinem Vater zu beweisen. Eine einzige Erinnerung an einen Jagdausflug hat mir mehr darüber verraten, was ihn bewegt, als es wochenlange Beobachtung könnte.

»Wenn er nun seine Meinung ändert und nicht zum vereinbarten Treffen erscheint?«, frage ich Misha, während ich meinen Waffenrock zum dritten Mal in ebenso vielen Minuten zurechtziehe. Beim Auswählen der Kleidung habe ich die Breite von Ezras Schultern unterschätzt, sodass ich mich jetzt ein wenig eingeengt fühle.

»Skylar steht bereit, ihn zu treffen, und sie wird mir melden, wenn er auftaucht.«

»Ich kann immer noch nicht glauben, dass du sie dazu überredet hast, sich als Jasalyns Zofe zu verkleiden.«

Misha schmunzelt. »Ist sie immer so gereizt?«

»Oh ja, immer. Das gehört einfach zu Skylar.«

»Da ist es«, sagt Misha und nickt nach vorn in Richtung des Eingangstors.

»Es ist größer, als ich erwartet habe.«

»Abriella sagt, sie hüten ihren Besitz verbissener als Mordeus den Thron.«

Ich verdrehe die Augen. »Das kann man wohl sagen.«

Für einen Moment huscht ein seltsamer Ausdruck über sein Gesicht, und dann lächelt er. »Skylar sagt, er sei dort eingetroffen. Sie lässt ihn jetzt erst noch ein paar Minuten warten, bevor sie ihm sagt, dass die Prinzessin sich leicht verspäten wird. Bist du bereit?«

Ich nicke, obwohl ich es nicht bin. Trotz all der Ratschläge bin ich immer noch nicht davon überzeugt, dass ich mitten in der Nacht in dieses Herrenhaus hineinmarschieren und es mit einem unschätzbaren magischen Stein wieder verlassen kann.

»Ich bin in der Nähe – halte deine Gedanken nur offen für mich. Lass mich wissen, was du siehst, und ich werde dich führen.«

»Okay.«

Misha wirft mir noch einen letzten Blick zu und reitet dann fort. Er wird sich auf die Rückseite des Anwesens begeben und dort bleiben für den Fall, dass etwas schiefgeht.

Ich atme einmal tief durch und gebe meinem Pferd die Sporen. Am Tor winke ich den Wachleuten zu, ohne zu verlangsamen.

»Schon so schnell zurück?«, fragt der offenbar jüngere der beiden kahlköpfigen Fae.

»Ich habe etwas vergessen«, antworte ich und hoffe, dass Ezra nicht der Typ ist, der nie mit Untergebenen spricht.

»Blumen«, ruft mir der andere hinterher. »Wenn Ihr ihr Herz gewinnen wollt, nehmt Blumen mit.«

»Oder Juwelen«, sagte der erste. »Juwelen kommen immer gut an.«

Diesmal erwidere ich nichts, sondern reite weiter bis vor die

Eingangstreppe. Ich springe vom Pferd und werfe dem dortigen Wachmann die Zügel zu.

»Soll ich es für Euch in die Stallungen bringen, junger Lord?«, fragt er.

»Ich bin gleich wieder da«, verspreche ich und gehe die Stufen hinauf, wobei mein Herz so heftig pocht, als wäre ich hergerannt.

Du machst das gut. Mishas Stimme in meinem Kopf beruhigt mich ein wenig. *Geh durch die Tür, dann siehst du rechts einen Flur. Folge ihm bis zum Ende und biege dann nach links.*

Die Türen öffnen sich für mich und zum Vorschein kommt Ezras Bruder Leon, der offenbar dort gewartet hat. »Warum bist du schon zurück? Sie ist wohl nicht aufgetaucht, was?«

Ich habe nicht damit gerechnet, dass er seinem Bruder von dem Treffen erzählt, sagt Misha in meinen Gedanken.

Ich auch nicht, aber daran ist jetzt nichts zu ändern. »Ich habe etwas vergessen«, sage ich. Da mir einfällt, wie die Brüder in der Erinnerung miteinander umgegangen sind, dränge ich mich einfach an ihm vorbei und gehe den Flur hinunter.

Misha, wo soll ich hingehen? Ich kann den Stein ja wohl schlecht holen, solange er mir folgt.

Gleich rechts liegt eine Wohnstube mit einer kleinen Bar. Geh dort hinein, schenk dir etwas zu trinken ein und setze dich. Dann sieh zu, dass du ihn abschüttelst.

Als ich in den betreffenden Raum abbiege, folgt mir Leon und gluckst, als ich mir aus der Karaffe an der Bar eine bernsteinfarbene Flüssigkeit einschenke. »Du bist echt ein Feigling. Wagst es nicht, ihr gegenüberzutreten, ohne dir einen hinter die Binde zu kippen.«

Er ist wirklich eine Plage, sage ich zu Misha. *Kein Wunder, dass Ezra unbedingt hier ausbrechen will.*

Ich werfe mich in einen Sessel und stiere Leon über das Glas hinweg an. »Hast du nichts Besseres zu tun?«

»Da *sitzt du hier,* während die Prinzessin auf dich wartet. Was ist bloß los mit dir, Bruder? Hast du Angst, dass du's nicht hinkriegst?«

»Du hast doch keine Ahnung, wovon du da redest«, knurre ich. Ezra führte diese leere Phrase in meiner Traumerinnerung ständig im Mund, um sich gegen seine Familie zur Wehr zu setzen.

Leon wird unversehens todernst. »Das war alles erlogen, nicht wahr? Du hast dich gar nicht mit der Prinzessin unterhalten. Du wolltest mich nur glauben machen, dass du sie flachlegen würdest, damit ich mich zurückhalte.«

Das wird ein schönes Durcheinander geben, wenn Ezra zurückkommt, ohne sich an dieses Gespräch zu erinnern, murmelt Mishas Stimme in meinem Kopf.

Na, dagegen kann ich aber tatsächlich etwas unternehmen.

Ich hebe das Glas an den Mund, stelle mich dabei aber so ungeschickt an, dass ich mir die Hose vollkleckere.

»Oder du hast sie schon gehabt. Ruckzuck. Und wahrscheinlich war es so miserabel, dass sie dich fortgeschickt hat.« Leon klappt angesichts dieser Möglichkeit fast zusammen vor Lachen.

»Vielleicht hat sie auch gesagt, dass wir erst heiraten müssen«, lalle ich. »Vielleicht ist es nur eine Frage der Zeit und du solltest mir etwas mehr Respekt entgegenbringen.«

»Weil du der nächste König des Schattenhofes sein wirst! Genau. Rede dir das nur ein. Möglich, dass sie dumm genug ist, es mit dir zu treiben, aber sie ist bestimmt nicht so dumm, dich zu heiraten.«

König? Wovon redet er da? Jasalyns Gemahl würde niemals König werden.

Über die Verbindung nehme ich Mishas Wut wahr. *Es sei denn, ihrer Schwester stößt etwas zu, sodass Jas Königin werden muss.*

Wer die Prinzessin kontrolliert, kontrolliert das Reich – glaubst du, darum geht es hier?

»Ich habe keine Zeit für deine Wahnvorstellungen.« Leon schlendert an mir vorbei und schlägt mir dabei das Glas aus der Hand, sodass der größte Teil des Inhalts auf meine Hose spritzt.

»Arschloch«, knurre ich.

Leon lacht nur.

Ich stelle das Glas auf dem Beistelltisch ab, zwinge mich, im Sessel sitzen zu bleiben und ihm nicht nachzusehen. Ich zähle im Stillen bis zwanzig und dann gleich noch einmal.

Irgendeine Ahnung, wo er hingegangen ist?, frage ich Misha, der in meinen Gedanken erschreckend still geworden ist.

Nein. Von hier draußen kann ich nicht in seinen Kopf gelangen.

Könntest du es, wenn du hier drin wärst?

Ja, wenn seine Schilde so schwach sind wie die seines Bruders.

Da ist was dran.

Ich drücke mich aus dem Sessel hoch und trage mein Glas zurück zur Bar, wobei ich darauf lausche, ob sich jemand nähert, aber ich höre nur das Knarren des alten Hauses und das Ächzen des Windes in den Bäumen draußen.

Ich gehe jetzt los in Richtung Stein.

Mir gefällt das nicht.

Das hast du jetzt schon ein paarmal gesagt.

Verzeihung: Es hat mir schon vorher nicht gefallen. Jetzt, wo wir wissen, dass sie nicht nur hinter der Hand der Prinzessin her sind, hasse ich es *geradezu.*

Trotzdem brauchen wir diesen Stein. Die anderen kümmern sich just in diesem Moment um den Verfolgungszauber.

Ich trete so leise auf, wie ich kann, während ich gleichzeitig versuche, mich so normal wie möglich zu bewegen.

Dort, zu deiner Rechten, sagt Misha.

Ich wage einen Blick über die Schulter, bevor ich den Türknauf drehe, eintrete und die Tür wieder hinter mir schließe. Der Raum ist größer als erwartet, mit einem Tisch und vier Stühlen in der Mitte. Hier werden nicht nur Kostbarkeiten aufbewahrt, man bringt auch Gäste in diesen Raum, um die unschätzbaren Besitztümer zu präsentieren.

Mein Blick fällt auf den Panzerschrank in der Ecke, ein frei stehendes Kupfermöbel, das Ezra bis an die Brust reicht. Mein Herz stolpert unversehens vom ruhigen Trab in einen Sprint.

Leg deine Hand auf den Safe, um ihn zu öffnen, pack den Stein ein und mach, dass du von da wegkommst.

Ich bleibe davor stehen, aber irgendetwas zieht sich in meinem Magen zusammen und rät mir, den Rückzug anzutreten. Intuition oder Feigheit?

Los, Felicity. Je schneller du ihn herausholst, desto schneller kannst du abhauen.

Ich lege meine Hand – Ezras Hand – auf die Außenseite der Tür und presse meine Fingerspitzen gegen das kühle Metall, als sich die Mechanik in Bewegung setzt und den Schließbolzen zurückzieht.

Ich nehme die Hand weg, die Tür schwingt auf und alle Arten von Edelsteinen und Juwelen kommen zum Vorschein.

Wusstest du, dass du mich instinktiv blockierst, wenn du unter Anspannung stehst?, fragt Misha. *Lass mich sehen.*

Ich konzentriere mich darauf, mich zu entspannen, damit sich die Verbindung zwischen uns ausreichend weit öffnet; dann betrachte ich den Inhalt des Panzerschranks.

Misha flucht. *So einen Haufen Feuerjuwelen habe ich seit Ewigkeiten nicht mehr gesehen.*

Aber wo ist der Stein?

Ich versuche, mich auf den Inhalt des Safes zu konzentrieren, werde aber das Gefühl nicht los, dass ich abgestoßen werde, wann immer ich meinen Fokus neu ausrichten will.

Etwas fühlt sich verkehrt an. Könnte da ein Zauber sein, der mich zurückstößt?

Das wäre möglich. Bist du okay? Möchtest du lieber gehen?

Nicht wenn ich so dicht dran bin.

Siehst du die weiße Schachtel dort hinter den Juwelen?

Ich bin leicht benommen, aber hinten in der Ecke steht tatsächlich eine weiße Schachtel, die perlmuttartig schimmert. Mir dreht es den Magen um, als ich danach greife, aber ich kämpfe das Gefühl nieder und schließe meine Hand darum. Vielleicht wird das entsetzliche Gefühl ja verschwinden, wenn ich die Schachtel aus dem Safe entferne.

Ich lege sie auf den Tisch in der Mitte des Raumes und sofort ist Misha in meinen Gedanken. *Was tust du da? Du musst sofort von dort verschwinden.*

Ich muss sichergehen, dass es auch wirklich der Stein ist.

Ich öffne die Schnalle an der Seite der Schachtel und klappe den Deckel auf.

»Was tust du denn da?«

Ich reiße den Kopf hoch, als Leon in den Raum trottet. *Misha. Es gibt Ärger.*

Leon kneift die Augen zusammen und schnüffelt. »Wusste ich doch, dass Ezra sich seltsam benimmt. Völlig verändert.« Er legt den Kopf schief. »Wie ein Gestaltwandler riechst du nicht. Dann muss dies tatsächlich das Fleisch und Blut meines Bruders sein.«

»Ich weiß nicht, wovon du da redest.« Bevor ich blinzeln kann, habe ich sein Messer schon an der Kehle. »Leon, was soll das?«

»Ich habe von diesen Kreaturen gehört, die den Körper eines anderen übernehmen. Alte Magie, aber wenn die Geschichten stimmen, wirst du aus diesem fremden Körper ausfahren, wenn ich dir nur genügend Schmerzen zufüge.«

Ich reiße mich los und will um mein Leben laufen, kann es aber nicht. Er hält mich mit seiner Magie fest und grinst, als er meinen Augen den Moment ansieht, in dem ich begreife. Als er seine Klinge in meine Schulter stößt, schreie ich auf.

Er zieht das Messer heraus und schneidet an meinem Arm abwärts. Dann stößt er es durch meine Hand. »Das wird solchen Spaß machen.«

Hätte ich Kontrolle über meinen Körper, dann würde ich zusammensacken. Ich bin nicht so stark wie mein Bruder, nicht so furchtlos angesichts von Schmerzen, und dies hier – Schmerz, angereichert durch die Erwartung von noch mehr Schmerz – ist brutal.

Aber dann fällt Leons Messer scheppernd zu Boden und er wirkt, als bekäme er keine Luft.

Mishas Augen blitzen, als er Leon von mir wegreißt. Er hält seinen Kopf mit beiden Händen umschlossen. »Du hast heute Abend zu viel getrunken«, sagt er und starrt dem Fae in die wässrigen Augen. »Du erinnerst dich an nichts mehr, nachdem du den Ball verlassen hast – nur dass du wegen der Aufmerksamkeit der Prinzessin für deinen Bruder so eifersüchtig warst, dass du dich hast volllaufen lassen.«

»Ich habe irgendetwas Seltsames gehört«, ertönt eine Stimme von draußen auf dem Flur, dann nähern sich Schritte.

Misha lässt Leon los, sodass der zu Boden stürzt. Sein Blick schnellt zur Tür hinüber, aber dann blitzt im Raum Magie auf und ein Portal erscheint. Ich versuche, darauf zuzugehen, aber die Magie, mit der Leon mich gelähmt hat, ist noch nicht ganz abgeklungen und meine Bewegungen sind immer noch mühsam und ungeschickt.

Der Türknauf dreht sich und Misha schlingt die Arme um mich. Im nächsten Augenblick purzeln wir auf eine Wiese. Misha landet auf mir, aber bevor ich das Gefühl genießen kann, rollt er sich herunter, setzt sich auf und stützt heftig keuchend die Arme auf die Knie.

»Wir warten hier, bis Pretha kommen und ein Portal für uns öffnen kann«, sagt er.

Ich presse meinen verletzten Arm an meine Seite und blicke mich um. »Wo sind wir?«

»Auf den Weiden hinter der Scheune der Pandians.«

Ich würde gern wissen, warum nicht *er* ein Portal öffnen kann, das uns zum Mitternachtspalast zurückbringt, aber irgendwie spüre ich, dass er an einer solchen Frage gerade wenig Gefallen finden würde.

»Du hattest gefragt, warum ich darauf bestehe, mitzukommen«, sagt er. »Genau deshalb. Lark sagte mir, ich solle heute Nacht vorsichtig sein.«

Und da Lark in die Zukunft sehen kann, hat er guten Grund, ihre Warnung ernst zu nehmen. Ich lache kurz auf. Mir ist beinahe wahnhaft zumute. Mein Blut kocht vor Aufregung, weil ich noch lebe, und mein Herz pumpt, als wäre ich immer noch auf der Flucht. »Das nächste Mal könntest du mich ja ebenfalls warnen, oder?«

»Was hättest du denn anders gemacht, wenn ich dir gesagt hätte: ›Ach, übrigens – meine Nichte hat erzählt, der böse Mann glaubt, er könne dich aus deinem Körper herausfoltern, und ich

solle doch bitte nicht zulassen, dass er dich versehentlich tötet‹?«
Die Erschöpfung zeichnet deutliche Linien in sein Gesicht, und obwohl ich weiß, dass er gerade ein außergewöhnliches Maß an magischer Kraft aufgewendet hat, bin ich doch entsetzt, ihn so ausgelaugt zu sehen.

»Hast *du* denn begriffen, was das zu bedeuten hat?«

Seine vollen Lippen zucken vergnügt. »Ich hatte nicht die leiseste Ahnung, was das bedeuten sollte, aber bei Larks Visionen ist das eher die Regel. Ich wusste nur, dass du in Gefahr sein würdest. Und dachte, es wäre wohl besser, wenn du nicht allein bist.«

Ich strecke mich und erprobe vorsichtig meine Muskeln, bevor ich mich aufsetze. »Danke.«

»Du kannst dich ja schon wieder bewegen.«

Ich zucke zusammen. »Der Stein. Ich habe ihn auf dem Tisch liegen lassen.«

Misha klopft auf seine Tasche. »Ich habe ihn mir vor unserem Aufbruch geschnappt.«

»Leon ist mächtiger, als ich dachte, wenn er mich so festhalten konnte.«

Misha schüttelt den Kopf. »Nein. Ich habe das auch gespürt, obwohl ich nur kurz dort drin war. Du musst beim Eintreten eine Falle ausgelöst haben – vermutlich irgendeine Substanz, gegen die die Brüder immun sind.«

»Krabbenknotensamen«, murmele ich. »Sie verursachen Lähmungen, wenn man genug von ihrem Pulver einatmet. Wenn die Familie es zu Sicherheitszwecken benutzt, essen sie wahrscheinlich regelmäßig die Wurzeln, sodass die Samen ihnen nichts ausmachen.« Ich wusste doch, dass irgendetwas nicht stimmt, war aber so auf mein Vorhaben fixiert, dass ich den Geruch überhaupt nicht wahrgenommen habe.

Der Abend hätte völlig anders enden können, wenn Misha nicht in der Nähe gewesen wäre.

»Ich bin froh, dass du gekommen bist«, sage ich.

»Schön zu wissen, dass du meine Gesellschaft dem Tod vorziehst. Wenn auch nur ein wenig.«

Ich möchte lachen, aber die Schmerzen in Arm und Schulter lassen das nicht zu.

Er mustert mich und runzelt die Stirn. »Im Palast wirst du von einer Heilerin erwartet.«

»Und Leon wird sich nicht erinnern?«, frage ich.

Misha verzieht das Gesicht. »Nicht gerade mein Meisterstück, aber es wird seinen Zweck erfüllen.«

»Und was ist mit Ezra? Wird er nicht Verdacht schöpfen, weil Jasalyn nicht aufgetaucht ist?«

»Skylar glaubt das nicht«, antwortet er. »Sie hat ihm erzählt, die Prinzessin habe sich anders entschieden, weil sie nicht wolle, dass ihre Schwester wütend auf sie ist. Vielleicht musst du aber morgen noch einmal Jasalyns Gestalt annehmen, um die Geschichte vollends glaubwürdig zu machen.«

Vor uns tut sich ein Portal auf. Misha hilft mir beim Aufstehen und legt einen Arm um meine Taille, während wir hindurchgehen und in ein Schlafzimmer mit dem vertrauten schwarzen Steinboden des Mitternachtspalasts gelangen.

Pretha erwartet uns auf der anderen Seite. »Bei euch alles in Ordnung?«, fragt sie und mustert ihren Bruder. »Hast du zu viel Magie aufwenden müssen?«

Nach einem kurzen Seitenblick auf mich sieht er wieder seine Schwester an. »Bei mir ist alles in Ordnung. Ist die Heilerin schon unterwegs?«

Pretha bemerkt meinen Arm und zuckt zusammen. »Ich werde

ihr melden, sich zu beeilen.« Sie verschwindet und lässt Misha und mich allein zurück.

Er rollt seine Schultern, als würde er die Aufwendung einer solchen Menge magischer Energie am ganzen Körper spüren. Und seine Schwester macht sich Sorgen, er hätte vielleicht zu viel davon benutzt?

Dies ist derselbe Fae, der uns aus der Höhle tief unter Castle Craige im Handumdrehen zurück in mein Zimmer gebracht hat. Derselbe Fae, der ein leibhaftiges Gewitter heraufbeschworen hat, nur um mich zu beeindrucken und mir eine Ausrede für meine durchnässte Unterwäsche zu liefern. Irgendetwas spielt sich hier ab, das er mir nicht erzählt.

»Kannst du nicht normalerweise nach Belieben Portale öffnen?«, frage ich, auch um mich von den Schmerzen abzulenken.

Er fährt sich mit der Hand übers Gesicht und stößt einen langen Atemzug aus. »Normalerweise.«

Knarrend öffnet sich die Tür und eine Heilerin schwirrt herein, um sich um mich zu kümmern, und ich begreife: Sollte tatsächlich etwas mit ihm und seiner Magie im Argen liegen, werde ich von ihm nicht mehr dazu erfahren.

KAPITEL 17

JASALYN

Geh zu Bett wie ein braves Mädchen und ich werde dafür sorgen, dass der Schmerz vergeht.

Eriths Worte hallen mir noch im Kopf nach, als ich mühsam die Augen öffne, um meine Umgebung wahrzunehmen. Ich rieche Fäulnis und tierische Exkremente. Es ist feucht, kalt und finster, das verkohlte Dachgebälk halb eingefallen, eine Wand komplett abgebrannt, das ganze Gebäude der nächtlichen Finsternis ausgesetzt.

Aus dem Schutthaufen unter meinen Fingerspitzen ertönt ein Quieken und ich weiche erschrocken zurück, als eine Ratte vor mir Reißaus nimmt.

Ich krieche zu der fehlenden Wand hinüber und ziehe dabei eine Blutspur hinter mir her. Ich verliere zu viel davon, und wenn ich hier nicht schnell herausfinde, werde ich sterben. Ich habe keine Ahnung, wo ich bin. Ich wollte doch zu Fhernas Hütte – warum hat mich das Schwert nur hierher geführt?

Mein Kopf ist so schwer und die Nacht so finster. Ich darf hier nicht sterben. Ich habe noch nichts von dem in Ordnung gebracht, was ich zerstört habe. Mordeus atmet und ich mag zwar nicht verstehen, wie die Auferstehung eines verrottenden Leichnams vonstattengehen soll, aber noch einmal werde ich nicht scheitern. Das darf ich nicht. Abriella hat etwas Besseres verdient.

Mit pochendem Bein und leichtem Schwindel im Kopf ziehe ich mich an einem herabgefallenen Balken hoch, reiße den unteren Teil von meinem Hemd und wickele es um meine Wunde. Dann fallen meine Augen zu und die Zeit stürzt in sich zusammen. Ich bin geborgen in den Armen meiner Schwester, während unser Haus um uns herum niederbrennt.

Halte durch. Ich bin da.

Ich kämpfe darum, wieder zu Bewusstsein zu kommen. Kendrick nimmt mich in seine Arme und ich weiß, dass ich immer noch träume, als mächtige Schwingen aus seinem Rücken wachsen, die uns durch die Nacht tragen. Ich weiß, dass ich träume, weil ich noch nie so froh war, die Sterne zu sehen.

***

Jemand berührt mich. Eine Handfläche auf meiner Stirn. Kühle Finger an meiner Wange.

»Sie verbrennt.« Ich berge mich an einer warmen, festen Brust. *Kendrick.* Ja. Ich möchte weiterschlafen und von Kendrick träumen.

»Liegt es am Ring?«, fragt jemand anderes. Abriella? Was tut sie hier?

»Möglich? Wahrscheinlich? Glaubst du, Felicity hat den Stein bekommen?«

»Die Alternative will ich mir gar nicht vorstellen, aber selbst wenn sie ihn herbringen könnte, möchte ich nicht riskieren, den Zauber außerhalb der Palastmauern zu wirken. Hier sind mir zu viele Unwägbarkeiten.«

»Kein Kobold wird sie in diesem Zustand transportieren«, wendet Kendrick ein. »Wenn du also nicht von einem Portal hier in der Nähe weißt …«

»Dazu fehlt uns die Zeit.«

Ich werde abgesetzt und die Wärme dieser Arme ist plötzlich fort. Ich schreie auf und greife nach ihnen, ohne die Augen zu öffnen. Mir ist so kalt.

»Es tut mir leid, Slayer. Wir müssen dein Fieber senken.«

Slayer. Der Spitzname löst etwas in meinen Gedanken aus, zerrt Erinnerungen zurück an die Oberfläche. Mordeus' Kerker. Meine ständige Angst. Kendricks Zusicherungen. Wie sich die Bedeutung dieses Spitznamens veränderte, Jahre später, und ich begann, mich mächtig zu fühlen, wenn man mich so nannte.

»Ich lasse ein kühles Bad einlaufen.«

Meine Kehle schmerzt. Als hätte ich stundenlang geschrien. Ich bin schweißgebadet und meine Knochen fühlen sich an wie mit Eis überzogen. Ich öffne mühsam meine verklebten Augenlider und sehe Kendrick neben mir knien.

»Da bist du ja.« Er streicht mir das Haar zurück. »Der Ring macht dich krank, aber jetzt bist du in Sicherheit. Wir werden schauen, dass du ihn loswirst, und dann wird alles gut.«

»Das Schwert …« Warum bin ich nur so müde? Ich habe getan, was die Koboldin mir aufgetragen hat. Ich habe den Wolpertinger getötet. Ich habe aus seinem pochenden Herzen getrunken. »Ich habe das Schwert nicht mehr … Erith …«

»Du brauchst nichts zu sagen«, sagt Kendrick. Er schiebt einen Arm unter meinen Rücken und hilft mir, mich aufzusetzen. »Mach dir deswegen jetzt keine Gedanken. Das können wir alles klären, wenn es dir besser geht.«

Ohne Widerspruch lasse ich mich von ihm in eine Badekammer geleiten. Ich wehre mich nicht einmal, als er mir sanft die Kleider abstreift. Seine Hände sind behutsam und er versucht, sich seine Angst nicht anmerken zu lassen, aber ich liege im Sterben. Ich weiß es. Warum dagegen ankämpfen, wenn ich meine letzten Augenblicke auch behaglich verbringen könnte?

Ich bin zu schwach, um allein zu stehen, lehne mich also an die Wand, während sie an meinen Stiefeln ziehen, dann an meiner Kleidung. Die Bewusstlosigkeit lockt und verheißt das Nichts.

Kendrick murmelt einen Fluch und ich öffne die Lider. Abriella steht mit weit aufgerissenen Augen zwischen mir und einer randvollen Badewanne. Scharf zieht sie die Luft zwischen den Zähnen ein.

Sie starren auf die tiefe Wunde in meinem Oberschenkel. Alles an mir schmerzt, als würde jemand glühende Glasscherben durch meine Venen ziehen – so sehr, dass ich mein Bein ganz vergessen hatte.

»Ist das Gift oder eine Infektion?«, fragt Brie.

Kendrick erbleicht. »Siehst du, wie sich die Röte um die Wunde ausbreitet? Und heiß ist es auch.«

»Monsterklauen«, flüstere ich. Ich lehne mich an Kendrick und schließe wieder die Augen. Er legt die Arme fest um mich, damit ich nicht zu Boden gleite.

»Nein, nicht!«, ruft Abriella. »Sieh mich an, Jas!« Sie sagt das nicht als meine Schwester. Es ist ein Befehl der Königin. Ich spüre, wie ihre Schatten mich einhüllen, mich aufrecht und bei Bewusstsein halten sollen. »Erzähl mir von diesem Monster.«

»Wie ein Todeshund«, krächze ich. »Aber mit drei Köpfen statt nur einem. Und mit Feuer wie ein Wyvern.«

Selbst halb besinnungslos bemerke ich die Anspannung, die sich über den Raum legt.

»Mordeus' Höllenhund«, sagt Abriella. »Den hat seit Jahren niemand mehr gesehen.«

»Wir brauchen alle Heiler aus dem Dorf«, sagt Kendrick. »Sofort.«

Abriella ruft nach jemandem und ich merke, wie meine Augen erneut zufallen. Ich bin zu schwach, um mitzuhelfen, als sie mich in die Wanne legen, und zu schwach zum Protestieren, als mir Abriella mit einem Schwamm gründlich den ganzen Schmutz und das Blut von der Haut wäscht. Es fühlt sich schön an, umsorgt zu werden. Und nicht allein zu sein. Mehr zu sein als ein rasch vergessener Augenblick.

Die Erkenntnis trifft mich so unerwartet, dass mir, von Gefühlen überwältigt, ein Schluchzen aus der Kehle dringt.

»Du bist in Sicherheit«, sagt Abriella. »Ich werde jetzt für dich sorgen.«

»Es tut mir leid.« Ich nehme all meine Kraft zusammen und blicke in ihre liebevollen haselnussbraunen Augen. »Ich war so garstig und es tut mir so leid. Dieser Ring, Mordeus – das ist alles meine Schuld.«

»Du musst dich für gar nichts entschuldigen.« Sie bringt die Seife zum Schäumen und widmet sich nun meinem Haar.

Ich versuche, eine Hand zu heben, aber sie ist zu schwer. Alles ist zu schwer. »Ich habe Mordeus gefunden«, hauche ich und sehe, wie sämtliches Blut aus ihrem Gesicht weicht. »Ich habe versucht, ihn zu töten, aber er ist schon tot.«

Sie wechselt einen Blick mit Kendrick, reißt sich dann zusammen und blickt mich wieder an. »Darüber reden wir später. Mach die Augen zu«, sagt sie. »Ich kümmere mich darum.«

Ich gehorche. Ich schließe die Augen und lasse mich vom Schlaf einhüllen. Ich träume, dass Feuer meine Knochen entlangläuft und eine kühle Salbe auf meine brennende Haut aufgetragen wird. Ich träume von Kendricks beruhigender Stimme an meinem Ohr, von seinen starken Armen, die mich halten, während Abriella verspricht, dass sie dafür sorgen wird, dass ich den Ring ein für alle Mal loswerde.

Ich träume von einem Wortgefecht, Geschrei über einen Stein, davon, dass jemand an meinem Ring zerrt und die Götter anfleht.

Und dann träume ich, dass Mordeus mich in einen winzigen, dunklen Schrank schiebt, während die Haut sich von seinen Knochen schält und Maden in seinen Augenhöhlen herumkriechen. Das Schloss schnappt ein und ich höre ihn auf der anderen Seite, obwohl ich das Heft meines Dolchs in der Hand spüre.

Der Schmerzensschrei meiner Schwester hallt mir in den Ohren.

Ich hämmere an die Tür und stemme mich mit all meiner Kraft dagegen, aber sie gibt nicht nach. Ich sinke zu Boden, rolle mich zusammen und versuche, mich vor der Finsternis zu verstecken, vor dem Schmerz meiner Schwester.

Dann plötzlich in meinem Kopf die Stimme meiner Mutter: *Wage es ja nicht, jetzt aufzugeben.*

KAPITEL 18

JASALYN

Wieder zu mir zu kommen, ist, als würde ich aus den tiefsten, dunkelsten Abgründen eines dickflüssigen Gewässers zurück an die Oberfläche kriechen. Als würde mich ein Strudel nach jedem gewonnenen Zentimeter wieder zurückziehen.

Wage es ja nicht, jetzt aufzugeben. Fherna? Meine Mutter? Abriella? Ich weiß nicht, von wem die Worte stammen, aber ich verinnerliche sie.

Ich schiebe. Ich krieche und kämpfe, und in der Sekunde, als ich Mordeus' Bewusstsein von mir stoße und wieder die Kontrolle über meinen Körper übernehme, sehe ich es: Abriella, die eine Hand auf ihren Bauch presst, während Blut zwischen ihren Fingern hervorquillt. Ein blutiger Dolch liegt vor meinen Füßen und Finn ruft nach einem Heiler, eine Hand ausgestreckt, als würde er Magie in meine Richtung lenken.

Meine Handgelenke schmerzen, meine Hände sind hinter meinen Rücken gezogen und unbeweglich – Finns Schatten, begreife ich, die sie dort festhalten. Weil ich diejenige mit dem Messer war? Habe ich Brie das angetan?

Jemand hält mich an den Schultern gepackt, ruft meinen Namen, und ich blicke auf und sehe Kendrick.

»Wage es ja nicht, jetzt aufzugeben!«, sagt er. »Komm zurück zu mir, Slayer. Du bist stärker als er.«

»Was habe ich getan?« Panisch sehe ich zwischen Brie und Kendrick hin und her. Die Erschöpfung zerrt an jedem Zentimeter meiner Haut, will mir die Augen verschließen. Mich ausruhen lassen.

Kendrick verstärkt seinen Griff, als könnte mich dies allein in meinem Körper halten. »Sie ist wieder da.«

»Woher willst du das wissen?«, fragt Finn. »Es könnte ein Trick sein.«

»Ich *weiß* es!«, brüllt Kendrick mit solcher Wut, dass die Fenster erzittern.

Eine Hand noch immer auf ihren Bauch gepresst, streckt Brie mir einen glatten, faustgroßen Stein hin. »*Sie* muss das machen«, sagt sie. »Diese Magie ist an ihr Leben gebunden. Sie selbst muss diesen Stein benutzen.«

»Lass sie los«, fordert Kendrick Finn auf. »Mit auf den Rücken gebundenen Händen kann sie den Zauber nicht ausüben.«

»Nein.« Ich schüttele den Kopf und fange wieder am ganzen Körper zu beben an, als ich in Finns Silberaugen sehe. Sie gleichen Mordeus' Augen so sehr, dass ich sie eigentlich immer meide, aber das darf ich jetzt nicht riskieren. »Lass mich *nicht* los«, sage ich. »Wir wissen nicht, ob er zurückkommt.«

Finns Blick verschleiert sich und mir wird klar, dass die Bezaubernde Lady ihn in ihrer Gewalt hat. Er wird sich mir nicht widersetzen.

»Danke«, flüstere ich. Selbst einzelne Worte fallen mir schwer. Was immer das Blut des Wolpertingers an Magie enthalten hat – es ist fort.

Kendrick schüttelt mich sanft, aber ich kann die Augen nicht von meiner Schwester wenden, von dem Blut an ihren Händen. »Hör mir zu, Jas«, sagt er. »Das hier ist der Stein der Entzauberung. Wenn du nicht willst, dass Mordeus noch einmal deinen Körper übernimmt, musst du diesen Ring loswerden. Er stärkt die Verbindung zwischen dir und Mordeus und erleichtert es ihm, die Kontrolle über dich zu behalten.«

Ich blicke zu ihm auf. Verstehe ich richtig, was er da sagt? Ich könnte diesen Ring loswerden? Sodass man sich wieder an mich erinnert? Und ich nicht das wenige verschlafen muss, was mir von meinem Leben noch bleibt? »Wie?« Es fällt mir schwerer denn je, mich aufrecht zu halten.

Du bist fast gestorben und dieser Ring hält dich auf der Schwelle des Todes fest.

»Du musst Finn bitten, deine Hände freizugeben, damit du den Stein an dich nehmen kannst«, sagt Kendrick.

»Habt ihr das schon versucht?« Ich sehe ihn an, dann Brie, aber ich meide Finns verträumten Blick. Ich erkenne die Antwort im verzweifelten Starren meiner Schwester. »Wenn es bei euch nicht funktioniert hat, woher wollt ihr dann wissen, dass es bei mir klappt?«

Kendrick fährt mir mit dem Daumen über die Wange – so zart, dass mir beinahe die Tränen kommen. »Du musst es versuchen.«

»Du musst den Ring loswerden *wollen*«, sagt Abriella und verzieht das Gesicht, als sie mühsam einen Schritt auf mich zukommt, dann noch einen. »Halte den Stein fest und befiehl ihm, dich von der Magie zu befreien.«

»Ich möchte keinem von euch etwas antun.«

»Dann ist es Zeit, den Ring abzulegen«, sagt Abriella. Sie kommt noch einen Schritt näher und hält mir den Stein hin.

»Finn.« Mir bricht die Stimme, als ich den meiner Schwester verbundenen Partner ansehe. »Hebe diesen Dolch auf und wirf ihn hinaus auf den Flur. Dann schließ die Tür.« Er gehorcht. Er kämpft gegen die Magie des Rings an, aber ich habe ihn in meiner Gewalt. »In wenigen Augenblicken werde ich dich bitten, mich loszulassen. Sollte ich *irgendetwas* tun, um Abriella zu verletzen, musst du mich *sofort* wieder fesseln.«

»Wenn es das ist, was du wünschst.«

»Das ist es«, verspreche ich. In meinen Augen spüre ich aufkommende Tränen. Finn ist einer der stärksten, edelsten Fae, denen ich je begegnen durfte. Es sollte keine Magie geben dürfen, die ihm derart den Willen raubt. Niemals hätte ich eine solche Macht anstreben dürfen, niemals hätte ich dieser Hexe überlassen dürfen, was sie brauchte, um so etwas zu erschaffen.

»Bist du bereit?«, fragt Kendrick.

Wenn es nun nicht funktioniert? Wenn Mordeus in meinem Unterbewusstsein nur auf den richtigen Augenblick lauert, um erneut zuzuschlagen? Wenn das nun meine einzige Chance ist?

Ich nicke knapp. »Lass mich los, Finn.«

Meine Hände fallen frei herunter und ich greife nach dem Stein. Er ist glitschig von Abriellas Blut, aber das verstärkt nur meine Entschlossenheit.

Alle sehen mich an, als ich ihn festhalte und spüre, wie er gegen den Ring drückt. »Befreie mich von diesem Ring.«

Ich kann es nicht erklären, aber ich spüre es in dem Augenblick, als es geschieht. Ich spüre, wie die Magie ihren Halt verliert – sie ist noch da, ist aber mehr unter *meiner* Kontrolle als in all den vorigen Monaten.

Ich versuche, den Ring von meinem Finger zu zerren, und der Stein entgleitet mir und fällt polternd zu Boden.

Als ich den Ring vom Finger ziehe, fühlt es sich an, als würde ich von der Leine gelassen. Als hätte er mich gezügelt und gleichzeitig aufrecht gehalten. Ich breche zusammen.

***

Als ich die Augen wieder aufschlage, schaffe ich das ohne Anstrengung. Ich bin zurück in meinem Zimmer im Mitternachtspalast. Die Vorhänge sind vorgezogen, aber neben meinem Bett brennt eine Kerze und wirft flackerndes Licht in den Raum und auf Abriellas Gesicht. Sie ruht sich in einem Sessel in der Ecke aus, ein geöffnetes Buch vor der Brust, und starrt in den Nachthimmel hinaus.

»Abriella? Bist du okay?«

»Jas.« Sie setzt sich auf und legt ihr Buch auf der Sessellehne ab. »Wie geht es dir?«

»Mir?« Ich suche ihre Gestalt nach Zeichen der Verletzung ab. »*Du* warst es doch, die geblutet hat, als ich dich zuletzt gesehen habe.«

»Meine Heilerinnen haben gute Arbeit geleistet. Und als Fae …« Sie zuckt mit den Schultern.

»Du hast mich gerettet«, flüstere ich. »Wenn du und Kendrick mich nicht rechtzeitig gefunden hättet …«

Ihre Augen werden feucht. »Ich hoffe, du weißt inzwischen, dass ich *immer* kommen und dich finden werde. Ganz egal wie lange es dauert.«

Es klopft leise an der Tür. »Ich bin's«, ruft Kendrick.

Brie wischt sich über die Wangen, bevor sie aufsteht. »Komm rein.«

Die Tür geht auf, und als Kendrick eintritt, stockt mir der Atem.

Noch immer ist er eine eindrucksvolle Erscheinung, noch immer hält er mein liebeskrankes Herz mit beiden Händen fest gepackt. Obwohl mir bewusst ist, dass ich ihm nichts als Kummer bereitet habe. Obwohl ich weiß, dass ich ihn loslassen muss.

Uns bleibt nicht mehr viel Zeit und Elora braucht ihn.

Seine Brust weitet sich, als er mich betrachtet. »Dir geht es besser. Den Göttern sei Dank.«

Ich schiebe mein Gefühlschaos beiseite. »Wo habt ihr mich gefunden?« Ich erinnere mich an die Asche und die verkohlten Balken.

Brie legt den Kopf schief. »Das weißt du nicht?«

Ich schüttele den Kopf. »Ich wollte zurück zu der Hütte, in der ich untergebracht war, aber das Schwert funktionierte nicht richtig.«

»Das Feuerschwert? Du hast es gefunden?« Bei Kendricks hoffnungsvoller Frage zerbricht etwas in mir.

»Das habe ich.«

»Was meinst du damit, es hätte nicht richtig funktioniert?«, fragt er. »Es soll einen doch an jeden gewünschten Ort bringen?«

Ich stoße den Atem aus. Das hier ist der leichte Teil. »Ich meine, ich weiß nicht, wo es mich hingebracht hat.«

»Du lagst in den verkohlten Überresten unseres alten Hauses in Elora«, sagt Brie.

»Weil ich dorthin zurückwollte«, flüstere ich. Ich hatte zwar versucht, an Fhernas Haus zu denken, aber als Erith das Zimmer meiner Kindheit erscheinen ließ – in diesem Moment wünschte ich mich dorthin, mehr als alles andere.

»Also hat es doch funktioniert«, bemerkt Kendrick etwas betrübt und ich nicke.

Brie seufzt. »Wir mussten dich zunächst in Elora versorgen –

jedenfalls so weit, dass die Kobolde bereit waren, dich hierher zurückzubringen. Im Palast angekommen, versuchten wir sofort, den Ring zu entzaubern, aber wie sich herausstellte, musstest du das selbst tun.«

Ich starre auf meinen nackten Finger und warte auf eine Erleichterung, die sich nicht einstellt. Den Ring loszuwerden, löst nicht alle Probleme. Ich kann den eingeschlagenen Handel nicht ungeschehen machen. Und ich kann jene nicht zurückbringen, die ich auf meiner vergeblichen Suche nach Rache getötet habe.

»Was hat Natan über den Ring gesagt?«, möchte Brie von Kendrick wissen und mir wird klar, dass sie unermüdlich nach Antworten gesucht haben müssen, während ich schlief.

Kendrick senkt den Kopf. »Die Magie des Rings ist weiter wirksam. Der Stein hat lediglich den Zauber gelöscht, der ihn an Jas' Finger hielt.«

»Das verstehe ich nicht«, erwidert Brie. »Hältst du es für möglich, dass die Magie des Rings zu stark ist?«

»Er besitzt auf jeden Fall größere Macht als alle magischen Gegenstände, die ich bisher gesehen habe.«

»Muss man über alle Bestandteile des Zaubers verfügen, damit der Stein wirkt?«, frage ich.

Brie runzelt die Stirn. »Was meinst du damit?«

Kendrick flucht leise und fährt sich mit der Hand übers Gesicht. »Der Ring ist Teil eines Paars. Wir konnten seine Magie nicht auslöschen, weil wir nur eine der beiden Hälften in Händen hielten.«

»Und ihr seid euch sicher, dass es eine zweite Hälfte gibt?«, fragt meine Schwester.

»Ich habe den anderen Ring an Mordeus' Finger gesehen.«

Brie zieht scharf die Luft ein. »Du hast Mordeus gesehen. Ist er auferstanden? Stimmt es?«

»Er ist ein verfaulender Leichnam«, sage ich und atme mehrmals durch, weil mich schon die bloße widerwärtige Erinnerung erschauern lässt.

»Noch«, murmelt Brie.

Kendrick sieht zuerst Brie an, dann mich. »Könnte ich mit der Prinzessin sprechen? Allein?«

Ich beiße mir auf die Unterlippe.

»Die Entscheidung liegt bei dir, Schwester«, sagt Brie. »Ich kann bleiben, während ihr euch unterhaltet, oder gehen. Oder ich kann ihn hinauswerfen, aber wenn ich mir das erlauben darf, würde ich dir raten, dir anzuhören, was er zu sagen hat.«

Sie wirft mir einen Blick so voller Geduld und Verständnis zu, dass mir unwillkürlich der Gedanke kommt, dass ich all das von ihr nicht verdient habe. So viele Male habe ich sie enttäuscht, auf vielfältige Weise. Aber jetzt steht auch Kendrick auf der Liste derer, die ich enttäuscht habe, und ich muss ihm erzählen, was sich mit Erith und dem Schwert zugetragen hat.

»Du darfst gehen«, sage ich.

»Ich bin gleich draußen, falls du mich brauchst.« Sie trottet zur Tür und zieht sie leise hinter sich zu.

Ich schlage die Decke zurück, steige aus dem Bett und stelle überrascht fest, dass von meinen Verletzungen nichts mehr zu sehen ist. Magische Heilung ist etwas Unglaubliches. Noch wundersamer als der verflogene Schmerz ist allerdings, dass auch die durch den Ring verursachte, ständig präsente Schwäche fort ist.

Ich finde zwar nicht den Mut, Kendrick in die Augen zu sehen, spüre aber bei jeder Bewegung seinen Blick auf mir ruhen. Ich ziehe die Vorhänge weit auf, um meine Sehnsucht nach dem Mondlicht zu stillen.

»Du starrst mich an«, sage ich, ohne mich umzudrehen. Vielleicht liegt es daran, dass ich beinahe gestorben wäre oder dass ich beinahe meine Schwester getötet hätte. Vielleicht liegt es auch daran, dass mein achtzehnter Geburtstag schon so nahe ist oder dass ich den Ring endlich los bin – aber ich fühle mich immer noch in meinen eigenen Entscheidungen gefangen. Was immer der Grund sein mag, meine Gefühle brodeln viel zu dicht unter der Oberfläche und ich weiß nicht, was geschehen wird, wenn ich seinen Blick zu lange erwidere.

»Als wir dich fanden …« Ich höre seine leisen Schritte und im Fenster kann ich vage sein Spiegelbild hinter mir ausmachen. Er fasst meine Schultern und fährt mit seinen warmen Händen an meinen Armen abwärts. »Ist dir klar, wie gefährlich das Gift des Zerberus ist? Wie nah du dem Tode gekommen bist?«

So nah, dass ich hören konnte, wie er meinen Namen rief. »Ist dir klar, wie nah ich ihm jetzt bin?«

»Sag das nicht. Du bist hier. Es geht dir besser.«

»Manchmal ist mir, als läge ich bereits im Sterben. Und nicht nur wegen des Rings.« Ich starre hinaus in den Nachthimmel und versuche vergeblich, die passenden Worte zu finden. »Aber so war es schon, bevor ich den Ring bekam. Als wäre die Welt zu laut. Ich habe alles getan, um diesen Lärm zu übertönen, und dann … nach einer Weile war alles gedämpft, selbst wenn ich es gar nicht wollte. Und so ähnlich war es auch mit meiner Schwester – ich hielt sie auf Abstand, weil ich zu kaputt war, um sie näher an mich heranzulassen, aber dadurch wurde ich so einsam, dass es schmerzte, weil sie mir nie nahe genug war.«

»Aber es gab doch auch andere Momente.« Er fährt mit seiner großen Hand in Kreisen über meinen Rücken. »Momente, in denen du dich lebendig gefühlt hast, selbst nach Mordeus?«

Ich schließe die Augen. Erinnere mich an diese Momente. Die

meisten haben mit ihm – mit Kendrick – zu tun. Seinem Lächeln. Seinen Händen. Seinem Mund. »Ja.«

Er dreht mich herum und schließt mich in seine Arme. »Dann ist das hier noch nicht vorbei. Du bist immer noch hier. Und wir werden dafür sorgen, dass es so bleibt.«

Ich nicke an seiner Brust. Vielleicht weil ich ihn nicht noch mehr verletzen will. Vielleicht weil ich ihm glauben möchte. »Du hast mich gerettet?« Es kommt wie eine Frage heraus, weil die Erinnerung so verschwommen ist.

»Wir sind gleich zu dir gekommen, als wir wussten, wo du bist.«

»Und erinnerst du dich daran?«

»Die Magie des Rings ist wirklich seltsam. Die Erinnerungen sind da, aber du bist es nicht. Abriella und ich haben abwechselnd alles aufgeschrieben. Wir wollten nicht riskieren, dich zu verlieren.«

»Es gab da Dinge … Ich weiß nicht, ob ich manche Dinge über dich nur geträumt habe.« Ich sehe zu ihm auf und betrachte seine spitz zulaufenden Fae-Ohren. Die tätowierte Krone auf seiner Stirn, die er mir nur ein einziges Mal gezeigt hat, ist unter einem Zauber verborgen, und nichts deutet auf die Flügel hin, mit denen er uns beide in meiner Erinnerung aus dem Schutt gehoben hat.

Er zieht eine Augenbraue hoch und für einen kurzen Moment darf ich den Anblick seiner Grübchen genießen. »Hast du eine Frage?«

»Waren deine Flügel Einbildung oder Wirklichkeit?«

»Sie sind ziemlich wirklich, wenn ich das möchte.«

Ich mache mich von ihm los. »Auch die hast du vor mir geheim gehalten!« Es sollte nicht wie eine Anklage klingen, tut es aber trotzdem.

Sein Gesicht wird schlagartig ernst. »Das ist eine Fähigkeit, die ich heraufbeschwören muss. Ich zeige sie nicht gerne und nur, wenn es absolut nötig ist. Sie sind Teil meiner Existenz als Fae – kein weiteres Geheimnis.« Er hebt eine Hand, und als ich schon glaube, er wird mich wieder an sich ziehen, lässt er sie sinken und lehnt sich an die Wand. »Ich verspreche dir, dass es ab jetzt nicht mehr so sein wird wie zuvor. Ich werde mich nicht vor dir verstecken. Jetzt nicht mehr.«

Ich betrachte ihn eine Weile, aber ich weiß längst, dass ich ihm glaube. Ich vertraue ihm. Vielleicht ist es töricht, aber vielleicht war es auch töricht, ihn jemals zu verlassen.

»Es muss eine Erleichterung sein, dass du den Ring los bist«, sagt er. »Wie hast du nur all diese Monate trotz der Krankheit überstanden?«

»Das Wolpertinger-Blut wirkt als Gegenmittel gegen die Beschwerden, die der Ring verursacht.« Ich wage einen Blick zu ihm hinauf, bin mir aber sicher, dass man mir mein schlechtes Gewissen ansieht. »Ich musste ihn jagen und – es war schrecklich.«

Ihm scheint ein Licht aufzugehen. »Wir mussten alle schon einmal etwas Schreckliches tun, um zu überleben.«

»Ich konnte mich nicht auf die Suche nach dem Schwert machen, solange ich so schwach war.«

»Und du hast das Schwert wirklich gefunden?«, fragt er und ich nicke. »Du sagtest das, als wir dich fanden, aber ich wusste nicht, ob das dem Fieber geschuldet war. Wo war es? Und wo ist es jetzt?«

Ich holte tief Luft und versuche, den nötigen Mut aufzubringen. »Es war gleich hinter diesem dreiköpfigen Monster versteckt, weniger als eine Meile von hier. Und als ich es fand, befahl ich ihm, mich zu Mordeus zu bringen.«

»Du hast es benutzt?« Seine Augen leuchten auf und mir sackt der Magen durch. Ich vertraue ihm und er hat mich gerettet, aber jetzt werde ich ihn bitterlich enttäuschen. Sie brauchen dieses Feuerschwert, um zu Erith zu gelangen – und wahrscheinlich auch, um ihn zu besiegen –, und ich habe es verloren. Wahrscheinlich habe ich Kendrick sein Königreich gekostet.

»Wusstest du, dass das Feuerschwert tatsächlich aus Feuer besteht? Es hat mir die Hand verbrannt, als ich –« Ich hebe meine Hand, aber sie ist nicht mehr verbunden, und als ich die Haut betrachte, ist da keine Spur mehr von den Verbrennungen. »Haben sie meine Haut geheilt?«

Kendrick schüttelt den Kopf. »Du hattest keine Verbrennungen. Aber deine Hand war verbunden, als wir dich fanden. Wir haben den Verband abgenommen, als wir deine anderen Wunden säuberten, aber da war keine Verletzung.«

»Ich war fürchterlich verbrannt. Die Haut war versengt und voller Blasen und …« Ich starre darauf, als würde die Verletzung wiedererscheinen, wenn ich nur lange genug hinsehe.

»Bist du bei einer Heilerin gewesen?«, fragt Kendrick. »Oder vielleicht ist es verheilt, während du schliefst.«

»Ich bin immer noch ein Mensch. Ich heile nicht wie die Fae. Und wenn ich irgendwie eine Heilerin gefunden hätte, warum hätte ich mir dann nicht auch mein Bein heilen lassen sollen?«

»Jas.« Er kommt näher heran, nimmt meine Hand und fährt mit dem Daumen seitlich über meine Handfläche und das Handgelenk, wo er einen Kreis beschreibt. »Hattest du nicht hier eine Narbe?«

»Ich …« Ich muss zweimal hinsehen, als ich die glatte Haut bemerke. *Mit deinem Blut kannst du die Flamme überwinden.* »Ja, du hast recht.«

»Das Schwert hat dich geheilt.«

»Nein, Kendrick, das hat es nicht. Ich sage dir doch, dieses Schwert hat mich beinahe umgebracht. Ich hätte es keinesfalls ein zweites Mal angerührt, wenn ich mir nicht sicher gewesen wäre, dass ich in Eriths Gegenwart sonst mein Ende finde.«

»Was meinst du damit, dass es dich fast umgebracht hätte?«

»Es hat mir die Haut weggebrannt. Ich habe es mit eigenen Augen gesehen. Ich habe es *gespürt.*«

Er schließt die Augen. »Da ist so vieles in unserer Geschichte, was selbst wir noch nicht wissen.«

»Und das bedeutet?«

»Das bedeutet, dass wir jahrelang nach diesem Schwert gesucht haben, ohne zu wissen, dass wir es möglicherweise gar nicht führen können.«

»Zumindest nicht ohne euch daran zu verbrennen«, sage ich, aber ich verstehe den seltsamen Ausdruck auf seinem Gesicht nicht ganz, fast als würde er mit sich ringen.

Unvermittelt geht er raschen Schrittes zur Tür hinüber und reißt sie auf. Draußen steht Brie mit blassem Gesicht und starrt uns beide an. »Es ist an der Zeit, es ihr zu erzählen«, sagt Kendrick.

KAPITEL 19

JASALYN

»Mir *was* zu erzählen?«

Brie kommt mit zögerlichen Schritten zurück ins Zimmer. »Jas, du musst etwas über deine Kräfte erfahren.«

Ich schließe die Augen. Ich weiß nicht, was sonst noch nötig sein wird, um meine Schwester davon zu überzeugen, dass ich nicht so bin wie sie. Selbst jetzt, wo sie weiß, worauf ich verzichtet habe, glaubt sie noch immer, ich wäre mehr Fae als Mensch. »Ich *habe* keine Kräfte, Brie.«

»Doch, das hast du. Ich habe Pretha gebeten, in deinen Verstand zu blicken, und sie hat sie dort gesehen. Ich habe dir nicht davon erzählt, um dich nicht zu erschrecken.«

»Warum sollten meine Kräfte mich erschrecken?«

Brie macht eine lange Pause, bevor sie antwortet. Sie schweigt so lange, dass ich mich schon frage, ob ich überhaupt erfahren möchte, was sie zu sagen hat. »Weil du ein Phönix bist, Jas.«

Ich starre sie an und warte darauf, dass die Erkenntnis bei mir einschlägt. »Ist das irgendetwas, das ich verstehen sollte? Denn du behauptest gerade, ich sei ein magischer Vogel, obwohl ich mir ziemlich sicher bin, dass mir so etwas vielleicht aufgefallen wäre.«

»Es bedeutet, dass du die Fähigkeit besitzt, zu Asche zu verbrennen und neugeboren wiederaufzuerstehen.« Sie sieht mir in die Augen, als wolle sie mich beschwören, dies zu akzeptieren. »Deshalb braucht Mordeus dich. Die Gabe des Phönix ist sehr selten, und wenn er sie für sich gewinnen kann, kann auch er zurückkehren.«

»Nein«, hauche ich. Ich sehe Kendrick an und erwarte, dass er meiner Schwester widerspricht, aber auch aus seinem Gesicht spricht die Wahrheit. Diese Fähigkeit, die ich besitze, kann Mordeus dauerhaft zurückholen. In meinen Gedanken höre ich Fherna. *Mit deinem Blut kannst du die Flamme überwinden.* »Meine Magie habe ich doch zusammen mit meiner Unsterblichkeit aufgegeben.« Ich schüttele den Kopf, als könnte ich die Wahrheit meiner Worte erzwingen. Ich kann die Vorstellung einfach nicht ertragen, dass ein weiterer Teil von mir diesem Ungeheuer bei seiner Rückkehr hilft.

»Du trägst diese Gabe immer noch in dir.«

Kendrick kommt dicht heran und nickt in Richtung meiner Hand. »Du sagtest, das Schwert hätte dich verbrannt, aber wo sind diese Verbrennungen jetzt?« Als ich nicht antworte, streicht er mit den Fingern über die Innenseite meines Handgelenks, wo früher die kreisrunde Narbe prangte. »Und von all deinen Narben ist nur eine plötzlich verschwunden, und zwar die, die in der Flamme war.«

Ich starre auf die glatte Haut.

»Du bist an der Stelle erneuert worden, wo dich das Feuer verbrannt hat«, sagt Brie. »Genau wie ein Phönix.«

Mir ist, als würde ich abstürzen, und alles, wonach ich greife, zerfällt in meinen Händen zu Staub. »Ich wäre im Feuer beinahe umgekommen, als Brie und ich noch Kinder waren.« Ich wende mich an sie. »Wenn du nicht gekommen wärst …«

»Wir wissen nicht, was bei dem Brand damals geschehen wäre, wenn ich nicht rechtzeitig gekommen wäre, und ich möchte es auch gar nicht wissen. Aber du musst begreifen, was ich dir sage. Wenn *du* deine Fähigkeit als Phönix nicht ergreifst, wird Mordeus es tun. Und er wird deinen Körper dazu benutzen, dieses Reich anzuführen, und dann werden wir dich tatsächlich für immer verloren haben.«

»Das Reich anführen?«, frage ich verwundert. »Ich bin doch nicht die Königin. Tu nicht so, als würdest du sterben, Brie. Ich will das nicht hören.«

»Wie könnte er besser an mich herankommen, um mich zu töten, als in Gestalt meiner geliebten kleinen Schwester?« Sie lächelt mich traurig an. »Es ist ja nicht so, dass er es nicht schon versucht hätte.«

»Und genau deswegen sollte ich nicht hier sein.«

»Du steckst nicht mehr in diesem Ring fest«, sagt Kendrick.

Ich beiße mir auf die Unterlippe. »Ich finde nicht, dass es das Risiko wert ist.«

»Ich *kann das nicht*.« Brie ballt die Fäuste und löst sie wieder. »Ich kann dich nicht noch einmal im Stich lassen«, flüstert sie mit rauer Stimme. Zitternd hebt sie eine Hand zu meinem Gesicht, lässt sie aber wieder sinken und ich sehe, dass sie auf die Narbe blickt, die sich um mein Auge zieht. »Ich habe zu lange gebraucht, um dich zu retten. Ich dachte, du wärst in Sicherheit. Ich … ich wusste es nicht.«

Sie meint die Zeit, als Mordeus mich in seinem Kerker festhielt. Mir wird das Herz schwer. »Ich wollte nicht, dass du es erfährst.«

»Aber ich hätte nicht so naiv sein dürfen. Ich hätte erkennen müssen, dass es einen Grund hatte, dass du so verstört warst.«

»Sag mir, was du meinst. Auf welche Weise wird Mordeus mich benutzen, um das Reich zu regieren?«

»Das weißt du bereits«, antwortet sie. »Du weißt schon seit Langem, dass er dich benutzt. Dass du während deiner Erinnerungslücken Dinge tust, die du niemals tätest, wenn du Kontrolle über dich hättest.«

»Ja, aber was hat das mit meinen angeblichen Fähigkeiten zu tun?«

»Wir glauben, dass er niemals vorhatte, seinen eigenen Körper wiederauferstehen zu lassen.«

Die Worte treffen mich wie ein Schlag vor die Brust und rauben mir den Atem. »Das ergibt Sinn.« Ich presse die Augen zusammen, in Gedanken bei dem Verwesungsgeruch und dem von seinen Knochen herabhängenden Fleisch. »Denn ich habe ihn gefunden. Er ist ein Leichnam. Ein atmender Leichnam. Ich konnte ihn nicht töten, weil er bereits tot ist.«

Brie verzieht das Gesicht, fast als hätte sie gehofft, dass ich ihr widerspreche. »Bisher sind wir davon ausgegangen, dass er irgendwann, vermutlich in dem Moment, wenn du achtzehn wirst und …« Sie räuspert sich und schüttelt den Kopf, als brächte sie es nicht über sich, den Satz zu beenden. »Wann immer sein eigener Körper versagt, wird sein Geist den deinen vollständig übernehmen müssen.«

»Ich weiß nicht, wie. Ich …« Ich spüre, wie sich Taubheit in meinen Gliedern ausbreitet, Zentimeter für Zentimeter, und mich davor bewahrt, allzu viel zu fühlen. »Ich habe versucht, ihn zu töten, und habe versagt. Wenn ich seinen Körper nicht töten kann, wie soll ich dann …« Bei der Vorstellung von seinem Geist in meinem Körper würde ich am liebsten aus der Haut fahren. »Wie kann ich ihn loswerden? Wie kann ich sicherstellen, dass er diesen Phönix nicht für sich nutzen kann?«

»Im Augenblick braucht er diesen verwesenden Körper, um sein Bewusstsein zu bewahren, weil er auf deinen noch nicht zugreifen kann, zumindest noch nicht vollständig. Entweder ist *er* noch nicht bereit oder *du* bist es nicht. Vielleicht war die Abmachung mit dem Ring Teil der Gleichung, die ihn zurückholt, und er kann dich erst in dem Augenblick übernehmen, wenn die Jahre beginnen, die du eingetauscht hast. Wir wissen nicht genau, warum, aber wir wissen, wie viel Zeit uns noch bleibt, das herauszufinden. Wie viel Zeit uns noch bleibt, ihn aufzuhalten.«

»Erzähl uns alles, was passiert ist, als du ihn gesehen hast«, sagt Kendrick. »Das Schwert hat dich also zu Mordeus gebracht und dann hast du es noch einmal für deine Flucht benutzt. Wo ist es jetzt?«

Langsam drehe ich mich zu ihm um. »Erith hat es.«

Er versucht, gleichgültig zu blicken, aber ich kann ganz kurz seine Verzweiflung aufblitzen sehen. »Du hast Erith gesehen?«

»Ich befahl dem Schwert, mich zu Mordeus zu bringen, und es setzte mich an einem Ort ab, der so sehr Mordeus' Kerker ähnelte, es aber nicht war. Erith war dort. Ich versuchte, die Macht des Rings gegen ihn einzusetzen, aber das funktionierte nicht. Erith sagte, er sei derjenige, der den Ring erschaffen hat.«

Kendrick und Brie sehen sich an. »Sie arbeiten also *tatsächlich* zusammen«, sagt Kendrick.

»Wir müssen nur wissen, warum«, antwortet Brie. »Welchen Nutzen hat Erith von dieser Sache?«

»Er sagte, er habe darauf gewartet, dass ich ihm das Schwert bringe. Er sagte, ich solle nach Hause gehen. Mordeus sei noch nicht für mich bereit. Und als ich versuchte, Erith zu töten ...« Ich wende mich zu den Fenstern und lege meine Stirn an die Glasscheibe, während das Geschehen noch einmal vor meinem inneren Auge abläuft. »Ich habe ihm meinen Dolch in die Brust gestoßen und er versuchte nicht einmal, mich daran zu hindern. Er reagierte nicht, blutete nicht. Nichts geschah, bis ich die Klinge wieder herauszog.«

»Deine Klinge besteht aus Adamant und Eisen«, sagt Brie. »Wenn du sein Herz getroffen hast ...«

Ich schlinge die Arme um mich. »Er sagte: ›Ist es nicht lustig, wenn sich Vorhersagen erfüllen? Vergiss nicht, auch deinem Freund davon zu erzählen, der sich für den König von Elora hält. Er hat schon so lange auf den Augenblick gewartet, wenn du mir diese Klinge ins Herz stößt.‹ Er zog die Klinge heraus und an der Stelle war überhaupt nichts zu sehen. Dann zeigte er mir das Schlafzimmer unserer Kindheit und versuchte, mich davon zu überzeugen, mich dort zur Ruhe zu legen. Ich sehnte mich danach, aber es war nicht echt. Es war ein Trugbild, gebildet aus Erinnerungen – ein Ort, den ich herbeisehnte, um mich in die Falle zu locken.« Ich seufze tief, während ich daran denke, wie schwer es mir gefallen war, dem Ruf dieses Ortes zu widerstehen.

»Wie kam es dann, dass du in unserem alten Haus gelandet bist?«, fragt Brie.

»Ich bekam das Schwert gerade lange genug zu fassen, um ein Portal zu erschaffen. Als ich es benutzte, muss ich an zu Hause gedacht haben, und deshalb hat das Portal mich dort hingeführt.« Ich zwinge mich, Kendrick anzusehen, während ich den Rest berichte. »In letzter Sekunde richtete er seine Magie auf mich, um mir das Schwert zu entreißen, und ich konnte es nicht festhalten. Ich habe es verloren.«

Kendrick erbleicht und lässt sich in den Sessel fallen, in dem Abriella zuvor saß. Als er den Blick zur Decke richtet, kann ich deutlich sehen, wie er zu verarbeiten versucht, was ich ihn gerade gekostet habe – und Elora.

»Es tut mir leid.« Ich sehe zwischen den beiden hin und her. »Ich habe euch beide enttäuscht – indem ich Mordeus am Leben gelassen und das Schwert verloren habe. Und jetzt weiß ich weder, wo, noch, wie wir beide finden können.«

»So darfst du nicht denken«, sagt Kendrick und sieht mich scharf an. »Du hättest niemals das Gefühl haben dürfen, du müsstest das alles allein schaffen.«

»Es ist nicht deine Schuld, Jas«, sagt meine Schwester und ihre Worte sind so offensichtlich unwahr, dass ich fast lachen muss. »Ich meine das ernst. Nichts von alldem ist deine Schuld – wenn überhaupt irgendwer dafür verantwortlich ist, dann bin es ich, weil ich dich nicht früher aus diesem Kerker herausgeholt habe und weil ich die Lügen geglaubt habe, die ich in diesem Spiegel sah.«

»Du bist nicht verantwortlich für das, was er mir angetan hat.«

Sie kommt näher und hebt einen Finger über die Narbe in meinem Gesicht. »Und du auch nicht.«

KAPITEL 20

FELICITY

Inmitten all der Geschehnisse auf dem Ball, der Beschaffung des Steins und der nachfolgenden Pflege durch die Heilerin des Palastes war die vergangene Nacht ein schwindelerregender Wirbel. Ich kam gerade genug zur Ruhe, um noch einmal Jasalyns Gestalt anzunehmen – nur um dann von Albträumen aus dem Schlaf gerissen zu werden. Meinen eigenen Albträumen, in denen ich Erith meine Klinge ins Herz stieß und er sich daraufhin in Kendrick verwandelte und ich zusehen musste, wie ihm das Blut in Strömen aus dem Mund quoll.

Auf Abriellas Bitte hin verbrachte ich den Tag in Gestalt der Prinzessin und wartete auf einen möglichen Besuch von Ezra. Er ist allerdings nicht aufgetaucht, die Sonne ist inzwischen längst untergegangen und ich bräuchte dringend Schlaf, drücke mich aber davor, zu Bett zu gehen.

Vielleicht sollte ich mich glücklich schätzen, dass ich mich auch morgen wieder für die schöne Prinzessin ausgeben darf. Immerhin ist es in meiner eigenen Gestalt nicht sicher, während mein Bruder vermutlich weiterhin auf der Jagd nach mir ist.

Wenn ich aber in den Spiegel sehe, gefällt es mir nicht, dass das Spiegelbild nicht meine eigene Gestalt zeigt, und ich hadere mit der dunklen Haarsträhne, die mich weiterhin auf magische Weise in diesem Körper gefangen halten wird, wenn ich aufwache.

»Hör auf, dieses hübsche Gesichtchen anzustarren, und komm mit«, sagt jemand hinter mir. Ich zucke nicht einmal zusammen – vielleicht weil Skylar mir keine Furcht einjagt, vielleicht aber auch nur weil mein Körper und Geist schlicht zu müde sind. »Hale möchte mit uns reden.«

»Dabei bin ich schon bettfertig«, murmele ich. Ich habe schlechte Laune und einfach Lust zu nörgeln. In Wahrheit aber bin ich froh über die Ausrede, dem Schlaf für ein oder zwei weitere Stunden aus dem Weg zu gehen.

Skylar öffnet meinen Schrank, greift hinein und wirft mir einen seidenen Morgenmantel zu. »Zieh den über.«

Seufzend schiebe ich meine Arme in die Ärmel und folge ihr aus meinen Gemächern den Flur hinunter in Richtung einer von Sternen beschienenen Terrasse mit Blick über die ganze Hauptstadt. Natan und Remme sind bereits dort und sitzen an einem Esstisch mit gläserner Platte. Natan hat eine Pfeife im Mund und Remme eine Weinflasche in der Hand.

»Hoffentlich gibst du mir was ab«, sagt Skylar und lässt sich ihnen gegenüber auf einen Stuhl fallen.

Remme zuckt mit den Achseln und schiebt ihr die Flasche hin. »Bedien dich.«

Skylar nimmt einen Schluck direkt aus der Flasche, als Hale die Terrasse betritt.

»Vielleicht hätte ich deutlicher sagen sollen, dass das hier eine Besprechung ist und keine Party«, sagt er. Der Stuhl quietscht über die Fliesen, als er ihn vom Tisch wegzieht – das Geräusch ebenso unangenehm wie seine Laune.

Irgendetwas liegt in der Luft.

»Wie geht's Jasalyn?«, fragt Remme, als Hale sich gesetzt hat.

»Besser. Sie ist wach, aber immer noch etwas geschwächt. Den Ring ist sie los und das Fieber auch. Das Gift scheint ihren Körper vollständig verlassen zu haben, aber sicher wissen wir das erst, wenn sie morgen wieder stärker ist.«

»Also, ganz egal was passiert«, meldet Skylar sich zu Wort, »wir haben der Königin ihre Schwester beschafft, also ist es jetzt an der Zeit, dass sie liefert.«

Ich starre sie an. »Skylar!«

Ich hätte nichts zu sagen brauchen, denn Hales vernichtender Blick spricht Bände. Skylar hebt beschwichtigend die Hände. »Tut mir leid. Das kam ein bisschen herzlos rüber. Ich bin froh, dass es der Prinzessin gut geht, ob ihr's glaubt oder nicht.«

»Wir bringen das zu Ende«, sagt Hale. »Wir bieten der Königin unsere Hilfe an, um diesen Hof zu schützen – in jeder erdenklichen Weise. Damit, dass wir Jas von diesem Ring befreien konnten, ist es aber noch nicht vorbei.«

»Aber *danach*«, wendet Skylar ein. »Oder? Wir haben doch immer noch unsere eigene Mission? Müssen unser eigenes Reich retten?«

»Die Zukunft von Elora ist womöglich enger mit dem Schicksal des Schattenhofes verstrickt, als wir dachten«, sagt Kendrick. »Wir haben jetzt die Bestätigung, dass Erith und Mordeus zusammenarbeiten.«

»Dann frisch ans Werk«, sagt Skylar und schlägt zweimal mit der flachen Hand auf den Tisch. »Alle mitschreiben: Wir machen Pläne, um Erith zu töten – zum Wohl beider Reiche!«

»Es gibt kein *wir*«, flüstere ich. »Es macht mir nichts aus, Abriella um Zutritt zu ihrem Gang der Türen zu bitten, als Gegenleistung für die Bergung des Steins, aber ich werde nicht zum Palast von Elora gehen – jedenfalls nicht um meinen Vater zu töten.«

»Geht das wieder los?«, stöhnt Skylar.

Hale richtet seine gepeinigten Augen auf mich. »Wir brauchen dich immer noch, Lis. Jetzt mehr denn je.«

Natan seufzt. »Wenn du dafür sorgst, dass die Königin uns zu ihrem Portal führt, können wir es ohne dich versuchen, aber du weißt, dann stehen die Chancen schlecht. *Niemandem* ist es bisher gelungen, ihn zu töten – und nicht weil es an Versuchen gemangelt hätte.«

Früher hätten mich Skylars böse Blicke eingeschüchtert, aber heute ignoriere ich sie einfach. Wenn sie an meiner Stelle wäre, würde sie sich genauso entscheiden. »Schön«, sagt sie. »Wenn es der Prinzessin wieder besser geht, dann nehmen wir eben *sie*.«

»Jasalyn kann es nicht tun«, widerspricht Hale, den Blick auf den Tisch gesenkt.

»Wir werden sie beschützen, Hale«, sagt Remme. »Wir werden nicht zulassen, dass Jas etwas zustößt. Wenn Felicity es nicht tun will, dann ist Jasalyn unsere einzige –«

»Diese Prophezeiung ist bereits eingetreten.« Seine Worte sind knapp und seine Gesichtszüge hart. Dies ist der Hale, der keinen Widerspruch duldet. Er ist der, den das Orakel als unseren König erwählt hat. »Jas hat Erith gesehen, als sie dort war, um Mordeus zu töten. Sie hat ihm eine eiserne Klinge ins Herz gestoßen.«

Skylar schüttelt verwirrt den Kopf.

Natan und Remme beobachten Hale vorsichtig und mein Magen fühlt sich an, als wäre er irgendwo im Boden versunken. Sie sehen es seinem Gesicht ebenso deutlich an wie ich. Nichts ist vorbei. Nichts ist besser. Alles ist gerade nur noch sehr viel komplizierter geworden.

»Was ist passiert?«, fragt Natan.

»Es brachte Erith nicht um, verletzte ihn nicht einmal«, sagt Hale. »Sie rammte ihm die Klinge ins Herz und er blutete nicht einmal.«

»Wie ist das möglich?«, fragt Remme. »Ist sie sich sicher, dass er dort war? Könnte es eine Art Trugbild gewesen sein?«

»Sie ist sich sicher. Und als der Dolch ihn nicht tötete, sagte er ihr, sie solle mir davon erzählen. Wenn ich es nicht besser wüsste, würde ich glauben, dem Bastard ist es irgendwie gelungen, sich eine gottgleiche Unsterblichkeit zuzulegen, und er will es uns wissen lassen.«

Remme weicht sämtliches Blut aus dem Gesicht.

»Nein«, haucht Skylar. »Aber das Orakel hat dir doch gezeigt, wie die Prinzessin ihn tötet. Hat es sich geirrt? Sind wir auf einen Trick hereingefallen und jagen einem Schicksal hinterher, das sich gar nicht erfüllen kann?«

»Was *genau* hat das Orakel dir gezeigt, Hale?«, fragt Natan. »Hast du gesehen, wie er durch Jasalyns Hand stirbt?«

»Das Schicksal kann sich verändern«, sagt Remme. »Dies muss nicht bedeuten, dass es sich in irgendetwas geirrt hat, sondern nur –«

»*Ich* bin es, der sich geirrt hat«, schnauzt Hale durch zusammengebissene Zähne. »Ich bin zum Orakel gegangen, weil ich keine Hoffnung hatte und glaubte, wir führten einen vergeblichen Kampf. Ich fragte es, wer uns helfen könne, in dieser Revolution das Schicksal zu wenden, und es zeigte mir Jasalyns Gesicht. Und dann zeigte es mir, wie Jasalyn Erith ihre Klinge ins Herz stößt.«

»Und ist er gestorben?«, fragt Remme. »In dieser Vision? Ist er gestorben?«

Hale blickt so trostlos drein, dass es mir das Herz zerreißt. »Ihr wisst doch, wie es sich mit dem Orakel verhält. Die Visionen sind nicht vollständig. Es sind nur Bruchstücke. Augenblicke. Als ich sah, wie sie ihm den Dolch in die Brust stößt, glaubte ich, dass mir das Orakel sagen will, sie könnte ihn für uns töten.«

Remme brummt einen Fluch.

»Wir müssen mehr über die ursprüngliche Prophezeiung herausfinden«, sagt Natan. Er wirkt irgendwie abwesend und mir ist klar, dass er bereits einen Plan ausheckt – wo und wie er die nötigen Informationen beschaffen kann. »Erith hat bislang jeden Mordversuch unversehrt überstanden. Deshalb hat die Prophezeiung uns glauben lassen, dass möglicherweise niemand ihn töten könnte außer seiner Tochter. Und selbst wenn das Orakel Hale eine Vision von Jasalyn gezeigt hat, wissen wir alle, es könnte ebenso gut Felicity in Jasalyns Gestalt gewesen sein.« Er trommelt nachdenklich mit den Fingern auf den Tisch. »Und das bedeutet, falls Felicity es immer noch nicht über sich bringt, Erith zu töten, dann bleibt uns als einzige Option –«

»Wir brauchen das Schwert«, sagt Remme. »Selbst wenn eine eiserne Klinge ihn nicht töten kann, wird er das Feuerschwert nicht überleben. Und wenn ich es selbst führen muss.«

»Erith hat es jetzt.« Hale blickt zum Himmel, als könnte er dort in den Sternen die Lösung für dieses Chaos finden. »Er hat es Jasalyn abgenommen, als er dazukam, wie sie Mordeus töten wollte.«

Die Gruppe verstummt. Auf allen lastet die Schwere dieses Verlusts.

»Deine Chance, Kleine«, sagt Skylar und alle sehen mich an.

»Wir haben alles Mögliche versucht, um es dir zu ersparen, aber du siehst, wo wir stehen.«

»Woher wissen wir, dass nicht dasselbe geschieht, wenn Felicity versucht, ihn zu töten?«, fragt Remme. »Woher wissen wir, dass das Orakel in der ursprünglichen Prophezeiung nicht dasselbe gezeigt hat wie später mit der Prinzessin?«

»Wir müssen es aber trotzdem versuchen, oder?«, entgegnet Skylar. »Wir können hier ja nicht einfach nur faul herumsitzen und –«

»Ich kann nicht«, flüstere ich und wieder sehen alle mich an. Das Gewicht ihrer Blicke könnte ebenso gut dem Gewicht von ganz Elora auf meinen Schultern gleichkommen. »Ihr versteht das nicht.«

»Dann hilf uns, es zu verstehen«, sagt Remme. »Bitte.«

Selbst wenn diese geweissagte Zukunft eintreten sollte, wird es nicht deinetwegen sein, sagte Misha. Ich muss darauf vertrauen, dass mein Bruder und seine Freunde das genauso sehen. »Das Orakel sagte voraus, ich würde meinen Vater töten, das stimmt, aber als *ich* das Orakel besuchte, zeigte es mir, wie ich ihm die Klinge ins Herz stoße und dann davonlaufe und …« Mir brennen die Augen und mein Blick verschwimmt vor lauter Tränen. Zu lange habe ich dieses Geheimnis bewahrt.

Ich sehe meinem Bruder in die Augen. »In dieser Version der Zukunft liegst du am Boden und verblutest, Hale. In dieser Version der Zukunft stirbst du.«

Skylars Gesicht wird schlagartig bleich wie der Mond.

»Was?«, fragt Remme. »Durch wessen Hand?«

Natan mustert mich mit traurigem Blick.

»Ich weiß es nicht. Das hat es mir nicht gezeigt.« Ich beiße auf die Innenseite meiner Wange und zwinge mich, meinen Blick erneut auf meinen Bruder zu richten. Er erscheint gleichmütig; ich kann an seinem Gesicht keine Emotion ablesen. »Ich wollte dir das nie erzählen. Ich wusste, dass du sagen würdest, es sei ein notwendiges Opfer. Ich weiß, dass du immer daran geglaubt hast, dass diese Sache größer ist als du, und ich wollte einen Ausweg aus dieser Prophezeiung finden.« Ich presse die Hand auf meine Brust; mein Herz pocht wie wild unter meinen Fingern. »Ihr könnt mich selbstsüchtig nennen, aber ich werde es nicht auf deine Kosten tun. Elora braucht dich. Unsere künftige Königin braucht dich. Ich brauche dich.« Die Tränen schmerzen in meinen Augen. »Ich wurde nicht in eine liebevolle Familie hineingeboren wie du. Ich musste darauf hoffen, dass mir eine beschert würde. Und ich nehme dieses Geschenk nicht als selbstverständlich hin und werde es auch nicht verspielen. Also nein. Das Schicksal, das mir gezeigt wurde, ist keines, das ich erfüllen will. Nicht um diesen Preis. Ich werde euch auf jede andere erdenkliche Weise helfen, aber wenn ihr Erith töten wollt, müsst ihr jemand anderes finden, der es tut.«

Ich reiße meinen Blick von Hales Augen los und stehe auf. Die anderen sehen mich alle weiterhin an, jedes Augenpaar mit seinem eigenen Maß an Entsetzen, aber zum ersten Mal sehe ich bei allen etwas, das ich nie für möglich gehalten hätte: Verständnis.

Und als ich den Sternen und dem Nachthimmel den Rücken kehre und in den Palast zurückgehe, versucht niemand, mich aufzuhalten.

***

Misha lehnt mit vor der Brust verschränkten Armen an der Tür zu meiner Kammer.

»Was willst du?«, fahre ich ihn an. Ich möchte nur noch baden, ins Bett fallen und den Gesichtsausdruck meines Bruders vergessen, als ich ihm von der Prophezeiung erzählte, die mich seit Jahren heimsucht.

Mishas Lippen sind geschürzt, als er mich mustert. »Du hast es ihnen also endlich erzählt.«

»Hast du mir nicht selbst geraten, dass ich das tun soll?« Dann begreife ich, was er gesagt hat und woher er Bescheid weiß. *Sturm.* Ich habe draußen auf der Terrasse nicht nach seinem Habicht Ausschau gehalten, aber er könnte zweifellos nahe genug gewesen sein, um die Szene zu beobachten, ohne dass wir es bemerken. »Wirklich, Misha? Jetzt bespitzelst du schon mich und meine Freunde?«

Er hebt ungerührt die Schultern und senkt sie wieder. »Du und deine Freunde, ihr seid nach wie vor Außenstehende, die im Augenblick Umgang mit der Schattenkönigin haben. Es wäre fahrlässig von mir, *nicht* die Augen offen zu halten, wenn ich Gelegenheit dazu habe.«

Ich schüttele den Kopf und greife nach dem Türknauf. Für das hier fehlt mir im Augenblick wirklich die Kraft. »Nun, ich hoffe, dass du gesehen hast, was du wolltest«, sage ich, stürme an ihm vorbei und weiter in mein Zimmer. Ich streife den Morgenmantel ab und werfe ihn aufs Bett.

»Eigentlich nicht«, erwidert er, und da er es offenbar darauf anlegen will, dass ich vollends die Fassung verliere, folgt er mir ins Zimmer. »Aber ich glaube, ich verstehe dich jetzt besser.« Er betrachtet mein Gesicht. »Du sagtest, du hättest Angst, Kendrick würde dich trotz allem bitten, euren Vater zu töten, und glaubtest, persönliche Konsequenzen würden ihn nicht kümmern.«

»Natürlich«, schnaube ich. »Hast du ihn nicht kennengelernt?«

Er schüttelt den Kopf. »Aber das ist nicht der eigentliche Grund, weshalb du das vier Jahre lang vor ihm geheim gehalten hast. Sie hätten dich nämlich schon damals nicht dazu gezwungen und sie werden es auch jetzt nicht tun, wo sie wissen, was das Orakel dir gezeigt hat. Nichts hat sich dadurch verändert.«

»Vielleicht wollte ich einfach abwarten und versuchen, eine andere Möglichkeit zu finden – zu dem werden, was sie brauchen. Vielleicht wollte ich es auf eine Weise wiedergutmachen, die Hale nicht in Gefahr bringt.«

»*Was* wiedergutmachen?«

Meine Wut verebbt schlagartig und ich schlinge meine Arme um meine Mitte, weil mich plötzlich fröstelt. »Ich bin die Tochter ihres Feindes. Und ich bin der Grund –« Meine Stimme bricht und ich unterdrücke ein Schluchzen. »Ich bin der Grund, dass der Mann, der uns aufgezogen hat, tot ist.«

»Aber so sehen sie dich nicht.«

Ich trete zurück und verschränke meine Arme vor der Brust. »Halte dich aus meinem Kopf fern, Misha. Ich will dich dort nicht haben.«

Mit unsagbar sanften Fingern fährt er mir über die Wange und streicht mir eine Locke hinters Ohr. »Sie lieben dich.« Er schluckt. »Es ist so leicht, dich zu lieben.«

Mein Magen zieht sich zusammen, weil ich mir diese Worte sehnlicher wünsche, als er jemals begreifen wird. »Du brauchst das nicht zu sagen.«

»Ich bin *König.*« Seine Lippen verziehen sich zu einem schiefen Lächeln. »Ich brauche nichts zu sagen, was ich nicht sagen will.«

Dieses Lächeln zu sehen, fühlt sich an wie der Sommer nach einem langen, grausamen Winter und meine Wut auf ihn verebbt. »Oh, *Verzeihung*. Ich würde mir niemals anmaßen, etwas anderes zu behaupten.«

»Diese Fähigkeit, die dich spüren lässt, was zwei Seelen füreinander empfinden – funktioniert das auch, wenn du selbst eine der Beteiligten bist?« Sein Lächeln ist verschwunden, aber die Wärme ist immer noch zu spüren. »Weißt du, was ich für dich empfinde?«

»Du hasst mich.« Aber meine Worte sind schwach. Ich habe nie versucht, meine Gabe einzusetzen, wenn er in der Nähe ist. Ich fürchte mich zu sehr vor dem, was ich herausfinden könnte. Aber ich kenne ihn gut genug, um zu spüren, dass er in meiner Gegenwart vielerlei Dinge fühlt, und Hass ist ganz bestimmt nicht dabei – nicht mehr, seit er mich in seinen Kerker gesperrt hat.

Er reckt sein Kinn vor. »Ist das ein *Nein*?«

»Du hast mich genügend gehasst, um mich einzusperren, als die Wahrheit ans Licht kam. Und genug, um meine Bitten zu ignorieren, als ich sagte, dass sie mich holen kommen würden.«

»Ich bin kein Ungeheuer, Felicity. Du hattest mich getäuscht und ungehinderten Zugang zum größten Teil meines Hofes, weil du so überzeugend warst. Ich dagegen muss ein Königreich schützen und habe entsprechend reagiert.«

»Richtig.«

Er betrachtet mich eingehend, so wie er es immer tut, wenn ich vermute, dass er mein wahres Ich zu sehen versucht, und ich frage mich, ob er das möchte. Ich war so davon überzeugt, dass er sich nur nach dem Mädchen sehnt, in das er sich verliebt hatte, dass ich nicht einmal daran zu denken gewagt habe, er könnte tatsächlich an *mir* interessiert sein.

Schließlich seufzt er und zieht sich zurück. »Es war ein langer Tag. Ruh dich aus.«

KAPITEL 21

JASALYN

Ich erkenne das Mädchen kaum wieder, das mich aus dem Spiegel anblickt – nicht wegen der Narbe, die sich um mein Auge zieht, sondern weil ich mir lange nichts aus Spiegeln gemacht habe, nachdem ich in den Mitternachtspalast gezogen war. Ich bin nicht mehr die Person, die Brie hierhergebracht hat, und auch nicht mehr jene, die fortlief, um Mordeus zu jagen.

Ich streiche mein Haar aus dem Nacken, um es hochzubinden. Der Undercut, den Skylar mir verpasst hatte, ist während meines Schlafs herausgewachsen und nun eine Handspanne lang. Ich sollte mir das Haar nachschneiden lassen. Oder mir die Mühe sparen. Ich kann Erith nicht für Kendrick töten und mit dem Schwert habe ich auch die einzige Möglichkeit verloren, zu Mordeus zu gelangen. Mir stehen nur noch sechs Tage zur Verfügung – und dazu eine Fähigkeit, die ich nicht verstehe. Eine Fähigkeit, die es Mordeus erlaubt, mir endgültig meinen Körper und mein Leben zu rauben.

Ich starre immer noch auf mein Spiegelbild, als ich höre, wie es leise klopft und die Tür aufgeschoben wird.

Kendrick kommt herein, hält aber inne, als er mich erblickt. »Was tust du da?«

Ich kaue auf der Innenseite meiner Wange und zucke mit den Achseln. »Ich frage mich, ob ich mein Spiegelbild nur lange genug anstarren muss, um ihn dort irgendwo zu entdecken.«

Er lässt die Schultern sinken und Mitleid gräbt sich in Falten um seine Mundwinkel. »Ich glaube nicht, dass er schon eingezogen ist. Es heißt, er wird deinen Körper erst vollständig besitzen, wenn er Gewalt über deinen Phönix hat. Da der Ring jetzt nicht mehr mit hineinspielt, besitzt er nicht mehr denselben Zugang zu dir wie zuvor. Das bist wirklich *du*, Jas.«

Ich lasse den Kopf sinken. »Außer wenn ich es gerade *nicht* bin.«

»Schau mich an.« Er tritt leise näher und nimmt mein Gesicht in beide Hände. »*Du* bist jetzt hier bei mir. Er nicht.«

Kendricks Augen leuchten in einem derart reinen Hellblau, dass sie mich an einen vollkommen klaren Sommertag erinnern. Der pure Sonnenschein. Kein Dunkel, das in nahen Wolken lauert. »Noch«, erwidere ich.

Er lässt die Hände sinken und sieht mich an. »Das Jetzt ist ohnehin das Einzige, was wir beeinflussen können.«

Ich schlucke. »Hast du es deinen Freunden erzählt? Das mit Erith? Dass ich das Schwert verloren habe?«

Er nickt mit gequälter Miene.

»Es tut mir so leid. Ich hätte nicht –«

»Wir werden das schon irgendwie lösen.« Kendrick zieht mich aus dem Stuhl hoch und nimmt mich in seine Arme.

Ich schmiege mich an ihn. Sein Atem streicht mir warm übers Haar und unter meiner Wange spüre ich seinen stetigen Herzschlag.

»Ich kann immer noch nicht ganz glauben, dass du hier bist«, sagt er und breitet die Hände weit auf meinem Rücken aus. »Monatelang konnte ich an nichts anderes denken, als dich zu finden, und als wir es schließlich schafften, hing dein Leben am seidenen Faden. Hohes Fieber, Halluzinationen. Ich hatte dich endlich gefunden und musste befürchten, dich gleich wieder zu verlieren – für immer.«

Die Beklemmung in meiner Brust wird noch stärker. Ich senke den Kopf und schlucke den Kloß in meinem Hals hinunter. Ich werde ihn jetzt nicht an das erinnern, was geschehen wird. Dieses Gespräch haben wir vor Stunden schon einmal geführt.

»Erzähl mir, woran du denkst«, sagt er. Als ich keine Antwort gebe, hebt er mein Gesicht so weit an, dass wir uns in die Augen sehen. »Bitte.«

»Ich bin einfach nur froh, mit dir hier zu sein.« Das stimmt, ist aber nicht die ganze Wahrheit.

Sein Blick fällt auf meinen Mund und verweilt dort so lange, dass mein Herz wie magnetisch zu ihm hingezogen wird.

»Du machst dir keinen Begriff, wie sehr du mir gefehlt hast. Wie wunderbar es ist, dich hierzuhaben.«

»Obwohl ich so viel zerstört habe?«

»Was meinst du damit?«, fragt er verwundert.

»Das mit dem Schwert? Dass ich kläglich versagt habe, als ich Erith töten wollte? Dass ich Mordeus praktisch die Schlüssel zum Hof meiner Schwester in die Hand gedrückt habe?«

»Nichts von alldem ist deine Schuld.«

Ich schlucke. Immer wieder behaupten sie das, aber natürlich können sie genauso deutlich sehen wie ich, dass es meine Entscheidungen waren, die uns in diese Lage gebracht haben. »Ich werde es in Ordnung bringen. Irgendwie.«

Er geht durch den Raum zu einer Chaiselongue in der Ecke

hinüber, wo er sich den Gürtel mit den Messern abschnallt und über die Lehne hängt.

»Was tust du?«

Er streift seine Stiefel ab und stellt sie ordentlich an die Wand. »Ich werde hier schlafen. Das Bett brauchst du nicht mit mir zu teilen, aber ich bleibe in der Nähe.«

Er zieht sich das Hemd über den Kopf und legt es ordentlich zusammen. Ich versuche, nicht auf all die schöne gebräunte Haut zu starren, aber meine Augen haben anderes im Sinn. Ich erinnere mich an die Wärme dieser Haut. Wie sie sich unter meinen Fingern angefühlt hat.

»Wir haben bereits das Bett geteilt«, sage ich ihm. »Ich weiß, dass du dich nicht daran erinnern kannst.«

Er erwischt mich dabei, wie ich ihn anstarre, und kommt wieder zu mir herüber. »Ich kann auf diese Erinnerung zwar nicht zugreifen, habe es aber in mein Tagebuch geschrieben.« Er streicht mit dem Daumen über meine Unterlippe. »Wie es sich angefühlt hat, dich zu berühren, dich festzuhalten. Dann hast du mich verlassen. Du bist vom Schlimmsten ausgegangen und hast mich verlassen.«

Ich schöpfe bebend Atem. »Ich war verletzt – und verängstigt.«

»Dabei solltest du *zu mir* kommen, wenn du verletzt und verängstigt bist. Nicht vor mir Reißaus nehmen.«

Ich würde ihn so gerne küssen, aber obwohl der Ring ihn nicht mehr in Gefahr bringt, weiß ich nicht, ob ich es tun sollte. Ich weiß nicht, ob ich ein Anrecht auf seine Küsse habe – jetzt, wo mir nur noch so wenig Zeit bleibt und er jemand anderes heiraten wird. *Seine Königin.*

Stattdessen hebe ich die Hand, drücke sie auf seine nackte

Brust und spüre dort den beruhigenden Rhythmus seines Herzschlags. »Mir geht es gut. Du brauchst dich nicht zu sorgen, ich könnte in der Nacht wieder krank werden.«

Seine vollen Lippen verziehen sich zu einem Schmunzeln. »Du glaubst, ich wolle *deswegen* nicht von deiner Seite weichen?« Er tritt einen Schritt zurück und seine Augen wandern an mir herunter, vom Kopf bis zu den nackten Zehen.

Ich bin mir durchaus bewusst, wie dünn das Gewebe meines Nachthemds ist und dass er praktisch alles sehen kann, wenn das Licht passend einfällt.

Seine eisblauen Augen verdunkeln sich. Er umfasst eine Locke meines offenen Haars und lässt sie durch die Finger gleiten. »Ich habe dich gerade erst zurückbekommen. Die Götter müssten schon persönlich eingreifen, um mich heute Nacht von deiner Seite zu reißen.« Sein Kehlkopf bebt. »Es sei denn, du möchtest mich nicht hierhaben.«

Ich fasse ihn am Handgelenk und lehne mich an ihn. »Ich möchte, dass du hierbleibst.«

»Ich hatte solche Angst, ich könnte dich niemals wiedersehen.« Er forscht in meinem Gesicht. »Ich hatte Angst, dir vielleicht niemals sagen zu können, was ich fühle.«

Ich presse meine Finger auf seinen Mund und schüttele den Kopf. »Nicht. Sag es jetzt nicht. Sage es erst, wenn es … einen Grund dafür gibt.«

Er schnappt spielerisch mit den Zähnen nach meinen Fingerspitzen. »Ich habe mehr Gründe dafür, als ich zählen kann.« Er beugt sich vor und drückt mir eine lange Spur von Küssen seitlich auf den Hals, die bis in meine Zehen kribbeln. »Lass es mich aussprechen«, murmelt er mir ins Ohr. »Ich muss es dir sagen.«

Mit einem Mal brennen meine Augen. »Warum sich mit Worten abgeben, die eine Zukunft versprechen, die es für uns nicht geben wird?«

»Das weißt du doch gar nicht. Wir werden eine Möglichkeit finden, das Leben zurückzubekommen, das du eingetauscht hast.«

»Kendrick.« Ich halte sein Gesicht in meinen Händen und genieße das Gefühl seiner Bartstoppeln unter meinen Fingerspitzen. »Selbst wenn wir das schaffen sollten, wirst du der nächste König von Elora sein. Du wirst dein Leben mit der nächsten Königin von Elora verbringen. Spar dir deine schönen Worte für sie auf.«

Etwas blitzt in seinen Augen. »Tu das nicht.«

»Was?«

»Entwerte diesen Moment nicht, indem du so tust, als könne ich ihn an die nächste Person weiterreichen. Was ich fühle, fühle ich für *dich*. Für niemanden sonst.«

Ich zucke mit den Achseln und will mich von ihm lösen, aber er fasst mein Handgelenk und zieht mich zurück. Als er seinen Mund auf meinen presst und seine Hände in meinem Haar vergräbt, bin ich sofort ganz bei ihm, lege meinen Kopf zur Seite und gehe auf die Zehenspitzen, um näher bei ihm zu sein, so nah ich kann.

Er duftet wie der klare Nachthimmel, wie in der Nacht, als er mich in seine Arme nahm und mit seinen Flügeln in Sicherheit brachte, und er schmeckt nach Wein. Ich öffne den Mund, fahre mit der Zunge über seine Unterlippe und schwelge in dem Stöhnen, das seine Brust vibrieren lässt. Seine Hand fällt auf meine Taille, drückt zu und zieht mich noch näher.

Während er den Kuss vertieft, lasse ich mich auf die Erinnerung an unsere gemeinsame Nacht in Ironmoore ein – wie seine Lippen sich auf meiner erhitzten Haut anfühlten, die Wonne seiner Hand zwischen meinen Beinen. Und wie sehnsüchtig ich mir seinen Mund auf meinem wünschte. Ich möchte den Kuss nachbilden,

den wir in jener Nacht nicht haben konnten, aber dieser Kuss kann nicht der gleiche sein. Das hier ist so viel mehr, weil sich so viel verändert hat. Weil uns, auch wenn er das nicht wahrhaben will, die Zeit ausgeht. Dieser Kuss ist ein Versprechen, ein Eid, dass er mich einzig durch pure Willenskraft hierbehalten wird.

Er packt meine Hüften und hebt mich auf die Frisierkommode, wobei Tiegel und Fläschchen scheppernd zu Boden fallen. Unsere Münder lösen sich nicht voneinander, während er sich zwischen meine Beine schiebt und die Hitze seiner nackten Brust durch mein dünnes Nachthemd strömt. Ich lasse die Welt hinter uns versinken, bin nur noch Empfindung und nehme nichts wahr als seine schwieligen Finger, seinen heißen Atem und den sanften Druck seiner Lippen. Auf meinem Schlüsselbein, am Ausschnitt meines Nachthemds entlang und über dem Band zwischen meinen Brüsten.

Als er sich von mir löst, schließt er die Augen und legt seine Stirn an meine.

»Was tun wir hier?«, frage ich mit bebender Brust, als hätte ich während der letzten beiden Minuten das Atmen vergessen. Ich presse meine Augen zusammen. »Das ist nicht richtig.«

»Bevor du in mein Leben zurückgekommen bist, hat sich nichts richtig angefühlt. Wenn ich dich aber berühre, ist es das Einzige, was sich richtig anfühlt.«

Ich fahre mit den Fingerspitzen über seine Stirn und folge dem Umriss der dort eintätowierten Krone, die er unter einem Zauber verborgen hält. »Warum versteckst du sie immer noch, jetzt, wo ich davon weiß?«

Es dauert einen Moment, bis er antwortet – als müsse er sich erst wieder sammeln. »Sie erregt zu viel Aufmerksamkeit. Bei dem Verhüllungszauber ging es nicht darum, dich zu täuschen.« Er legt seine Hände an mein Gesicht und fährt mit dem Daumen die Linie meines Kinns nach. »Ich wünschte, ich wäre anders vorgegangen. Nicht nur bei dir, sondern auch … bei meiner Schwester. Ich war mir immer so sicher, dass ich die richtigen Entscheidungen treffe, aber jetzt komme ich mir vor wie ein Idiot, weil ich dachte, ich wüsste genug, um mein Reich in ein neues Zeitalter zu führen. Vielleicht war von vornherein klar, dass es mir nie bestimmt war.«

Ich habe einen Kloß im Hals. Es betrübt mich, dass er wegen seiner Gefühle für mich an sich selbst zweifelt. »Wann hast du das Tattoo eigentlich bekommen?«, frage ich. »Ich meine, du hast doch nicht schon immer gewusst, dass du einmal König sein wirst.«

»Es erschien, nachdem das Orakel es mir geweissagt hatte. Aber jetzt …« Er schüttelt den Kopf.

»Was jetzt?«

Er löst sich von meinen Schenkeln und hilft mir behutsam von der Frisierkommode herunter. Ich lasse die Augen nicht von ihm, dränge ihn aber auch nicht, etwas zu sagen. Er betrachtet das Durcheinander am Boden und seufzt. »Es verblasst zunehmend und ich bin mir nicht sicher, was das zu bedeuten hat.«

»Wissen die anderen davon?«

»Natan, Remme und Skylar schon. Sie wissen fast alles, was mit dem Thron zu tun hat.« Er bückt sich und fängt an, die Fläschchen mit Elixieren und die Cremetiegel von den Dielen aufzusammeln und sorgfältig an ihren Platz zurückzustellen. »Crissa war seit Jahrhunderten die erste vom Orakel benannte Königin und ich der erste König. Sie zu schützen, war meine Aufgabe, und dabei habe ich versagt. Ich kann sie nicht einmal finden.«

»Ihr habt mich doch mit einem Verfolgungszauber gefunden. Habt ihr das auch bei ihr probiert?« Es schmerzt mich, das zu fragen, und dieser Schmerz macht mich wütend auf mich selbst. Was spielt es für eine Rolle, dass Crissa seine Königin sein wird, wenn ich ohnehin nicht mehr lange da bin? Crissa hat es mehr als verdient, dass jemand Großartiges sie beschützt, an ihrer Seite lebt und ihr ein gutes Leben ermöglicht.

Kendrick hat mich dort unten im Kerker gerettet, aber ohne Crissa wäre ich schon längst nicht mehr dort gewesen, um gerettet zu werden.

»Ich besitze nichts von ihr, um den Zauber zu wirken.«

»Was wäre denn nötig?«

»Bei Felicity konnten wir das Blut auf ihrer Kleidung verwenden, die sie trug, als sie nach dem Gang der Türen suchte. Sie war dann allerdings weder hier noch in Elora, und als wir die anderen Reiche abklapperten, war das Blut nicht mehr frisch genug, um gut zu wirken. Misha war bei alldem entscheidend. Ich will mir gar nicht vorstellen, in wie viele Köpfe er eingedrungen ist, um sie aufzuspüren.«

»Und womit habt ihr mich gefunden?«

»Wir hatten das Blut an meiner Hose, von deinem letzten Besuch bei mir.« Er blickt nachdenklich drein und sieht mich schließlich an. »Woher stammte das eigentlich?«

Ich stoße einen zittrigen Atemzug aus angesichts der Erinnerung, wie sich der Wolpertinger gewehrt und seine winzigen Klauen in meine Hand geschlagen hatte. »Von der Kreatur, die ich benutzen musste, um die Krankheit des Rings zu überwinden.«

Er nickt, aber mir ist klar, dass er mit den Gedanken woanders ist. In Elora vielleicht oder beim Orakel. »Es ist nicht unmöglich, jemanden auch ohne sein Blut aufzuspüren, aber bislang ist uns das nicht gelungen.«

Er dreht sich zum Bett um und zieht die Decke zurück. »Du

solltest jetzt ein bisschen schlafen. Ich bin hier, falls du mich brauchst.« Er nickt zum Sessel hinüber.

»Kendrick …« Ich weiß nicht, was ich sagen soll. Dass ich mir wünsche, er würde das Bett mit mir teilen? Dass ich meine Meinung geändert habe und es vielleicht doch kein Fehler ist, wenn wir zusammen sind? Dass ich ihm wünsche, dass er seine Königin findet? Das ist alles nicht gelogen, aber die reine Wahrheit ist es auch nicht.

»Ich war nicht fair zu dir«, sagt er mit rauer Stimme. »Ich werde dich um nichts bitten, das du nicht zu geben bereit bist.« Als er sich zu mir umwendet, sind seine Augen voller Trauer. Tiefer Trauer, für die ich verantwortlich bin. Und ich werde ihm nur noch mehr Kummer bereiten. »Schlaf jetzt, Slayer. Morgen geht wieder die Sonne auf«, sagt er, aber zum ersten Mal liegt in seinen Worten keine Überzeugung.

KAPITEL 22

JASALYN

Auf meinem Schreibtisch im Mitternachtspalast lag schon immer ein Kalender der Mondphasen, aber bevor ich meine Unsterblichkeit gegen den Ring eintauschte, beachtete ich ihn kaum. Heute Morgen war er das Erste, das ich mir angesehen habe, nachdem ich aus dem Bett gestiegen bin. Mir bleiben noch fünf Tage. Fünf Tage, um herauszufinden, wie ich in Ordnung bringen kann, was ich zerstört habe. Fünf Tage, um dafür zu sorgen, dass meine Fehler nicht meine Schwester und ihr ganzes Reich zerstören.

Diese Last könnte mich zerbrechen – *er* wünscht sich das. Die gebrochene, lächerliche, verängstigte Jasalyn, die alles opfern würde, um sich vor ihren Ängsten zu verstecken. Deshalb verweile ich nicht bei diesen Gedanken. Das darf ich nicht. Die Leute, die ich liebe, haben Besseres verdient.

Kendrick war schon fort und meine Magd hatte mir das Frühstück ans Bett gestellt, aber nach einem einzigen Blick auf den Kalender kleidete ich mich an und zog los. Ich weigere mich, mich den ganzen Tag über zu verstecken. Während ich mich anzog, trank ich mehrere Tassen Kaffee, um mich für den bevorstehenden Tag zu stärken. Für mein Vorhaben. Ich werde mich nicht in diesem Schloss verstecken, während meine Freunde dafür kämpfen, etwas wieder in Ordnung zu bringen, das ich zerstört habe. Ich werde dabei helfen, ob das Abriella nun gefällt oder nicht.

Ich sehe gerade noch rechtzeitig von meinen Füßen auf und reagiere abrupt, bevor ich eine uralte Fae mit einem Gehstock über den Haufen renne. Ich weiche ihr aus, drehe mich aber noch einmal nach ihr um, während sie weiter den Flur entlanggeht. Sie scheint genau wie ich mit den Gedanken woanders zu sein, aber dann ist mir, als würde ich sie kennen. Ich kann sie nur noch nicht einordnen.

Vielleicht habe ich sie schon einmal hier im Palast gesehen, mich vielleicht sogar mit ihr unterhalten während der Tage, als die ganze Welt wie in einem Nebel an mir vorbeizog. Ich könnte es auf sich beruhen lassen, aber irgendetwas an ihr sträubt mir die Nackenhaare.

»Karmyn?« Der Name kommt mir über die Lippen, bevor mir bewusst ist, dass ich ihn gedacht habe.

Sie bleibt stehen und dreht sich langsam zu mir um. »Kann ich etwas für Euch tun?«

Ihre Augen sind es, die in meinem Kopf die Puzzleteile zusammenfügen. Dieses milchig blaue Weiß der Iris, diese Augen, die für das Gesicht eigentlich zu groß sind. Ich habe sie in meinen Träumen gesehen – in Mordeus' Erinnerungen. »Du …« Mein Herz beginnt zu rasen. Was hat jemand, der für Mordeus gearbeitet hat, im Palast meiner Schwester verloren? »Wache!«, rufe ich dem Uniformierten oben an der Treppe zu. »Nimm diese Person in Gewahrsam, bis ich mit meiner Schwester sprechen kann.«

Er kommt verwundert auf uns zu. »Darf ich fragen, warum? Madame Karmyn ist –«

Ich starre in die panisch aufgerissenen Rehaugen der Fae. »Eine Seherin. Ich weiß. Ich weiß nicht, warum sie jetzt hier ist, aber sie hat für Mordeus gearbeitet und ich möchte, dass sie in Haft genommen wird, bis ich mit meiner Schwester darüber sprechen kann.«

Im Gesicht der Alten blitzt Furcht auf, aber sie versucht nicht, wegzulaufen oder sich zu wehren, als der Wachmann ihr auf magische Weise die Hände fesselt.

Ein weiterer Uniformierter kommt über den Flur herangetrabt. »Was ist hier los?«

Ich hebe das Kinn. Die Wachleute blicken sich an. Sie halten mich für verrückt, aber das ist mir egal. »Ich muss mit meiner Schwester sprechen. Sofort.«

Ich weiß nicht, über welche Art von Gedankenmagie diese Wachleute verfügen oder wie sie funktioniert, aber wenige Augenblicke später taucht meine Schwester vor mir auf. Ich blinzele sie verdutzt an. »Kannst du dich wie ein Kobold bewegen?«

»Hier im Palast, ja, und über kurze Strecken auch außerhalb.« Sie zuckt mit den Achseln und blickt dann verwundert zum Wachmann hinüber, der die Seherin festhält. »Was geschieht hier?«

Mit zitterndem Finger deute ich auf die alte Fae. Sie bebt am ganzen Körper und presst die Augen zusammen. »Warum ist sie hier?«

»Karmyn ist eine von mehreren Sehern, die bei mir angestellt sind, Jas. Sie kam, während du … fort warst.«

»Und es stört dich nicht, dass sie für *Mordeus* gearbeitet hat?«

Augenblicklich weicht die Verblüffung aus Abriellas Gesicht, und an ihre Stelle tritt die kühl berechnende Maske der Schattenkönigin. Das Aufschlagen der harten Sohlen ihrer Stiefel hallt über den Flur, während sie zu der gefesselten Fae hinübergeht. »Und du bist dir da ganz sicher?«

»Sonst hätte ich dich nicht damit belästigt. Ich erlebe Mordeus' Erinnerungen in meinen Träumen und habe sie dort gesehen – wie sie für ihn prophezeit hat. Sie war es, die ihm vorausgesagt hat, er würde es nicht erleben, vom Schattenthron aus zu herrschen.«

Aus Abriellas Blick ist nun jegliche Sympathie gewichen. »Öffne die Augen und sieh mich an«, befiehlt sie der Alten.

Karmyn gehorcht. Ihr laufen Tränen über die Wangen. »Wenn Ihr mich töten müsst, bitte stellt sicher, dass für meine Familie gesorgt wird.«

Brie runzelt die Stirn. »*Sollte* ich dich denn töten? Hast du etwas getan, mit dem du deine Exekution verdienst?«

»Ich habe meine Königin niemals verraten, falls es das ist, was Ihr fragt.«

»Aber du hast für Mordeus gearbeitet.« Dies ist keine Frage und mir zieht es das Herz zusammen angesichts der Tatsache, wie schnell Brie mir glaubt. »Und dann bist du zu *mir* gekommen und hast nach Arbeit gefragt – ohne das zu erwähnen.«

»So ist es, Majestät.«

Brie mustert sie. »Ein solches Versäumnis muss ich schon für sich gesehen als Verrat betrachten, Karmyn.«

»Das kann ich Euch nicht verübeln, Majestät, aber ich hoffe, Ihr entsinnt Euch auch, dass ich es war, die Euch von dem Stein der Entzauberung berichtet hat. Damit habe ich Euch geholfen, Eure Schwester zu finden und sie von der Magie des Rings zu befreien.«

»Aber warum? Warum hilfst du mir, nachdem du für ihn gearbeitet hast?«

»Ich sah, wie die gesichtslose Seuche in meinem Dorf wütete, und mir war klar, was sich zutrug. Ich wollte hierherkommen, weil Ihr eine gute Königin seid und ich es einfach nicht ertragen konnte, die Verwirklichung seiner Pläne tatenlos mit anzusehen.«

»Welcher Pläne?«

»Seiner Auferstehung. Und wie er dieses Mädchen hier benutzte« – sie nickt mir zu –, »um den Thron zu stehlen und wieder die Herrschaft über den Hof des Mondes zu übernehmen.«

Abriellas Wachmannschaft ist zu gut ausgebildet, um sichtbar auf diese Information zu reagieren, aber ich spüre ihre Blicke auf mir. Der innere Kreis meiner Schwester weiß natürlich über die Einzelheiten von Mordeus' Verbindung zu mir Bescheid, aber ansonsten hat sie niemandem davon erzählt.

Brie hebt ihr Kinn an. »Wir sollten uns unterhalten.« Sie wendet sich an den Wachmann, der Karmyn am nächsten steht. »Bitte bring sie zur Befragung in mein Arbeitszimmer. Ich werde gleich dort sein.«

Der Fae führt die Alte unter Bries Blicken den Flur hinunter. Erst als die beiden außer Sicht sind, dreht sie sich zu mir um. »Ich werde der Sache auf den Grund gehen. Es tut mir leid, dass das geschehen ist.«

Sie will sich schon auf den Weg machen, aber ich halte sie am Arm fest. »Du wirst sie nicht ohne mich befragen.«

»Ich lasse nicht zu, dass du danebensitzen musst, während wir über ihn sprechen. Das werde ich dir nicht zumuten.«

»Brie, glaubst du wirklich, diese Fae könnte mir etwas antun, während du im Raum bist?«

»Nein, aber ich muss sie über Mordeus befragen und –«

»Was so viel heißt, wie, dass du mich vor etwas schützen willst, das bereits geschehen ist«, entgegne ich. Sie schließt die Augen, als könne sie die Wahrheit nicht ertragen. »Wir können nicht in der

Zeit zurückgehen«, sage ich. »Wir können die Vergangenheit nicht verändern. Was geschehen ist, ist geschehen.«

Sie schluckt. »Also schön. Du kannst mitkommen, aber wenn es dir zu viel wird –«

»Gehen wir.«

***

Die Augen der alten Fae wirken abwesend, als sie meiner Schwester gegenübersitzt, den Blick aufs Fenster gerichtet und den blauen Himmel dahinter. »Ich wollte nur helfen.«

»Sag mir, was du über Mordeus' Plan hinsichtlich der Prinzessin weißt.«

Sie blinzelt ein paarmal rasch hintereinander. »Er wusste nicht, dass sie die Prinzessin ist. Er verstand nicht, was an ihr so besonders ist. Er machte sich nicht die Mühe, die richtigen Fragen zu stellen. Ihn beschäftigten einzig der Thron, die Krone und die damit verbundene Macht. Ich hätte es so halten sollen wie all die anderen und ihn über die Zukunft belügen. Oder ihm die Wahrheit vorenthalten. Aber ich hatte Gerüchte gehört, was er den anderen Sehern vor mir angetan hatte, und ich dachte, es sei das Beste, ehrlich zu sein. Ich bedaure es sehr, dass meine Gabe ihm geholfen hat, auf welche Weise auch immer. Ich tat es, um meinen Sohn zu retten, der in Mordeus' Kerker verrottete, und um meine Enkel vor dem Hungertod zu bewahren.«

»Warum beginnst du nicht ganz am Anfang«, sage ich sanft. »Du warst es, die ihm gesagt hat, er würde sterben, bevor er vom Thron aus regieren könne. Hat alles damit begonnen?«

Sie presst eine Hand auf die Brust und nestelt herum, bis sie einen silbernen Anhänger in den Fingern hält. »Er war furchtbar wütend. Er hätte alles getan, um die Antworten zu bekommen, die er brauchte. Nicht einmal der Tod konnte seinen Machthunger aufhalten. Als ich ihm also die Wahrheit über sein bevorstehendes Hinscheiden enthüllte, brachte er mich nach Elora, um das Orakel zu besuchen. Er wollte wissen, wer ihn töten würde und auf welche Weise, aber das Orakel wollte es ihm nicht sagen. Es offenbarte ihm nur das Gesicht eines Mädchens, das die Macht besitzen sollte, ihn zurückzuholen – eines Mädchens, das bereits in seinem Kerker saß.«

»Woher wusste er, wie er vorzugehen hat?«, fragt Abriella.

»Mordeus versammelte seine mächtigsten Magier um sich, um einen Weg zu finden, aber letztlich war es Erith, der Patriarch der Sieben, der alles für ihn zusammenfügte. Er war es, der Mordeus in die Blutmagie einführte.«

»Aber du sagtest, er wusste nichts über die Blutlinie meiner Schwester. Wie konnte er seinen Plan ausführen, ohne zu wissen, wie er funktionieren würde – ohne ihre Macht zu kennen?«

»Er brauchte nicht jedes Detail zu kennen, solange er Leute um sich hatte, die seinen Plan ausführten. Und das tat er dann auch. Es herrschte kein Mangel an Leuten, die bereitwillig ihre Seelen hingaben für einen Vorgeschmack wahrer Macht.«

»Die Hexe, die mir den Ring gab, mit eingeschlossen.« Das ist keine Frage. Ich bin mir dessen sicher. Ich hätte nie daran gezweifelt, dass diese Frau liefern konnte, was sie versprach. Von ihr strömte Macht in einer Weise aus, wie ich sie nie zuvor gespürt hatte.

»Das ist vermutlich so«, murmelt Karmyn.

»Wer ist sie?«, frage ich, getrieben von vager Hoffnung. »Wer ist diese Hexe?«

»Sie ist in keiner meiner Visionen vorgekommen; deshalb habe ich darauf keine Antwort.«

»Du hast keine Vision mehr mit mir geteilt, seit du mir von dem Stein erzählt hast«, bemerkt Brie und kneift die Augen zusammen. »Was verheimlichst du mir?«

»Die Zukunft ist gerade sehr unbeständig. Jede Vision wird von einer gegensätzlichen begleitet. Euer Schicksal ist ein Tanz auf Messers Schneide.«

»Und wie sehen die beiden Möglichkeiten der Zukunft aus?«

»Da sind *unendliche Möglichkeiten*«, antwortet die Seherin mit einem brüchigen, matten Lächeln. »Aber drei, die ich am häufigsten sehe. Entweder herrscht weiter Ihr; oder Mordeus herrscht im Körper Eurer Schwester.«

»Und die dritte Möglichkeit?«

»Bei der dritten verlieren alle. Und auch der Schattenhof. Ein Bürgerkrieg ohne starke Führung führt zu einem Gemetzel anstatt zu Wandel.«

»Gibt es noch etwas, das du mir sagen willst?«, fragt Brie. »Wenn du wirklich hier bist, um Mordeus' Treiben ein Ende zu setzen, musst du mir alles mitteilen, was du kannst.«

Die Alte blickt ihre Königin sorgenvoll an. »Ich sehe einen Weg, bei dem Eure Schwester ihrer Abmachung entgeht, aber sie muss dennoch den Schmerz erleiden, um zu triumphieren.« Sie wendet sich mir zu, blinzelt und neigt den Kopf zur Seite. »Er wird über Eure Tapferkeit und Stärke entsetzt sein.« Sie hebt einen gichtigen Finger in meine Richtung. »Ihr könnt aber nur siegen, wenn Ihr annehmt, wer Ihr seid.«

Ich sehe zu Brie hinüber, dann wieder zu Karmyn. »Ich weiß. Sie haben mir von meiner Gabe erzählt.«

»Nicht der Phönix. Ihr habt das Feuer schon immer geschätzt. Ihr müsst aber *alles* sein, was Euch ausmacht. Selbst das, was Ihr nicht sein möchtet.«

»Was bedeutet das, Karmyn?«, fragt Brie.

»Es bedeutet, dass sie Euch ähnlicher ist, als Euch bewusst ist.«

KAPITEL 23

FELICITY

Der Besprechungssaal der Königin ist brechend voll und am liebsten würde ich in der Sekunde, als ich über die Schwelle trete, gleich wieder kehrtmachen.

Ich hatte kaum zu Ende gefrühstückt, als ich gerufen wurde, und wie es aussieht, haben andere sich entschieden, gleich hier zu essen. Auf dem Tisch in der Mitte türmen sich Gebäck, Obst und Platten mit Käse. Auf einer Seite sitzen Hales Leute. Remme hat sich auf seinem Stuhl zurückgelehnt, die Beine weit von sich gestreckt, und sein Mund zuckt, während ihm Skylar vom Nebensitz aus eine Geschichte erzählt. Auf Remmes anderer Seite sitzt Natan, einen Fußknöchel aufs Knie gelegt, und kritzelt etwas in ein ledergebundenes Notizbuch. Ich weiß, dass ich mich damit selbst als Feigling abstempele, aber nach meiner Beichte von gestern Abend bringe ich es einfach nicht fertig, ihnen in die Augen zu sehen.

Meinen Freunden gegenüber sitzt Abriellas Truppe. Ich erkenne die Königin, Mishas Schwester Pretha und Königinnengemahl Finnian, aber sie werden flankiert von einem scharfäugigen Fae mit blasser Haut und einer furchterregenden männlichen Gestalt mit Hörnern, rotem Haar und verstörenden schwarzen Augen mit roten Pupillen.

»Die reinste Party«, bemerkt Misha hinter mir.

Ich schrecke zusammen, als hätte man mich beim Lauschen erwischt.

Misha mustert mein Gesicht. *Hattest du vergangene Nacht irgendwelche nützlichen Träume?*, fragt er in meinen Gedanken.

Woher weißt du, dass ich es bin und nicht sie?

Sein Mundwinkel zuckt. *Jasalyn sieht mich nie so an wie du.*

Mir steigt die Hitze ins Genick. Ich frage nicht nach, was er damit meint, da es auf allzu peinliche Weise offensichtlich ist.

Bereit?, fragt er.

Was, wenn ich Nein sage?

In dieser Runde? Ich könnte es dir nicht verübeln.

Es liegt nicht an ihnen. Sondern an mir.

Sei kein Feigling. Das passt nicht zu dir. Er deutet mit der Hand in den Raum. *Nach dir.*

Ich will seiner Aufforderung gerade nachkommen, als ich hinter uns ein Kieksen vernehme. Ich drehe mich um und sehe, dass Jasalyn und Hale hinter uns warten. Die Prinzessin starrt mich mit großen Augen an. Sie trägt ein hellblaues Kleid, das ihre elfenbeinfarbene Haut zum Leuchten bringt, und ich muss mich zusammennehmen, um nicht auf die neue Narbe zu starren, die sich um ihr Auge zieht.

Ich werfe Misha einen kurzen Seitenblick zu. *Im Ernst? Du erkennst mich also an der Art, wie ich dich* ansehe? *Nicht etwa an der Narbe im Gesicht der echten Prinzessin?*

Er zuckt mit den Schultern und quittiert meinen Unmut mit einem Schmunzeln. *Teils, teils!*

Warum ist sie hier? Sollte sie sich nicht irgendwo erholen?

Sie möchte dabei sein und die Königin gibt sich größte Mühe, sie nicht zu bevormunden.

»Jasalyn, du erinnerst dich doch bestimmt an Felicity«, sagt Misha.

Jasalyn lächelt höflich. »Schön, dich wiederzusehen«, erwidert sie, aber so wie sie mich immer wieder mustert, hat sie offenbar vergessen, wie seltsam es ist, jemandem in der eigenen Gestalt zu begegnen.

»Danke, dass ihr alle heute gekommen seid«, eröffnet Abriella vom Tischende die Besprechung. Dort thront sie mit hoch erhobenem Kopf, ganz die Königin. »Wenn ihr euch alle setzen könntet, würden wir anfangen.«

Im Gänsemarsch betritt der Rest von uns den Raum. Jasalyn und Hale nehmen neben Natan Platz, und als sich Misha auf den Stuhl neben dem Gehörnten schiebt, bleibt mir nichts anderes übrig, als mich auf den leeren Platz neben ihm zu setzen.

Ganz ruhig, sagt Misha in meinen Gedanken. *Ich beiße nicht.*

Du darfst die Ranken nicht vergessen, mit denen du mich auf Castle Craige gefesselt hast. Die haben ganz schön gebissen.

Oh … Da ich inzwischen aber weiß, dass du für mein Königreich keine Gefahr darstellst, werden meine Ranken beim nächsten Mal sehr viel weicher sein.

Ich werfe ihm einen bösen Blick zu. *Was in aller Welt habe ich jetzt verbrochen, dass du mich schon wieder fesseln willst?*

Wieder zuckt sein Mund, und die Intensität, mit der sein Blick über mich wandert, lässt mich glauben, er könnte *mich* sehen und nicht Jasalyn.

Die Hitze meiner Wangen wird zum reinsten Inferno. *Vergiss, dass ich gefragt habe.*

Sehr unwahrscheinlich.

Der Glockenturm des Mitternachtspalasts schlägt die volle Stunde. Abriella räuspert sich und lenkt meine Aufmerksamkeit weg von dem königlichen Ärgernis an meiner Seite hin zu ihr. Bevor sie beginnt, sieht sie jedem am Tisch für einen Moment in die Augen – eine Geste, die mich einschüchtert und gleichzeitig mit Stolz darüber erfüllt, ihre Aufmerksamkeit zu verdienen. Eine wahre Königin.

»Jeder von euch hat dazu beigetragen, dass wir meine Schwester finden und sie von diesem Ring befreien konnten, und bevor wir das weitere Vorgehen besprechen, möchte ich mir kurz die Zeit nehmen, euch allen zu sagen, wie dankbar ich dafür bin.« Sie wendet sich zu Jasalyn um, die verlegen den Kopf neigt. »Sie ist mein Herz und ohne sie könnte ich dies alles nicht tun.«

»Willkommen zurück, Kleine«, ruft der Rotäugige mit den Hörnern.

»Schön, dich zu sehen«, sagt Pretha leise und nickt der Prinzessin zu.

»Ihr seid alle hier, weil euch meine Schwester genauso viel bedeutet wie mir. Und vielen von euch bedeutet auch dieses Königreich ebenso viel wie mir. Leider konnte der Schaden, der angerichtet wurde, durch die Befreiung meiner Schwester von diesem Ring nicht ungeschehen gemacht werden. Ihr Leben ist nach wie vor an das von Mordeus gebunden und wir haben Grund zu der Annahme, dass er in fünf Tagen, an ihrem achtzehnten Geburtstag« – die Emotionen bringen sie ins Stocken, aber sie reißt sich zusammen und hebt den Kopf –, »dass er in fünf Tagen ihren Körper übernehmen wird. Und er hat vor, auf diese Weise den ganzen Hof zu übernehmen. Außerdem wissen wir nun, dass Mordeus und Erith zusammenarbeiten.«

»Erith – oder alle der Sieben?«, fragt Remme.

»Das wissen wir nicht«, antwortet die Königin. »Nur bei Erith haben wir Gewissheit. Während wir weiterhin weder alle Beteiligten noch den Umfang ihrer Planungen kennen, müssen wir davon ausgehen, dass sowohl die Zukunft Eloras als auch die des Schattenhofs auf dem Spiel stehen.«

Neben der Königin stützt nun Finn die Ellenbogen auf den Tisch, beugt sich vor und fasst die Eloraner, die ihm gegenübersitzen, ins Auge. »Es ist uns wohl bewusst, dass ihr eine eigene Mission verfolgt – die Sieben zu stürzen und die Monarchie in Elora wieder einzurichten –, und wenn wir mit Mordeus endgültig fertig sind, möchten wir euch helfen, dieses Ziel zu erreichen.«

»Und im Gegenzug sollen wir verhindern, dass Mordeus euren Hof übernimmt?«, fragt Skylar.

Ich kann nur bewundern, wie Abriella Skylars feindseliger Haltung begegnet. »Zwei Dinge müssen wir zunächst einmal klarstellen. Erstens, ich unterstütze eure Mission. Auch ich wünsche, dass die Sieben ihre Macht verlieren und Elora wieder zu einer gerechteren Gesellschaft zurückfindet, in der Kinder ihre Kindheit in Freiheit genießen können, anstatt geknechtet durch einseitige Verträge lebenslang Frondienste ableisten zu müssen.«

»Hört, hört«, ruft Remme und erhält von der Königin dafür ein seltenes Lächeln.

»Zweitens habt ihr mir durch euren Einsatz bei der Suche nach meiner Schwester mehr gegeben, als ich mir hätte wünschen können, und deshalb erfolgt die Unterstützung meines Königreichs für eure Sache ohne jegliche weiteren Bedingungen.« Sie atmet tief durch und sieht Skylar an. »Aber ja, wenn ihr glaubt, das Vorgehen gegen Mordeus und der Schutz dieses Hofes hätten für mich Priorität und ich würde mich dabei gern eurer Hilfe bedienen, dann habt ihr damit vollkommen recht.«

»Das ist verständlich«, erwidert Hale, dessen Augen vor Dankbarkeit leuchten. »Wir hoffen, dass Elora und der Schattenhof ein langes und vorteilhaftes Bündnis genießen dürfen.«

»Selbst wenn die Königin ihre Unterstützung nicht anbieten würde«, erklärt Natan mit einem respektvollen Nicken in ihre Richtung, »sollten wir wie gehabt weitermachen, unter der Annahme, dass unsere beiden Reiche nicht nur in Gefahr sind, sondern die Zukunft eines jeden auch in die des jeweils anderen verstrickt ist – sei es durch welchen Handel auch immer, den Mordeus mit Erith eingegangen ist, um ihm bei seiner Auferstehung zu helfen, oder durch eine Vereinbarung der beiden aus früheren Zeiten. Kurz gesagt, wenn wir einander helfen, helfen wir auch uns selbst.«

»Ich war ja nicht *dagegen*«, wendet Skylar schmollend ein. »Ich will doch nur wissen, in was für einen Deal genau ich da einwillige, bevor's rundgeht.«

Abriella nickt. »Das ist vernünftig, aber noch haben wir keine Abmachung. Ich habe euch nicht hier zusammengerufen, um euch eure nächsten Schritte vorzuschreiben. Ihr seid hier, damit wir unser weiteres Vorgehen gemeinsam absprechen können.«

»Als Erstes möchte ich noch einmal deutlich machen, dass Mordeus den Schattenhof nicht als Leichnam übernehmen kann«, sagt Hale. »Er braucht Jasalyn, um zu vollenden, was er begonnen hat.«

Ich behalte Jasalyn genau im Blick und warte darauf, dass sie sich bei der Erwähnung von Mordeus in sich zurückzieht, wie sie es noch vor einem Jahr getan hätte, aber sie bleibt kerzengerade sitzen, wenn auch mit abgewandtem Blick.

Sie hat sich verändert, sage ich über unsere Verbindung zu Misha.

Bevor ich sie kennengelernt habe, hätte sie diese Besprechung vollständig gemieden, aber sieh sie dir jetzt an.

Ich dachte gerade genau dasselbe.

»Angesichts dessen, was passiert ist, als Jas bei Mordeus war, um ihn zu töten«, fährt Abriella mit einem kurzen Blick zur Prinzessin hinüber fort, »sieht es danach aus, als wäre es auch für Erith entscheidend, dass Mordeus' Pläne gelingen. Wenn wir Mordeus daran hindern wollen, Jas weiterhin zu benutzen, dann müssen wir wissen, was er alles in Gang gesetzt hat.«

Natan nickt und schlägt in seinem Notizbuch eine andere Seite auf. »Soweit wir sagen können, hat Mordeus dreierlei Arten von Magie verwendet und tut es auch weiterhin: die an Jasalyn verübte Blutmagie, während sie seine Gefangene war; das Leben, das ihm seine Anhänger verpfändet haben; und den Ring, den Jasalyn von der Hexe erhalten hat. Dank Jasalyn wissen wir inzwischen, dass Erith diesen Ring erschaffen hat, was allerdings weitere Fragen aufwirft.«

»Wie zum Beispiel: Wer war diese Hexe?«, übernimmt Remme. »Welcher Art von Hexe – ob Fae oder Mensch – würde Erith ein solches Werkzeug anvertrauen? Und welche Art von Magie könnte er benutzt haben, um den Ring zu erschaffen?«

»Lauter gute Fragen«, erwidert Natan, »und ich greife in dieser Sache auf sämtliche verfügbare Quellen zu. Ich bin überzeugt, wenn wir erst die Magie dieses Rings verstehen, dann wissen wir sehr viel mehr darüber, womit wir es zu tun haben.«

»Wir glauben, dies ist der Grund, weshalb Mordeus die Blutmagierituale auf so abscheuliche Weise durchgeführt hat«, sagt Hale und wendet sich Jas zu. »Eigentlich müssen solche Rituale keine Folter sein, aber er musste bei dir Wut und Furcht erzeugen. Er musste in dir einen Rachedurst wecken, damit du seinen Handlangern den Tod wünschst und durch den Ring die Lebenskraft seiner verpfändeten Anhänger auf ihn überträgst.«

»Und wie lassen sich die Erinnerungslücken erklären?«, fragt Skylar. »Wenn sie gar nicht bei Bewusstsein sein musste, um ganze Säle seiner Anhänger zu töten, warum musste ihr Hass auf seine Handlanger überhaupt Teil des Plans sein?«

Abriella verzieht das Gesicht. »Darauf habe ich keine Antwort, aber die Frage ist berechtigt. Vielleicht war sie bei den Morden zu wählerisch oder sie hat nicht rasch genug getötet oder nicht in ausreichender Zahl.«

»Vielleicht«, wirft Natan mit einer ehrerbietigen kleinen Verbeugung in Richtung der Schattenkönigin ein, »hat Mordeus schon von Anfang an geplant, sie über den Ring zu kontrollieren, sobald er durch die ersten Morde über die nötige Stärke verfügte.«

»Wie auch immer«, sagt Abriella, »wir haben allen Grund zu der Annahme, dass sie Jasalyn unter der Wirkung des Rings leiden lassen *wollten*, wenn sie ihn bei Tage trägt.«

»Sie wollten, dass sie schläft und bis zu ihrem achtzehnten Geburtstag aus dem Weg ist«, sagt Hale. »Wollten sie Jas einfach nur schützen, um das Gefäß für Mordeus zu bewahren? Oder mussten sie sie von irgendetwas abhalten, damit ihr Plan funktioniert?«

»Ein guter Punkt«, sagt Abriella. »Wenn wir das herausbekommen, können wir das alles vielleicht rückgängig machen.«

Skylar trommelt mit den Fingern auf die Tischplatte. »Vielleicht wollten sie verhindern, dass Jas lernt, ihre Macht zu benutzen.«

Unwillkürlich beobachte ich Jas. Ihr stoischer Gesichtsausdruck verrät nicht, was sie empfindet, während alle hier über sie reden, als wäre sie nicht anwesend. Es ist fast, als würde sie diesem Gespräch aus weiter Ferne folgen.

»Ich weiß nicht, ob Jas überhaupt auf ihre Kräfte zugreifen

könnte, wenn sie das wollte«, wendet Natan ein. »Sie hat sie so tief vergraben, dass ich bei meiner Suche keinerlei Hinweis darauf finden konnte.«

»Ich habe sie aber schon vor ein paar Jahren gefunden«, entgegnet Pretha verwundert. »Da war sie fünfzehn. Die Magie war tief vergraben, aber sie war da.«

Natan überlegt. »Das müsste gewesen sein, bevor die ersten Narben aufgetaucht sind, oder?«

»Richtig«, sagt Pretha. »Und was bedeutet das? Dass Mordeus zu dem Zeitpunkt, als du nach ihren Fähigkeiten gesucht hast, durch Blutmagie schon so viel davon abgerufen hatte, dass keine Spur mehr von ihnen zu finden war?«

»Jedenfalls nichts Erkennbares«, antwortet Natan. »Ihre Magie existiert im Schwebezustand des geteilten Bewusstseins der beiden – dem Raum, wo sie nicht sie selbst ist, aber auch noch nicht er.«

»Was bedeuten würde, dass sie theoretisch Zugriff darauf hat«, sagt Pretha nachdenklich. »Vielleicht ist es ja genau das, was sie vermeiden wollen?«

Natan zuckt mit den Schultern. »Es ist immer noch Jas' Magie, also würde ich davon ausgehen. Wenn man daran arbeitet.«

»Könnte es noch andere Gründe geben, weshalb man sie all diese Monate aus dem Weg haben wollte?«, fragt Remme.

Was ist los?, fragt Misha in meinen Gedanken. *Du siehst aus, als hätte jemand gerade dein Schoßhündchen getreten.*

Ich starre auf meine Hände und mein Magen schnürt sich zusammen, weil ich genau weiß, weshalb Mordeus nicht wollte, dass Jasalyn länger als unbedingt notwendig bei Bewusstsein ist. Es ist genau derselbe Grund, weshalb er meinen Bruder in die gegenüberliegende Zelle gesteckt hat.

Du kannst es genauso gut auch laut sagen, rät mir Misha über unsere Verbindung.

Ich blicke verstohlen zu Jasalyn hinüber. Sie beobachtet mich so voller Neugier, als hätte sie keine Ahnung von dem, was für mich doch so offensichtlich ist. Ich könnte es sagen. Ich könnte der ganzen Gruppe erklären, dass Mordeus von ihren Versuchen wusste, ihrem Leben dort im Kerker ein Ende zu setzen, genau wie er – oder einer seiner Mitstreiter – weiß, dass sie sich auch jetzt noch jederzeit etwas antun könnte. Nach allem, was ich aus Jas' Erinnerungen über sie erfahren habe, ist mir klar, dass sie das tun würde, um ihre Schwester zu schützen. Angesichts der Möglichkeit, dass Mordeus ihren Körper und ihr Leben übernimmt, glaube ich nicht, dass sie auch nur eine Sekunde zögern würde.

Ich könnte die Worte aussprechen, aber es ist eine schmerzhafte und private Angelegenheit. Und es steht mir nicht zu, sie zu verraten – zumindest nicht in dieser Situation.

Ich werde ihr das nicht antun, sage ich Misha in Gedanken. *Nicht hier. Nicht jetzt.*

»Was auch immer der Grund ist«, sagt Brie, »ich sehe es als Geschenk. Da wir den Ring entfernen konnten, ist Jas wach und es geht ihr gut.«

»Ihr habt nie erklärt, was mein Phönix mit alldem zu tun hat«, meldet sich Jasalyn zum sichtlichen Entsetzen aller erstmals zu Wort.

Ich frage mich, ob die anderen vergessen haben, dass sie hier ist, oder ob sie dachten, man könnte weiter über sie reden, ohne dass sie sich dazu äußert. Da sie sich während der vergangenen Jahre immer still und zurückgezogen gezeigt hat, wohl eher Letzteres.

Abriella räuspert sich. »Wir glauben, dein Phönix ist das vierte Element seines Plans«, sagt sie. »Anfangs verstand Mordeus wahrscheinlich gar nicht, dass die Kraft des Phönix mit der Gabe der Auferstehung einhergeht. Durch deine Gabe kann er aus der Asche auferstehen, indem er das unsterbliche Leben übernimmt, das du eingetauscht hast.« Abriella sieht ihrer Schwester lange in die Augen; dann seufzt sie. »Ich glaube, das meinen die Seher, wenn sie sagen: ›Wer die Prinzessin kontrolliert, kontrolliert das Reich.‹«

Im Raum wird es totenstill, aber eines muss man Jas lassen: Sie hält das Kinn erhoben.

Mein Bruder räuspert sich. »Außerdem gibt es noch Fragen, die Felicity und die Sieben betreffen«, sagt er. Mir war klar, dass wir hier über die Sieben reden würden, aber nicht, dass es auch um mich gehen würde. »Wir waren uns alle einig, dass Erith und die Zukunft von Elora warten können, bis die Sache mit Mordeus geklärt ist und im Hof der Schatten wieder Stabilität einkehrt. Da wir jetzt aber wissen, wie stark Erith in Mordeus' Pläne eingebunden ist, können wir nicht mehr ignorieren, welche Rolle er spielt. Als Eriths Leute Felicity aus Mishas Kerker entführt haben, sind praktisch alle davon ausgegangen, dass dies ihr Ende bedeuten würde.« Hale wirft Misha einen raschen Blick zu und fast kann ich die Verbindung zwischen den beiden spüren, die davon herrührt, dass sie praktisch die Einzigen waren, die nicht an meinen Tod glauben wollten. »Wir sind froh, dass man sie nicht getötet hat, aber wir müssen uns fragen, *warum*. Sie haben Felicity aus irgendeinem Grund am Leben gelassen. Wenn wir sie schützen und gleichzeitig wissen wollen, wie die Pläne von Erith und Mordeus zusammenhängen, dann brauchen wir mehr Informationen.«

Hale lehnt sich in seinem Stuhl zurück und seine Brust weitet sich, als er tief Luft holt. »Und deshalb werde ich nach Elora zurückgehen und noch einmal das Orakel aufsuchen.«

Remme setzt sich kerzengerade auf. »In dieser Lage solltest du keinesfalls nach Elora gehen. Die Gefahr durch die Sieben ist für dich dort ungleich größer.«

»*Ich* kann das tun«, sage ich. »Ich habe es schon einmal getan. Ich weiß, wie ich es anstellen muss.«

Der Blick meines Bruders verliert an Härte, als er mich ansieht, aber sein offensichtliches Bedauern schneidet mir tief ins Herz.

Habt ihr beide schon miteinander gesprochen?, fragt Misha in meinen Gedanken.

Nein. Ich bin ihnen allen heute Morgen aus dem Weg gegangen.

»Ich weiß dein Angebot zu schätzen, Lis«, erwidert Hale, »aber wenn du helfen möchtest, hätte ich eine andere Aufgabe für dich. Es wäre besser, wenn du in den Palast von Elora gehst.«

Mein Magen senkt sich wie Blei. »Ich habe dir schon gesagt, dass ich das nicht –«

»Ich will ja nicht, dass du Erith tötest«, sagt er. »Außerdem melden uns alle unsere Quellen, dass er seit fast einem Jahr nicht mehr im Palast war.« Er blickt Jas an. Er braucht es nicht auszusprechen, denn wir alle verstehen, was das zu bedeuten hat. Er ist vom Palast fort, seit Jasalyn den Ring bekommen hat. »Wir brauchen alle nur erdenklichen Informationen, die du uns beschaffen kannst.«

»Alles, was im Palast von Elora geschieht, wird in den Chroniken aufgezeichnet«, erklärt Natan. »Für eine Gruppe, die so viele alte Schriften zerstört hat, ist es erstaunlich, wie geflissentlich sie ihre eigene Geschichte bewahren – und das Schöne an den Chroniken ist, dass sie durch Wahrheitsmagie genährt werden. Die Geschichte kann hier nicht gefälscht werden.«

Mein Blick springt zwischen Abriella, Hale und Natan hin und her. »Und Zugriff auf diese Chroniken haben –«

»Nur die Sieben«, sagt Hale und nickt. »Oder, in deinem Fall, jemand, der vollständig ihre Gestalt angenommen hat.«

Ich muss schlucken. Ich sagte, ich würde helfen. Feigheit ist jetzt fehl am Platz. »Wessen Gestalt soll ich deiner Ansicht nach annehmen und wie stellen wir sicher, dass wir nicht beide zur gleichen Zeit gesehen werden, während ich dort bin?«

Misha reckt einen Finger in die Höhe und zieht dann einen kleinen Umschlag aus der Tasche. »Dies hier ist ein Haar von Sol. Sie ist –«

»In der Rangfolge direkt hinter Erith. Ich weiß.«

»Seit Monaten bemüht sie sich um ein privates Treffen mit mir. Irgendetwas wegen der Zukunft Eloras und meines Hofs.« Er legt den Umschlag auf den Tisch und schiebt ihn zu mir herüber. »Das Haar stammt von unserem Vorbereitungstreffen. Falls du ihre Gestalt annehmen willst, werde ich sie nach Castle Craige bestellen. Dann brauchst du keine Angst zu haben, dass gleichzeitig zwei von euch im Palast gesehen werden.«

Ich starre den Umschlag an. So lange meide ich diesen Palast schon. Jetzt dort hinzugehen, fühlt sich an, als würde ich mich direkt in den offenen Schlund der Bestie begeben.

»Und wenn du schon dort bist«, sagt Abriella, »dann halte auch die Augen nach dem Grimoricon auf.«

Zunächst sagt mir dieses Wort nichts, aber dann muss ich an den Traum denken, in dem die Hexe von Jasalyn als Gegenleistung für den Ring das Grimoricon verlangte. Als ich bei Misha in der Kerkerzelle saß, hatte ich Brie diese Information als Beweis dafür genannt, wer ich bin und dass ich die Wahrheit sage. »Glaubst du, es befindet sich im Palast von Elora?«

Brie nickt. »Wir vermuten, dass es von der Hexe an Erith weitergegeben wurde, und wahrscheinlich gibt es keinen sichereren

Ort dafür als den Palast. Es dürfte nützlich sein, wenn man herausfinden will, was hier geschieht.«

»Wirst du mir zeigen, wonach ich suchen soll?«, frage ich. Ich weiß schließlich nur aus Jas' Erinnerung von dem Buch, habe es dabei aber nie zu Gesicht bekommen.

»Wir treffen uns später und ich erkläre dir das Buch und seine … Besonderheiten.«

»Also gut, ich werde es tun«, sage ich. Alle am Tisch verstummen, und als ich die Gesichter um mich herum betrachte, sehe ich darin Respekt, Sorge und Neugierde, jeweils in unterschiedlichem Maß. Ich atme bebend durch. »Ich werde die Chroniken suchen und so viel Informationen wie möglich zusammentragen über das, was die Sieben mit Mordeus geplant haben.«

»Du solltest nicht allein gehen«, sagt Natan. »Selbst in Sols Gestalt bleibt das immer noch Feindesland. Sollte jemand deine wahre Identität entdecken …«

Skylar lehnt sich in ihrem Stuhl zurück und legt die Füße auf den Tisch, die Knöchel lässig überkreuzt. »Also spionieren, stehlen und töten. Ich bin dabei.«

Der Fae mit den roten Augen, der ihr am Tisch gegenübersitzt, knurrt und starrt missbilligend auf ihre Füße.

»Im Ernst, Sky?«, murmelt Hale.

Sie verdreht die Augen und nimmt ihre Füße wieder vom Tisch.

Hale schüttelt den Kopf. »Bestimmt haben sie ihren Palast längst mit einem speziellen Bann gegen dich versehen, nach allem, was du vor fünf Jahren abgezogen hast.«

Sie grinst. »Auf die Geschichte bin ich immer noch ziemlich stolz. Nur ein paar Minuten früher und ich hätte mit der Explosion alle Sieben auf einmal erwischt.«

»Was er damit meint, ist, dass wir vielleicht jemanden mitschicken sollten, der sich im Palast bewegen kann, ohne überall gleich Alarm auszulösen«, bemerkt Remme.

»Ich werde Felicity begleiten«, sagt Misha. »Ende der Diskussion.«

KAPITEL 24

JASALYN

»Ich möchte noch etwas sagen«, platzt es aus mir heraus, »solange noch alle da sind.«

Im Raum wird es still.

»Natürlich«, sagt Brie. »Worum geht es?«

»Ich werde eine andere Möglichkeit finden, um das zurückzubekommen, was ich eingetauscht habe. Genauso wie es Karmyn gesagt hat.«

Bries Augen sind immer noch traurig, als sie nickt. »Hast du eine Idee, wie du das anstellen willst?«

»Die Koboldin, die mir half, als ich wegen des Rings so lange schlief … Sie sagte etwas darüber, dass der Handel nicht abgeschlossen sei. Sie brauchen meine Unsterblichkeit für Mordeus, aber er kann sie sich nicht nehmen, weil sie nicht verfügbar ist, solange ich noch nicht achtzehn bin. Sie sagte, nur eine Törin würde so leicht in einen Handel einwilligen, der immer noch nicht abgeschlossen ist. Ich wusste nicht, was sie damit meinte, aber seit ich mit Karmyn gesprochen habe, glaube ich, dass sie meinen Handel mit der Hexe gemeint hat. Den Handel mit dem Ring.« Ich blicke in die Runde, in die Gesichter so vieler, denen ich etwas bedeute und die nicht darüber sprechen möchten, was ich gegen diesen Ring eingetauscht habe. »Wie kann ich also einen Handel mit einer eloranischen Hexe rückgängig machen?«

Remme schüttelt den Kopf. »Du stellst die falsche Frage.«

»Dann nenne mir die richtige.«

»Die Frage ist, wie kannst du einen Handel mit einer *Fae*-Hexe rückgängig machen?«

»Wissen wir mit Sicherheit, dass sie Fae ist?«, fragt Skylar.

»Ich kann mir kein Reich vorstellen, in dem Erith einen derart mächtigen Ring einem Menschen anvertrauen würde«, sagt Natan. »Da bin ich mir sicher.«

Remme nickt. »Und einen Handel mit einer Fae rückgängig zu machen, ist sehr viel komplizierter.«

»Können wir sie nicht einfach aufspüren und töten?«, fragt Skylar.

Remme blickt sie erschrocken an. »Du immer mit deinen gewalttätigen Lösungen!«

Sie zuckt mit den Achseln. »Ich halte die Sachen gern simpel.«

»Und meist geht der Schuss dann nach hinten los«, sagt Natan.

»Und wenn wir uns über sie hinwegsetzen?«, fragt Pretha. »Gibt es vielleicht eine mächtigere Hexe, der sie Rechenschaft schuldig ist – jemanden, der den Handel aufheben könnte?«

»Um das herauszufinden, müssten wir erst wissen, wer sie ist«, sagt Kendrick. »Aber mir gefällt diese Idee. Wenn man aus dem Handel wieder herauskommt, muss man auch nicht den vereinbarten Preis bezahlen.«

»Wie wär's denn mit Mab?«, will Skylar von Brie wissen. »Die ist doch irgendwie mit euch verwandt, oder?«

»Mab können wir nicht ins Spiel bringen«, antwortet Brie. »Und außerdem, seit ich mit ihr sprach, als ich die Krone und den Thron wieder vereinen wollte, halte ich ihre Lösungen nicht mehr für die besten.«

Natan trommelt mit den Fingern auf den Tisch. »Es gibt zwei bewährte Methoden, wie man aus einem Handel mit einer Fae wieder herauskommt: Entweder man betrügt oder man bietet ihnen etwas an, das sie noch mehr haben wollen.«

»Wir wissen, dass Erith und Mordeus zusammenarbeiten, aber wir wissen nicht, welche Rolle diese Hexe dabei spielt«, sagt Remme. »Arbeitet sie für Mordeus oder für Erith?«

»Macht das einen Unterschied?«, fragt Kendrick.

Remme dreht die Handflächen nach oben. »Das tut es, wenn wir ihr etwas anbieten wollen, das sie sich so sehr wünscht, dass sie Jasalyn aus dem Handel entlässt.«

»Also müssen wir zunächst einmal diese Hexe auftreiben«, sage ich. Ich sehe Kendrick an. »Ich habe vor, am Morgen nach Elora aufzubrechen. Du kannst mitkommen, wenn du willst, oder ich mache es allein.«

Meine Schwester erstarrt. »Wir können jemand anders schicken. In Elora kann ich nicht für deine Sicherheit sorgen.«

»Du hast versucht, in diesem Palast für meine Sicherheit zu sorgen, und für mich waren es drei schreckliche Jahre.«

Abriella zuckt zusammen, als wäre sie geschlagen worden. Ich atme noch einmal durch und rede weiter. »Du kannst mich nicht beschützen. Ich weiß, dass du das möchtest. Ich weiß, du würdest dein eigenes Leben dafür geben, wenn du nur wüsstest, dass du dadurch meine Sicherheit garantieren könntest, aber so funktioniert diese Welt nicht. Und selbst wenn – verdiene ich denn nicht die Chance, daran zu glauben, dass ich etwas *Gutes* tun kann? Mir bleibt nicht mehr viel Zeit, und so wie ich es sehe, habe ich zwei Möglichkeiten. Entweder ich vegetiere in meinem Zimmer dahin und denke über all die Scheußlichkeiten nach, die ich angerichtet habe, oder ich helfe den beiden besten Personen, die ich kenne, ihre Königreiche zu führen. Die Entscheidung ist klar.«

Abriella ist ganz blass geworden, aber als Finn seine Hand auf ihre legt, scheint sie wieder zu atmen. Sie sieht ihn an und hält den Blickkontakt für eine Weile aufrecht. Sie können sich nicht über ihre Gedanken austauschen, wie es Misha mit anderen kann, aber sie sind einander verbunden und miteinander verknüpft und spüren genau, was der andere fühlt. Mehr als einmal habe ich die beiden in stillem Austausch beobachtet.

Schließlich bricht Abriella das Schweigen. »Mir wäre es lieber, du würdest jemand anders schicken, aber ich respektiere natürlich, dass du tust, was richtig für dich ist. Und auch ich bin der Meinung, dass wir diese Hexe finden müssen. Wenn Karmyn und Jasalyns Kobold-Freundin beide eine Möglichkeit sehen, aus dem Handel auszusteigen, müssen wir das verfolgen. Schnell.«

»Ich werde mit ihr gehen«, sagt Kendrick. »Ich werde ihr helfen, die Hexe zu finden, und für ihre Sicherheit sorgen.«

Bries Blick entspannt sich ein wenig. »Danke.« Dann streckt sie den Rücken durch, blickt über den Tisch und klatscht in die Hände. »Wir haben alle etwas zu tun. Kein Grund, länger hier herumzusitzen.«

Stuhlbeine scharren über den Boden, als alle aufstehen und sich langsam in Richtung Tür schieben.

»Wir brechen im Morgengrauen auf«, sagt Natan zu Kendrick, während wir auf den Flur hinausströmen. »Gleich nördlich der Sümpfe liegt ein offenes Portal, das wir zu Pferd in fünf Stunden erreichen können.«

»Mein Kobold könnte euch hinbringen«, sagt meine Schwester, die sich neben uns eingereiht hat.

»Wir benutzen Kobolde nur, wenn es sich nicht vermeiden lässt«, erwidert Natan. »Sie wissen auch so schon zu viel und wir wollen nicht, dass die Sieben etwas über ihre Bewegungen erfahren.«

»Das ist vernünftig«, sagt Abriella. »Und was ist mit dem eloranischen Portal in meinem Gang der Türen? Das wäre längst nicht so ein weiter Ritt.«

»Das wäre *fabelhaft*«, sagt Skylar, aber Brie bleibt Kendrick zugewandt, denn sie weiß, wer in dieser Gruppe das Sagen hat.

»Vielen Dank«, antwortet Kendrick. »Das wäre wirklich hilfreich.«

Abriella schenkt mir ein schwaches Lächeln. »Ich versuche nur, euch zu unterstützen«, sagt sie, »obwohl mein Instinkt mir rät, dass du hierbleiben solltest, wo ich dich beschützen kann.«

»Ich weiß«, sage ich ihr.

Sie nickt und ist im nächsten Augenblick spurlos verschwunden.

»Bei den Göttern, das würde ich auch gern können«, stöhnt Skylar.

Remme knurrt: »Wenn du immer brav dein Gemüse isst, kannst du das eines Tages vielleicht auch.«

Skylar macht eine unanständige Handbewegung und die ganze Gruppe bricht in Gelächter aus.

»Nur leichtes Gepäck«, sagt Kendrick. »Ich weiß zwar nicht, wie lange wir fort sein werden, aber alles, was wir brauchen, können wir auch dort bekommen.«

Bei der Aussicht auf ein neues Abenteuer mit dieser Gruppe summt es vor lauter Vorfreude in meinen Adern. Ob die nächsten fünf Tage nun meine letzten sein werden oder nur das Vorspiel zu einem ganzen Leben in Unsterblichkeit, eines weiß ich sicher: Ich möchte sie nicht eingesperrt in meinem Zimmer im Mitternachtspalast verbringen.

»Skylar?«, rufe ich ihr nach, als sie vom Flur seitlich abbiegen will.

Sie dreht sich um und runzelt die Stirn. »Was gibt's, Kleine?«

Ich nehme mein Haar hoch und halte es über dem Kopf zusammen. »Könntest du mir die Haare so machen wie beim letzten Mal?«

Ihre Augen leuchten. »Die Prinzessin ist zurück in ihrem schicken Palast mit all den noblen Dienern – und will, dass *ich* ihr die Haare mache?«

Ich sehe sie finster an. »Ich könnte ja jemand anderes fragen, aber ich dachte –«

»Wehe! Die werden nur versuchen, dir irgendeinen Zauber zu verpassen, damit es ganz gleichmäßig wächst oder so. Mein Stil passt besser zu dir. Viel krasser.«

Ich sehe sie verwundert an. »Du findest mich krass?«

»Ich kenne jedenfalls sonst niemanden, der mit einem Zerberus gekämpft und es auch noch überlebt hat. Wenn das nicht krass ist, dann weiß ich auch nicht …« Sie gibt mir einen Wink. »Komm mit.«

KAPITEL 25

FELICITY

Die kühle Morgenluft fühlt sich gut an, nachdem wir stundenlang in diesem Sitzungssaal eingepfercht waren. Wir haben endlich einen Plan für morgen, und obwohl das Ganze sich vielleicht als Himmelfahrtskommando herausstellen wird, sind wir bereit, dieses Wagnis einzugehen. Ich bin gleich nach Ende der Gespräche auf die Terrasse geflüchtet, um an der frischen Luft wieder einen klaren Kopf zu bekommen. Die Vögel rings um den Mitternachtspalast zwitschern und singen, als würden sie feiern, dass die Sonne aufgegangen ist.

»Da bist du ja«, vernehme ich eine Stimme durch die offen stehenden Türen hinter mir. Ich drehe mich um und halte den Atem an, als Hale sich zu mir gesellt. »Natan will sich heute Abend mit dir und Misha treffen, um euren Ausflug in den Palast von Elora durchzuplanen.«

»Geht er morgen früh mit dir und Jasalyn nach Elora?«, frage ich.

Hale atmet hörbar aus und sein Mund verzieht sich amüsiert. »Sie gehen alle mit. Du kennst diese Truppe doch.« Er betrachtet mich forschend. »Du siehst nachdenklich aus. Willst du darüber reden?«

»Eigentlich gibt es nichts zu besprechen«, sage ich achselzuckend.

Er zieht eine Augenbraue hoch. »Ich weiß, dass wir uns in den letzten Jahren kaum gesehen haben, aber glaubst du wirklich, ich weiß nicht mehr, wie du aussiehst, wenn dich etwas belastet?«

Ich atme heftig aus.

»Es geht um das, was du uns gestern Abend gesagt hast, richtig?«

Ich zwinge mich, ihn anzusehen. Am liebsten würde ich es abstreiten, aber es ist die Wahrheit, wenn auch nur ein Teil davon.

»Es tut mir leid«, sagt er. Die Worte klingen rau, als hätten sie sich an all den Tagen aufgerieben, an denen er mich dazu bringen wollte, Erith zu töten. »Ich hätte wissen müssen, dass du gute Gründe dafür hattest, dich zu weigern. Ich wünschte, du hättest mir früher die Wahrheit gesagt.«

Ich erschaudere. »Ich wollte nicht, dass du dich opferst.« Kopfschüttelnd stütze ich die Ellbogen auf die steinerne Brüstung. »Und ich wollte nicht der Grund dafür sein, dass mein großer Bruder nicht mehr in dieser Welt weilt.«

»Ja.« Er starrt seine Stiefelspitzen an. »Das verstehe ich.«

»Ehrlich?«, schnaube ich ungläubig. »Keine Predigt darüber, dass es Wichtigeres gibt als uns? Dass der Zweck die Mittel heiligt?«

Er lacht freudlos auf, verschränkt die Hände hinter dem Kopf und beginnt, vor mir auf und ab zu gehen. »Ich bin einundzwanzig, Lis. Mein Leben hat kaum angefangen und ich habe den Großteil der Jahre, die ich schon hinter mir habe, damit zugebracht, mir den Hintern aufzureißen, um zu beweisen, dass ich es wert bin, diese götterverdammte Krone zu tragen.« Er lässt die Hände sinken und schaut mich an. »Weißt du, was das Verrückte daran ist? Früher war das alles okay für mich. Die Krone. Die Last der Verantwortung. Die Tatsache, dass ich mir meine Ehefrau nicht selbst wählen durfte. Eine Ehefrau wohlgemerkt, der ich dabei zusehen sollte, wie sie altert und stirbt, während ich meine Fae-Unsterblichkeit genieße.«

»Und warum ist es jetzt nicht mehr okay für dich?«, frage ich. »Weil du jetzt weißt, was das Orakel mir gezeigt hat?«

»Nee.« Ein sarkastisches Lächeln umspielt seine Mundwinkel. »Das hätte ich wahrscheinlich akzeptiert, oder es mir zumindest eingeredet.«

»Wegen deiner Prinzessin also«, murmele ich. Er schaut mich an und schluckt mühsam. »Es tut mir leid, Hale. Es ist einfach nicht fair, wie die Monarchie funktioniert.«

Er stützt sich auf der Brüstung ab und schaut auf die Hauptstadt unter uns. »Ich weiß, dass wir diesen Kampf wahrscheinlich nicht gewinnen können. Ich weiß, dass wir versuchen, etwas zurückzubekommen, das Jasalyn längst fortgegeben hat. Ich weiß, dass es keinen Sinn ergibt, mein Schicksal abzulehnen – sei das nun mein Tod oder die Heirat mit einer menschlichen Königin –, bis ich weiß, ob Jasalyn aus diesem Pakt befreit werden kann. Falls ich die Frau, die ich liebe, am Ende verlieren werde, warum sollte es mich dann kümmern, dass es mein Ende bedeuten könnte, Erith zu stürzen, noch bevor die Monarchie wiederhergestellt ist?«

»Weil mehr in dir steckt als nur der Fae, der die Prinzessin liebt.«

Als er sich zu mir umdreht, ist sein Blick düster. »In diesem Punkt täuschst du dich. Es gibt keinen Teil von mir, der getrennt von meiner Liebe zu ihr existiert. Es kümmert mich, weil ich nicht akzeptieren kann, dass sie nicht mehr da sein wird. Ich kenne alle

Fakten, aber … mein Verstand weigert sich, sie anzuerkennen. Und deshalb ist meine Antwort Nein. Ich werde dir nicht befehlen, diesen Mistkerl trotz allem, was das Orakel dir geweissagt hat, zu töten – zumindest nicht ohne ein paar gut durchdachte Sicherheitsvorkehrungen. Denn falls es auch nur den Hauch einer Chance geben sollte, dass Jasalyn noch hier sein wird, wenn das alles vorbei ist, dann werde ich alles in meiner Macht Stehende tun, um ebenfalls noch hier zu sein. Auch wenn mich das vielleicht selbstsüchtig macht und dieser Krone unwürdig.«

»Vielleicht bedeutet es auch nur, dass du dich verliebt hast und diese Liebe dich verändert hat«, sage ich.

»Es fühlt sich an, als hätte sie mich voll und ganz verändert. Von der Art, wie ich atme, bis zu der Farbe, die ich am Himmel sehe.« Er streicht sich durch das wirre Haar. »Das klingt absurd, aber es ist wahr.«

Ich weiß genau, was er meint, aber so wie die Dinge mit Misha im Moment stehen, traue ich mich nicht, das laut auszusprechen. »Ihr geht also morgen alle nach Elora, um diese Hexe zu finden. Und was habt ihr vor, falls ihr es schafft, die Prinzessin aus diesem Pakt zu befreien?«

Ein Muskel in seinem Kiefer zuckt. »Ich muss das Orakel befragen und herausfinden, was ich übersehen habe. Warum hat es mir Jasalyn als entscheidendes Element für den Erfolg dieser Revolution gezeigt? Warum hat es mir gezeigt, wie Jasalyn Erith ihre Klinge ins Herz stößt, wenn sie ihn doch gar nicht töten kann?« Er ballt die Faust und drückt sie sich an die Brust.

»Und warum hat die Mutter mir diese Gefühle für Jasalyn gegeben, wenn ich sie am Ende doch verlieren muss?«

Mein Bruder tut mir unendlich leid. Elora hat schon immer zu viel von ihm verlangt.

»Glaubst du, das Orakel wird dir noch einmal eine Audienz gewähren?«, frage ich. »Obwohl du vor so kurzer Zeit erst dort gewesen bist?«

»Ich muss es zumindest versuchen.«

Ich beiße mir auf die Lippe und denke an alles, was für uns in den kommenden Tagen schiefgehen könnte. Und mich belastet auch weiterhin, was ich den anderen bei unserem Treffen nicht verraten habe. Vielleicht hätte ich ihnen sagen müssen, dass Jas ein Risiko für sich selbst darstellt – vielleicht müssten sie das wissen, um sie besser beschützen zu können. »Falls ihr die Hexe nicht findet, musst du begreifen, warum sie Jas in Tiefschlaf versetzen wollten, bis Mordeus ihren Körper übernehmen kann.«

Er runzelt die Stirn. »Was weißt du darüber?«

Ich zögere. Nicht weil ich mir unsicher bin, sondern aus demselben Grund, aus dem ich bei dem Treffen geschwiegen habe. Dies ist eine so persönliche Information. Ich gebe ihre dunkelsten Geheimnisse preis.

»Sag es mir«, drängt Hale.

»Er will, dass sie schläft, weil er sie unbedingt lebend braucht«, bringe ich mühsam heraus. »Das Einzige, was verhindern könnte, dass Mordeus so zurückkehrt, wie er es geplant hat, wäre, wenn Jasalyn ihren achtzehnten Geburtstag nicht erlebt. Und Mordeus weiß aus der Zeit, die Jasalyn in seinem Verlies zugebracht hat, dass Jasalyn selbst die größte Gefahr für ihr Leben darstellt.«

Hales Miene versteinert, seine Augen unendlich traurig. »Wir werden diese Hexe finden und sie aus diesem Pakt befreien. Nichts anderes werde ich akzeptieren.«

***

»Mich interessieren diese Erinnerungen, die dein Bruder dir eingepflanzt hat«, sagt Natan. Er, Hale, Misha und ich haben uns zum Mittagessen verabredet, damit die Gruppe den Abend dazu nutzen kann, ihre eigenen Pläne zu optimieren. »Wie lebensecht waren sie?« Er bewegt die Hand über der Tischplatte, die sich daraufhin in einen Grundriss des Palastes verwandelt.

Ich bin bisher noch nie im Palast von Elora gewesen, aber Natan vermutet, dass ich mich dank der Illusion, in der ich gefangen war, trotzdem dort auskennen müsste. Ich scanne die Zimmer und Flure vor mir und habe das Gefühl, als würde ich den Grundriss meines Elternhauses sehen. »Sehr lebensecht.« Ich zeige auf ein Schlafzimmer und fahre dann mit dem Finger einen Flur entlang bis zum Thronsaal. »Das alles ist genauso wie in meinen Träumen.«

»Perfekt«, strahlt Natan.

Misha grunzt nur und betrachtet stirnrunzelnd den Plan.

Denkt er dasselbe wie ich? »Warum hat er das getan? Warum hat er keinen fiktiven Ort erschaffen, anstatt Informationen preiszugeben, die ihnen zum Nachteil gereichen könnten?« *Warum hat er mich nicht einfach getötet?* Das ist die Frage, die mich nicht loslässt.

»Aus demselben Grund, aus dem er auch reale Personen verwendet hat«, sagt Natan. »Die Magie, mit der er eine so aufwendige und komplexe Illusion erschaffen und aufrechterhalten hat, ist mir nicht vertraut, aber ich vermute, sie funktioniert mit möglichst vielen Details am besten. Es ist gut möglich, dass Konner den Großteil seines Lebens im Palast verbracht hat – oder zumindest nie lange genug woanders gelebt hat, um diesen Ort zuverlässig nachbilden zu können. Er hat das benutzt, was er kennt, um sicherzustellen, dass es sich für dich vollkommen real anfühlt.« Er bewegt die Hand, und das Bild auf der Tischplatte verändert sich. »Und was ist hiermit? Das ist die südliche Säule des Palasts und wir vermuten, dass dort die Chroniken aufbewahrt werden.«

Ich studiere die neuen Zimmer und Korridore und schüttele den Kopf. »Die habe ich noch nie gesehen.«

»Er ist also doch kein kompletter Idiot«, knurrt Remme.

»Es ergibt durchaus Sinn, dass er Vertrautes verwendet und Erinnerungen in den weniger geschützten Bereichen des Palastes erschaffen hat. Aber das Wissen, das Felicity dadurch erhalten hat – wie vertraut ihr der Palast durch diese Erinnerungen sein wird –, wird uns trotzdem nützlich sein, wenn sie sich dort mit dem gleichen Selbstbewusstsein bewegen soll, das Sol haben würde. Und ich kann dir sagen, wie du dort hinkommst«, sagt er und deutet auf einen Bereich der Karte, der mir nicht bekannt vorkommt.

»Und wir sind ganz sicher, dass diese Sol den Palast verlassen wird und nicht zwei von uns dort herumlaufen werden, wenn Misha und ich ankommen?«

»Ich habe sie eingeladen, mich morgen auf Castle Craige zu besuchen«, sagt Misha. »Sie glaubt, ich will eine Allianz zwischen den Sieben Magiern von Elora und den Wilden Fae besprechen.«

»Ich verwette einen Sack Kupfermünzen darauf, dass sie glaubt, die Spitzenkandidatin für den Posten der nächsten Königin zu sein«, sagt Skylar und verdreht die Augen. »Ein Irrtum, den du allerdings auch nie aufgeklärt hast.«

Misha nimmt ihre Stichelei scheinbar ungerührt hin. »Ich habe getan, was nötig war, um ihr so nahe zu kommen, dass wir alles bekommen, was wir brauchen.«

Alles, was nötig war. Warum ärgert mich dieser Gedanke so? Er ist nicht wirklich an ihr interessiert und hat auch nicht vor, sie zu seiner Königin zu machen, aber bei dem Gedanken, dass er ihr nahe genug gekommen ist, um ihr unauffällig ein paar Haare zu stehlen, dreht sich mir der Magen um. »Wird es denn niemand seltsam finden, dass der König der Wilden Fae spontan den Palast von Elora besucht?«, frage ich.

»Aber das mache ich ja gar nicht«, sagt Misha. »Zumindest wird niemand etwas davon mitbekommen. Ich habe vor, während unseres Besuchs unerkannt zu bleiben.«

»Okay. Mal sehen, ob ich alles richtig verstanden habe.« Ich trommele mit den Fingerspitzen auf die Tischplatte. »Misha bringt Sol dazu, noch einmal nach Castle Craige zu kommen, und hält sie dann dort fest – was, wie ich betonen möchte, ziemlich riskant ist, falls du einen Krieg mit den Sieben Magiern von Elora vermeiden willst. Aber abgesehen davon …«

Misha schnaubt. »Es kränkt mich, dass du denkst, ich würde sie auf eine Art und Weise festhalten, die sich nach Gefangenschaft anfühlt. Pretha und Amira werden sich gut um sie kümmern, bis ich zurückkehren kann.«

»Das hört sich schon besser an«, sage ich. »Und dann benutzen ich als Sol und du inkognito den Gang der Türen der Königin, um in den Palast zu gelangen?«

»Das ist richtig«, sagt Hale. »Sie hat uns angeboten, dass wir ihn ebenfalls benutzen dürfen, um nach Elora zu reisen.«

»Also betreten Misha und ich den Palast von Elora. Dort muss ich die Chroniken finden, um so viel wie möglich über Erith herauszufinden, und dann das Grimoricon suchen. Danach verschwinden wir von dort und bringen Misha nach Castle Craige zurück, damit Sol nicht auf die Idee kommt, dass er sie ausgetrickst haben könnte.«

»Klingt korrekt«, sagt Natan.

»Aber warum schickt ihr mich dann nicht allein dorthin? Warum muss ich Misha mitnehmen und somit das Risiko vergrößern, dass wir ungewollte Aufmerksamkeit auf uns ziehen?«

»Wie gesagt, ich werde mich nicht zu erkennen geben«, wirft Misha ein.

»Du gehst nicht allein dorthin«, sagt Hale mit sorgenvoll gefurchter Stirn. »Nicht an diesen Ort.«

»Es gibt noch eine weitere mögliche Komplikation, über die wir sprechen müssen«, sagt Remme. Er beobachtet mich von seinem Posten hinter Hale scharf.

Mein Bruder dreht sich verwirrt zu ihm um. »Und die wäre?«

»Mir wird nichts passieren«, sage ich beschwichtigend.

»Welche Komplikation?«, fragt Hale noch einmal.

Remme hebt das Kinn, wie um mir zu bedeuten, dass er mir erlauben wird, das Ganze selbst zu erklären.

Ich starre auf die Karte vor mir, damit ich ihnen nicht in die Augen sehen muss. »Ihr wisst ja, dass mein Zwillingsbruder Konner mir Erinnerungen eingepflanzt hat – eine Illusion, in der er und ich uns nahegestanden und ich mein Leben im Palast geliebt habe. Sie sind noch nicht ganz verschwunden, aber ich schaffe das. Ich werde nicht zulassen, dass eine Illusion mich ins Schwanken bringt.«

»Möglicherweise ist das nicht ganz so einfach«, sagt Remme sanft. »Wenn du auf einmal vor deinem Bruder stehst oder vor einer Freundin, die er in deine Erinnerungen gepflanzt hat, könnte die Illusion ausreichen, um dich zögern zu lassen. Und ein Augenblick des Zögerns kann den Unterschied zwischen Leben und Tod bedeuten.«

»Wird das ein Problem werden, Felicity?«, fragt Hale. »Wenn wir einen anderen Weg finden müssen …«

»Nein.« Mit schrillem Quietschen schabt mein Stuhl über den

Steinboden, als ich ihn abrupt zurückschiebe. »Ich schaffe das. Ich will das durchziehen.«

Ich gehe zur Tür und trete auf den nächstgelegenen Balkon hinaus. Misha folgt mir.

»Falls du dir Sorgen machst, kannst du es ruhig zugeben«, sagt er hinter mir.

»Natürlich mache ich mir Sorgen«, sage ich. Ich ziehe den Umschlag von zuvor aus meiner Tasche und wedele damit vor seinem Gesicht hin und her. »Wie bist du eigentlich an Sols Haare rangekommen?«

»Wahrscheinlich genau so, wie du an eines von Ezra rangekommen bist. Ich bin ihr nahe gekommen und habe dafür gesorgt, dass sie zu abgelenkt war, um darüber nachzudenken, was genau ich mit meinen Händen mache«, sagt er achselzuckend. »Das war nicht sonderlich schwer.«

Mein Magen zieht sich zusammen. »Dass es dir nicht schwerfällt, Frauen abzulenken, glaube ich sofort.«

Misha legt den Kopf schief. »Bist du etwa eifersüchtig, Felicity?«

Ich schnaube verächtlich. »Warum sollte ich auf eine machthungrige Zauberin der Sieben eifersüchtig sein?«

Sein Mundwinkel zuckt. »Vielleicht weil es dir gefallen hat, als meine Hände in *deinen* Haaren lagen.«

Ich sollte seinen Kommentar einfach übergehen, aber ich bin müde und schaffe es nicht. »Deine Hände lagen nie in meinem Haar, Misha. Nur in Jasalyns.«

Sein Blick wandert zu meinem Mund und mir stockt der Atem. »Und warum glaubst du immer noch daran, dass ich es so wollte?«

Mein Mund wird trocken und mein Herz beginnt zu rasen. »Wenn du mich so ansiehst, weiß ich nicht mehr, was ich fühlen soll.«

»Wenn ich dich ansehe, weiß ich nicht mehr, was *ich* fühlen soll«, flüstert er.

Ich schaue an mir herab – an Jasalyns Armen, Jasalyns Körper. »Das ist bestimmt verwirrend.«

»Verwirrend?« Er schnaubt, dann wird sein Gesicht weich. »Ich träume von deinem Kuss«, sagt er und in seinen Worten schwingt eine seltene Verwundbarkeit mit. »Er verfolgt mich.«

»Mein Kuss oder der der Prinzessin?« Wir beide wissen, dass es einen Unterschied gibt.

Er lässt seinen rauen Daumen über meine Unterlippe gleiten, beugt sich vor und flüstert mir ins Ohr: »In meinen Träumen siehst du nie aus wie die Prinzessin.«

Meine Lider senken sich flatternd und ich konzentriere mich darauf, wie sich seine Finger in meinen Haaren und sein Atem an meinem Hals anfühlen. Ich hake die Finger in seinen Gürtel und schmiege mich an ihn. Ich sehne mich so sehr nach seinem Kuss, dass ich von den Fingerspitzen bis in mein Innerstes zittere wie Espenlaub.

Er senkt den Kopf, vergräbt das Gesicht in meiner Halsbeuge und atmet mich ein. Jeder Zentimeter meines Körpers ist sich seiner Bewegungen bewusst. Jas' Körper ist zu klein für ihn und passt nicht so recht an seine hünenhafte Gestalt und ich frage mich, wie es sich anfühlen würde, wenn ich in meiner eigenen Haut so dicht an ihn gepresst stünde. Würde meine höher gewachsene Statur es mir erlauben, mein Gesicht in seiner Halsbeuge zu vergraben anstatt an seiner Brust? Würde mein Körper, der mir immer zu groß und zu kurvig vorgekommen ist, sich unter seinen starken Händen endlich *richtig* anfühlen?

Als er mir mit zwei Fingern über den Hals streicht, läuft mir ein wohliger Schauer über den Rücken. Ich habe das vermisst.

So sehr, wie ich es vermisse, in meiner eigenen Haut aufzuwachen.

Dann löst er sich von mir und mir wird kalt.

»Ich kann nicht«, flüstert er. »Das ist nicht das, was ich will.«

Mir rutscht der Magen in die Kniekehle, aber ich werde nicht zusammenbrechen. Egal wie gern ich das tun möchte. »Ich verstehe.«

Misha weicht einen weiteren Schritt zurück und betrachtet mich forschend. »Da bin ich mir nicht so sicher.«

»Ich weiß, dass du mich nicht hasst, aber ich habe dich verraten, und das kannst du mir nicht verzeihen. Daran ändern auch die vergangenen Tage nichts, das sehe ich ein. Alles andere wäre vermessen.«

Er öffnet den Mund, schließt ihn dann aber wieder und wendet den Blick ab.

Ich kann nicht hierbleiben und ihn ansehen, nachdem er mich zurückgewiesen hat. Ich bin zu verstört von dem, was gerade passiert ist, und habe Angst, dass ich gleich um die Zuneigung betteln werde, die mir niemals gewährt werden wird. »Bis morgen früh«, hauche ich, drehe mich um und eile ins Zimmer zurück.

»Felicity.«

Ich erstarre. Niemals werde ich genug davon bekommen, meinen Namen aus seinem Mund zu hören. Aber ich bin nicht stark genug, um ihn anzusehen, während er mich mit Mitleid überschüttet. »Du musst mir nichts erklären.«

»Ich habe kein Verlangen danach, Jasalyns Lippen zu küssen«, sagt er meinem Rücken. »Oder danach, Jasalyns Geruch in der Nase zu haben oder ihren Körper in meinen Händen zu spüren.«

Meine Eingeweide verkrampfen sich in plötzlicher Hoffnung.

»Ich träume von dir in deiner wahren Gestalt. Ich habe schon von dir geträumt, bevor du nach Castle Craige kamst und mir die Illusion gabst, ich wäre dabei, mich in die Schattenprinzessin zu verlieben.« Ich spüre, wie er mir näher kommt. Spüre, wie sich meine Nackenhaare bewegen, als er bebend Atem holt. »Ich will *dich*. Ich sehne mich nach *dir*. Und anstatt mich mit einem Ersatz zufriedenzugeben, werde ich so lange warten, bis ich dich haben kann. Dein wahres Ich.« Er streicht mir mit zwei Fingern über den dünnen Stoff meines Kleides, vom Nacken zwischen den Schulterblättern hinab bis zur Taille. Ich erzittere.

Dann verschwindet seine Berührung, und als ich mich umdrehe, um sicherzustellen, dass dies kein Traum ist, ist er fort.

***

Ich ziehe einen Faden aus meinem Koboldarmband, setze mich dann mit meinem Kartendeck auf den Boden und warte darauf, dass Squird erscheint.

»Oh, supi!«, ruft Squird, noch bevor er seine körperliche Gestalt vollständig angenommen hat. »Ich lerne gerade, wie man spielt, und hatte gehofft, dass ich es dir zeigen kann.«

Ich ziehe die Knie an, klopfe neben mir auf den Boden und beginne damit, die Karten auszulegen. »Dann kennst du also die Regeln?«

»Ja. Mein Bruder hat sie mir beigebracht.« Squird lässt sich zu Boden sinken und ahmt meine Haltung nach. Sein knochiges Knie sticht in meinen Oberschenkel. »Ich bin aber noch nicht besonders gut.«

Ich lege die Karten fertig aus und reiche ihm den Rest des Decks. »Das ist das Gute an einer Patience. Man hat keinen Gegner, also kann man auch nicht verlieren.«

Er runzelt die Stirn, streckt die Zunge aus dem Mundwinkel und studiert die Karten. »Mein Bruder hat etwas anderes behauptet. Er hat mir ständig gesagt, ich hätte verloren.«

»Wenn ich mit meinem Bruder Karten spiele, gewinnt die höchste Punktzahl. Wenn ich allein spiele, habe ich immer die höchste Punktzahl.«

Er wirft mir ein strahlendes Grinsen zu, das jede Lücke zwischen seinen spitzen Zähnen zeigt. »Mir gefällt, wie du denkst.« Er legt eine Karte aus und studiert die nächste.

»Morgen gehe ich in den Palast von Elora«, sage ich.

Squird reißt den Kopf zur Seite und schaut mich an. »Aber wieso das denn?«

»Erith und Mordeus haben sich verbündet und das Schicksal von Elora und dem Schattenreich steht auf dem Spiel. Wir brauchen mehr Informationen.« Es ist mir sehr unangenehm, seine Jugend und Naivität auszunutzen, aber es muss sein. Falls Erith mich im Palast entdeckt, wird er mich töten. Ich hole tief Luft und fahre fort: »Und das ist meine beste Chance, sie zu bekommen, weil Erith nicht im Palast ist.«

Er hebt einen Zeigefinger. »Das ist schlau. Er kommt erst in ein paar Tagen zurück.«

Er richtet seine Aufmerksamkeit wieder auf das Spiel und ich atme langsam aus. Letztes Mal habe ich ihm zu viele Fragen gestellt und ihn damit verscheucht. Diesen Fehler darf ich nicht noch mal machen. Als ich beschloss, ihn heute Abend zu mir zu rufen, war mir klar, dass ich das Gespräch sehr vorsichtig würde steuern müssen. »Wir wissen nicht, wo er ist. Nur, dass er Mordeus' Leichnam bewacht.«

Squird nickt und legt die nächste Karte aus. »Aber deine Freundin war schon dort – die Prinzessin.«

»Wusstest du, dass sie Erith eine Klinge ins Herz gestoßen hat? Aber er hat nicht einmal geblutet.« Ich schüttele den Kopf, als würde ich nur Klatsch verbreiten und nicht gezielt nach Antworten suchen.

»Weil sie die falsche Klinge benutzt hat«, sagt er und legt grinsend eine weitere Karte aus.

»Stimmt. Aber das wusste sie nicht.« Ich beiße mir auf die Unterlippe. Jetzt oder nie. »Ich frage mich, ob selbst *ich* ihn ohne das Feuerschwert töten könnte – du weißt schon, wegen der Prophezeiung und so.«

Squird legt noch eine Karte aus und sieht mich dann kopfschüttelnd an. »Du weißt schon, dass du das könntest. Der Pakt, den er geschlossen hat, erwähnt nichts davon, dass seine weiblichen Nachkommen das Feuerschwert benutzen müssen, um ihn zu töten. Nur, dass sie es können.«

Ich schlucke und versuche, gleichgültig zu wirken, aber meine Gedanken rasen. Welcher Pakt? Weibliche Nachkommen? Nicht nur ich? »Das Risiko kann ich aber nicht eingehen. Nicht nach dem, was das Orakel mir gezeigt hat.«

Er starrt lange auf die vor ihm ausgelegten Karten, schiebt sie dann abrupt zu einem Haufen zusammen und seufzt. »Für Kendrick den Erwählten würdest du alles tun, und das weiß Erith. Bis vor Kurzem war es nur Kendricks Schicksal, das dem Patriarchen der Sieben Sicherheit gewährte. Aber jetzt ist eine neue Variable aufgetaucht. Von der weiß Erith allerdings noch nichts.«

»Was meinst du?«, frage ich.

Squird legt den Kopf schief und mustert mich. »Hat dein Bruder dir nichts davon erzählt?«

»Nein. Aber Hale war in letzter Zeit auch ziemlich beschäftigt.«

»Nicht dieser Bruder. Dein leiblicher Bruder.«

Mein Herz zieht sich zusammen, als ich an den Konner aus meiner Illusion denke. Leiblicher Bruder und bester Freund. Ich schlucke den Kloß in meiner Kehle hinunter und versuche, möglichst gleichmütig zu klingen. »Er war zu sehr damit beschäftigt, mich in der Schwebe zu halten, um mir irgendetwas zu erzählen.«

Squird nickt und reicht mir das Kartendeck. »Er hat einen Grund für seine Geheimnisse. Einen wichtigeren Grund als jemals zuvor in seinem Leben. Wenn du heute Abend nichts anderes mehr von mir brauchst, muss ich jetzt gehen.«

Ich habe jetzt zwar mehr Fragen, als ich hatte, bevor er hier ankam, aber ich würde ihn trotzdem am liebsten umarmen. Kobolde sind allerdings ein bisschen heikel, was Zuneigung angeht, deswegen schenke ich ihm nur ein Lächeln. »Es war schön, dich zu sehen, Squird.«

»Ich kann den Palast von Elora nicht betreten, also nimm alles mit, was du dort brauchst.«

Mir wird warm ums Herz. Nigel wäre stolz auf diesen kleinen Kerl. »Das mache ich.«

KAPITEL 26

JASALYN

»Jas? Jasalyn, bist du okay?«

Ich tauche wie aus dichtem Nebel auf und schüttele den Kopf, um meine Gedanken zu ordnen.

»Alles in Ordnung, Mädchen?«, fragt Skylar mit skeptischer Miene.

»Ich …« Ich schaue blinzelnd auf den kalten Stein unter meinen Händen – den tiefschwarzen Stein des Schattenthrones – und reiße sie dann rasch zurück. »Wie bin ich hierhergekommen?«

Skylar schaut mich mit gerunzelter Stirn an. »Ich habe dir die Haare geschnitten und du hast mir gesagt, du wolltest mir diesen abgefahrenen Spiegel deiner Schwester zeigen, von dem ich schon so viel gehört habe.«

Ich nicke. Daran erinnere ich mich. Sie wollte den Spiegel der Entdeckung sehen. Ich weiß noch, dass Brie uns zum Thronsaal geschickt hat, um ihn zu holen, aber danach verschwimmt alles – wie damals, wenn ich langwierige Nähaufträge hatte und meine Gedanken abschweiften, während ich Stich um Stich setzte. Plötzlich waren Stunden vergangen und der Auftrag fertig.

»Bist du okay?«, fragt Skylar noch einmal. Sie hält den Spiegel in Händen – wann hat sie ihn genommen? »Hier, leg ihn wieder zurück. Ich wollte nur mal sehen, ob er wirklich so funktioniert, wie alle behaupten.«

Ich nehme den Spiegel und wende mich wie betäubt ab, um ihn in den Kasten auf dem Podest zu legen, in den er gehört. Als ich mich wieder umdrehe, beobachtet Skylar mich scharf.

»Ist irgendetwas?«

»Habe ich …« Ich beiße mir auf die Innenseite meiner Wange. »Habe ich irgendetwas getan? Jemanden verletzt oder …« Ich klopfe meine Taschen ab. »Irgendetwas eingesteckt?«

Sie legt verwirrt den Kopf zur Seite. »Auf dem Weg hierher?«

»Ich kann mich nicht daran erinnern, wie ich hierhergekommen bin«, flüstere ich.

Sie rümpft die Nase, als wolle sie mir widersprechen, aber dann wird ihr schlagartig klar, was das zu bedeuten hat. Ich kann mich nicht erinnern. Genauso wenig wie an all die Nächte, bevor der Ring sich nicht mehr abnehmen ließ, als Mordeus meinen Körper übernahm und ihn dazu benutzte, Hunderte Fae zu ermorden. »Du warst ziemlich ruhig, aber das ist ganz normal bei dir. Du bist nicht gerade die größte Plaudertasche, die ich kenne.«

»Ich wusste nicht, dass er mich ohne den Ring benutzen kann.« Mein Magen ist ein riesiger Knoten. »Ich dachte, darüber müsste ich mir jetzt noch keine Sorgen machen, sondern …«

»Erst an deinem Geburtstag.« Wenigstens nimmt Skylar kein Blatt vor den Mund. Gerade weiß ich das sehr zu schätzen. »Das Einzige, was du getan hast, war, diesen Thron ein bisschen zu zärtlich zu befummeln, aber ich glaube, mit der Zeit kommt ihr beide darüber hinweg.«

Ich will lachen. Wirklich. Aber stattdessen lässt die Angst

tausend winzige Käfer durch meine Adern krabbeln. »Ich muss weg von hier«, sage ich, sacke dann aber am Rand des Podests zusammen.

»Soll ich jemanden holen?« Sie schaut sich hektisch im leeren Thronsaal um. »Kendrick!«

Ich vergrabe meinen Kopf in den Händen. Ich muss die Augen schließen. Wenn ich die Augen schließe und tief atme, wird die Welt aufhören, sich zu drehen.

»Ich bin gleich zurück.«

Ich höre das Geräusch ihrer davoneilenden Schritte kaum, denn ich zähle hoch konzentriert. Einatmen, zwei, drei, vier, ausatmen, zwei, drei, vier.

Ich weiß nicht, wie viel Zeit vergangen ist, aber auf einmal spüre ich jemanden vor mir. Ich öffne die Augen und Kendrick ist da. Er hat sich vor mir auf ein Knie niedergelassen und seine Hand liegt auf dem Rand des Podests, als habe er es absichtlich vermieden, mich zu berühren, bevor ich seine Gegenwart registriert habe. »Da ist sie ja wieder«, murmelt er und sieht mir fest in die Augen.

»Er ist schon hier«, flüstere ich. »Es passiert bereits.«

»*Du* bist hier. Du hast die Kontrolle über dich.« Er nimmt meine Hand und streicht mit dem Daumen über meine Knöchel. »Spürst du das?«

Ich nicke zögernd.

»Du bist hier. Ich werde nicht zulassen, dass dir etwas passiert.«

»Stell dir vor, er wäre an Brie herangekommen.« Ich schüttele den Kopf. »Ich darf sie nicht in Gefahr bringen, Kendrick. Ich muss hier weg. Fort von diesem Palast, bevor …« Meine Unterlippe zittert. Ich kann es nicht einmal aussprechen.

»Wir können unsere Sachen packen und jetzt sofort aufbrechen, wenn du das willst.«

Ich schlucke mühsam. »Wirklich?«

Er grinst und ich sehe seine Grübchen aufblitzen. »Wir wollten sowieso morgen früh aufbrechen. Es macht mir nichts aus, ein bisschen früher zu gehen.« Er drückt meine Hand und ich merke, dass er sie die ganze Zeit über gehalten hat.

So ist es schon immer zwischen uns gewesen. Ich gerate aus der Bahn und Kendrick hält mich fest. Ich will so lange hierbleiben, bis ich eines Tages diejenige sein kann, die ihn festhält, wenn er es braucht. Ich werde einen Weg finden, diesen Handel zu lösen. Ich muss es einfach schaffen. »Es tut mir leid.«

Ich weiß, dass er nicht versteht, was ich damit meine, aber ich habe nicht die Kraft und geistige Klarheit, um es zu erklären.

»Genug gejammert jetzt«, sagt Skylar hinter Kendrick. Ich weiß nicht, wie lange sie schon dort steht. »Wir haben eine Menge Arbeit vor uns, wenn wir noch heute Abend nach Elora aufbrechen wollen, dafür ist jetzt keine Zeit.«

Kendrick steht auf und zieht mich mit sich hoch. »Wir sagen deiner Schwester Bescheid und packen dann alles zusammen.«

Finde die Hexe und schließ einen neuen Handel. Jeder will irgendetwas. Wir werden herausfinden, was sie will, und es ihr geben. Wir schaffen das.

Sobald ich aufhöre, an all die Unwägbarkeiten zu denken, und mich nur auf meinen nächsten Schritt konzentriere, beruhigt sich mein Puls und mein Atem verlangsamt sich. Also werde ich von nun an genau das tun.

***

»Seid ihr sicher, dass ihr keinen Kobold nehmen wollt?«, fragt Abriella. Das Portal zu ihrem Gang der Türen liegt tief im Koboldgebirge in der Nähe des Eisflusses und sie hat darauf bestanden, uns so weit zu begleiten. Aber falls sie nicht vorhat, mit uns nach Elora zu gehen, trennen sich hier unsere Wege.

Auf ihrem Gesicht liegt der Ausdruck einer besorgten Glucke und zum ersten Mal seit langer Zeit weiß ich ihn wieder zu schätzen. Meine Schwester hat mich beinahe vier Jahre lang beschützt, umsorgt und in Watte gepackt, aber dies war die einzige Art, auf die sie mir ihre Liebe zeigen konnte. Sie war schon immer viel mehr eine Mutter für mich, als es jemand sein sollte, der selbst noch so jung ist.

»Das sind wir«, nickt Kendrick. Er hat mithilfe eines Verhüllungszaubers wieder menschliche Gestalt angenommen, und jetzt, da ich mich an seinen Fae-Anblick gewöhnt habe, kommen mir seine runden Ohren seltsam vor. Auch alle anderen haben von Natan einen Trank bekommen, bevor wir zum Portal aufgebrochen sind. Fae sind in Elora nicht sicher. Das wusste ich schon immer, aber jetzt, da ich weiß, dass es auch ihr Zuhause ist, macht es mich besonders traurig.

»Der Gang wird euch ein paar Stunden von Fairscape entfernt absetzen und dann müsst ihr euch Pferde und eine Unterkunft für die Nacht besorgen.«

»Wir haben alles im Griff«, sagt Skylar. »Seid keine solche Glucke. Ich verspreche Euch, dass wir uns gut um Eure Prinzessin kümmern werden.«

»Wir haben Freunde im Handres-Territorium von Elora«, gibt Kendrick ihr geduldig alle Informationen, die sie braucht. »Wir treffen uns heute Abend mit ihnen und brechen dann morgen ganz früh nach Fairscape auf.«

Brie nickt ruckartig, dann wendet sie sich mir zu. »Und du bist vor deinem Geburtstag wieder zurück?«

»Ich …« Ich werfe Kendrick einen Blick zu, bevor ich meine Schwester wieder ansehe. »Wenn wir die Hexe nicht finden …«

»Wir bringen Jasalyn zurück, nachdem wir die Hexe gefunden haben«, sagt Kendrick. Seine Stimme ist voll entschlossener Zuversicht und sie umfängt mich wie eine warme Umarmung. Ich wünschte, ich könnte ebenfalls mit dieser Selbstsicherheit reden und daran glauben, dass wir es definitiv schaffen werden, alles wieder in Ordnung zu bringen.

»Komm her«, sage ich, gehe auf meine Schwester zu und schließe sie in die Arme. Ich spüre ihren erstickten Schluchzer mehr, als dass ich ihn höre, und drücke sie noch fester an mich. »Danke für alles, was du für mich getan hast. Ich weiß, ich war schrecklich zu dir und –«

»Das warst du nicht.«

»Oh doch«, schnaube ich. »Und das hattest du nicht verdient. Ich will, dass du weißt, dass ich …«

»Hör auf.« Sie schüttelt den Kopf. »Lass das. Wir verabschieden uns nicht. Dies ist nicht das Ende.«

Ich löse mich von ihr und schaue sie an. Meine mutige, schöne Schwester, die für mich einen grausamen, bösen König niedergestreckt hat. Jetzt bin ich an der Reihe. Ich werde einen Weg finden, ihn für sie zu töten. Fest drücke ich ihre Schultern. »Ich liebe dich.«

Tränen rollen ihr über die Wangen und hinterlassen nasse Spuren auf ihrer Porzellanhaut. »Ich liebe dich auch.«

Ich würde sie gern noch ein wenig länger festhalten, aber ich zwinge mich dazu, sie loszulassen und mich zu Kendrick umzudrehen.

»Bereit?«, fragt er und streckt eine Hand aus.

Ich nicke und ergreife sie, und als wir durch das Portal gehen, höre ich Brie hinter uns: »Passt auf sie auf, bit–« Aber dann höre ich sie nicht mehr und wir befinden uns an einem anderen Ort. Endloser, dunkler Nachthimmel erstreckt sich über unseren Köpfen und lässt mich schwindeln. Es gibt keinen Boden, keine Decke und keine Türen in diesem Gang. Nur Spiegel, die sich zu beiden Seiten von uns aneinanderreihen. Ich spüre Druck auf meinen Ohren und höre ein Rauschen wie von herumwirbelnder Luft, aber alles fühlt sich viel zu unrichtig an, um mir sicher zu sein.

»Woher wissen wir, welcher Spiegel nach Elora führt?«, frage ich die anderen.

»Deine Schwester hat gesagt, dass wir ihn erkennen werden«, sagt Remme und setzt sich an die Spitze der Gruppe.

Er führt uns voran. Jedes Mal wenn wir kurz vor einem Spiegel stehen bleiben, zeigt dieser uns unser Spiegelbild in einer neuen Umgebung. Ich sehe Blumenwiesen oder kalte Steinverliese, schmutzige Dorfstraßen und den sternenbeglänzten Himmel ferner Länder.

Aber er hat recht. Als wir vor dem Portal nach Elora stehen bleiben, spüre ich, dass wir hier richtig sind. Der mit Holz vertäfelte Raum hinter dem Spiegel ist mir zwar unbekannt, aber ich fühle es irgendwo tief in meinem Inneren.

»Dieser hier«, sage ich mit einem Seitenblick auf Kendrick.

Er nickt. »Ich spüre es auch.«

»Wie funktioniert das?«

»Der Gang weiß, warum wir hier sind«, sagt Natan. »Er beantwortet die Frage, die wir ihm stellen.«

»Abgefahren«, haucht Skylar.

Sobald wir durch den Spiegel getreten sind, verstummt das Rauschen, der Druck auf meinen Ohren verschwindet und auf einmal stehen wir in einer Taverne, in der es nach abgestandenem Bier stinkt und betrunkene Gäste einen Höllenlärm veranstalten. Das Portal hat uns in einer dunklen Ecke bei der Hintertür abgesetzt und wir scheinen niemandem aufzufallen, aber Kendrick greift trotzdem nach meiner Hand und führt mich und die anderen schnell nach draußen.

Auf dem dunklen Trampelpfad bei den Stallungen hinter der Schenke wartet ein Mann. Als er uns sieht, erhellt sich sein Gesicht. »Ihr habt es geschafft!«

»Danke, dass du uns in Empfang nimmst«, sagt Kendrick, legt den Arm um ihn und drückt ihn kurz, aber heftig an sich.

»Für dich würde ich alles tun, das weißt du doch.«

Kendrick zieht mich sanft nach vorne. »Jasalyn, das ist Hector. Hector, ich möchte dir Prinzessin Jasalyn vorstellen.«

Ich strecke die Hand aus, aber Hector nimmt mich in die Arme. »Wir sind so dankbar für Eure Hilfe. Ihr könntet diejenige sein, die die Revolution für uns entscheidet.«

Ich erwidere seine Umarmung und klopfe ihm linkisch auf den Rücken, dann löse ich mich von ihm. »Ich habe aber nicht …« Ich schaue Kendrick Hilfe suchend an. Weiß dieser Mann, dass ich Erith nicht töten kann? Weiß er, dass ich das Feuerschwert verloren habe? »Ich habe bisher nichts Entscheidendes geleistet und weiß auch nicht, ob ich das überhaupt kann.«

Hectors Augen funkeln entzückt. »Ich vertraue auf das Orakel, und das solltet Ihr auch tun.«

Ich senke den Kopf, um meine Scham zu verbergen. Sobald Kendricks Leute die Wahrheit erfahren, werden sie mich hassen. Weil ich das Feuerschwert verloren habe. Weil ich die Klinge zwar wie vom Orakel vorhergesagt in Eriths Brust gestoßen, ihn aber nicht getötet habe.

»Warst du noch einmal beim Orakel?«, fragt Hector Kendrick. »Vielleicht kann diese junge Dame ja deine neue Königin werden.«

»Sie ist eine Fae«, krächzt eine Frau, die hinter Hector aus den Schatten getreten ist, die sie bislang verborgen haben. Sie hat einen rundlichen Körper und die scharfen Augen einer Person, die gelernt hat, stets wachsam zu bleiben. »Die Königin von Elora war schon immer eine Menschenfrau.«

»Das ist Loryn, Hectors Frau«, erklärt Kendrick. »Loryn, das ist Prinzessin Jasalyn.«

Hector wirft Loryn einen Blick zu, der von jahrelangen Kabbeleien spricht.

»Ignorierst du wirklich allen Klatsch aus Faerie? Dieses Mädchen ist die erste menschliche Fae-Prinzessin.«

»Sie wird aber nicht mehr lange menschlich bleiben. Sie ist eine Nachfahrin von Mab.« Loryn schaut mich mit schuldbewusster Miene an. »Tut mir leid, mein Kind. Das ist nun mal die Tradition, nehmt es nicht persönlich.«

»Ist schon in Ordnung«, flüstere ich, erhasche Kendricks Blick und schaue schnell wieder zu Boden.

»Es ist eine dämliche Tradition«, sagt Hector. »Meiner Meinung nach wäre die Monarchie stärker gewesen, wenn der König und die Königin gemeinsam altern könnten. Wenn sie ihren Bund aus Liebe schließen dürften und nicht wegen irgendeiner Prophezeiung des Orakels. Findest du nicht auch?«

»Du kannst nicht einfach alle Traditionen in die Tonne kippen, nur weil dein Freund auf diese hübsche junge Prinzessin scharf ist.« Sie schaut mich naserümpfend an. »Nicht persönlich gemeint, Schätzchen.«

Ich öffne den Mund, aber ich weiß nicht, was ich darauf erwidern soll. Keine Ahnung, was schlimmer ist – dass dieser Mann sich etwas für mich wünscht, das nie geschehen wird, oder dass diese Frau mich bemitleidet, obwohl sie den wahren Grund, aus dem Kendrick und ich keine gemeinsame Zukunft haben können, nicht kennt. Vielleicht ist es aber auch der Ausdruck in Kendricks Augen, dem als Einzigem die Wahrheit bewusst ist.

Bevor mir eine Antwort einfällt, meldet sich Skylar zu Wort: »Sie ist *super*hübsch, nicht wahr? Das liegt an der Frisur. Verdammt gut geschnitten, wenn ich das mal so sagen darf. Und an den Klamotten, für die ebenfalls ganz allein ich verantwortlich bin.«

»Wir hatten einen anstrengenden Tag«, sagt Kendrick zu Hector. »Könntest du uns zu Amelia bringen?«

»Aber natürlich, entschuldigt bitte.« Er schüttelt den Kopf und winkt uns, ihm zu folgen. »Die Leyline ist nur ein paar Straßen entfernt von hier.«

»Was ist eine Leyline?«, frage ich Kendrick, als wir uns in Bewegung gesetzt haben.

»Leylines sind magische Energielinien, die sich über das ganze Reich erstrecken und einen schnell von Ort zu Ort bringen können, ohne dass man die Distanz aus eigener Kraft zurücklegen muss.«

»Wie ein Portal also«, sage ich.

Hector wirft mir ein entwaffnendes Lächeln zu. »Aber im Gegensatz zu einem Portal ist die Leyline ein Teil der Erde, was bedeutet, dass die Sieben sie uns nicht wegnehmen können.«

»Das ist unglaublich.« Ich runzele die Stirn. »Aber warum hast du meiner Schwester nicht einfach gesagt, dass wir Leylines benutzen werden und sie sich keine Sorgen darüber machen muss, dass wir so weit von Fairscape entfernt sind?«

»Wir haben es uns zur Gewohnheit gemacht, nicht *all* unsere Geheimnisse zu verraten«, sagt Remme. »Vor allem nicht Leuten aus Faerie. Wenn ich sie jemandem anvertrauen würde, stünde deine Schwester allerdings ganz oben auf der Liste.«

»Hier ist es.« Hector zeigt auf einen Ahornbaum am Straßenrand. »Geht linker Hand am Baum vorbei, aber so dicht, dass eure Schulter die Rinde streift.«

»Ich gehe zuerst«, ruft Skylar und setzt sich an die Spitze der Gruppe.

Ich beobachte, wie sie links am Baum vorbeigeht. Ihre Schulter streift über den Stamm und dann ist sie verschwunden. Natan tut es ihr nach, dann folgt Remme.

»Geh du als Nächstes. Ich bin direkt hinter dir«, sagt Kendrick.

Ich straffe die Schultern und folge den anderen so dicht am Baum vorbei, dass die Rinde über meine Haut kratzt. Ich erwarte ein ähnliches Gefühl wie beim Reisen mit Kobolden – dass sich die Welt dreht und mir schlecht wird –, aber es ist, als wäre ich nur an dem Baum vorbeigelaufen und plötzlich in einer anderen Umgebung gelandet. Die Straßen hier sind mit Steinen gepflastert und von Öllampen gesäumt.

Remme grinst mich an. »Ziemlich cool, was?«

»Supercool«, sage ich mit einem Nicken und erwidere sein Lächeln.

Die anderen gesellen sich zu uns und Hector eilt voran und drängt uns, ihm zu folgen. Loryn aber dreht sich zu uns um, geht rückwärts weiter und scannt die Gruppe. »Eure Trugzauber – ist das Zauberermagie?«

Kendrick nickt. »Natan hat uns wieder seinen Trank gemacht.«

Hector nickt anerkennend. »Gut. Die Sieben sind wachsamer als je zuvor, was Fae-Magie angeht. Es sind schon Leute für etwas so Banales wie einen kleinen Lichtzauber verhaftet worden. Seid auf der Hut. Es lohnt sich nicht, Magie einzusetzen, wenn sie dadurch auf euch aufmerksam werden könnten.«

»Alles klar«, sagt Kendrick. Loryn eilt die Treppe eines bescheidenen Häuschens mit Obergeschoss hinauf.

Sie öffnet die Tür und bedeutet uns einzutreten. Im Inneren steht eine Frau am Herd und der Duft nach Eintopf erfüllt den warmen Raum und lässt ihn gemütlich und einladend wirken.

»Amelia!«, ruft Skylar und die Frau wendet sich vom Herd ab und uns zu. Sie ist schön. Beinahe so groß wie Kendrick, mit dunklem Haar und freundlichen Augen. Sie trägt eine Lederhose und eine lederne Weste und ihr kräftiger Körper wirkt durchtrainiert und kampfbereit. Ich bin sofort neidisch auf die Stärke und Kompetenz, die sie ausstrahlt.

»Ihr hab es geschafft!« Sie lässt ihren Löffel auf den Tresen fallen, eilt auf uns zu und schließt alle nacheinander in die Arme, bevor sie schließlich vor mir stehen bleibt.

Ich erstarre, als sie mich eingehend von Kopf bis Fuß mustert und ihren Blick schließlich auf meinem Gesicht ruhen lässt. Ich hätte Natan bitten sollen, meine Narbe zu verbergen. Ich habe nicht die Kraft, sie einer Fremden zu erklären.

»Kein Wunder, dass er sich in dich verliebt hat.« Grinsend schüttelt sie den Kopf. »Du siehst umwerfend aus. Eure Babys werden echte Herzensbrecher werden.«

Verwirrt schaue ich zwischen ihr und Kendrick hin und her. »Verzeihung. Ich glaube, du verwechselst mich mit jemandem.« Mit Crissa zum Beispiel. Kendricks Königin.

Amelia schaut Kendrick scharf an. »Hast du eine andere Frau in mein Haus gebracht? Ist das nicht Jasalyn?«

Kendricks Gesicht ist leicht rosa angelaufen. »Jasalyn, das ist

Amelia. Sie ist bekannt für ihr köstliches Essen, ihren fiesen rechten Haken und ihre unangebrachten Kommentare.«

»Vergiss meine schönen, handbestickten Klamotten nicht«, sagt sie und fügt dann an mich gewandt hinzu: »Die verkaufe ich in dem Laden nebenan.«

»Richtig«, sagt Kendrick. »Amelia, das ist Jasalyn, die sich bislang noch nicht mit dem Gedanken beschäftigt hat, meine Babys in die Welt zu setzen, also sprich bitte ein paar Jahre lang nicht mehr darüber, um sie nicht zu verschrecken, okay?«

Mein Magen macht eine Art Purzelbaum und mir wird ein bisschen schwindelig. »Entschuldige. Ich dachte, du hättest vielleicht …« Ich schlucke. Ihren Namen will ich nicht aussprechen. »Jemand anderen erwartet.«

Amelia drückt meine Schulter. »Er war am Boden zerstört, als du verschwunden warst. Schön, dass es dir gut geht.«

»Danke«, flüstere ich.

»Kannst du uns zeigen, wo wir uns vor dem Abendessen frisch machen können?«, fragt Kendrick.

»Die Treppe hoch, dann die erste Tür links«, sagt Amelia.

»Hale kann das Zimmer am Ende des Gangs benutzen«, sagt Loryn.

»Sei still.« Hector stupst seine Frau mit dem Ellbogen an. »Er kann schlafen, wo er will.«

Sie grunzt nur und Amelia richtet ihre Aufmerksamkeit auf mich. »Das Badezimmer liegt direkt gegenüber. Wir alle teilen es uns. Leider kann ich dir nichts Besseres anbieten.«

Ich hasse es, dass mein offizieller Titel im Schattenreich ihr das Gefühl gibt, sich dafür entschuldigen zu müssen. »Du gibst uns schon mehr als genug. Ich habe früher das Bad mit meiner Schwester und meinen Cousinen teilen müssen – und meine Schwester und ich durften es nur benutzen, wenn meine Cousinen nicht zu Hause waren. Das macht mir überhaupt nichts aus.«

Hectors Blick wird weich. »So ein liebes Mädchen.«

Kendrick greift nach meiner Hand und verschränkt unsere Finger und ich lasse mich von ihm die Treppe hinauf zu dem Raum führen, den Amelia für mich bestimmt hat. Er ist klein, aber hinter dem Bett ist ein großes Fenster. Hier gibt es genügend Kerzen, um mir Licht zu verschaffen, während ich schlafe. Ich werde mich hier auch dann sicher fühlen, wenn sich Kendrick aus Rücksicht auf Loryn dazu entschließen sollte, in seinem eigenen Zimmer zu schlafen.

Er lässt seine Reisetasche in der Ecke auf den Boden fallen und schließt die Tür. »Tut mir leid wegen Loryn. Sie meint es gut, aber manchmal geht sie zu weit. Ich rede nachher mit ihr.«

»Das musst du nicht«, murmele ich, aber ich bin abgelenkt. Das Zimmer kommt mir seltsam bekannt vor, doch es dauert eine Weile, bis ich wieder weiß, warum. »Du hast mich hierhergebracht, als du mich nach meiner Konfrontation mit Erith in den Trümmern meines alten Hauses gefunden hattest, richtig?«

»Wir brauchten einen sicheren Unterschlupf in Elora und ich wusste, dass Amelia uns aufnehmen würde.«

»Aber sie hat mich eben nicht erkannt. War sie damals nicht hier?«

»Nein, und das war auch besser so. Sie wäre völlig ausgerastet, wenn sie deine Schwester getroffen hätte. Sie ist vollkommen begeistert von der Vorstellung, dass eine Menschenfrau aus Elora in Faerie an die Macht gekommen ist, und hält deine Schwester für das coolste Geschöpf der Welt.«

Ich lächele. »Nun, das kann ich ihr nicht verübeln. Wohnen Hector und Loryn auch hier?«

»Sie übernachten manchmal hier, aber es ist Amelias Haus«, sagt er achselzuckend. »Die beiden sind Gesandte der Bewegung, also reisen sie in Elora von Stadt zu Stadt, kümmern sich um unsere Verbündeten und koordinieren unsere Aktionen.« Er kramt ein Stück Kreide aus seiner Tasche, geht in die Zimmerecke und zeichnet etwas an die Wand.

»Welche Art von Aktionen meinst du?«

»Erith zu töten, ist nur der erste Schritt, um diese Welt wieder in Ordnung zu bringen«, sagt er und geht in die nächste Zimmerecke. »Vor uns liegt ein langer, schwieriger Kampf, also ist es entscheidend, dass wir unsere Verbündeten darüber auf dem Laufenden halten, was auf sie zukommt und wie sie uns helfen können.« Als er in der dritten Zimmerecke steht, realisiere ich, dass er Runen an die Wände gemalt hat.

»Wofür sind die gut?«, frage ich.

»Sie wirken als Barriere gegen ungebetene Gäste in diesem Raum. In Faerie würde ich dafür einfach meine eigene Magie einsetzen, aber hier ist es sicherer, Zauberermagie zu benutzen.«

Ich würde ihn gerne fragen, ob er all meine Schlafplätze mit Bannzaubern gesichert hat, wenn wir zusammen waren, aber eigentlich kenne ich die Antwort schon. Kendrick beschützt mich seit dem Tag, an dem wir uns kennengelernt haben. »Ich habe nicht erwartet, dass deine Freunde hier von mir wissen«, sage ich stattdessen.

Als Kendrick die letzte Zimmerecke markiert hat, wandert er zum Fenster und blickt lange hinaus, bevor er mir antwortet. Schließlich sagt er nur: »Ihnen liegt viel an mir und mir liegt viel an dir.« Er mustert mich noch einmal eingehend, als müsse er sich davon überzeugen, dass ich hier drin auch ohne ihn sicher sein werde. »Natan und ich müssen uns jetzt kurz mit jemandem treffen, aber wir sind rechtzeitig zum Abendessen wieder zurück.«

Er geht zur Tür und ich rufe ihm nach: »Ich will nicht, dass sie mich für eine Bedrohung für ihre Königin halten.«

Kendrick dreht sich langsam um, lehnt sich gegen den Türrahmen und betrachtet forschend mein Gesicht. »Ich war noch nie bereit, mit so viel Einsatz für etwas zu kämpfen, wie ich für Elora kämpfen wollte.«

»Das weiß ich. Und sie wissen das auch. Ich wollte dir nur versichern, dass ich das nicht ruinieren –«

»Aber das war, bevor ich dich getroffen habe. Jetzt ist alles anders.«

In meiner Brust zieht sich alles zusammen. Ich habe kein Recht darauf, mich an diese Hoffnung zu klammern.

»Kendrick …«

»Du kämpfst um dein Leben, und das ist wichtiger als alles andere. Deshalb habe ich diese Sache zwischen uns nicht forciert.« Er schluckt. »Aber nur damit du es weißt: Ich will mir keine Zukunft vorstellen, in der du nicht vorkommst. Ich bin nicht bereit, dich aufzugeben, solange du mich auch willst.«

Ich bin in drei Schritten bei ihm, packe seinen Gürtel und ziehe ihn an mich. Dann stelle ich mich auf die Zehenspitzen, presse meinen Mund auf seinen und lasse eine Hand in seinen Nacken gleiten. Er umschlingt mich mit beiden Armen. Er ist warm und weich und sein Kuss lässt mich daran glauben, dass alles gut ausgehen wird. Wir werden die Hexe finden und den Pakt lösen. Wir werden einen Weg finden, Elora von der Tyrannei der Sieben zu befreien, der nicht dazu führt, dass ich zusehen muss, wie der Fae, den ich liebe, eine andere Frau heiratet.

Kendrick verändert leicht seine Haltung und zieht mich enger an sich. Ich schmiege mich an ihn und unsere Zungenspitzen berühren sich. Er stöhnt auf und greift nach meiner Hand, die ich, ohne nachzudenken, unter sein Hemd geschoben und auf seine warme Haut gelegt habe.

Lachend löse ich mich von ihm. »Sorry.«

»Entschuldige dich nie für so etwas.« Er beugt sich vor und beißt mir zärtlich in die Unterlippe, dann eilt er zur Tür. Und in seinen Grübchen sehe ich das Versprechen von *bald* aufblitzen.

KAPITEL 27

JASALYN

Kendrick und Natan bleiben länger fort als erwartet, aber Amelia lenkt mich von meiner Sorge um sie ab, indem sie mir von ihrer Familie und ihrem Leben in Elora erzählt. Sie fragt mich danach, wo ich aufgewachsen bin und wie es ist, im Mitternachtspalast zu leben. Als Kendrick und Natan wieder da sind, fühlt es sich an, als wäre ich bereits seit einer Ewigkeit mit ihr befreundet.

»Hat alles geklappt?«, fragt sie, erhebt sich aus ihrem Sessel und schenkt den beiden frischen Tee ein.

»Mehr oder weniger«, sagt Kendrick. »Wir waren zu lange nicht mehr hier. Die Leute verlieren das Vertrauen darauf, dass sich die Dinge verändern werden, wenn sie keine Fortschritte beobachten können.«

»Es war alles okay«, sagt Natan. »Kendrick grübelt wie immer nur zu viel.«

Amelia nickt. »Natan, Remme sitzt hinten auf der Veranda. Er sagte, ich solle dich zu ihm schicken, sobald du zu Hause bist.«

Natans Augen leuchten auf und er hebt seine Tasse. »Hat er schon Tee oder soll ich ihm welchen mitbringen?«

»Er hat sich heute Abend für die Art Getränk entschieden, die man direkt aus der Flasche trinkt«, sagt Amelia augenzwinkernd.

»Aha. Na dann …« Natan füllt eine zweite Tasse mit dampfendem Tee und Amelia schaut ihm nach, als er nach draußen geht.

»Ich habe die beiden vermisst«, sagt sie leise, bevor sie ihre Aufmerksamkeit wieder Kendrick zuwendet. »Beeil dich damit, diese Welt zu retten, damit ich meinen Bruder zurückbekomme, okay?«

Ich stelle meine Tasse ab. »Natan ist dein Bruder?« Aber sobald ich die Worte ausgesprochen habe, erkenne ich meinen Irrtum. Sie hat dieselben dunklen Haare und tiefbraunen Augen wie Remme. »Nein, du bist Remmes Schwester.«

»Natan ist eine Art Bonusbruder für mich, aber ja«, sagt sie achselzuckend. »Remme und ich sind Geschwister.«

»Noch vor ein paar Jahren hätte sie das niemals so bereitwillig zugegeben«, sagt Kendrick grinsend.

»Er war eine Plage, als wir Kinder waren. Frag Felicity. Er hat sie beinahe so schlimm gequält wie mich.« Sie lächelt auf ihre Tasse hinab. »Aber seit ich ihn nur noch so selten sehe, habe ich ihn viel mehr zu schätzen gelernt.«

»Ich hoffe, er kann bald zusammen mit Natan nach Hause kommen«, sage ich. »Jemand, der so freundlich ist wie du, verdient es, die eigene Familie um sich zu haben.«

Sie sieht mich dankbar an, zieht dann zitternd die Luft ein und legt die Hände auf den Tisch. »Aber genug von mir und meinem deprimierenden Leben. Ihr müsst völlig erschöpft sein. Zieht euch eure Schlafsachen an, ich suche euch ein paar zusätzliche Decken heraus, denn heute Nacht soll es kalt werden.«

Ich lache. »Wir sind mit leichtem Gepäck unterwegs. Schlafsachen habe ich nicht dabei.« Ich begutachte meine Reitkleidung. »Ich kann auch in denen schlafen«, sage ich achselzuckend.

Amelia schnaubt. »Du hast eine Nacht mit dem attraktiven, charmanten Hale Kendrick vor dir und willst sie in stinkenden Reitklamotten verbringen? Nein, das lasse ich nicht zu. Komm mit.«

Ich erhebe mich gehorsam und folge ihr zur Treppe. Als ich Kendrick einen Schulterblick zuwerfe, zwinkert er mir nur wortlos zu und lehnt sich dann mit seiner Tasse Tee im Sessel zurück.

»Ich habe nichts Schickes hier«, sagt sie und führt mich in ihr Schlafzimmer, wo sie die Schublade einer Kommode aufzieht und darin herumwühlt. »Wie wäre es damit?« Sie zieht ein blaues, seidiges Stück Stoff heraus und hält es hoch.

Meine Wangen beginnen zu brennen, als ich das Unterkleidchen begutachte. Ehrlich gesagt ist nicht sehr viel dran. »Ich hoffe wirklich, du hast diese zusätzlichen Decken parat, von denen du vorhin gesprochen hast, wenn ich das da anziehen soll.«

»Die Kundin, für die ich das Ding genäht habe, ist ein bisschen fülliger als du, also wird es dir vielleicht von den Schultern rutschen, aber bei diesem Stil ist das eigentlich egal.«

Ich beiße mir nachdenklich auf die Unterlippe. »Glaubst du, es wird ihm gefallen?« Ich hatte in meinem Leben bisher nur sehr wenig Raum für Eitelkeit. Ich war viel zu sehr von Rache und Angst besessen, um mir darüber Gedanken zu machen, wie ich aussehe oder ob ein Fae mich attraktiv finden könnte. Aber jetzt, in diesem Moment, will ich wirklich gern etwas tragen, in dem ich Kendrick gefalle.

Sie unterdrückt ihr Lachen und prustet: »Oh, da bin ich ganz sicher.« Dann nickt sie in Richtung Tür. »Geh doch ins Bad, mach dich frisch und zieh dich um. Beim Kamin steht eine Schüssel Wasser, die noch warm genug sein müsste. Ich schicke Kendrick in ein paar Minuten zu dir hoch.«

Sie macht sich daran, das Zimmer zu verlassen.

»Amelia?« Sie bleibt stehen und schaut mich neugierig an. Ich sehe noch einmal auf den seidigen, blauen Stoff in meinen Händen hinab, bevor ich ihrem Blick begegne. »Danke.«

Sie wirft mir ein Grinsen zu, das mich so sehr an Remme erinnert, dass ich mich frage, warum ich ihre Verwandtschaft nicht auf den ersten Blick erkannt habe. »Ich helfe immer gern dabei, jemanden zu verführen.«

Ich werde rot. »Nicht dafür … na ja, schon auch dafür, aber vor allem möchte ich dir für deine Freundlichkeit danken.« Ich schlucke. »Ich hatte nie viele Freundinnen und ich weiß nicht, ob das Orakel uns tatsächlich helfen kann, sodass ich noch mal die Chance bekomme, neue Freundschaften zu schließen. Ich wollte dir nur sagen, dass ich dankbar bin, dich kennengelernt zu haben.«

Ihr Gesicht wird ernst. »Wenn das Orakel euch nicht die Informationen gibt, die ihr braucht, dann werdet ihr sie woanders finden. Davon bin ich überzeugt.« Sie öffnet die Tür zum Badezimmer und winkt mich hinein. »Was den Rest angeht, ist es mir eine Ehre, deine Freundin zu sein. Wir werden noch viele, viele Abende miteinander verbringen, an denen ich Hale damit aufziehen kann, wie sehr er in dich verknallt ist. Ich kann es kaum abwarten, mir jahrelang anzusehen, wie sich sein Gesicht aufhellt, wenn du das Zimmer betrittst.« Sie zieht sich auf den Flur zurück und nickt mir noch einmal zu. »Gute Nacht.«

Ich wasche mich ohne Eile. Das Wasser ist nicht mehr heiß, aber noch angenehm temperiert, und nachdem ich den ganzen Tag in meinen Reitklamotten verbracht habe, bin ich mehr als dankbar für die Gelegenheit, meine Haut zu reinigen, bevor ich in ein so hübsches Nachthemd schlüpfe.

Zurück in meinem Zimmer, löse ich mein Haar aus dem hohen Pferdeschwanz und kämme es in aller Ruhe durch.

Das Deckhaar ist so lang geworden, dass es mir inzwischen beinahe bis zur Taille reicht.

Jemand klopft leise an die Tür und ein Schauer läuft mir vom Bauch bis zum Brustbein. »Herein?«

Die Tür öffnet sich langsam und Kendrick kommt ins Zimmer. Er wirkt ungewöhnlich scheu und achtet darauf, nur mein Gesicht anzusehen, was bedeutet, dass ihm nicht entgehen kann, wie ich ihn anstarre. Offensichtlich hat er ebenfalls gebadet, bevor er zu mir gekommen ist. Sein Oberkörper ist nackt und er trägt eine weiche Stoffhose, die seine starken Oberschenkel betont. Auf seiner goldenen Brust sehe ich versprenkelte hellbraune Härchen und mein Blick bleibt an den Buchstaben hängen, die über seinem Herzen eintätowiert sind.

»Hi«, sagt er leise, beinahe schüchtern.

Es wäre sinnlos, so zu tun, als wäre dieser Abend nicht sorgfältig geplant gewesen, also stehe ich auf und deute an mir herab. »Wie sehe ich aus? Amelia dachte, das gefällt dir vielleicht.«

Seine Pupillen weiten sich und er befeuchtet sich die Lippen mit der Zungenspitze. »*Du* gefällst mir, egal was du trägst.«

»Ich gefalle dir also.« Ich ertappe mich dabei, wie ich die Arme verlegen vor der Brust verschränken will, und lasse sie sinken. »Ich hatte eigentlich darauf gehofft, du würdest mich begehren.«

»Ich begehre dich, seit Remme und Skylar dich vor acht Monaten in unsere Hütte gebracht haben. Ich wollte dich, als du wütend auf mich warst, als du Angst hattest und als du leichtsinnig warst. In deinem Prinzessinnenkleid und in diesen Outfits von Sky.« Er schlendert auf mich zu und lässt seinen Blick über meine nackten Oberschenkel gleiten, die der geschlitzte Stoff des Kleides freigibt. Dann bleibt er vor mir stehen und streicht mit einer schwieligen Fingerspitze über einen der Träger des Hemdchens. »Ein Nachthemd könnte mich niemals dazu bringen, dich mehr zu begehren, als ich es ohnehin schon tue. Weil das unmöglich ist.«

»Amelia wird enttäuscht sein, dass sie sich ganz umsonst Gedanken gemacht hat.« Ich klinge ein bisschen atemlos, und so fühle ich mich auch.

»Mir ist nicht so wichtig, was Amelia denkt. Mich interessiert viel mehr, dass du dieses Kleid tragen wolltest. Und du … auch *willst*, dass ich hier bin?« Der letzte Satz klingt wie eine Frage und mir wird klar, dass er immer noch nicht genau weiß, wie ich zu ihm stehe. Wie wir zueinander stehen. Und das ist meine Schuld.

»Ich will immer, dass du dort bist, wo ich auch bin.«

Kendrick schluckt. »Jederzeit.« Sein Blick wandert wieder über meine Gestalt. »Das Teil steht dir übrigens sehr gut. Du verdienst es, mehr Zeit in hübschen Kleidern zu verbringen.« Ich erschauere und er blickt zum Kamin. »Aber wenn du wirklich darin schlafen willst, sollte ich noch ein bisschen Holz aufs Feuer legen.«

Ich bewundere, wie sich seine Rückenmuskeln bewegen, während er das Feuer schürt, und als er sich zu mir umdreht, sieht er, dass ich ihn anstarre. Sein Grinsen ist ganz Grübchen und Lachfältchen und ich bin verliebter als je zuvor.

Genau das, denke ich. Falls ich am Leben bleibe, will ich mehr Momente wie diesen. Das schlichte Glück, das zwei Menschen miteinander teilen, die zusammengehören. Die stillen Stunden an einem heimeligen Ort.

Aber was ist, wenn ich überlebe und Kendrick mit einer anderen Frau verheiratet auf dem Thron von Elora sitzt?

Ich schiebe den Gedanken entschlossen beiseite, und nachdem Amelia mich mit ihrem Optimismus überschüttet hat, fällt mir das leichter als gedacht.

»Verrat mir, was in deinem Kopf vorgeht«, sagt er, steht auf und kommt zu mir.

Ich betrachte forschend sein Gesicht und bewundere die Güte, die ich seit unserer ersten Begegnung in seinen Augen gesehen habe. »Ich versuche ehrlich gesagt gerade, möglichst nicht allzu viel zu denken.«

Er streicht mit den Knöcheln seiner Hand über meine Wange. »Was passiert, wenn du zu viel denkst?«

»Ich mache mir Sorgen über Dinge, die ich nicht kontrollieren kann.« Ich schlucke. »Und ich werde das Glück dieses Augenblicks nicht aufgeben, um mir Sorgen über etwas zu machen, das morgen möglicherweise passieren wird.«

»Glück.« Kendrick streicht mir mit der Daumenspitze über die Unterlippe. »Ist das hier Glück für dich?«

»Ich glaube schon. Lächerlich, wenn man die Umstände bedenkt, meinst du nicht auch?«

Er legt die Hände auf meine Hüften, zieht mich an sich und legt seine Stirn an meine. »Ich glaube, das verrät uns, dass es Glück ist. Es hängt nicht davon ab, was um uns herum in Ordnung ist oder nicht.« Er atmet aus. »Aber ich hätte nichts gegen eine kleine Atempause, selbst wenn sie nur kurz ist, solange du mich weiterhin so ansiehst.«

Ich atme ihn ein, er riecht nach Seife und Kiefern. Nach Sicherheit. »Wie sehe ich dich denn an?«

Er legt mir die Hand auf die Wange und stupst unsere Nasenspitzen gegeneinander. »Als würdest du dich danach sehnen, mich zu küssen.« Er nimmt meine Hand und legt sie auf seine Brust, wo ich den regelmäßigen Schlag seines Herzens spüre. »Als würdest du dich genauso sehr danach sehnen, mich zu berühren, wie ich dich berühren will.«

»Das ergibt eine Menge Sinn, denn beides ist wahr.« Auf seinem Gesicht breitet sich Erleichterung aus und ich muss den Kopf schütteln. »Ich weiß, dass ich dich weggeschoben habe, aber das Problem warst niemals du.«

Kendrick legt mir einen Finger auf die Lippen. »Es war falsch von mir, etwas von dir zu verlangen, ohne dir deutlich zu machen, dass ich dir viel mehr geben will.«

Ich suche seinen Mund, küsse ihn und genieße es, den Rhythmus seines Herzens unter meiner Hand zu spüren.

Seine Lippen erforschen mich sanft – offen, geschlossen, knabbernd und saugend –, aber dann vergrabe ich die Hände in seinem Haar und ziehe ihn zu mir und er knurrt in meinen Mund: »Wenn ich magisch die Zeit anhalten könnte, würde ich für immer mit dir hierbleiben wollen. Soll der Rest der Welt doch ohne uns klarkommen.« Er beugt sich vor, legt die Hände um die Rückseiten meiner Oberschenkel und hebt mich hoch.

Instinktiv schlinge ich meine Beine um seine Hüften und er lässt sich in den Sessel nieder, wo ich auf seinem Schoß lande.

»Ich hätte keine Einwände dagegen«, gestehe ich. »Ich will nirgendwo anders sein als hier.«

»Gut.« Er packt meine Hüften fester, als wolle er mich noch näher an sich ziehen. Durch seine weiche Schlafhose spüre ich seine harte Männlichkeit.

Mir gefällt dieser Winkel. Ich schaue auf ihn hinunter, unsere Körper dicht aneinandergepresst. Er hat uns absichtlich so positioniert, wie mir auf einmal klar wird. Er überlässt mir die volle Kontrolle.

Ich löse mich weit genug von ihm, um sein Gesicht zu beobachten, und ziehe mir dann das seidige Nachthemd über den Kopf.

Sein Adamsapfel hüpft und er senkt den Blick und betrachtet mich hungrig.

»Wenn du mich so ansiehst, fühle ich mich schön.«

Er schaut mir wieder in die Augen. »Du solltest dich immer schön fühlen.«

»Bisher war mir das nie wichtig«, sage ich achselzuckend. »Und vielleicht sollte das auch so bleiben. Schönheit ist etwas so Oberflächliches.« Ich senke den Blick zu seiner Brust und streichele ihm sanft über das Schlüsselbein. »Aber ich glaube, es ist mir wichtig, dass du mich siehst. Nicht trotz der Narben und nicht wegen ihnen, aber dass du alles an mir siehst, wenn du mich anschaust.«

»Das tue ich«, flüstert er mit rauer Stimme. »Und es ist die größte Ehre, die mir jemals zuteilgeworden ist.« Er packt meinen Nacken, zieht meinen Kopf zu sich und küsst mich so voller Inbrunst, als wolle er all seine Gefühle in einen einzigen Kuss legen, als wolle er mich allein mit seinen Lippen und seiner Zunge davon überzeugen, dass er *nur* mich sieht und sonst nichts auf der Welt.

Neben uns knistert das Feuer, wärmt den Raum und die nackte Haut meines Rückens und meiner Seite, die Kendrick mit den zarten Berührungen seiner Fingerspitzen erforscht. Er legt eine Hand auf meine Rippen und lässt sie nach oben gleiten, bis sie meine Brust umfasst.

Er unterbricht den Kuss und schaut mir in die Augen. »Ist das okay?« Ich liebe den rauen Klang seiner Stimme, an dem ich merke, wie sehr er das hier will, wie sehr er mich will, mir gleichzeitig aber versichert, dass er sofort aufhören würde, falls ich dem Ganzen hier ein Ende setzen wollte.

»Wenn es für dich okay ist.« Ich lehne mich zurück, um seinen Händen mehr Bewegungsspielraum und seinen Augen einen größeren Blickwinkel zu geben.

Sein Atem stockt. »Ich will nirgendwo anders sein als hier.«

Er küsst mit offenem Mund meinen Hals und mein Schlüsselbein und seine Zunge kostet warm meine sich rasch erhitzende Haut. Dann hebt er mich wieder hoch, trägt mich zum Bett und legt mich auf die Laken.

Ich strecke die Hand nach ihm aus und er ergreift sie, drückt meine Finger und küsst sie dann sanft. Sein Blick verlässt mich nie. Er schlüpft aus seiner Schlafhose und klettert aufs Bett. Dann legt er sich neben mich, stützt sich auf den Ellbogen und betrachtet forschend mein Gesicht.

Ich lächele. »Schau nicht so besorgt. Ich bin okay.«

Kendrick schüttelt den Kopf. »Ich will aber, dass du nicht nur okay bist. Ich will, dass du dich gut – nein, fantastisch und großartig fühlst.« Sein Blick wandert wieder über meinen Körper und er atmet hörbar ein. »Ich will ganz sicher sein, dass du dich wenigstens annähernd so absolut großartig fühlst wie ich gerade.«

Ich spüre, wie sich ein strahlendes Lächeln auf meinem Gesicht ausbreitet. »Ich fühle mich gut, fantastisch und großartig.«

»Hmm. Ich bin noch nicht ganz überzeugt.« Er lässt seine Finger zwischen meinen Brüsten hindurch zu meinem Bauch gleiten.

Ich wölbe mich seiner Berührung entgegen, und als seine Hand ihren Weg zwischen meine Beine findet, ziehe ich zitternd die Luft ein.

»Du hast daran gedacht.« Das war keine Frage. Er weiß, dass es so ist, aber er will es trotzdem hören. »Seit dem letzten Mal?«

»Ja.« Meine Hüften heben sich – sehnsüchtig flehend – zu seinen neckenden Fingern. »Und du?«

»Ich hasse es, dass ich mich nicht daran erinnern kann, aber ich denke trotzdem darüber nach. Die ganze Zeit.«

Ich zerfließe. Der morgige Tag und alle damit verbundenen Unwägbarkeiten verschwinden vor diesen Empfindungen, die an einer einzelnen Stelle beginnen und in meinen ganzen Körper auszustrahlen scheinen.

Als ich die Distanz zwischen uns nicht mehr ertragen kann, lege ich ihm einen Arm um den Hals und ziehe ihn auf mich, lenke seinen Körper auf meinen. Seine Hüften finden ihren Platz zwischen meinen Oberschenkeln und die Zärtlichkeit in seinen Augen verwandelt sich wieder in Feuer. Ich seufze glücklich.

»Ich will dir so viel mehr geben.« Er schmiegt sein Gesicht in meine Halsbeuge. »Ich *werde* dir mehr geben. Irgendwie.«

Seine Bartstoppeln sind rau unter meiner Hand, als ich sein Gesicht zu mir ziehe und meinen Mund auf seinen drücke. Sein breiter, warmer, muskulöser Rücken fühlt sich unter meinen Fingern wie ein Traum an. »Ich will das hier«, flüstere ich, falls es ihm immer noch nicht klar sein sollte. »Egal was uns morgen erwartet.«

Kendrick verändert seine Position. Ich spüre ihn jetzt an mir und spanne mich erwartungsvoll an. »Ich werde immer dich wählen«, sagt er. »Egal was uns morgen erwartet.«

Er senkt den Kopf und küsst mich so leidenschaftlich, dass alle Anspannung von mir abfällt. Er spürt die Veränderung in mir und mit einem unterdrückten Stöhnen dringt er in mich ein.

Langsam. So langsam, dass ich ihn jederzeit wegschieben könnte. So langsam, dass es nicht nötig ist. Mein Körper ist warm und nachgiebig und bereit, seinem alles zu geben, worum er mich bittet. Dann sind wir vereint, er sieht mich an, als sei ich ein Wunder, und ich glaube, ich erwidere seinen Blick auf dieselbe Weise.

KAPITEL 28

FELICITY

Ich habe wieder von meinem Bruder geträumt. Von dem anderen Leben, das er mir in den Kopf gepflanzt hat. Davon, in meinem eigenen Körper zu leben und mich nie verstecken zu müssen. Dann träumte ich von einer schönen, dunkelhaarigen Fae, die mir ein entzückendes, blauäugiges Baby in die Arme legte, ein Mädchen. Als ich sie wiegte, wusste ich, dass ich alles tun und alles opfern würde, um sie zu beschützen.

Misha mustert mich eingehend und schüttelt dann den Kopf. »Nachdem ich erlebt habe, wie perfekt du Jasalyn verkörpert hast, war ich eigentlich auf alles gefasst, aber jedes Mal wenn du eine neue Form annimmst, kann ich wieder kaum glauben, dass du das bist.«

»Wahrscheinlich ist es besser so«, sage ich und schaue an mir herunter. Sol ist groß und schlank, ihr dunkles Haar wallt ihr lose um die Schultern und reicht fast bis zu ihrer Taille. Da es besser funktioniert, wenn man Bewegungen und Sprache der anderen Person selbst studiert, als sich nur davon erzählen zu lassen, hat Misha Sturm in meine Gedanken gelassen, damit er mir seine kurzen Interaktionen mit ihr zeigen kann. Nicht nur Sols äußerliche Schönheit ist beeindruckend. Sie strahlt Selbstbewusstsein und Macht aus, das perfekte Gegenstück zu Mishas Energie.

Ich sehe ihn zum ersten Mal nach dem, was er mir gestern Nachmittag gesagt hat, und ich wäre heute am liebsten in meinem eigenen Körper aufgewacht, um zu testen, ob er seine Worte wirklich ernst gemeint hat, aber das ging leider nicht – weil ich davon ausgehe, dass mein Vater mich immer noch sucht und weil ich heute Sol sein muss.

»Hast du in deinen Träumen etwas Nützliches erfahren?«

Konzentrier dich, Felicity. »Da war ein Baby – ein kleines Mädchen. Ich glaube, Sol ist Großmutter und würde alles tun, um dieses Kind zu beschützen.«

Er verzieht das Gesicht.

»Was ist?«

»Ich hoffe, wir müssen diese Information nie als Druckmittel einsetzen«, sagt er. »Gehen wir. Pretha sagte, Sol sei gerade eben auf Castle Craige angekommen, also müssen wir uns beeilen.«

***

»Ist das wirklich der einzige Weg zurück?«, frage ich Misha mit Blick auf den nun ganz gewöhnlich wirkenden Spiegel, durch den wir gerade gegangen sind. Aber an dem Ort, von dem wir gerade gekommen sind, ist rein gar nichts gewöhnlich. Der Gang der Türen ist schlimmer als das Heiligtum nahe Castle Craige, zu dem er mich damals gebracht hat. Als wir damals den Gang entlanggingen, der zu der verehrten Weisen seines Reiches, dem Juwel des Friedens, führte, dachte ich, einen noch verstörenderen Ort würde ich niemals besuchen. Aber da habe ich mich getäuscht.

»Soweit wir wissen, ist das der einzige Weg, der in den Palast von Elora und wieder zurück führt.« Er überprüft den Raum – der aussieht wie ein selten benutztes Arbeitszimmer –, dann öffnet er die Tür zum Flur. *Kommt dir irgendetwas hier vertraut vor?*, fragt er mich telepathisch.

Wir durchqueren Zimmer um Zimmer, aber ich sehe nichts, was ich erkenne, bis – »Hier drin.« Ich zupfe an seinem Ärmel und er folgt mir in die Bibliothek. Erinnerungen daran, wie ich hier als Kind gespielt habe, überfluten mich. Wie meine Mutter mir vorgelesen hat …

Illusionen. Das sind nur Illusionen.

»Dort.« Ich zeige auf das andere Ende der Bibliothek, wo eine zweite Tür in einen Flur führt, den ich aus meinen Erinnerungen kenne.

»Am besten wartest du hier, wenn du unentdeckt bleiben willst«, sage ich und schaue mich um.

»Sollte mich jemand hier mit Sol sehen, würde mir bestimmt eine gute Erklärung dafür einfallen.«

»Und wenn wir Konner begegnen? Und was ist mit all den anderen, die möglicherweise wissen, dass du derjenige bist, der mich gerettet hat?«

Er seufzt. »Verschließ deine Gedanken nicht vor mir. Ich kann sehr schnell bei dir sein, falls du mich brauchst.« Er drückt meine Hand fest.

»Es wird alles gut gehen«, sage ich. Mir ist nicht ganz klar, warum ich das Bedürfnis habe, ihn zu beruhigen, aber er wirkt heute wesentlich angespannter als sonst.

Als ich die Bibliothek verlasse, weiß ich sofort wieder, wo ich bin. Es fällt mir unnatürlich leicht, durch die labyrinthartigen Gänge des Palastes zu navigieren. Für mich ist dies kein fremder

Ort, den ich nur von Landkarten kenne. Ich fühle mich hier … *zu Hause.*

»Sol«, ruft jemand aus dem Gang zu meiner Linken. Ich erstarre. »Wo warst du? Ich versuche schon den ganzen Morgen, dich zu finden.«

Ich drehe mich langsam um und muss mich ungemein konzentrieren, um mir meinen Schock nicht anmerken zu lassen, als ich realisiere, dass es sich um Konner handelt. »Hallo.«

Er grinst. »Komm mit. Ich habe eine Überraschung für dich.«

Abwehrend schüttele ich den Kopf. »Ich bin gerade beschäftigt. Das kann doch sicher warten.«

Was soll ich jetzt machen?, frage ich Misha in Gedanken.

»Kann es nicht«, sagt Konner. »Es wird auch nicht lange dauern.« Er nimmt meine Hand und zieht mich hinter sich her wie ein kleiner Junge, der seiner Mutter aufgeregt sein neues Spielzeug zeigen will. »Du willst das nicht verpassen, das verspreche ich dir.«

Beruhige dich und benutze deine Gabe, sagt Misha in meinem Kopf.

Nur wegen meiner Gabe stecke ich überhaupt in diesem Schlamassel.

Nicht deine Echo-Gabe, sondern die andere. Erspüre ihre Beziehung. Wie steht er zu Sol? Ist ihr Verhältnis professionell oder persönlich?

Misha hat recht und es ist mir mehr als nur ein bisschen peinlich, dass ich nicht selbst daran gedacht habe. Konner wirkt ganz aufgedreht, als er mich durch die Flure zieht, und mir wird klar, dass ich ihn aufgrund der Beziehung zwischen ihm und Sol zuvor mit einem kleinen Jungen verglichen habe.

Sie ist wie eine Mutter für ihn. Interessant.

»Was ist los?«, fragt er.

»Nichts.« Ich zwinge mich zu einem Lächeln. »Ich habe heute nur viel zu tun.«

»Es lohnt sich, versprochen!«

Ich lasse mich von ihm die Gänge entlangführen und folge ihm dann in ein Zimmer am Ende eines abgelegenen Flurs. Als er die Tür öffnet, begrüßen mich Sonnenschein und der Duft von frischer Wäsche und Milch.

Eine junge Fae mit langem, dunklem Haar sitzt am Fenster in einem Sessel, ein Baby mit weißen Locken in den Armen. Ihre Augen leuchten auf, als sie mich sieht, aber obwohl sie mir bekannt vorkommt, weiß ich nicht, wie ich sie einordnen soll. »Hast du es ihr gesagt?«

»Ich dachte, sie würde es vielleicht gern selbst sehen«, erwidert Konner.

Ich schaue zwischen den beiden hin und her und versuche, möglichst natürlich zu wirken. Wer ist diese Fae und warum hat Konner eine der Sieben zu ihr und ihrem Baby gebracht? »Was sehen?«

Konner lacht. »Du bist ziemlich abwesend heute, was? Ich glaube, es ist das erste Mal, dass du hier bist und sie nicht augenblicklich halten wolltest.«

Die Fae streicht sich das Haar zurück und dreht das Baby zu mir um. Das kleine Mädchen kaut auf seiner Faust, über sein Kinn läuft Spucke.

»Tu so, als würdest du gehen, Mom«, sagt sie.

Mom. Deshalb wirkt sie so vertraut. Ich habe sie in meinem Traum gesehen. Sie ist Sols Tochter und das Baby ist Sols Enkelin – Konners Tochter.

Meine Nichte, realisiere ich mit Staunen.

Ich greife nach der Tür hinter mir, öffne sie und tue wie geheißen so, als würde ich wieder gehen.

Konner hebt das Baby aus den Armen der Mutter. »Du musst winken und bye-bye sagen«, sagt er zu mir.

Das Baby schaut ihn mit großen Augen an, quietscht dann »Bye-bye« und öffnet und schließt das rundliche Fäustchen.

»So ist's gut«, gurrt Konner. »Sag Oma bye-bye!«

»Bye-bye!«, wiederholt das kleine Mädchen kichernd.

»Entzückend«, hauche ich und merke, dass meine Augen feucht werden.

»Verstehst du jetzt, warum ich nicht wollte, dass du das verpasst?«, fragt Konner, aber seine Aufmerksamkeit ist ausschließlich auf das Baby in seinen Armen gerichtet.

»Sie ist so hübsch.« Ich würde sie gerne halten, so wie Sol es tun würde, aber ich habe Angst, dass ich sie nie mehr loslassen kann, wenn ich sie erst in den Armen trage.

Dies ist meine Familie, und das wird sich niemals ändern. Egal was ich über die Sieben oder meinen Bruder denke. Das ist meine Familie und dies ist vielleicht meine einzige Gelegenheit, meine Nichte zu sehen.

»Jetzt muss Konners Schwester nur noch ihr Ding durchziehen, dann müssen wir uns vielleicht endlich nicht mehr verstecken«, sagt die Mutter des Kindes.

»Sie hat Angst«, erwidert Konner. »Das Orakel hat ihr gesagt, dass ihr Bruder sterben wird, wenn sie Erith tötet.«

Sie presst die Lippen zusammen. »*Du* bist ihr Bruder.«

»Nicht in der Hinsicht, die zählt.« Er wirkt beinahe traurig, als er das sagt.

»Ich finde immer noch, wir sollten ihr von Leia erzählen. Vielleicht würde sie uns dabei helfen, sie zu beschützen.«

Konner schüttelt den Kopf. »Wir können ihr nicht trauen, so gern ich das auch tun würde. Sie ist von unseren Feinden aufgezogen worden und man hat ihr eingeredet, dass die Sieben abgeschafft werden müssen.« Er schluckt mühsam. »Du hättest sehen müssen, wie entschlossen sie Orlen getötet hat. Das hätte sie nicht getan, wenn sie daran interessiert wäre, meinen Standpunkt zu verstehen. Sie kann nicht glauben, dass wir nicht alle wie Erith sind.«

Die junge Fae schaut mich an und mir wird klar, dass ich sie nur wortlos anstarre – sie anstarre und versuche, ihre Worte einzuordnen. »Mom, was ist los mit dir? Normalerweise würdest du doch spätestens jetzt mit deiner Tirade loslegen, dass das Konzept der Sieben korrumpiert wurde und du eine Vision für die Zukunft hast, die alles wieder an seinen rechten Platz führt?«

Ich seufze. »Ich bin heute nicht ganz auf der Höhe.« Hoffentlich ist diese Antwort nicht zu untypisch.

Konner schaut mich stirnrunzelnd an. »Sie macht sich Sorgen wegen der Allianz mit König Misha.«

Sol hat Konner also von ihren Plänen erzählt. »Kannst du mir das verübeln?«

»Aber es hat sich trotzdem gelohnt, Leia noch einmal zu sehen, bevor wir gehen, richtig?«, fragt die junge Fae. Sie steht auf, umarmt Konner und legt den Kopf an seine Schulter. Ihn mit einem Baby in den Armen und einer Partnerin an seiner Seite zu sehen, lässt mich wehmütig werden. Dies hätte mein Leben sein können – ein Leben, in dem ich meinem Bruder nahestehe und mit seiner Frau befreundet bin. In dem ich seine Kinder heranwachsen sehen kann. Tränen brennen mir in den Augen.

»Mom!«, ruft sie, löst sich von Konner und umarmt mich. »Wein doch nicht. Mir wird nichts passieren, auch wenn es mir lieber wäre, ich könnte dir sagen, wo du uns finden kannst.«

»Tulle, darüber haben wir doch gesprochen«, sagt Konner.

»Dass es besser ist, wenn ich es nicht weiß?« Der Satz kommt als Frage heraus. Ich bin nicht in Hochform, aber den beiden scheint nichts aufzufallen.

»Wir sehen uns bald wieder.« Sie schaut Konner an. »Sobald eine gewisse Person ihr Schicksal erfüllt hat.«

Ich drücke sie an mich und stelle mir noch einen Augenblick lang dieses andere Leben vor. Wenn Sol herausfindet, dass wir ihr diesen Abschied genommen haben, wird sie uns mit Sicherheit hassen. Und ich kann es ihr nicht verdenken.

Konner reicht das Baby an Tulle weiter und küsst sie auf die Wange. »Ich bin gleich zurück«, sagt er und führt mich dann aus dem Zimmer.

Als wir ein paar Schritte gegangen sind, atmet er lange aus. »Ich weiß, dass wir keine andere Wahl haben, aber ich will nicht, dass sie geht.«

»Aber was solltet ihr sonst machen?«, frage ich, weil das unverfänglich klingt und ich mehr erfahren will. Ist Leia das Geheimnis, von dem Squird gesprochen hat? Ist sie die neue Variable?

»Früher war es kein großes Problem, sie hierzuhaben, als Leia noch kleiner war und niemand sich fragte, wer ihr Vater ist, aber jetzt …« Er schließt verlegen den Mund.

»Jetzt beginnt sie, dir ähnlich zu sehen«, sage ich.

»Genau. Und Erith wird bald zurück sein.« Konner fährt sich mit der Hand übers Gesicht. »Es ist besser, sie zu verstecken, bis das alles erledigt ist.«

»Ich …« Ich suche nach den richtigen Worten. »Ihr seid so jung.« Er ist mein *Zwillingsbruder*. Ich kann mir noch nicht einmal vorstellen, eines Tages Kinder zu haben, und er hat bereits eines, das er verstecken muss.

Er hüstelt und schüttelt den Kopf. »Ich dachte, diese Predigt wäre Geschichte, seit Leia auf der Welt ist.«

»Nenn es einfach mütterliche Besorgnis.« Ich schenke ihm ein – wie ich hoffe – mütterlich besorgt wirkendes Lächeln.

»Ich wünschte, wir hätten die Prophezeiung schon früher besser verstanden. Ich wünschte, wir hätten uns die Zeit genommen, darüber nachzudenken, woher seine Macht stammt. Aber das haben wir nicht getan und ich kann nicht bereuen, dass es sie gibt.«

»Ich auch nicht«, sage ich leise.

»Ich hasse das alles. Wenn ich doch nur mit meiner Schwester geredet hätte, als ich sie hierhatte. Einen Weg gefunden hätte, ihr all das verständlich zu machen – es aus meiner Perspektive zu betrachten.« Er bleibt vor den Türen zur Bibliothek stehen und schiebt die Hände in die Hosentaschen. »Danke, dass du dich heute mit Misha triffst. Ich wäre gern mitgekommen, aber nach der Sache mit Felicity …«

»Das verstehe ich«, lüge ich.

»Brichst du bald auf?«

»Ich sollte eigentlich schon dort sein«, sage ich. »Aber er kann ruhig ein bisschen warten.«

»Ich werde hier sein, wenn du zurückkommst. Ich will alles hören.«

»Natürlich.«

Er macht den Weg frei und ich sollte ihn gehen lassen, aber stattdessen höre ich mich selbst rufen: »Konner.«

Er dreht sich zu mir um und mir wird warm ums Herz. »Danke, dass du mich zu ihr gebracht hast. Es hätte mich betrübt, das zu verpassen.«

»Ich weiß.« Er zwinkert mir zu und schlendert davon. Und mir bleibt nichts anderes übrig, als mich wieder meiner Mission zuzuwenden.

Mir schwirrt der Kopf, als ich in die Bibliothek gehe und mich zu der Mauer vorarbeite, wo ich, wie Natan mir sagte, die Chroniken finden würde. Ich erreiche die geheime Treppe hinter der hintersten Reihe Bücher, und nachdem ich mich davon überzeugt habe, dass ich allein bin, steige ich hinauf und ducke mich durch die niedrige Tür des dunklen Raumes am Ende der Treppe.

Ich spüre die Magie im Zimmer, noch bevor ich gefunden habe, wonach ich suche. Sie pulsiert wie ein lebendiges Wesen und leitet mich zu der Vertäfelung an der gegenüberliegenden Wand. Meine Hand zittert, als ich sie vor das Paneel hebe, aber dann dröhnt ein tiefes Summen durch den Raum und die Wände vor mir gleiten auseinander und enthüllen eine weitere Regalwand voller Bücher.

Die Chroniken.

»Was hast du hier drin zu suchen?«

Ich erstarre mit ausgestrecktem Arm und wage nicht, mich umzudrehen. *Aber Sol hätte keine Angst. Sie gehört hierher und hat genauso viel Anrecht auf die Informationen in diesem Regal wie alle anderen auch.*

Ich zwinge mich dazu, mich umzudrehen und den Fae hinter mir selbstbewusst und wütend anzusehen. Ich will gerade losschimpfen, als ich sehe, wer es ist.

»Shae.« Sein Name entschlüpft mir, ohne nachzudenken. *Scheiße. Scheiße, Scheiße, Scheiße.* Ich hoffe, dass Sol seinen Namen kennt. Ich bringe meine Gesichtszüge wieder unter Kontrolle und verschränke die Arme. »Was fällt dir ein, in diesem Ton mit mir zu sprechen?«, zische ich und mustere ihn abschätzig.

Es gibt keinen Grund anzunehmen, dass er erkennen wird, dass ich nicht wirklich Sol bin, aber ich habe meine Echo-Fähigkeiten vor Shae bisher nur eingesetzt, wenn er wusste, dass in Wahrheit ich vor ihm stehe.

»Glaubst du, wir wissen nicht, was du im Schilde führst?«, fragt er. »All das Geflüster, die Abschirmungszauber und die geheimen Treffen? ›Sol glaubt, sie kann die Welt von Gier und Tyrannei befreien, weil ihre Großmutter zu den ursprünglichen Sieben gehört hat‹«, höhnt er und kichert dann. »Keine Sorge. Eine Menge Leute glauben diesen Unsinn. Ich weiß das, weil ich mit ihnen aufgewachsen bin. Den Göttern sei Dank hat Erith mir diesen einmaligen Deal angeboten, sonst säße ich immer noch bei diesen Idioten fest.«

»Du hast keine Ahnung, wovon du redest.«

»Kapierst du es immer noch nicht? All das ist völlig egal. Die Fäden des Schicksals sind schon zu eng verwoben. Es gibt kein Zurück mehr.«

Ich muss ihn verscheuchen, wenn ich an die Chroniken kommen will, aber wie? Herrisch hebe ich das Kinn. »Brauchst du irgendwas?«

Er runzelt die Stirn und mustert mich. »Irgendwie bist du heute anders …«

»Weil ich darüber nachdenke, wie genau ich dich hinrichten lassen werde.« Es kostet mich all meine Kraft, meine Hände ruhig zu halten, aber alles Zittern, das ich unterdrücke, scheint in meinen Magen gewandert zu sein. Wenn er merkt, dass ich es bin, hat mein letztes Stündlein geschlagen.

Er legt misstrauisch den Kopf schief und in der nächsten Sekunde steht er auf einmal hinter mir, seinen Dolch an meiner Kehle. »Wie bist du hier reingekommen, Felicity, und was hast du mit Sol gemacht?«

KAPITEL 29

JASALYN

»Hier bist du aufgewachsen?«, fragt Kendrick, als wir durch die Straßen von Fairscape laufen.

Die gestrige Nacht war so schön, dass ich heute Morgen, als die Sonne aufging, nur widerwillig in den Tag gestartet bin. Ich hatte die Momente allein mit Kendrick sehr genossen und ich hasste es, zu unserer Mission zurückkehren zu müssen – die Aufgabe, die vor uns lag, war zu real, zu schwierig.

»Nachdem wir meine Mutter verloren hatten, ja. Wir hatten außerhalb der Stadt gelebt und zogen dann zu Madame Vivias, unserer Tante. Dort war es ein bisschen ruhiger, aber es gab trotzdem eine Menge Leute, die weniger hatten, als sie zum Leben gebraucht hätten.«

Wir waren von Amelias Haus bis in die Außenbezirke von Fairscape geritten, aber hier besitzen nur reiche Leute Pferde, also ließen wir sie bei unseren Freunden zurück und beschlossen, den Rest des Weges in die Stadt zu Fuß zurückzulegen.

Ich schaue mich um und versuche, die Stadt mit Kendricks Augen zu sehen. Es gibt so viel Armut hier – sichtbar an dem Müll, dem Zustand der Häuser und den ungewaschenen Kindern, die auf der Straße betteln. Es herrscht so viel Mangel am Allernötigsten. Ich weiß, dass Abriella oft als Menschen verkleidete Wachen hierherschickt, die Pakete mit Nahrungsmitteln vor die Türen der Ärmsten legen, aber wenn sich ganz oben nichts ändert, wird es in dieser Welt, die wir früher unser Zuhause genannt haben, auch weiterhin zu viel Leid geben.

Kendrick steckt eine Handvoll Münzen in die Kappe eines bettelnden Jungen und das Gesicht des Kindes leuchtet einen Moment lang auf, bevor es angstvoll zurückweicht. »Ich kann dir dafür aber nix geben.«

Kendrick schüttelt den Kopf. »Ich will dafür nichts.«

Der Junge blickt skeptisch drein, aber wir gehen weiter, und als ich über die Schulter zurückblicke, sehe ich, wie er die Münzen in seine Hosentasche steckt und wegrennt.

Ein paar Minuten später erreichen wir einen vertrauten Kiespfad und ich zeige auf den Aufgang zu einer Hütte mit Strohdach ein paar Häuser weiter. »Dort hat die Hexe mich in ihre Hütte gerufen.« Ein eisiger Schauer läuft mir über den Rücken, als ich an jenen Tag zurückdenke. Wie konnte ich nur so viel aufgeben? Wie konnte ich zulassen, dass meine Angst und meine Wut mich so vollständig beherrschen?

»Soll ich mal nachsehen?«, fragt er. »Du kannst hier warten.«

»Nein.« Ich recke mein Kinn. »Ich muss das tun. Sie kann mir nichts anhaben.« Ich weiß nicht einmal, ob das stimmt, aber es wäre unlogisch, wenn sie mich angreifen würde. Nicht so kurz vor der Vollendung der Abmachung.

Kendrick schaut mich lange an, dann nickt er und reicht mir die Hand. »Wir gehen zusammen.«

Die Straße ist voller Leute, die auf dem Weg zum Markt sind.

Wir schlängeln uns zwischen ihnen hindurch, bis wir das Haus erreichen, zu dem wir wollen.

Die drei klapprigen Holzstufen vor der Tür sind nicht breit genug für uns beide, also wartet Kendrick neben dem Aufgang, während ich an die Tür klopfe.

Ich poche dreimal gegen das Holz und warte dann, aber nichts passiert. Ich höre auch keine Geräusche aus dem Inneren der kleinen Hütte, aber hier draußen ist es so laut, dass ich nicht ganz sicher sein kann, ob wirklich niemand da ist.

»Wer seid'n ihr?«, fragt ein rothaariges kleines Mädchen mit Rattenschwänzen vom Aufgang der Nachbarhütte. Sie kämmt die Wollhaare einer schäbigen Lumpenpuppe. »Kennt ihr die, wo da wohnen?«

»Ich suche die Dame, die hier wohnt«, sage ich, steige die Stufen hinunter und gehe zu ihr, damit wir uns nicht anschreien müssen. »Weißt du, ob sie zu Hause ist?«

»Die komm'n nie raus«, sagt das kleine Mädchen achselzuckend. »Glaub nich, dass die noch da is.«

»Dimpsy, mit wem redest du?« Eine junge Frau streckt den Kopf aus der Tür und starrt uns misstrauisch an. Sie hat dunkle Ringe unter den Augen und Mehlstaub auf der Schürze. »Was wollt ihr?«

»Wir suchen nach der Frau, die nebenan wohnt«, sagt Kendrick. »Könnten Sie uns vielleicht weiterhelfen?«

»Welche Frau? In der Bruchbude wohnt keiner.« Sie beugt sich vor, packt ihre Tochter am Arm und zieht sie zu sich ins Haus.

»Ich habe sie vor ungefähr einem Jahr zum letzten Mal gesehen«, sage ich. »Sie war ungefähr Mitte sechzig, hatte lange, dunkle Haare und einen Gehstock. Wenn Sie mir auch nur einen Hinweis geben könnten, wie sie zu finden ist, würde mir das wirklich weiterhelfen.«

Sie schiebt ihre Tochter ins Hausinnere, geht dann auf den Aufgang hinaus und schließt die Tür. »Ich kenn niemand hier, der so aussieht, und der Mann, der das Haus gekauft hat, war schon ewig nich mehr hier. Muss schön sein, so viel Geld zu haben, dass man Häuser kaufen und dann einfach verrotten lassen kann.«

»Wissen Sie etwas über den Besitzer?«, fragt Kendrick. »Seinen Namen oder wo wir ihn finden könnten?«

Sie schnaubt. »Nö. Der war immer allein, aber ich hätt ihn auch nich kennenlernen woll'n. War mir immer echt unheimlich, hat ständig meine Kleine angestarrt, immer gegrinst.«

»Könnten Sie mir sagen, wie er aussah?«

»Lange, weiße Haare«, sagt sie achselzuckend. »Groß und spindeldürr, aber nich verhungert, weißte? Hat sich benommen wie jemand, dem es noch nie im Leben an was gefehlt hat.«

Kendrick und ich wechseln einen Blick und ich weiß, dass wir beide dasselbe denken. *Erith.*

»Danke für Ihre Hilfe«, sagt Kendrick und streckt ihr die Hand entgegen. Sie akzeptiert die Geste widerwillig und blickt überrascht, als sie registriert, dass er ihr dabei mehrere Münzen zugeschoben hat.

»Und was jetzt?«, frage ich, als wir zu unseren Freunden zurücklaufen, die am Stadtrand auf uns warten. »Das hat uns nicht sehr weit gebracht.«

»Wir haben immerhin die Antwort auf die Frage erhalten, ob die Hexe mit Erith oder mit Mordeus zusammengearbeitet hat«, sagt er. »Aber wenn niemand mehr dort war, seit du dich vor einem Jahr mit der Hexe getroffen hast, finden wir wahrscheinlich nicht mehr viel heraus, wenn wir mit den Nachbarn reden. Wir gehen zurück, wenn es dunkel ist, und schauen mal, was wir im Haus finden können.«

KAPITEL 30

FELICITY

»Hast du allen Ernstes geglaubt, du könntest in den *Palast von Elora* kommen und unentdeckt bleiben? Eins muss ich zugeben: Du hast mehr Schneid, als ich je gedacht hätte. Hut ab.«

»Wer ist Felicity?«, blaffe ich, aber es ist zu spät. Shae kennt mich zu gut und ich kann zwar meine Gesichtszüge erfolgreich am Entgleisen hindern, aber ich schaffe es absolut nicht, meine Herzfrequenz zu senken.

»Du, dein Bruder und seine Freunde – ihr seid alle wahnsinnig, wenn ihr wirklich glaubt, ihr könntet die Sieben Magier stürzen. Die Eloraner *verehren* die Sieben. Die meisten Bürger wissen überhaupt nichts über die Monarchie, die ihr alle so toll findet.«

»Eine Monarchie, für die *du* auch einmal gekämpft hast.«

»Ich habe aus demselben Grund gekämpft wie alle anderen auch – ich hatte genug davon, arm und machtlos zu sein. Aber jetzt bin ich beides nicht mehr. Mir ist etwas viel Besseres über den Weg gelaufen, als vor *Kendrick dem Erwählten* zu buckeln.« Er säuselt den Namen meines Bruders wie einen schlechten Witz.

»Etwas Besseres? Ist es so toll, Eriths Laufbursche zu sein?«

»Wir alle tun, was nötig ist. Am Ende wird es sich für mich gelohnt haben, wenn ich erst Anführer der Sieben bin.«

Ich pruste los. *»Du?* Anführer der Sieben? In welcher erbärmlichen Welt wäre denn so etwas möglich?«

»Du hältst dich für so schlau und Hale hält sich für etwas ganz Besonderes, aber ihr habt keine Ahnung davon, wie diese Welt funktioniert. Wie die Sieben funktionieren. Erith ist der Einzige, der echte Macht hat, und die kann er übergeben, wem er will.«

»Hat er dir das versprochen, damit du deine Freunde verrätst? Seine Position bei den Sieben? Und du glaubst wirklich, die Leute im Palast werden es zulassen, dass ein Stück Scheiße wie du über sie regiert?«

»Ich könnte dich jetzt sofort töten«, knurrt er.

»Aber das wirst du nicht tun.« Er hätte mich schon auf Castle Craige getötet, wenn er gekonnt hätte. Möglicherweise sogar früher. »Du kannst nicht aufsteigen, wenn Blut an deinen Händen klebt.«

»Das ist der einzige Grund, aus dem du noch lebst. Aber keine Sorge. Daray ist auf dem Weg hierher. Er kann sich für mich um dich kümmern.«

Misha, rufe ich. *Misha, ich stecke in Schwierigkeiten.*

Ich suche nach unserer geistigen Verbindung, aber ich spüre ihn nicht. Wie lange ist er schon fort?

»Du hättest sterben sollen, als du gegen diesen Höhlendämon gekämpft hast, aber wie sich herausgestellt hat, war sich Fräulein Weiße Weste nicht zu schade dafür, ihren Kobold für sich sterben zu lassen.«

Seine Worte bohren sich heiß wie ein Messer in meine Brust. Ich hätte niemals gewollt, dass Nigel sich für mich opfert, und Shae weiß das.

»Seamus!«, schreit jemand hinter uns. »Was zum Henker machst du da?«

Shae hält mir die Klinge an den Hals und dreht uns beide herum. Konner steht vor uns und schaut mit großen Augen zwischen uns hin und her.

Hoffnung keimt in mir auf.

Konner. Er würde niemals zulassen, dass Shae die Großmutter seiner Tochter tötet, aber wie viel hat er gehört?

»Was ist hier los, Seamus?«

Er geht langsam auf uns zu und zieht den Dolch an seiner Hüfte, aber Shae lässt seine Klinge nicht sinken.

»Das ist nicht Sol«, schreit er mit überschlagender Stimme und das Messer drückt sich so fest in meinen Hals, dass Blut fließt. »Das ist dein Miststück von einer Schwester und sie ist hier, um deinen Vater zu töten. Das dürfen wir nicht zulassen.«

Konners Augen sind so hart wie Topas, als er meinem Blick begegnet. »Keine. Bewegung.« Das ist eine Warnung und ich zittere.

»Ja. Wir müssen sie loswerden, bevor sie noch irgendjemanden verletzt. Wer weiß, vielleicht hat sie Sol ja schon getötet – falls nicht, wo ist sie dann?«

»Ich habe eine Frage.« Konner macht einen weiteren Schritt auf uns zu und schaut jetzt Shae an. »Was bringt es, ihr ein Messer an den Hals zu pressen, wenn du nicht vorhast, es auch zu benutzen?«

Dann sieht er mich an und vielleicht bilde ich es mir nur ein, aber ich glaube, er nickt ganz leicht, als wolle er sagen: *Beweg dich jetzt.* Und das tue ich. Ich setze das Manöver ein, das Misha mir während meiner Zeit auf Castle Craige beigebracht hat, ziehe seinen Arm nach unten und lasse mein volles Gewicht zu Boden sacken. Sol ist größer und viel stärker als Jasalyn, also brauche ich keine Hilfe, um Shae rücklings auf den Boden zu befördern. Ich weiche seitlich aus, als ich Konner hinter mir spüre, weil ich so sicher weiß, was er als Nächstes tun wird, als hätten wir ein Dutzend Mal zusammen trainiert.

Konner lässt sich fallen und hält Shae seine Klinge an die Kehle. »Oh, Seamus. Weißt du, was der Vorteil ist, wenn man noch nie vorhatte, einer der Sieben zu werden?«, fragt er und drückt gerade fest genug zu, um Blutstropfen die Klinge hinabperlen zu lassen. »Ich kann jeden umbringen, der meine Familie bedroht.«

Aber als er zum Stich ausholt, verschwindet Shae einfach.

Konner gibt einen Schwall Flüche von sich, die sogar Remme erröten lassen würden, aber ich kann nur stumm auf den Ort starren, an dem Shae gerade noch war.

***

Als Konner mich zu einem Sessel in dem spartanisch eingerichteten Wohnbereich eines noch spartanischeren Quartiers geführt hat, zittere ich immer noch.

Vielleicht hat er mich hierhergebracht, um Informationen aus mir herauszufoltern. Vielleicht hätte ich vor ihm fliehen sollen, sobald Shae verschwunden war. Aber so wie ich wusste, dass er sich um Shae kümmern würde, wenn ich aus dem Weg gehe, weiß ich jetzt auch, dass er nicht die Absicht hat, mir Schaden zuzufügen.

Er geht zu einem kleinen Schrank, reißt die Tür auf, schiebt die Uniformen, die darin hängen, zur Seite und greift an die Rückwand. Er holt eine Flasche heraus und bringt sie zu mir. »Trink das.«

Ich schaue die Flasche skeptisch an. Braunes, trübes Glas. Was darin ist, wissen nur die Götter. »Warum?«

»Weil gerade die einzige Person außer mir, die weiß, dass du nicht bist, wer du zu sein vorgibst, auf der Flucht ist. Trink das, bevor jemand, der besser informiert ist, dich entdeckt – jemand, den ich *nicht* töten will.« Er schüttelt die Flasche. »Es tut nicht weh. Ich habe es schon hundertmal benutzt.«

»Dieser Trank wird mir erlauben, zu meiner wahren Gestalt zurückzukehren, ohne zu schlafen?« Dann erst registriere ich seine Worte und schaue ihn erstaunt an. »Du bist auch ein Echo?«

»Wir sind Zwillinge, weißt du noch? Ich schätze, wir sind uns viel ähnlicher, als dir vielleicht klar ist.« Er geht unruhig vor mir auf und ab und schaut immer wieder zur Tür, als hätte er Angst, jemand könnte gleich hereinstürmen. Vielleicht liegt er damit ja richtig.

»Glaubst du, Shae wird es jemandem erzählen?«

»Er ist hier nicht besonders beliebt, und das ist unser Vorteil. Aber ja, ich glaube, er wird Eriths Günstlingen haarklein berichten, was heute vorgefallen ist. Zum Glück kann ich so tun, als wüsste ich von nichts, und behaupten, ich hätte gedacht, er wolle eine der Sieben töten.«

»Du hättest ihn wirklich für mich getötet, stimmt's?«

»Mit Vergnügen. Ich suche schon lange nach einer guten Ausrede.« Er schnaubt verächtlich, bleibt dann stehen und schaut mich wütend an. »Aber was zum Henker machst du hier? Bist du allein? Bist du vollkommen bescheuert?« Er fährt sich durch das weiße Haar. In seinen Augen sehe ich echte Angst. »Du hast Glück, dass du noch am Leben bist. Seamus ist Eriths Stellvertreter. Dank der Macht, die Erith ihm übertragen hat, als er gegangen ist, wäre es sein gutes Recht gewesen, dich hinrichten zu lassen.«

»Ich weiß.« Ich umklammere meine Knie. An so etwas bin ich nicht gewöhnt. Hale ist derjenige, der sich immer freiwillig in gefährliche Situationen begibt, sein Leben riskiert und blitzschnelle Entscheidungen treffen muss, um zu überleben.

Konner verschränkt die Arme. »Und wo ist Sol? Hast du ihr etwas angetan? Hast du …«

»Ihr geht es gut. Sie ist auf Castle Craige und wird dort von der ehemaligen Königin und der Schwester des Königs bewirtet.« Und ist inzwischen wahrscheinlich ziemlich sauer, weil Misha immer noch nicht zu den Verhandlungen erschienen ist, die ihr versprochen wurden.

»Sie hat auf ein Bündnis gehofft. Aber nach alldem hier?« Er gestikuliert in meine Richtung. »Ich weiß nicht, ob sie ihm noch vertrauen wird.«

»Warum sollte er ein Bündnis mit einer der Sieben schließen? Warum sollte er jemandem helfen, der einen wie unseren Vater an der Macht hält?«

Konner schnappt sich den Holzstuhl vom Schreibtisch, schleift ihn zu mir und setzt sich mir gegenüber. Als wir auf Augenhöhe sind, sagt er: »Unter den Sieben gibt es viele, die Veränderungen wollen, aber nur wenige sind so mutig wie Sol. Wir könnten es schaffen, wenn Erith nicht mehr im Spiel wäre. Sol versucht schon seit Jahrzehnten vergeblich, Reformen durchzusetzen, weil alle viel zu viel Angst haben, um sich gegen unseren Vater zu stellen. Und jetzt, wo sie selbst etwas zu verlieren hat …« Er atmet frustriert aus.

»Du wolltest mich nie töten.«

»Das sage ich doch schon die ganze Zeit.« Er schüttelt den Kopf. »Ich brauche dich viel zu sehr.«

»Für deine Tochter?«

Er schaut mich mit großen Augen an und ich kann sein panisch schlagendes Herz beinahe fühlen, als wäre es mein eigenes. Als er schließlich spricht, ist seine Stimme nur ein leises, verzweifeltes Krächzen. »Für sie würde ich *alles* geben.«

»Außer mir kann niemand Erith töten, richtig?«, frage ich. »Ich kann ihn töten, und wenn deine Tochter erwachsen ist, könnte sie es auch – falls er sie so lange am Leben lässt.«

Er reißt den Kopf zurück. »Du weißt es also.«

»Ich weiß viel zu wenig. Ich versuche nur, mir das Ganze zusammenzureimen.«

Konner leckt sich über die Lippen und schaut nachdenklich zum Fenster. »Als das Orakel unserem Vater prophezeit hat, dass unsere Mutter ihm Zwillinge schenken würde, einen Jungen und ein Mädchen, und dass das Mädchen ihn eines Tages töten würde, waren nur ein paar dieser Informationen Neuigkeiten für ihn.«

»Was meinst du damit? Gab es früher schon einmal eine solche Prophezeiung?«

»Unser Vater war noch nie zufrieden mit dem Los, das ihm beschert war. Er bekam die Macht der Sieben und wollte mehr. Er bekam die Unsterblichkeit der Fae und wollte mehr. Göttliche Macht, göttliche Unsterblichkeit. Dafür hätte er alles getan.

Vor langer Zeit, als Vater zwar schon zu den Sieben aufgestiegen, aber noch nicht zum Patriarchen ernannt worden war und als noch keine Prophezeiung davon sprach, dass er eines Tages von seiner eigenen Tochter ermordet werden würde, fand er einen bösen, uralten Zauber, der ihm wahre Unsterblichkeit und nie da gewesene magische Kräfte verleihen würde. Bis heute kann niemand nachweisen, was er dafür getan hat, was – oder vielmehr *wen* – er dafür geopfert hat. Aber ich hege schon seit Jahren den Verdacht, dass das Opfer, das er gebracht hat, zur Quelle seiner größten Schwäche wurde.«

»Was meinst du damit?«

Er schluckt und schaut abwesend ins Leere, als blicke er in eine längst vergangene Zeit zurück. »Ich glaube, du warst nicht seine erste Tochter. Als ich noch klein war, ging es Mutter nicht gut und Vater schickte sie oft für längere Zeit fort. Um sie zu ›heilen‹, wie er behauptete. Er wollte, dass alle sie für verrückt hielten, aber ich glaube, er war derjenige, der sie in den Wahnsinn getrieben hatte. Ich habe Beweise dafür gefunden, dass er ihre gemeinsame, erstgeborene Tochter geopfert hat. Er hat einen Zauber gewirkt, der ihm Macht und Unsterblichkeit einbrachte, die weit über das hinausgingen, was die Götter den Fae üblicherweise verleihen, aber die Kehrseite an der Sache war, dass er dafür das Undenkbare tun musste: seine Tochter, ein unschuldiges Baby, im Austausch für die Macht zu opfern, die er begehrte.«

Mir dreht sich der Magen um. Aber dann schüttele ich den Kopf. »Er hätte nicht zu den Sieben aufsteigen können, wenn er das getan hätte.«

Konner hält meinen Blick fest. »Aber er war zu jener Zeit bereits einer der Sieben.«

Mein Herz verkrampft sich in meiner Brust und scheint nur noch schwerfällig zu schlagen. Eine Schwester. Wir hatten eine Schwester, die er für nichts anderes geopfert hat als dafür, noch mächtiger zu werden.

Konner nickt. Er scheint meine Gedanken erahnt zu haben. »Ich glaube, unsere Mutter wusste davon, und deshalb hat sie ihr eigenes Leben riskiert, um dich nach deiner Geburt zu beschützen.«

»Welche schreckliche Art von Magie funktioniert auf diese Weise?«

»Sehr alte, sehr dunkle und sehr hässliche Magie«, sagt Konner. »Und jeder, der sie einsetzt, wird genau wie sie. Die Gier nach Macht ist wie ein Fluch. Es ist niemals genug.«

Für Erith mag sie ein Fluch sein, aber für uns andere ist alles viel schlimmer. Er hat unsere Mutter zerstört. Unsere Schwester getötet. Und Elora bricht unter seiner Herrschaft auseinander. »Was können wir gegen solche Macht denn überhaupt ausrichten? Gegen solche Bosheit? Er ist also ein echter Unsterblicher?«

»Beinahe, aber nur die Götter sind *wahrhaftig* unsterblich. Er kann getötet werden, aber nur auf zwei Wegen: mit dem heiligen Feuerschwert, das Mordeus ihm versprochen hat, wenn er ihn zurückbringt, um das Unseelie-Reich auf dem Schattenthron zu regieren. Seine andere Schwäche ist die Strafe für das, was er zu opfern gewillt war. Er kann von einer Nachfahrin aus seiner eigenen Blutlinie getötet werden.«

»*Jeder* Nachfahrin«, hauche ich. »Was bedeutet, dass er Leia umbringen lassen würde, wenn er von ihrer Existenz wüsste.« Die Vorstellung, dass jemand diesem entzückenden, lockigen Baby etwas antun könnte, zerreißt mir fast das Herz. Ich kann mir nicht vorstellen, wie es sein muss, etwas so Wertvolles in seinem Leben geschenkt zu bekommen und zu wissen, dass es dir jemand wegnehmen will.

Konner schließt die Augen und einen Moment lang sehe ich die Jahre voller Angst auf seinem Gesicht. »Ja.«

So unpassend es angesichts all dieser schrecklichen Informationen auch sein mag, bin ich auf einmal unendlich erleichtert. Erleichtert, weil der Konner in dieser Welt sich kaum von dem in meiner Illusion unterscheidet. Erleichtert, weil mein Bruder ein guter Fae ist, der meinen Vater aufhalten will. »Und deshalb hast du mich entführt? Um mich am Leben zu halten, damit ich ihn töten kann, bevor er von deiner Tochter erfährt.«

Er nickt. »Ich wusste, dass du mich hasstest und für deinen Feind hieltst. Dass man dir von klein auf beigebracht hatte, alles zu verabscheuen, wofür die Sieben Magier stehen. Ich hoffte darauf, dass das, was ich in deinen Geist pflanzen konnte, dich davon überzeugen würde, dass ich nicht annähernd so bin wie Erith.«

»Aber wie hätte ich das glauben sollen, wo ich doch keinerlei Grund hatte, dir selbst zu vertrauen?«

»Das verstehe ich, aber wenn dieser König nicht aufgetaucht wäre, wenn ich die Chance gehabt hätte, mit dir zu reden …« Er steht auf und beginnt wieder, auf und ab zu gehen. »Ich war neidisch, als ich von dir erfuhr. Neidisch darauf, dass du eine Familie haben durftest – eine echte Familie, nicht diese toxische Sklaverei, die mein Vater uns als Familie verkaufen wollte. Ich habe mir gewünscht, die Amme unserer Mutter hätte uns beide fortgeschickt.« Er richtet sich auf und sein wehmütiger Gesichtsausdruck verschwindet. »Unser Vater ist ein Monster. Er hat so viele Eloraner ausgenutzt und er giert immer noch nach größerer Macht. Ich weiß, dass du ihn fürchtest, aber wenn du ihn ausschalten willst, stehe ich an deiner Seite und werde dich mit meinem Leben beschützen. Denn wenn ich dich beschütze, beschütze ich auch meine Tochter.«

So einfach ist das nicht, will ich abwehren. Ich kann Hales Leben nicht riskieren. Aber kann ich das Leben dieses unschuldigen kleinen Mädchens riskieren? Meiner Nichte? Hales Schicksal kann sich ändern. Für ihn können wir vorausplanen, Sicherheitsvorkehrungen treffen. Aber solange Erith am Leben ist, wird meine Nichte immer in Gefahr schweben.

Welche Ironie. Jetzt, wo Hale mir endlich zustimmt und mich nicht mehr dazu drängt, Erith zu töten, bin ich mehr denn je bereit, es zu wagen. »Wir werden einen Weg finden«, sage ich schließlich. »Ich werde nicht zulassen, dass er mir noch ein Familienmitglied nimmt.«

Auf Konners Gesicht sehe ich immense Erleichterung und ich empfinde dasselbe. Nachdem ich jahrelang versucht habe, vor meinem Schicksal davonzulaufen, fühlt es sich beinahe gut an, es zu akzeptieren.

»Ich brauche Zeit, um alles vorzubereiten und mit meinen Freunden zu reden« – Zeit, um einen Weg finden, Hale zu schützen –, »aber ich werde es schaffen.«

»Erith ist zurzeit nicht hier. Wir wissen nur, dass er bis zu Mordeus' Rückkehr fortbleiben wird – dass er irgendwie an seiner Auferstehung arbeitet – und dass er diesen Mistkerl Seamus als seinen Stellvertreter hiergelassen hat. Wo immer er auch sein mag, er verbraucht gerade so viel von seiner beträchtlichen Magie, dass er nicht überwachen kann, was hier passiert.«

Ich schaue auf den Trank, den ich noch nicht probiert habe. »Heißt das, er kann mich auch in meiner wahren Gestalt nicht aufspüren?«

»Erst wenn die Auferstehung des Unseelie-Königs vollbracht ist.«

Meine Erleichterung erquickt mich wie kühles Wasser an einem heißen Tag. Verglichen mit allem anderen ist es zwar nicht so wichtig, aber meine wahre Gestalt ruft nach mir. In meiner eigenen Haut zu stecken, ist ein Trost, den ich im Moment verzweifelt brauche. »Deshalb warst du es, der mich vor ein paar Monaten geholt hat, und nicht er. Er hat mir nicht einmal mehr nachspioniert.«

»Erith ist überzeugt davon, dass ihn dort, wo er ist, niemand erreichen kann, nicht einmal du. Seamus sollte dich eigentlich überwachen, aber als ich dich aus dem Kerker von Castle Craige befreit hatte, konnte er das nicht mehr. Er wusste nicht einmal, dass ich derjenige war, der dich die ganze Zeit in seiner Gewalt hatte. Er hätte mich töten lassen können, wenn er es herausgefunden hätte.«

»Und warum hat Erith ausgerechnet Shae so viel Macht gegeben? Warum lässt er ihn an seiner Stelle entscheiden? Ist er wirklich so mächtig?«

»Seamus ist nur ein Spielball in seinen Händen. Er hat Erith vor Jahren Informationen über dich und deine Familie angeboten, um sein Vertrauen zu erringen, und seitdem ist er sein ergebener Handlanger.«

»Ich dachte, Mordeus hätte Erith von mir erzählt«, sage ich und suche in Konners Gesicht nach Anzeichen einer Lüge. Ein Teil von mir hofft, sie zu finden.

»Es tut mir leid«, sagt er leise.

Vielleicht sollte ich ihm nicht vertrauen, aber ich tue es. Ich trinke mit hastigen Schlucken den Trank aus der Flasche. Er kribbelt mir auf der Zunge, und als er in meinem Magen ankommt, fühle ich mich sofort wacher.

»Siehst du?«, sagt Konner lächelnd.

Ich schaue blinzelnd an mir herab. »So schnell geht das? Aber wieso?« Ich drehe die Flasche in der Hand und studiere sie. »Wo hast du das Zeug her?«

»Unser Vater hat die Formel entwickelt. Er hat nicht genug Geduld, jedes Mal zu schlafen, wenn er zu seiner wahren Gestalt zurückkehren will.«

»Er ist auch ein Echo?«

Konner nickt. »Aber das ist die geringste seiner Gaben, das kannst du mir glauben.«

»Und was machen wir jetzt? Was sollen wir tun, bis ich an Erith herankomme?«

Er bleibt stehen, schaut mich an und atmet tief ein. »Wir machen das, was deine Leute schon so lange machen wollen – wir richten den Blick auf morgen und planen ein Elora ohne den Patriarchen der Sieben.«

Ein Knacken hallt durchs Zimmer. Wir drehen uns zur Tür, durch die Misha sich gerade hereinwirft, nach Atem ringend und mit wildem Blick. Er streckt eine Hand aus und lässt Magie durch den Raum pulsieren. Konner fliegt durch die Luft, prallt gegen die Zimmerwand und fällt zu Boden.

»Misha! Warte!«

Er wirft sich vor mich und starrt Konner weiterhin wütend an.

»Tu ihm nichts.« Ich packe Mishas Schulter. »Mir geht es gut.«

Er dreht sich um und mustert mich. Als er zu registrieren scheint, dass ich unverletzt in meiner wahren Gestalt vor ihm stehe, blinzelt er verwirrt. »Es geht dir gut. Ich habe diesen ganzen verdammten Palast nach dir abgesucht, aber es geht dir gut.«

Konner richtet sich vorsichtig auf und starrt Misha entnervt an.

»Du weißt wirklich, wie man einen guten ersten Eindruck hinterlässt«, murmelt er.

KAPITEL 31

JASALYN

Natan legt seine Hand auf den Türknauf, der rot aufglüht und den dunklen Aufgang der alten Hütte erhellt.

Ich schaue mich ängstlich um. »Ist das wirklich eine gute Idee?«, frage ich zum dritten Mal.

Wie Kendrick versprochen hatte, haben wir bis zum Einbruch der Dunkelheit gewartet, um hierher zurückzukehren, aber diesmal haben wir Natan mitgebracht.

»Er kann das Haus auf Magie überprüfen«, sagte Kendrick. Ich hinterfragte die vage Erklärung nicht. Natan schafft es irgendwie immer, an zusätzliche Informationen heranzukommen, und ich vertraue darauf, dass es diesmal nicht anders sein wird.

Im Gegensatz zu vorhin sind die Straßen verlassen, aber die Wachen von Fairscape sind nicht für ihre Nachsichtigkeit bekannt und ich mag mir gar nicht vorstellen, was meinen Freunden passieren könnte, falls man uns erwischt.

»Kommt rein«, sagt Natan und schiebt die Tür mit einem Lächeln auf.

Wir betreten das kleine Cottage. Kendrick bleibt dicht hinter mir und Natan schickt sofort eine schwebende Lichtkugel in die Luft. Ich habe erwartet, dass das Innere noch genauso aussieht wie bei meinem letzten Besuch hier, aber ich entdecke nur noch den Tisch, hinter dem die Hexe stand, als ich ihr das Buch gebracht habe.

Keine Spur von der Sammlung zerfledderter Bücher, die sich meiner Erinnerung nach an der hinteren Wand stapelten, und auch die Regale und die auf der Tischplatte verstreuten Apothekerinstrumente sind verschwunden.

Ich schaue mich eingehend um. »Sie hat alles ausgeräumt.«

Natan mustert das Zimmer, geht dann an den Wänden entlang und verstreut dabei etwas auf dem Boden.

»Das wird ihm dabei helfen herauszufinden, welche Art der Magie in diesem Raum benutzt und geschaffen wurde«, erklärt Kendrick. »Alles hinterlässt Spuren, außer die simpelste Alltagsmagie.«

»Das ist also Zauberstaub«, sage ich und ziehe eine Augenbraue hoch. »Aber wird das den Leuten, die nach Magienutzern suchen, denn nicht auffallen?«

»Bis sie die Spur zu dieser Hütte verfolgt haben, sind wir längst wieder weg«, sagt Natan.

Er lässt den letzten Rest Staub auf den Boden fallen und stellt sich in die Mitte des Raums, direkt neben den Tisch. Als ich ihn gerade fragen will, wonach wir eigentlich suchen, schießen auf einmal bunte Lichtstrahlen durch das Zimmer.

»Das sind magische Spuren?«, frage ich und beobachte die sich bewegenden Lichter. An der Eingangstür sehe ich einen blauen Streifen, und an der Stelle, an der früher die Apothekerregale standen, sehe ich rote und gelbe Lichtpunkte umeinandertanzen.

»Was bedeutet das alles?« Ich beobachte die funkelnden Lichter mit staunender Miene.

»Erstens kann ich erkennen, dass es sich um Magie aus Elora handelt«, sagt Natan.

»Woher weißt du das?«

»Aus Erfahrung, hauptsächlich«, sagt er achselzuckend. »Fae-Magie und Magie aus Elora hinterlassen unterschiedliche Spuren. Aber das hier« – er zeigt auf einen Wirbel aus blassvioletten und blauen Lichtstrahlen im Zentrum des Raumes –, »das hier sind Spuren von Echo-Magie.«

»Echo-Magie? Wie das, was Felicity macht?«

»Genau«, nickt Natan.

»Seht ihr zwei das auch?«, fragt Kendrick und nickt in Richtung einer Stelle an der Wand, an der das Licht etwas erleuchtet, das wie ein Türrahmen aussieht.

»Das war gerade eben noch nicht da«, sage ich.

Kendrick kneift die Augen zusammen. »*Das* sieht nicht eloranisch aus.«

Natan geht auf die Tür zu und legt den Kopf schief. »Du hast recht. Ich kann mich nicht erinnern, dass da vorhin eine Tür gewesen wäre, oder?«

»Hier gab es keine anderen Türen«, sagt Kendrick. »Zumindest keine sichtbaren.« Er geht zu dem Umriss und drückt gegen die Wand. Sie zerfällt unter seiner Hand und ein blendend heller Lichtblitz erfüllt den Raum und lässt alles andere verschwinden.

Als meine Augen sich von dem Schock erholt haben, sehe ich durch den Türrahmen einen kleinen Raum, in dessen Ecke ein Buch liegt. Es ruft nach mir.

»Die Hexe hat es hiergelassen«, murmele ich geschockt.

»Ist dieses Buch das, was ich vermute?«, fragt Kendrick.

Ich nickte wie betäubt. »Das ist das Grimoricon.« Es liegt in seiner wahren Form in der Ecke und ist von so starken Bannzaubern umgeben, dass ich die Energie spüren kann, die von ihnen ausstrahlt.

»Glaubst du, das ist eine Falle?«, fragt Natan.

»Seltsamerweise nein.« Ich weiß noch, wie es sich angefühlt hat, dieses Buch in den Händen zu halten, wie es nach mir rief und wollte, dass ich es an mich nehme. Jetzt ist es ganz genauso. Wenn überhaupt, fühlt es sich jetzt noch richtiger an, das Buch an mich zu nehmen. Wie nach Hause zu kommen. Vielleicht liegt das an meiner Verbindung zu Mab. Vielleicht auch daran, dass dieses Buch der Schlüssel zu meiner Rettung ist.

»Aber warum hat sie es hiergelassen?«

Freude steigt in mir auf. »Freiwillig hat sie das bestimmt nicht getan. Ich glaube, es hat sich geweigert, mit ihr zu gehen, und ihr blieb keine andere Wahl.« Natan und Kendrick starren mich an, als würden sie auf eine Erklärung warten. »Es kann seine Gestalt verändern. Als ich es hierhergebracht habe, hat es sich nach allen Kräften dagegen gewehrt, bei der Hexe zu bleiben.«

»Es wird eine Weile dauern, diese Schutzzauber zu beseitigen«, sagt Kendrick. »Vielleicht solltest du zurück zum Haus gehen, bis …«

Ich schüttele den Kopf. »Kannst du erkennen, ob diese Barrieren dazu dienen, uns auszusperren oder das Buch einzusperren?«

Kendrick streckt die Hand aus, nimmt dann meine und hält sie vor sich. »Sag du es mir. Was spürst du?«

Anfangs kann ich nichts erkennen, aber als ich mich konzentriere, spüre ich eine Energie, die nach außen pulsiert. »Sie sperren uns aus. Das bedeutet, dass das Buch zu uns kommen kann.«

Kendrick nickt. »Und wie willst du – Jasalyn! Was machst du denn da?«

Ich gehe in den Raum, so dicht an die Barriere wie nur möglich. Dann lasse ich mich auf die Knie nieder und schnalze mit der Zunge, wie um eine Katze anzulocken.

»Sei vorsichtig«, sagt Natan. »Wenn du diese Magie berührst, könnte sie dich verletzen.«

Ich werfe ihm einen interessierten Schulterblick zu. »Und wie?«

»Kommt auf die Magie an. Manche brennen, manche lassen Knochen brechen, manche dringen in deinen Verstand ein und verschaffen dir entsetzliche Albträume. Manche werfen dich nur durchs Zimmer. Aber keine dieser Möglichkeit macht besonders viel Spaß.«

Ich nicke. Das leuchtet mir ein. »Wenn wir das hier alles überstanden haben, möchte ich, dass du mir solche Bannzauber beibringst.« Ich schnalze noch ein paarmal mit der Zunge und beginne dann, leise zu summen. Ein altes Lied, das unsere Mutter uns immer zum Einschlafen vorgesungen hat.

»Wir sind schon recht weit gekommen«, sagt Kendrick. »Ein paar Stunden mehr, um die Zauber zu lösen, macht jetzt auch keinen –«

Das Buch verwandelt sich in eine graue Langhaarkatze, die sich die Pfoten leckt.

Kendrick stößt einen überraschten Fluch aus. »Was ist da gerade passiert?«

»Komm her, Süße.« Ich strecke die Hand bis ganz dicht vor die Abschirmung aus, trotz der abstoßenden Energie, die alles in mir dazu drängt, mich zurückzuziehen. »Lass uns nach Hause gehen.«

Die Katze jault auf und ihr Schwanz peitscht wie eine Fliegenklatsche.

»Es tut mir leid«, sage ich. »Ich hätte dich niemals dieser gemeinen Hexe geben dürfen. Ich verspreche dir, es kommt nie wieder vor.«

Diesmal ist ihr Miauen mehr neugierig als ärgerlich und sie schlendert auf mich zu. Als sie die magische Barriere erreicht, zögert sie.

»Es ist okay«, flüstere ich. »Du kannst zu mir kommen. Ich kann nur nicht zu dir.«

Sie springt mir in die Arme, so schnell, dass ich kaum reagieren kann.

»Götter der Ober- und Unterwelt«, murmelt Kendrick. »Du hast gerade ein Buch dazu überredet, zu dir zu kommen.«

Ich kraule die Katze hinter den Ohren und stehe auf. »Sie mag Abriella und mich – teils wegen der Zauber, mit denen Abriella sie belegt hat, und teils wegen unserer Abstammung.«

»Wie sollen wir sie tragen, wenn wir zu Amelia reiten?«, fragt Natan.

Plötzlich kraule ich nur noch Luft und die Katze ist verschwunden. In meiner Handfläche liegt ein goldenes Medaillon an einer langen Kette.

Kendrick schnauft hörbar. »Schau dir das an. Ich glaube, sie möchte, dass du sie um den Hals trägst.«

Ich lege mir die Kette um und verlasse das winzige Kabuff.

Natan macht eine Handbewegung und die bunten Lichter erlöschen. »Wir sollten hier weg, bevor die Truppen der Sieben hier stehen und die Magie überprüfen, die wir gerade eingesetzt haben.«

»Aber wir wissen immer noch nicht, wo wir die Hexe finden sollen«, protestiere ich und greife ängstlich nach dem Medaillon an meinem Hals. »Wenn die Hexe Echo-Magie benutzt hat, dann ist es völlig egal, wie sie ausgesehen hat. Sie könnte jeder sein.«

»Ja und nein«, sagt Kendrick. »Das ist eine extrem seltene Gabe. Es gibt höchstens ein halbes Dutzend lebende Fae, die über sie verfügen.« Er schaut Natan an. Der nickt.

»Bis morgen früh mache ich dir eine Liste.«

»Aber die Fae mit dieser Gabe halten sie doch sicher geheim.«

»Eigentlich schon«, sagt Natan. »Aber ich wäre schon längst arbeitslos, wenn meine Spezialität nicht wäre, Informationen zu bekommen, die eigentlich geheim sein sollten.«

Kendrick drückt mir die Hand. »Wir machen uns gleich morgen früh auf den Weg zum Orakel. Es wird uns helfen können.«

Ich sollte meine Gesichtszüge kontrollieren, aber ich habe nicht die nötige Energie dafür und spüre, wie sich meine Miene versteinert. »Und wenn wir dort sind, kannst du sie auch gleich nach deiner Königin und deiner Krone fragen.«

Kendrick nimmt mein Kinn zwischen Daumen und Zeigefinger, hebt es an und schaut mir in die Augen. »Ich werde es fragen, wie ich Elora unterstützen kann, ohne mein eigenes Herz zu verraten.«

Natan räuspert sich. »Ich warte draußen.«

Ich schaue ihm nicht nach, weil ich zu sehr damit beschäftigt bin, die Entschlossenheit in Kendricks Blick in mich aufzusaugen. Erschöpfung und Erleichterung liefern sich in meinen Adern ein Wettrennen und schröpfen all mein Adrenalin. Ich lehne mich mit plötzlich schlaffen Muskeln gegen die Wand.

Kendrick stützt die Hände zu beiden Seiten meines Kopfes auf und beugt sich über mich. Ich sehe seine Grübchen, als er zuerst mein Gesicht und dann das Medaillon studiert, das ich fest umklammert halte.

»Du hast es geschafft. Du hast es dir zurückgeholt.«

Ich beiße mir auf die Unterlippe und drücke mir eine Hand aufs Herz, in dem Hoffnung aufschäumt wie berauschender Fae-Wein. »Ich bin so froh darüber. Ich habe …« Ich kneife die Augen zusammen, kann mein Lächeln aber nicht unterdrücken. »Ich habe zum ersten Mal seit sehr langer Zeit wieder Hoffnung.« Als ich die Augen öffne, starrt er mich an, so etwas wie Ehrfurcht im Blick. »Was ist?«

»Dein Lächeln. Ich habe vergessen, wie sehr es dich strahlen lässt. Du könntest die ganze Welt damit erhellen, wenn du das wolltest.«

Hitze steigt mir in die Wangen und ich senke den Kopf. »Du bist doch derjenige mit den umwerfenden Grübchen.«

Sein Mund zuckt, als versuche er vergeblich, genau diese Grübchen nicht zu zeigen. »Denkst du an jemand Bestimmten, den sie umwerfen?«

Ich verdrehe die Augen. »Fischst du etwa nach Komplimenten, nachdem ich dir gerade eines gemacht habe, Kendrick?« Liebevoll versetze ich ihm einen leichten Schlag gegen die Brust und er ergreift meine Hand und lässt sie auf seinem beständig schlagenden Herzen ruhen.

Sein Blick wandert über mein Gesicht und landet schließlich auf meinen Lippen. Ich neige ihm den Kopf entgegen und er vergeudet keine Zeit und senkt seinen Mund auf meinen. Die Wärme seiner Lippen lässt meine bereits entspannten Muskeln völlig dahinschmelzen.

»Davon kriege ich nie genug«, sagt er und lächelt an meinem Mund. Dann zieht er mich aus der Hütte in die kühle Nachtluft hinaus. Und ich merke, dass mir die Dunkelheit überhaupt nichts ausmacht, solange meine Hand in seiner liegt.

KAPITEL 32

FELICITY

Konner gab mir Reithosen und eine Tunika, die ich anzog, weil Sols Kleid mir nicht wirklich ausreichend Bewegungsspielraum ließ. Dann verabredeten wir uns für den kommenden Morgen bei Tagesanbruch auf Castle Craige, um mit Sol zu beraten. Konner sagte, er habe eine Möglichkeit, dorthin zu gelangen, aber da er nicht geneigt war, sie uns mitzuteilen, beschlossen Misha und ich, dass der für uns sicherste und schnellste Weg zurück nach Faerie weiterhin der Gang der Türen war. Genau wie beim ersten Mal konnte ich es kaum erwarten, diesem seltsamen Ort so schnell wie möglich den Rücken zu kehren.

»Warum gehen wir zuerst zum Palast und nicht direkt zurück nach Castle Craige?«, frage ich auf dem Weg zum Mitternachtspalast. Die Sonne wird bald untergehen und ich kann mir gut vorstellen, dass Sol inzwischen ziemlich sauer ist, weil Misha sie immer noch warten lässt.

Sobald wir durch das Portal gegangen waren und vor dem Bergkamm am Eisfluss standen, gab Misha ein leises Pfeifen von sich, das ein wildes Pferd zu uns traben ließ. Der Hengst legte sein weiches Maul in Mishas Hand und erlaubte uns geduldig, auf seinen Rücken zu klettern. Misha erklärte, das sei eine seiner Gaben, aber als ich ihn fragte, warum er dann nicht gleich zwei Pferde herangelockt hätte, reagierte er nur mit einem Augenzwinkern und schlang den Arm, den er um meine Taille gelegt hatte, noch fester um mich.

»Es gibt ein permanent offenes Portal zwischen dem Mitternachtspalast und Castle Craige, das wir für den Rückweg benutzen müssen.«

Ich verdrehe den Hals und schaue zu ihm auf. »Du also auch, was?«

»Wie bitte?«

»Mein Bruder misstraut Kobolden, aber ich wusste nicht, dass du auch so denkst.«

Sein Kiefer zuckt. »Mein Kobold reagiert im Moment nicht auf meine Rufe.«

Ich verlagere mein Gewicht auf eine Hüfte, um sein Gesicht besser zu sehen. »Warum nicht? Soll ich meinen rufen?«

»Willst *du* das denn?«, fragt er und streicht mit dem Daumen über meine Seite. »Ich war in jenem Palast nämlich beinahe eine Stunde lang davon überzeugt, ich hätte dich verloren, und finde es gerade sehr beruhigend, dich in meinen Armen zu halten.«

Ein kurzer Moment des Schocks, dann spüre ich, wie sich mein ganzer Körper entspannt. »Ich war nie wirklich in Gefahr, abgesehen von der kurzen Zeit mit Shae zumindest.«

»Er ist derjenige, der deine Freunde verraten hat, richtig? Und sie glauben, dass er für den Angriff des Wyvern verantwortlich ist?«

Ich nicke widerwillig.

»Wie lange kennst du ihn schon?«

»Seit meiner Kindheit. Er war eigentlich ein Freund von Hale, aber ich …« Ich schüttele den Kopf. »Ich dachte, ich wäre in ihn verliebt, aber jetzt weiß ich, dass ich nur in eine Idee vernarrt war. Er war immer ein bisschen verwegen und gefährlich, und weil seine Eltern umgebracht worden waren, als er noch klein war, und er seitdem bei einer Cousine seiner Mutter aufwachsen musste, dachte ich, er verstünde mich besser, als die anderen es konnten.«

»Hast du dich oft missverstanden gefühlt?«

»Nicht wirklich. Nur ein bisschen fehl am Platz. Ich hatte immer das Gefühl, dass die Kendricks mir einen immensen Gefallen damit getan hätten, mich bei sich aufzunehmen.«

»Haben sie dir dieses Gefühl gegeben?«

»Nein, niemals. Die Nachbarn haben manchmal getratscht. Und als Erith von meiner Existenz erfuhr und eine seiner Wachen meinen Vater – meinen Adoptivvater – tötete«, ich hole zitternd Atem, »mussten sie danach nichts mehr sagen. Ich wusste genau, was ich sie gekostet hatte.«

»Hast du jemals mit Shae …?«

Ich muss lachen. »Soll das ein Witz sein? Ich war ein verknalltes kleines Mädchen, das darauf wartete, dass er mich bemerkte. Aber das tat er nie. Erst als ich in Jasalyns Körper steckte.« Ich schaue Misha kurz an, wende dann aber den Blick ab. »Ich kann nicht leugnen, dass mir die Aufmerksamkeit gefiel, die ich bekam, als ich in ihre Haut geschlüpft war – sie ist so schön –, aber Aufmerksamkeit, die man aus den falschen Gründen bekommt, hat immer einen Preis. Ich wusste das schon, bevor ich dich traf, aber was zwischen uns passiert ist, hat mich zum Glück wieder daran erinnert, dass das Leben, das ich in der Haut einer anderen führe, nie wirklich mein eigenes ist. Selbst wenn sich ein Teil von mir danach sehnen mag.«

»Das hört sich für mich seltsam an. Ich finde Jasalyns Leben alles andere als beneidenswert.«

In mir steigt eine Woge des Mitleids für das Mädchen auf, das ich durch ihre Träume verstehen gelernt habe. »Das ist es auch nicht. Das Leben war auf so viele Weisen grausam zu ihr. Was ich damit eigentlich meine, ist, dass ich mir durchaus gewünscht habe, immer so auszusehen wie sie. Ich habe seit meinem sechzehnten Geburtstag nicht mehr als ein paar Tage in meiner eigenen Gestalt verbracht – zumindest nicht während ich bei Bewusstsein war –, und das bedeutet, dass ich nie die Chance hatte, mich mit diesem Körper anzufreunden.«

»Das verstehe ich nicht«, sagt Misha. »Du hast das schon einmal gesagt – dass du lieber wie Jas aussehen würdest.« Seine Stimme wird ein bisschen tiefer, ein bisschen leiser. »Warum willst du denn irgendetwas an dir verändern?«

Ich öffne den Mund, klappe ihn dann aber wieder zu. Ich wünschte, ich könnte sein Gesicht sehen. Das ist mit Sicherheit eine Fangfrage. »Du kannst nicht leugnen, dass du mich anders angesehen hast, als ich in ihrer Haut steckte.«

»Das sagst du nur, weil du nicht weißt, wie ich dich in deiner wahren Gestalt angesehen hätte.«

Warum sagst du so etwas? Warum weckst du Wünsche in mir, die sich nie verwirklichen werden? »Die Wahrheit werden wir wohl nie erfahren.«

»Der Punkt, auf den ich hinauswill, ist, dass du dir nicht wünschen solltest, irgendjemand anderes zu sein. Nicht mal eine Sekunde lang.« Er vergräbt sein Gesicht an meinem Hals, atmet tief ein und lässt mich vor Verlangen erzittern.

Den Rest des Weges reiten wir schweigend weiter, in einer Atmosphäre, die so angespannt ist, dass ich das Gefühl habe, jeden

Augenblick zu explodieren, als Misha das Pferd vor den Palasttoren anhalten lässt. Ihm so nahe zu sein, weckt in mir die Sehnsucht danach, so viel mehr zu spüren als nur seinen Arm um meine Taille und seine Oberschenkel an meinen.

Er steigt ab, und als er die Arme ausstreckt, um mir vom Pferd zu helfen, zögere ich in der Erwartung, mich bei seiner Berührung in meinem eigenen Körper unwohl zu fühlen, aber dann liegen seine Hände auf meinen Hüften und ich fühle mich unter ihnen weder zu groß noch zu breit. Er schließt die Arme um mich und gibt mir das Gefühl, genau richtig zu sein.

Als er mich zu Boden hebt, richte ich den Blick auf ihn und ich könnte schwören, dass sich der Pulsschlag an seinem Hals beschleunigt.

»Danke, Loki«, murmelt er dem Pferd zu und gibt ihm einen sanften Klaps aufs Hinterteil, bevor es zurück in die Wälder galoppiert.

»Loki?«, frage ich. »Woher kennst du seinen Namen?«

Misha lächelt. »Weil er ihn mir gesagt hat.« Er führt mich durch die Tore, grüßt kurz die Wachen, die gerade Dienst haben, und zieht mich dann zu einem steinernen Brunnen im Garten. »Bereit?«, fragt er und nickt auf das Wasserbecken.

»Das ist das Portal?«

»Die Energie des fließenden Wassers lädt es immer wieder auf, also muss ich meine Magie nur einsetzen, um es zu öffnen und zu schließen, wenn ich es brauche. Das ist wesentlich weniger umständlich, als jedes Mal ein neues Portal zu erschaffen.«

Ich bin nicht besonders erpicht darauf, mich komplett durchnässen zu lassen, und überlege, ob ich ihm noch einmal vorschlagen soll, meinen Kobold zu rufen.

Er schmunzelt, als er mein Zögern bemerkt. »Ich verspreche

dir, das Wasser wird dich nicht berühren. Du wirst genauso trocken sein wie jetzt, wenn wir ankommen.«

»Wenn du das sagst …«

Misha nimmt wie selbstverständlich meine Hand und wir steigen zusammen über den Brunnenrand. Er hat recht. Ich spüre das Wasser nicht, aber das Portal fühlt sich ganz anders an als die anderen, die ich bisher benutzt habe. Bislang bin ich immer mit einem Schritt an den gewünschten Ort gelangt, aber dieses Portal zerrt uns mitten im Schritt zurück und wir purzeln kopfüber auf den kalten, steinigen Boden eines Ortes, der definitiv nicht zu Mishas Schloss gehört.

Er springt auf und begutachtet mit angespanntem Gesicht die zerklüfteten Felsen vor uns.

»Wo sind wir?«

»Nicht auf Castle Craige.« Er rauft sich mit einer Hand die Haare und murmelt einen Fluch.

»Ist mir aufgefallen.« Ich stehe auf und klopfe mir den Staub von der Hose. Er wirkt eher wütend als überrascht. »Was ist hier los, Misha?«

Er schaut mich grimmig an. »Meine Magie … kooperiert nicht richtig.«

»Wie meinst du das?«

»Ein Teil meiner Magie gehört nicht mir allein. Sie kommt aus meinem Reich. Diese Magie gewährt das Land dem König und der Königin, damit sie ihr Volk beschützen können.« Er klaubt eine Handvoll Kies vom Boden auf, schwenkt ihn unter seiner Nase und lässt ihn dann wieder fallen. »Ich habe seit einigen Monaten Probleme damit, diese Magie verlässlich zu benutzen.«

Er schaut sich um und seufzt. »Und jetzt sitzen wir bis morgen früh hier fest, weil Kobolde nicht in diesen Teil meines Reiches reisen. Ich muss erst schlafen, bis ich genug Kraft habe, um uns zurück ins Schloss zu transportieren.«

»Weißt du, wo wir sind?«

»Ja. Zumindest dafür bin ich noch zu gebrauchen.« Er nickt in Richtung des Felsbrockens vor uns und gibt mir ein Zeichen, ihm zu folgen. »Komm, ich zeige es dir.«

Als wir auf den Felsen geklettert sind, erstreckt sich vor mir ein Bergpanorama, über dessen fernen Gipfeln gerade die Sonne versinkt. Misha stellt sich hinter mich und schlingt mir einen Arm um die Taille. »Siehst du den Bergkamm dort drüben, der beinahe blau leuchtet?«

Ich schließe einen Moment lang die Augen und genieße die Wärme seiner an mich gepressten Brust. Misha ist mir ganz nahe. Und zwar egal welche Form ich gerade angenommen habe. Er ist *mir selbst* nahe. »Ja«, murmele ich, öffne die Augen und versuche, mich zu konzentrieren.

»Morgens steigt Nebel von ihnen auf, der wie Rauch aussieht. Man nennt sie auch die Blue Smoke Mountains. Danach zu urteilen, wie weit sie von hier entfernt sind, schätze ich, dass wir uns im äußersten Westen meines Territoriums befinden.« Er löst seinen Arm von meiner Taille und ich vermisse ihn augenblicklich.

Er geht einen Schritt zurück und ich drehe mich zu ihm um. »Sol wird sich fragen, wo du bleibst, aber zumindest ist die Sonne noch nicht untergegangen. Wie lange würden wir zum Schloss brauchen, wenn du wieder ein wildes Pferd rufst?«

Misha schüttelt den Kopf. »Zu lange, und es dämmert schon. Wir bleiben heute Nacht hier.« Er betrachtet forschend mein Gesicht. »Meine große Magie mag zwar schwinden, aber ich verspreche dir, dass ich noch stark genug bin, um dich in meinen eigenen Bergen zu beschützen.«

Ich hänge immer noch bei dem Gedanken fest, mit Misha nach dem, was er mir während des Ritts zum Mitternachtspalast gesagt hat, die Nacht zu verbringen, aber ich sage nur: »Daran habe ich nie gezweifelt.«

Sein Blick wird weich und er mustert mich weiterhin eingehend.

»Was ist?«, frage ich.

»Ich glaube, ich habe noch nie etwas so Schönes gesehen wie dich in diesem Augenblick.« Er befeuchtet sich die Lippen. »Im Licht der untergehenden Sonne bist du einfach umwerfend.«

Ich suche immer noch nach einer passenden Erwiderung darauf, als er sich umdreht, vom Felsen springt und anfängt, alles Nötige für ein Lagerfeuer einzusammeln. Ich schaue ihm kurz bei der Arbeit zu, dann helfe ich ihm beim Sammeln von Feuerholz, was mir ein Augenzwinkern und ein Lächeln einbringt. Er winkt mich zu einer hoch aufragenden Kiefer und ich stapele die Späne, Stöcke und kleinen Holzbrocken zu ordentlichen Haufen, während er niedrig hängende Zweige abschneidet und uns somit einen kleinen Unterschlupf im Gezweig aushöhlt.

»Das wird uns vor dem Wind schützen«, sagt er und beginnt dann, Feuer zu machen.

***

»Komm her«, sagt Misha und klopft auf den Boden zwischen seinen Beinen. Die Sonne ist inzwischen vollständig untergegangen und wir haben uns neben dem Feuer niedergelassen, das er gekonnt in dem kleinen, höhlenartigen Unterschlupf zwischen den untersten Ästen der großen Kiefer platziert hat. »Wenn du näher kommst, kann ich dich wärmen.«

Ich rutsche an ihn heran, bis wir Schulter an Schulter sitzen. »Mir war nicht klar, wie kalt es nachts in den Bergen wird«, sage ich bibbernd.

Er schmunzelt. »Das wird nicht viel helfen.« Er bewegt sich, und ehe ich reagieren kann, sitzt er hinter mir und hat meinen Hintern zwischen seinen ausgestreckten Beinen eingeklemmt. Es ist wie zuvor auf dem Pferd, aber jetzt haben wir ein knisterndes Feuer vor uns und durch die Zweige über uns sehen wir Sterne glitzern.

Mein Puls beschleunigt sich. Ich werde es niemals schaffen, mich ungerührt zu geben, aber ich versuche es trotzdem. »Ich muss schon sagen, wenn ich es nicht besser wüsste, würde ich vermuten, Ihr wollt mich verführen, König Misha.«

Ich spüre seinen warmen Atem und das unterdrückte Lachen, das seinen Brustkorb in meinem Rücken schüttelt. »Ich verspreche dir eins: Wenn ich dich verführen will, wirst du es merken.« Er schlingt einen Arm um mich und legt mir seine große Hand auf den Bauch. Mit seiner freien Hand streicht er mir eine Haarsträhne hinters Ohr. »Aber wenn ich dich *nicht* verführen wollte, wäre es wohl die schlimmste Art der Folter, so nahe bei dir zu sitzen.«

Mein Herz zieht sich zusammen. »Wenn? Du bist dir also nicht sicher?«

Misha schweigt so lange, dass ich mir wünsche, ich hätte nie gefragt. Wie peinlich, dass ich ihn dazu dränge, mir zu sagen, wie er zu allem zwischen uns steht. »Du hast einen schweren Tag hinter dir – mit deinem Bruder und Shae und …« Sein Arm umfängt mich fester. »Sollte dir das alles zu viel sein, könnte dir das niemand vorwerfen. Also nein. Ich bin nicht sicher. Sosehr ich mich auch danach sehne, dich zu berühren, *wirklich* zu berühren … will ich auf keinen Fall ausnutzen, wie verwundbar du gerade bist.«

Ich drehe mich um und rolle mich zwischen seinen ausgestreckten Beinen auf die Knie. Dann schaue ich ihn mit pointiert hochgezogener Augenbraue an. »Ich glaube, du projizierst da etwas auf mich.«

Mishas Mund zuckt amüsiert. »Ach, wirklich? Und was genau?«

Ich hebe mit gespielter Lässigkeit eine Schulter, als hätte ich mir das hier nicht schon seit … ja, seit dem ersten Augenblick unserer Bekanntschaft gewünscht. »Ich habe heute eine Menge erlebt, das ist wahr. Aber ich würde behaupten, dass du derjenige von uns beiden bist, der im Moment verwundbar ist.«

Er verschränkt die Hände hinter dem Kopf und lehnt sich zurück. »Ich? Verwundbar? Das muss ich mir anhören.«

»Na ja, schon. Du bist zwar ein mächtiger König, aber im Augenblick funktionieren deine königlichen Kräfte nicht mal richtig. Ich vermute, dass das deinem Ego einen ziemlichen Dämpfer versetzt hat. Und obwohl ich mir sicher bin, dass dir das Leben leichter fallen würde, wenn du dieses gigantische Ding nicht mit dir herumschleppen müsstest, hat das deinem Selbstvertrauen sicherlich nicht gutgetan. Und wenn man bedenkt, wie *alt* du bist, dann hast du vielleicht sogar Probleme damit –«

Misha schneidet mir mit seinen Lippen das Wort ab. Mit einem leidenschaftlichen Kuss, der gleichzeitig spielerisch und fordernd ist. Dann drückt er mich sanft rücklings zu Boden und positioniert sich so, dass er sich über mir hält. Als wir den Kuss unterbrechen, um Atem zu holen, flüstert er, ohne den Blick von meinen Lippen zu lösen: »Ich werde *keinerlei* Probleme haben, das versichere ich dir.«

Ich verlagere mein Gewicht unter ihm und winkele ein Knie

an, damit er sich zwischen meinen Beinen niederlassen kann. Dann spüre ich den eindeutigen Beweis für seine Behauptung und schnappe keuchend nach Luft.

»Aber ich gebe zu, dass ich im Moment wirklich ein bisschen verwundbar bin«, sagt er mit plötzlich weicher Stimme. Er betrachtet mein Gesicht. »Ich habe von dir geträumt. Von diesem Gesicht, diesen Augen.« Er lässt den Kopf in meine Halsbeuge sinken und atmet mich ein, als wäre ich Sauerstoff und er kurz vor dem Ersticken. »Deinem Duft.« Er stützt sich auf die Ellbogen und blickt mit Augen, die dunkel sind vor Lust, auf mich herunter.

Ich wage nicht, mich zu bewegen. Wage nicht, zu blinzeln. Weil ich Angst habe, das alles könnte nur *mein* Traum sein.

Er legt seine große Hand an mein Gesicht – sein Daumen streichelt über meine Wange, dann meinen Kiefer entlang. »Kannst du dir vorstellen, was für ein Schock es für mich war, dich zum ersten Mal so zu sehen?« Er beugt sich nach vorn und legt seine Nase an meine. Unser Atem mischt sich, seine Lippen sind mir so nah. »Ich hatte all diese Gefühle für dich, denen ich nicht trauen konnte, weil du nicht die warst, die du zu sein vorgegeben hattest.«

»Es tut mir leid.«

»Ich verstehe dich jetzt.«

Aber vielleicht muss auch ich meine Verwundbarkeit mit ihm teilen. »Als du mich zum ersten Mal in dieser Gestalt gesehen hast, hast du gefragt, ob mein Aussehen ein Witz wäre.« Ich spüre, dass er überrascht einatmet, aber ich zwinge mich fortzufahren. »Das hat wehgetan, Misha. Und ich trage das seither mit mir herum.«

Er öffnet den Mund, schließt ihn dann aber wieder. Auf seinem Gesicht sehe ich nur Verwirrung. »Ich glaube, du verstehst mich nicht richtig. Wenn ich sage, dass ich von dir geträumt habe, meine ich nicht, nachdem du verschwunden warst. Ich habe schon von dir geträumt, bevor du mein Schloss betreten hast. Nachdem ich dich eingesperrt hatte und dich zum ersten Mal so sehen konnte, dachte ich, du wärest irgendwie in meine Gedanken eingedrungen. Du warst sie. Du warst die Frau, von der ich zahllose Nächte geträumt hatte. Die eine, von der ich mich überzeugt hatte, dass ...« Sein Schlucken ist gequält. »Ich hatte nicht gedacht, dass ich sie jemals außerhalb meiner Träume sehen würde, und da warst du. Ich dachte, du wolltest mich grausam damit demütigen, dass du die Gestalt der Frau annimmst, die ich noch nie gesehen, aber nach der ich mich seit Monaten gesehnt hatte.«

Ich schlucke. »Du warst also nicht abgestoßen von mir?«

Mishas Augen werden kugelrund. »Sprechen wir nicht dieselbe Sprache?« Er lässt seinen Blick über mein Gesicht gleiten, dann zu meinen Brüsten und wieder nach oben. »Nein. Definitiv nicht. Niemals.«

»Aber deine Worte ...«

»Waren schrecklich aus dem Kontext gerissen, und es tut mir wirklich leid.« Sein Daumen berührt meine Unterlippe. »Ich hielt dich für meine Feindin, aber als ich dich so sah, begehrte ich dich mehr als jemals zuvor. Du bist schön, Felicity.« Er löst sich so weit von mir, dass er mich von Kopf bis Fuß betrachten kann. »Was ich für dich empfinde, ändert sich nicht, wenn du eine andere Gestalt angenommen hast, aber wenn ich dich so sehe, ist es, als würde die Sonne durch die Wolkendecke brechen.«

»Wie kannst du das so leicht sagen?« Mein Herz ist so voller Sehnsucht, dass ich kaum atmen kann. Ich lege ihm die Hand in den Nacken und ziehe ihn wieder zu mir herunter.

Er legt seine Stirn an meine und lächelt auf mich herab. »Wenn du nicht meine Worte willst, kann ich dir dann etwas anderes anbieten?«

»Warum, glaubst du, hast du von mir geträumt? Was habe ich in deinen Träumen gemacht?« Sein Mundwinkel hebt sich zu einem so schelmischen Grinsen, dass meine Wangen glühend heiß werden.

»Das ist … nun ja … also muss ich mich deswegen wohl nicht mehr unsicher fühlen.«

Er lacht rau auf. »Ganz und gar nicht.« Er streicht mit dem Zeigefinger über meine Kehle. »Was das Warum angeht: Das habe ich mich monatelang auch gefragt, und bevor ich dich das erste Mal in dieser Form gesehen habe, hielt ich dich für irgendeine Manifestation meines Unterbewusstseins. Ich dachte, ich wäre so einsam, dass mein schlafender Geist versuchte, mein Leid dadurch zu lindern, dass er mir diese wunderschöne Fae schickte, in deren Gegenwart ich Wärme, Verlangen und … *Glück* spürte. Eine Zufriedenheit, die ich im wachen Zustand nie erfahren hatte.«

»Und was glaubst du jetzt?«

Misha schweigt lange und sein Gesicht wird ernst. »Ich glaube, du warst ein Versprechen der Mutter. Ich glaube, sie wollte mir mitteilen, dass ich bald meine Partnerin finden werde. Dass ich mit dir nicht die Liebe finden werde, auf die ich immer gehofft hatte, sondern etwas noch viel Besseres.«

Ich drücke meinen Mund auf seinen, knabbere an seinen Lippen und genieße es, sein Gewicht auf mir zu spüren.

Während wir uns küssen, arbeiten sich seine Hände an den Schnürungen meiner Tunika entlang und lösen sie und ich ziehe sein Hemd aus der Hose. Er richtet sich gerade so weit auf, dass ich es ihm über den Kopf ziehen und zur Seite werfen kann. Ich hebe den Oberkörper, ziehe die Arme aus meinen Ärmeln und lasse mein Hemd zu Boden sinken. Als ich mich wieder hinlege, folgt er mir nicht nach.

Vielleicht wäre mir das unangenehm, vielleicht würde ich etwas anderes empfinden als unbändiges Verlangen, wenn er mich nicht so ansehen würde. Sein Blick wandert über alle Hügel und Täler meines entblößten Körpers.

»Ich habe mich geirrt«, sagt er und sein wandernder Blick ist so intensiv, dass ich erzittere. »Ich dachte, das Schönste auf der Welt seist du im Sonnenuntergang, aber das hier«, er umfasst meine Brust und streicht mit dem Daumen über die empfindliche Spitze, »du im Feuerschein unter meinen Händen? Absolut umwerfend.«

So etwas wie Seligkeit steigt in mir auf und ich glaube, ich zittere am ganzen Körper. Nicht vor Nervosität. Vor Verlangen. Vor Freude. Ich will ihn zu mir herunterziehen und wieder küssen, aber ich tue es nicht. Ich warte und lasse ihn mein wahres Ich so lange ansehen, wie er will. Nie im Leben hätte ich mir vorstellen können, mir einmal zu wünschen, dass jemand mich so ansieht. Nicht mein wahres Ich.

Als er sich endlich wieder zu mir heruntersenkt, vergrabe ich die Finger in seinem Haar. Seine Lippen wandern von meinem Kiefer meinen Hals entlang und wieder nach oben. Seine Zungenspitze berührt mein Ohrläppchen, bevor er es zwischen seine Zähne zieht und mir ein leises Stöhnen entlockt. Sein Mund erforscht jeden Zentimeter meines Körpers, wie seine Blicke es zuvor getan haben, und er arbeitet sich langsam zu meinen Brüsten vor, die er so gekonnt liebkost, dass ich beinahe vergesse zu atmen. Seine Lippen wandern über meinen weichen Unterbauch und dann hakt er die Finger in den Bund meiner Reithose.

Er zieht sie mir aus und lässt seinen Mund seinen Händen folgen. Jeder Teil von mir bekommt eine andere Behandlung. Zähne knabbern sanft an meinen Hüften und warmer Atem und weiche Lippen wispern über die empfindliche Haut der Innenseiten meiner Oberschenkel, mein Schienbein bekommt spielerische Nasenstupser. Als Misha zwischen meinen Füßen kniet, wirft er meine Hose beiseite und hält inne. Er schaut mich an.

Jetzt bin ich mir sicher, dass ich wie Espenlaub zittere, aber ich mache mir keine Gedanken mehr darüber, was er von meinem Körper hält, weil ich die Wahrheit so deutlich in seinen Augen lesen kann.

Er schlüpft aus seiner Hose, bevor er sich wieder auf mir niederlässt, und seine Haut fühlt sich an meiner so warm an, dass ich mich frage, warum ich mir jemals wegen der Kälte Sorgen gemacht habe. Selbst Schnee würde ich wahrscheinlich nicht einmal bemerken.

»Zu schnell?« Aber er fragt, als bäte er um die Erlaubnis zu atmen.

Ich schüttele den Kopf und halte dabei seinen Blick fest. Zwischen uns ist nichts mehr, und dadurch, dass ich ihm erlaubt habe, mich so anzusehen, wie er es getan hat, habe ich mich so verwundbar gemacht, dass es mir vergleichsweise leichtfällt zu sagen, was ich wirklich fühle. »Ich will dich schon seit langer, langer Zeit«, flüstere ich. »Aber heute ist es nicht nur Verlangen.« Ich schaue in sein andächtiges Gesicht. »Ich brauche dich. Ich brauche das hier.«

Seine Küsse sind so sanft, seine Bewegungen so präzise. Und ich wünschte, dies wäre mein erstes Mal. Nicht weil ich irgendetwas verloren hätte, als ich zu Hause mit dem Nachbarsjungen schlief, sondern weil mein erstes Mal so völlig anders war. Erst jetzt erlebe ich wahre Zärtlichkeit und Hingabe. Ich habe zu viel Zeit meines Lebens damit verbracht, mich ersetzbar zu fühlen, aber als Misha mir in die Augen sieht und unsere Körper sich vereinen, fühle ich mich wertvoll und geliebt.

KAPITEL 33

JASALYN

»Wir sollten Rast machen«, sagt Kendrick, nachdem wir einen Tag lang zu Pferd durch Fairscape gereist sind. Die Sonne sinkt in Richtung Horizont, und da es keine Leylines gibt, die zum Orakel führen, sind wir schon seit Sonnenaufgang unterwegs. »Du bist völlig erschöpft.«

»Ich kann weiterreiten.«

Geistesabwesend streichelt er meinen Bauch. »Ich könnte auch eine Nacht Schlaf gebrauchen und ich weiß einen Ort, wo wir rasten können. Er ist nicht weit entfernt.«

Mein Magen verknotet sich bei dem Gedanken, bis morgen auf den Besuch beim Orakel warten zu müssen, wo uns doch nur noch drei Tage Zeit bleiben, aber ich weiß, dass er genauso nervös ist wie ich. »Könnten wir das Orakel heute Abend noch erreichen, falls wir weiterreiten?«

Wir sind heute nur zu zweit unterwegs. Kendrick hatte die anderen mit dem Grimoricon zurück zum Mitternachtspalast geschickt, damit Brie beginnen kann, es nach den Antworten zu durchsuchen, die wir brauchen. Sie hatten zuerst widersprechen wollen und zumindest Remme mit uns schicken, aber als Kendrick sie daran erinnerte, dass es keine gute Idee sei, mehr als zwei Leute auf einmal zum Orakel zu bringen, gaben sie schließlich nach.

»Ich werde dich nicht nach Einbruch der Dunkelheit zu seinem Berg bringen. Das ist zu gefährlich.«

Ich nicke. »Okay. Vielleicht können wir morgen ja so früh aufstehen, dass wir bei Sonnenaufgang bei ihm sind.«

Kendrick drückt mir einen Kuss auf den Nacken. »Ich bringe dich zu ihm, versprochen.« Er schiebt die Hand unter mein Hemd und lässt den Daumen über die Unterseite meiner Brust gleiten. »Aber nachdem ich den ganzen Tag so dicht an dich gepresst durchs Land geritten bin, brauche ich dringend eine Pause.«

»So schlimm?«, frage ich scherzhaft. »Ich habe heute Morgen gebadet, versprochen.«

Er hakt die Finger in meinen Hosenbund und seufzt an meinem Hals. »Kann ich es wagen zuzugeben, wie oft ich am liebsten das Pferd angehalten hätte, um dich wieder unter mir zu spüren? Ich dachte, dich vor Sonnenaufgang zu wecken, würde mir helfen, den Tag zu überstehen, aber ehrlich gesagt hat es alles nur noch schwieriger gemacht.«

Ich erröte, als ich daran denke, wie er mich geweckt hat – langsam und geduldig, mit Händen, Lippen und Zunge. Als ich vollständig erwachte, kniete er vor dem Bett, meine Hüften an der Bettkante, und küsste mich auf eine Art und Weise, die alles um uns herum verschwinden ließ.

»Ich kann nicht aufhören, daran zu denken, wie du schmeckst.« Er saugt sanft an meinem Hals, seine Finger tasten sich in meinen Hosenbund vor und ich erzittere in seinen Armen.

Kendrick lenkt die Stute auf eine Lehmstraße und treibt sie dann in einen schnellen Galopp. Ich klammere mich nach Leibeskräften an seinem Arm fest, während er unsere Sehnsucht nach einem privaten Zimmer damit befeuert, dass er mich während des gesamten restlichen Ritts berührt und küsst.

Als er das Pferd endlich wieder in Schritt fallen lässt, reiten wir durch ein Weizenfeld und in der Ferne sehe ich ein Bauernhaus.

»Hooo«, macht Kendrick, zieht an den Zügeln und bringt die Stute zum Stehen. Er zieht die Hände unter meinen Kleidern hervor und zupft sie ordentlich zurecht, bevor er absteigt.

»Wo sind wir hier?«, frage ich, als er mir aus dem Sattel hilft.

»Bei mir zu Hause«, sagt er mit leuchtenden Augen und nickt dann zu der hinteren Veranda, wo eine Tür offen steht. »Hier wohnt meine Mutter.«

»Nein!« Ich boxe ihn in den Bauch, bereue es aber, als meine Hand gegen eine Mauer aus Muskeln prallt. »Aua! Warum hast du mich nicht vorgewarnt?«

Er ergreift meine Hand und grinst. »Wo liegt das Problem, Slayer? Hast du Angst davor, meiner Mutter zu begegnen? Ich verspreche dir, sie wird dir nichts tun. Sie hat zwar einen starken Beschützerinstinkt für ihre Kinder, aber …«

»Ich sehe aus, als wäre ich gerade aus der Unterwelt zurückgekehrt!« Ich streiche mir das wirre Haar aus dem Gesicht. »Nein. Ich sehe aus wie ein Monster, das aus der Unterwelt emporgekrochen ist!«

Kendrick mustert mich langsam von Kopf bis Fuß, bis meine Wangen brennen. »Ich wusste gar nicht, dass dieser Ort so viel zu bieten hat.«

»Hör auf«, quieke ich. »Das ist nicht witzig.«

Immer noch grinsend beugt er sich vor und sein Mund berührt mein Ohr, als er flüstert: »Sie wird dich lieben, weil ich dich liebe. Das reicht völlig aus.«

»Hale?«, ruft eine weibliche Stimme von der Tür. Kendricks Mutter hat hellbraunes Haar und rosige Wangen, und obwohl ihre Ohren so rund sind wie die eines Menschen, weiß ich, dass das nur ein Trugzauber ist, um sie in einer Welt zu beschützen, in der Fae nicht willkommen sind. »Bist du es wirklich?«, fragt sie.

Kendrick wirft mir einen letzten, ermutigenden Blick zu, dann drehen wir uns Hand in Hand zur Tür um. »Hallo, Mom.«

»Oh, den Göttern sei Dank!«, ruft sie und rennt mit ausgebreiteten Armen auf uns zu. Kendrick lässt mich los, fängt sie in seinen Armen auf und hebt sie in die Luft. Als er sie wieder auf dem Boden abstellt und sich von ihr löst, sehe ich Tränen über ihre Wangen strömen.

»Ist es endlich vollbracht?«, fragt sie. »Könnt ihr jetzt nach Hause kommen, du und Lis?«

Seine Miene verdüstert sich, aber er hat seine Gesichtszüge so schnell wieder unter Kontrolle, dass ich mich frage, ob ich mich vielleicht getäuscht habe. »Noch nicht, Mom. Wir arbeiten noch an einer Lösung.«

»Aber wenigstens bist du hier. Und wer ist das?« Sie reicht mir ihre winzige Hand und ich schüttele sie schüchtern. »Ich bin Georgie.«

»Das ist Jasalyn Kincaid«, sagt Kendrick, aber falls seine Mutter auf eine Kategorie wartet, die meine Beziehung zu ihm definiert, bekommt sie sie nicht. Wie sollte er mich auch bezeichnen? Wir sind viel mehr als Freunde, aber *Freundin* wirkt beinahe lächerlich, wenn man bedenkt, wie schrecklich vorübergehend all das möglicherweise sein wird.

»Die Prinzessin«, sagt sie mit ehrfürchtiger Stimme. »Das Orakel hat prophezeit, dass du uns helfen wirst.«

Mir fällt auf, dass sie sehr vage bleibt. Weil möglicherweise jemand mithört oder weil Eriths Name eine Art magische Überwachung auslöst?

»Das würde ich sehr gerne tun«, gestehe ich mit einem Blick auf Kendrick. »Aber bisher hat nichts so funktioniert, wie wir uns das vorgestellt hatten.«

»Hale wird einen Weg finden«, sagt sie. »Das tut er immer.«

Kendrick greift wieder nach meiner Hand, und Georgies Gesicht verzieht sich zu einer nervösen Grimasse. »Oje.«

»Was ist, Mom?«

Sie schaut zwischen uns hin und her und richtet dann ihren Blick um Entschuldigung bittend auf Kendrick. »Ich kümmere mich seit einiger Zeit um jemanden. Ich konnte dir keine Nachricht schicken, weil ich Angst hatte, sie könnte abgefangen werden, aber … sie ist hier.«

Mein Magen rutscht mir wie ein Stein in die Kniekehlen.

Kendrick runzelt die Stirn. »Wer?«

Aber ich weiß es bereits und ich weiche Georgies Blick nicht aus, als ich es ausspreche: »Crissa.«

Ihr Lächeln wankt. »Du kennst sie?« Ihr Blick wandert zu meiner Hand, die noch immer in Kendricks liegt, als wolle sie fragen, warum wir uns berühren, obwohl ich von seiner Verlobten weiß.

Kendrick umklammert meine Hand fester. »Bist du sicher, dass sie es wirklich ist? Wir sind schon einmal getäuscht worden.«

»Hale …« Sie schaut immer noch zwischen uns beiden hin und her. Ich kann nicht erkennen, ob sie verwirrt, traurig oder schuldbewusst aussieht. »Ich bin sicher.«

Ich entwinde meine Hand Kendricks Griff und recke das Kinn. Er ist nicht mein. Ich habe schon immer gewusst, dass er nicht mein ist. »Ich würde sie gerne sehen.«

Georgie kaut auf ihrer Unterlippe herum. »Wirklich?«

»Jasalyn kennt Crissa«, erklärt Kendrick. »Mordeus hat sie gemeinsam gefangen gehalten.«

Ihr Mund formt ein kleines o, dann nickt sie in Richtung des Hauses. »Dann komm mal mit.«

Vor ein paar Sekunden habe ich noch gierig jedes Detail dieses Ortes mit den Augen verschlungen. Die Felder, durch die Kendrick als Kind rannte, die Bäume, auf die er wahrscheinlich mit seiner Schwester kletterte, die Veranda, auf der seine Mutter stand und die beiden zum Abendessen rief. Aber jetzt sieht alles für mich nur noch grau aus. Ich hätte mich nicht so sehr emotional an ihn binden dürfen. Nicht wo wir doch beide wussten, was auf uns zukommen würde.

Er wollte zwar das Orakel nach einer Möglichkeit fragen, sich mit mir eine gemeinsame Zukunft aufzubauen, aber ist es wirklich fair von mir, das von ihm zu verlangen? Crissa ist Eloras Königin und er hat sein ganzes Leben dem Ziel gewidmet, ihr König zu werden.

Im Haus ist es dunkel und kühl, die Läden sind geschlossen und die Wandlampen brennen nicht. Es riecht nach Zimttee und frischem Brot und einen Moment lang stelle ich mir eine andere Realität vor – eine, in der Georgie sich genauso sehr freut, mich kennenzulernen, wie sie sich über das Wiedersehen mit Kendrick freut. In der sie uns ins Haus einlädt, uns Erfrischungen serviert, mir endlose Fragen über mein Leben stellt und die Gelegenheit genießt, die Frau kennenzulernen, die ihr Sohn liebt. Eine Realität, in der ich kein Problem, sondern ein willkommener Familienzuwachs bin.

Ich schüttele den Gedanken ab, bevor er sich festsetzen und mich in die Dunkelheit hinabziehen kann.

»Wie geht es ihr?«, frage ich.

»Sie ist hier hinten«, sagt Georgie und führt uns durch das Haus. »Inzwischen ist sie wieder relativ gesund. Sie war sehr schwach, als sie letzten Monat zu mir gebracht wurde, aber jetzt, wo sie Gelegenheit hatte, auszuruhen und zu heilen, ist sie schon viel stärker.«

Kendricks Schritte werden immer langsamer und er bleibt hinter mir zurück, aber ich gehe entschlossen auf Crissa zu. Auf die Realität, die ich schon vor langer Zeit hätte akzeptieren müssen.

Kendricks Mom klopft zweimal an die Tür und öffnet sie dann einen Spaltbreit.

»Crissa? Dürfen wir reinkommen?«

»Natürlich.« Die vertraute Stimme versetzt mich zurück in den dunklen Kerker, aus dem ich so unbedingt entfliehen wollte. Zurück in eine Zeit, in der sie mein einziger Grund war, nicht aufzugeben.

Georgie schiebt die Tür auf und jetzt sehe ich Crissa, deren lange, blonde Zöpfe um ihren Kopf zu einem Kranz gewunden sind.

Ihre Augen leuchten auf und auf einen Schlag verblasst all mein Selbstmitleid neben der Freude darüber, meine alte Freundin wiederzusehen. Kendrick hat mich in jenem Verlies gerettet. Aber Crissa ebenfalls.

Sie legt ihr Buch beiseite und steht auf. »Jasalyn!«

Ich ignoriere Georgies und Kendricks Blicke, eile durchs Zimmer und schließe Crissa in die Arme. Sie ist stärker als bei unserer letzten Begegnung – damals war sie schrecklich schwach, weil sie so viel Magie einsetzen musste, um mich am Leben zu halten.

»Wie schön, dich zu sehen«, sagt sie, löst sich von mir und strahlt mich an. »Ich wusste, dass du es aus diesem Loch herausschaffen würdest.«

»Dank dir«, sage ich und drehe dann den Kopf. »Und Kendrick.«

Crissas Gesichtsausdruck verändert sich, aber dann setzt sie eine undurchdringliche Miene auf und wendet ihre Aufmerksamkeit ihrem zukünftigen König zu. »Hallo, Hale. Es freut mich zu sehen, dass es dir gut geht.«

»Ebenso, meine Königin.« Sein Gesicht spiegelt das Gefühlschaos in seinem Inneren wider, aber er lässt sich auf ein Knie nieder und senkt den Kopf. Ich habe das Gefühl, dass mir ein Messer in die Eingeweide sticht.

Im Zimmer herrscht eine Anspannung, die praktisch zu vibrieren scheint.

»Bitte steh auf, Hale«, sagt Crissa. »Du musst vor mir niemals das Knie beugen. Das Orakel hat dich zu meinem ebenbürtigen Partner bestimmt.«

Es ist wahrscheinlich unhöflich, dass ich mich auf dem Absatz umdrehe und fluchtartig den Raum verlasse. Aber wenn ich dieses Wiedersehen noch eine Sekunde länger mit anschauen muss, werde ich mich wahrscheinlich übergeben.

***

Eine halbe Stunde später kommt Kendrick zu mir auf die hintere Veranda, wo ich auf die im Wind wogenden Weizenfelder hinausschaue.

»Es tut mir leid«, murmelt er. »Ich hatte keine Ahnung. Ich ...«

Ich schlinge meine Arme fester um mich, als würde es das Bluten meines schmerzenden Herzens stillen, wenn ich mehr Druck anwende. »Du musst dich nicht bei mir entschuldigen.«

Er berührt meine Schulter. Ich zucke zusammen und er reißt seine Hand weg. »Ich habe mit ihr gesprochen und ihr von unserem Plan erzählt, das Orakel aufzusuchen.«

»Wir hatten das geplant, als wir dachten, sie wäre verschwunden. Es ist ein Grund zum Feiern, dass sie wiederaufgetaucht ist.«

»Das stimmt, aber zwischen uns beiden ändert das nichts.«

Ich kann ihn nicht ansehen. Nicht wenn ich nicht völlig die Fassung verlieren will.

»Du bist nicht mein, Kendrick. Ich habe von Anfang an gewusst, dass du nicht mein bist.«

Er fasst mich an den Schultern und dreht mich langsam zu sich herum. Ich starre auf seine Brust, weil ich Angst habe zusammenzubrechen, wenn ich in diese blauen Augen blicke. »Doch, das bin ich«, sagt er. Seine Hände gleiten an meinen Armen hinab und er kommt näher, bis ich mich ergebe und mich an ihn lehne. Er streicht mir durchs Haar und küsst mich auf den Scheitel. »Was du zu wissen glaubst, ist irrelevant. Ich gehöre dir mit Haut und Haaren, und egal was das Orakel prophezeit, egal was auf meine Haut tätowiert ist – es wird wahr bleiben, bis ich meinen letzten Atemzug nehme, und es wird auch noch wahr sein, wenn ich über die öden Weiten des Zwielichts wandere und auf den Moment warte, in dem meine Seele die deine wiedertrifft.«

***

Ich spüre Crissas Blicke auf mir, als ich durch das Zimmer gehe und mich fürs Bett vorbereite. Ich gebe vor, es nicht zu bemerken, beende meine Abendroutine, zünde eine kleine Kerze an, die neben meinem Bett die Nacht über brennen wird, und schlüpfe unter die Bettdecke. »Dreh einfach die Laterne runter, wenn du schlafen willst«, sage ich und zwinge mich, ihr zuzulächeln. Sie verdient definitiv mehr als nur ein bisschen Dankbarkeit von mir.

»Du liebst ihn. Kendrick den Erwählten.«

Ich hasse diesen Titel. Jedes Mal wenn ich ihn höre, muss ich wieder daran denken, wer er ist und wer ich nicht bin. Er ist nicht mein und ich kann niemals sein werden. »Das macht keinen Unterschied«, sage ich.

Sie löscht die Laterne zwischen unseren Betten und setzt sich auf die Kante des ihrigen. »Wenn es eine Welt gibt, in der Liebe keinen Unterschied macht, dann hoffe ich, dass ich nie darin leben muss.«

Ich drehe mich auf den Rücken, starre an die Decke und konzentriere mich auf die Schatten, welche die Flamme meiner Kerze dort tanzen lässt. »Kendrick wird ein großartiger König und du wirst eine großartige Königin sein. Ich kann ihn lieben und daran trotzdem nichts ändern wollen. Hier geht es um etwas Größeres als mich. Und außerdem« – ich schlucke –, »außerdem wird er ein wunderbarer Ehemann sein und nichts anderes verdienst du.«

Seufzend kuschelt Crissa sich in ihre Decke. »Du musst nicht eifersüchtig sein. Was Kendrick und ich miteinander zu teilen bestimmt sind, ist etwas völlig anderes, als was ihr beide habt. Ich werde alt werden und mein König wird auch noch lange nach meinem Tod jung bleiben. So war es schon immer, bis die Sieben an die Macht kamen. Es ist die beste Möglichkeit, eine menschliche Königin zu schützen. Ich würde eine solche Ehe niemals freiwillig eingehen. Wir können keine Kinder bekommen. Wir werden nicht zusammen alt werden. Und er wird mich niemals so ansehen, wie er dich ansieht.«

Ich sollte nicht fragen, aber ich bin zu schwach, um zu widerstehen. »Und wie sieht er mich an?«

»Als würde er für dich in den Himmel steigen und dort die Sterne neu anordnen, wenn du ihn darum bittest.«

Mein Herz verkrampft sich schmerzhaft, als ich an den Ratschlag denke, den Remme mir einmal gegeben hat. *Dann musst du losziehen und eine Welt mit einem ganz neuen Nachthimmel für dich entdecken.* Ich schlucke schwer. »Warum ist das so? Ein Fae-König und eine menschliche Königin?«

»Alle Traditionen aus der alten Zeit dienen dazu, die Königin zu beschützen. Sie musste menschlich sein, damit sie die Schwächsten im Reich am besten verstehen und beschützen konnte. Er musste Fae sein, damit er sie mit seiner Unsterblichkeit schützen konnte. Und er musste sie heiraten, damit er ihr immer näher sein würde als irgendjemand sonst.«

»Er wird ein wundervoller König sein«, flüstere ich. »Die Eloraner verdienen es, dass ihr beide sie in ein besseres Zeitalter führt.«

»Es würde mir nichts ausmachen, falls du bleiben willst – wenn du seine Geliebte bleibst, auch nachdem wir verheiratet sind.«

Crissa ist nicht absichtlich grausam. Und das ist wahrscheinlich das beste Angebot, auf das ich hoffen kann.

Aber ich bin nicht mehr das Mädchen, das sich jahrelang im Palast seiner Schwester vor der Welt versteckt hat. Ich weiß jetzt, was ich wert bin. Wenn ich das Glück haben sollte, auch nach meinem achtzehnten Geburtstag noch weiterzuleben, werde ich dieses Geschenk nicht dadurch entehren, dass ich im Schatten lebe. Ich verdiene ein Leben im Sonnenlicht. »Ein solches Arrangement interessiert mich nicht«, sage ich, so freundlich ich kann. »Aber es gibt eine andere Möglichkeit, wie du mir helfen könntest.«

Sie horcht auf. »Alles. Sag es mir.«

»Erklär mir, wie ich zum Orakel komme.«

KAPITEL 34

FELICITY

Als ich kurz vor Tagesanbruch die Augen öffne, liegt ein schwerer Arm auf mir, eine große Hand ruht mit gespreizten Fingern auf meinem Bauch – meinem weichen Bauch. *Meinem eigenen.*

Ich atme tief ein und genieße es, wie die Luft meine Lungen füllt. Es fühlt sich so gut an, in meiner eigenen Haut aufzuwachen, dass ich mich am liebsten wie eine Katze rekeln würde. Aber ich möchte den Fae nicht stören, der hinter mir schlummert. Ich weiß nicht, was mich erwartet, wenn er aufwacht, und ich will keinen einzigen Moment davon verpassen, dass er mich in den Armen hält.

Misha brummt und seine Hand gleitet meinen Bauch hinauf und zwischen meine Brüste. Er schiebt seine Hüften nach vorne und ich spüre den deutlichen Beweis dafür, dass er schon wach ist, an meiner Rückseite.

Mir steigt das Blut in die Wangen und ich räuspere mich. »Guten Morgen.«

Anstatt einer Antwort brummt er noch einmal und vergräbt die Nase in meinem Nacken, dann dreht er mich sanft auf den

Rücken und stützt sich über mir auf die Ellbogen. Ich spreize die Beine und genieße sein Gewicht auf mir, als er sich zwischen ihnen niederlässt.

Mit den Fingerspitzen erforsche ich seine Brust und dann seinen breiten Rücken, und er erschauert über mir.

Er zieht eine Spur aus Küssen von meinem Mundwinkel zu meiner Halsbeuge und atmet mich ein. »Genau so«, flüstert er und nimmt die empfindliche Haut dort sanft zwischen die Zähne. »Genau so solltest du riechen.« Dann stützt er sich auf eine Hand und streichelt mit der freien Hand über mein Schlüsselbein.

Mit einem Finger fährt er von meiner Kehle zwischen meinen Brüsten hindurch bis zum Bauchnabel. Ich wölbe mich der Berührung entgegen und bitte stumm um mehr.

»Fühlst du dich anders?« Misha beobachtet, wie seine Finger unsichtbare Pfade auf meinen Rippen und der Unterseite meiner Brüste zeichnen.

»Wie bitte?«

Er lächelt. »Wenn du in deiner wahren Gestalt aufwachst – fühlt es sich anders an, als in der Gestalt einer anderen zu leben?«

»Ja.« Seine Berührung wandert langsam aufwärts. Ich kann kaum atmen, geschweige denn denken. »Wenn ich in einer anderen Gestalt lebe, ist alles irgendwie gedämpft. Wenn ich nur ich bin, ist es, als ob –« Seine Knöchel fahren über meine Brüste und ich atme keuchend ein und recke mich ihm entgegen.

»Als ob?«, fragt er, als wäre nicht er derjenige, der mich gerade in den Wahnsinn treibt.

»Als ob die Sonne durch die Wolkendecke bricht«, sage ich in seinen Worten von gestern Abend.

»Zu unserem Glück scheint heute die Sonne.« Er lässt seinen

Mund auf meinen Hals sinken. Dann tiefer. »Du ahnst nicht, was ich alles mit dir anstellen will«, flüstert er an meiner Haut.

»Ich glaube, das hast du bereits.« Ich gebe mich der zärtlichen Liebkosung seiner Lippen auf meinem Bauch hin.

»Ich habe noch nicht einmal angefangen.«

***

Ich bin in Mishas Armen noch einmal eingeschlafen und habe von seinen Händen auf meiner Haut geträumt und von den Versprechen, die er mir ins Ohr geflüstert hat.

Als die Vögel mich bei Sonnenaufgang wecken, bin ich allein. Ich krieche aus der schützenden Höhle zwischen den Ästen der großen Kiefer und sehe Misha am Klippenrand sitzen und auf die Bergrücken unter uns hinausschauen. Er wirkt nachdenklich und ich frage mich, ob er an das Treffen mit Sol heute denkt. Oder – und das ist wahrscheinlicher – sich Sorgen darüber macht, was mit seiner Magie vorgeht.

»Hast du gar nicht geschlafen?«, frage ich und lasse mich neben ihm auf dem kühlen Stein nieder.

»Doch, ein bisschen.« Er wendet mir seine Aufmerksamkeit zu und mir wird ganz warm, als sein Gesichtsausdruck sich von sorgenvoll zu unendlich zärtlich ändert. Er schaut mir so forschend ins Gesicht, als versuche er, es sich ins Gedächtnis einzugraben. »Wie lange darf ich dich morgens so sehen?«

Ich schaue an mir herunter und wische mir ein paar Kiefernnadeln vom Hemd. »Meinst du damit, halb nackt und voller Kiefernnadeln?«

Misha grinst. »Das meinte ich nicht, aber über den Teil beschwere ich mich auch nicht.«

»Konner sagte, Erith könne mich von seinem Aufenthaltsort aus erst wieder aufspüren, wenn Mordeus seine Auferstehung abgeschlossen hat.«

Er verzieht das Gesicht. »Hoffen wir darauf, dass es so weit nicht kommt.« Er bläst den Atem aus und nimmt die Schultern zurück, als befehle er seinem Körper, das Thema zu wechseln.

»Und du? Wie hast du geschlafen?«

»Ich fühle mich gut ausgeruht«, sage ich mit verlegenem Lächeln. »Aber ich hatte auch jemanden, der mich warm hielt.«

Misha ergreift mein Kinn mit Daumen und Zeigefinger, beugt sich vor und küsst mich auf den Mund. »Ich will dir so viel mehr geben als nur Wärme in der Nacht.«

Mein Herz beginnt zu rasen. »Ich dir auch«, flüstere ich.

»Aber wie viel? Ich frage mich nämlich heute Morgen, ob es nicht leichtsinnig von mir ist, dir alles geben zu wollen.«

In meinem Bauch flattert ein Schwarm Schmetterlinge wild durcheinander. »Warum denkst du, dass ich alles brauche?«

»Gestern Nacht hast du dich von einem König lieben lassen. Es kommt mir unfair vor, dass ich morgen vielleicht nur noch ein Fae sein könnte, der alles verloren hat.«

Ich lege den Kopf schief und versuche, zu erraten, was er mir alles gerade nicht sagt.

»Geht es um deine Magie? Glaubst du, dein Reich ist in Gefahr?«

Sein Kehlkopf hüpft, als er schluckt. »Das wäre durchaus möglich. Niemand in Faerie sollte sich sicher fühlen, bis Mordeus endgültig besiegt ist.«

»Glaubst du, die anderen haben es geschafft, die Hexe zu finden und einen neuen Pakt zu schließen?«

»Ich kann es nur hoffen.« Seufzend wischt er sich die Hände

an der Hose ab und steht auf. »Wir sollten jetzt aber ins Schloss zurückkehren, bevor Sol endgültig die Geduld verliert.«

***

»Ich entschuldige mich für die Verspätung«, sagt Misha, als wir das Konferenzzimmer betreten, in dem Sol und Konner auf uns warten. Obwohl sich Pretha und Amira gestern nach Kräften bemüht haben, Sol zu beschäftigen, ist die Anspannung bei allen Anwesenden deutlich zu spüren. Ich könnte das darauf schieben, dass wir viel zu spät dran sind, wenn da nicht die schwer bewaffneten Wachen wären, die Misha in allen vier Ecken des Raumes platziert hat.

Haben deine Eltern dir nichts über Gastfreundschaft beigebracht?

Misha zieht eine Augenbraue hoch. *Hast du wirklich erwartet, dass ich sie unbeaufsichtigt durch mein Schloss stromern lasse?*

Sol wirft uns einen anklagenden Blick zu. »Ihr habt Glück, dass Ihr Konner heute Morgen zu mir gebracht habt, sonst hätte ich mir alle Gedanken an eine Allianz aus dem Kopf geschlagen, nachdem Ihr mich unter einem Vorwand hierhergelockt und dann habt warten lassen.«

»Das war leider unvermeidlich«, sagt Misha höflich. »Im Westen meines Reiches kam es zu unerwarteten Komplikationen. Aber als Entschuldigung habe ich ein paar Freunde mitgebracht, die sich uns anschließen werden.« Er streckt den Kopf in den Flur hinaus. »Ihr könnt jetzt reinkommen.«

Sols wütende Miene verfliegt, als die Königin des Schattenreichs ins Zimmer gleitet. Ihr rotes Haar fällt ihr lose um die Schultern, ihre Haltung ist majestätisch.

»Guten Morgen.« Brie nickt unseren Gästen aus Elora zu. »Danke, dass ich an diesem Gespräch teilnehmen darf.«

Hinter ihr kommt Remme vom Flur herein. Misha und ich haben uns mit Brie und Remme getroffen, als wir es endlich zurück ins Schloss geschafft hatten, und Misha hat sie über alles informiert, was wir seit unserem letzten Gespräch erfahren haben.

Remme mustert Mishas Gäste skeptisch. »Das ist mein Freund Remme«, sage ich. »Er ist hier, um die Interessen der Erwählten Monarchie von Elora zu repräsentieren.«

Konner nickt ihm grüßend zu, aber es entgeht mir nicht, dass Sol Remme einen Blick zuwirft, der darauf hindeutet, dass sie nicht sonderlich begeistert ist, ihn hier zu sehen.

»Wir haben die Königin über alles unterrichtet, was Konner Felicity über Eriths besondere Art der Unsterblichkeit erzählt hat«, sagt Misha. Er zieht zwei Stühle gegenüber von Konner und Sol heran und bedeutet Brie und mir, uns zu setzen. Remme wählt den Platz neben der Schattenkönigin und ich erwarte, dass Misha sich für den Platz am Kopf der Tafel entscheiden wird. Aber stattdessen lässt er sich auf dem Stuhl neben mir nieder. »Und wir sind bereit, uns anzuhören, was eure Pläne für Elora sind und wie eine Allianz mit dem Land der Wilden Fae aussehen könnte.«

Sol schaut Brie an. »Was ist mit dem Unseelie-Hof? Bietet Ihr uns ebenfalls eine Allianz an?«

Brie reckt das Kinn. »Ich bräuchte sehr viel mehr Informationen, um das in Betracht zu ziehen.«

Sol versteift sich, aber Konner legt ihr beruhigend eine Hand auf den Arm. »Dann ist es gut, dass Ihr hier seid.«

Sol seufzt und wendet ihre Aufmerksamkeit Misha zu. »Zu Eurem Glück finde ich Eure Schwester und die ehemalige Königin ganz entzückend und Konner hat mich nach seiner Ankunft hier davon überzeugt, Euch dafür zu vergeben, dass Ihr mich hinters

Licht geführt habt, und dieser Lady« – sie zeigt auf mich – »dafür, dass sie meine Gestalt angenommen hat.«

Misha nickt Konner zu. »Vielen Dank. Ich weiß deine diplomatischen Bemühungen sehr zu schätzen, Konner.«

Konner schaut zur Tür. »Ich weiß es zu schätzen, dass du die Schattenkönigin und einen Repräsentanten der Monarchie zu diesem Treffen eingeladen hast, aber ich hatte ehrlich gesagt gehofft, Kendrick der Erwählte würde persönlich teilnehmen.«

»Er ist im Moment in Elora unabkömmlich, aber wir werden ihn sofort auf den neuesten Stand bringen, wenn er zurückkehrt.« Misha macht eine Handbewegung und auf einmal steht ein reichhaltiges Frühstück vor uns auf dem Tisch, mit Croissants und Gebäck, Kaffee, Tee und Saft. »Bitte nehmt euch eine Erfrischung«, sagt er, nimmt den Krug und gießt sich ein Glas Orangensaft ein.

Konner reibt sich die Augen. »Da es Kendrick extrem wichtig sein dürfte, in welche Richtung dieses Gespräch geht, würde ich am liebsten so lange warten, bis er wieder da ist, damit er persönlich an der Sitzung teilnehmen kann.« Brie beugt sich vor, um zu widersprechen, aber Konner hebt die Hand. »Wir haben leider nicht so viel Zeit, also werden wir ohne ihn anfangen müssen.«

Ich verschränke die Arme. »Was meinst du damit? Sind wir nicht hier, um darüber zu reden, die Monarchie von Elora wieder einzusetzen?«

»Leider nicht«, sagt Konner.

Remme schiebt abrupt seinen Stuhl zurück. »Ich habe Felicity gesagt, dass es töricht ist, jemandem aus dem Palast zu trauen.«

Brie legt ihm die Hand auf den Arm. »Hören wir uns doch erst einmal an, was sie zu sagen haben.«

Remme schnaubt, lenkt aber ein. Er schnappt sich ein Croissant von dem Tablett vor ihm und beißt hinein, ohne sich eine Serviette oder einen Teller zu nehmen.

»Ich verstehe durchaus, wofür eure Leute kämpfen«, sagt Sol. »Wirklich. Die Monarchie war vor den Sieben an der Macht, also ist sie eurer Meinung nach auch die bessere Lösung.«

»Und das stimmt auch.« Remme trommelt mit den Fingern auf den Tisch und schaut Konner an. »Sogar du erkennst doch inzwischen, was aus den Sieben geworden ist – oder war alles gelogen, was du deiner Schwester darüber erzählt hast?«

»Ich habe ausschließlich die Wahrheit gesagt«, entgegnet Konner. »Aber das alte System ist zu fehlerhaft und lässt sich zu leicht missbrauchen.«

Misha kneift die Augen zusammen und lehnt sich in seinem Stuhl zurück. Seinen Saft hat er noch nicht angerührt. »*Wurde* es denn schon einmal missbraucht?«

»Warum, glaubt Ihr, haben sich die Sieben ursprünglich dafür entschieden, die Monarchie abzuschaffen?« Sol legt den Kopf schief. »Meine Großmutter hätte niemals ohne triftigen Grund an einer solchen Rebellion teilgenommen. Es gibt einen Grund dafür, dass das Volk glaubt, wir hätten sie vor den Fae beschützt – die Königin hat ihren Verbündeten in Faerie nämlich gestattet, unsere Menschen zu entführen und sie zu versklaven.«

Remme öffnet den Mund, um zu widersprechen, aber Brie legt ihm wieder die Hand auf den Arm. Also starrt er nur ihre Hand wütend an.

»Aber warum hat das Orakel eine solche Königin ausgewählt?«, frage ich.

»Das hat es nicht«, sagt Sol. Sie gießt sich eine Tasse Tee aus der Porzellankanne ein und nimmt einen Schluck. »Die letzte Königin, die Elora vor den Sieben regiert hat, war nicht diejenige, die das Orakel auserwählt hatte. Ihr König trug noch nicht einmal die Krone des Erwählten.«

»Wie konnte das passieren?«, fragt Remme.

»Die damalige Königin hieß Cora und ihr König Fazal. Sie hatten sich durch eine Intrige die Macht gesichert. Sie wussten, dass der Fae, der die Krone trug, eine andere liebte und seine Krone verbarg, weil er lieber mit ihr zusammenbleiben wollte. Er lehnte es ab, eine sterbliche Königin zu heiraten, da sein Herz für eine andere schlug. Und die Erwählte Königin? Sie war nur ein verängstigtes Menschenmädchen, dessen Schwester von einem Fae entführt und missbraucht worden war. Sie hatte furchtbare Angst vor unserer Art und wollte auf keinen Fall mit einem Fae verheiratet sein. Cora und Fazal boten ihnen einen Pakt an: Sie würden in die Rollen der Erwählten schlüpfen, falls die wahren Herrscher einen magischen Vertrag unterzeichneten, der sie zur absoluten Geheimhaltung zwingen würde.«

»Das auserwählte Paar war bereit, ganz Elora für seine persönlichen Gefühle aufs Spiel zu setzen?«, fragt Remme ungläubig.

Ich senke den Kopf, weil ich an mein Gespräch mit Hale vor seinem Aufbruch nach Elora denken muss. *Auch wenn mich das vielleicht selbstsüchtig macht und dieser Krone unwürdig.* Er trägt so viel Schuld mit sich herum, aber dennoch ist seine Liebe stärker.

»Cora und Fazal wirkten wie ideale Herrscher. Sie erzählten dem wahren König und der wahren Königin von ihren Plänen, Elora zum Besseren zu verändern. Offenbar waren sie recht überzeugend.«

Misha lächelt traurig. »Und es ist leichter, etwas zu glauben, das man unbedingt für wahr halten will.«

»Ja«, seufzt Sol. »Als während ihrer Herrschaft die Zustände in Elora immer schlimmer wurden, konnte das wahre Herrscherpaar niemandem die Wahrheit über die zwei Betrüger auf dem Thron sagen, weil die Magie des Vertrags sie daran hinderte. Als sie schließlich versuchten, den Pakt zu brechen und die Wahrheit ans Licht zu bringen, bestrafte die Magie sie dafür.«

»Sie starben«, flüstere ich mit schwerem Herzen.

Mishas Augen verengen sich. »Woher sind diese Details bekannt, wenn sie doch nicht davon sprechen konnten?«

Trauer erfüllt Sols Augen. »Nur durch den Wahrheitszauber, mit dem die Chroniken belegt sind, habe ich schließlich etwas über die Vergangenheit meiner Großmutter erfahren. Sie war diejenige, die der auserwählte König wirklich liebte.«

»Das tut mir so leid«, sage ich.

Sol strafft die Schultern. »Sie und ihre Freunde schmiedeten den Plan, das falsche Königspaar zu stürzen und die Tore zwischen den Welten zu schließen, um die Menschen zu beschützen.«

»Die ursprünglichen Sieben«, sagt Remme, der gespannt der Geschichte lauscht.

»Genau«, bestätigt Sol. »Aber inzwischen hatten die Fae so viel Schaden angerichtet, dass sie wussten, dass die Menschen sie als Fae niemals akzeptieren würden. Es erschien ihnen als harmlose Notlüge, sich als Menschen auszugeben. Aber die Macht veränderte einige der ursprünglichen Sieben und sie begannen, gierig zu werden – nach noch größerer Macht, größerem Reichtum und größerem Einfluss. Korruption ist tückisch, weil sie sich anfangs nur in kleinen, belanglosen Details äußert, aber irgendwann nicht mehr ignoriert werden kann. Und ab diesem Punkt wächst sie exponentiell.« Sie schließt gedankenverloren die Augen. »Meine Großmutter gestand in ihren Tagebüchern, dass auch sie sich irgendwann dem Sirenengesang der Macht ergab. Damals rechtfertigte sie viele Entscheidungen, die sie im Nachhinein bereute.

Zum Beispiel erschien ihr die Entscheidung, die wahre Geschichte von Elora zu zerstören, als einzige Möglichkeit zu verhindern, dass der Verrat von Cora und Fazal sich wiederholte.«

»Das ist idiotisch«, murmelt Remme.

»Wäre ihre Reue groß genug gewesen, um ihre Fehler wiedergutzumachen, säßen wir heute nicht hier«, sagt Sol.

»Was wollt ihr also von uns?«, fragt Misha.

»Erith ist machtgierig. Unter seiner Vorherrschaft sind wir nicht in der Lage, die Herrschaft der Sieben zu verändern – vor allem weil zwei der anderen ihm devot ergeben sind. Und er wird seine Macht in Elora nur dann abgeben, wenn er sich einen Posten verschaffen kann, der ihn noch mächtiger macht.« Sie hält Mishas Blick fest. »Was, wie ich mir vorstellen könnte, der Grund ist, aus dem Ihr an dieser Allianz interessiert seid. Ihr habt genauso viel zu verlieren wie wir anderen.«

Ich schaue verwirrt zwischen den beiden hin und her. Spricht sie davon, dass ganz Faerie darunter leiden wird, wenn ein Reich an Mordeus fällt?

»Felicity hat bereits eingewilligt, uns dabei zu helfen, Erith auszuschalten«, sagt Konner.

Remme reißt den Kopf herum und starrt mich geschockt an.

Ich schaue ihm in die Augen. »Zum richtigen Zeitpunkt. Und erst nachdem ich mit Hale gesprochen habe und ausreichende Sicherheitsvorkehrungen getroffen worden sind, um potenzielle Todesfälle zu verhindern.«

Das hast du mir noch gar nicht gesagt, höre ich Misha in meinem Geist. *Was hat dich umgestimmt?*

Meine Nichte. Ich kann versuchen, Hale vor Erith zu beschützen, aber Leia wird niemals vollständig sicher sein, solange mein Vater noch am Leben ist.

»Ihr wollt, dass wir uns mit euch verbünden, um gemeinsam die anderen beiden auszuschalten«, sagt Abriella.

»Richtig«, sagt Sol. »Im Gegenzug werden wir Eurem Reich helfen, gegen das zu kämpfen, was Mordeus geplant hat.«

»Und wie wollt ihr das tun?«, fragt Brie.

»Ich kann Euch die Unterstützung der eloranischen Palastinfanterie anbieten«, sagt Konner. »Sie sind einsatzbereit und können jederzeit im Schattenreich stationiert werden.«

»Aber die Infanterie untersteht doch Erith«, wirft Remme ein.

»Auf dem Papier vielleicht«, sagt Konner achselzuckend. »Aber ich habe mit diesen Soldaten trainiert, seit ich ein kleiner Junge war. Ich wurde als ihr Befehlshaber großgezogen, und daher respektieren sie mich.«

Sol nimmt noch einen Schluck von ihrem Tee. »Ihr dürft nicht vergessen, dass nicht nur die Menschen unter Erith gelitten haben. Viele von Konners Soldaten haben Verwandte verloren, die verborgen in Elora lebten. Wenn Erith sie entdeckte, benutzte er sie, um seine Macht zu vergrößern.«

Brie schüttelt den Kopf. »Wie konnte er eloranische Fae dafür nutzen, seine eigene Macht zu steigern?«

»Woher, glaubt Ihr, hat Mordeus Blutmagie gelernt?«, fragt Sol. »Erith ist völlig skrupellos und seine Gier nach Macht kennt keine Grenzen.«

»Es wird eine Zeit lang dauern, bis die gesamte Infanterie ins Schattenreich verlegt wurde«, sagt Konner. »Aber wenn wir jetzt losziehen, können wir noch vor der Invasion dort sein.«

»Invasion?« Brie sucht Mishas Blick, bevor sie sich wieder Konner zuwendet. »Du sprichst also von einer konkreten Attacke und nicht nur von einer vagen Bedrohung?«

Konner sieht sie fest an. »Sollte es Mordeus gelingen, den Körper Eurer Schwester zu übernehmen, kann er trotzdem nicht den Thron besteigen, solange Ihr noch lebt. Seine Truppen werden versuchen, Euch auszuschalten.«

Mir wird schwindlig, als ich die Emotionen betrachte, die sich auf dem Gesicht der Schattenkönigin abzeichnen. Innerhalb einer Sekunde wechselt sie von Unglauben über Angst und Wut zu kühler Berechnung.

Sie will keine Pläne für den Fall schmieden, dass Mordeus Erfolg haben könnte, sage ich Misha in Gedanken.

Ich weiß. Aber ich weiß auch, dass sie es trotzdem tun wird. Sie nimmt ihre königlichen Pflichten genau so ernst wie ich die meinen.

»Wir werden eure Hilfe akzeptieren«, sagt Abriella, schiebt resolut ihren Stuhl zurück und steht auf. »Aber jetzt entschuldigt mich bitte. Ich muss zurück an meinen Hof.«

Remme steht ebenfalls auf und öffnet ihr die Tür. Er wirft mir noch einen letzten, forschenden Blick zu, bevor er geht, und mein Magen hebt sich. Ich will Hales Leben genauso wenig riskieren wie er, aber wir stehen mit dem Rücken zur Wand.

»Entschuldigt mich, ich muss kurz mit der Königin sprechen«, sagt Misha. Er steht auf und folgt Abriella aus dem Zimmer.

Als die Tür hinter ihm ins Schloss gefallen ist, schaut Sol mich an und ihr Gesicht wird weich. »Ich weiß, dass wir etwas sehr Gefährliches von dir verlangen, aber …«

»Ich muss zuerst mit meinem Bruder reden. Wir müssen Vorkehrungen treffen, um ihn außer Gefahr zu halten, während ich Erith ausschalte. Aber ich kann nicht von ihm verlangen, sich damit zu beschäftigen, während er um die Liebe seines Lebens kämpft. Erith muss bis nach dem Geburtstag der Prinzessin warten.«

Sie hält meinem Blick eine Zeit lang schweigend stand, dann nickt sie. »Du hast unsere Leia kennengelernt, richtig?«

»Ja«, sage ich mit zitternder Stimme.

»Du weißt also, wofür wir kämpfen und was auf dem Spiel steht, wenn du uns nicht hilfst, ihn loszuwerden.«

»Das weiß ich«, sage ich. »Meine Nichte. Und ganz Elora.«

KAPITEL 35

JASALYN

Der Weg zum Orakel ist genau so, wie Crissa es mir gezeigt hat. Sie hat mir ein Bild der Route in den Verstand projiziert und mich über die Lehmstraße und durch die tiefen Wälder in Richtung Sonnenaufgang geführt. Sie hat mir den Bergpass gezeigt, der perfekt das Morgenlicht einrahmt, und den steilen Pfad an der Flanke des Berges, den ich hinaufsteigen muss, um das Plateau der Besinnung zu erreichen. Dort solle ich »meinem Herzen folgen«, wie sie es ausgedrückt hat, um dem Orakel von Angesicht zu Angesicht zu begegnen.

Als ich den kahlen Berghang in Richtung des Plateaus hinaufsteige, rast mein Herz und die anstrengende Wanderung und meine flatternden Nerven lassen mich zittern. Ich schaue mich ständig um, um sicherzugehen, dass ich nicht verfolgt werde. Gesehen habe ich niemanden, aber ich kann das Gefühl nicht abschütteln. Ich recke immer wieder den Hals und schaue über meine Schulter zurück, aus Angst, jemand – oder schlimmer noch, *etwas* – könnte mir gefolgt sein.

Geh einfach weiter, sage ich mir und ziehe mich an einer knorrigen Wurzel nach oben. In den wenigen Stunden Schlaf, die mir letzte Nacht vergönnt waren, habe ich von einer Frau mit langen, farblosen, windzerzausten Haaren geträumt. Sie presste ihre Lippen auf meine und stahl mir den Atem aus den Lungen. Ihre weichen Finger umschlossen meinen Hals und sie drückte mir die Luft ab.

Als ich aufwachte, wusste ich, wen ich im Traum gesehen hatte. Die Banshee. Abriella berichtete mir von diesem Wesen, als sie mir erzählte, wie sie mich von Mordeus befreien konnte.

Die Banshee besucht dich, wenn dein Tod bevorsteht.

Natürlich steht dir der Tod bevor. Du hast schließlich dein Leben verpfändet.

Aber das in der Theorie zu wissen, ist etwas ganz anderes, als zu spüren, wie dir das Leben aus den Adern gesogen wird.

Als ich das Plateau sehe, steigere ich mein Tempo. Ich will endlich diesen steilen Hang hinter mir lassen und auf ebenem Grund wieder zu Atem kommen. Ich greife nach dem obersten Felsen und ziehe mich hinauf. Oben rolle ich mich auf die Seite, weg vom Abhang.

Als ich dann mit geschlossenen Augen auf dem Rücken liege, bin ich ganz sicher. *Ich bin nicht allein.* Ich war die ganze Zeit über nicht allein. Aber in Gefahr war ich auch nicht.

»Du kannst dich jetzt zeigen.« Ich stütze mich auf die Hände und starre keuchend auf den Punkt vor mir, an dem ich die Präsenz eines sehr wütenden Erwählten Königs spüre.

Kendricks Gestalt flackert kurz auf, bevor er wieder vollständig körperlich wird.

»Ich weiß, dass du dich nicht daran erinnerst, aber in Feegus Keep hast du dasselbe getan. Machst du das öfter, Leuten einfach so nachzuschleichen?«

»Nur wenn sie sich in unnötige Gefahr begeben.« Er streckt mir die Hand entgegen und zieht mich vom Boden hoch. »Ich wollte mich eigentlich schon früher zeigen, aber es sah so aus, als wolltest du diesen Weg unbedingt allein gehen. Wie *du* es öfter tust.«

Ein Muskel an seinem Kiefer zuckt wütend, aber ich ignoriere es. Eines Tages wird er mir dankbar sein, dass ich ihm den Weg frei gemacht habe, damit er sein Schicksal erfüllen kann.

»Du hast mir nicht gesagt, dass der Weg hierher so ein Gewaltmarsch ist«, sage ich und klopfe mir den Steinstaub von der Hose.

»Ich dachte, das sei nicht nötig, weil wir schließlich *zusammen* hierherkommen wollten.«

Ich ignoriere auch das und wende meine volle Aufmerksamkeit meiner Umgebung zu. Als ich zum Rand des Plateaus gehe, rutscht mir beim Anblick des steilen Abgrunds der Magen in die Knie. Ein falscher Schritt und ich falle mehrere Hundert Meter tief in die felsige Schlucht unter mir. »Ich dachte, es wäre besser so.«

»Jas …« Seine Stiefel schaben über den Boden, als er näher kommt. »Jasalyn.«

Langsam hebe ich den Kopf und schaue ihn an und der Schmerz auf seinem Gesicht bricht mir das Herz. Ich will ihn nicht verletzen. Ich will nur alles für alle Beteiligten leichter machen.

Kendrick packt mich an den Schultern. »Hör bitte auf, so götterverdammt selbstlos zu sein.«

»Ich will nicht, dass du zwischen mir und Elora wählen musst. Ich will nicht, dass du zwischen mir und der Zukunft, auf die du dein ganzes Leben lang hingearbeitet hast, wählen musst.« *Vor allem wenn ich in ein paar Tagen vielleicht gar nicht mehr hier sein werde.*

Seine rauen Finger gleiten über meinen Hals und über mein Haar, bis er meine Wange umfasst. »Wieso begreifst du denn nicht, dass ich meine Wahl schon längst getroffen habe?«

»Und wenn es die falsche Entscheidung war? Was ist, wenn du in zwei Tagen merkst, dass du eigentlich nie eine Wahl hattest?«

»Bitte gib uns nicht auf«, fleht er mit düsterer Miene. »Nicht jetzt. Wir sind schon so weit gekommen.«

Ich könnte ihm von dem Besuch der Banshee erzählen, deren Kreischen das Versprechen darauf war, dass mir der Tod ganz nahe ist. Ich könnte ihm von der Zukunft erzählen, die Crissa mir geboten hat, und von dem Grund, aus dem ich ihr Angebot nicht annehmen kann. Ich könnte ihm sagen, wie sehr ich ihn liebe und wie viel Angst ich davor habe, was das Morgen bringen wird. Aber ich schweige. Ich habe keine Zeit für Gefühlsduseleien. Mir bleibt nicht einmal genug Zeit, das zu reparieren, was ich kaputt gemacht habe.

»Können wir nach unserem Treffen mit dem Orakel darüber reden?«

Kendrick schaut mich lange an, als wisse er, dass ich ein Gespräch verschiebe, das ich eigentlich niemals führen will. »Sicher. Ich gehe zuerst rein.«

Ich schaue mich um und merke, dass ich zwar den ganzen Weg allein hierhergekommen bin, aber immer noch keine Ahnung habe, wo genau das Orakel ist. »Wo rein?«

Er zeigt auf etwas vor uns, das aussieht wie eine flache Pfütze. »Es ist dort unten.«

»Ist das ein Portal?«

»Nicht wirklich«, sagt er achselzuckend. »Ehrlich gesagt weiß ich auch nicht, was genau es ist. Komm her. Schau von oben darauf.«

Ich stelle mich auf die andere Seite der Pfütze und schaue hinein – in die eisblaue, wirbelnde Tiefe. »Wie kommuniziert es?«

»Telepathisch. Nicht immer mit Worten. Manchmal in Bildern. Manchmal sieht es so aus, als würde man unter Wasser ein Theaterstück anschauen.«

»Kann man dort unten atmen?«

Kendrick schüttelt den Kopf. »Nein. Der Legende nach ist das der Grund, aus dem das Orakel Wasser ausgewählt hat – damit man nicht zu lange bei ihm bleibt. Manchmal wollen Besucher das Treffen ausdehnen, bleiben zu lange unter Wasser und verlieren das Bewusstsein.« Er drückt mir beruhigend die Hand. »Tritt ein Stück zurück. Ich gehe zuerst rein.«

Mit angehaltenem Atem beobachte ich, wie er in die Pfütze und das knöcheltiefe Wasser steigt. Seine Miene verdüstert sich.

»Sollte nicht irgendetwas passieren?«, frage ich mit Blick auf seine nassen Stiefel.

»Sie gewährt mir kein Treffen«, sagt er und ballt die Hände zu Fäusten.

»Bist du sicher, dass wir hier richtig sind?«, frage ich stirnrunzelnd.

»Ja, das bin ich«, sagt Kendrick enttäuscht.

Es ist nur schwer vorstellbar, dass irgendetwas passieren wird, wenn ich in diese Pfütze steige, aber ich bin nun mal hier, also kann ich mir auch die Füße nass machen. »Lass mich es versuchen.«

Er steigt aus dem Wasser, sein Gesicht ist sorgenvoll verzerrt. »Falls sie dich nicht als Eloranerin anerkennt ...«

Den Rest seiner Warnung höre ich nicht mehr, als ich in einem Strudel versinke und die Welt um mich herum verschwindet.

Um mich ist nur Dunkelheit. Ich strampele und zappele im Wasser und versuche, wieder an die Oberfläche zurückzuschwimmen, aber ich stecke fest. Hier gibt es kein Oben und kein Unten. Keine Oberfläche, keinen Grund.

Ruhig, mein Kind. Ich höre die Worte in meinem Geist. Die Stimme, die sie ausspricht, ist melodisch und sanft.

Was ist das?, frage ich und strampele noch stärker. *Warum ist es so dunkel?*

Wenn du deine Zukunft sehen willst, musst du dich zuerst deinen Ängsten stellen. Du musst im Dunkeln sitzen, bis du zur Dunkelheit wirst. Du musst aufhören, nur das Sonnenlicht zu suchen, denn deine Gabe entspringt den Schatten.

Ich höre auf zu strampeln und versuche, mein rasendes Herz zu beruhigen. *Die Dunkelheit erinnert mich an sein Verlies.* Ich mache mir nicht die Mühe zu erklären, wen ich meine. Zweifellos weiß sie das bereits.

Warum? Sie könnte dich auch an eine Nacht in den Armen deines Geliebten erinnern oder an den Hof deiner Schwester, an ihre Gabe. Die Dunkelheit könnte dir die Chance geben, dein Licht hell leuchten zu lassen. Warum überlässt du sie ihm?

Das ist nicht so einfach.

Aber auch nicht allzu kompliziert. Sag mir, warum du hier bist.

Ich suche nach der Hexe, mit der ich einen Pakt geschlossen habe. Ich habe mir das Orakel immer wie eine zartgliedrige Fae vorgestellt, die gelassen vor einem sitzt, aber dies ist keine Person. Das Orakel ist eine Präsenz. Und doch hege ich keinen Zweifel daran, dass diese Präsenz weiblich ist. *Ich habe mein unsterbliches Leben – jeden Tag nach meinem achtzehnten Geburtstag – gegen einen magischen Ring eingetauscht und ich muss diesen Pakt irgendwie lösen. Kannst du mir sagen, wo ich die Hexe finde?*

Die Dunkelheit beginnt, um mich herumzuwirbeln, und auf einmal stehe ich im Thronsaal des Mitternachtspalasts, wo Erith, der Patriarch der Sieben, mit Mordeus spricht. Sie geben sich die Hände, als würden sie einen Pakt schließen.

Aber dann sehe ich nicht mehr Erith. Ich sehe die Hexe. Und ich weiß es. Ich weiß so sicher, wie ich meinen eigenen Namen kenne, dass Erith und die Hexe ein und dieselbe Person sind.

»Erith ist ein Echo«, flüstere ich. »Wie seine Tochter.«

Was bedeutet, dass ich nicht nach einer Hexe suche. Ich bin nie einer älteren Frau aus Elora begegnet. Nicht einmal einer Fae, die sich mit einem Trugzauber als Menschenfrau ausgegeben hat. Es war Erith, der in die Haut einer ahnungslosen Person geschlüpft ist, um sich mein Vertrauen zu erschleichen.

Wenn ich mich aus diesem Pakt befreien will, muss ich *Erith* finden.

Weißt du, was ich ihm im Gegenzug anbieten kann? Was will er mehr als mein Leben und meine Unsterblichkeit? Auf meine Frage folgt nur ein langes, leeres Schweigen.

Bitte. Ich versuche, meine Schwester und ihren Hof zu retten. Wenn Mordeus meinen Körper übernimmt, wird das wahrscheinlich für beide das Ende sein.

Als die Worte kommen, vibrieren sie wie Musik durch meinen Körper. *Du hast nichts, was Erith für sich selbst begehrt. Er benutzt dich, damit Mordeus ihm das gibt, wonach er sich sehnt – Macht, eine Krone und ein Reich, über das er herrschen kann.*

Ich dachte, Mordeus will den Hof meiner Schwester übernehmen. Wird er ihn mit Erith teilen?

Mordeus wird gar nichts teilen, aber sobald das Schattenreich wieder unter seiner Kontrolle steht, wird er Erith für seine Loyalität belohnen, indem er seine Legionen ausschickt, um für den Patriarchen der Sieben den Thron der Wilden Fae einzunehmen.

Mishas Reich?

Sein Reich ist verwundbar, solange es keine Königin gibt, die seine Magie im Gleichgewicht hält. Erith und Mordeus werden diese Schwäche gemeinsam ausnutzen, damit Erith endlich die Macht bekommt, nach der er schon so lange giert.

Ich bin so sehr damit beschäftigt, diese neue Information zu verdauen, dass ich beinahe ihre nächsten Worte verpasse, die sie mir durch den Kopf strömen lässt.

Falls du nicht vorhast, deine Schwester zu töten und Erith irgendwie den Unseelie-Thron zu verschaffen, hast du nichts zu geben, was er mehr will als das, was Mordeus ihm geboten hat.

In mir steigt Panik auf. *Ich habe ihm nichts zu bieten. Ich bin in diesem Pakt gefangen.*

Nein. Daran darf ich jetzt nicht denken. Ich muss nach Hause. Ich muss Misha davor warnen, was sie geplant haben.

Ich bewege die Beine, um an die Oberfläche zu schwimmen, aber eine Vision überflutet meinen Geist und ich erstarre. Der Mitternachtspalast brennt. Flammen lodern zum sternenlosen Nachthimmel empor, so gewaltig und heiß, dass selbst der heftige Regen sie nicht zu löschen vermag. Die Tore wurden durchbrochen und überall liegen Leichen herum. Hunderte Soldaten in olivgrünen Uniformen strömen durch alle Türen, durch jedes Fenster, Fackeln und Schwerter in den Händen, das Symbol von Mordeus' Getreuen auf den Hals tätowiert.

Und meine Schwester … meine Schwester hängt gekreuzigt an der Mauer und blickt mit leblosen Augen ins Leere, während ihr Palast hinter ihr in Flammen aufgeht.

KAPITEL 36

JASALYN

Nein. Meine Lunge brennt, mir geht die Luft aus, und zum ersten Mal, seit ich in diese dunklen Tiefen gesunken bin, spüre ich das Wasser, das mich umgibt. Ich muss atmen, aber ich kann noch nicht gehen. *Wie halten wir ihn auf? Wann passiert das alles?*

Aber sie ist fort. Die Vision und das Orakel, diese Präsenz – alles ist so schnell verschwunden, wie es gekommen ist.

Kräftige Hände packen mich unter den Achseln und ich werde aus dem Wasser gehievt, hinaus aus dem eisblauen Tunnel und auf das felsige Plateau. Der Himmel über mir verschwimmt vor meinen Augen und Kendrick starrt auf mich herab, helle Panik im Blick.

Ich öffne den Mund, aber meine Lungen weigern sich, Luft in sich aufzunehmen.

»Atme!«, schreit er mich an und dreht mich auf die Seite. »Bitte, Jasalyn! Atme!« Er drückt mir hart auf den Brustkorb und ich würge und pruste, als Wasser aus meinen Lungen sprudelt.

Danach rolle ich mich auf der Seite zu einer Kugel zusammen und zwinge mich, einen Atemzug nach dem anderen zu tun.

»So ist es gut«, sagt Kendrick. Er reibt mir über den Rücken, seine Berührung ist sanft und warm. »Ganz ruhig. Atme langsam und gleichmäßig.«

Erst als mein Atem wieder regelmäßiger geht, zieht er mich hoch und drückt mich an seine Brust. Er streichelt mir übers Haar. »Du hast mir solche Angst eingejagt. Du warst viel zu lange da unten. Ich konnte dich nicht erreichen und dann ging es auf einmal doch, aber du hast gestrampelt und gezappelt und dich dagegen gewehrt, dass ich dich wieder an Land ziehe.«

Ich vergrabe mein Gesicht an seiner Brust. *Nur einen Augenblick noch,* sage ich mir. *Ich werde mir nur noch ein letztes Mal erlauben, Trost in ihm zu finden.*

Ich atme ihn ein und will mich nicht bewegen. Ich will ihn nicht aufgeben. Ich will nichts von alledem aufgeben. Aber ich habe Erith nichts zu bieten. Jetzt kann ich nur noch meine Schwester beschützen.

Ich zähle bis drei und zwinge mich dann, ihn loszulassen.

»Was hat es gesagt? Hat es dir gesagt, wo wir die Hexe finden können?«

Verwirrt schüttele ich den Kopf. Es fühlt sich an, als wäre es schon tagelang her, dass die Hexe zu finden meine oberste Priorität war. »Erith«, flüstere ich. Der Boden unter mir scheint zu schwanken, also kauere ich mich nieder, stütze mich mit den Händen im Dreck ab und konzentriere mich auf den rauen Fels unter meinen Knien und Handflächen.

»Was ist mit ihm?«

»Er ist ein Echo«, flüstere ich. »Er war die Hexe. Und das Orakel hat gesagt, dass ich ihm nichts bieten kann, was ihn umstimmen würde.«

Kendricks Miene verdüstert sich. »Dann finden wir einen anderen Weg. Ein neuer Pakt ist nicht die einzige Möglichkeit. Wir können einen Weg finden, ihn zu überlisten. Wir können …«

»Wir müssen nach Hause.« Ich muss diese Taubheit abschütteln, damit ich handeln kann, aber im Moment ist sie das Einzige, was mich am Zusammenbrechen hindert. »Mordeus' Legionen werden den Mitternachtspalast stürmen und meine Schwester kreuzigen.«

»Das hat es dir gezeigt?« Kendrick setzt sich auf und mustert mich.

»Wir können die Zukunft ändern. Wir gehen zurück und warnen deine Schwester. Wir werden ihr dabei helfen, ihre Schilde zu verstärken, und dann werden wir einen Weg finden, dich aus diesem Deal mit Erith zu befreien.«

Ich blinzele zu ihm hoch. »Erith will das Land der Wilden Fae. Er will nicht nur über Menschen, sondern auch über Fae herrschen. Misha steckt ebenfalls in Schwierigkeiten.«

Kendrick flucht halblaut. »Wir werden sowohl ihn als auch die Königin warnen.«

Meine Schwester. Sobald ich die Augen schließe, sehe ich sie mit blutbefleckten Lippen an dieser Mauer hängen.

Kendrick reicht mir die Hand und ich nehme sie und lasse mich von ihm hochziehen. Er schaut auf den steilen Pfad, über den wir heraufgekommen sind, und ich weiß, was er denkt – dass wir eine Leyline finden müssen, die uns zum nächsten Portal bringen kann.

Ich packe seinen Arm. »Kendrick, dafür haben wir keine Zeit. Wir müssen meinem Kobold vertrauen.«

»*Ihm* vertraue ich durchaus, Slayer. Aber leider wissen dann alle, was er weiß.«

»Wie lange brauchen wir für den Rückweg zum Schattenreich, wenn wir keinen Kobold einsetzen?«

Kendrick holt zitternd Atem. »Ein halber Tag Fußweg zur nächsten Leyline, die uns in die Nähe eines offenen Portals ins Unseelie-Reich bringt. Dann müssen wir uns noch zum Mitternachtspalast durchschlagen.« Er schüttelt den Kopf. »Wir wären heute am späten Abend dort. Frühestens.«

»Wir können es uns nicht leisten, so viel Zeit zu verlieren.«

Er kratzt sich den Bart und seufzt tief auf. »Du hast recht. Ich gebe ihnen zwar nur sehr ungern Informationen, aber ich weiß, dass du recht hast. Ich will auch nicht so viel Zeit verlieren.«

»Wie wäre es, wenn wir uns möglichst schnell vom Orakel entfernen? Dann können sie nicht sicher wissen, dass wir dort gewesen sind.«

Kendrick schaut den Abhang hinunter und ich kann beinahe sehen, wie er im Kopf mögliche Routen durchgeht. »Ungefähr zehn Gehminuten diesen Pfad entlang gibt es eine Leyline. Sie wird uns zwar nicht zu einem Portal nach Faerie bringen, aber dann sind wir weit genug vom Orakel entfernt, wenn wir deinen Kobold rufen.«

»Gut. Machen wir es so.« Ich will mich hinkauern, um mich von dem Plateau auf den Pfad abzusenken, der nach unten führt, aber Kendrick packt mich am Arm und zieht mich wieder hoch.

Er schaut mich lange an und sein Gesicht ist sehr ernst. »Ich erlaube dir nicht, aufzugeben. Nur weil das Orakel gesagt hat, dass du Erith nichts zu bieten hast, heißt das nicht, dass es keinen Ausweg gibt.«

Die Trauer in seinen Augen zerreißt mir fast das Herz. Ich nehme sein Gesicht zwischen beide Hände und schaue ihm tief in die Augen. »Ich will nicht überleben, wenn dabei alle, die mir etwas bedeuten, und alles, was mir am Herzen liegt, zerstört werden.« Ich lege ihm eine Hand auf die Brust, um das regelmäßige

Pochen seines Herzens zu spüren. »Wir fangen damit an, die Leute, die wir lieben, und eine Zukunft, für die es sich zu kämpfen lohnt, zu beschützen, und alles andere wird sich finden.«

»Und was ist mit mir? Wie kann ich dich davon überzeugen, für *mich* zu überleben?«

Ich denke wieder an die Schlacht, die mir das Orakel gezeigt hat. Die Leichen in den Gängen des Mitternachtspalastes. War das wirklich Kendrick, den ich dort gesehen habe, oder spielt mir mein Verstand einen Streich? Lässt mich meine Panik glauben, dass auch er unter den Gefallenen war?

»Ich muss meine Schwester und Misha warnen, aber ich verspreche dir, dass ich nicht aufhören werde, nach einer Lösung zu suchen. Nicht solange dieser Körper noch mir gehört.«

Er holt tief Luft und ich merke, dass er nicht mehr geatmet hat, seit er die Frage gestellt hat.

»Danke.«

Ich zögere. »Kendrick. Du musst mir aber auch etwas versprechen.«

Ich spüre, wie verzweifelt er nachdenkt, Optionen durchgeht, alles versucht, um mich vor meinem Schicksal zu bewahren. »Alles.«

»Sobald *er* meinen Körper übernommen hat und ich nicht mehr existiere, musst du ihn ausschalten. Musst du mich ausschalten.«

Er lässt seine Hand sinken und weicht einen Schritt zurück. »Alles, nur das nicht.«

»Ich weiß, dass es unfair ist, das von dir zu verlangen, und wenn es nicht so kurz vor meinem Geburtstag wäre, würde ich das auch nicht tun. Aber außer dir ist niemand hier, und falls irgendetwas passiert und wir es nicht rechtzeitig zu den anderen schaffen, muss ich sicher sein können, dass jemand das für mich tut.«

Kendrick schüttelt verzweifelt den Kopf. »Das kann ich nicht. Verlang das nicht von mir.«

Ich schließe die Lücke zwischen uns und nehme wieder sein Gesicht zwischen meine Hände. Sein Bart kitzelt meine Fingerspitzen. »Ich bitte dich nicht darum, mich zu töten. Ich werde nicht mehr in diesem Körper sein, und falls dieser Moment kommt – falls er wirklich meinen Körper übernimmt, musst du ihn töten, bevor er mich auf noch schlimmere Art missbraucht, als er es ohnehin schon getan hat.«

Sein Gesicht verzerrt sich, er kneift die Augen zusammen und legt seine Stirn an meine. »Aber wie soll ich *sicher* sein, dass du wirklich nicht mehr da bist? Wie kann ich wissen, ob du nicht doch noch irgendwo da drin bist?«

Ich vergrabe die Finger in seinem Haar und drücke ihn an mich. »Du wirst es wissen. Ich vertraue darauf, dass du es merkst.«

»Ich kann nicht.« Er umfasst mein Gesicht und presst seinen Mund auf meinen. Sein Kuss ist nicht zärtlich oder hingebungsvoll, sondern hart und fordernd. Ein Bleib-bei-mir-Kuss, ein Bitte-geh-nicht-Kuss, der in mir etwas zerbrechen lässt.

»Es tut mir so leid«, flüstere ich an seinem Mund. »Ich wollte dir niemals wehtun. Ich wollte meiner Schwester niemals wehtun. Aber all das war mir egal, als ich diesen Pakt mit der Hexe – mit Erith – geschlossen habe. Ich wollte nur –«

»Du wolltest nicht mehr leiden.« Kendrick nickt und ich sehe, dass ihm Tränen über die Wangen laufen. »Ich wünschte, wir könnten die Zeit zurückdrehen. Ich hätte so vieles anders gemacht.«

Ich betrachte sein Gesicht und nehme all die Emotionen in mich auf, die ich dort sehe. Die Liebe, die Trauer, die Angst und die Verzweiflung. Ich erkenne sie alle, weil ich sie ebenfalls spüre.

»Aber das können wir nicht. Das Einzige, was wir ändern können, ist die Gegenwart.«

***

Gommid ist so mürrisch wie immer, als er uns auf dem Rasen hinter dem Mitternachtspalast absetzt. »Hier gehen bald mehr Bannzauber hoch«, sagt er schnüffelnd, als könne er sie bereits riechen. »Du musst vor die Palasttore gehen, falls du mich noch mal rufen willst.«

»Danke, Gommid.« Ich greife in meine Tasche und reiche ihm die abgeschnittenen Fingernägel, die ich bei Amelia aus dem Müll geholt habe. Ich habe mich dabei vor Ekel geschüttelt, aber ich wusste, dass sie mir noch gelegen kommen würden.

Sobald mein Kobold verschwunden ist, eilen Kendrick und ich in den Palast und gehen sofort in Bries Arbeitszimmer, wo ich sie – wie erwartet – im Grimoricon blätternd vorfinde.

Sie reißt den Kopf hoch, als würde sie spüren, dass ich es bin. Dann springt sie aus ihrem Stuhl, rennt um ihren Schreibtisch herum und schließt mich in die Arme. Sie drückt mich an sich und ich drücke sie an mich – so fest, dass ich mehr als jemals zuvor davon überzeugt bin, dass wir keinerlei Angst vor der Zukunft haben müssten, wenn Liebe allein genug wäre.

»Ich warte draußen, falls du mich brauchst«, sagt Kendrick, und ich nicke in die Brust meiner Schwester, lasse sie aber nicht los. Kendrick geht und die Tür schließt sich mit einem leisen Klicken hinter ihm.

»Du bist wieder da.« Brie streicht mir übers Haar und schlingt dann wieder die Arme um mich. »Du bist zurückgekommen.«

»Ich muss dich warnen«, sage ich und löse mich von ihr, damit sie sich auf meine Worte konzentrieren kann. »Mordeus' Miliz wird bald angreifen. Das hat mir das Orakel gezeigt.«

Sie schließt kurz die Augen. »Ich weiß.«

»Wir dürfen nicht zulassen, dass sie in den Palast kommen. Sie werden dich als Erstes ausschalten wollen.«

Sie nickt traurig. »Unsere Freunde aus dem Palast von Elora wollen uns helfen.«

»Wir haben *Freunde* im Palast von Elora?«

»Wie sich herausstellt, sind wir nicht die Einzigen, die Erith und Mordeus gerne los wären.« Sie schluckt. »Ich erzähle dir gleich alles, versprochen, aber sag bitte du mir zuerst, was passiert ist. Habt ihr die Hexe gefunden? Konntest du den Pakt lösen?«

Ich wünschte, ich könnte sie anlügen. Ich würde sie so gerne vor dem beschützen, was kommen wird. Stattdessen sage ich nur: »Ich habe die Banshee gesehen. Sie saß auf meiner Brust und hat mir die Kehle zugedrückt. Ihr Kreischen dröhnt mir noch immer in den Ohren.«

Brie zuckt zusammen – sie weiß genauso gut wie ich, was ein Besuch von der Banshee bedeutet –, aber als sie ihre Gesichtszüge wieder im Griff hat, setzt sie ein heiteres Lächeln auf. »Ich habe ihr schon so oft gesagt, dass sie auf diese Art nie neue Freundinnen finden wird.«

Ich muss lachen. »Das ist wahr.«

Sie streicht mir eine Haarsträhne hinters Ohr und lächelt, als ihre Finger über die Stoppeln meines Undercuts streichen. »Das heißt wohl, dass du die Hexe nicht gefunden hast.«

»Erith ist die Hexe. Er hat die Gestalt einer alten Frau angenommen, aber den Pakt habe ich mit ihm geschlossen.«

Brie weicht das Blut aus dem Gesicht, aber sie hält meinen Blick fest. »Wir können ihm doch sicher irgendetwas anbieten?«

Ich drücke sie noch einmal fest an mich. »Dem Orakel zufolge kann ich ihm nichts Gleichwertiges bieten, also will ich mich von nun an auf die Dinge konzentrieren, die ich kontrollieren kann. Sag mir, wie ich dir dabei helfen kann, dich auf die Schlacht vorzubereiten.«

Sie sieht mich geschockt an. »So schnell darfst du nicht aufgeben.«

»Ich gebe nicht auf. Ich werde bis zum Ende kämpfen.«

»Natan sagte, es gebe noch andere Möglichkeiten. Er sagte, falls wir einen Weg finden, die Hexe – oder Erith – auszutricksen, können wir dich vielleicht befreien.«

»Und wie sollen wir das anstellen?«

»Vielleicht hat er ja seinen Teil der Abmachung nicht erfüllt«, beginnt sie. Die Hoffnung in ihrer Stimme lastet zentnerschwer auf mir. »Sagtest du nicht, der Zauber hätte dir alle Angst nehmen müssen, aber dann hat die Magie auf einmal nicht mehr funktioniert? Wenn der Ring nicht so gewirkt hat wie versprochen, ist der Handel ja vielleicht schon hinfällig?«

Was ich getan habe, wird sie zerbrechen lassen. »Leider war das nicht der genaue Wortlaut. Meine Angst sollte verschwinden, ›solange die Magie wirkt‹. Das weiß ich noch, weil ich mich damals gefragt habe, ob das bedeutet, dass der Ring nicht ewig funktionieren würde.«

Ich lege eine Hand auf das Grimoricon. »Ich hatte gehofft, wir könnten hier drin eine Lösung finden.«

Sie stellt sich neben mich und starrt das Buch an, als seien die Worte darin ein Puzzle und sie überzeugt davon, dass sie sich nur genug konzentrieren müsse, um es zu lösen. »Das kann immer noch sein.«

All unsere Hoffnungen hängen an einem *Vielleicht* oder *Kann-sein.*

Auf dem Flur höre ich Kendrick leise mit zwei anderen Personen sprechen. Es klopft an der Tür, dann öffnet sie sich einen Spaltbreit und Misha streckt den Kopf herein.

»Entschuldige, Abriella, aber wir sollten uns mit Kendricks Leuten treffen und sie über die Neuigkeiten informieren.«

»Es tut mir so leid, Misha«, entfährt es mir, bevor ich mich zügeln kann. Auch er könnte wegen meiner furchtbaren Entscheidungen möglicherweise alles verlieren.

Sein Gesicht verschließt sich. »Das Orakel hat dir etwas gesagt.« Er klingt nicht überrascht.

»Was?«, fragt Felicity. Sie tritt hinter Misha hervor und legt ihm eine Hand auf den Arm. »Was ist los?«

Ich hole tief Luft. Ich weiß nicht, ob ich die Richtige bin, um es ihr zu sagen, aber Misha nickt mir diskret zu. »Nicht nur das Reich der Schatten ist in Gefahr.« Vor lauter Eile verhaspele ich mich, also zwinge ich mich, bewusst langsam zu sprechen. »Wir haben uns doch gefragt, warum Erith Mordeus unterstützt, und das Orakel hat es mir erklärt. Mordeus hat Erith versprochen, das Land der Wilden Fae für ihn einzunehmen und ihn dort zum König zu machen.«

Felicity wird blass und schaut Misha an. »Ist das denn überhaupt möglich?«

»Leider ja«, sagt Misha, den Blick starr aus dem Fenster neben dem Schreibtisch gerichtet.

Sie weicht zurück, als hätte er sie geschlagen. »Du wusstest es schon?«

Sein Kiefer zuckt. »Ja. Ich wurde gewarnt, dass er eine Bedrohung sein könnte.«

Brie ballt die Hände zu Fäusten und Schatten tanzen über ihre Arme. »Wir können Mishas Reich am besten beschützen, indem wir Mordeus daran hindern, dieses einzunehmen. Sagt allen, sie sollen sich in zwanzig Minuten in meinem Konferenzzimmer versammeln.«

KAPITEL 37

FELICITY

Die Abendluft kühlt meine erhitzten Wangen, aber ich habe mich noch immer nicht von dem Schlag erholt, den Jas vor unserer Sitzung ausgeteilt hat. Mishas Königreich ist wegen Erith in Gefahr und er wusste es. Er wusste es und hat es mir nicht gesagt.

Nachdem wir das Arbeitszimmer der Schattenkönigin verlassen hatten, trafen wir uns mit den anderen. Wie zu erwarten, war Skylar entsetzt über unsere Entscheidung, mit einigen der Sieben zusammenzuarbeiten und den Palast von ihren Soldaten verteidigen zu lassen. Sie sagte, sie glaube nicht daran, dass sie genauso dringend Veränderungen herbeiwünschten wie wir. Die Berater der Königin konzentrierten sich mehr auf logistische Fragen – alle sind der Meinung, dass der Angriff wahrscheinlich am Geburtstag der Prinzessin oder ganz kurz danach stattfinden wird. Es wurden Vorkehrungen getroffen, um die Verfluchte Horde des Schattenreichs in Verteidigungsstellung zu bringen.

Und ich denke nur selbstsüchtig an mein gebrochenes Herz und kann meinem Schmerz einfach nicht entfliehen.

»Warum bist du ganz allein hier draußen?«, fragt Misha.

»Jetzt bin ich ja nicht mehr allein«, sage ich, aber es klingt nicht einladend, sondern verbittert. Ich kann nichts dagegen machen. Mein Herz tut weh und der Schmerz hat so viele Schichten, dass ich sie gar nicht alle unterscheiden kann.

»Du bist verstimmt.«

Ich schnaube. »Unsere Welten gehen vor die Hunde. Wir sind alle verstimmt.«

Seine Fingerspitzen berühren meinen Arm. »Das meine ich nicht, und das weißt du auch.«

»Wie könnte er dein Reich einnehmen?«, frage ich. »Du hast Legionen ergebener Bürger hinter dir, Armeen und eine Infanterie, die dich bis zum letzten Atemzug verteidigen werden.« Ich versuche, seinen Blick einzufangen, aber er starrt nur zu Boden. »Richtig?«

»Mordeus hat auch Armeen«, sagt er, sieht mich aber immer noch nicht an. »Und die Bevölkerung meines Reiches ist winzig, verglichen mit dem Königreich der Schatten. Falls Mordeus noch weitere Soldaten rekrutiert, sobald er den Thron eingenommen hat, kann ich nicht mit seinen Truppen mithalten.«

Ich kann den Blick nicht von dem Fae abwenden, der mein Herz so unwiederbringlich erobert hat. Und er kann mich nicht einmal ansehen. »Sag mir, was in deinem Reich vor sich geht. Mit deiner Magie. Sag mir die Wahrheit, warum so etwas überhaupt möglich ist.«

Das Schweigen zwischen uns dauert einen Moment zu lange und ich zucke zurück. »Vertraust du mir nicht?«

»Das ist es nicht«, sagt er schnell.

»Dann sag es mir.«

Misha streicht sich durch das bereits zerzauste Haar. »Im vergangenen Jahr ist mir zunehmend klarer geworden, dass in meinem Reich etwas nicht stimmt. Meine Magie setzte immer häufiger aus und die Konsequenzen wurden schwerwiegender. Aber erst kürzlich, als ich noch einmal beim Juwel des Friedens war, habe ich von ihr erfahren, dass ich die Magie meines Reiches gekappt habe, als ich meine Ehe annullierte und Amira als Königin zurücktrat. Von den magischen Verbindungen zwischen einem Reich und seinen Herrschern verstehen wir bisher nur sehr wenig, aber offenbar ist es so, dass sich die Magie des Landes auf mich und meine Königin aufgeteilt hat, weil ich bereits verheiratet war, als ich den Thron bestieg.«

»Aber du bist nicht der erste König, der seine Ehe beendet hat oder ohne Königin regiert.«

»Das ist richtig. Normalerweise geht beim Tod eines Herrschers dessen Magie auf den Überlebenden über, aber Amira geht es ja gut. Ich bin nicht der erste König der Wilden Fae, der seine Ehe beendet hat, aber die anderen haben beinahe sofort wieder geheiratet. Amiras Macht ging nicht auf mich über und es gab auch niemand anderen, auf den sie übergehen konnte. Sie befindet sich ungenutzt irgendwo da draußen, in einem Schwebezustand, und deshalb wird meine eigene Magie von Tag zu Tag schwächer.«

»Ah«, murmele ich. »Und deshalb brauchst du möglichst schnell eine Königin.«

Misha runzelt die Stirn und das silberne Netz auf seiner Stirn beginnt zu glühen.

»Würdest du mir bitte sagen, was dich in Wahrheit verstimmt hat?«

»Du *wusstest* es.«

Misha holt tief Luft. »Lark hatte ein paar Visionen. Details kannte ich kaum.«

Mein Magen verkrampft sich schmerzhaft und ich schaue wieder auf die ferne Stadt hinaus. Es dämmert und eine nach der anderen werden die Straßenlaternen entzündet. Ich kann mir vorstellen, dass die meisten Leute gerade auf dem Weg nach Hause sind, wo sie die Nacht verbringen werden. Ich bin neidisch – auf all diejenigen, die ein Zuhause haben und wissen, wo sie hingehören.

»Als Konner mich entführt hatte und du kamst, um mich zu retten, hast du sehr nachdrücklich darauf bestanden, dass du nicht wegen mir *persönlich* dort warst. Dass du andere Gründe hattest, um mich zu retten. Ich habe dir das nicht geglaubt, weil ich es nicht glauben wollte.« Ich kneife die Augen zusammen. »Aber jetzt sehe ich, wie groß die Bedrohung ist, die Erith für dich darstellt. Ich sehe, dass du genau das brauchst, was nur ich dir versprechen kann, und ich frage mich, ob es dir jemals wirklich um mich ging oder immer nur um das, was du von mir brauchen würdest.«

»Felicity …« Der Wind heult in der Ferne und weht mir das weiße Haar ins Gesicht. »Würdest du mich bitte ansehen?« Er drückt meine Schultern und dreht mich dann zu sich um.

Ich starre auf seine Brust. Ich bin zu verletzt, um mich in seinen rostbraunen Augen zu verlieren.

Er streicht über meinen Kiefer. »Als ich alle Reiche nach der Fae absuchte, die mich überlistet und verraten hatte, brauchte ich eine Entschuldigung dafür, dich lebend finden zu wollen. Ich ertrug den Gedanken nicht, dass du mich zwar hinters Licht geführt hattest, ich aber trotzdem alles getan hätte, um dich zu beschützen. Der Gedanke, dass du vom Schicksal dazu bestimmt warst, den Fae zu töten, der mich vom Thron stürzen würde, gab mir die Erlaubnis, dich am Leben erhalten zu wollen. Die Erlaubnis, alles in meiner Macht Stehende zu tun, um dich zu retten.« Er beugt sich vor, bis wir auf Augenhöhe sind. »Aber die Wahrheit ist, dass ich dich am Leben erhalten wollte, weil ich mich in dich verliebt hatte und mir eine Welt ohne dich nicht mehr vorstellen wollte.«

Mit brennenden Augen hebe ich das Kinn und schaue ihn an. »Und ich hätte mir gewünscht, dass du dafür keine Ausrede brauchst.«

Misha legt sich die zur Faust geballte Hand auf die Brust. »Sollte Erith heute sterben, würde ich dich trotzdem wollen. Sollte er mein Reich übernehmen, würde ich dich trotzdem wollen. Selbst wenn er mich morgen umbringen sollte, werde ich dich immer noch wollen.«

Ich suche in seinem Gesicht nach etwas, das mir erlaubt, seinen hübschen Worten zu glauben, aber mein Herz schmerzt immer noch zu sehr.

»Felicity!«

Ich wende den Blick von Misha ab und sehe Abriella auf den Balkon rennen. »Was gibt's?«

»Ich muss dich bitten, noch ein letztes Mal zu meiner Schwester zu werden.« Sie reicht mir einen Umschlag, der wahrscheinlich das Haar enthält, das ich brauche, um ihre Bitte zu erfüllen.

»Warum?«, fragt Misha.

»General Hargova, der Anführer der Verfluchten Horde, kommt morgen in den Palast. Er will sich mit mir und Jasalyn treffen.«

»Und warum kann deine Schwester ihm nicht selbst begegnen?«, fragt Misha und schaut in meine Richtung, als würde er verstehen, dass jeder Tag, an dem ich nicht als ich selbst aufwache, mich einen hohen Preis kostet.

»Weil er, wenn er die Narbe auf Jasalyns Gesicht sieht, merken wird, dass die Prinzessin, die ich ihm auf dem Ball gezeigt habe, nicht die echte war. Er ist immer sehr schnell beleidigt und es kann gut sein, dass er mir diesen Betrug nicht verzeiht. Das kann ich in dieser Situation nicht riskieren.«

***

»Sieh an, sieh an. Wie hübsch du heute Abend in deiner eigenen Haut aussiehst«, säuselt Squird, als er sich in meinem Zimmer materialisiert.

»Ich genieße es, solange es geht«, sage ich. Denn sobald Erith nicht mehr an dem Ort ist, an dem er Mordeus am Leben erhält – wo immer das auch sein mag –, muss ich wieder untertauchen, zumindest so lange, bis ich einen Weg finde, ihn zu töten.

Ich versuche, möglichst wenig darüber nachzudenken.

Eine Viertelstunde lang habe ich mit mir selbst darüber debattiert, ob ich Squird rufen soll oder nicht, aber jetzt, da er hier ist, weiß ich nicht mehr, warum ich es mir überhaupt ausreden wollte. Ich fühle mich jetzt schon ein bisschen besser und ich dachte, das wäre heute nicht möglich.

»Spielchen gefällig?«, fragt er und holt ein Kartendeck aus seiner Hosentasche.

»Warum nicht?« Ich setze mich auf den Boden und kreuze die Beine. Squird setzt sich mir gegenüber und legt die Karten zwischen uns zum traditionellen Layout aus. Ich lächele, weil ich an Nigel denken muss. Vielleicht spielt Squird auch nicht gern allein. »Wie spielen wir das zusammen?«

»Ich lege die Karten aus, und wenn ich nicht mehr weiterweiß, frage ich dich und mache dann das, was du mir rätst.«

Ich unterdrücke ein Lachen. »Klingt gut.«

Wir beginnen und ich sehe ihm ein paar Minuten dabei zu, wie er allein spielt, aber meine Gedanken wandern immer wieder zu

Misha und all den Gründen zurück, die er dafür hatte, mir das Gefühl zu geben, begehrt und gewollt zu sein. In ein paar Tagen werden Mordeus' Truppen in diesem Palast einfallen und die Zukunft dieses Reiches und das Leben dieser Fae, die mir inzwischen so viel bedeuten, zerstören. Ich sollte darüber nachdenken, wie ich ihnen helfen kann, und mich nicht in meinen dummen, verletzten Gefühlen suhlen.

»Spuck es aus«, sagt Squird, ohne mich anzusehen.

»Es war einfach ein seltsamer Tag.« Ich beiße mir auf die Lippe, dann beschließe ich, es einfach darauf ankommen zu lassen. »Was weißt du darüber, wie man sich aus einem Pakt mit einem Fae befreit?«

»Das hängt von der Abmachung ab.«

»Zum Beispiel?«

»Wenn du einwilligst, einem Fae all deine warmen Mahlzeiten zu geben, von diesem Moment an aber nur noch kalte Snacks zu dir nimmst, würde er nichts bekommen.«

»Und was ist, wenn das Unterpfand dein eigenes Leben ist?«

Squird hebt seufzend den Kopf. »Du redest von der Prinzessin und davon, was sie gegen ihren magischen Ring eingetauscht hat.«

»Wenn Mordeus ihren Körper übernimmt, werden noch so viele andere schreckliche Dinge passieren. Aber wenn wir es verhindern könnten, indem wir sie irgendwie aus ihrem Pakt befreien …«

»Biete deine Mahlzeiten an, obwohl du keine Mahlzeiten hast, dann gibst du nichts her. Biete dein Leben an, wenn du kein Leben hast, dann gibst du nichts her.«

Ich senke den Kopf. Ich bin viel zu müde für solche Rätsel, aber wahrscheinlich hat er recht. Möglicherweise ist der einzige Ausweg für Jasalyn, ihr Leben zu opfern, bevor sie achtzehn wird.

Es liegt eine tragische, schreckliche Ironie darin, dass dies die einzige Möglichkeit für dieses Mädchen sein könnte, das endlich am Leben bleiben will, nachdem es sich so lange den Tod gewünscht hat.

»Willst du weiter hier sitzen und so tun, als wäre das das Einzige, was dich beschäftigt? Oder willst du mir von deinem Liebeskummer erzählen?«

Ich starre ihn erstaunt an. »Woher weißt du, dass ich Liebeskummer habe?«

»Kann es riechen.« Er rümpft die Nase und wedelt sich mit der Hand vor dem Gesicht herum. »Nimm es mir nicht übel, aber es riecht ziemlich eklig. Ranzig und beißend wie saure Milch.«

»Tut mir leid.« Ich zeige auf die nächste Karte, die er spielen muss, und sehe zu, wie er die nächsten drei Züge selbstständig durchführt. »Du bist besser geworden.«

»Hab geübt.« Squird löst den Blick von den Karten und sieht mich stirnrunzelnd an. »Also? Dein gebrochenes Herz? Hast du seines auch gebrochen?«

»Nein«, schnaube ich. Dann muss ich daran denken, wie Misha mich angesehen hat, als ich ihn heute Abend zurückgelassen habe – als würde es ihn all seine Kraft kosten, mich gehen zu lassen. »Oder vielleicht doch? Ich weiß es nicht. Ich habe einfach geglaubt, dass mich endlich mal jemand nur wegen meiner selbst will. Ohne Hintergedanken, ohne verborgene Absichten. Weißt du, was ich meine?«

Summend legt er die nächste Karte aus. »Aber das tut er doch, oder nicht? Nigel hat mir gesagt, der König der Wilden Fae habe schrecklich nach aufkeimender Liebe gestunken.«

Mein Herz zieht sich zusammen. »Das war, als er noch dachte, ich wäre die Prinzessin.«

»Oh, dann hat er also gesagt, dass du ihn jetzt nicht mehr interessierst?«

»Nein, aber –«

»Dann hat er sich auf eine Art und Weise verhalten, die *zeigt*, dass er nicht an dir interessiert ist?« Er legt den Kopf schief. »Es heißt, Taten sagen mehr als Worte, was ich seltsam finde, weil Taten ja meistens leise sind, aber es stimmt schon, dass sie oft mehr Bedeutung haben.«

Kobolde. Extrem kleinkariert und logisch. Nigel hat mich auch nie einfach jammern lassen.

»Es wäre nur schön gewesen, er hätte mir die Wahrheit gesagt, dass er mich für mehr braucht als nur …« Als ich Squirds verwirrtes Stirnrunzeln sehe, werde ich rot. »Mehr als nur Zuneigung. Ich wünschte, er hätte mir ehrlich gesagt, dass er mich auch noch aus anderen Gründen braucht.«

»Pffffft«, macht er. »Dann wäre diese Romanze noch kurzlebiger gewesen, als sie es ohnehin schon war. Denn du suchst als Erstes nach einem Grund zu glauben, dass seine Gefühle für dich nicht echt sind.«

Bevor ich etwas erwidern kann, springt er auf, lässt seine Karten fallen und schaut sich panisch um. »Ich muss jetzt gehen.« Er richtet seinen besorgten Blick auf mich. »Ich darf nicht hier sein, wenn es passiert, und ich kann erst wiederkommen, wenn es vorbei ist. Kobolde dürfen sich nicht in diese Angelegenheiten verwickeln lassen.«

Ich würde ihn noch gerne fragen, was er damit meint, aber er ist bereits verschwunden.

KAPITEL 38

JASALYN

»Ist euch etwas eingefallen?«, fragt Abriella, als sie und Pretha sich später am Abend zu Natan, Kendrick und mir gesellen. Wir sitzen in einem der gemütlicheren Wohnzimmer des Palastes und ich habe Natan alles erzählt, was ich noch über den Tag weiß, an dem ich den Pakt schloss, der mir den Ring einbrachte. Kendrick ist mir dabei nicht von der Seite gewichen und hat mich ermutigt, immer tiefer in meinen Erinnerungen zu graben.

»Noch nichts«, sagt Natan. »Aber meiner Erfahrung nach verarbeiten unsere Gehirne diese Probleme im Hintergrund, wenn wir ihnen die Informationen geben, die sie brauchen. Mir wird schon etwas einfallen.«

Der Blick, den Brie mir zuwirft, sagt mir, dass sie dasselbe denkt wie ich. Sein Gehirn muss sich beeilen. Uns bleibt nur noch ein einziger Tag.

»Dürfen Pretha und ich euch Gesellschaft leisten?«, fragt Brie. »Ich möchte, dass sie dir von deiner Phönix-Gabe erzählt, damit du dich vorbereiten kannst.«

»Natürlich«, sagt Kendrick. »Bitte, setzt euch.«

Pretha streicht ihren Rock glatt, dann schaut sie mich an. »Seit Kendrick und seine Freunde sich vor ein paar Monaten mit uns verbündet haben, arbeiten Natan und ich gemeinsam daran, alles Wichtige über die Gabe des Phönix, die eloranische Blutmagie und alles andere über diese einzigartige Situation herauszufinden.«

»Das weiß ich sehr zu schätzen«, sage ich leise. Es schmerzt mich, wie viel Zeit sie alle auf den Versuch verwenden mussten, meinen außergewöhnlich großen Fehler wiedergutzumachen, aber gleichzeitig finde ich es ungemein tröstlich, dass ich selbst in meinen dunkelsten Zeiten, in denen ich mich hier in meinem Schlafzimmer verschanzt habe, stets von Leuten umgeben war, denen etwas an mir liegt.

»In jeder anderen Situation hätte ich mich dagegen ausgesprochen, dir schon vorab etwas über deine Gabe zu erzählen. Eigentlich müsstest du sie selbst entdecken – dich mit ihr vereinen, ohne nach ihr zu suchen.«

»Dafür haben wir leider keine Zeit mehr«, sagt Brie. »Sie muss lernen, sie einzusetzen.«

Pretha lehnt sich in ihrem Sessel zurück. »Die Gabe des Phönix ist selten. Die Fähigkeit, sie gezielt einzusetzen, ist noch viel seltener. Wir wissen es zwar nicht genau, aber wir vermuten, dass nur ein sehr kleiner Teil derjenigen, die mit der Kraft des Phönix geboren werden, lange genug am Leben bleibt, um sie auch zu benutzen.«

»Warum?«, frage ich.

Pretha hält meinen Blick fest. »Um sie zu nutzen, musst du bereit sein, zu brennen und den Schmerz durch die Flammen zu spüren und auszuhalten. Die meisten Leute haben viel mehr Angst vor Schmerzen, als ihnen bewusst ist.«

»Leid ist also unvermeidlich? Es gibt keinen anderen Weg?«, fragt Abriella.

So ist sie, meine Schwester. Sie versucht immer, mich vor Schmerzen zu bewahren.

»Denk an den qualvollen Verwandlungsprozess, den Werwölfe durchmachen müssen«, sagt Pretha. »Ist die Transformation zum Wolf erst abgeschlossen, ist der Schmerz verschwunden und die Macht des Wolfes kann genutzt werden. Aber der Prozess – die Metamorphose von Mensch zu Wolf – ist jedes Mal fast unerträglich. Die schwächsten Wölfe überleben diese Schmerzen nicht.«

»Du willst also sagen, dass ich zwar diese Gabe besitze und selbst zur Flamme werden könnte, es aber genauso gut sein könnte, dass ich sterbe, wenn ich sie einsetzen will?«

»Du *wirst* sterben«, sagt Pretha. »Der Phönix verbrennt zu Asche und steht aus ihr wieder auf. Das ist jedes Mal ein kleiner Tod.« Sie schaut wieder meine Hand an. »Eigentlich gar nicht so klein. Ich bin sicher, du kannst es dir vorstellen.«

»Warum sagst du mir das alles? Warum sollte ich mich jemals zu Asche verbrennen, wenn das Risiko, endgültig zu sterben, dabei so groß ist?«

Natan schiebt sich die Brille auf der Nase hoch. »Weil es sein kann, dass nicht du es bist, die das entscheidet«, sagt er. »Wir haben gelegentlich erlebt, dass Mordeus deinen Körper übernommen hat, und er wird deine Gabe brauchen, um dich ein für alle Mal daraus zu vertreiben. Darauf musst du vorbereitet sein.«

»Wir haben in den vergangenen Tagen viel Zeit damit verbracht zu versuchen, dich aus dem Pakt zu befreien«, sagt Pretha. »Aber selbst wenn du einen Weg findest, diesen Pakt mit Erith zu lösen, ist es durchaus möglich, dass Mordeus auch weiterhin Zugang zu deinem Körper hat und ihn durch die Macht des Phönix übernehmen will. Wenn wir keinen Ausweg aus dem Pakt finden, wird er dich an deinem achtzehnten Geburtstag übernehmen, sich zu Asche verbrennen und dann wiederauferstehen. Selbst *wenn* wir einen Ausweg finden, gibt es keine Garantie, dass er nicht trotzdem deinen Körper übernimmt.«

»Aber wie?«, fragt Brie.

»Durch die Blutmagie, die Mordeus an deiner Schwester praktiziert hat«, sagt Natan sanft. »Solange er in irgendeiner Form am Leben ist, sind sie miteinander verbunden. Jede dieser Narben ist ein Beweis dafür.«

»Er muss stärker sein als du – sowohl im Willen als auch im Verlangen.« Pretha verschränkt die Arme vor der Brust, umarmt sich selbst. »Ich könnte mir vorstellen, dass er deshalb so unerbittlich daran gearbeitet hat, dich zu brechen. Damit es für dich nicht nur eine Erleichterung sein würde loszulassen, wenn du in den Flammen stehst, sondern sogar ein Geschenk.«

Brie hat Tränen in den Augen, und eine rollt ihr über die Wange. »Das ist so unfair.«

Die Verzweiflung in ihrer Stimme zerreißt mir fast das Herz.

»In dem Moment, in dem du hier drin beschließt« – Pretha tippt sich gegen die Schläfe –, »dass dein Leben, deine Existenz, all diesen Schmerz nicht wert ist, dass es einfacher wäre, nicht mehr zu existieren, verlierst du gegen den Phönix. Bei jeder anderen Person mit dieser Gabe wäre das das Ende. Sie würde sterben. Aber falls du aufgibst und Mordeus nicht …«

»Dann gewinnt er«, sage ich. Mein Blut ist so eiskalt wie damals, als ich zum ersten Mal den Ring angelegt habe. »Und wenn Mordeus mir meinen Körper und mein Leben stehlen will, dann muss er – dieser Fae, der schon einmal gestorben ist – mich nur verbrennen und die Schmerzen besser aushalten als ich.«

»Das ist richtig«, sagt Pretha. »Du musst leben wollen. Du musst so sehr leben wollen, dass es jeden Augenblick des Leids und der Qual wert ist.«

***

Die Feuer rund um den Palast sind verzaubert, um die Abwehrmagie zu verstärken. Ich stehe im Garten hinter dem Palast und betrachte sie fasziniert.

Abriella muss begriffen haben, dass ich allein sein will, denn sie hat nicht versucht, mir zu folgen, als ich mich von unserem Gespräch mit Pretha entschuldigt und das Wohnzimmer verlassen habe. Ich bin schon seit Stunden hier und beobachte, wie die Flammen flackern, tanzen und sich dem Nachthimmel entgegenrecken. Jahrelang fürchtete ich das Ende des Tages und versteckte mich ängstlich vor der hereinbrechenden Nacht. Dann bekam ich meinen Ring und genoss es, ein Wesen der Dunkelheit zu werden. Vergeltung. Mord. Gerechtigkeit. Ich sehnte mich mehr nach diesen Dingen, als ich mich vor der Nacht fürchtete.

Das leise Knirschen von Stiefelsohlen auf Stein verrät mir, dass ich nicht mehr allein hier draußen bin, und ich weiß, ohne hinzusehen, sogar ohne die scharfen Fae-Sinne, die alle anderen hier besitzen, dass es Kendrick ist.

Er legt mir etwas um die Schultern. Ich schließe die Augen, genieße die Wärme, den leichten Duft nach Seife, die tröstliche Berührung seiner Hände, als er die Decke um mich wickelt. »Es ist ziemlich kalt geworden.«

Ich drehe den Hals und schaue ihm in die Augen. »Danke.«

»Darf ich dir Gesellschaft leisten?«, fragt er.

Ich zucke mit den Achseln, aber dann hole ich tief Luft und

zwinge mich dazu, das zu sagen, was ich fühle, anstatt auf Nummer sicher zu gehen. »Anfangs wollte ich lieber allein sein, aber ich glaube, jetzt bin ich lieber bei dir.«

Er stellt sich hinter mich, schlingt die Arme um mich und verschränkt die Hände dicht unter meinen Brüsten. Sein Oberkörper fühlt sich an meinem Rücken herrlich warm an. »Du musst nie allein sein, wenn ich in der Nähe bin.«

Ich spare es mir, Crissa zu erwähnen oder die Tatsache, dass mir nur noch ein weiterer Tag bleibt. Ich weiß, dass seine Worte ein Versprechen sind, das er so lange halten wird, wie es ihm möglich ist, und jetzt, heute Nacht, ist das genug.

»Ich hatte noch nie Angst vor dem Feuer«, sage ich und betrachte die knisternden Haufen brennenden Gestrüpps vor uns. »Ich bin als kleines Mädchen beinahe in einem Feuer umgekommen, also hätte ich vielleicht auf die Idee kommen können, dass es zwischen mir und den Flammen eine ungewöhnliche Verbindung gibt, aber ich habe nie groß darüber nachgedacht. Es ist gar nicht so seltsam, Feuer als eine Quelle des Trosts zu empfinden. Sich einem lodernden Feuer zu nähern oder im Knistern von brennenden Holzscheiten Frieden zu finden. Und als ich nach Mordeus so schreckliche Angst vor der Dunkelheit hatte, spendete Feuer mir Licht und vertrieb das, was ich am meisten fürchtete. Also habe ich nie hinterfragt, warum ich mich zu den Flammen hingezogen fühle.«

Kendrick senkt den Kopf und legt sein Kinn auf meine Schulter. »Und jetzt denkst du, es liegt daran, dass du ein Phönix bist.«

»Vielleicht. Vielleicht habe ich auch nur weniger Angst vor etwas, das mich fast gebrochen hätte, als vor dem, das mich wirklich gebrochen hat.«

»Ich habe dir schon mal gesagt, dass du keine gebrochene Person bist«, sagt er.

»Das bleibt abzuwarten.« Ich strecke die Hand nach den zu heißen Flammen aus und lasse sie meine Haut erhitzen. »Ich glaube, ich fürchte die Dunkelheit, weil sie mich verändert hat. Sie ist ein Teil von mir geworden. Früher war ich ganz anders, da kannst du jeden fragen, der mich gekannt hat. Ich habe an das Gute in der Welt geglaubt, mich auf die Zukunft gefreut, die vor mir lag. Und dann hat er mich in dieser Zelle und dann in meinem eigenen Körper eingesperrt und mir diesen Glauben und diese Zuversicht genommen.«

Meine Hand hat sich in der Hitze des Feuers von einem blassen Pink zu einem satten Rot verfärbt.

»Ich wäre in jener Zelle gestorben, wenn er mich nicht mit Gewalt zum Essen und Trinken gezwungen hätte. Ich hätte allem irgendwie ein Ende gemacht, wenn Crissa nicht mit ihrer Magie das Chaos und die Panik in mir gelindert hätte. Oder wenn du nicht gekommen wärst. In deiner Stimme hörte ich eine Hoffnung, die mich an das Mädchen erinnerte, das ich gewesen war, bevor er mich in den Kerker warf – an das Kind, das ich einmal war. Und auf einmal träumte ich nicht mehr davon, meinem Körper und meinem Leben zu entfliehen, sondern dieser Zelle. Und das war genau das, was er wollte.«

»Ich kann nicht bedauern, dass du überlebt hast.« Kendricks Stimme ist nur ein raues Krächzen. Er nimmt meine Hand in seine und zieht sie an seine Seite, dann hält er sie fest, als könnte er das brennende Gefühl in sich aufnehmen. »Es tut mir so leid, dass es auf eine Art und Weise passiert ist, die ihm geholfen hat, aber ich werde mich nicht dafür entschuldigen, dass ich dir dabei geholfen habe, am Leben zu bleiben.«

Ich schlucke den Kloß in meiner Kehle hinunter. »Das sollst du auch nicht. Ich verstehe dich jetzt. Ich verstehe, warum du deine Entscheidungen getroffen hast.« Meine Augen stehen voller Tränen, aber ich lache. Es klingt beinahe hysterisch. »Fast hätte er gewonnen. Wenn das kleine Mädchen, das er eingesperrt hat, heute noch hier wäre, würde es keinen Unterschied machen, ob es einen Ausweg aus diesem Pakt gibt oder nicht. Ich hätte mich dem Schmerz liebend gern ergeben. Er wollte mich brechen. Ich sollte so zerbrechlich sein, dass ich mich ergeben würde, wenn die Flammen mich zu Asche verbrennen. Er wollte mich schwächen, aber ihm war nicht bewusst, dass er mir nur beibrachte, wie viel Schmerz ich aushalten und überleben kann. Ich bin so viel stärker als er.« Ich starre in die Flammen und stelle mir vor, ich *wäre* die Flamme.

Kendrick vergräbt sein Gesicht an meinem Hals und legt seinen Mund auf die empfindliche Stelle, an der Hals in Schulter übergeht. »Warum siehst du dann so traurig aus?«

»Das bin ich eigentlich gar nicht. Ich denke nur darüber nach, was ich will.«

»Und was genau willst du?« Seine Stimme ist so leise, als hätte er Angst, dass meine Antwort ihm nicht gefallen könnte.

Ich bewege mich, bis er seinen Griff so weit lockert, dass ich mich in seinen Armen umdrehen kann. Er nimmt mein Gesicht zwischen beide Hände und wischt mir mit seinen rauen Daumen die Tränen ab. »Ich will leben.«

KAPITEL 39

FELICITY

Als Jasalyn das Grimoricon im Mitternachtspalast an sich nahm, war es ein schweres Buch, aber in der Zeit, die verstrichen war, bis sie ihren Kobold gerufen hatte, nach Elora gereist und zur Hütte der Hexe gelaufen war, hatte es sich zunächst in einen nach faulendem Fleisch stinkenden Schleim und dann in einen so großen Wackerstein verwandelt, dass sie ihn auf ihrem Umhang hinter sich herziehen musste. Jetzt ist es zu einer Katze geworden, die sich an ihre Brust kuschelt und so laut schnurrt, dass es selbst die Kakofonie übertönt, die in dem geschäftigen Städtchen Fairscape herrscht.

Als sie die Hütte der Hexe betritt, setzt das Schnurren aus und die Katze schlägt ihr fauchend die Krallen ins Fleisch. Und dann hält Jasalyn auf einmal eine schwarze Ratte mit roten Augen und einem langen, dicken Schwanz in der Hand. Sie lässt sie unwillkürlich fallen und die Ratte huscht zur Tür, durch die sie gerade gekommen sind. Die Hexe hebt die Hand und die Tür knallt zu, bevor die Ratte entkommen kann.

»Du hast es gefunden«, sagt sie, kommt hinter ihrem Arbeitstisch hervor und greift nach der Kreatur. Sie schrumpft zu einer Maus zusammen und huscht unter Jasalyns Röcke.

Die Hexe starrt sie wütend an. »Du willst den Ring? Dann gib mir das Buch.«

Jasalyns Magen verkrampft sich. Sie ist sich auf einmal nicht mehr sicher, ob das wirklich eine gute Idee war. Wird ihre Schwester ihr jemals verzeihen, wenn sie merkt, dass das Grimoricon verschwunden ist? Wird der Ring dieser Hexe auch wirklich funktionieren? Gibt es irgendetwas, das ihr diese Angst nehmen kann, die sie die ganze Zeit mit sich herumschleppt? »Aber Sie geben das Buch zurück, sobald Sie den Ring gemacht haben, richtig?«

»Das habe ich nie versprochen.«

»Aber meine Schwester –«

»Wird nie Verdacht schöpfen, dass du es gestohlen hast.« Ihr Lächeln ist alles andere als freundlich.

Die Maus hat unter Jas' Rock die winzigen Krallen tief in ihr Fleisch geschlagen, doch sie lässt das Tierchen gewähren.

»Willst du den Ring oder nicht?«, faucht die Hexe.

Jas schluckt, aber der Kloß aus Angst, der ihr die Kehle zuschnürt, verschwindet nicht. »Wie genau lautet noch mal die Abmachung?«

Die Hexe holt eine Rolle Pergament hinter den an der Wand aufgereihten Apothekerfläschchen hervor und rollt sie auf dem Tisch vor sich aus. »Wenn du den Ring annimmst«, beginnt sie und tippt auf die Seite, »willigst du ein, deine Unsterblichkeit aufzugeben, indem du dieses Leben am achtzehnten Jahrestag deiner Geburt verwirkst. Im Gegenzug wirst du, solange die Magie von Dauer ist, jedes Mal, wenn du den Ring trägst, den Kuss des Todes besitzen und statt Angst nur noch Taubheit im Herzen spüren.«

Der Pakt spricht nicht davon, dass Abriella ihr Buch nicht wiederbekommen wird. Vielleicht wird sie das. Vielleicht wird es aber auch den Weg zu ihr zurückfinden.

Als spüre sie, dass Jasalyn sich entschieden hat, lässt sich die Maus zu

Boden fallen und rennt zur Tür. Die Hexe hechtet vorwärts und fängt die Kreatur ein. Quiekend vergräbt sie ihre Zähne im Finger der Hexe, die einen Fluch ausstößt und etwas in einer Sprache murmelt, die Jasalyn noch nie gehört hat. Ein kleines Mädchen kommt aus der Zimmerecke und streckt die Hände aus. Mit entsetztem Blick nimmt sie der Hexe das Nagetier ab. Sie wechseln ein paar Worte in derselben fremden Sprache. Dann verschwindet das Mädchen wieder in der Dunkelheit und die Hexe wendet ihre Aufmerksamkeit erneut Jas zu. »Ich brauche eine Stunde, um den Ring zu machen, dann kannst du ihn abholen.« Sie tippt wieder auf die Pergamentrolle. »Dann ist unser Pakt geschlossen.«

***

Auf den Gängen und in sämtlichen Passagen des Palastes herrscht heute das reine Chaos und erst nach dem Mittagessen finde ich endlich ein Plätzchen, das nicht bereits von Konners Soldaten oder Bries Beratern oder irgendwelchen anderen Leuten besetzt ist. Ich habe nicht die Energie, mich mit irgendjemandem zu unterhalten.

Das Zimmer ist klein – es geht von einer entlegenen Nische ab – und ich atme erleichtert auf, als ich in einen Sessel sinke und die Stille sich über mich legt.

Ich sollte gar nicht hier sein. Eigentlich müsste ich die Königin suchen und sie fragen, wie ich mich verhalten muss, wenn wir uns mit dem General treffen. Aber die Wahrheit ist, dass ich Angst habe, zufällig Misha über den Weg zu laufen, weil ich nicht weiß, was ich zu ihm sagen soll.

Hey, ist schon okay, dass du mich vielleicht nur zu siebzig Prozent wegen meiner Persönlichkeit gut findest und zu dreißig Prozent deshalb, weil ich etwas für dich tun kann. Auf mehr hätte ich ohnehin nicht zu hoffen gewagt.

Oder: Gestern war ich viel zu beschäftigt damit, wütend zu sein, um all die Komplimente zu registrieren, die du mir gemacht hast. Aber ich würde sie gerne hören, also könntest du das alles vielleicht noch einmal wiederholen?

Oder noch schlimmer: Es ist mir egal, *aus welchem Grund* du mich willst, weil ich nicht anders kann, als dich zu begehren.

»Alles okay bei dir?«

Ich schaue auf und sehe, wie Konner sich in den Sessel gegenüber niederlässt.

Er saugt überrascht die Luft ein. »Felicity«, seufzt er. »Ich dachte, du wärest Jasalyn, aber das hier« – er tippt sich neben sein Auge – »verrät dich. Warum bist du heute in dieser Gestalt unterwegs?«

»Als Gefallen für die Königin. Was machst du hier?«

»Ich habe nach einem ruhigen Plätzchen gesucht, um den Kopf frei zu kriegen, ehrlich gesagt. Und du?«

»Ebenfalls.«

»Ich hätte mich gern ausführlicher mit dir unterhalten, aber offenbar müssen wir zuerst ein paar Feuer löschen und Stürme überstehen.«

»Das kannst du laut sagen«, schnaube ich.

Sein Blick wird weich und ich denke daran, wie oft er in der Illusion denselben Gesichtsausdruck hatte wie jetzt. »Ich weiß, dass du mir wahrscheinlich noch nicht verziehen hast, dass ich dich in diesem Schwebezustand festgehalten habe, aber ich würde wirklich gern wissen, wie es war.«

Ich lehne mich zurück und verschränke die Arme. »Das ist eine seltsame Frage. *Du* warst doch dafür verantwortlich.«

»Es war ein gewisses Risiko, dir eine alternative Realität zu präsentieren. Wer weiß? Vielleicht hätte ich mich dort ja als Mistkerl herausgestellt und du hättest mich noch mehr gehasst als vorher.«

Ich schaue ihn verwirrt an. »Alternative Realität? Meinst du nicht Illusion?«

»Ich habe sie nicht konstruiert, falls du das meinst. Ich kann nicht beeinflussen, was du in deinem Traum siehst.«

Verblüfft betrachte ich sein völlig aufrichtig blickendes Gesicht. »Aber wie …«

»Ich kann mich auf einen Moment in der Vergangenheit konzentrieren und eine einzige Sache daran ändern. Dann träumst du von dem Leben, das du geführt hättest, wenn alles wirklich so passiert wäre.«

Alles in mir verlangsamt sich zu Zeitlupe. »Und was hast du für meine Träume geändert?«

Er legt den Kopf schief. »Das weißt du schon.«

Als ich die Augen schließe, spüre ich sie beinahe, die Hand meiner Mutter auf meiner Schulter, die Wärme ihrer Umarmungen und die Schönheit ihres Lächelns. »Unser Vater – das wäre passiert, wenn unser Vater gestorben wäre. Deshalb hat Mutter auch noch gelebt.« Mit brennenden Augen schaue ich Konner an. »Und unsere Schwester Aster auch.«

Er holt tief Luft. »Genau.« Sein Adamsapfel hüpft, als er schluckt. »Wie war es? Dieses Leben?«

Eine Flut von Emotionen steigt in mir hoch und ich möchte Konner umarmen. *Meinen Bruder.* »Mom hat uns im Palast aufgezogen und wir … wir standen uns nahe.« *Und der König der Wilden Fae machte mir den Hof, und zwar nur weil ich ihm gefiel. Und ich habe es für eine Illusion gehalten.*

»Ich dachte, du hättest dieses Leben und die ganzen Details selbst konstruiert …«

Er schüttelt den Kopf. »Nein. Ich konzentriere mich auf einen einzelnen Moment. In diesem Fall auf das Ritual, mit dem unser

Vater Macht und Unsterblichkeit erlangen wollte. Ich habe mir vorgestellt, dass er es nicht geschafft hat und dabei gestorben ist. Es war ein Risiko, aber ich hoffte, du würdest so die Chance bekommen, mich so zu sehen, wie ich wirklich bin. Vielleicht sogar zu erleben, wie schön eine Welt ohne Erith sein könnte.«

»Von einer solchen Gabe habe ich noch nie gehört.«

»Du erhältst im Traum eine Erinnerung der Person, deren Gestalt du annimmst, richtig?«, fragt er und ich nicke. »Nun, ich glaube, das ist eine Variation meiner Gabe. Sie nimmt die Erinnerung und die Geschichte und spinnt sie in eine andere Richtung weiter.«

»Das ist … faszinierend.«

»Für mich ergibt es auf seltsame Weise Sinn«, sagt er. »Du weißt ja, dass die Träume, die du hast, sich von der Erinnerung der Person selbst unterscheiden können, richtig?«

»Ist das so?«, frage ich erstaunt.

Er nickt. »Ja, schon. Unsere Erinnerungen sind nicht perfekt. Sie sind Eindrücke von einem Moment, die durch das gefärbt werden, was wir damals gefühlt und gedacht haben. Aber das Echo bekommt im Traum nicht wirklich die Erinnerung, sondern durchlebt die Ereignisse quasi selbst. Das Echo ist sich der Emotionen des Subjekts bewusst, sieht aber auch, wie sich die Situation in Wirklichkeit abgespielt hat.«

Mein Nacken kribbelt. »Konner, das ist es!«

»Was ist?«

Meine Gedanken rasen. Ich wiederhole wieder und wieder, was ich in meinem Traum gehört habe. Ich muss mir ganz sicher sein. Falls ich mich täusche, könnte das eine Katastrophe zur Folge haben. »Ich habe von dem Tag geträumt, an dem Jas der Hexe das Grimoricon gegeben und den Pakt geschlossen hat.«

»Sie hat sich nicht richtig an die Einzelheiten erinnert, stimmt's?«

Biete deine Mahlzeiten an, obwohl du keine Mahlzeiten hast, dann gibst du nichts her. Biete dein Leben an, wenn du kein Leben hast, dann gibst du nichts her. In mir brodeln Adrenalin, Angst und *Hoffnung.* »Ich muss die Prinzessin finden.«

KAPITEL 40

JASALYN

»Richte deine Aufmerksamkeit nach innen«, sagt Pretha und konzentriert sich so intensiv auf mich, dass ich mir wünschte, ich wäre heute Morgen im Bett geblieben.

Es war spät, als Kendrick mich in meine Gemächer zurückbrachte, und als er versuchte, sich zu verabschieden und in sein Quartier zu gehen, zog ich ihn zu mir ins Zimmer.

»Bist du sicher, dass du das willst?«, fragte er, als ich ihm seine Tunika auszog. Und ich verstand, warum er das fragte. Als wir herausfanden, dass Crissa noch am Leben war, hatte ich ihn wieder weggestoßen, weil ich so große Angst hatte, dass meine Existenz für ihn alles ruinieren würde. Aber gestern Nacht, so kurz vor meinem Geburtstag und mit dem Gekreisch der Banshee noch in den Ohren, hatte ich einfach nicht mehr die Kraft, selbstlos zu sein und das bisschen Zeit, das mir mit ihm noch bleibt, für einen edlen Akt der Entsagung zu opfern, der möglicherweise ohnehin zwecklos sein würde.

Also blieb er und wir sagten uns alles, was wir uns sagen mussten, mit unseren Händen, unseren Mündern und unseren Körpern. Es war wunderschön und traurig, tröstlich und schmerzhaft. Alles, was es sein musste.

Als ich heute Morgen in seinen Armen aufwachte, hätte ich einfach dortbleiben sollen. Hätte das Klopfen an meiner Tür ignorieren und darauf bestehen sollen, dass die Welt uns heute nichts anging.

Nur noch ein Tag. Mehr bleibt mir nicht und ich will ihn nicht damit verbringen, auf ganzer Linie zu scheitern. Pretha versucht, mich dazu zu bringen, meine Gabe zu nutzen und das »innere Feuer« zu entfachen, das ich brauche, um den Phönix in mir zu aktivieren.

»Konzentrier dich auf den Funken tief in deinem Inneren und ziehe ihn aus deinen Fingerspitzen heraus«, sagt sie.

Ich starre auf meine Fingerspitzen, suche nach einer Flamme, die nicht da ist, und versuche nach Kräften, Feuer aus meiner Haut schießen zu lassen. Es passiert nichts. »Es tut mir leid.«

»Ist schon okay«, sagt Brie und hört einen Moment lang damit auf, ruhelos hinter mir auf und ab zu gehen. Sie versucht, mich nicht zu erdrücken, aber sie lässt mir kaum Luft zum Atmen. »Wir versuchen es weiter.«

Ich würde am liebsten fragen, *warum*. Wir haben bisher keinen Ausweg aus dem Pakt gefunden, also ist es irrelevant, ob ich meinen Phönix nutzen kann oder nicht. Als ich erneut die Augen schließe und meine Aufmerksamkeit nach innen richte, halte ich nicht nach einer Flamme, sondern nach Geduld Ausschau.

»Jas!«

Ich schaue auf und sehe mich selbst ins Zimmer stürmen. Nein, nicht mich, sondern *Felicity*. Verleiht ihre Gabe ihr auch meine Fähigkeiten, wenn sie in meiner Haut steckt? Vielleicht kann sie mir ja verraten, wo ich diesen Funken finden soll, der angeblich in mir glüht und entfacht werden will.

»Der Pakt, den du mit der Hexe geschlossen hast«, keucht sie, als wäre sie hierher gerannt. »Ich glaube, du hast dich nicht mehr an den genauen Wortlaut erinnert.«

Alle Augen richten sich auf sie. Meine Schwester eilt an ihre Seite und mein Herz zieht sich zusammen. *Gib ihr bitte keine falsche Hoffnung.*

»Du hast von dem Tag geträumt, an dem sie den Deal gemacht hat«, sagt Brie.

Felicity wendet sich mir zu. »Die Hexe sagte, du würdest einwilligen, ›deine Unsterblichkeit aufzugeben, indem du dieses Leben am achtzehnten Jahrestag deiner Geburt verwirkst‹. Dem hast du zugestimmt.«

Ich senke mit vor Scham geröteten Wangen den Kopf. »Klingt ungefähr richtig.«

Pretha holt schockiert Luft, aber ich verstehe nicht, warum, weil sie das schließlich bereits wusste.

Brie schaut zwischen mir und der exakten Kopie von mir hin und her.

Ich atme zitternd aus. Warum ist das so wichtig? »Wie gesagt, an den genauen Wortlaut kann ich mich nicht erinnern.«

»Am achtzehnten Jahrestag ihrer Geburt …« Pretha legt sich einen Finger an die Lippen. »Du glaubst, dass er sie gemäß der Abmachung nicht übernehmen kann, wenn sie ihr Leben vor ihrem achtzehnten Geburtstag beendet?«

»Das ist keine Option«, sagt Kendrick, während meine Schwester ruft: »Ich lasse nicht zu, dass sie aufgibt, bevor wir zweifelsfrei wissen –«

»Ich will nicht, dass sie sich umbringt«, schreit Felicity. »Jedenfalls nicht wirklich.«

Meine Schwester scheint kurz davorzustehen, die Beherrschung zu verlieren. Ich bin nicht die Einzige, der es heute an Geduld fehlt.

»Erklär es uns.«

»Ich dachte, sie wollten Jas bis zu ihrem Geburtstag in die Bewusstlosigkeit versetzen, weil sie nicht wollten, dass sie sich umbringt, und damit hatte ich recht. Aber es gibt nicht nur einen Weg, wie sie ihr Leben beenden und so ihre Abmachung mit Erith nichtig machen kann«, sagt Felicity. »Sie ist ein Phönix. Wenn sie zu Asche verbrennt und dann wiederaufersteht, beginnt ihr *neues* Leben. Sie kann ihr altes Leben beenden, *bevor* sie es an Mordeus übergeben müsste. Und wenn sie wiederaufersteht, hat er keinerlei Anrecht auf dieses neue Leben.«

Schweigen senkt sich über den Raum, aber es ist nicht so tief wie die absolute Stille in mir. *Das ist der Ausweg.*

»Noch vor dem Moment, in dem sie achtzehn Jahre alt wird, muss sie ihre Kraft heraufbeschwören«, sagt Pretha. »Und sie muss sie einsetzen – zu Asche verbrennen und wiederauferstehen –, bevor die Bedingungen des Paktes sich erfüllt haben.«

Kendrick schluckt. »Aber du sagtest doch, dass nur sehr wenige Leute die Transformation des Phönix überleben.« Er schaut nacheinander alle im Raum an, als suche er jemanden, der ihn beruhigen kann. »Woher wissen wir, dass Jas das überleben wird?«

Pretha schweigt eine lange Zeit. »Das wissen wir nicht.«

»Aber es gibt sicher noch eine andere Möglichkeit«, sagt er. »Es muss einen anderen Weg geben.«

Abriella ist sehr blass, aber sogar sie schüttelt den Kopf. »Falls das stimmt, haben wir sie noch nicht gefunden.«

»Selbst damit haben wir aufgrund der Blutmagie noch keine Garantie«, erinnert Pretha uns. »Bis *dieses* Leben endet, ist Mordeus mit ihr verbunden. Wenn die Qualen der Flammen beginnen, wird er alles tun, was ihm möglich ist, um derjenige zu sein, der am längsten durchhält.«

Kendricks Gesicht ist voller Panik, als er sich zu mir umdreht. »Du musst es schaffen«, sagt er, die Stimme so leise wie ein Flüstern. »Du musst es für mich schaffen.«

Ich möchte es ihm versprechen. Ich möchte ihm die Sicherheit geben, die er braucht. Aber wenn ich es nicht mal schaffe, eine einzelne Flamme aus meinen Fingerspitzen lodern zu lassen, wie soll ich mich dann selbst zu Asche verbrennen? »Ich werde es bis zu meinem letzten Atemzug versuchen.«

Auf einmal ist das Zimmer in Schatten getaucht und die Atmosphäre schlägt um. Graue Sturmwolken verdecken jetzt die Nachmittagssonne und sogar die Luft scheint schwerer geworden zu sein. In der Ferne höre ich Donnergrollen.

»Sie kommen«, sage ich, den Blick auf die dunklen Wolken gerichtet.

»Meine Generäle haben sich noch nicht gemeldet.« Brie eilt zum Fenster und schaut in alle Richtungen. »Kannst du sie sehen?«

»Hat das Orakel dir das gezeigt?«, fragt Kendrick.

»Den Sturm, ja. Sie werden den Palast während des Sturms einnehmen. Wenn die Nacht einbricht, werden sie …« Ich springe von meinem Stuhl auf, gehe zu meiner Schwester, packe sie an den Schultern und drehe sie zu mir um. »Du musst hier weg. Flüchte von hier. Sie werden dich als Erstes jagen. Ich habe gesehen, wie sie dich am Schlosstor aufhängen.«

Die grimmige Entschlossenheit im Gesicht meiner Schwester verschwindet, als sie mich ansieht. »Ich werde den Palast nicht verlassen. Das kann ich nicht.«

»Bitte«, flüstere ich. »Bitte geh. Für mich.«

»Ich werde diesen Thron nicht zurücklassen, damit Mordeus ihn mir stehlen kann. Ich bleibe hier und verteidige meinen Hof.«

Wir hören ein Räuspern und wenden uns der Tür zu, durch die gerade der Furcht einflößende gehörnte Berater meiner Schwester getreten ist. Seine roten Augen leuchten so hell wie eh und je. »Meine Königin, der General ist eingetroffen.«

KAPITEL 41

FELICITY

General Hargova, Befehlshaber der Verfluchten Horde des Unseelie-Reichs, ist ein wahrhaftig unangenehmer Typ. Obwohl Brie gesagt hat, er habe darauf bestanden, dass Jasalyn an diesem Treffen teilnimmt, scheint ihm meine Gegenwart unangenehm zu sein. Ich ertappe ihn immer wieder dabei, wie er mich – also Jasalyn – anstarrt.

»Wir erwarten den Angriff noch vor heute Abend«, sagt die Schattenkönigin gerade.

»Heute Abend? Warum glaubt Ihr das?«

»Unsere Seher hatten übereinstimmende Visionen«, sagt sie. Die Lüge geht ihr leicht von den Lippen. Soviel ich weiß, ist der einzige Grund, aus dem sie glauben, dass Mordeus' Truppen bereits heute Abend angreifen werden, was Jasalyn beim Orakel gesehen hat, und selbst sie war sich nicht hundertprozentig sicher. Wir interpretieren eine Menge in ein paar graue Wolken und fernen Donner hinein.

Hargova zieht eine Augenbraue hoch und schaut zum Fenster. »Und wo sind dann diese Armeen, die heute Abend angeblich Euren Palast stürmen werden? Ich habe auf dem Weg hierher keine Spur von ihnen entdeckt.«

Brie lässt sich von seinen bohrenden Fragen und seinen Zweifeln nicht aus der Ruhe bringen. Sie tut sie mit einem Schulterzucken ab. »Ich bin lieber zu früh vorbereitet als zu spät dran. Geht Ihnen das nicht auch so?«

»Erklärt mir noch einmal, warum Mordeus' Anhänger davon überzeugt sind, dass er auferstanden ist. Erklärt mir, warum sie glauben, dass dieser Tote Euch den Thron stehlen kann.« Er legt den Kopf schief. »Hat er das nicht schon einmal versucht und ist daran gescheitert, dass er die Krone nicht besaß?«

Brie schaut ihn streng an. »Ich kann nichts dazu sagen, warum seine Legionen so sehr von seiner Rückkehr überzeugt sind. Aber die Tatsache, dass er es nicht geschafft hat, sich auf den Schattenthron zu setzen, hat ihn nicht davon abgehalten, zwanzig Jahre lang in diesem Reich Unheil anzurichten. Wie Sie genau wissen.«

Er lächelt. »Touché.« Wieder wandert sein Blick zu mir und ich muss mich zusammenreißen, um nicht zu erschaudern. »Und wer außer meiner Horde wird diesen Palast noch verteidigen? Ich will das Leben meiner Leute nicht riskieren, falls diese Schlacht schon verloren ist, bevor sie begonnen hat.«

»Das würde ich niemals von Ihnen verlangen«, sagt Brie. »Die Palastbrigaden sind bereit. Sie werden an den Toren und im gesamten Palast stationiert sein. Unsere Mitternachtsräuber sind in der Hauptstadt postiert und warten auf Anzeichen eines Angriffs. Sie werden unsere erste Verteidigungslinie bilden und die Aufständischen hoffentlich davon abhalten, die Palasttore zu erreichen.«

»Ist das alles?«, fragt er. »Diese Visionen haben Euch davon überzeugt, dass Ihr noch heute angegriffen werdet, und zu Eurer Verteidigung habt Ihr nur die üblichen Truppen der Unseelie eingesetzt?«

»Wir haben noch weitere Truppen, die uns ein Verbündeter zur Verfügung gestellt hat«, sagt Brie. »Sie werden direkt hinter den Palasttoren warten.«

»Königin Abriella!«, ruft jemand von der Tür. »Es tut mir wirklich leid, Euch zu unterbrechen, aber Ihr habt gebeten, darüber informiert zu werden, wenn beim Training etwas Wichtiges passiert. Ich glaube, Ihr solltet Euch das ansehen.«

Brie setzt ein gelassenes Lächeln auf und erhebt sich. »Verzeihung, General, aber ich bin so bald als möglich wieder zurück, versprochen. Ich lasse Ihnen ein paar Erfrischungen schicken.« Dann winkt sie mich zu sich. »Jas, würdest du dem General Gesellschaft leisten, während ich beschäftigt bin?«

Ich schaue nervös von ihr zu Hargova. »Aber gern.«

Der General sieht uns ebenfalls an. »Ich kann allein warten«, sagt er. »Macht Euch um mich keine Sorgen.«

Ich weiß nicht, warum, aber mein Instinkt sagt mir, dass ich bleiben sollte. Irgendetwas stimmt hier nicht. Und obwohl ich Misha den ganzen Tag über noch nicht gesehen habe und nach dem, was Konner mir gesagt hat, unbedingt mit ihm reden will, kann ich ihm und seinem Reich am besten helfen, indem ich verhindere, dass Abriellas Reich fällt. Und sie braucht die Verfluchte Horde des Generals.

»Ich könnte einen Schluck Tee vertragen«, sage ich. »Und dann könnten Sie mir erzählen, wie die Mitglieder Ihrer Horde unsichtbar bleiben, wenn sie nicht gerade kämpfen.«

Der General lächelt gezwungen. »Ich kann meine Geheimnisse nicht verraten.«

Brie schaut mich sehr lange an. Wenn sie wie Misha telepathisch kommunizieren könnte, würde sie mir etwas Wichtiges mitteilen wollen, davon bin ich überzeugt. »Ich bin so bald wie möglich zurück.«

»Welches Training ist so wichtig, dass sie sogar eine Sitzung verlassen muss, um es sich anzusehen?«, fragt Hargova, sobald sich die Tür hinter der Königin geschlossen hat.

»Ich weiß es nicht genau. Vielleicht trainieren die Soldaten, um sich auf den Angriff vorzubereiten.«

Draußen heult der Wind. »Ist das nicht ein bisschen spät?«

Die Sturmwolken werden immer dichter und dunkler und schon bald ist es draußen finster, obwohl es noch Stunden dauern wird, bis die Sonne untergeht. Die magischen Leuchten in den Wandlampen erwachen flackernd zum Leben, um das fehlende Tageslicht zu kompensieren. Der nächste Donnerschlag lässt den Palast erzittern.

Hargova verzieht das Gesicht. »Entschuldigung, aber könntet Ihr mir bitte den Weg zum nächsten Waschraum zeigen?«

»Oh.« Ich setze ein Lächeln auf, um meine Panik zu verbergen. Ist das ein Trick? Müsste ich wissen, wo sich der nächste Waschraum befindet? Der Mitternachtspalast ist riesig und ich habe in diesem Teil nur wenig Zeit verbracht. »Natürlich. Ich …«

Ein Hausmädchen löst sich aus den Schatten und nickt uns zu. »Ich werde Sie begleiten, General.«

»Danke vielmals.« Er stemmt sich aus seinem Sessel und folgt ihr, ohne auch nur einen misstrauischen Blick in meine Richtung zu werfen.

Beruhige dich. Du hast das schon hundertmal gemacht.

Ich lehne mich in meinem Sitz zurück, schließe die Augen und denke darüber nach, was ich zu Misha sagen werde, wenn das alles vorbei ist. Ehrlich gesagt ist es mir ein bisschen peinlich, wie sensibel ich gestern reagiert habe, aber es tut trotzdem immer noch weh, dass er nicht ehrlich zu mir war.

Die Zimmertür öffnet sich knarrend, und als hätten ihn meine Gedanken zu mir gerufen, kommt Misha ins Zimmer, ein Teetablett in den Händen.

Mein Herz macht einen Sprung. »Misha. Ich muss unbedingt mit dir reden.«

Er schaut zur Tür und dann wieder zu mir, bevor er mir telepathisch antwortet. *Jetzt ist vielleicht nicht ganz der passende Zeitpunkt*, sagt er, dann fügt er laut hinzu: »Wo ist der General?«

»Auf dem stillen Örtchen. Komm, ich helfe dir.« Ich schaue zu den Fenstern, gegen die der Regen peitscht. Ich stehe auf und er stellt das Tablett auf einem Beistelltisch an der Wand ab. *Ich weiß nicht, ob ich mich entschuldigen oder erklären will*, sage ich ihm stumm. *Wahrscheinlich beides.*

Sein Blick ist sanft, während er mich mit geschürzten Lippen mustert, als suche er die Fae unter Jasalyns Haut. *Du musst dich nicht bei mir entschuldigen. Wenn du immer noch nicht weißt, dass meine Gefühle für dich aufrichtig sind, dann habe ich wahrscheinlich noch nicht genug getan, um es dir zu beweisen.*

Ich schmelze ein wenig dahin und schaue verlegen zu Boden. *Unter anderen Umständen könnte das vielleicht stimmen, aber mir ist klar, dass meine Reaktion größtenteils meiner eigenen Unsicherheit und nicht deinem Verhalten geschuldet war.*

Misha schaut die geschlossene Tür an und murmelt dann: »Es tut mir leid, dass ich nicht ehrlich zu dir war. Ich hatte Angst, du würdest dich von mir abwenden, wenn du die Wahrheit wüsstest, und als ich meine Gefühle endlich akzeptiert hatte, konnte ich den Gedanken, dich zu verlieren, einfach nicht ertragen.«

Ich schließe kurz die Augen, und als ich den Kopf hebe und ihn ansehe, starrt er mich wieder an. *Was ist?*

Ich habe mich nur gefragt, ob du noch etwas von dem Trank deines Bruders hast – für nachher, wenn der General gegangen ist. Sein Mund verzieht sich zu einem schelmischen Grinsen. *Ich würde lieber in deine eigenen Augen schauen, wenn wir dieses Gespräch führen.*

Mir steigt das Blut in die Wangen. *Vielleicht könnte ich mich nachher für ein kurzes Schläfchen davonstehlen.*

Vielleicht könnte ich dir dabei Gesellschaft leisten.

KAPITEL 42

JASALYN

»Ich kann nicht!« Mein Einwand ist so laut, dass die Wände wackeln – vielleicht liegt das aber auch am Donner.

Pretha bleibt ungerührt. »Ich glaube, du stehst dir selbst im Weg. Lass uns noch einmal die Atemübungen machen und es dann wieder versuchen.«

Das geht schon seit *Stunden* so, und mit jeder Minute, die vergeht, ohne dass ich es schaffe, eine Flamme heraufzubeschwören, kommt der Moment näher, in dem ich mein Leben an Mordeus verlieren werde. Und meine Schwester ihr Reich.

»Wir müssen eine Pause machen«, sagt Kendrick. »Sie ist völlig erschöpft.«

»Natürlich«, sagt Pretha, aber mir entgeht nicht, wie sie auf die Uhr schaut. Wir alle sind uns dieser Uhr nur allzu sehr bewusst.

Kendrick reicht mir seine Hand und zieht mich dann aus dem Sessel hoch. Er legt mir einen Arm um die Schultern und führt mich an zwei Wachen vorbei zur Tür.

Einer der beiden murmelt etwas hinter uns und dann passiert alles gleichzeitig.

Kendrick wirbelt herum, stürzt sich auf den Wachmann und drückt ihn gegen die Wand. »Was hast du gerade gesagt?«

Klirrend zieht die andere Wache ihr Schwert, aber sie zögert, weil sie nicht weiß, ob sie ihren Waffenbruder oder den Gast der Königin beschützen soll.

»Beruhigt euch bitte«, sagt Pretha und steht so langsam auf, als stünde sie vor einem Rudel wütender Raubtiere. »Was ist passiert, Kendrick?«

»Dieser Scheißkerl hat den Mund aufgemacht.«

»Nicht sehr hilfreich«, murmelt Pretha.

»Es tut mir leid«, sagt der Wachmann und lässt Kendrick nicht aus den Augen. »Ich hätte das nicht sagen dürfen.«

Ich höre Stiefel durch den Flur stapfen und dann steht meine Schwester in der Tür. »Was ist hier los?«, fragt Brie und schaut zwischen Kendrick und ihrem Wachmann hin und her.

»Erzähl der Königin, was du gesagt hast«, zischt Kendrick mit wütend flackernden Augen.

Draußen zuckt ein Blitz vom Himmel und im Zimmer wird es ganz ruhig.

»Ich habe es nicht so gemeint«, winselt der Wachmann verängstigt.

»Kendrick«, sagt meine Schwester kühl. »Bitte stell meinen Wachmann wieder ab und geh zur Seite.«

Kendrick starrt den Fae noch einmal wütend an und tut dann, wie ihm geheißen. Brie stellt sich geschmeidig zwischen die beiden und schaut den inzwischen zitternden Wachmann mit strenger Miene an.

»Sag mir, was meinen Gast so aus der Fassung gebracht hat«, befiehlt sie und legt abwartend den Kopf schief.

Der Wachmann schluckt. »Ich hätte das nicht sagen dürfen.«

»Rede.«

Er schaut alle Personen im Raum Hilfe suchend an.

»Sieh *mich* an«, sagt Brie. Jedes Wort trifft ihn wie ein Schlag. »Ich bin deine Königin und habe dir eine Frage gestellt.«

»Die Prinzessin hat es bisher nicht geschafft, ihre Flamme einzusetzen«, sagt er und seine Stimme zittert so heftig wie seine Hände. »Ich war so töricht zu fragen, ab wann wir die *andere* Möglichkeit in Betracht ziehen werden, sicherzustellen, dass es kein Leben gibt, das Mordeus sich nehmen kann.«

Ich zucke zusammen, als hätte er mich geschlagen. Nicht weil ich mir die grausamen Worte einer dahergelaufenen Palastwache des Schattenreichs zu Herzen nehmen würde, sondern weil er nur das ausgesprochen hat, was alle anderen hier im Raum wahrscheinlich schon seit Stunden denken – wenn ich es nicht schaffe, die Magie zu finden, die angeblich in mir lebt, könnte das für alle hier das Ende bedeuten.

»Ich habe es nicht so gemeint und ich hätte das nicht sagen dürfen«, schluchzt der Wachmann. »Ich habe nur an meine Königin gedacht, mich um mein Reich gesorgt und gedankenlos den Mund aufgemacht. Bitte akzeptiert meine Entschuldigung, Eure Majestät.«

»Prenley«, sagt Brie kühl zu der anderen Fae. »Bitte bring Yarrow in mein Verlies.«

»Meine Königin«, bettelt Yarrow. »Bitte versteht doch. Ich würde niemals –«

Sie hebt die Hand, und obwohl sich sein Mund weiterbewegt, sind keine Worte mehr zu hören. »Du willst *wirklich* nicht, dass ich jetzt gleich eine Entscheidung darüber treffe, was ich mit dir machen soll.« Ihre Stimme klingt ruhig, aber die Schatten, die sich um ihre Knöchel und Handgelenke winden, verraten, wie es in ihr aussieht. »Vertrau mir, wenn ich dir sage, dass du im Kerker bei den Ratten sicherer bist als in meiner Gegenwart. Sei dankbar dafür.« Sie lässt die Hand sinken und er holt keuchend Atem.

»Ja, meine Königin.« Seine Lippen zittern. »Danke, meine Königin.«

Prenley steckt ihr Schwert wieder in seine Scheide und führt Yarrow fort, ohne auch nur einen einzigen fragenden Blick in die Richtung ihrer Königin zu riskieren.

»Entschuldige bitte«, sagt Brie zu mir, als sie fort sind. Ihr Kiefer zuckt.

Die Demütigung lastet schwer wie Blei auf meiner Brust. Ich würde am liebsten schreien, dass er recht hat. Vielleicht sollten wir aufhören, nach Magie zu suchen, die nicht existiert, und uns anderen Optionen zuwenden. »Das war nicht nötig, Brie.«

Sie zieht eine Augenbraue hoch, jeder Zoll die hochmütige Königin. »Doch. Ich erwarte besseres Benehmen von meinen Wachen. Ich kann und werde ihnen nicht erlauben, ihre Prinzessin respektlos zu behandeln.« Sie holt tief Luft, und als sie den Atem ausstößt, verschwindet die Aura der rachsüchtigen Herrscherin, die sie sich umgelegt hat. Jetzt schaut sie mit ernstem Gesicht zwischen mir, Kendrick und Pretha hin und her. »Keine Fortschritte?«

Pretha schüttelt den Kopf. »Keine der Strategien, die ich bisher ausprobiert habe, hat funktioniert.«

»Sie braucht eine Pause«, sagt Kendrick.

Auf dem Gang sind schnelle Schritte zu hören und ein weiterer Wachmann rennt ins Zimmer. »Eure Majestät«, ruft er. »General Hargova schickt eine Nachricht von den Palasttoren. Soldaten nähern sich der Hauptstadt.«

Brie runzelt die Stirn. »Der General ist an den Palasttoren?

Wann ist er …« Sie wird blass, und ohne einen Augenblick Zeit zu verlieren, dreht sie sich um und rennt den Flur entlang.

Ich greife nach Kendricks Hand und wir folgen ihr durch den Flur in einen Salon, in dem Misha und Felicity – in meiner Gestalt – stehen und gerade ein stummes Gespräch zu führen scheinen.

»Wo ist der General?«, keucht Brie.

Felicity wird blass. »Er wollte auf die Toilette. Das Hausmädchen hat ihn hingebracht.«

»Wie lange ist das her?«, fragt Brie.

Felicity schaut Misha voller Panik an. »Ich weiß nicht …«

Brie dreht sich zu dem Wachmann an der Tür um. »Wann hat Hargova diesen Raum verlassen?«

»Vor etwa einer Viertelstunde, Eure Majestät. Das Hausmädchen hat ihn zu der nächstgelegenen Toilette geführt.«

»Was ist denn, Brie?«, frage ich.

»General Hargova hat mich gerade vom Palasttor aus kontaktiert. Was bedeutet, dass der Fae, den ich heute Nachmittag getroffen habe, nicht der General war.« Sie schaut uns an und wendet dann ihre volle Aufmerksamkeit dem Wachmann zu. »Im Palast läuft ein Betrüger herum, der sich als General Hargova ausgibt. Wir müssen ihn finden.«

»Ein Gestaltwandler?«, fragt der Wachmann. »Bitte verzeiht mir, dass ich das nicht erkannt habe, Eure Majestät. Nächstes Mal werde ich –«

»Das war kein Gestaltwandler«, sagt Felicity mit schwacher Stimme. »Er ist ein Echo. Du hättest das nicht erkennen können.«

»Ich schlage sofort Alarm«, sagt der Wachmann und nur wenige Sekunden später wimmelt es auf den Fluren von Wachen, die nach dem Eindringling suchen.

»Erith?«, fragt Misha Felicity.

»Ich glaube schon.«

»Aber du bist doch die Einzige, die ihn töten kann«, sage ich zu Felicity. »Er wusste doch sicher, dass du hier bist. Er hat zwar geglaubt, dass ich es war, die er heute getroffen hat, aber warum sollte er der einzigen Person, die ihn töten kann, freiwillig so nahe kommen?«

»Weil wir uns das Grimoricon zurückgeholt haben«, sagt Brie. Sie eilt aus dem Raum und zu ihrem Arbeitszimmer. Ich folge ihr und Kendrick rennt mir nach.

»Jasalyn«, sagt er atemlos. »Wir müssen dich in Sicherheit bringen. Erith ist extrem gefährlich.«

»Brie!«, schreie ich, aber sie biegt in den Flur ein, in dem ihr Arbeitszimmer liegt, bleibt dann aber schlitternd stehen und erstarrt.

Und jetzt sehe ich auch, warum. Vor den geschlossenen Türen liegen vier Wachen und ein Hausmädchen blass und leblos auf dem Boden – sie sehen genauso aus wie die Opfer der gesichtslosen Seuche.

Ich schaue auf meine Hand, um mich davon zu überzeugen, dass der Ring nicht zurückgekehrt ist.

»Das war Erith«, sagt Kendrick düster.

Brie greift nach der Türklinke und wird sofort gegen die Wand geschleudert.

»Abwehrzauber«, zischt sie. »Abwehrzauber um mein eigenes verdammtes Arbeitszimmer in meinem eigenen verdammten Palast.«

Schreie zerreißen die Luft und hallen durch die Palastflure, so laut und durchdringend, dass sie sogar den unaufhörlichen Donner, der über uns hinwegrollt, übertönen.

Verwirrt schaue ich zwischen Kendrick und Brie hin und her. »Was war da–«

Drei Fae biegen mit gezückten Schwertern um die Ecke. Sie reißen die Augen auf, als sie uns sehen – oder vielmehr, als sie die Schattenkönigin sehen, die gerade dabei ist, sich vom Boden aufzurappeln.

Die Fae stürzen sich mit klirrenden Schwertern auf uns. Kendrick schiebt mich hinter sich und stößt dem ersten Angreifer sein Schwert in die Brust. Die zwei anderen rasen brüllend auf uns zu.

Brie hebt die Hände und Schatten wickeln sich um die beiden und halten sie an Ort und Stelle, bis Kendrick ihnen mit dem Schwert die Kehlen durchgeschnitten hat.

Sie fallen mit einem nassen Klatschen zu Boden, bei dem sich mir der Magen umdreht, aber ich zwinge mich, sie anzusehen. Ihre schmucklosen, olivgrünen Uniformen, die umgedrehten Sichelmonde, die auf ihre Hälse tätowiert sind.

Das ist die Konsequenz davon, dass ich meine Magie nicht erwecken konnte. Mordeus' Truppen werden meine Schwester und ihre Leute so lange attackieren, bis der Palast ihnen gehört.

Kendrick packt mich an den Schultern und dreht mich zu sich um. »Bist du okay?«

»Kendrick!« Ich versuche, ihn beiseitezuschubsen, als die nächste Angreiferin um die Ecke biegt und ihren Dolch nach ihm wirft, aber Kendrick ist schneller und stellt sich zwischen mich und die fliegende Stahlklinge.

Sie gräbt sich in seinen Arm und er lässt sein Schwert fallen.

Als er sich niederkauert, um es wieder aufzunehmen, stürzt sich seine Gegnerin mit ihrem eigenen Schwert auf ihn, erstarrt dann aber mitten im Hieb und fällt zu Boden.

Remme steht keuchend vor uns und mustert uns beide – seinen König noch ein zweites Mal. »Du bist verwundet.«

»Mir geht es gut.« Kendrick erhebt sich, das Schwert in der

Hand. »Was ist hier *los*, Remme? Wo kommen die auf einmal alle her?«

»Im ganzen Palast haben sich Portale geöffnet und aus jedem einzelnen stürmen Dutzende dieser Arschlöcher.« Er schaut Brie an, die an der Wand lehnt, als hätte es sie all ihre Kraft gekostet, mit ihren Schatten die beiden Angreifer lahmzulegen.

»Brie, bist du okay?«

»Die Abwehrzauber«, sagt sie und nickt in Richtung Tür. »Sie haben meine Magie ein bisschen beeinträchtigt, aber sie kommt langsam wieder.«

Remme flucht. »Wie ist das möglich?« Er schaut auf die Tür. »Und wer ist da drin?«

»Erith«, sagt Kendrick. »Er hat sich in Gestalt von General Hargova in den Palast geschlichen und sich im Arbeitszimmer der Königin eingeschlossen.«

»Aber warum?«, fragt Remme, der ruhelos die Umgebung beobachtet, als warte er darauf, dass die nächsten von Mordeus' Schergen um die Ecke biegen.

»Das Grimoricon ist da drin«, sage ich.

Brie nickt. »Er ist derjenige, der die Portale öffnet.«

KAPITEL 43

FELICITY

Misha schiebt mich in einen Wandschrank, folgt mir dann und zieht die Tür zu, während Schreie den Flur vor dem Salon erfüllen.

»Was passiert hier?«, flüstere ich.

»Eindringlinge«, sagt er.

»Aber wie? Der ganze Palast ist mit Abwehrzaubern abgeschirmt. Wie sind sie hier reingekommen?«

Misha flucht. »Portale«, sagt er dann. »Es gehen überall im Palast Portale auf.« Ich weiß auch, ohne nachzufragen, dass er telepathisch mit jemandem kommuniziert hat, um diese Information zu erhalten. »Erith ist im Palast. Er hat sich mit dem Grimoricon in Bries Arbeitszimmer eingeschlossen, um die Angreifer hier reinzubringen.«

Er dreht sich zu mir um. In dem dunklen Wandschrank kann ich sein Gesicht kaum erkennen. »Könntest du bitte hierbleiben? Versteck dich, bis ich jemanden zu dir schicken kann, der dich beschützt.«

Ich schüttele den Kopf. »Was? Nicht ohne dich. Wo gehst du hin?«

»Ich habe eine Gabe, die mit Portalen zusammenhängt. Was geöffnet werden kann, lässt sich auch wieder schließen.«

»Eine Gabe, die nicht mehr richtig *funktioniert*«, zische ich.

»Das weiß ich«, flüstert er. »Aber ich muss es versuchen, sonst kommen immer mehr. Ich suche meine Schwester. Sie und ich arbeiten am besten zusammen.«

Ich kralle die Hände um seine Oberarme und drücke fest zu. »Bitte geh nicht. Bitte bleib hier. Du hast gerade gesagt, dass *Erith* noch im Palast ist. Er will dein Königreich. Er will dich *töten.*«

Misha legt die Hände um mein Gesicht, senkt seinen Mund auf meinen und küsst mich leidenschaftlich. »Pass auf dich auf. Ich muss mich jetzt konzentrieren, und das kann ich nicht, wenn ich mir Sorgen um dich mache.«

»Misha.« Ein Schluchzer entringt sich meiner Brust. »Bitte.«

»Abriellas gesamte Verteidigungsstrategie basierte darauf, die Angreifer nicht in den Palast zu lassen. Wenn wir sie nicht aufhalten, werden wir alle sterben.« Er greift nach dem Türgriff hinter sich. »Bitte pass auf dich auf.« Er verlässt den Schrank und schließt die Tür hinter sich.

Ich sinke zu Boden und vergrabe das Gesicht in den Händen. *Bitte pass auch auf dich auf. Bitte komm zu mir zurück.*

Ich kann mir die schrecklichen Geräusche da draußen nicht mehr länger anhören. Darf nicht daran denken, was ihm alles zustoßen könnte. Ich presse mir die Hände auf die Ohren und spüre, wie mir die Tränen übers Gesicht laufen. Die Zeit vergeht quälend langsam.

Ich zwinge mich, still sitzen zu bleiben. Um auf mich aufzupassen, für Misha.

***

Ich zucke jäh zusammen und stoße mit dem Kopf gegen die Wand. Ich muss eingeschlafen sein, weil ich meine wahre Gestalt wiederhabe. Mein Kleid ist auf einmal viel zu eng und ich kann kaum atmen.

Schnell greife ich hinter mich, löse die Schnüre meines Korsetts und knöpfe den obersten Knopf meines Rocks auf. Aber das reicht nicht. Irgendwie fühlt sich die Luft *falsch* an, als würde ich in einem Raum atmen, in dem es nicht genügend Sauerstoff gibt.

Ich bin schon viel zu lange hier drin. Sind bereits Stunden vergangen? Meine Muskeln schmerzen vom Sitzen in diesem engen Schrank. Ich kann nicht länger hierbleiben. *Erith* ist der Grund dafür, dass all das passiert, und ich bin die Einzige, die ihn töten kann. Ich kann nicht länger tatenlos dabei zusehen, wie er ein Leben nach dem anderen ruiniert.

Vorsichtig schiebe ich die Tür einen Spaltbreit auf und schaue in den Salon hinaus. Die Fenster sind dunkel, die flackernden Laternen an der Wand werfen tanzende Schatten durch den Raum, aber außer mir scheint niemand hier zu sein.

Langsam und leise gleite ich aus dem Schrank und schleiche zur Zimmertür. Draußen ist es gespenstisch ruhig, verglichen mit dem Zeitpunkt, an dem Misha mich in diesem Schrank versteckt hat. Ich höre nur weit entfernte Schreie. Liegt das daran, dass der Kampf sich in einen anderen Teil des Palasts verlagert hat? Oder sind in diesem Flügel bereits alle tot?

Darüber darf ich nicht nachdenken.

Sogar hier draußen fühlt sich die Luft *falsch* an.

Dann begreife ich, woran das liegt. Dasselbe habe ich damals gespürt, als Misha mich aus dieser Zelle befreien wollte und Konners Freund, der Blockierer, uns von unserer Magie abgeschnitten hat.

Der Sturm tobt weiter als leises Grollen vor den Palastmauern.

Ich eile in die Richtung, in die die Königin gerannt ist, als sie herausgefunden hat, dass der General überhaupt nicht der General war. Hier draußen sind die meisten Laternen erloschen und ich falle beinahe aufs Gesicht, als ich über etwas stolpere, das auf dem Boden liegt.

Eine Leiche. Freund oder Feind? Ich darf nicht hinsehen. Ich wünschte, ich könnte mir mit Magie den Weg erleuchten, aber ich weiß auch, ohne es zu versuchen, dass es nicht funktionieren wird. Ich spüre die Unterdrückung meiner Magie wie eine Decke über dem Kopf, durch die ich zu atmen versuche. Vielleicht ist es gut, dass ich nichts tun kann. Ich will schließlich keine Aufmerksamkeit auf mich ziehen.

Langsam taste ich mich vorwärts, eine Hand an der Wand, die Füße ausgestreckt, um mögliche Hindernisse auf dem Boden zu entdecken, bevor sie mich stolpern lassen.

Jemand packt mich von hinten und presst mir eine heiße, schwitzende Hand über den Mund. »Na, wen haben wir denn da?«

»Das ist nicht die Prinzessin«, sagt ein anderer. Ich trete um mich und versuche, mich strampelnd aus seinem Griff zu befreien, aber er ist riesig und hält mich viel zu fest gepackt.

»Nein, aber sie ist beinahe genauso gut. Erith will sie tot sehen und er wird mich dafür belohnen, dass ich sie gefunden habe.«

»Worauf wartest du dann –«

Auf einmal höre ich das Geräusch von Stahl, der durch Fleisch schneidet. Ich werde mitgerissen, als das Ungetüm, das mich gepackt hält, zu Boden stürzt. Wir landen halb aufeinander und sein Blut sickert in mein Kleid.

Jemand schiebt ihn mit der Stiefelspitze von mir, packt meine Hand und zieht mich hoch.

»Hale?« Ich bin beinahe sicher, dass er es ist, aber ich kann kaum seine Silhouette erkennen, von seinem Gesicht ganz zu schweigen. »Es ist so dunkel hier. Wie haben sie erkannt, wer ich bin?«

»Orks sehen im Dunkeln viel besser als wir.« Er schaut sich suchend um und hält nach neuen Gegnern Ausschau. »Alles okay?«

Nein, aber damit werde ich ihn nicht belasten, wenn gerade so viel anderes katastrophal schiefläuft. »Alles gut. Und bei dir?«

»Alles gut. Aber ich bin vorhin von Jasalyn getrennt worden, als die Portale aufgingen und hier die Hölle losbrach. Und jetzt kann ich sie nicht finden.«

Das ist nicht die Prinzessin, hat der Ork gesagt. »Diese Orks haben nach ihr gesucht. Glaubst du, Mordeus' Leute haben sie gefangen?«

»Wenn sie Gelegenheit dazu hätten, würden sie es tun.«

Natürlich. Sie müssen die Hülle schützen, in der ihr König ins Leben zurückkehren wird.

»Ich suche nach Erith. Seine Magie ist der Grund dafür, dass wir so tief in diesem Schlamassel stecken.« Ich wünschte, ich könnte Hales Gesicht sehen und ihm in die Augen blicken, während wir dieses Gespräch führen. »Hale, wenn ich ihn finde, muss ich ihn ausschalten.«

Er ergreift in der Dunkelheit meine Hand. »Mach dir keine Sorgen um mich. Wenn mich heute Abend mein Schicksal ereilen soll, wird es sich nicht davon aufhalten lassen, dass du diesen Mistkerl verschonst.«

»Weißt du, wo er ist?«

»Ich weiß, dass er vor einiger Zeit in Abriellas Arbeitszimmer war, aber durch Abwehrzauber geschützt wurde. Ich weiß nicht, ob er sich seitdem bewegt hat. Ein paar von Konners Wachen sind Blockierer und sie arbeiten gemeinsam daran, die Magie im ganzen Palast auszuschalten – das hat die meisten Aufständischen nach draußen vertrieben. Misha und Pretha arbeiten zusammen daran, die Schutzzauber um den Palast aufrechtzuerhalten, damit sie nicht wieder hereinkommen können.«

»Ich fange in ihrem Arbeitszimmer an.«

»Ich würde dich gern begleiten, aber ich muss Jas finden.«

Ich denke an die Vision von Hale, der auf dem Boden verblutet, wie mir das Orakel gezeigt hat, und schüttele energisch den Kopf. »Geh. Es ist besser, wenn du nicht dort bist.«

»Die anderen haben sich alle im Thronsaal versammelt«, sagt er. »Komm dorthin, wenn du bereit bist.«

Ich hole tief Luft, kann mich aber nicht dazu überwinden, seine Hand loszulassen. »Bitte sei vorsichtig. Versteck dich, wenn es nötig ist.«

Hale lacht düster auf. »Verstecken ist nicht mein Stil, Schwesterlein. Und jetzt zieh deinen Dolch und mach dich auf die Socken.«

Wo bist du, Erith?

Als ich in den Flur vor Abriellas Arbeitszimmer einbiege, zuckt ein Blitz vor dem Fenster vorbei und erleuchtet schlagartig meine Umgebung. Ein halbes Dutzend Leichen liegt vor den aufgesprengten Flügeltüren. Mein Herz rast und ich konzentriere mich darauf, meinen Atem zu beruhigen. Ich warte auf den nächsten Blitz, damit ich besser sehen kann.

Lange muss ich nicht warten, bis der Flur wieder hell erleuchtet ist. Gleichzeitig kracht ein Donnerschlag, der den Boden unter mir erzittern lässt. Das Gewitter muss jetzt direkt über uns sein. Es ist gerade lange genug hell, um die Blutspur zu erkennen, die um die nächste Ecke führt.

Ich folge ihr in der Dunkelheit, bewege mich ganz langsam und nutze all meine Fae-Sinne, um eventuelle Gegner zu erkennen.

Dann höre ich in der Ferne eine Stimme. Eine Stimme, die mir eiskalte Schauer über den Rücken laufen lässt.

»Du bist eine Schande für meinen Palast«, sagt sie verächtlich. »Hast du dich nie gefragt, warum ich dich als Attentäter durch die Welt geschickt habe, als du noch nicht einmal dreizehn Jahre alt warst?«

Er bekommt nur Schweigen zur Antwort. Ich schleiche mich näher.

»Ich wusste, dass du es nie zu etwas bringen würdest, dass du es nie schaffen würdest, zu den Sieben aufzusteigen. Das wusste ich seit dem Tag deiner Geburt. Deine Mutter hat dich viel zu sehr verwöhnt.«

Ich komme ihm offenbar näher, denn seine Stimme wird lauter.

Als ich durch die nächste Tür spähe, sehe ich ein von Kerzenschein erleuchtetes Zimmer. Erith steht mit dem Rücken zur Tür und schneidet mit seinem Messer komplexe Muster in die Haut seines Opfers.

In *Konners* Haut. Ich unterdrücke mein Keuchen. Setzt er Blutmagie ein? Funktioniert Blutmagie überhaupt, wenn alle magischen Kräfte so gedämpft sind wie hier?

Erith zieht seine Klinge über Konners Bauch und mein Bruder gibt eine Mischung aus Grunzen und Schreien von sich, die deutlich macht, dass er am Ende seiner Kräfte ist. »Sag mir, wo sie ist, dann verschone ich dich«, sagt unser Vater. »Du weißt, dass ich sie sowieso finden werde. Fändest du es nicht besser, wenn ich sie jetzt gleich töte und nicht erst wenn sie schon ihr ganzes Leben in Angst vor mir verbracht hat?«

»Niemals«, krächzt Konner.

Das ist keine Blutmagie. Das ist *Folter*. Erith hat von Leia erfahren und foltert Konner, um ihr Versteck herauszufinden.

Ich ziehe meinen Dolch aus meinem Stiefel und kralle die Hand um den Griff. Konners Augen öffnen sich flatternd und er begegnet über Eriths Schulter hinweg meinem Blick. Er nickt beinahe unmerklich. *Tu es.*

Ich hechte vorwärts, um meine Klinge in Eriths Rücken zu vergraben, aber bevor ich die Türschwelle überqueren kann, werde ich nach hinten gerissen und gegen die Wand des Korridors geschleudert. Ich knalle mit dem Kopf gegen einen Türrahmen und mein Dolch fällt mir aus der Hand, als ich auf dem Boden zusammensacke.

»Schau an, wer auch mitspielen will«, sagt eine vertraute Stimme, als ich versuche, mich wieder aufzurappeln.

Der Raum dreht sich um mich und mein Kopf schmerzt. Als ich auf den Füßen stehe, rutsche ich sofort wieder aus. In Blut, wie mir klar wird. Ich lehne den Kopf gegen die Wand und warte darauf, dass die Welt aufhört, sich zu drehen. Der ganze Boden ist mit Blut besudelt.

»Sorry, Lis. Ich kann nicht zulassen, dass du dein Schicksal heute oder irgendwann sonst erfüllst.« Shae schlendert auf mich zu, das Gesicht zu einem höhnischen Grinsen verzogen. »Sieht aus, als wäre hier Endstation für dich.«

»Was hast du vor? Mich zu töten?« Ich nehme allen Mut zusammen, den ich nicht wirklich besitze. »Du kannst nicht zu den Sieben aufsteigen, wenn du gemordet hast.«

»Ich kann dich zwar nicht töten, aber nichts verbietet mir, dich zu quälen, bis du dir den Tod wünschst, während ich darauf warte, dass meine Freunde kommen und dich für mich erledigen.«

Shae packt mich am Hemd, reißt mich hoch und zieht einen Dolch. Dann drückt er mich gegen die Wand und beugt sich zu mir. Ich spüre seinen heißen, stinkenden Atem auf meinem

Gesicht. »Niemand wird dich vermissen, Felicity. Das ist wirklich traurig.« Er streicht mir mit der Klinge über die Wange und ein heißer Blutstropfen rollt mir übers Kinn. »Du hast so verzweifelt um Kendricks Liebe und die Anerkennung seiner Freunde gekämpft. Aber die Wahrheit ist, dass du ihnen nie das geben konntest, was sie wirklich wollten. Sogar jetzt, wo du endlich ein Fünkchen Mut an den Tag gelegt hast, scheiterst du auf ganzer Linie.«

»Ich dachte, ich würde dich lieben«, sage ich und schaue ihm in die Augen.

»Wie erbärmlich.« Er lacht so demonstrativ, dass er nicht einmal bemerkt, wie ich die Hand nach seinem Dolch ausstrecke. Ich nehme ihm die Waffe so mühelos ab, dass selbst ihm klar wird, wie sehr er mich unterschätzt hat – nicht nur heute, sondern schon immer.

Er ist verantwortlich dafür, dass der Mann, der mich aufgezogen hat, tot ist. *Er* ist der Grund dafür, dass ich schon so viele Jahre auf der Flucht bin. So lange allein gewesen bin. Und wenn es nach ihm geht, wird er auch der Grund dafür sein, dass ich diesen Palast nicht lebend verlasse.

Ich stoße Shae die schmale Klinge in die Brust und ziehe sie wieder heraus.

Ich sehe den Schock in seinen Augen, bevor er zurücktaumelt und die Hände an die Brust legt, wo rotes Blut aus der Wunde sprudelt, die die Klinge aus Eisen und Adamant hinterlassen hat.

»Aber jetzt weiß ich es besser«, flüstere ich und stoße ihn gegen die Wand, wo er zu Boden sackt.

»Bitte«, höre ich ein verzweifeltes Flehen aus dem Raum, in dem ich Erith gefunden habe. »Bitte nicht.«

»Konner«, hauche ich. Ich renne in das Zimmer zurück und

pralle gegen etwas Hartes. Mein bereits schmerzender Kopf schnellt zurück und in meinen Ohren rauscht das Blut. Als ich den Blick hebe, sehe ich in die Augen meines leiblichen Vaters. Sie sind weit aufgerissen und voller Panik. Er ist ein Rehbock im Wald, der auf den Pfeil des Jägers starrt. Aber warum hat er solche Angst vor mir, obwohl er bewaffnet ist? Obwohl er größer und stärker und mächtiger ist als ich?

Die Zeit scheint stillzustehen, als ich in die eisblauen Tiefen der Augen des Mannes blicke, vor dem ich so lange davongelaufen bin. In ihnen erkenne ich die Wahrheit. Er kann mir nichts anhaben. Ich bin nicht nur diejenige, die ihn töten kann; die perverse Magie, die ihn so weit gebracht hat, hat auch dafür gesorgt, dass er die wenigen, die ihm etwas anhaben können, nicht verletzen kann.

In dieser Sekunde ist er mir hilflos ausgeliefert und ich sehe all das, was ich ohne ihn hätte haben können – ein Leben im Palast mit der Mutter, die er getötet hat, eine Schwester, eine Beziehung zu dem Bruder, den ich nie gekannt habe.

Ich sehe Jahre der Angst, der Schuld und der Einsamkeit. Und alles nur wegen dieses Fae, der seine Macht über alles und alle anderen gestellt hat.

Und dann sehe ich die Familie, dir mir geschenkt worden ist. Die Freundschaften, die ich auf dem Weg geschlossen habe. Die Stärke, die ich in mir selbst habe finden können.

Ihn am Leben zu lassen, hätte niemals eine Option sein dürfen, aber ich habe schon immer alles getan, um die zu beschützen, die ich liebe. Und daran ändert sich auch heute nichts.

Ich ramme meine eiserne Klinge in sein Herz.

Erith reißt die Augen auf. Er packt eine Handvoll meines Haars, zieht daran und versucht, mich mit sich zu Boden zu zerren, aber ich bleibe unbeweglich stehen. Dies ist schon immer mein Schicksal gewesen. Dieser Moment musste geschehen und er wird die Welt zu einem besseren Ort machen.

Ich reiße meine Klinge aus seiner Brust und stoße sie ihm noch in den Hals, um ganz sicherzugehen. Dann entwinde ich mich seinem Griff. Er fällt gurgelnd, nach Atem ringend zu Boden und aus seinem Mund strömt Blut. »Ich hatte einen besseren Vater verdient, als du es warst, und den habe ich bekommen. Aber auch Konner hatte einen besseren Vater verdient. Und meine Schwester ebenfalls.«

Ich schiebe seinen Leichnam mit dem Stiefel beiseite und steige über ihn hinweg, um zu Konner zu gelangen. »Bist du okay?« Im flackernden Kerzenlicht sieht mein Bruder so unendlich blass aus.

»Du hast es geschafft«, sagt er mit schwacher Stimme. »Mögen die Götter dich bis ans Ende deiner Tage segnen.«

Er blutet aus zahllosen Wunden, den Spuren der Folter, die er ertragen musste. »Ich konnte nicht riskieren, dass er Leia etwas antut.«

Ich muss einen Heiler finden und ihn aus dem Palast bringen, wo er mit Magie geheilt werden kann.

»Ich werde dir aus dem Zwielicht ewig dankbar sein«, röchelt er. »Ich schulde dir alles.«

»Was? Nein, Konner.« Ich taste seine Brust und seine Seiten ab, als könnte ich den Tod aufhalten, den ich in seine Stimme schleichen höre, wenn ich nur die Wunde finde. Aber da ist zu viel Blut und ich kann nicht erkennen, welche Verletzung die schwerste ist. »Bleib bei mir. Du musst ein kleines Mädchen großziehen, weißt du noch? Dafür haben wir all das getan – damit du sie heranwachsen sehen kannst. Sie kann sich an deiner Hand festhalten, wenn sie ihre ersten Schritte macht, mit dir über dumme Witze lachen und sich an deiner Schulter ausweinen, wenn sie zum ersten Mal Liebeskummer hat.«

Konner stöhnt leise. »Das musst du für mich übernehmen. Sorg dafür, dass sie weiß, wie sehr ich sie geliebt habe – und liebe. Dass ich gegen jedes Monster aller Welten gekämpft hätte, um sie zu beschützen.« Er hustet und Blut quillt ihm aus dem Mund. »Wenn sie wie wir ist, bring ihr bitte bei, wie sie diese Gabe einsetzen muss. Lass nicht zu, dass sie ihre Magie gegen diejenigen einsetzt, die sie liebt.«

»Bitte.« Ich werfe mich auf ihn und umklammere seine Hand. Sein Blut durchnässt mein Kleid. »Halte durch. Sag es ihr selbst. Ich habe dich gerade erst bekommen. Du darfst mich nicht schon verlassen.«

»Leia ist in Sicherheit. Das ist das Einzige, was zählt.«

Mein Blick trübt sich und meine Tränen tropfen ihm auf die Wangen. »Du hast mich gefragt, wie die alternative Realität aussah, in die du mich gesteckt hast.« Ich unterdrücke ein Schluchzen. »Sie war wundervoll. Du warst mein allerbester Freund. Du kanntest mich besser als irgendjemand sonst und ich habe mich nie allein gefühlt.«

»Du warst nie allein«, flüstert er. Dann erschlafft seine Hand in meiner.

KAPITEL 44

JASALYN

»Da bist du ja!« Kendrick reißt mich in seine Arme und aus der von Panik verursachten Trance, in die ich gefallen bin. »Ich habe dich überall gesucht.«

Hat er das? Ich weiß nicht, wie lange wir getrennt waren. Minuten? Stunden? Ich habe nach meiner Schwester gesucht, aber – ich schaue mich in dem von trübem Licht beleuchteten Flur um – ich weiß nicht mehr, wie ich hierhergekommen bin und wo ich vorher war. Ich erkenne, dass dieser Flur zur Hauptebene des Palastes gehört. Er liegt zwischen Ballsaal und Thronsaal. Von draußen dringen Kampfeslärm und das Geräusch von Zerstörung zu uns herein.

»Wo sind die anderen?«

»Alle haben sich im Thronsaal versammelt.« Er führt mich auf ein flackerndes Licht am Ende des Flurs zu.

»Ist Brie dort? Ich habe nach ihr gesucht.«

»Ich weiß es nicht. Möglicherweise schon.« Kendrick bleibt vor dem Thronsaal stehen und dreht sich zu mir um. »Hör zu. Ich weiß nicht, ob du das spüren kannst, aber Konner hat ein paar Blockierer eingesetzt, die den Palast mit ihrer Magie überziehen.«

»Blockierer?« Ich fühle mich immer noch seltsam. Als wäre ich nicht vollständig eins mit meinem Körper.

»Sie blockieren Magie. Das war die einzige Möglichkeit, all die Portale zu schließen, die Erith geöffnet hat. Das bedeutet, dass du nach draußen gehen musst, wenn es an der Zeit ist. Sonst funktioniert deine Magie nicht.«

»An der Zeit wofür?«

Er schluckt. »An der Zeit, deinen Phönix zu aktivieren – damit du auferstehen kannst, bevor die Uhr Mitternacht schlägt und dein Geburtstag Mordeus die Macht verleiht, deinen Körper in Besitz zu nehmen.«

Aber ich weiß immer noch nicht, wie. Ich schaue zu den mit Holzbrettern verbarrikadierten Fenstern, die den Lärm des Chaos dahinter nur gedämpft zu uns durchlassen.

»Ich gehe mit dir«, sagt er und zieht mich durch die Türen in den von Kerzenlicht erleuchteten Thronsaal. »Ich werde dafür sorgen, dass *niemand* dir etwas antun kann. Wenn du brennst, wenn du deine Wiedergeburt erlebst und diesem Mistkerl ein für alle Mal die Kontrolle über dich entziehst, werde ich dich beschützen. Das schaffe ich.«

»Und wer wird *dich* beschützen?«, frage ich. Laufen fühlt sich seltsam an. Als würde ich nach einer stundenlangen Bootsfahrt wieder festes Land betreten.

»Ich komme schon klar.«

»Und wenn ich es dann immer noch nicht schaffe, mein inneres Feuer zu entfachen und mich zu Asche zu verbrennen? Was dann? Denn ich weiß nicht, *wie* ich das machen soll. Ich kann es einfach nicht.«

»Ich habe darüber nachgedacht und mir ist etwas über deine Magie klar geworden. Etwas, das wir bisher noch nicht bedacht hatten.«

Was er sagt, ist wichtig, und ich beobachte, wie seine Lippen sich bewegen, und zwinge mich, ihm zuzuhören. Aber mir ist so schwindelig. Vielleicht weil ich heute noch nichts gegessen habe. Vielleicht wegen der Vorstellung, dass Kendrick mich beschützen wird, während wir von unseren Feinden umgeben sind.

»Hörst du mir zu?«, fragt Kendrick, aber der Raum verschwimmt vor meinen Augen und ich habe Mühe, mich zu konzentrieren. »Denk an das Feuerschwert. Das war nicht deine Flamme.«

Ich höre ein dumpfes Summen in meinen Ohren und fühle mich, als würde ich schlafen und schweben. Wie ein Geist ohne Körper. Ich lege ihm eine Hand auf die Brust und sehe, dass ich den Ring trage.

Den Ring, der die Verbindung zwischen mir und Mordeus verstärkt. Den Ring, den ich nur durch Magie wieder losgeworden bin. Habe ich ihn wieder übergestreift? Wo habe ich ihn gefunden?

Kendrick versucht, mir etwas zu sagen, aber er muss erfahren, dass der Ring wieder da ist. Ich hebe die Hand, um ihm zu zeigen, was ich ihm mit Worten nicht erklären kann.

»Jasalyn!« Starke Finger umklammern mein Handgelenk, und ich werde wieder in mich selbst zurückgerissen.

»Kendrick?«

Kendrick schaut entsetzt auf mich herab, die Augen voller Panik, den Mund weit aufgerissen. Seine Finger lösen sich von meinem Handgelenk. »Kämpf dagegen an.«

Heißes, klebriges Blut quillt unter meinen Fingern hervor, und als ich meinen Blick von seinem löse und nach unten schaue, sehe ich meinen Dolch mittig aus seiner Brust ragen. Und meine beringte Hand den Griff umklammern.

»Kendrick.« Meine Stimme zittert. »Nein …«

»Ich … ich liebe dich«, keucht er und stürzt dann zu meinen Füßen auf den Boden.

Ich bin erstarrt. Zittere am ganzen Körper.

»Was ist passiert?« Skylar rennt zu uns, den Blick auf Kendrick gerichtet, aber sie bleibt stehen, als sie mich sieht. »Bist du okay?«

»Hilf ihm!«, kreische ich. Ich greife nach dem Ring an meinem Finger, reiße ihn ab und lasse ihn klirrend zu Boden fallen.

Skylar wendet sich von mir ab und fällt auf die Knie. »Kendrick«, schluchzt sie und beginnt, Druck auf die Wunde auszuüben. Sie schreit um Hilfe, dann rennen überall Leute umher, aber ich kann mich nicht bewegen. *Wie bin ich hierhergekommen? Wann habe ich meinen Dolch gezogen? Woher kam auf einmal der Ring? Warum …*

Das dunkle, vertraute Kichern im hintersten Teil meines Verstands gibt mir die Antwort, die ich eigentlich hätte wissen müssen. *Mordeus.*

Remme stößt mich beiseite und ich taumele zurück, als er sich auf die Fersen niederlässt. Er dreht Kendrick auf den Rücken. »Er atmet noch«, sagt er.

»Was hast du getan?« Skylars Stimme hat eine schrille Tonhöhe erreicht, die ich noch nie von ihr gehört habe.

»Sie hat sein Herz verfehlt«, sagt Natan, »aber wir müssen diesen Dolch entfernen, bevor er noch mehr Schaden anrichten kann.«

»Nein«, flüstere ich. »Das ist nicht fair.« Als wäre *irgendetwas* von dem, was hier passiert, jemals *fair* gewesen.

»Remme, zieh den Dolch heraus«, sagt Natan. »Und Skylar, komm her und hilf mir, Druck auf die Wunde auszuüben.«

»Aus dem Weg!«, zischt Skylar und schiebt meine Beine so lange weg, bis ich ein paar Schritte zurückweiche.

Dann falle ich auf die Knie und krieche zu ihm. *Ich habe ihn erstochen. Ich habe Kendrick erstochen.* »Bitte bleib am Leben. Bitte, Kendrick, bitte«, schluchze ich.

Natan dreht sich zu mir um und umfasst meine Schultern. »Lass uns Hale helfen. Du musst deine Magie erwecken. Sie ist irgendwo in dir, Jas. Finde sie und gewinne. Gewinne für *ihn*. Besiege den Mistkerl, der versucht hat, den Fae zu töten, den du liebst.« Er schaut über seine Schulter, und als ich seinem Blick folge, sehe ich, dass er die große Wanduhr auf der anderen Seite des Thronsaals anschaut. Noch fünfzehn Minuten bis Mitternacht. Bis zu meinem Geburtstag. In fünfzehn Minuten bleibt mir kein Ausweg mehr aus diesem Pakt.

Aber selbst wenn ich es schaffe, diese innere Flamme zu finden, wie soll ich dann den Schmerz ertragen, wenn ich in eine Welt zurückkehren muss, in der Kendrick meinetwegen nicht mehr existiert?

»Natan, wir brauchen Magie«, sagt Remme. »Ohne einen Heiler schafft er es nicht.«

»Wir müssen ihn nach draußen bringen.«

»Draußen ist er leichte Beute«, sagt Remme. »Außerdem würde er viel zu viel Blut verlieren, wenn wir versuchen, ihn zu bewegen. Nein. Wir brauchen *hier* Magie.«

»Er ist tot!« Wir reißen die Köpfe herum und starren Felicity an, die mit tränenüberströmtem Gesicht in den Thronsaal rennt. »Erith ist tot. Ich habe ihn –« Sie bleibt wie angewurzelt stehen, als sie ihren Bruder auf dem Boden liegen sieht. »Nein«, haucht sie. Sie stürzt an seine Seite, lässt sich zu Boden sinken und legt ihre Hand an Kendricks blasse Wange.

»Nein, nein, nein.«

Mein Herz wird mir aus der Brust gerissen. *Bitte, Kendrick. Du musst nicht für mich am Leben bleiben, aber du musst für sie leben. Sie brauchen dich. Sie lieben dich.*

»Wir brauchen Magie«, sagt Remme zu Felicity. »Du musst Misha und die Blockierer aus Elora finden – sie sind auf dem Nordturm. Bring sie dazu, die Schilde zu lüften.«

Felicity nickt ruckartig und hastet aus dem Thronsaal.

»Ich weiß nicht, wie lange es dauern wird, bis Felicity Misha findet«, sagt Natan und drückt mir die Schultern. »Du kannst nicht darauf zählen, dass dir genug Zeit bleibt, um deine Magie hier zu nutzen. Du musst vor den Palast gehen.«

»Ich weiß nicht, *wie* –«

»Du *bist* der Phönix«, schreit Remme. »Wir kümmern uns um Hale. Geh aus dem Palast, halte dich im Schatten und finde dein inneres Feuer. Gib ihm einen Grund, wieder aufzuwachen, Slayer!«

Ich weiß nicht, wie ich das machen soll, aber ich kann nicht untätig hier herumstehen. Ich renne zur Tür, so schnell, dass meine Lungen brennen. *Geh in den Garten. Geh in den Garten und finde deine Magie. Geh in den Garten und* versuche, *deine Flamme zu finden.*

Brie hat mir mal erzählt, dass es ihr am Anfang, als sie noch lernte, ihre Schatten einzusetzen, immer dann besonders leichtgefallen war, wenn sie wütend war. Später lernte sie bessere Arten, sie zu kontrollieren, aber wenn ich mich jetzt auf meine Wut und meinen Zorn konzentriere –

Ich hetze durch die Tore zum Garten hinter dem Palast. Und taumele zurück, als ich das Chaos sehe, das sich vor mir ausbreitet, erleuchtet von den Flammen, die den Garten säumen. Die ein Dutzend lodernden Feuer, die entzündet wurden, um die Abwehrzauber zu stärken, sind viel größer geworden. Die Flammen schießen zum Nachthimmel empor, ihr Knistern so laut wie das Bersten von Knochen und die Hitze so sengend, dass ich sie aus rund dreißig Metern Entfernung spüre.

Soldaten kämpfen mit Schwertern, Fäusten und Magie gegeneinander, und wo ich auch hinsehe, finde ich nur den Tod. Tote Soldaten, die von denjenigen zertrampelt werden, die noch kämpfen. Von Schwertern und Pfeilen durchbohrte und von Magie abgeschlachtete Soldaten, die zu ihnen auf den Boden fallen.

»Wir haben die Königin!«, schreit jemand, und die Aufständischen, die auf den Rasen strömen, beginnen zu jubeln. Einige Mitternachtsräuber lassen sich von dem Lärm ablenken, den die einfallenden Truppen veranstalten, und verlieren deshalb ihr Leben.

Ich verstecke mich in den Schatten und schaue zu, wie fünf Fae meine Schwester über ihren Köpfen tragen. Ihre Arme und Beine sind gefesselt. Ich kann nicht atmen. Sie werden sie über den Toren kreuzigen, genau wie das Orakel es mir gezeigt hat.

Ich will ihnen nachjagen und sie aus ihren Händen befreien. Ich drehe meinen Ring zwischen Daumen und Zeigefinger. Wenn ich ihn überstreife, könnte ich sie retten. Ich könnte ihnen Befehle erteilen und sie würden alles tun, was ich ihnen sage.

Stopp. Ich schaue auf meine Hand und lasse den Ring beinahe fallen, so sehr zittern auf einmal meine Hände. Ich habe den Ring im Thronsaal bei Kendrick abgenommen. Habe ich ihn wieder aufgehoben? Ich *will* diesen Ring nicht wieder tragen.

Aber vielleicht sollte ich es trotzdem tun. Wer weiß? Vielleicht hätte ich all das hier verhindern können, wenn ich ihn schon früher wieder angelegt hätte.

Aber als ich ihn das letzte Mal trug, habe ich Kendrick verletzt, und es kann sein, dass er das nicht überlebt. Wenn ich ihn jetzt anstecke, um meine Schwester zu retten, wer garantiert mir dann, dass Mordeus nicht die Kontrolle über mich übernimmt und sie mit meinen Händen tötet?

Es kostet mich all meine Kraft, aber ich packe den Ring und schleudere ihn in die Flammen, die den Rasen säumen.

Meiner Schwester kann ich jetzt am besten helfen, indem ich Mordeus daran hindere, ihr alles zu nehmen, und das kann ich nur tun, wenn ich es schaffe, die Magie zu aktivieren, die ich einfach nicht in mir selbst finden kann.

Ich atme zitternd aus, ignoriere jeglichen Instinkt, der mir befiehlt, meiner Schwester nachzueilen, und versuche, mich dazu zu bringen, das Feuer zu finden, das – wie Pretha mir geschworen hat – irgendwo in meinem Inneren auf mich wartet.

Dann packt mich jemand an den Haaren und reißt mich zurück. »Na endlich«, murmelt eine Stimme. »Da ist ja das Gefäß. Komm mit.«

Ich lasse mich von ihm zu einer Gruppe Soldaten bei den Toren mitziehen. Je näher wir ihnen kommen, desto heißer werden die Feuer, und ich muss die Augen zusammenkneifen, um nicht von den Flammen geblendet zu werden.

Brenn jetzt, dränge ich mich. *Brenn und nimm diesen Mistkerl mit.*

Ich suche tief in mir nach meiner Wut, denke an all die Tage, die Mordeus mir durch das gestohlen hat, was er mir in diesem Verlies angetan hat – nicht nur die Tage, die ich dort gefangen war, sondern auch die Zeit danach. Wut kocht in mir hoch, aber ich sehe immer noch keine Flamme.

Das Gefäß. Sie wissen von Mordeus' Plan. Und das heißt, sie wissen auch, dass ihr König vorhat, in diesem Körper wiederaufzuerstehen.

Wenn ich nichts tue, dann verliere ich und habe mich völlig umsonst so angestrengt. Aber wenn sie mich für *Mordeus* halten …

»Genug jetzt!«, brülle ich und alle Soldaten der Gruppe richten ihre Aufmerksamkeit auf mich. »Schaut ihr so etwa euren *König* an?« Ich reiße mich aus dem Griff des Soldaten los, wirbele herum und starre ihn wütend an.

»Mordeus«, haucht er und senkt den Kopf. »Vergebt mir, ich –«

»Liefert uns einen Beweis dafür, dass wirklich Ihr es seid, der in diesem Körper steckt, Eure Majestät«, sagt jemand hinter mir.

Was wollte Kendrick mir sagen, bevor Mordeus mich aus meinem eigenen Bewusstsein verdrängte? *Denk an das Feuerschwert,* hat er gesagt. Glaubt er, dass es hier irgendwo ist? Hat Erith es vielleicht mitgebracht? Vielleicht könnte ich damit mein Feuer entfachen oder –

»Genau«, sagt der Fae neben ihm. »Es ist noch nicht Mitternacht.«

»Richtig. Und eure Aufgabe ist es, dieses Gefäß zu beschützen, bis die Verwandlung *endgültig* vollzogen ist«, blaffe ich und bedenke sie mit einem mörderischen Blick.

»Natürlich«, sagt der erste Fae. »Wir werden Euch beschützen.«

Die Uhr am Mitternachtspalast beginnt zu schlagen. Wenn ich jetzt nichts tue, ist alles vorbei. *Denk an das Feuerschwert,* hat Kendrick gesagt. *Das war nicht deine Flamme.*

Pretha wollte, dass ich meine innere Flamme finde, weil sie das für die einzige Möglichkeit hielt, meine Macht einzusetzen, aber was ist, wenn es auf eine ganz andere Art funktioniert?

Vielleicht lagen wir die ganze Zeit falsch und ich kann meine Flammen nicht so kontrollieren wie meine Schwester ihre Schatten. Vielleicht brennt in mir gar kein Feuer, sondern nur die Fähigkeit, es zu überleben. Genauer gesagt, es zwar nicht zu überleben, aber aus den Flammen wiedergeboren zu werden.

Ich weiß nicht, was ich sonst tun könnte. »Ihr wisst, was ich jetzt tun muss«, sage ich den Fae. Sie tauschen besorgte Blicke, verunsichert.

Bevor sie mich aufhalten können, gehe ich zu dem lichterloh brennenden Feuer, das mir am nächsten ist, und schreite geradewegs in die Flammen.

KAPITEL 45

FELICITY

Misha, Pretha und die Blockierer befinden auf dem Nordturm, genau dort, wo Remme gesagt hat. Misha und Pretha stehen auf dem hinteren Teil der Dachterrasse, halten sich an den Händen und blicken konzentriert auf den Rasen hinab.

Die drei Blockierer stehen in Dreiecksformation vor ihnen. Sie tragen die Uniform von Konners Soldaten und sind schweißüberströmt, ihre Haut ist grünlich blass, als koste es sie all ihre Kraft, die Magie im gesamten Palast zu unterdrücken.

»Ihr müsst aufhören!«, schreie ich. »Wir brauchen wieder Magie!«

Die Blockierer schauen zuerst mich und dann einander an, reagieren aber nicht auf meine Bitte.

Ich drehe mich zu Misha um. »Sag ihnen, sie sollen die Magie wieder in den Palast lassen.«

Misha öffnet träge die Augen und lächelt versonnen und entzückt, als er mich sieht.

»Hör mir zu!«, brülle ich. »Hört auf, die Magie zu unterdrücken! Hale liegt im Sterben. Wir brauchen Magie, um diesen Kampf zu gewinnen!«

Misha blinzelt langsam. »Zu gefährlich.«

»Erith ist tot. Er kann die Portale nicht wieder öffnen.«

Er nickt bedächtig, als bräuchte sein Verstand viel länger als gewöhnlich, um diese Information zu verarbeiten. »Ihr könnt aufhören«, sagt er den anderen.

Die Fae im Trio schaut zu ihm hoch. Ihr Kopf sackt zur Seite, als habe sie nicht mehr die Kraft, ihn hochzuhalten. »Bist du sicher?« Ihre Stimme ist nur ein heiseres Flüstern.

»Ja«, sagt Misha.

Die drei Magier lösen ihre Hände und sacken auf dem Boden zusammen. Sie alle ringen so keuchend und gierig nach Atem, als hätten sie sich aus einem tiefen Gewässer mühsam an die Oberfläche gekämpft.

In der nächsten Sekunde spüre ich es – wie Macht, Magie und Leben wieder in den Palast zurückkehren.

»Junius!«, ruft Pretha und der Wachmann an der Treppe dreht sich zu ihr um. »Bring Goliad mit und halte diese Abwehrzauber eine Weile hoch.«

Ich renne zur Brüstung des Turms, und was ich auf dem Rasen unter mir sehe, lässt mir den Atem stocken. Die Königin wird gerade am Palasttor aufgehängt und –

»Das ist Jasalyn«, sagt Pretha neben mir. Auch Misha ist zu uns an die Brüstung getreten.

Ich folge ihrem Blick, als die Turmglocke zum ersten Mal schlägt. Wir sind nur noch Sekunden von der Mitternacht – von Mordeus' Rückkehr – entfernt und wir alle entdecken die Prinzessin gerade noch rechtzeitig, um zu beobachten, wie sie mitten in die Flammen eines lodernden Feuers schreitet.

Pretha ergreift meinen Arm und drückt ihn fest. »Was hat sie bloß vor?«, fragt sie mit kaum hörbarer Stimme. Aber wir alle wissen, was Jasalyn vorhat, noch bevor ihre markerschütternden Schreie die Nacht durchdringen. Die Hauptstadt. Die ganze Welt.

Alles verschwindet und es gibt nur noch diesen einen Punkt, an dem Jasalyn gerade ins Feuer gegangen ist. Das alles fühlt sich unwirklich an, viel zu sehr wie ein schrecklicher Albtraum. »Kann das funktionieren?«, frage ich Pretha. »Kann sie in einem Feuer verbrennen, das nicht ihr eigenes ist? Kann sie auch so wiederauferstehen?«

»Ich weiß es nicht«, sagt Pretha. »Wenn sie die Flamme beherrschen kann, beherrscht sie auch den Phönix, aber wenn die Flamme nicht ihr gehört … ich weiß es nicht.«

Wir schauen weiter zu. Ich sehe nur die alles verschlingenden Flammen. Wir hören nur die entsetzlichen Schreie, die in der Nacht verklingen. Ich blicke zum Horizont und mein Atem stockt.

»Ist das wirklich das, wofür ich es halte?«, fragt Misha düster.

Er sieht sie auch. Die unzähligen Soldaten, die auf die Palasttore zumarschieren.

»Wie viele sind das?«

In Prethas Augen steht Panik. »Wir haben zu viele Kämpfer verloren, um gegen solche Massen bestehen zu können.«

Aber dann passiert etwas Seltsames. Die Aufständischen im Garten des Palastes setzen sich in Bewegung, um die Neuankömmlinge anzugreifen.

Mordeus' Soldaten beginnen, zu fallen. Einer nach dem anderen.

»Wer ist das?«, flüstert Pretha.

Ich presse meine Finger an die Lippen. »Crissa. Die Königin von Elora. Sie hat ihr Bataillon geschickt, um uns zu helfen.«

KAPITEL 46

JASALYN

Schmerz umgibt mich. Verzehrt mich. Wird zu *mir selbst*.

Keine der Klingen in Mordeus' Verlies hat jemals so wehgetan. Es gab keine Momente in jenem Verlies, in denen ich so wenig Hoffnung für die Zukunft hatte wie jetzt.

Mein Verstand befiehlt mir, nicht zu kämpfen. Fleht mich an, aufzugeben. Mein Körper ist am Ende. Ich bin Todesqual, Flamme und Verzweiflung und ich weiß nicht, *wie* ich auferstehen soll.

***

»Wach auf, kleines Menschlein. Mach die Augen auf und schau mich an.«

Ich erkenne diese Stimme aus meinen Erinnerungen – und meinen Albträumen.

Das Zimmer dreht sich, und auch ohne dass ich die Augen öffne, weiß ich, dass es dunkel ist. Auch ohne dieser so schrecklich vertrauten Stimme zu gehorchen, weiß ich, dass das einzige Licht das unnatürliche Glühen seiner silbernen Augen sein wird.

»Komm, mein Liebes. Wach auf, damit wir spielen können.«

Der Steinboden unter meiner Wange ist eiskalt und ich konzentriere mich auf dieses Gefühl, als ich versuche, mich aus dem eisernen Griff des Schlafs zu befreien. *Wach auf.*

Dunkelheit. Steinboden. Das Wimmern der Frau am Ende des Korridors. Ich bin wieder in Mordeus' Verlies. *Die Messer, die Wunden, das Blut und der Schmerz.*

Um mich herum nur Dunkelheit. Und ich bin ganz allein.

Ich kann mich nicht dazu überwinden, mich umzusehen. Kann mich nicht dazu bringen, das zu bestätigen, was mir klar ist, seit dieser Ort um mich herum Gestalt angenommen hat.

Die Schluchzer, die meine Brust erzittern lassen, kann ich nicht verhindern. Wegen des Schmerzes, der jeden Zentimeter meines Körpers verzehrt. Wegen des Schreckens. Aber hauptsächlich deshalb, weil ich so weit gekommen bin und immer noch nicht weiß, wie ich gewinnen kann.

Dies ist nur wieder eins von Mordeus' Spielchen.

Nein. Abriella hat ihn getötet. Ich wurde von diesem entsetzlichen Ort befreit und Mordeus ist nur noch ein verrottender Leichnam.

Ich öffne ein Auge und bin wütend auf mich, weil ich bereits zittere – ein Zittern, das in meiner Magengrube beginnt und bis in meine Fingerspitzen ausstrahlt.

Ich sehe seine Stiefel vor meinem Gesicht. Wie kann er aufrecht stehen? Wie kann dieser verwesende Körper ihn tragen? Hat man ihn geheilt? Ich spüre keine Schwäche in dieser Stimme, in der Gegenwart des Fae vor mir. Und ich weiß so sicher, wie ich es damals in seinem Verlies wusste, dass er mich mit seiner Magie vernichten könnte, wenn er wollte.

Ich setze mich auf und zwinge mich, ihn anzusehen – diesen Fae, den ich mehr als jeden anderen fürchte –, aber bevor ich aufstehen kann, strömt eine Woge aus Schatten durch den Raum und packt mich an der Kehle. Ich keuche, würge, pruste. Der Griff der Schatten ist zu fest und ich versuche, die Hand, die mir die Luft abschnürt, wegzuziehen. Aber meine Finger treffen auf nichts als Luft.

Die Schatten werfen mich gegen die Wand. Mein Kopf knallt gegen den Stein und Schmerz schießt durch mich hindurch. *Flammen. Warum brennt alles?*

Ich ignoriere das Summen in meinen Ohren und den Schrecken in meinem Blut und schaue ihm in die Augen. Die Maden sind verschwunden, das Silber ist zurück. Die Verwesung ist nicht mehr zu sehen, sein Gesicht so gesund und makellos wie am Tag unserer ersten Begegnung.

»So ein süßes kleines Menschlein bist du. So voller Magie. So ahnungslos, wie du sie nutzen könntest.« Sein widerwärtiges Kichern jagt mir eiskalte Schauer über den Rücken. »Das muss nicht wehtun«, murmelt er und kommt näher. Und näher. Er streichelt mir über die Wange und ich bin erstarrt. Ich bin so gelähmt wie bei all seinen Besuchen. Unfähig, meinen eigenen Körper zu kontrollieren, wie damals, als er gegen meinen Willen Nahrung und Wasser in mich hineinstopfte. »Ich brauche dein Leid nicht länger, kleines Menschlein.«

Ich muss *nachdenken*. Wo sind wir? Was geht hier vor?

Seine Soldaten hatten mich gefangen und ich tat so, als hätte er die Kontrolle übernommen, und dann …

»Lass mich dir helfen«, sagt er, und der Griff der Schatten, die mich festhalten, lockert sich ein wenig. »Ich muss dir nicht mehr wehtun.«

Ich versuche erst gar nicht, meine Wut zu verbergen. »Was soll das dann?«

Seine Augen blitzen auf. »Ich habe nicht gesagt, dass ich dir nicht mehr wehtun *werde*. Ich sagte, ich *muss* es nicht tun. Nicht wenn du es uns beiden leichter machst.«

»Ich verstehe das nicht.« Wo wir sind. Wovon er spricht. Wie das sein kann.

»Wirklich nicht? Du musst dich nur ergeben. Ergib dich, dann hört der Schmerz auf. Ergib dich und das alles hört auf.«

Weil er es mir wegnehmen wird. Er wird mir meinen Körper und mein Leben wegnehmen. »Niemals«, hauche ich.

»Niemals?« Er lacht. »Sagt das Mädchen, das mit Feuereifer ihr Leben der eloranischen Hexe ausgehändigt hat. Sagt das Mädchen, das seinen tauben Gott um den Tod anflehte, als es in meinem Verlies wohnte.« Er schnaubt verächtlich. »*Niemals*. Du hast nicht das *Rückgrat* für *niemals*.«

Aber genau das ist es. Wir sind nicht in einem steinernen Verlies und Mordeus läuft auch nicht in seinem alten Körper herum. Er ist nicht magisch geheilt worden und wir sind auch nicht wirklich in diesem Raum.

Nichts von alledem ist real. Abgesehen vielleicht von dieser endlosen Qual.

Wir befinden uns in einer Art Limbo zwischen zwei möglichen Versionen der Zukunft. Die Tatsache, dass ich nicht tot, sondern mit ihm hier bin, beweist, dass ich womöglich doch mehr Rückgrat bewiesen habe, als er jemals erwartet hat. Sie beweist, dass ich nicht zu spät dran war. Beweist, dass ich eine *Chance* habe.

Ich muss sie nur ergreifen.

»Das ist alles nicht real«, zische ich.

»Was ist schon *real*, kleines Menschlein.«

Ein Schatten schnellt hervor, reißt mir den Arm auf den Rücken und verdreht ihn, bis ich das Gefühl habe, meine Schulterknochen würden gleich aus der Haut platzen. »Ist das nicht real? Oder muss ich dich erst bluten lassen, damit du mir glaubst?«

Der Schmerz ist nicht nur in meiner Schulter. Er ist überall. Und es brennt und ich will, dass es aufhört – es *muss* aufhören.

Ich weiß nicht, wie ich den Phönix erwecken soll, der in mir schlummert, aber ich habe von den Besten gelernt, wie man seine Schilde einsetzt. Wenn nichts von alledem körperlich wirklich passiert, dann kann ich vielleicht – ganz vielleicht – meine mentalen Schilde einsetzen, um mir einen Vorteil zu verschaffen.

Ich sammle meine Kraft zusammen und bündele sie, bis ich sie nicht mehr halten kann und sie vor Freiheitsdrang vibriert. Als würde ich mit einem Schild angreifen, schreie ich los, lasse sie frei und schleudere sie gegen seine Schatten.

Die unsichtbare Hand löst sich von meinem Hals und ich falle zu Boden, schnappe nach Luft.

Jeder Zentimeter meines Körpers brennt und ich weiß nicht, ob ich es schaffe, mich gegen diesen Schmerz auf den Beinen zu halten.

Mordeus leckt sich die Lippen. »*Da* ist ja die Magie, auf die ich gewartet habe.«

»Magie, die du niemals anrühren wirst.«

Er umkreist mich und mustert mich von Kopf bis Fuß. »Ich glaube nicht, dass du begreifst, was hier vor sich geht. Wir sind zu zweit hier – zwei Seelen, die um einen Körper kämpfen, der uns nicht beide beherbergen kann. Jedenfalls nicht vollständig. Und ich kann und will mich nicht mehr mit Resten zufriedengeben.«

»Wenn du so dringend ein zweites Leben willst, dann musst du es wohl in deinem verfaulten Leichnam verbringen.«

Seine Schatten werfen sich auf mich und pressen sich mir in den Schlund, so wie einst die Nahrung, die er mich zu essen zwang, damit ich am Leben blieb. Ich huste und würge. »Ich werde diesen Kampf nicht verlieren, kleines Menschlein.«

Ich schleudere meine Schilde – *meine Magie* – auf ihn. Sie sind reine Energie und ich spüre ihr Potenzial und ihre Kraft, aber ich kann sie nur blindlings in seine Richtung werfen.

Seine Schatten stieben auseinander und wehren mich so mühelos ab, wie man eine Fliege verscheucht. Sie tanzen um seine Fingerspitzen herum, während er mich umkreist, aber ich bin nicht mehr länger das kleine Mäuschen, das nur vor ihm wegrennen konnte. Auch ich umkreise ihn, die Hände ausgestreckt, offen und zum Angriff bereit.

»Du bist eine Schande für die Fae«, sagt er höhnisch. »Du hast deine Magie abgelehnt, deine Unsterblichkeit abgelehnt und dich vor der Dunkelheit versteckt. Wenn Mab wüsste, was für einen Schwächling ihre unendliche Macht hervorgebracht hat, würde sie sich im Grabe herumdrehen.«

»Du bist die Schande«, entgegne ich und lasse mich von meiner Magie erfüllen. »Du wurdest mit großen Gaben geboren, Magie, mit der du die Welt verändern könntest. Aber du hast sie nur benutzt, um deine Macht zu vergrößern und deine Gier zu befriedigen.«

Er greift an und ein Ball aus Dunkelheit trifft mich in den Bauch. Ich werde zurückgeworfen, ringe nach Luft und versuche vergeblich, mein Gleichgewicht wiederzufinden.

»Du bist weit gekommen.« Er ragt vor mir auf. »Das kleine Mädchen aus meinem Verlies hätte schon längst um den Tod gebettelt.«

Ich atme kraftvoll ein und gebe meinen Lungen endlich die Luft, die sie brauchen. Dann rolle ich mich zur Seite, um seinem nächsten Angriff auszuweichen. Wut kocht in mir hoch und ich schleudere formlose Energie auf ihn, die ihn komplett verfehlt, als er sich zur Seite wegdreht. »Ich bin nicht mehr dieses kleine Mädchen«, schreie ich.

»Wofür willst du überhaupt noch weiterleben?«, fragt er. »Ich habe genau gesehen, was im Palast passiert ist. Alle, die dir etwas bedeuten, sind tot. Dir bleibt nichts und niemand mehr.«

»Lügner.« Sie sind nicht tot. Noch nicht. Das kann ich nicht glauben. »Sie werden kämpfen und überleben. Im Gegensatz zu *dir.*«

Schatten umspielen seine Füße und er legt den Kopf schief. »Dein hübscher Eloraner ist aber tot, stimmt's? Weil du ihm dein Messer ins Herz gestoßen hast.«

Trauer und Panik rauben mir den Atem – die Erinnerung, wie Kendrick auf dem Boden liegt und Blut aus der Wunde in seiner Brust strömt. Ich schiebe sie beiseite. Mordeus will mich dazu bringen, aufzugeben. Wenn ich nichts mehr habe, für das es sich zu leben lohnt, hat er gewonnen. »Wenn er nicht mehr da ist, werde ich für ihn kämpfen. Ich werde dich besiegen, um ihn zu ehren.« Ich sammle meine Kraft und bereite meinen nächsten Angriff vor.

»Wie süß. Und deine Schwester?«

Ich erstarre. »Was ist mit meiner Schwester?«

Er winkt mit der Hand und ein Bild erscheint hinter ihm. Abriellas Leichnam, der an die Tore des Mitternachtspalastes geschlagen wurde. Ihr Genick ist gebrochen und ihr Kopf hängt in einem unnatürlichen Winkel schlaff herab. »Während du hier um ein Leben kämpfst, das du gar nicht wirklich willst, hat meine Armee ihren Auftrag erledigt. Die Revolution hat begonnen. Du hast schon verloren.«

Seine Schatten füllen den Raum, rauben mir die Luft und erdrücken mich.

Sie hüllen mich in eine Dunkelheit, die tiefer ist als alles, was ich je gesehen habe. Dies ist die Dunkelheit, die mich verschlingen wird. Diese Nacht wird mein Ende sein.

Ich versuche, zu atmen, aber da ist nichts. Meine leeren, zusammengedrückten, schmerzenden Lungen sehnen sich verzweifelt nach Sauerstoff.

»Gib auf.« Ein Schrei, der aus mir selbst zu kommen scheint. Das Flehen des kleinen Mädchens, das nicht wusste, wie es das Monster bekämpfen sollte, das es folterte. Dort vor mir liegt, nach all dem Schmerz, dem Leid und der Angst, ein Weg zu dem Frieden, den ich mir so sehr ersehnt habe.

Aber ich will ihn nicht beschreiten.

Ihr könnt nur siegen, wenn Ihr annehmt, wer Ihr seid. Karmyns Worte steigen in mir auf. *Nicht der Phönix. Ihr habt das Feuer schon immer geschätzt. Ihr müsst aber* alles *sein, was Euch ausmacht. Selbst das, was Ihr nicht sein möchtet.*

Ich dachte, sie meinte, dass ich eine Fae sein werde, aber vielleicht meinte sie auch, dass ich Brie ähnlicher bin, als ich je für möglich gehalten hätte. Meine Schwester empfängt die Dunkelheit mit offenen Armen und manipuliert die Schatten wie ihre persönliche Infanterie. Im Gegensatz dazu bin ich immer vor den Schatten geflüchtet und habe mich vor der herannahenden Dunkelheit gefürchtet.

Ich muss nicht gegen Mordeus' Schatten kämpfen, um zu gewinnen – nicht wenn ich sie für meine eigenen Zwecke kontrollieren kann.

Diesmal ist mein nächster Atemzug eine Einladung an die Schatten – in meine Lunge, in mein Inneres, in meine reinste Essenz. Ich muss nicht die Bezaubernde Lady sein, um mich den dunkelsten Teilen meiner selbst zu stellen. Sie sind immer noch da, wenn der Ring auch verschwunden ist. Ich bin weder ausschließlich das kleine, verängstigte Kind noch ausschließlich die gnadenlose Rächerin mit einem magischen Ring.

Ich bin Zorn und Rache.

Ich bin Liebe und Akzeptanz.

Ich bin Macht und Stärke.

Ich bin Gnade und Wut.

Ich bin ängstlich *und* Angst einflößend. Und ich kann die Schatten beherrschen, vor denen ich jahrelang geflohen bin.

Als ich die Schatten in mich eingeladen habe, sind sie in jeden Winkel meines Geistes, meines Selbst und meiner Seele vorgedrungen. Und jetzt warten sie auf meinen Befehl.

Der Raum lichtet sich und Mordeus schaut sich voller Panik um. »Was hast du getan?«, fragt er und jetzt bin ich diejenige, die lächelt.

»Du hast mich erschaffen«, flüstere ich. »Alles, was du mir angetan hast, um mich zu benutzen und zu besiegen, hat mich zu der gemacht, die ich heute bin.« Flammen lodern in den Ecken des Zimmers auf, lecken über die Wände und entzünden die Holzbalken an der Decke. Sie knistern um uns herum.

Es ist viel zu heiß. Die Hitze lässt mein Fleisch schmelzen und ich weiß, dass der Schrei, der mir in den Ohren gellt, mein eigener ist.

Die Flammen waren nie etwas, das ich benutzen konnte. Ich kann sie nur ertragen.

Ich spüre, wie Mordeus versucht, seine Schatten zurückzurufen. »Wir sind verbunden«, sage ich. Schmerz durchzuckt mich und befiehlt mir, mich zu ergeben, aber ich kralle mich nur noch fester an die Dunkelheit. »Deine Macht ist meine Macht. Das hast du dir *selbst* zuzuschreiben.«

Jetzt kriechen die Flammen auf ihn zu, entzünden sein Gewand und rasen an seinem Rücken hinauf. Ich spüre, wie meine eigenen Kleider brennen. Ich schaue nicht hin.

Seine Schreie zerreißen die Luft und durchdringen mich. Ich spüre seinen Schmerz, weil er auch der meine ist. Es gibt keine Trennung mehr zwischen *seinem* und *meinem* Körper. Es gibt nur noch diesen einen Körper, um den wir ringen, und das weiß glühende Zentrum der Flamme frisst sich durch Fleisch und Knochen und wütet in meiner Seele. Das Feuer zerstört ihn. Es zerstört *mich*.

Aber anstatt mich zu verstecken, schlinge ich die Arme um die Qualen und lade sie ein, näher zu kommen.

Ich schließe die Augen. *Wir sind verbunden*. Ich kann ihn nur zerstören, indem ich auch mich selbst zerstöre.

Abriella ist tot, flüstert eine leise Stimme zwischen den Schmerzensschreien. *Du bist zu spät. Tu das nicht. Gib auf, dann endet dieser Schmerz.*

Ich breite die Arme aus und fordere die Flammen auf, mich zu verzehren. Es ist egal, ob es für Brie zu spät ist oder nicht. Für ihr Reich und für die Fae, die unter der Herrschaft eines bösen Königs leiden würden, komme ich nicht zu spät.

Kendrick ist tot. Du wirst mit dem Wissen leben müssen, dass du *ihn getötet hast. Neben diesem Schmerz verblassen die Qualen, die du gerade durchlebst.*

Aber er kann nicht der einzige Grund für mich sein durchzuhalten. Genauso wenig wie meine Schwester.

Die Flammen züngeln meine Arme hinauf. Ich lasse mich von ihnen einhüllen, als sie den Raum erfüllen. Lasse sie *Mordeus* einhüllen.

Seine Schreie gellen mir in den Ohren. Werden zu *meinen* Schreien.

Ich werde mich dem Monster nicht ergeben und ich verstecke mich nicht vor dem Schmerz. Ich heiße ihn willkommen und lasse ihn in mir wüten, bis ich aus nichts anderem mehr bestehe. Ich bin schmelzendes Fleisch und kochende Haut. Ich bin verkohlte Knochen und die glühenden Funken im Innersten der Flamme.

Ich bin die Gefahr in der Dunkelheit. Ich bin der Schrei des Albtraums.

Ich verlasse meinen Körper, lange bevor er zu Asche verbrennt, aber ich sehe ihm wie aus weiter Ferne dabei zu.

»Und was passiert dann, Mama?«, fragt Abriella. Ihre Hand umklammert meine.

Ich schaue an mir herab. Ich habe *doch* einen Körper. Ich bin wieder ein kleines Mädchen und liege in meinem Bett. Vor dem Fenster funkeln die Sterne am Himmel.

»Dann wusste die kleine Prinzessin, dass sie das Monster vernichtet hatte«, sagt unsere Mutter, und nach so vielen Jahren wieder ihre Stimme zu hören, ist wie Balsam für meine schmerzende Seele. »Aber ihr Kampf war noch nicht vorbei.«

KAPITEL 47

FELICITY

Als der Morgen anbricht, bringt er die Sonne mit. Sowohl die Schlacht als auch der Sturm sind gestern tief in der Nacht zu Ende gegangen und haben nur Zerstörung und die rauchenden Überreste der Feuer auf dem Rasen zurückgelassen.

Misha und ich stehen immer noch auf dem Turm. Wir hatten die Schlacht von hier aus beobachtet und gesehen, wie Crissas Bataillon den größten Teil von Mordeus' Legionen besiegte und den Rest in die Flucht schlug. Wir warteten dort, bis der Sturm sich legte und die Sonne aufging, und ließen uns von unseren Freunden in regelmäßigen Abständen über den Zustand von Hale und der Königin informieren. Vielleicht sollte ich bei meinem Bruder in der Krankenstation sein, aber an seinem Bett zu sitzen und seine Hand zu halten, fühlt sich an wie ein Abschied und ich weigere mich, eine Zukunft zu akzeptieren, in der es kein Wiedersehen gibt.

Also sitze ich an seiner statt hier, beobachte, wie die letzten Flammen auf dem Rasen erlöschen, und beschwöre die Prinzessin wiederzukommen. Für meinen Bruder, für die Schattenkönigin, für meine Freunde, die so tapfer gekämpft haben und etwas verdienen, woran sie glauben können.

»Deine Königin ist hier«, sagt Misha. Er meint Crissa, die im Palast ist, seit ihre Truppen uns geholfen haben, Mordeus' Schergen zu besiegen. »Was wird dein Bruder tun, falls die Prinzessin zurückkehren sollte?«

»Dasselbe, was er tun wird, falls sie nicht zurückkehrt«, sage ich und ich weiß, dass es die Wahrheit ist. »Er wird sie für immer lieben. Elora wird einen anderen König finden müssen.«

Er schweigt lange und überrascht mich dann damit, dass er mich in die Arme schließt und mit seiner Wärme und seiner Stärke umhüllt. »Er hat Glück, dass er eine Schwester hat, die ihn versteht und seine Entscheidungen akzeptiert«, murmelt er an meinem Hals.

Ich drehe den Kopf. »Glaubst du, Pretha versteht dich nicht?«

Er schluckt. »Ich war derjenige, der sie nicht verstanden hat. Ich verstand nicht, dass Liebe wichtiger sein kann als Pflicht. Jetzt ist mir vollkommen klar, dass ich Amira niemals aus politischen Interessen hätte heiraten dürfen. Die Liebe zwischen ihr und Pretha war so aufrichtig und rein. Damals konnte ich das nicht verstehen, weil ich selbst nie ...« Er atmet langsam aus. »Jetzt verstehe ich es.«

In mir schimmert etwas auf, das vielleicht Glück sein könnte. Eines Tages, vielleicht schon bald. Wenn wir nicht mehr auf einer Dachterrasse sitzen, um herauszufinden, ob wir noch um eine weitere Freundin trauern müssen. »Aber sie haben sich wiedergefunden«, sage ich. »Und das ist ein Grund zum Feiern.«

»Das ist wahr.« Er drückt mir einen Kuss auf den Hals.

»Und was wirst du jetzt tun, wo dein Thron nicht mehr in Gefahr schwebt?«

Er umarmt mich fester. »Du weißt, was *ich* tun will. Was tatsächlich passieren wird, liegt an dir. Deine Heimat hat endlich ihre Revolution bekommen und wird sich verändern. Vielleicht möchtest du das ja miterleben.« Er schluckt. »Aber falls du lieber bei mir bleiben würdest, wäre ich nur allzu gern bereit, dir meine Liebe zu beweisen.«

»Oh, das habe ich dir noch gar nicht erzählt.« Ich drehe mich in seinen Armen um und schaue zu ihm hoch. Sein Haar ist wirr und seine Tunika hängt ihm aus der Hose. Aber auch so ist er unwiderstehlich, zerzaust von einer Nacht, in der er unvorstellbar große Magie eingesetzt hat, um ein Königreich zu schützen, das nicht einmal das seine ist. »Wie du weißt, habe ich den Traum, in dem Konner mich eingeschlossen hat, für eine Illusion gehalten.«

»Aber das war er nicht?«

Ich schüttele den Kopf. »Nein. Es war eine alternative Realität – so wäre mein Leben verlaufen, wenn mein Vater beim Versuch, sich gottähnliche Unsterblichkeit zu verschaffen, gestorben wäre.«

Seine Miene verdüstert sich. »Und du warst dort so glücklich. In diesem Traum. Vielleicht wäre das Leben im Palast von –«

»Misha, ich war dort glücklich, weil ich verliebt war.«

»Das hast du erwähnt«, krächzt er.

»Habe ich auch erwähnt, *wen* ich dort geliebt habe?« Ich lege ihm die Fingerspitzen aufs Gesicht und betrachte lächelnd seine jetzt hoffnungsvoll aufblitzenden rötlichen Augen. »Ich war verliebt in den König der Wilden Fae und bereit – sogar voller Vorfreude darauf –, meine Heimat zu verlassen und mein Leben mit ihm zu verbringen.«

»Und in *dieser* Realität? Was wünschst du dir hier?«

»Dasselbe«, flüstere ich.

Er reißt mich an sich und küsst mich voller Leidenschaft, so als wolle er diesen Moment in sein Gedächtnis einbrennen und ihn so fest an sich drücken, dass er ihn überall mit hinnehmen kann. »Ich liebe dich«, sagt er an meinen Lippen.

»Ich liebe dich auch.«

Das Geräusch von Stiefeln auf der Treppe lenkt meine Aufmerksamkeit von Misha ab.

»Hale, solltest du wirklich schon aufstehen?«

Er zieht sich mit weißen Knöcheln am Geländer die letzten paar Stufen zur Terrasse hinauf. Die Schattenkönigin folgt ihm, ihr Prinzgemahl bildet das Schlusslicht.

Hale und die Königin sind immer noch blass und sollten sich ausruhen, aber ich weiß, dass sie beide ein noch viel größeres Bedürfnis danach haben, hier zu sein, als ich.

»Irgendeine Spur von ihr?«, fragt mein Bruder.

Ich schüttele langsam den Kopf. »Leider nicht.«

»Ich habe Nachrichten erhalten«, sagt Abriella mit schwacher Stimme. »General Hargova hatte eine Gruppe von Mordeus' Getreuen gefangen genommen, die er in mein Verlies bringen wollte. Sie sind alle fort.«

»Sind sie geflohen?«, fragt Misha.

»Nein«, sagt Hale. Er mustert die Rasenfläche unter uns. »Sie sind zusammengebrochen. Alle tot.«

»Wir glauben, dass Mordeus endgültig verschwunden ist«, sagt Brie. »Wir glauben, dass sie in dem Augenblick gestorben sind, in dem seine Seele endgültig von der Welt der Lebenden getrennt wurde.«

Ich schaue zu den Feuern auf dem Rasen. »Sie hat also gewonnen? Sie hat ihn besiegt?«

»Das wissen wir nicht zweifelsfrei«, sagt Abriella. »Wir wissen nur, dass er es nicht überlebt hat.«

»Dort ist sie ins Feuer gegangen?«, fragt Hale und zeigt auf die Stelle, die wir schon seit Stunden beobachten.

»Ja«, sage ich.

Hale stützt sich auf die steinerne Brüstung und schaut auf den Rasen, wo Dienstboten und Wachen sich um die Gefallenen kümmern und die eigenen Opfer von den feindlichen trennen. Sein Blick huscht schnell an ihnen vorbei und verharrt dort, wo die Glut des Feuers sogar in der Morgensonne noch rotgolden leuchtet.

»Selbst wenn sie es nicht überlebt haben sollte, hat sie so vieles gerettet«, sage ich und lege ihm eine Hand auf den Arm. »Ihre Schwester, die Zukunft des Reiches, zahllose Fae und Menschen, die unter den Auswirkungen von Mordeus' Auferstehung hätten leiden müssen.«

»Sie wird auferstehen«, sagt Kendrick.

Misha und ich wechseln einen besorgten Blick. »Woher weißt du das?«, frage ich.

Sein Kiefer ist angespannt, der Blick seiner Augen stählern. »Ich weiß es einfach.«

KAPITEL 48

JASALYN

»Es ist leicht, sich die guten Zeiten zu wünschen«, sagt Fherna und blättert in ihrem Buch. »Es sind die anderen, die diese Entscheidung so schwer machen. Die schlechten, die schmerzhaften, die grauen und die komplizierten. Ihr könnt Euch nicht einfach ein glückliches Leben vorstellen und dann sagen: Das ist lebenswert. Ihr müsst Euch für alles entscheiden.«

Der Wind umweht mich und peitscht mir das Haar in mein tränennasses Gesicht. »Ich weiß.«

»Niemand kann Euch eine Zukunft versprechen. Kein Orakel kann alle Wege sehen. Kein Seher kann eine Wahrheit aussprechen, die sich mit der morgigen Flut nicht ändern wird.«

»Ich weiß.«

»Ihr würdet diese unsichere, schmerzhafte Existenz also auch wählen, wenn Euer Schicksal eines von diesen wäre?«

»Eines von welchen?«, frage ich. Als ich mich umblicke, sehe ich nur Dunkelheit. Aber dann schaue ich noch einmal genauer hin und merke, dass ich mich nur auf das Falsche konzentriert habe. Hier herrscht weit mehr als Dunkelheit. Ich sehe unendlich viele

Sterne – sie wirbeln und verändern sich vor meinen Augen wie ein Kaleidoskop.

Eine Million Bilder, Empfindungen und Gefühle strömen auf mich ein. Ich befinde mich im Geist der Personen, die ich in einem Dutzend verschiedener Schicksale sein werde.

In einem dieser Schicksale sehe ich meine Schwester mit einem Baby auf dem Arm, und die Freude, die mein Herz erfüllt, als ich sehe, wie es sein rundliches Fäustchen um ihren Finger wickelt, gibt mir das Gefühl, als würde ich gleich vom Boden abheben. Aber gleichzeitig bin ich mir in diesem Schicksal, während ich in die silbernen Augen dieses Babys blicke, auch der Tatsache bewusst, dass ich selbst niemals ein Kind haben werde. Denn ich bin allein. Denn Kendrick ist in der Nacht der großen Schlacht gestorben und ich kann es nicht übers Herz bringen, mit einem anderen eine Familie zu gründen – so gerne ich eine hätte. Die Trauer über diesen Verlust ist ein Schmerz, der in meinem Herzen beginnt und in meinen Knochen lebt. Ich nehme ihn überallhin mit.

In einem anderen Schicksal schaue ich Kendrick in die Augen, während jemand uns bunte Bänder um die Handgelenke wickelt und ein Gebet an die Mutter murmelt, unsere Verbindung zu segnen. Ich bin in diesem Moment überglücklich, aber die Zeit vergeht zu schnell und noch vor unserem fünften Jahrestag stirbt Kendrick, als er sich vor eine vergiftete Klinge wirft, um meine Schwester vor einem Anschlag zu retten.

Ich sterbe zu jung.

Ich sterbe zu alt.

Ich finde Liebe.

Ich kenne die Einsamkeit besser, als meine Freunde es jemals verstehen werden.

Ich habe Kinder mit Kendricks Augen und Kinder, die in meinen Armen sterben.

Ich habe einen schmerzhaft leeren Schoß und ich habe Kinder, die ich zu Waisen mache, weil ich zu früh sterbe.

Ich erfahre Freundschaft und Verrat. Ich erfahre den Trost, den der magische Bund zwischen zwei Fae bieten kann.

Ich erfahre Genuss. Ich erfahre Schmerz.

Ich begrabe meine Schwester und werde Königin des Schattenreiches, Kendrick an meiner Seite. Danach ist niemand mehr an meiner Seite.

Ich ziehe zurück nach Elora und lebe mit Kendrick auf einem Bauernhof.

Ich ziehe zurück nach Elora und verhungere dort fast auf der Straße, weil ich keine Arbeit finde.

Ein Krieg zerstört alles, was jemals etwas bedeutet hat. Mir und den Menschen, die ich liebe.

Ein Krieg setzt eine längst überfällige Veränderung in Gang. Eine Revolution, die der Opfer würdig ist, die für sie gebracht wurden.

Ich begrabe meine Freunde. Meine Freunde begraben mich.

In jeder Existenz erlebe ich Schmerz, Glück und Aufopferung, und ich erlebe das alles zugleich.

Ich kann genauso wenig zwischen diesen zahllosen Zukünften wählen, wie ich ein Salzkorn aus dem Meer holen kann. Ich kann nicht wählen. Manchmal fühle ich mich vom Pech verfolgt und manchmal vom Glück gesegnet, aber meine Realität wird immer ein bisschen von beidem sein.

»Versteht Ihr jetzt?«, fragt Fherna. Sie steht hinter mir und ich begegne ihrem Blick in dem Spiegel vor mir.

Ich berühre die Narbe, die sich um mein Auge zieht, und nicke.

»Sie sind ein Teil von mir. Sie sind weder der Schmerz noch die Erinnerung. Sie sind nur ein Hinweis darauf, wo ich gewesen bin.«

»Ihr hättet sie dem Feuer geben und so tun können, als wären sie nie da gewesen.«

Ich bekomme einen Kloß im Hals und schüttele den Kopf. »Nein. Sie gehören mir. Ich habe das alles durchgestanden.«

Sie hebt den Kopf und ihre Augen leuchten vor Stolz. »Ihr seid bereit«, sagt sie.

»Ja.« Mein Körper und meine Seele sind noch verwundet von den Verlusten, die ich in hundert verschiedenen Schicksalen erlitten habe, aber mein Herz ist voll von allem, was ich dadurch gelernt habe, dass ich mich stets für den nächsten Tag entschieden habe. »Das bin ich.«

Sie wirft mir ein liebevolles Lächeln zu, das überhaupt nicht aussieht wie das eines Kobolds, sondern genau wie das meiner Mutter, und ihre nächsten Worte höre ich nur in meinem Kopf, denn sie ist verschwunden.

Dann ist dies *der Punkt, an dem du auferstehst.*

***

Die Asche auf meiner nackten Haut ist heiß und körnig. Mein Körper fühlt sich so schwach an, als hätte ich ein ganzes Jahr geschlafen, aber als ich die Augen öffne, scheint der Vollmond auf mich herab und eine Decke aus Sternen zieht sich über den gesamten Himmel. Sie erscheinen mir näher als je zuvor und ich kann die Umrisse jedes einzelnen genau erkennen.

Ich setze mich auf, stütze mich mühsam hoch und krieche aus der Asche, die mich umgibt.

Ich stehe auf dem Rasen des Palastes, genau dort, wo ich ins

Feuer gegangen bin und beinahe aufgegeben hätte, um der Qual der Flammen zu entfliehen. Die Schlacht ist vorüber. Der Schmerz ist verschwunden. Übrig geblieben sind nur noch die Asche, der klare Nachthimmel und eine Vielzahl an Sternen, die mir alle nagelneu vorkommen.

Ein paar Meter entfernt von mir liegt Kendricks Körper schlaff im Gras und mein Herz wird schwer. *Er hat es nicht geschafft.*

Als ich mich entschloss, wiedergeboren zu werden, wusste ich, dass es keine Garantien gab, und machte meinen Frieden damit. Aber das schützt mich nicht vor der Trauer darum, dass –

Moment.

Kendricks Brust hebt und senkt sich langsam. Ich beuge mich weiter vor, um sicherzugehen, dass ich mir nichts einbilde, und dann steigen mir Tränen in die Augen. *Er schläft*.

Ich lasse mich auf die Knie fallen und krieche durch Asche und Sand, durch verkohltes Holz und verbrannte Erde, um mich neben ihn zu legen. Ich kann nicht widerstehen, streichele ihm sanft die Wange und lasse meine Finger über seine Stoppeln gleiten. Sein Atem kitzelt mich am Ohr.

Als er langsam die Augen öffnet, verzieht er den Mund zu einem Lächeln und legt mir sanft die Hände ums Gesicht. »Jasalyn.«

Ich sauge ihn in mich auf, diese blauen Augen, die vollen Lippen, den regelmäßigen Schlag seines Herzens. All meine Sinne sind so geschärft. Es ist, als könnte ich ihn mit all meinen Sinnen sehen. »Kendrick«, erwidere ich, und dann leise: »Hale.«

»Ich liebe es, meinen Vornamen aus deinem Mund zu hören.« Er schaut mir lange und forschend ins Gesicht und schüttelt dann staunend den Kopf. »Ist das ein Traum?«

»Falls ja, dann wahrscheinlich meiner«, sage ich. »Du bist am Leben.« Meine Stimme ist voller Ehrfurcht und Dankbarkeit, aber all das verblasst neben dem, was in meinem Inneren gerade vor sich geht.

Er legt mir eine zitternde Hand an die Wange und seine Berührung ist so sanft, als hätte er Angst, ich könnte mich in Luft auflösen, wenn er nicht vorsichtig ist. »*Du* bist am Leben«, flüstert er.

Ich lächele. »Überrascht dich das etwa?«

»Ich habe keine Sekunde daran gezweifelt, aber …« Er schließt kurz die Augen. »Wir warten seit Tagen, Jasalyn.«

Ich versuche, mir vorzustellen, wie das für ihn und Brie gewesen sein muss. Tagelang zu warten, ohne zu wissen, ob ich endgültig fort war. »Für mich hat es sich angefühlt wie ein ganzes Leben.« Vielleicht erzähle ich ihm eines Tages, was ich alles ertragen habe, um zu ihm und diesem Leben zurückzukehren. Allerdings nicht heute Abend.

»Aber du hast es geschafft. Du hast ihn besiegt. Ich wusste, dass du es schaffst.«

Ich nicke. Ja, eines Tages werde ich ihm verraten, dass Mordeus zu besiegen der einfachste Teil war, aber jetzt … Ich schaue zum Palast. »Und Abriella?«

Kendrick muss die Sorge auf meinem Gesicht erkannt haben. »Deiner Schwester geht es gut.«

Erleichterung strömt durch meine Adern und ich hole tief und zitternd Atem.

»Sie war verletzt, hat sich aber schnell wieder erholt. Crissa hat ihr Bataillon geschickt und uns damit den Arsch gerettet.«

»Deine Königin«, murmele ich. Es liegt keine Bitterkeit in meiner Stimme. Wie könnte ich dem Mädchen gegenüber Bitterkeit empfinden, das mich einst gerettet hat? Dem Mädchen, das meine Schwester und meine Freunde gerettet hat?

»Eloras Königin«, sagt er und streicht sich mit dem Zeigefinger über die Stirn. »Ich glaube, die Mutter hat akzeptiert, dass ich nicht vorhabe, irgendeinen Thron zu besteigen.«

»Die Krone ist nicht unter einem Zauber verborgen?«

Er schüttelt den Kopf. »Das bin ganz ich.«

»Und das willst du auch?«

Anstelle einer Antwort küsst Kendrick mich leidenschaftlich, als wolle er fragen, wie ich daran zweifeln könne. Als sein Kuss sanfter und zärtlicher wird, seufze ich an seinen Lippen. »Ich will kein Leben, in dem du nicht an meiner Seite bist«, sagt er, als er sich endlich von mir löst. »Außerdem brauche ich keinen Thron, um Elora zu verändern.«

»Das ist wahr.« Er ist so wundervoll. Was für ein Glück meine Heimatwelt damit hatte, dass er für ihre Zukunft kämpfte. »Wie lange ist es her, dass ich …?« Ich schaue auf die Asche.

»Drei Tage. Als die Soldaten, die hier aufgeräumt haben, die Asche wegschaufeln wollten, ist deine Schwester völlig ausgerastet.« Er senkt den Kopf, kann sein Lächeln aber nicht verbergen. »Ich bin mir ziemlich sicher, sie hätte die Asche noch hundert Jahre lang hiergelassen, wenn du nicht zurückgekommen wärst. Und sie hatte recht. Wir hatten recht. Denn hier bist du.«

»Und du hast hier geschlafen? Tagelang? Neben einem Haufen Asche?«

»Es gab keinen Ort, an dem ich lieber gewesen wäre«, sagt er achselzuckend und lässt seinen Blick dann über meinen Körper wandern. »Und dich nackt im Mondlicht zu sehen, trägt nichts dazu bei, mich meine Entscheidung bereuen zu lassen.«

Ich unterdrücke ein Lächeln. »Ich bin voller Asche.«

Kendrick zieht eine Augenbraue hoch und grinst selbstzufrieden. »Steht dir gut.«

»Du bist unmöglich«, murmele ich, aber innerlich tanze ich.

Ich habe seine Worte vermisst, seine Augen und sein Lachen. Für ihn, meine Schwester und meine Freunde waren es drei Tage. Für mich war es ein ganzes Leben.

»Tut dir irgendetwas weh?«, fragt er.

»Jetzt nicht mehr.«

»Gut.« Er legt eine Hand an meinen Hinterkopf und die andere auf meinen Rücken und dreht uns so, dass er auf mir zu liegen kommt und ich nur weiches Gras unter mir spüre.

Sein Oberschenkel ruht zwischen meinen Hüften und er hat sich auf die Ellbogen gestützt. Er küsst mich zärtlich und genießt mich in kleinen Schlucken, bis er den Kopf neigt und seine Küsse fordernder werden. Meine Haut ist viel sensibler, als ich in Erinnerung habe, und ich zittere unter ihm.

Er löst sich von mir. »Dir ist kalt. Brauchst du was zum Anziehen?«

»Mir ist nicht kalt«, beteuere ich und schaue ihm in die Augen. »Aber die Klamotten sind trotzdem eine gute Idee.«

»Darüber lässt sich streiten.« Er zwinkert mir zu, setzt sich aber auf und zieht seine Tunika aus. Er hilft mir hoch, damit ich sie überziehen kann. Der butterweiche Stoff gleitet über meine empfindliche Haut. Er riecht nach ihm. Nach zu Hause.

»Was ist mit den anderen?«

Sein Gesicht wird augenblicklich ernst. »Wir haben eine Menge Leute verloren, aber unsere Familien und engsten Freunde haben es alle geschafft.«

»Und Erith?«, frage ich.

»Ist tot. Dafür hat Felicity gesorgt.« Er runzelt die Stirn. »Leider hat es Felicitys Zwillingsbruder Konner nicht geschafft.«

»Das tut mir sehr leid«, flüstere ich.

»Du bist das einzige Thema am Hof deiner Schwester. Der

Grund dafür, dass Mordeus für immer verschwunden ist, wie sie sagen.«

»Wir hätten auf so viele Arten verlieren können. Unendlich viel Schmerz erleiden können. Wir hatten so ein Glück.«

Er knabbert an meinen Lippen. »Mehr Glück, als ich je zu hoffen gewagt hätte.«

»Wir sollten wahrscheinlich reingehen.«

Er zeigt mir seine Grübchen. »Wahrscheinlich«, sagt er, aber er leistet keinerlei Widerstand, als ich mich wieder ins Gras lege und ihn mit mir ziehe.

***

Die Tür meines Schlafgemachs fliegt krachend gegen die Wand.

Ich setze mich mit müden Augen im Bett auf. Abriella kommt ins Zimmer marschiert und baut sich mit verschränkten Armen vor meinem Bett auf.

»Im Ernst?«, fragt sie und schaut zwischen mir und Kendrick hin und her.

Kendrick reibt sich die Augen und blinzelt. »Morgen«, murmelt er. Sie gibt ihm einen Klaps auf den Hinterkopf und er zuckt zusammen und zieht mich dann auf seinen Schoß. »Beschütz mich, Slayer.«

»Meine Schwester ist bereits so lange zurückgekehrt, dass ihr in den Palast kommen, schlafen und«, sie wedelt mit der Hand, »Götter wissen was machen konntet, und *ihr habt mich nicht geholt?*«

»Wir waren ziemlich beschäftigt mit dem Götter-wissen-Was«, sagt er und duckt sich dann hinter mich, als sie erneut nach ihm ausholt.

Ich schiebe seine Hände beiseite und klettere aus dem Bett.

»Du hast schon geschlafen«, erkläre ich. »Und ich habe dringend ein Bad gebraucht.«

Abriella mustert mich so eingehend, als habe sie nicht damit gerechnet, mich jemals wiederzusehen, dann füllen sich ihre Augen mit Tränen, sie schließt mich in die Arme und drückt mich fest an sich. »Ich hatte solche Angst, wir hätten dich verloren.«

Ich lege die Arme um sie und erwidere ihre Umarmung. »Tut mir leid. Offenbar dauert so eine Auferstehung etwas länger als gedacht.«

Sie muss so heftig lachen, dass sie in meinen Armen bebt. Als sie sich von mir löst, sind ihre Wangen zwar tränenüberströmt, aber ihre Augen klar. Sie berührt mein Gesicht und streicht über die Narbe an meinem Auge. »Ich weiß nicht, warum ich dachte, dass die Narben verschwunden wären, wenn du aus der Asche steigst.«

Ich schaue sie lange an und denke an die Schatten, die wir teilen, und die Prüfungen, die wir bestehen mussten, um an diesen Punkt zu gelangen. »Ich hatte die Wahl, aber ich wollte sie behalten.«

Sie legt den Kopf schief. »Sie sind eine Erinnerung daran, wie stark du bist«, beantwortet sie sich die Frage selbst. »Deshalb sind sie auch so schön an dir. Die Fae-Ohren sind auch ganz nett.«

Ich richte mich kerzengerade auf. Das hatte ich völlig vergessen. »Stimmt. Ich bin ja jetzt eine Fae.«

Das erklärt alles, was ich gestern Abend gefühlt habe. Fae-Sinne sollen ja besonders empfindlich sein. »Interessant.«

»Interessant?«, fragt sie ungläubig. »Ist das alles?«

Kendrick versucht nicht mal, sein selbstzufriedenes Lächeln zu verbergen.

Brie atmet hörbar aus. »Wollt ihr euch anziehen und mit mir frühstücken? Ich sage meine Termine ab.«

»Was denn für Termine?«

»Ach, nichts Wichtiges«, sagt sie achselzuckend.

Ich schaue Kendrick an.

»Die vier übrig gebliebenen Mitglieder der Sieben Magier von Elora sind hier«, sagt er. »Sie wollen so schnell wie möglich über die Zukunft ihres Reiches sprechen.«

»Aber das kann warten«, sagt Brie.

Sie zieht die Vorhänge auf und starrt mich an, während sie rückwärts zur Tür geht.

»Was ist?«, frage ich.

»Ich bin einfach glücklich«, sagt sie und lässt uns dann allein.

Ich krieche wieder zu Kendrick ins Bett. »Unglaublich, dass du nichts darüber gesagt hast.«

»Worüber denn?«, fragt er unschuldig.

»Die Ohren? Meine neue Unsterblichkeit?«

»Ich dachte, das sei nicht nötig.« Sein Blick wird weich. »Und ich wollte unsere Wiedersehensfreude nicht trüben. Ich war mir nicht sicher, was du von deiner neuen Identität hältst.«

»Ich …« Wie finde ich es, eine Fae zu sein? Ich wusste zwar, dass es auf mich zukommen würde, aber ich habe mir nie gestattet, so weit in die Zukunft zu denken. »Ich bin froh, dass wir beide Fae sind. Ein Menschenleben ist auf keinen Fall lang genug für uns.«

Seine Augen leuchten auf und er zieht mich zu sich herunter. Ich folge ihm bereitwillig.

»Außerdem« – ich verdunkele die Morgensonne mit meinen Schatten – »sind ein paar nette Tricks dabei.«

KAPITEL 49

FELICITY

»Wir haben nicht so lange gekämpft und so viel geopfert, damit die korrupten Sieben an der Macht bleiben.« Remme schlägt mit der flachen Hand auf den Tisch. »Ich kann nicht fassen, dass wir überhaupt dieses Gespräch führen.«

Sol legt die Handflächen aneinander, ein Bild der Geduld. »Aber hast du mal innegehalten und dir ernsthaft überlegt, wie das aussehen soll? Die große Mehrheit der Eloraner hält die Sieben für ihre Retter. Vielleicht ändert sich das, wenn du beweisen kannst, dass sie jahrhundertelang angelogen wurden, aber die Leute *wollen* an irgendetwas glauben. Und das Volk von Elora braucht sogar sehr *dringend* etwas, woran es glauben kann. Es wird euch bekämpfen, wenn ihr versucht, ihnen das wegzunehmen – selbst wenn es aus den richtigen Gründen geschieht.«

»Und was wäre dein Lösungsvorschlag?«, fragt Skylar. Sie hat die Stirn in so tiefe Falten gelegt, dass meine Mutter sagen würde, ihr Gesicht wird wahrscheinlich für immer so bleiben. »Sollen wir den Status quo beibehalten und einfach akzeptieren, dass die Welt ungerecht ist? Weil Veränderungen so schwierig sind?«

Sol wechselt einen Blick mit ihrer Tochter, die an dem Treffen teilnehmen wollte. Sie informierte uns darüber, dass sie die Position ihres *Ehemannes* übernehmen würde. Ich umarmte sie und entschuldigte mich dafür, dass ich Konner nicht retten konnte. Ihre Augen glänzten, als sie mir sagte, stattdessen hätte ich das gerettet, was für ihn das Allerwichtigste auf der Welt war. Und dann reichte sie mir dieses zappelnde, kichernde Baby.

»Wir schlagen vor, dass wir nicht das System, sondern die Leute darin ändern«, sagt Tulle. »Wir haben die Sieben von Verdorbenheit und Machtgier befreit, also ist jetzt der perfekte Zeitpunkt gekommen, die drei freien Plätze mit Menschen zu besetzen. Mit Führungspersönlichkeiten, die besser als wir in unserem Palast genau wissen, was ihre Leute brauchen.«

»Menschen«, wiederholt Remme, als hätte er das Wort noch nie gehört.

Sol schaltet sich ein. »Eure alte Monarchie wurde doch von einer menschlichen Königin geleitet. Warum sollte es also keine menschliche Matriarchin der Sieben geben? Dann müssen wir nicht gegen die Bevölkerung kämpfen, um den Eloranern zu geben, was sie brauchen. Wir, Fae und Menschen, arbeiten gemeinsam daran, eine Welt zu erschaffen, in der alle gut zusammenleben können.«

»Es klingt so einfach, wenn du das sagst«, seufzt Skylar.

»Einfach wird es nicht«, gesteht Sol. »Ganz und gar nicht. Wann waren nachhaltige Veränderungen von so weitreichendem Ausmaß jemals einfach? Aber wäre eine blutige Revolution einfacher?«

»Dürfte ich auch etwas sagen?«, fragt Crissa mit ihrer leisen Stimme, wie ein Vogelzwitschern im Morgengrauen.

»Ich würde sehr gerne hören, was du zu sagen hast«, sagt Sol. Sie klingt aufrichtig. Es scheint ihr ernst zu sein.

»In Elora gibt es drei Bevölkerungsgruppen«, sagt Crissa. »Du hast von den ersten beiden gesprochen – diejenigen, die die Sieben für ihre Retter halten, und diejenigen, welche die wahre Geschichte kennen und die Monarchie wieder einführen wollen –, aber ich glaube, du hast alle anderen vergessen.« Wir warten gespannt darauf, dass sie weiterspricht, doch es ist Jasalyn, die sich zu Wort meldet.

»Diejenigen, die zu sehr damit beschäftigt sind, um ihr Überleben zu kämpfen, um eine Meinung dazu zu haben«, sagt die Schattenprinzessin. Mein Bruder himmelt sie an, kitschig und verliebt und ein Balsam für mein Herz.

Crissa nickt. »Es ist leicht, auf sie herabzusehen, weil sie in einer Welt, die so ungerecht zu ihnen war, keinen eindeutigen Standpunkt vertreten, aber Protest ist ein Luxus und eine politische Meinung ein echtes Privileg. Diese Leute müssen sich darauf konzentrieren, ihre nächste Mahlzeit zu verdienen und ihren Kindern ein Dach über dem Kopf zu bieten.« Sie holt tief Luft. »Es gibt also jene, die immer noch an die Güte und Tugend der Sieben glauben, aber es gibt auch eine Menge Leute da draußen, die entweder daran gearbeitet haben, die Monarchie wieder einzuführen, oder so desillusioniert sind, dass sie an das aktuelle System schlichtweg nicht mehr glauben. Diese Leute brauchen auch etwas, an das sie glauben können, aber etwas Neues wäre für sie wahrscheinlich einfacher zu akzeptieren.«

»Du schlägst ein *neues* System vor?«, fragt Sol.

»Ich schlage vor, dass wir uns nicht entscheiden«, sagt Crissa achselzuckend. »Wir bauen die Sieben genauso wieder auf, wie du vorgeschlagen hast, und ersetzen diejenigen, die Erith und Mordeus unterstützt haben, durch menschliche Führungspersönlichkeiten aus Elora, aber es gibt weder einen Patriarchen noch eine Matriarchin. Die Sieben haben am besten regiert, als sie alle gleichberechtigt waren.«

»Hört, hört!«, ruft Sol.

Crissa spricht weiter. »Und dann lassen wir die Sieben öffentlich eine neue Monarchie ausrufen. Eine Art Hommage an die alten Zeiten. Eine Mischung aus Alt und Neu. Wir arbeiten zusammen und unterstützen einander. Und vor allem schauen wir uns gegenseitig auf die Finger.«

»Dann wärst du immer noch unsere Königin«, sagt Skylar mit strahlenden Augen.

Abriella schaut meinen Bruder an. »Und wer soll euer König sein? Wirst du das Orakel danach fragen?«

Crissas Augen glänzen, als sie die Schattenkönigin ansieht. »Wusstest du, dass in den Anfangstagen der eloranischen Monarchie der Erwählte nur der Beschützer der Königin war? Die Markierung auf seiner Stirn galt nicht als Krone, sondern als Symbol dafür, dass sein Schicksal mit der Krone verknüpft war. Irgendwann beschlossen wahrscheinlich ein paar Leute, dass Frauen nicht allein regieren sollten, und bestanden von da an darauf, dass der Erwählte die Königin heiratete und an ihrer Seite regierte.«

»Nicht dein *Ernst*«, sagt Skylar.

»Doch«, sagt Natan. »Das ist lange her, aber in den Chroniken finden sich entsprechende Berichte.«

»Das Orakel wird mir einen neuen Beschützer geben, wenn wir darum bitten, aber mir ist klar geworden« – sie wirft Jasalyn lächelnd einen Blick zu –, »dass Liebe nicht nur dann etwas gelten darf, wenn es gerade passt. Liebe sollte sich nicht hinter einer öffentlichen Zweckehe verstecken müssen. Wenn sie echt ist, gehört sie untrennbar zu uns und macht uns zu besseren Versionen unserer selbst.

Ich habe vor, den Mann zu heiraten, den ich liebe – der zufällig ein Mensch ist. Wir werden heiraten und eine Familie gründen und ich werde Elora mit ihm an meiner Seite besser regieren können.« Jetzt schenkt sie der Schattenkönigin ihr Lächeln. »Genau wie du es mit deiner großen Liebe tust.«

»Eine Königin und die Sieben«, sagt Remme langsam. »Die Sieben setzen sich aus vier Fae und drei Menschen zusammen, und dazu kommt die menschliche Königin.«

»Mir gefällt die Idee«, sagt Skylar und lehnt sich in ihrem Sessel zurück. »Ich glaube, das könnte tatsächlich funktionieren.«

»Und da wir einander unterstützen«, ergänzt Sol, »vermeiden wir so das leidige Blutvergießen, das so oft mit gesellschaftlichen Umwälzungen verbunden ist.«

»Ich schlage vor, dass wir uns nach dem Abendessen treffen und besprechen, wie wir am besten auswählen, wer in die Sieben aufgenommen wird«, sagt Crissa.

Die Versammlung löst sich auf, aber Hale bleibt sitzen, also bleibe ich auch. Jas gibt ihm einen Kuss auf die Wange, lächelt mir zu und folgt dann den anderen aus dem Zimmer.

»Und was hast du jetzt vor?«, frage ich. »Wo willst du dich niederlassen?«

»Jas und ich wollen in Elora leben. Es gefällt mir zwar nicht, sie aus alldem hier zu reißen …« Sein Blick wandert durch den Raum und ich weiß, dass er die Pracht und den Reichtum des Schattenreiches sieht und an all diesen Luxus denkt, den er ihr nicht bieten kann. »Sie sagt, sie will das auch.«

Dann schaut er mich an. »Und was hast du vor, Schwester?«

»Ich werde mit Misha im Land der Wilden Fae bleiben.«

»Warum überrascht mich das nicht?« Er grinst. »Verdammt, das heißt, du wirst seine nächste *Königin*, stimmt's?«

»Das hatte ich wirklich nicht geplant, das kannst du mir glauben.«

»Du wirst gut darin sein. Richtig gut sogar, darauf würde ich wetten.«

Mein Herz ist zu voll. Ich frage mich, wie viel näher Hale und ich uns wohl stehen würden, wenn ich nicht immer so unsicher gewesen wäre, so überzeugt davon, dass ich ihn und seine Familie – *meine* Familie – mehr gekostet hatte, als ich wert war. Ich werde mir die Zukunft nie wieder so verdunkeln. Ich weiß jetzt, wer ich wirklich bin und dass es vieles gibt, worauf ich stolz sein kann.

Bist du bereit, dich zu verabschieden, damit ich dich nach Hause bringen kann?, fragt Misha in meinem Kopf. Er muss im Flur warten.

Gleich.

»Sol hat mir einen Job angeboten«, gestehe ich. »Wenn das Land der Wilden Fae und die Sieben von Elora Verbündete sein wollen, brauchen sie eine Diplomatin, der die Interessen beider Länder am Herzen liegen.«

Er strahlt mich an. »Auch darin wärst du richtig gut.«

Ich räuspere mich. »Schon, aber ich glaube, als Königin der Wilden Fae habe ich vielleicht ein bisschen zu viel zu tun und kann wahrscheinlich nicht ganz unvoreingenommen bleiben. Ich habe dich vorgeschlagen.«

Hale blinzelt mich an und sieht sich dann im Zimmer um, als frage er sich, ob ich ihm gerade einen Streich spiele. »Schlägst du allen Ernstes vor, dass ich mich *dem Palast von Elora* anschließe, nachdem ich mein ganzes Leben lang gegen ihn gekämpft habe?«

»So könntest du sicherstellen, dass sie ehrlich bleiben und sich auf die richtigen Themen konzentrieren. Außerdem würdest du weder für sie noch für ein bestimmtes Reich in Faerie arbeiten. Du wärest eine Art Mittelsmann.«

»Den Göttern sei Dank«, murmelt er.

Misha ist wieder in meinem Kopf und ich kann beinahe spüren, wie er ungeduldig mit den Fingern gegen die Wand trommelt. *Bitte vergiss nicht, dass wir heute Abend noch Pläne haben,* sagt er.

Das habe ich nicht vergessen.

»Wirst du darüber nachdenken?«, frage ich Hale.

Er nickt so abwesend, dass ich sehe, dass er bereits dabei ist.

Als ich aufstehe, springt er auf und umarmt mich. »Lass dich von deinem wichtigen neuen Leben aber bitte nicht davon abhalten, uns zu besuchen. Mom würde mir nie verzeihen, wenn ich das zulassen würde.«

»Keine Sorge«, flüstere ich mit feuchten Augen. »Ich habe eine Menge guter Gründe, euch zu besuchen, und einen eifrigen jungen Kobold, der mich gerne überall hinbringt.«

»Gut«, murmelt er mit belegter Stimme. »Bis dahin wirst du mir fehlen.«

»Du mir auch.« Ich drehe mich zur Tür um und sehe Skylar dort stehen, die sich gerade die Augen trocken wischt. »Alles okay mit dir?«

»Kein Wort«, zischt sie und zeigt mit dem Finger auf mich.

»Würde ich niemals wagen.«

Sie schnieft und umarmt mich schnell. »Pass auf dich auf und kümmere dich gut um deinen köstlichen König.«

»Das habe ich vor.«

***

»Konntest du dich ausgiebig verabschieden?«, fragt Misha, als uns sein Kobold endlich an unserem Ziel absetzt, einen kurzen Ritt von Castle Craige entfernt.

Ich grinse. »Ja, auch wenn es dir nicht besonders gut gelungen ist, deine Ungeduld zu verbergen.«

»Ich habe natürlich Verständnis für deine Lage«, sagt er und öffnet die Tür für mich. »Aber ich weiß auch, dass wir uns noch vor dem nächsten Vollmond alle wiedersehen werden.«

»Zu Hales und Jasalyns Verbindungszeremonie?«, frage ich.

»Als ob die Prinzessin zu diesem Anlass Gäste dabeihaben will«, schnaubt er.

»Stimmt.« Ich winke Fancee zu und sie eilt aus der Küche zu uns.

»Willkommen«, kräht sie mit leuchtenden Augen. »Ich habe das perfekte Dinner für Euch vorbereitet. Folgt mir.«

Die hintere Veranda ist genauso dekoriert wie vor acht Monaten, als ich in Jasalyns Gestalt mit Misha hier ein ganz wunderbares Abendessen erleben durfte.

»Gefällt es dir?«, fragt er und rückt einen Stuhl für mich zurecht.

Ich setze mich und lächele zu ihm auf. »Es ist perfekt, Misha.«

Er gibt mir einen schnellen Kuss. »Du bist perfekt.«

»Ganz und gar nicht.« Ich schüttele lachend den Kopf und er geht zu seiner Seite des Tisches. »Aber jetzt verrate mir, warum du so sicher bist, dass wir uns alle bald wiedersehen werden.«

»Weil Pretha und Amira heiraten werden und all ihre Freunde dabei sein sollen.«

»Und dazu gehört Skylar?«, schnaube ich.

»Erstaunlicherweise findet Amira Skylar unglaublich charmant.« Er hebt hilflos die Hände. »Muss ein Empathen-Ding sein.«

»Sie ist außen knallhart und innen ganz weich und sie wird dir eine kleben, wenn sie herausfindet, dass du das weißt, also erwähn es besser nicht.«

Er schmunzelt und Fancee kommt mit einer Flasche Wein an den Tisch.

»Fae-Wein für das schöne Paar.« Sie füllt unsere Gläser und stellt einen Korb mit Brot zwischen uns. »Ich fange mit Eurem Essen an. Genießt inzwischen den Wein und die Aussicht.«

Ich streiche über den Rand meines Weinglases. »Fae-Wein, soso.«

Mishas Augen funkeln. »Nur wenn du ihn auch willst.«

»Wäre es nicht ungemein leichtsinnig, wenn ich in Eurer Gegenwart jegliche Hemmungen verliere, König Misha?«

Er zieht seinen Stuhl auf meine Seite des Tisches und beugt sich ganz nah zu mir. »Man kann nie wissen.« Sein Blick wandert zu meinem Mund. »Ich könnte dich küssen, dir meine ewige Liebe gestehen und dich dazu verführen, meine Königin zu werden.«

Ich hebe den Kopf und küsse ihn sanft auf den Mund. »Klingt nach dem perfekten Dinner.«

KAPITEL 50

JASALYN

»Willst du wirklich nur so wenige Kleider mitnehmen? Und was ist mit deinen Reitsachen oder der Bettwäsche, die du so magst?«

Meine Schwester, die Schattenkönigin, flattert mal wieder um mich herum. »Ich habe alles, was ich brauche. Und außerdem kann ich keine Ballkleider nach Elora mitnehmen. Du weißt doch, wie es dort ist.«

Die Sorge auf ihrem Gesicht verwandelt sich in Zärtlichkeit. »Das weiß ich. Und deshalb bin ich dankbar, dass es Reformen geben wird – und dass du dort sein wirst, um sicherzustellen, dass es kleine Mädchen zukünftig nicht mehr so schwer haben werden wie wir beide.«

»Das wird funktionieren, Brie. Daran glaube ich wirklich.«

»Wir haben die richtigen Leute eingesetzt, vielleicht dauert es ja gar nicht lange.«

»Das hoffe ich.« Ich drücke ihr die Hände. »Du wirst mir fehlen, aber ich besuche dich bald.«

Gommid erscheint an meiner Seite, pünktlich wie immer.

»Kümmere dich gut um sie«, befiehlt Brie.

»Das mache ich immer«, grummelt er.

»Hey, Gommid?«, frage ich. »Kennst du eine Koboldin namens Fherna?«

Er rümpft die Nase. »Was ist denn das für ein Name? Fherna.«

»Du kennst sie also nicht?«

»Es gibt keine Koboldin, die Fherna heißt. Wenn es sie gäbe, würde ich sie kennen.« Er streckt mir die Hand hin. »Bereit?«

Ich halte einen Finger hoch und wende mich wieder meiner Schwester zu. »Würdest du mir glauben, wenn ich dir erzähle, dass unsere Mutter mich in Gestalt einer Koboldin namens Fherna besucht hat, als ich mich aufgrund des Rings in jenem Schwebezustand befunden habe, um mich aufzuwecken?«

»Ich würde sagen, das klingt genau wie die Märchen, die Mom uns erzählte, als wir noch klein waren.«

Mir wird warm ums Herz. »Das dachte ich auch. Ich habe sie noch einmal getroffen, als ich ins Feuer gegangen bin. Kurz bevor ich wieder hierherkam.«

Brie erschaudert. »Glaubst du wirklich, sie war es?«

»Ich halte es für möglich. Als ich in der Zwischenwelt festsaß, bevor ich wieder aus der Asche gestiegen bin, wollte ich wahrscheinlich glauben, dass sie es war. Aber auf jeden Fall weiß ich, dass sie so etwas tun würde, wenn es ihr möglich wäre.«

»Ja«, sagt sie leise. »Wie kommt es, dass du dich so gut an sie erinnerst?«

Ich schüttele den Kopf. »Das tue ich gar nicht. Ich erinnere mich nur sehr vage an sie, aber dann sehe ich sie in dir, und das gibt mir das Gefühl, sie wirklich gut zu kennen.«

»Hör auf.« Sie schlägt sich die Hände vors Gesicht. »Verdammt, Jas! Finn hat mit mir gewettet, dass ich es nicht schaffe, das hier ohne Tränen durchzustehen, und ich hätte *wirklich* gerne gewonnen.«

Lachend breite ich die Arme aus und wir umarmen uns fest. »Bis bald«, verspreche ich ihr.

»Sehr bald.«

Ich habe sie kaum losgelassen und Gommids Hand genommen, da verschwindet die Welt um uns herum und wir fallen, wirbeln und taumeln durchs Nichts, bis wir auf einmal in Amelias Wohnzimmer stehen.

»Sie hat es geschafft!«, ruft sie, springt vom Sofa auf und eilt zu mir.

»Tut mir leid, dass ich nicht schon gestern mit Kendrick gekommen bin«, sage ich. »Ich musste meiner Schwester noch helfen, ein paar Dinge im Schattenreich zu organisieren.«

»Dir ist verziehen. Aber dein Kerl ist oben und schon ziemlich grantig, also solltest du dir deine Entschuldigungen wahrscheinlich für ihn aufsparen.« Sie zwinkert mir zu und geht in Richtung Küche. »In einer Stunde gibt es Abendessen!«

»Ich komme gleich runter und helfe dir.«

»Wag es bloß nicht«, sagt sie. »Heute bist du mein Gast. Morgen kannst du anfangen, im Haushalt zu helfen.«

Ich strahle sie an. »Klingt fair.« Ich jogge die Treppe hinauf und eile zu dem Zimmer, das Kendrick und ich uns geteilt haben, als wir das letzte Mal gemeinsam hier waren.

Die Tür ist nur angelehnt, aber ich klopfe trotzdem an den Türrahmen.

»Herein«, sagt er leise.

Ich schiebe die Tür auf, die sich quietschend öffnet. »Warum so trübsinnig?«, frage ich.

Sein Gesicht hellt sich auf und er schnellt hoch. »Na endlich!«

»Es war gerade mal ein Tag.« Ich necke ihn zwar, aber mir kam es auch zu lang vor, und als er mich zur Begrüßung küsst, beschließe ich, dass wir wirklich *viel* zu lange voneinander getrennt waren.

»Aber ich habe dich vermisst.«

»Ich dich auch. Fürchterlich.«

»Als Mittelsmann verdient man ganz gut«, sagt er. »Wir können bald hier ausziehen und uns ein eigenes Haus suchen.«

Ich schaue ihn mit zusammengekniffenen Augen an. »Bist du *deshalb* schlecht gelaunt? Du machst dir Sorgen darüber, wo wir wohnen werden?«

»Ich reiße dich aus all dem Luxus und –«

Ich lege ihm einen Finger auf die Lippen. »Du hast mich aus der tiefsten Verzweiflung gerissen und wieder neue Hoffnung in mein Leben gebracht. Du hast mich von der Einsamkeit zur Liebe geführt.« Ich schüttele den Kopf. »Mehr als dich brauche ich nicht, Hale Kendrick.«

Er nimmt mein Kinn in seine große Hand, zieht mich an sich, legt seinen Kopf auf mein Haar und presst unsere Körper aneinander. »Zuerst dachte ich, ich könnte dich nicht haben. Dann dachte ich, ich dürfte dich nicht behalten. Und dann wusste ich, dass ich dich niemals gehen lassen würde, war aber davon überzeugt, dass ich dich trotzdem verlieren würde.« Er vergräbt sein Gesicht in meiner Halsbeuge. »Verzeih mir, wenn ich mich manchmal wie ein Narr benehme, der sein eigenes Glück nicht fassen kann.«

»*Unser* Glück«, sage ich, lege ihm eine Hand auf die Brust und schiebe ihn so weit von mir weg, dass ich ihm ins Gesicht blicken kann. »Und es wird nicht immer alles aus Sonnenschein und Regenbögen bestehen. Es wird schwierige Momente geben – aber ich garantiere dir, dass dazu nicht gehört, ein paar Wochen bei einer lieben Freundin unterzukommen.«

Er lächelt. »Amelia freut sich sehr, dass du hier bist.«

»Nun, ich freue mich auch sehr darüber, hier zu sein.«

»Und wenn diese Momente kommen und es sich anfühlt, als seien Sonnenschein und Regenbögen schon zu lange her, dann werden wir uns gegenseitig daran erinnern, dass die Sonne bald wieder aufgeht.«

»Vergiss nicht, dass ich nicht mehr so viel Angst vor der Dunkelheit habe wie früher.«

Er lächelt an meinem Mund. »Wie könnte ich deine geheime, dunkle Seite vergessen?«

Er küsst mich und ich strecke meine Schatten durchs Zimmer und schließe die Tür.

DANKSAGUNG

Ich bin mit dieser Dilogie ein Risiko eingegangen. Ich wollte über Depressionen, Angststörungen und die Art Dunkelheit schreiben, die so tief ist, dass sie ausweglos und unendlich erscheint. Natürlich will ich aber auch immer ein Buch schreiben, das meinen Leser*innen *gefällt*, und »Hier geht es um Seelenqualen!« ist nicht gerade die beste Werbekampagne.

Aber ich wusste, dass meine Leser*innen sich gern auf neue Abenteuer in Faerie einlassen würden und dass einige Jasalyns Geschichte nicht nur brauchen, sondern sich auch für sie einsetzen würden – und ihre Freund*innen, Follower*innen und Kolleg*innen dazu bringen würden, sie zu lesen. Genau das passierte mit *Beneath Cursed Stars*, und dafür bin ich extrem dankbar. Ich hoffe, dieser Abschlussband ist alles, was ihr euch gewünscht habt. Danke, dass ihr meine Lesungen besucht, für eure DMs und E-Mails und dafür, dass ihr mich immer wieder daran erinnert, dass meine Worte euch erreichen. Meine Leser*innen sind der Grund, aus dem ich das alles tun darf.

Mein Vater, der an Demenz erkrankt war, lag im Hospiz, während ich die erste Fassung dieses Buches schrieb, und er verstarb, nur ein paar Tage nachdem ich sie an meinen Lektor weitergereicht hatte. Ich möchte den Ärzten und dem Pflegepersonal des Gentiva Hospice und Harrison's Crossing danken, die sich während dieser Monate um ihn gekümmert haben. Zu wissen, dass so viele Menschen daran gearbeitet haben, ihm seine letzten Wochen so schmerzfrei wie möglich zu gestalten, war ein großes Geschenk für mich und meine Familie.

Und Dad, danke dafür, dass ich meine erste Fassung zu Ende schreiben durfte, bevor du dich verabschiedet hast. Du bist derjenige, der mich gelehrt hat, nicht an Zufälle zu glauben. Glaub nicht, das wäre mir nicht aufgefallen.

Wie immer möchte ich meinem Ehemann Brian danken, meinem Fels in der Brandung und besten Freund, der ein Buch darüber schreiben könnte, wie man eine neurotische Autorin füttert und pflegt. Du bist ein echter Profi! Danke an meine Kinder Jack und Mary, die mich jeden Tag mit ihren Talenten, ihrer Intelligenz und ihrem Humor überraschen. Meine kleine Familie ist wundervoll und ich bin jeden Tag aufs Neue für euch dankbar.

Danke an meine Freunde, die mich immer unterstützen. Besonderer Dank gilt den Autorinnen, die meine Deadline-Panik aushalten mussten, während wir zusammen am Strand arbeiteten. Amanda Berry, Asa Marie Bradley, Elena Aitken, Jayne Rylon, Kait Nolan, Katie Dunneback, Mira Lyn Kelly, Selena Blake, Trish Loye und Zoe York, ihr seid tolle Workshop-Partnerinnen und ich kann es kaum erwarten, das zu wiederholen.

Besonderer Dank gilt meiner langjährigen besten Freundin, Annie Swanberg. Als ich nicht weiterkam, las sie im Eiltempo eine unveröffentlichte Version des ersten Bandes, damit sie mir helfen konnte, in letzter Minute Buch zwei zu plotten. Ich bin dir auf ewig zu Dank verpflichtet, Annie!

Danke an meinen Agenten Dan Mandel, der weiterhin zu meinen besten Cheerleadern gehört. Danke für alles, was du für mich tust!

Ich danke meinem Team bei HarperTeen und all meinen ausländischen Verlagen, die *Beneath Cursed Stars* mit Aplomb veröffentlichten und diese Dilogie zum Strahlen gebracht haben. Spezieller Dank geht an Tara Weikum dafür, dass sie mich adoptierte, als ich nach Band eins plötzlich zur Waise wurde. Eine Lektorin zu verlieren, ist anstrengend, und mir ist das zwar schon recht oft passiert, aber ich kann mich nicht beschweren, weil ich dafür jetzt mit so fantastischen Leuten zusammenarbeite. Tara, dein Feedback war immer treffend und es macht sehr viel Freude, mit dir und Christian Vega zu arbeiten. Danke an Publicity Director John Sellers dafür, dass er die Serie gefördert und die unglaubliche Lesereise für Buch eins organisiert hat, und an Michael D'Angelo für all sein Marketing. Außerdem gilt mein Dank Erika West. Ich weiß sehr zu schätzen, was ihr alle für mich tut!

EIN MÄDCHEN ZWISCHEN ZWEI ELFENREICHEN – UND ZWEI PRINZEN …

Lexi Ryan
COURT OF SUN
Klappenbroschur
496 Seiten
ISBN 978-3-551-58503-5
Auch als E-Book erhältlich

DIE BEGNADETE DIEBIN BRIE hasst die Fae abgrundtief. Doch als ihre Schwester Jas an den König der Schatten verkauft wird, setzt Brie alles daran, sie zu retten. Der Weg ans Ziel führt nur über den Hof des Lichts. Dort wird Brie nicht nur in ein Netz von Intrigen verstrickt, sondern gerät auch zwischen die Fronten einer uralten Fehde. Zwei Fae-Prinzen kämpfen um ihr Herz und verfolgen in Wahrheit eigene Pläne. Einem von ihnen wird Brie vertrauen, einer wird sie verraten …

WWW.CARLSEN.DE

CARLSEN

ZWISCHEN LIEBE UND VERRAT

Lexi Ryan
COURT OF SUN 2:
COURT OF MOON
Klappenbroschur
544 Seiten
ISBN 978-3-551-58504-2
Auch als E-Book erhältlich

ALLES, WAS BRIE ZU WISSEN GLAUBTE, hat sich in Schatten und Dunkelheit verloren. Zutiefst verletzt von Sebastians Verrat ist sie wild entschlossen, ihre Stärke in sich selbst zu finden. Doch während am Hof des Mondes ein Bürgerkrieg tobt, weiß Brie weniger denn je, auf welcher Seite sie stehen sollte. Immerhin hat auch Finn in der Vergangenheit ihr Vertrauen missbraucht. Nur eines wird immer deutlicher: vor einer Prophezeiung kann man nicht davonlaufen, Brie muss sich ihr stellen – ob sie will oder nicht. Denn es ist nicht nur ihr eigenes Schicksal, das sie in Händen hält.

PRODUZIERT MIT VERANTWORTUNG

MIX
Papier | Fördert gute Waldnutzung
FSC® C014496
www.fsc.org

Mit Fragen zur Produktsicherheit wenden Sie sich bitte an:
carlsen.de/kontakt

Originaltitel: *Between These Broken Hearts*
Dieses Werk wurde vermittelt durch die Literarische Agentur
Thomas Schlück GmbH, Garbsen
Illustration Karte: © 2021 by Aaron Stratten
Umschlaggestaltung und -typografie: formlabor
Umschlagabbildungen: shutterstock.com © MARINA ARABADZHI,
Rolau Elena, Dejan Novakov, Helga Chirk
Aus dem Englischen von Friedrich Pflüger und Violeta Topalova
Lektorat: Ellen Kurtz
Produktionsmanagement: Björn Liebchen
Satz: Dörlemann Satz, Lemförde
Lithografie: Margit Dittes Media, Hamburg
ISBN 978-3-551-58585-1